CAROL O'CONNELL

Das Judaskind

Buch

Die beiden Schulmädchen Sadie und Gwen sind am helllichten Tag spurlos verschwunden. Nur Sadies Fahrrad steht verlassen an einer Bushaltestelle, und die Polizei vermutet zunächst, die beiden seien ausgerissen. Aber der junge Ermittlungsbeamte Rouge Kendall hegt Zweifel an diesem Verdacht. Der Fall weckt in ihm Erinnerungen an ein Verbrechen, das sein Leben entscheidend prägte: Vor 15 Jahren wurde, ebenfalls zur Weihnachtszeit, seine Zwillingsschwester entführt und schließlich ermordet aufgefunden. Damals wurde der junge Priester Paul Marie des Mordes verdächtigt und inhaftiert. Doch dieser beteuert bis heute seine Unschuld. Wurde Paul Marie zu Unrecht verurteilt? Ist der Täter von damals identisch mit dem Kidnapper von Sadie und Gwen? Treibt er erneut sein Unwesen? Die mutmaßliche Entführung der beiden Mädchen wird zu einem brisanten Fall, in den sogar das FBI eingeschaltet wird.

Während die Ermittlungen auf Hochtouren laufen, werden die beiden Mädchen in einem unterirdischen Verlies gefangen gehalten. Hunger, Todesangst und Dunkelheit versetzen sie allmählich in einen Zustand, in dem die Grenzen zwischen Wahn und Wirklichkeit mehr und mehr verschwimmen. Die Suche nach den Kindern wird zu einem dramatischen Wettlauf mit der Zeit ...

Autorin

Carol O'Connell, geboren 1947, studierte am California Institute of Art/Chouinard und an der Arizona State University. 1994 schrieb sie sich mit ihrem Debütroman *Mallorys Orakel* in die Spitzenriege der Krimiautorinnen. Sie lebt in New York und schreibt derzeit wieder an einem neuen Roman.

Carol O'Connell bei Goldmann

Mallorys Orakel. Roman (43753) · Der Mann, der die Frauen belog. Roman (44275) · Tödliche Kritiken. Roman (44555)

Carol O'Connell

Das Judaskind

Roman

Aus dem Amerikanischen
von Renate Orth-Guttmann

GOLDMANN

Die Originalausgabe erschien 1999 unter dem Titel
»Judas Child«
bei Hutchinson, London

Umwelthinweis:
Alle bedruckten Materialien dieses Taschenbuches
sind chlorfrei und umweltschonend.
Das Papier enthält Recycling-Anteile.

Der Goldmann Verlag ist ein Unternehmen der
Verlagsgruppe Bertelsmann GmbH.

Deutsche Erstausgabe 10/2000

Umschlaggestaltung: Design Team München
Umschlagfoto: Michael Trevillion/
Trevillion Picture Library
Satz: deutsch-türkischer fotosatz, Berlin
Druck: Elsnerdruck, Berlin
Titelnummer: 44706
TH · Herstellung: Heidrun Nawrot
Made in Germany
ISBN 3-442-44706-2
www.goldmann-verlag.de

1 3 5 7 9 10 8 6 4 2

Prolog

Rechts und links des Weges verliefen Grasstreifen, die auch jetzt, im Dezember, noch grün waren. Dahinter erhob sich eine Fichtenreihe, die dort aufhörte, wo die öffentliche Straße anfing. Diese Privatstraße mit dem uraltem Kopfsteinpflaster, die namentlich auf keiner Karte verzeichnet war, nannten die Einheimischen den Weihnachtsbaumweg.

Hinter den Nadelbäumen im Westen war der Boden mit dürren braunen Blättern bedeckt. Ein Männerschuh zertrat knirschend den dürren Kadaver eines augenlosen Spatzen, als der Besitzer des Schuhs das Gewicht von einem Fuß auf den anderen verlagerte. Ein kalter, rauer Tag. Nebelfetzen hingen tief über dem von den hohen Fichten geschützten Laubwald. Die obersten Äste der Eiche, neben der er stand, verschwanden im Dunst. Dass die Bäume dahinter Birken und Ulmen waren, konnte man nur noch ahnen. Der Mann sah auf die Uhr.

Gleich war es soweit.

Er spreizte die Finger und ballte sie zu Fäusten. Um ihn herum war es völlig windstill. Kein Hauch bewegte die brüchigen Blätter und die tief hängenden Wolken, als plötzlich ein Windstoß durch den Weihnachtsbaumweg fuhr.

Er war sehr stolz auf diese Kunst, Zeit und Ort richtig zu wählen. Bald würde hier, wie jeden Samstagnachmittag um diese Zeit, ein einzelnes Kind auf einem Fahrrad vorbeikommen. Ein kleines Mädchen, das keine Angst hatte, denn der kopfsteingepflasterte Weg mit dem sauber gemähten Gras und den majestätischen Nadelbäumen links und rechts war so anders als der kahle Wald dahinter, dass es schien, als stamme er aus einer anderen, besseren Welt, in der dieser Mann keinen Platz hatte.

1

Sie bremste das lila Fahrrad ab, drehte sich um und sah ihn aus großen braunen Augen durchtrieben lächelnd an. Das Vorderrad von Davids Drahtesel kam ins Eiern, als er eine Vollbremsung hinlegte. Dass er daraufhin über den Lenker flog, nahm er gleichsam achselzuckend hin. Es war, als ob er die harte Landung auf der Straße als gerechte Strafe betrachtete.

Warum machte sie das mit ihm?

Sadie Green hatte ihn – von der Tanzstunde abgesehen – nie auch nur angefasst, aber in der Schule hatte sie ihn einmal so weit gebracht, dass er von einem Absatz im zweiten Stock die Treppe heruntergefallen war und sich ein Loch in den Kopf geschlagen hatte; ihr plötzlicher Anblick hatte ihn die Naturgesetze – oder genauer gesagt die Gesetze der Schwerkraft – vergessen lassen. Den Bruchteil einer Sekunde lang hatte er sich eingebildet, er könne einen Schritt ins Nichts tun, ohne dafür büßen zu müssen.

Jetzt saß David Shore mit gekreuzten Beinen auf dem kalten Boden neben seinem umgekippten Fahrrad. Er zog den Wollhandschuh aus, der bei dem Sturz eingerissen war, und polkte sich den Kies aus der Hand. Sadie beschrieb mit dem Fahrrad lässige Kreise auf der Straße und feixte. Offenbar hatte sie einen Heidenspaß an der ganzen Sache. Als er einen besonders tückischen spitzen Brocken herauszog, quoll ein roter Tropfen aus der Haut. Er sah zu ihr auf.

Wie viel Blut ist genug, Sadie?

Selbst aus ein paar Metern Entfernung sah er ihre tausend Sommersprossen tanzen. Laut lachend radelte sie um die Büsche herum und bog in den Weihnachtsbaumweg ein. Auch David hatte sich wieder aufs Fahrrad gesetzt und wollte gerade losfahren, als ihr Lachen verstummte. Nicht allmählich, nicht langsam in der Ferne verhallend, sondern jählings, wie abgeschnitten.

Zum ersten Mal hielt er kurz vor der Kreuzung an. Sonst war er an den Samstagen immer weitergeradelt und hatte so getan, als ob er auf der öffentlichen Straße etwas zu erledigen hätte. Jetzt sah er die lange leere Strecke zwischen den beiden Nadelbaumreihen entlang.

Wo war sie geblieben? Der Weg führte geradewegs zu Gwen Hubbles Haus, und so schnell konnte Sadie ihn unmöglich zurückgelegt haben.

David hatte ein Bein auf den Boden gesetzt und wiegte sein Fahrrad hin und her. Im Wald jenseits der Fichtenallee mochte er nicht nach ihr suchen, womöglich wälzte sie sich dort, blutige Gedärme in der Hand, auf dem Boden herum.

Es wäre nicht das erste Mal, dass sie ihm so etwas antat.

Sadie hätte sich gar nicht so zu bemühen brauchen, um ihn zu erschrecken. Offenbar wusste sie nicht, dass ihm schon der Gedanke, sie anzusprechen, statt ihr am Samstagnachmittag nur nachzujagen, den Angstschweiß auf die Stirn trieb.

Er radelte weiter. Auf halbem Weg zu dem weißen klassizistischen Herrenhaus, das hinter einem imposanten schmiedeeisernen Tor lag, hielt er an. Im Fenster des Torhauses zeichnete sich dunkel das Profil eines zeitunglesenden Wachmanns ab. Doch der war für David so fern wie der Mond, denn anderen Menschen – und insbesondere Mädchen – gegenüber brachte er vor lauter Angst und Aufregung kein Wort heraus. Wenn er es versuchte, waren seine Stimmbänder wie gelähmt.

David senkte den Kopf und horchte nach links. Aus dem Wald kam leises Gemurmel. Das musste Sadie sein, die ihn köderte. Wenn sie eine Hand voll Schweinsgekröse aus dem Biologielabor hatte mitgehen lassen, wollte sie die natürlich auch einsetzen.

Na gut, wenn es ihr Spaß machte, würde er sich von ihr zum Narren halten lassen.

Er stieg ab und schob das Rad durch die dicht an dicht stehenden Fichten. Spitze Nadeln zerkratzten ihm das Gesicht – schon wieder ein Blutopfer –, und dann stand er im Wald und sah auf die kahlen, in Nebel gehüllten Bäume, die in der Ferne zu formlos dunstigen Gebilden verschwammen.

Dies war echtes Sadie-Land: Eine Welt des Horrors. Bestimmt lachte sie sich jetzt in ihrem Versteck ins Fäustchen.

Er blieb regungslos stehen und spannte jeden Muskel an. Gleich würde sie hinter dem Stamm einer Eiche hervorstürzen, um – vielleicht mit einer neuen Waffe, einem neuen Trick – gleichzeitig Grauen und Lust in ihm zu wecken.

Zwei kleine Tiere liefen vorbei: eine graue Katze, die ein Eichhörnchen jagte. Unter ihren Pfoten raschelten welke Blätter, knackten dürre Zweige. Aber das war nicht das Geräusch, das er eben noch gehört hatte. Er horchte auf den Laut einer Zehnjährigen, von der er manchmal nicht wusste, ob sie ein kleiner Mensch oder ein kleiner Teufel war. Als er sein Fahrrad weiter in den Wald hineinschob, sah er etwas Lilafarbenes metallisch aufblitzen.

Lila war Sadies Lieblingsfarbe, sogar ihre Laufschuhe waren lila und damit genau auf ihren Parka abgestimmt.

Ihr Fahrrad war fast ganz unter einem schmutzigen Jutesack versteckt, der von dem welken Laub kaum zu unterscheiden war. Sie hatte sich wohl gesagt, dass sie im Wald zu Fuß schneller vorankam. Er konnte sich denken, wohin sie wollte, und jetzt war auch klar, warum sie nicht bis zu Gwens Haus geradelt war. Wenn sie sich am alten Bootshaus trafen, war Sadie offenbar mal wieder in Ungnade gefallen. Immer, wenn Gwens Vater den Freundinnen verbot, miteinander zu spielen, wichen sie dorthin aus.

Jetzt, wo er sicher war, dass Sadie keinen Überfall auf ihn plante, entspannte er sich und schob sein Fahrrad gemächlich um Baumstämme und abgebrochene Äste herum. Dort, wo der Wald zu Ende war, weitete sich der Blick, und man sah auf die ausgedehnten Rasenflächen der Internatsschule St. Ursula. Sanft fielen sie zum See hin ab, in dessen stiller Wasserfläche sich der graue Winterhimmel spiegelte. Büsche und Felsen verdeckten das diesseitige Ufer. Er legte sein Fahrrad auf den Boden und näherte sich dem Bootshaus. Jetzt kam ein Teil des Bootsstegs in Sicht, der weit in den See hineinragte. Generationen von Kindern mit nackten Füßen hatten die Planken glattgerieben.

St. Ursula's Academy war eine alte Institution, und seit nun schon hundert Jahren hinterließen die Schüler unübersehbare Spuren auf dem Gelände. Über die grünen Rasenflächen zogen sich wie Narben die Trampelpfade, die unzählige kleine Füße fernab der vorgezeichneten Wege ausgetreten hatten. Diese Abweichung von vorgezeichneten Wegen war das Merkmal der Erziehung an dieser Schule für außergewöhnliche oder, wie manche sagten, abnorme Kinder.

David hörte, wie eine Tür zugeschlagen wurde, und zuckte zusammen. Jetzt drang aus dem Bootshaus ein kurzes Bellen.

Hatte Gwen diesmal ihren Hund mitgenommen? Das hatte sie noch nie gemacht.

Er verzichtete darauf, seinen üblichen Posten unter dem Fenster zu beziehen, womöglich hätte sonst der Hund gleich wieder angeschlagen. Er zog sich an den Waldrand zurück und ging hinter einem Gebüsch in Deckung. Hier wollte er auf Sadie warten, um ihr dann auf dem Heimweg nachzugehen.

Der Hund bellte wieder, diesmal länger, und verstummte dann so jäh wie vorhin Sadies Lachen auf dem Weihnachtsbaumweg. In der nächsten Stunde wiederholte sich das noch dreimal.

Was stellten Gwen und Sadie mit dem armen Tier an?

Jetzt hörte er ein Geräusch hinter sich. Rasch versteckte er sich hinter dem dicken Stamm einer Eiche. Ein kleines blondes Mädchen lief durch den Wald. Gwen?

Aber wie war das möglich?

Gwen Hubbles Atem stand als weiße Wolke in der Luft, und ihre Beine bewegten sich immer schneller. Mit flatterndem rotem Schal bahnte sie sich einen Weg durch den Wald. Die Schnürsenkel ihrer Laufschuhe hatten sich gelöst, und die Sohlen zertraten das welke Laub zu Staub. Im Takt mit ihrem Herzschlag hörte sie dürre Zweige knacken.

Es war eine sonderbare Nachricht gewesen, die in Druckbuchstaben auf ihrem Pager gestanden hatte. »Dringend – Bootshaus – streng geheim.« Aber das war Sadies Stil, sie musste es immer spannend machen.

Gwen zwängte sich durch eine dichte Baumreihe. Jetzt hatte sie den Waldrand erreicht. Ihr gerötetes Gesicht war zerkratzt, die Söckchen waren heruntergerutscht und schlackerten um ihre Fesseln, der dicke blonde Zopf schlug auf den Rücken der roten Jacke. Sie atmete keuchend, und bei jedem harten Tritt war ihr, als müssten ihre Schienbeine zersplittern. Sie umrundete das alte Bootshaus.

Da war der Bootssteg. Kurz vor der Bootshaustür blieb sie stehen. Auf den Planken des Stegs lagen ein Stein und an einem splittrig morschen Stück Holz ein verrostetes Vorhängeschloss samt verkrusteter Haspe. Hatte der Hausmeister der Schule, nachdem Sadie die Kombination geknackt hatte, das Schloss ausgewechselt?

Vielleicht aber …

Gewaltsame Zerstörung war eine Weiterentwicklung von Sadies üblicher Vorgehensweise. Ja, so muss es sein, dachte Gwen zufrieden. Heute versprach es besonders schön unheimlich zu werden.

Sie stieß die Tür auf. Alles war dunkel.

Keine Kerzen?

Ob Sadie gleich hinter der Tür wartete, um sich auf sie zu stürzen?

Nein, diesmal nicht.

Gwens Augen hatten sich an das matte Licht gewöhnt, das hinter ihr durch die Tür fiel. Und jetzt sah sie die kleine Gestalt mit dem hellbraunen Haar in der lila Daunenjacke. Sadie lag in der Mitte des Bootshauses auf dem Boden. Gwen war enttäuscht. Nach dem spektakulären Anblick des aufgebrochenen Schlosses hatte sie eine phantasievollere Fortsetzung erwartet. Sie kniete neben der Freundin nieder und schüttelte sie.

»Hey, denk bloß nicht, dass ich darauf reinfalle. Steh auf.«

Das Kind reagierte nicht. Gwen sah auf. Auch das Schloss am Telefon war aufgebrochen.

»Sadie, das ist nicht mehr komisch. Sadie?«

David erhob sich und stampfte mit den Füßen auf. Sie waren eingeschlafen, während er im Gebüsch gehockt hatte. Mit heftigem Kribbeln kehrte das Gefühl zurück. Es war kälter geworden. Er schlug den Jackenkragen hoch, als ein heftiger Windstoß vom See ihn traf.

Sadie hätte längst wieder zum Vorschein kommen müssen, wenn sie bis zum Anbruch der Dunkelheit zu Hause sein wollte. Die Neugier trieb ihn aus seiner Deckung.

Er hatte den Hund schon lange nicht mehr bellen hören. Wenn es nicht Gwens Hund war – wem gehörte er dann?

David ging näher an das Bootshaus heran, um besser lauschen zu können. Alles, was er über Sadie wusste, verdankte er dem Fenster, das aufs Ufer hinausging. Er legte ein Ohr an das raue Holz des Fensterladens, hörte aber nichts. Kein Bellen, kein Kichern. Tiefe Stille.

Rasen und Bäume waren zu einem einförmigen Grau verschmolzen, es wurde langsam dunkel. David ging um das Bootshaus herum und betrat den Steg. Einen Augenblick federte er unentschlossen auf den Ballen. Was sollte er sagen, wenn sie ihn beim Spionieren ertappte?

Sagen? Das war ein Witz. Kein Wort würde er herausbringen. Aber er brauchte sich schließlich für nichts zu entschuldigen. Als Internatszögling durfte er ungestraft hier herumstreifen. Die Mädchen waren nur Tagesschülerinnen, die bei ihren Eltern im Ort wohnten.

Die Essenszeit rückte näher, bald würde seine Hausmutter unter der Tür ihres Häuschens stehen und nach ihm rufen, so wie es auch die richtigen Mütter in der Nachbarschaft von Makers Village machten. Aber er konnte noch nicht weg, erst musste er wissen, was hier vorging, auch wenn er den bösen Verdacht hatte, dass ihm Sadie mal wieder eine Falle gestellt hatte, um ihn zu Tode zu erschrecken. Dann entdeckte er das Vorhängeschloss auf dem Steg.

Sonderbar.

So kompliziert hatte Sadie ihre Aktionen noch nie inszeniert. Sie setzte sonst immer auf schnelle Schocks. Die Spannung ganz allmählich bis ins Unerträgliche zu steigern und dazu noch Gewalt gegen Sachen zu verüben – solche Raffinessen sahen ihr eigentlich gar nicht ähnlich.

Er stieß die Tür auf. Obgleich nur von der Tür her ein wenig Licht in das Bootshaus fiel, sah er sofort, dass es leer war. Aber – das war doch gar nicht möglich. Wie hätten die Mädchen unbemerkt an ihm vorbeikommen sollen?

David wagte sich tiefer in die Dunkelheit hinein. Er hatte alles von früher noch so weit in Erinnerung, dass er unversehrt an den mit Segeltuch abgedeckten Kanus, einer Jacht und hohen Kistenstapeln vorbeikam. Die Mitschülerinnen hatten in der Luft Spuren hinterlassen. Er schnupperte in den muffigen Raum hinein und sortierte die einzelnen Gerüche. Es roch nach Seewasser, nach Hundehaaren und mit einem Hauch von Kaugummi und Talkumpuder ganz zart nach Mädchen.

Dann ruckte sein Kopf zur Seite.

Was war das?

Es überlief ihn eiskalt. Da war es wieder. Ein Schatten huschte durch die Dunkelheit, kleine Pfoten trippelten über den Boden. Auf einer Ebene seines Bewusstseins wusste er sehr wohl, dass das eine Ratte sein musste, aber er weigerte sich, dieses Wissen zu akzeptieren. Obgleich er sein Stipendium nicht nur seinem IQ, sondern auch einem eiternden Rattenbiss verdankte, gab es in seinem Kopf keinen Platz für die Nager. Die hatte er alle in der Pflegefamilie zurückgelassen, aus der eine Sozialarbeiterin ihn herausgeholt hatte, um ihn ins Krankenhaus zu bringen. Es gab keine Ratten mehr, weil es sie nicht geben durfte.

Der Wind schlug die Tür hinter ihm zu, und seine Welt bestand nur noch aus Schwärze. Mit angehaltenem Atem ging David weiter, stieß sich die Schienbeine an einer Holzkiste und fand glücklich einen Türknauf. Und dann zappelte er plötzlich, die Hand um den Türknauf gekrampft, über der kalten Wasserfläche in der Luft. Er hatte die falsche Tür erwischt und mit seinen langen Beinen die flachen Stufen verfehlt, die zu der geschützten Bootsrampe führten. Daneben befand sich eine größere Tür, die weit offen stand und das letzte Tageslicht einließ.

David holte mit seinem ganzen Körper Schwung, um die Tür wieder an den hölzernen Rahmen zu schwingen. Seine Füße fanden Halt auf der Leiter, und er kletterte zum Bootshaus zurück. Dort fand er mit Hilfe des matten Lichts, das von der Rampe her hereinkam, die richtige Tür und betrat wieder den Bootssteg. Er besah sich die Türen, die auf die Seeseite hinausgingen. Die einzige Alternative, das Bootshaus zu verlassen, war der Weg übers Wasser.

Wahrscheinlich hatte er die beiden nicht gesehen, weil sie sich dicht am Ufer gehalten hatten, wo Felsen und Buschwerk sie verbargen. Wenn er die Kanus zählte, würde sich ja herausstellen, ob eins fehlte. Er verwarf den Gedanken sofort wieder. In das Bootshaus ging er nicht noch mal rein. Um keinen Preis.

Er lief bis zum Ende des langen Stegs, der auf Stelzen über das Wasser führte. Die Wellen hatten kleine Schaumkronen, windgepeitscht schlug das Wasser an das Pfahlwerk. Ein Boot war weit und breit nicht zu sehen. David blickte zurück zu dem wuchtigen roten Backsteinbau auf dem Hügel, der – fünf Geschosse hoch einschließlich der schwarz verschindelten Gauben – wie ein gestrenger Vater wachsam ins Land hinausblickte. Davids Zuhause war links vom Hauptgebäude und lag halb im Wald. Am liebsten wäre er gleich hingelaufen, er fror inzwischen wie ein Schneider und hatte einen Bärenhunger.

Mittlerweile waren die Mädchen bestimmt wieder daheim. Trotzdem ließ ihn das ungelöste Rätsel nicht los. Er ging wieder zurück in den Wald, um nach Sadies Fahrrad zu sehen.

Er fand den Jutesack, aber das Fahrrad war fort. Ertrunken war sie also nicht.

Natürlich nicht, du Trottel.

Wahrscheinlich saßen sie jetzt bei Gwen zu Hause und stärkten sich mit einem schönen warmen Abendessen.

Quer durch den Wald kam er in der Nähe der öffentlichen Straße wieder auf den Weihnachtsbaumweg. Sadies lila Fahrrad stand, an einen Wegweiser gelehnt, neben der Bushaltestelle. Jetzt begriff er überhaupt nichts mehr. Erst ein Kanu, jetzt der Bus? Und warum so kurz vor dem Abendessen? Was waren das für neue Spielchen?

David sah die lange, kopfsteingepflasterte Einfahrt zu Gwen Hubbles Haus hoch. Dort wurde es jetzt hinter allen Fenstern hell, als ob jemand in panischer Angst vor der Dunkelheit durchs Haus lief und in allen Räumen Licht machte.

Das lila Fahrrad lag in den Trümmern von Miss Fowlers Lattenzaun. Sie selbst stand um zwei Uhr morgens, einer wahrhaft unchristlichen Zeit, nur mit einem Mantel über dem Nachthemd fröstelnd im Vorgarten und besah sich stirnrunzelnd die zerbrochenen Zaunlatten, während drei Männer sich lautstark anschrien. Am besten konnte das der Polizist, dessen fast hysterische Kinderstimme bis zum hohen C kletterte. Nach einer Weile unterbrachen die anderen beiden ihre Schimpfkanonade und guckten ihn fast ehrfürchtig an. Miss

Fowler ging es nicht anders. Vielleicht hatte sie ja hier einen der wenigen Amerikaner vor sich, der in der Lage war, die besonders schwierigen Passagen der Nationalhymne zu meistern.

Der Polizist packte die zwei anderen Männer an jeweils einem Arm und hielt sie auf Distanz zueinander. »Regt euch ab, ihr beiden«, sagte er ruhiger, »sonst setzt es Strafzettel.«

»Strafzettel?« Miss Fowlers Stimme klang wie ein Pistolenschuss. Drei Köpfe wandten sich der gebieterischen Zweiundsiebzigjährigen zu, die noch in den flauschigen rosa Hausschuhen stattliche ein Meter fünfundsiebzig maß. Nicht ohne Grund hatte sie die letzten vierzig Jahre ihres Lebens damit verbracht, die Jugend von Makers Village in Angst und Schrecken zu versetzen.

»Was heißt hier Strafzettel? Verhaften sollen Sie die beiden.« Sie ließ den Blick von einem armen Sünder zum anderen wandern. »Falls nicht einer von euch mir den kaputten Zaun bezahlt, und zwar auf der Stelle. Ist das klar?« Sie wandte sich an den Streifenpolizisten, der aussah, als habe er erst letzte Woche angefangen, sich zu rasieren, und als sei die Ausbeute an Barthaaren dabei nicht sehr groß gewesen.

»Er ist schuld!«, zeterte sein kleinerer Gefangener und deutete mit einem dürren Finger auf den Größeren, der sich wand und drehte, bis er sich aus dem Polizeigriff befreit hatte und zu einem flotten Sprint ansetzte. Der Cop rannte hinterher und brachte ihn mit einem gekonnten Tackle zu Fall, während Miss Fowler den Kleineren mit festem Griff packte, um zu verhindern, dass auch er das Weite suchte. In diesem Moment sah sie einen ihr wohlbekannten Wagen langsam vorbeifahren. Ein beschlagenes Fenster war zwecks besserer Beobachtung der Szene halb heruntergekurbelt.

Rouge Kendall in Zivil! Wahrscheinlich kam er gerade aus Dame's Tavern, der Kneipe an der Ecke, und gedachte, vorbeizufahren und sich zu Hause aufs Ohr zu legen.

Doch darauf hatte er sich heute zu früh gefreut.

»Wirst du wohl anhalten, Rouge!«, in diesem Ausruf schwang die Drohung, dass sie ihm noch immer das Leben zur Hölle machen konnte wie damals dem Neunjährigen, den sie mit endlosen Fingerübungen am Klavier zermürbt hatte.

Schuldbewusst stieg er auf die Bremse. Alte Gewohnheiten legt man nicht so leicht ab wie alte Hemden. Er war immer ein höflicher Junge gewesen, der gewaltigen Respekt vor den Erwachsenen gehabt hatte. Der Wagen rollte am Straßenrand aus, während der junge Polizist seinen Gefangenen zu dem lädierten Zaun zurücktraben ließ. Er winkte ab. »Das schaffe ich schon allein.«

Miss Fowler war, wie sie Rouge mit strengem Blick signalisierte, anderer Meinung. Der zuckte grinsend die Schultern und ließ den Blick seiner braunen Augen langsam über den Zaun streifen. Wenn man davon absah, dass er inzwischen groß geworden war, überlegte Miss Fowler – über eins achtzig groß, um genau zu sein –, hatte sich Rouge seit der Zeit, als er ihr schlechtester Schüler gewesen war, nicht wesentlich verändert. Nur die Augen waren zu alt, fast unnatürlich alt für einen Fünfundzwanzigjährigen, fand sie.

Aber die Schüler von St. Ursula waren eben alle irgendwie Sonderlinge.

Während der junge Cop in seinem Notizbuch blätterte, musterte Rouge das lila Fahrrad. »Welcher hat denn draufgesessen, Phil?«

»Lass mich mal machen.« Der uniformierte Cop blähte sich auf wie ein Kugelfisch vor einem größeren und stärkeren schwimmenden Kollegen. »Ihr kriegt beide einen Strafzettel wegen ruhestörenden …«

»Der da.« Miss Fowler deutete auf den Größeren. »Ich hab gesehen, wie er runtergefallen ist.«

Sie kannte diesen Typ – abgerissen, unrasiert, ein richtiger Pennbruder, der so roch, als müsste er dringend seine Unterwäsche wechseln. Allerdings hoffte sie, dass auch der Kleinere nicht ungeschoren davonkam, denn der wirkte finanzkräftiger und konnte vielleicht eher für den Schaden an ihrem Zaun aufkommen.

Rouge wandte sich an seinen uniformierten Kollegen. »Das ist ein Mädchenfahrrad, Phil, ein Rennrad mit allen Schikanen. So was ist seine drei–, vierhundert Dollar wert.« Er musterte den Typ mit dem Stoppelbart, den abgerissenen Klamotten und dem unappetitlichen Geruch. »Dämmert's?«

Phil fuhr den Mann an, der in seinem Griff zappelte. »Du hast das Rad geklaut«, erklärte er so stolz, als sei er darauf ganz von selbst gekommen.

Der Penner machte sich erneut los, um zu türmen, aber Rouge streckte lässig ein langes Bein aus und brachte ihn zu Fall.

Sein Kollege setzte sich rittlings auf den Dieb und legte ihm Handschellen an. »Das krieg ich schon alleine hin, Rouge.«

Der blieb unerschütterlich freundlich. »Das Rad passt nur in deinen Kofferraum, wenn du das Zeug für die Straßensperren rauswirfst.«

»Ach so ...«

Miss Fowler besah sich das Heck des Streifenwagens. Ein Draht hielt den klaffenden Kofferraumdeckel fest, und durch den Spalt erkannte sie eine blaue Schranke und die Spitzen der orangefarbenen Hütchen zum Absperren des Unfallorts.

»Ich habe ja nichts dagegen, wenn du den großen Fahrradraub auf dein Konto verbuchst, Phil, aber du musst zwei betrunkene Ruhestörer und ein Fahrrad transportieren. Und deine Zeugin Miss Fowler, die kein eigenes Auto hat.«

Phil besah sich seinen Streifenwagen und versuchte vergeblich, das Platzproblem in den Griff zu bekommen. Dann gab er sich geschlagen.

Fünf Minuten später fuhr Rouge los. Das lila Fahrrad lag auf der Rückbank, Miss Fowler saß neben ihm. Dass er ihre Ratschläge zu seinem Fahrstil mit einem wiederholten »Ja, Ma'am« quittierte, versöhnte sie ein wenig, und sie lächelte ihm gnädig zu. Rouge war ein bisschen wunderlich und saß für ihren Geschmack viel zu oft in Dame's Tavern, aber im Grunde seines Herzens war er ein guter Junge.

Rouge Kendall fuhr hinter dem einzigen Streifenwagen von Makers Village die Auffahrt zur Polizeistation hoch. Früher hatte die Stadt zwei Streifenwagen besessen, aber der zweite war letzten Sommer auf Nimmerwiedersehen in Green's Auto Shop verschwunden. Manche Bürger von Makers Village hatten gemeint, man hätte das Fahrzeug noch mal hinkriegen können, andere hatten dem heftig widersprochen. Der Bürgermeister hatte schließlich die Diskussion mit der Behauptung beendet, der Streifenwagen sei im Himmel beim lieben Gott. Miss Fowler vermutete, dass auch der Bürgermeister gern zu tief ins Glas schaute.

Auf dem Parkplatz der Polizeistation, den sich die Polizei von Makers Village mit der öffentlichen Bibliothek teilte, standen Kamerateams mit gleißenden Scheinwerfern und Kombis mit den Logos bekannter Fernsehsender. Beim Aussteigen registrierte Miss Fowler außerdem vier Fahrzeuge der Staatspolizei New York, eine lange schwarze Limousine und zwei Motorräder.

Sie hielt Rouge die Tür auf, und der trug das Fahrrad hinein. In dem Vor- und Warteraum, der nicht größer war als Miss Fowlers Wohnzimmer, drängten sich so viele Leute, dass der Feuerschutzbeauftragte graue Haare gekriegt hätte. Noch ehe die Tür hinter ihnen zugefallen war, kreischte eine Frau los: »Das Fahrrad!«

Eine mittelgroße füllige Frau mit strähnigem, mausbraunem Haar in einem formlosen blauen Kleid kam auf sie zugerannt. »Das Fahrrad meiner Tochter«, stieß sie hervor. Ein Fotograf blendete Rouge mit seinem Blitzlicht, ein Mikrofon wurde ihm unter die Nase gehalten.

So viel Wirbel um ein geklautes Fahrrad!

Vielleicht steckte aber mehr dahinter, denn die Frau hatte offenbar geweint, und jetzt streichelte sie zärtlich das lila Fahrrad ihres Kindes. Sie zeigte alles, was zum traditionellen

Mutterbild gehörte, und Miss Fowler nickte beifällig. Die dicken weichen Arme und der üppige Busen konnten an einem schlechten Tag drei Kinder gleichzeitig trösten, und der Figur nach war sie eine Frau, die ihre eigenen Kochkünste nicht verschmähte. Die schlichten Züge verrieten mütterliche Sorge, die Stimme klang wie eine Sirene bei Großalarm.

Die zweite Frau, die jetzt vortrat, war schlank, elegant gekleidet und hatte verdächtige helle Strähnen in dem hochfrisierten aschblonden Haar. Sie wirkte ganz cool und gefasst und kam Miss Fowler irgendwie bekannt vor.

Man hätte die Blondine für eine dieser nichtssagend glatten Fernsehpersönlichkeiten halten können, wenn ihre Stimme nicht so schneidend geklungen hätte, als sie sagte: »Endlich wissen wir mal, wofür wir unsere Polizei bezahlen!« Sie musterte die beiden Gefangenen, als überlege sie, welchen sie sich bei lebendigem Leib zum Abendessen kochen lassen sollte.

Miss Fowler verzog leicht angewidert die Lippen, als ihr einfiel, dass sie dieses Gesicht erst neulich in der Sonntagszeitung gesehen hatte. Marsha Hubble lebte getrennt von ihrem Mann Peter, der in dem großen Haus, das sich seit 1875 im Familienbesitz befand, eine Art Einsiedlerdasein führte, und sie war Vizegouverneurin des Staates New York.

In diesem Moment begriff Miss Fowler, dass sie die Gemütsverfassung der Politikerin falsch eingeschätzt hatte, denn in Mrs. Hubbles Blick loderte Angst. Innerlich war diese Frau ein einziger lautloser Schrei.

Auch sie war schließlich Mutter.

2

Am späten Nachmittag hatte Rouge Kendall endlich seine lange Schicht beendet und saß auf einem Barhocker in Dame's Tavern. Seine Augen waren entzündet, seit gestern früh hatte er sein Bett nicht mehr gesehen. Den schönen Plan, in Ruhe seinen Rausch auszuschlafen, hatte er nach der Entdeckung des lila Fahrrades wohl oder übel aufgeben müssen.

Über den Schirm des Fernsehers über der Bar flimmerten Heimvideoaufnahmen und Fotos der vermissten Kinder. Zum Glück hatte der Barkeeper den Ton abgedreht. Jetzt erschien der Junge im Bild, der Sadie Greens verlassenes Fahrrad an der Bushaltestelle entdeckt hatte. David Shore hatte die Aussage des Fahrraddiebes bestätigt. Die Kamera fing den Penner, der sich zum Schutz vor der Presse eine Jacke über den Kopf gezogen hatte, in dem Augenblick ein, als Beamte der Staatspolizei ihn abführten.

Die nächste Aufnahme zoomte den zehnjährigen David heran, als er mit seiner Hausmutter Mrs. Hofstra, einer schlanken Frau mit eisengrauem Haar, die Polizeistation verließ. Der Junge war groß für sein Alter, ein hübscher, sportlicher Bursche. So wie er aussah, hätte man ihm eine ordentliche Portion Selbstbewusstsein zugetraut, aber bei der Vernehmung hatte er seine Antworten Mrs. Hofstra zugeflüstert, die sie dann mit ihrer kräftigen Stimme wiederholt hatte.

Was jetzt kam, hatte Rouge Kendall nicht selbst miterlebt. Vor der Polizeistation stürzte sich die Medienmeute auf den Jungen. Die Reporter überschrien sich gegenseitig und hielten ihm ihre Mikros unter die Nase. Ihre Wintermäntel flatterten wie Krähenflügel im Wind. Davids blaue Augen weiteten sich angstvoll. Er hob beide Hände, um die Attacke abzuwehren. Mrs. Hofstra legte schützend einen Arm um den Zehnjährigen und führte ihn zu dem wartenden Wagen. Was sie zu den Journalisten sagte, bekam Rouge nicht mit – hoffentlich war es etwas Barsches gewesen.

Eine Kamera schwenkte zurück zum Eingang des Polizeireviers. Marsha Hubble, eine gebieterische Blondine in schwarzem Ledermantel, stand oben an der Treppe. Sie war nicht so hübsch wie ihre Tochter Gwen, vermochte aber durchaus Männerblicke auf sich zu ziehen. Rechts und links von ihr standen die beiden FBI–Agenten, die David vernommen hatten und die größer als Marsha Hubble waren. Trotzdem war klar, wer in diesem Trio das Sagen hatte. Die Vizegouverneurin reckte eine Faust hoch, und Rouge konnte sich denken, was das zu bedeuten hatte. Das Fahrrad an der Bushaltestelle sprach für die Vermutung, dass die beiden Mädchen durchgebrannt waren. Doch die Politikerin war offenbar anderer Ansicht. Sie setzte auf ein großes Aufgebot an FBI und Staatspolizei, auf Straßensperren und eine Dreistaatenfahndung nach einem Kidnapper. Ihr Gesicht war vor Zorn gerötet.

Gwens Mutter war eine starke Frau und stur wie ein Panzer, Eigenschaften, die Rouge Kendall durchaus zu schätzen wusste. Sie würde alles tun, um ihr Kind zurückzubekommen, und nahm dafür auch Anfeindungen ihrer Wähler in Kauf.

Rouge prostete der Frau auf dem Bildschirm zu. *Go, Marsha, go.*

Die Bilder wechselten. Sadies Mutter, Becca Green, in einem schlichten Tuchmantel und mit freundlichem rundem Gesicht weckte da schon mehr Sympathie. Die Kamera fuhr auf die weinende Frau zu, die ein Mikrofon umkrampfte und ihre Mitbürger beschwor, ihr bei der Suche nach ihrer Tochter zu helfen.

Rouge war heilfroh, dass der Ton abgedreht war. Es waren die gleichen Sätze, die seine Mutter vor fünfzehn Jahren in ein Mikrofon gesprochen hatte, es war der gleiche vergebliche Appell, das Leben eines Kindes zu retten, und er wollte diese Worte nie mehr hören.

Als er jetzt an Susan dachte, bewegte sich etwas in dem Spiegel hinter dem Mahagonitresen. Hinter einer Flaschenreihe lugten die braunen Augen seiner toten Zwillingsschwester hervor.

Blödsinn! Natürlich waren das seine Augen und nicht die von Susan. Eine Spiegelung, mehr nicht. Trotzdem rückte er einen Barhocker weiter, so dass er nicht mehr vor dem Spiegel saß. Dafür fing jetzt eine hohe Pyramide gestapelter Weingläser sein blasses Gesicht ein und warf es vielfach verzerrt zurück. Die Rundung der Gläser verlängerte sein kurz geschnittenes Haar, so dass nun zwanzig kleine Mädchen mit schulterlangem kastanienbraunem Haar synchron mit Rouge das Gesicht drehten, um sich mit ihm einen Überblick über die Gäste zu verschaffen.

Die meisten Tische waren leer. Am Fenster saßen zwei Frauen. Die eine war blond, die andere noch blonder. Beide versuchten mit ihm zu flirten. Sie sahen auf und in seine Richtung und senkten dann langsam die maskaraschweren Wimpern.

Eine einzelne Frau, die gerade hereingekommen war, interessierte ihn mehr, hatte aber noch kein Gesicht. Während sie näher kam, bewegten sich ihre Hüften langsam zu einem Softrock-Song aus der Jukebox. Das glatte rötliche Haar war schulterlang und endete stumpf geschnitten auf dem Kragen der cremefarbenen Seidenbluse. Der lange schwarze Rock hörte ein paar Zentimeter über den Stöckelschuhen auf.

Susans Köpfe in den Weingläsern nickten beifällig. Rouge stand auf Stöckelschuhe.

Die Frau setzte sich an einen Tisch in der Nähe und zeigte ihm die Rundung ihrer linken Wange, aber nicht mehr. Der Rockschlitz gab den Blick auf ein langes Bein, ein Knie, ein Stück Schenkel frei.

Danke, lieber Gott!

Und sie trug keine Strumpfhosen, nur ihre eigene Haut. Was für ein Augenschmaus im Winter! Ein Stöckelschuh baumelte an ihrer Fußspitze. Der Schuh fiel zu Boden, darunter kamen unlackierte nackte Zehen zum Vorschein.

Da war alles entschieden.

Er würde sich ohne den üblichen gespielten Widerstand ergeben, er war jederzeit bereit, sich von ihr abschleppen zu lassen.

Die Frau wandte sich um und sah ihn an. Er kam von ihrem Gesicht nicht mehr los. Große Schönheit und große Hässlichkeit faszinierten ihn seit jeher gleichermaßen, und was er hier vor sich sah, war ein so grotesk hässliches Frauenantlitz, wie er es noch nie in der Öffentlichkeit erblickt hatte. Eine rote Narbe verlief im Zickzack über ihre rechte Wange und zog die Lippen auf einer Seite nach oben, so dass sie gezwungen war, ständig mit der Hälfte ihres Mundes zu lächeln.

Als sie seine Reaktion sah, bewegte sich auch ihre andere Mundhälfte nach oben. Die hellgrauen Augen standen ungewöhnlich weit auseinander, die Brauen waren dicht und dunkel und stießen fast über einer kleinen, geraden Nase zusammen, die das einzig Makellose an diesem Gesicht war.

Sie stand geschmeidig auf und kam zum Tresen. »Eitelkeit lässt grüßen!«

»Wie bitte?«

»Sie sind doch eitel, nicht?« Sie beugte sich zu ihm vor. »Sie sind ein schöner Mann, und das wissen Sie auch.«

Die sanfte Stimme gefiel ihm, aber die Augen brachten ihn einigermaßen aus der Fassung. Der Lidschatten betonte noch ihre eigenartige Stellung und ließ sie aussehen, als säßen sie seitlich in ihrem Kopf wie bei Vögeln, die mit einer Kopfdrehung ihre ganze Umgebung erfassen können. In diesem Augenblick aber konzentrierte sie sich ganz auf ihn, eine Erfahrung, die ihn hypnotisierte, verunsicherte.

Wenn sie sprach, bewegte sich die Narbe, streckte sich und zog sich wieder zusammen. Sie rückte näher an ihn heran und zwang ihn, nur ihre Augen anzusehen, die leicht belustigt dreinblickten.

»Es muss angenehm sein, wenn man in das eigene Ich verliebt ist«, sagte sie, »denn dann braucht man keine Zurückweisung zu fürchten. Und dass man darüber vielleicht zum Feigling wird, merkt ja keiner.« Sie lehnte sich zurück, und jetzt gingen die Lippen nur auf einer Seite in die Höhe.

Er wusste nicht recht, welcher Seite ihres Mundes er glauben sollte, wahrscheinlich aber lachte sie ihn aus. »Darf ich Sie zu einem Drink einladen?«, fragte er.

Sie nickte wortlos. Offenbar hatte sie es nicht anders erwartet. Durch die Narbe hatte sich für sie an der Beziehung zwischen Mann und Frau nichts geändert: Die Rechnung zahlte der Mann.

»Ich nehme das, was Sie trinken.« Sie griff nach seinem Glas und schnupperte. »Billigen Scotch und Leitungswasser.«

Sie fesselte ihn von Minute zu Minute mehr. Er machte dem Barkeeper ein Zeichen, deutete auf seinen Drink und dann auf die Frau an seiner Seite. Während sie warteten, sah er ganz offen ihre Narbe an. Das schien sie nicht zu stören. Sie lächelte nachsichtig, als hätte sie ihm eine kostenlose Peepshow geboten.

Auf die Kunst des Schminkens verstand sie sich offenbar bestens. Diverse Cremes und Puder hatten der Haut über dem Stehkragen der Bluse zu gesunder Frische verholfen. Gegen die Verunstaltung aber hatte sie nichts unternommen, hatte ganz im Gegenteil den verzerrten Mund durch einen feuerroten Lippenstift noch betont. Als er begriff, dass dies ein Zeichen von Trotz war, wurde sie ihm sympathischer.

Er sah auf die Narbe. »Wie sind Sie denn an die gekommen?«

Sie zog die Augenbrauen hoch, lachte leise und gab sich jetzt so gönnerhaft, wie Frauen sich häufig kleinen Kindern, Hunden oder Männern gegenüber benehmen. »Die hässliche Narbe am Ringfinger hast du von dem Unfall, als du neun warst.« Sie streifte leicht über seinen Handrücken. »Beim Schlittschuhlaufen mit dem Kinderchor. Aber ich sag's nicht weiter, die Vergangenheit gehört dir ganz allein.«

Seine Narbe war unter dem breiten goldenen Ring, einem Erbstück seines Vaters, nicht zu sehen. »Wir kennen uns doch gar nicht. Woher –«

»Falsch, Rouge. Ich erinnere mich sehr gut an dich.« Sie trank langsam, spannte ihn auf die Folter. »Du hast viele Herzen gebrochen, als du weggegangen bist«, setzte sie hinzu. »Hat es dir in deiner neuen Schule mit dem militärischen Drill besser gefallen als in St. Ursula?«

Diese Frau sollte in St. Ursula gewesen sein? Ausgeschlossen! Er schüttelte den Kopf. »Da müsste ich mich doch an Sie erinnern.«

»Das glaube ich kaum«, sagte sie leichthin. Es klang, als hielte sie ihn für ein bisschen dumm und erwarte deshalb nicht viel von ihm.

Wie gut sich Frauen auf solche Nadelstiche verstanden!

Sie berührte ihre versehrte rechte Wange. »Das da hast du allerdings nie gesehen.« Als sie zum Fernseher hochblickte, wandte sie ihm die andere Gesichtshälfte zu.

Auf der Mattscheibe war jetzt Rouge zu sehen. »Du bist also der clevere Cop, der die Sache mit dem lila Fahrrad so gut hingekriegt hat?«

War das Spott, was da in ihrer Stimme mitschwang? Ja, eindeutig. »Nein, das war ein Kollege.« Er hatte das Gefühl, dass er drauf und dran war, sich zu verlieben, und dass dieser Zustand vielleicht sogar noch den nächsten Drink überdauern würde. »Ich bin nur zufällig vorbeigekommen und habe das Fahrrad ins Revier gebracht.«

»Zufällig? Du warst zur rechten Zeit am richtigen Ort.«

Er zuckte die Achseln. Von Zufall konnte keine Rede sein, er sah immer bei Miss Fowler nach dem Rechten, wenn er abends seine Stammkneipe verließ. Da seine frühere Klavierlehrerin an der Hauptstraße wohnte, kam er zwangsläufig an ihrem Haus vorbei.

»Offenbar fanden die Kameras dich interessanter als deinen Kollegen. Da bist du ja wieder.« Sie deutete auf den Bildschirm. »Den Ausschnitt hab ich heute früh schon mal gesehen. Die Rolle des großen Schweigers ist dir wie auf den Leib geschrieben.«

Ja, in ihre linke Gesichtshälfte konnte man sich wahrhaftig verlieben.

»Ein eigenartiges Zusammentreffen ist es aber doch. Deine Schwester ist von einem Kidnapper umgebracht worden, und jetzt hast du einen gefangen.«

Er zuckte zurück, als hätte sie eine Pistole auf ihn gerichtet. »Er ist kein Kidnapper, sondern ein Fahrraddieb. Und die Kinder sind durchgebrannt.« Zumindest vertrat die Staatspolizei der Presse gegenüber diese These. War diese Frau …

»Gwens Mutter ist offenbar anderer Meinung.« Sie deutete auf die Vizegouverneurin, die gerade die Treppe herunterkam und auf den Sprecher des BCI, der Kriminalabteilung der Staatspolizei, zuging. »Deine Schwester wurde auch kurz vor Weihnachten entführt. Ein paar Monate, nachdem sie dich auf die neue Schule geschickt hatten.«

Er wandte sich der Weinglaspyramide und den zwanzig kleinen Abbildern von Susan zu, denen allen der Schreck ins Gesicht geschrieben stand. »Der Mann, der meine Schwester umgebracht hat, sitzt im Knast. Sind Sie Reporterin?« Die Leute von der Staatspolizei hatten den ortsansässigen Cops eingeschärft, Gespräche mit den Medien zu vermeiden.

»Und alle drei waren auf der gleichen Privatschule.« Sie leerte ihr Glas.

Aufhören! Bitte!

»Es gibt keinerlei Verbindung zwischen meiner Schwester und den beiden Ausreißerinnen. Sind Sie …«

»Nein, ich bin nicht von der Presse.« Sie streckte dem Barkeeper ihr leeres Glas hin. »Aber ich lese Zeitung. Die beiden Mädchen waren genauso alt wie Susan.«

»Wie heißen Sie?«

»Der Name sagt dir doch nichts, Rouge. Meine Familie ist weggezogen, als ich in der fünften Klasse war.« Auf der Mattscheibe erschien ein Foto von Gwen Hubble. »Die Familie der Kleinen da ist so reich, wie deine mal war.«

»Sind Sie vom FBI?«

»Auch deine Schwester war hübsch. Genauso hübsch wie Gwen. Eine kleine Prinzessin. Ein Zufall fehlt uns noch, dann haben wir alles, was zu einem verdammten Wunder gehört.« Sie wandte ihm wieder das Gesicht zu. »Nein, ich bin nicht beim FBI. Ich bin nur über die Feiertage bei meinem Onkel zu Besuch. Ein interessantes Exemplar, der alte Herr. Ein frommer Atheist, der nur eine einzige religiöse Überzeugung hat: dass es im Leben keine Zufälle gibt. Bist du sicher, dass der Priester deine Schwester umgebracht hat?«

Die Frage war eine Bombe, aber diese Frau stellte sie so beiläufig, als sei sie ihr ganz nebenbei eingefallen.

»Ja, es war eindeutig dieser Dreckskerl.« Keine Schärfe in der Stimme, nur eine nüchterne Feststellung, auswendig gelernt wie Tabellen mit Maßen und Gewichten. Nur war ihm »Dreckskerl« lieber als »Priester«.

»Es gab nur Indizienbeweise«, stellte sie sachlich fest. Es war, als führten sie ein Gespräch über das Wetter von morgen. »Man hat kein Lösegeld gefunden.«

»Er hat sie umgebracht«, wiederholte Rouge mit Nachdruck. »Wer sind Sie?«

Sie sah ihn an, als habe er sie enttäuscht. »Ich muss mal eben verschwinden.«

Sie ging nach hinten zu den Toiletten, und er sah ihr nach. Die Weingläser-Susans drehten leicht verwirrt die Köpfe hin und her. Wie war es möglich, dass er diese Frau kannte, sich aber nicht an sie erinnern konnte? Um sich die Wartezeit zu verkürzen, ließ er seine früheren Mitschülerinnen Revue passieren. Sie war nicht darunter.

Die mit militärischem Drill geführte neue Schule war ein kurzlebiges Experiment gewesen, ihn von seiner Zwillingsschwester zu trennen. Nach Susans Tod hatte St. Ursula ihn wieder aufgenommen, hatten ihn vertraute Gesichter begrüßt und durch die Jahre begleitet. Auch die Rückkehr in seine alte Schule war ein Experiment gewesen, das als Ausgleich für eine tote Schwester den Trost vertrauter Umgebung bot.

Nach zwanzig Minuten wartete er noch immer.

Wie blöd kann man eigentlich sein?

Rouge legte sein Geld auf den Tisch und ging. Draußen war es dunkel geworden. In den laublosen Bäumen am Straßenrand blinkten bunte Lichter, und die Schaufenster waren vollgestopft mit kitschigen Dekorationen und teuren Geschenken. Die Fassaden der Geschäfte waren seit fast hundert Jahren unverändert, aber die Stimmung in der Stadt war in den letzten Tagen anders geworden: Zwei Kinder wurden vermisst. Die Kassen klingelten trotzdem weiter. Dicht an dicht schoben sich die Autos über die Fahrbahn, und auf den Gehsteigen drängten sich Menschen, die letzte Weihnachtseinkäufe machten und entschlossen mit ihren sperrigen Paketen von Geschäft zu Geschäft eilten.

Nur Rouge Kendall rührte sich nicht. Obgleich er wusste, dass die Brünette längst auf und davon war, sah er jeder Passantin mit langem dunklem Haar ins Gesicht.

Trottel.

Er würde heimfahren und sich nicht mehr mit Frauen einlassen. Seine Mutter, die immer auf seiner Seite war, zählte er nicht zu dieser Spezies.

Die Leiche ihrer Tochter war am 25. Dezember gefunden worden, und seit fünfzehn Jahren stand in Ellen Kendalls Haus kein Weihnachtsbaum mehr. An diesem Abend saß sie vor dem Fernseher, der Bilder von zwei verzweifelten Müttern zeigte. Ihre eigenen Worte verdrängten den Text des Sprechers:

Fröhliche Weihnachen, die Damen. Nur noch sechs Einkaufstage bis zum ultimativen Geschenk. Eine Kleinigkeit aus der Hölle, um Ihnen für immer die Festfreude auszutreiben, eine kleine kalte Leiche für jede von Ihnen.

Ellen hätte zu den Tabletten greifen können, die solch dunklen Gedanken den Garaus machten, aber sie fürchtete die Nebenwirkungen, fürchtete das Gefühl, durch einen

Sumpf zu waten, kaum einen klaren Gedanken fassen zu können und plötzlich nicht mehr zu wissen, was sie zum Abendessen hatte machen wollen.

Sie schaltete den Fernseher aus, und auf der dunklen Scheibe war jetzt ihr Spiegelbild zu sehen – das gut geschnittene Gesicht einer hageren Frau, die nach einem Drink gierte. Ein besserer Spiegel würde ihr eine Frau zeigen, die nicht wie sechsundfünfzig, sondern zehn Jahre älter wirkte, und in deren Haar mehr graue als braune Strähnen waren. Das hatte der Alkohol aus ihr gemacht, auch wenn sie inzwischen trocken war.

Was sie sich allerdings nicht als eigenen Verdienst anrechnete. Mit sechzehn, als er anfing, sich in die Rolle des Hausherrn einzuleben, hatte Rouge alle Flaschen aus dem Haus geschafft. Schon drei Jahre vor dem Tod seines Vaters war das gewesen.

Wie vorausschauend. Aber er war schon immer ein ungewöhnlicher Junge gewesen.

Als der Wagen auf dem großen Kreis der Auffahrt bremste, ging sie zum Fenster und schob die Vorhänge zurück. Der alte Volvo stand vor dem Haus, der Motor lief nicht mehr, aber Rouge machte keine Anstalten auszusteigen. Er saß am Steuer und sah zu den Giebeln hoch. Zu dem dunklen Fenster seiner Schwester? Sie sprachen nie von ihr, aber so kurz vor Weihnachten war das tote Kind immer besonders gegenwärtig. Eine Zeit der Dreieinigkeit: Mutter, Sohn und Susans Geist.

Den ganzen Vormittag lang war Ellen Kendall der Erinnerung an das endlose Warten auf den Lösegeldbrief nachgehangen. Nachmittags dann hatte sie Susans kleine Gestalt auf der Schneewehe gesehen, auf die man sie geworfen hatte, als kein Atem mehr in ihr war. Und jetzt durchlebte Ellen noch einmal die Beerdigung.

Rouge war sehr still gewesen an dem Tag, als man seine Schwester zur ewigen Ruhe gebettet hatte. Ellen hatte den tapferen kleinen Kerl bewundert, der mit seinen zehn Jahren so ruhig und gefasst war. Und dann sah sie, wie seine kleine Hand sich um eine andere Hand legte, die nicht da war. Als der Sarg seiner Schwester in die Grube gesenkt wurde, hatte er auf die leere Stelle neben sich geblickt. Zum ersten Mal an diesem Tag verriet sein Gesicht Bestürzung. Bestürzung darüber, nicht die gewohnte andere Hälfte an seiner Seite zu finden, die seine Augen hatte und sein Haar. Ohnmächtig war er vornüber gefallen und wäre auf den Sarg gestürzt, wenn sein Vater nicht geistesgegenwärtig die Hand ausgestreckt und ihr überlebendes Kind von der offenen Grube zurückgezogen hätte.

Ellen kam in die Gegenwart zurück und sah aus dem Fenster. Ihr Sohn saß immer noch am Steuer.

Fröhliche Weihnachten, Rouge. Denkst du an Mord?

Vielleicht dachte er aber an etwas viel Alltäglicheres, vielleicht überlegte er, wie er die Grundsteuer und die Unterhaltskosten für dieses Haus aufbringen sollte, das viel zu groß für die beiden übrig gebliebenen Kendalls war. Die oberen Stockwerke hatten sie zugesperrt, das sparte Strom und Öl, aber Wartung und Reparaturen kosteten trotzdem viel Geld. Als Ellen den Vorschlag gemacht hatte, in ein kleineres Haus umzuziehen, war Rouge in Wut geraten. Danach hatten sie sich tagelang beharrlich angeschwiegen. Ellen wusste, wie hart ihr Sohn arbeitete, um ihr dieses Heim zu erhalten, dabei blieb sie nur ihm zuliebe hier und quälte sich jeden Tag von neuem durch die traurigen Erinnerungen. Leidvolles Ausharren – das war das fragwürdige Geschenk, das sie sich mit den besten Absichten gegenseitig gemacht hatten.

Die Kunstsammlung und die meisten Antiquitäten waren verkauft, was sie allerdings nicht allzu traurig stimmte. Eigentlich gefiel ihr das Haus jetzt, wo es nicht mehr so vollgestellt war, sogar besser. Die psychiatrische Behandlung, die Herztransplantation des Vaters, das Lösegeld, Honorare für den Detektiv – all das hatte das Vermögen aufgezehrt, das die Familie ihres verstorbenen Mannes über viele Generationen im Verlagsgeschäft gemacht hatte.

Die Haustür öffnete und schloss sich, dann hörte sie die Schritte ihres Sohnes auf dem Marmorboden. Die fast protzig große Eingangshalle verschlang gewaltige Mengen an Energie. Sie hatte vorgeschlagen, die Hintertür als Eingang zu benutzen, dann hätten sie die Halle dichtmachen können, aber ihr Sohn hatte erklärt, er sei nicht gewillt, in den eigenen vier Wänden zu hausen wie in einer Notunterkunft.

Wann war Rouge zum Hausherrn geworden?

Schon vor langer Zeit.

Sie und ihr Mann hatten ihn viel zu früh zum Mann gemacht. Sie waren dem Kind, das ihnen geblieben war, keinerlei Trost gewesen, hatten es links liegen lassen, jeden Tag mechanisch getan, was zu tun war, nie mehr als ein nichts sagendes »Guten Morgen« oder »Gute Nacht« mit ihm gewechselt.

»Hi, Mom.«

Rouge kam herein. In dem trügerischen Licht schien es, als liefe sein Schatten als eigenständiges Wesen neben ihm her.

»Hallo, Lieber.« Klang das zu munter? Gezwungen und künstlich? »In zwanzig Minuten können wir essen.«

»Bestens«, sagte er und küsste sie auf die Wange.

Und war diese kleine Geste nicht ein wenig zu beiläufig? Wirkte Rouge zerstreuter als sonst?

Ellen spürte, dass er litt oder sich zumindest nicht wohl fühlte. War er krank? Reste des Mutterinstinkts von damals, als sie zwei lebendige Kinder gehabt hatte, regten sich in ihr. Sie wollte ihm die Stirn fühlen, wollte feststellen, ob er Fieber hatte, und hob die Hand, aber da hatte er sich schon abgewandt.

Er ging zurück in die große Halle und die breite Treppe zu den nicht mehr benutzten Stockwerken hoch. Sie folgte ihm und schüttelte ungläubig den Kopf, als sie sah, dass er die Dichtungsstreifen von der Tür zu Susans Zimmer abzog.

Gwen Hubble war noch nicht ganz wach, kämpfte sich aber langsam ins Bewusstsein zurück. Sie versuchte aufzustehen, fiel aber so erschöpft wieder auf das schmale Bett zurück, als sei ihr Körper aus schwererem Stoff gemacht als aus dem Fleisch und den Knochen einer Zehnjährigen. Sie blieb einen Augenblick lang liegen und sammelte Kraft für den nächsten Versuch. Ihr Blick konzentrierte sich auf das matt leuchtende Nachtlicht im Wandstecker.

Als sie wieder klarer denken konnte, fiel es ihr auch leichter, sich aufzusetzen.

Wieder stand ein Tablett auf dem kleinen Tisch an ihrem Bett. Beim letzten Mal waren ein Glas Orangensaft und ein Ei drauf gewesen. *Nicht genug zum Sattwerden.* Diesmal waren es eine halbe Tasse Kakao und ein kleines Brötchen. *Nicht genug.*

Benommen sah sie in das matte Licht, das auf die Keramikfliesen fiel. Das größte Badezimmer im Haus ihres Vaters war so groß wie das hier, und auch die Wanne war ein antikes Stück mit Klauenfüßen wie zu Hause. Die Toilette schien weit weg, nur ganz schwach warf das Porzellan den Schein des Nachtlichts zurück.

Der Drang zum Wasserlassen war stärker als der Hunger. Sie schob die Bettdecke zurück und setzte die nackten Füße auf den rauen Holzfußboden.

Wo waren ihre Socken?

Am ersten Tag hatte sie nur ihre rote Windjacke vermisst, am nächsten Morgen – heute morgen? – waren ihre Schuhe verschwunden gewesen. Sie fasste an die Kette, die sie um den Hals trug, legte die Hand um das Amulett, das Sadie Green ihr geschenkt hatte und auf dem das Bild eines allwissenden Auges eingraviert war. Wie gut, dass sie das noch hatte. In der Nacht hatte sich ihr Zopf gelöst.

Ist es Nacht?

Sie war zu schnell aufgestanden, ihr Kopf dröhnte. Taumelnd ging sie zur Toilette. Als sie an der Tür vorbeikam, drehte sie probehalber und ohne viel Hoffnung den Türknauf.

Warum passiert das alles?

Die Frage war zu schwierig, sie entglitt ihr wieder, während sie, wie man es ihr für die Benutzung fremder Toiletten beigebracht hatte, den Toilettendeckel hob, Toilettenpapier von der Rolle riss und sorgfältig die einzelnen Stücke auf den hölzernen Sitzrand legte.

Nachdem ihre Augen sich an das matte Licht gewöhnt hatten, erkannte sie weitere Einzelheiten. Dass über dem Waschbecken kein Spiegel hing, war ihr beim letzten Mal noch nicht aufgefallen. Aber das wuchtige Möbelstück an der hinteren Wand hatte sie noch in Erinnerung. *Ein Kleiderschrank im Badezimmer?*

Den an der Wand befestigten Wäschebehälter – genauso einer, wie sie zu Hause hatten – hatte sie bisher noch nicht bemerkt. Der hier hatte eine lange Kette, die einmal durch den Griff gezogen und zwei Mal um den Handtuchhalter daneben geschlungen war. Die Kette war mit einem Vorhängeschloss gesichert.

Warum? Was war in dem Kasten? Kaum hatte sie die Frage angedacht, war sie ihr schon wieder entwischt.

Sie hatte schrecklichen Hunger.

Jetzt stand sie wieder vor dem schmalen Bett und besah sich das Tablett. Als sie heute Morgen das Ei gegessen hatte, war sie gleich wieder eingeschlafen. Zumindest ging sie davon aus, dass es Morgen gewesen war, denn Saft und Ei waren ja Sachen, die es normalerweise zum Frühstück gab. Jetzt betrachtete sie das kümmerliche Brötchen und den Kakao und versuchte eine Überlegung zu Ende zu bringen, die eine Verbindung zwischen Essen und Schlafen herstellte. Der Gedanke an ihre beste Freundin kam dazwischen. Wo war Sadie, und wie ging es ihr?

Gwen aß das Brötchen. *Nicht genug, um satt zu werden.* Ihr Magen knurrte. Es war harte Arbeit, an einem einzigen

Gedanken festzuhalten. Sie besah sich den Kakao. Wieder kam ihr die Verbindung zwischen Essen und Schlafen in den Sinn. *Essen? Oder Trinken?* Sie ging noch einmal zum Waschbecken, schüttete den Kakao weg und spülte nach, damit man die dunklen Flecken nicht sah.

Auf dem Weg zurück zum Bett fiel ihr Blick wieder auf den Wäschebehälter und die Kette mit dem Vorhängeschloss. Sie ging langsam darauf zu. Sie war wie benommen. Vielleicht hatte sie die Grippe? Oder den Kopf voller Watte? Oder beides? Sie streckte die Hand nach dem Wäschebehälter aus, dann gaben die Knie unter ihr nach, und sie sank zu Boden.

Also war es nicht der Kakao, von dem sie so müde wurde, sie hatte falsch geraten. Und obgleich sie jetzt flach auf dem Boden lag, hatte sie immer noch das Gefühl zu fallen und dachte voller Angst, dass sie womöglich keinen festen Boden mehr unter sich hatte, dass die Regeln des Universums für sie nicht mehr galten.

Dann fielen ihr die Augen zu.

Am späten Abend des Tages, an dem ihre Tochter gestorben war, hatte Ellen Kendall die Tür zu Rouges Zimmer geöffnet. Ihr kleiner Sohn hatte sich zu einer Kugel zusammengerollt, so dass man von ihm nur den rotbraunen Schopf, seine Finger und die aus dem Pyjama ragenden Füße sah. Dann hatte er die Augen aufgeschlagen, sich gereckt und Arme und Beine ausgebreitet, als wollte er dem, was da in der Dunkelheit auf ihn zukam, ein leichtes Ziel bieten. Als er sah, dass auf der Schwelle nur seine verängstigte Mutter stand, ging ein Ausdruck der Enttäuschung über sein Gesicht. Und Ellen hatte begriffen, dass ihr zehnjähriger Sohn sterben und mit seiner Schwester beerdigt werden wollte. Am nächsten Tag hatte sie das Kind, das ihr geblieben war, in die Obhut eines Psychiaters gegeben. Sie selbst traute sich nicht zu, Rouge dem Leben zu erhalten. Hatte sie darin nicht auch bei Susan versagt?

Danach hatte sie sich hemmungslos an die Flasche gehängt, was ihr gar nicht so leicht gefallen war. Ellen war nicht von heute auf morgen zur Trinkerin geworden.

Als sie jetzt, nach langen nüchternen Jahren, von der Schwelle aus Susans Zimmer betrachtete, staunte sie, wie sehr die Zeit es verwandelt hatte. Die kräftigen Farben der Wände waren zu einem matten Rosa verblasst.

Rouge saß im Schneidersitz auf einem früher regenbogenbunten Teppich, der voller Staub war. Geisterhaft weiße Schonbezüge hingen über den Möbeln, und da, wo keine Teppiche lagen, waren die Dielenbretter einfarbig grau. Er sah einen großen Karton mit Sachen durch, die Susan gehört hatten.

Ellen trat leise näher. Ihr Sohn war in ein altes Jahrbuch von St. Ursula vertieft und beachtete sie nicht.

Warum tat er sich – und ihr – das an?

Sie schluckte an ihren Tränen, aber als sie ihn ansprach, klang ihre Stimme erstaunlich normal. »Brauchst du Hilfe? Suchst du etwas Bestimmtes?«

»Ich bin heute einer Frau begegnet.« Er legte das eine Jahrbuch aus der Hand und öffnete ein anderes. »Sie kannte uns, als sie neun oder zehn Jahre war. Aber ich weiß nicht mehr, wie sie heißt. Ich hatte gehofft, ein Foto von ihr zu finden.«

Ellen war jetzt hellwach und sehr beunruhigt. Noch über ein Jahr nach dem Tod der Zwillingsschwester hatte Rouge immer nur von »wir« und »uns« gesprochen. Und jetzt geisterten diese Formulierungen wieder in seinen Sätzen herum.

»Kannst du die Frau beschreiben, Rouge?«

Er griff sich das nächste Jahrbuch. »Sie hat weit auseinanderstehende Augen und …« Verärgert schlug er den Band zu. »Sie ist nicht drin. Demnach war sie nicht in St. Ursula.« Er schob den Stoß beiseite und fuhr sich mit beiden Händen durchs Haar.

Ellen hockte sich neben ihn. »Weißt du etwas über ihre Familie? Über den Beruf des Vaters oder der Mutter?«

»Nein.« Er hob resigniert die Hände. »Sie sind weggezogen, als sie in der fünften Klasse war, sagt sie.« Er hieb mit der Faust auf den Boden, und der Jahrbuchstapel fiel um.

Sie wusste, dass er mehr als vierundzwanzig Stunden nicht geschlafen hatte, aber hier war mehr als Erschöpfung im Spiel. An seinem Frust erkannte sie, wieviel er getrunken hatte. In diesem Ton sprach er nur, wenn er nicht mehr klar denken konnte, wenn der Alkohol sein Denkvermögen zugeschüttet hatte. Normalerweise konnte er sehr viel schneller und besser denken als sie. Vielleicht war er deshalb jeden Abend in Dame's Tavern. Um diesen flinken Verstand auf eine langsameres Tempo zu drosseln.

»Zumindest weißt du jetzt, dass sie nicht in St. Ursula war.« Als junge Reporterin hatte sie manchmal weit weniger in der Hand gehabt, um einer bestimmten Person auf die Spur zu kommen. Das Mädchen war also weggezogen, als sie in der fünften Klasse war. In der Stadt gab es nur eine staatliche Grundschule, in deren Archiv würden sich Klassenfotos finden. Aber so weit brauchte sie gar nicht zu gehen.

Ellen zog die untere Schublade von Susans Kommode auf. »Die Frau, die du kennen gelernt hast, Rouge ... Könnte es sein, dass sie im Kinderchor war? Dort kamen Kinder aus beiden Schulen zusammen.« Sie schlug das Sammelalbum ihrer Tochter auf und suchte nach den Fotos von den jährlichen Ausflügen des Chores.

»Der Chor – das ist eine Idee. Sie erinnerte sich an meine Narbe.« Er stand jetzt neben ihr und hieß sie bei einem großen Foto innehalten. »Ist das aus dem Jahr, als ich mir in den Finger geschnitten hatte?«

»Du hast ihn dir fast abgeschnitten, Rouge.« Sie betrachtete die in drei Reihen hintereinander knienden und stehenden Kinder, die ihre Schlittschuhe in der Hand hielten und in die Kamera lächelten, und deutete auf zwei Mädchen in der ersten Reihe. »Das ist Meg Tomlin, die Tochter des Feuerwehrhauptmanns. Sie hat vor drei Jahren geheiratet und ist nach Cooperstown gezogen. Und das da ist Jenny Adler, an die erinnerst du dich sicher von St. Ursula her. Sie hat einen Abschluss am MIT gemacht und arbeitet jetzt für eine Firma in Tokio.«

Er sah sie verblüfft an und fragte sich vermutlich, weshalb sich eine so zurückgezogen lebende Frau wie sie so gut in der Welt da draußen auskannte.

»Ich lese Zeitung, mein Junge, auch wenn der Verlag der Familie nicht mehr gehört. Du würdest staunen, was ich alles weiß.«

»Hast du noch deine alten Quellen?«

»Aber ja.« Und die alten Freunde hielten offenbar nach wie vor zu ihr. Es gab eine Reihe von Parallelen zwischen der Entführung ihrer Tochter und dem Kidnapping von zwei weiteren Kindern aus St. Ursula, aber weder in der Zeitung noch im Fernsehen war von Susan die Rede gewesen. Sollten aber die Mädchen am Weihnachtstag tot aufgefunden werden, würden auch die Freunde sie nicht mehr schützen können.

Ihr Sohn sah sie nachdenklich an. »Was weißt du über die Vizegouverneurin, Mom?«

»Marsha Hubble? Sie kommt aus einer alten Politikerfamilie, aber ich könnte schwören, dass sie sauber ist. Trotz der Nähe zu einem Senator, dem man Verbindungen zum Organisierten Verbrechen nachsagt.«

»Und der Marionettengouverneur?«

»Der *angebliche* Marionettengouverneur ... Er versucht schon seit einem Jahr, die Hubble loszuwerden. Ich schätze mal, dass sie mit einigen der großen Wahlkampfspender, die Dreck am Stecken haben, nicht allzu zartfühlend umgegangen ist.«

Rouge nahm sich wieder das Album vor, aber er wirkte jetzt in sich gekehrt, und Ellen spürte, dass er ihr entglitt. Sie deutete auf ein Kind in der mittleren Reihe. »Die Kleine hier hat weit auseinanderstehende Augen, aber ich habe keine Ahnung, wer sie ist. Und eben noch habe ich so angegeben ...« Sie drehte das Foto um und las die Liste der Namen, die sie selbst notiert hatte. Bis auf ein Kind waren alle genannt. Die Kleine mit den weit auseinanderstehenden Augen war die einzige, die sie schon damals nicht hatte zuordnen können. »Tut mir Leid, Rouge, ich muss passen.«

»Sie hat eine Narbe. Hier.« Er fuhr im Zickzack über seine rechte Wange. »Kannst du dich vielleicht an einen Unfall erinnern, in den ein kleines Mädchen verwickelt war?«

»Nein, und so was Ungewöhnliches wäre einem ja bestimmt im Gedächtnis geblieben.« Sie blätterte weiter. »Auf diesem Bild bist du nicht drauf, da warst du schon an deiner neuen Schule. Da ist sie wieder, direkt hinter Susan. Ohne Narbe. Demnach hatte sie den Unfall erst nach dem Umzug.«

Ihr Sohn entfernte sich immer weiter von ihr, trieb auf jener gelben See dahin, die in Whiskeygläsern schwappt. Ellen roch sie, konnte sie fast schmecken. Aber was den Alkohol anging, konnte sie ihm kaum Vorhaltungen machen. Sie hatte den Ausstieg erst geschafft, nachdem ihr halbwüchsiger Sohn sie sturzbetrunken im Badezimmer gefunden hatte. »Du sagst, dass sie weggezogen sind, als sie in der fünften Klasse war?«

Er nickte zerstreut.

»Zur Zeit sind Weihnachtsferien, die Schulen sind geschlossen, aber du könntest es in der Kirche versuchen. Kann sein, dass Pater Domina noch alte Anwesenheitslisten hat.« Sie fuhr ihm durchs Haar, um ihn in die Gegenwart zurückzuholen. »Ich könnte dir helfen. Morgen früh?«

»Geht nicht, da hab ich die erste Schicht.« Rouge stand auf und staubte sich die Jeans ab. »Sie haben mich für einen Sonderauftrag in Zivil eingeteilt.« Er überflog die Titel auf dem kleinen Bücherregal am Bett. »Was ist aus Susans Tagebuch geworden?«

»Das hat die Polizei mitgenommen. Ich weiß nicht, ob sie es je zurückgegeben hat. Wir könnten in den Kisten auf dem Boden nachsehen.« Sie warf noch einen Blick auf das Kinderchorfoto. »Merkwürdig, dass ich die Kleine nicht einordnen kann.«

Aber auch sehr begreiflich. Bis auf die Augen hatte das Kind nichts Außergewöhnliches an sich. Ein Durchschnittstyp in jeder Beziehung – nicht einmal die Kleinste, nicht einmal die Hässlichste aus der Gruppe.

Rouge zog die Schutzhülle vom Schreibtisch. Auf der verblassten grünen Schreibunterlage lag ein silbernes Armband.

Ein Geschenk, das Susan von ihrem Vater zu ihrem letzten Geburtstag bekommen hatte. Rouge nahm es in die Hand. »Hat Dad nicht gesagt, sie hätte es verloren?«

Verloren? Vielleicht hätten sie doch ausführlicher über Susans Tod reden sollen. Was hatte er wohl noch alles missverstanden in jenen Tagen, als der Vater sich in seinem Arbeitszimmer verschanzt und seine Mutter an der Flasche gehangen hatte? Andererseits war es durchaus denkbar, dass das Armband damals tatsächlich nicht gestohlen, sondern verloren gegangen und später gefunden worden war, dass man es nicht als Beweismittel beschlagnahmt hatte.

»In den letzten Monaten ihres Lebens verlor deine Schwester ständig irgendetwas in der Chorprobe.« Ellen hatte sich darüber gewundert, denn normalerweise gingen die Kinder sehr sorgfältig mit ihren Sachen um. Damals hatte sie sich die eigenartigen Änderungen im Verhalten ihrer Tochter damit erklärt, dass sie unter der Trennung von ihrem Zwillingsbruder litt.

Manchmal kreisten Ellens Gedanken nachts um die quälende Frage *Was wäre gewesen, wenn …* Was wäre gewesen, wenn sie sich ihrem Mann gegenüber durchgesetzt und die Geschwister an derselben Schule belassen hätte? Dann wäre Rouge an dem Tag der Entführung bei Susan gewesen, die beiden steckten ständig zusammen, waren sich selbst genug. Wäre Susan am Leben geblieben, oder wären sie beide umgekommen?

Nachdenklich betrachtete sie das silberne Armband, das

Rouge in ihre Hand gleiten ließ. Wann hatte sie es zum letzten Mal gesehen? Bei der Verhandlung? Ja, das Armband war als Beweismittel vorgelegt worden. Demnach hatte die Polizei es ihrem Mann später zurückgegeben. Sie sah Bradley Kendall vor sich, wie er leise das Zimmer betreten und das kleine Schmuckstück auf den Schreibtisch seiner Tochter gelegt hatte. Und vielleicht hatte er sich dann aufs Bett gesetzt und geweint, weil ihm der geringe Durchmesser des Armbands das Herz zerriss.

Ellen schloss die Hand um das Schmuckstück. »Die Polizei sagte, es sei im Zimmer des Priesters gefunden worden.«

»Im Zimmer von Paul Marie, meinst du«, verbesserte Rouge sachlich, aber mit Nachdruck. Für einen so ruhigen, zurückhaltenden Menschen wie ihn war das schon fast eine Zurechtweisung. Sie hatte ganz vergessen, wie wütend er werden konnte, wenn sie den Kindermörder als Priester bezeichnete.

Wenn sie an Paul Marie dachte, sah sie ihn nie anders als in Soutane und Priesterkragen. Er war so jung gewesen, allenfalls Mitte zwanzig, als sie ihn zum letzten Mal bei der Kommunion an der Seite des älteren Priesters gesehen hatte. In sein Gesicht hatte das Leben noch keine Spuren geschrieben, die auf Charakter, auf Persönlichkeit hindeuteten. Manche hatten ihn ausgesprochen hübsch gefunden, so viel wusste sie noch, aber ansonsten war er ein ganz unauffälliger Mann gewesen, ein eher unterdurchschnittlicher Prediger, ein nur leidlicher Chorleiter.

Doch die Kinder hatten ihn geliebt.

Ellen schlug schnell die Hände vors Gesicht. Ihre Wangen glühten, als hätte sie die Worte laut ausgesprochen, als hätte sie in der Kirche einen unanständigen Witz erzählt.

3

»Ich finde das gut.« Die Anerkennung, mit der er die Zickzacknarbe und den grellrot leuchtenden, verzerrten Mund betrachtete, schien echt.

Ali Cray hatte den Priester als hochgewachsen, aber schmal, fast schmächtig in Erinnerung, als einen jungen Mann mit sensiblem Gesicht, dessen Blässe das dunkle Haar und das schwarze Priestergewand noch betonten. Als sie zehn und Paul Marie Anfang zwanzig gewesen war, hatte sie beim Anblick seiner großen, leuchtend braunen Augen immer an Lord Byron denken müssen, dessen Bild sie in ihrer Gedichtsammlung mit einem Eselsohr markiert hatte.

Jetzt, fünfzehn Jahre später, hatte der Mann, der ihr gegenüber saß, breite Schultern und pralle Muskeln unter dem blauen Denimhemd. Das Gesicht verriet Härte. Die Hand- und Fußketten ließen ihn eher noch kräftiger erscheinen. Sie sahen aus, als hielten sie ihn nur mühsam in Schach. Seine Ausstrahlung beherrschte den ganzen Raum.

Ali Cray fühlte sich geradezu bedrängt, als er sie ansah. Keine Dichteraugen mehr. *Gute Nacht, Byron.*

Sie senkte den Kopf und sah auf ihr Klemmbrett herunter, obgleich sie das, was dort stand, auswendig kannte. Dann wanderte ihr Blick zu seinen tätowierten Händen. Es war ein beliebter Zeitvertreib der Häftlinge, sich mit Farbe und spitzen Nadeln zu verunstalten, aber das hier waren nicht die üblichen Bilder. Auf dem rechten Handrücken war ein S, auf dem linken ein E zu sehen, beide Buchstaben waren verschnörkelt wie die Initialen mittelalterlicher Handschriften.

Sie sah auf. Er lächelte ein wenig.

»Die Buchstaben stehen für *Sündenessen*,« sagte er. »Ein Euphemismus für Schwanzlutschen. Das habe ich oft tun müssen, als ich im allgemeinen Gefängnistrakt war.«

»In dieser Strafanstalt werden Sexualtäter gesondert gehalten«, sagte sie streng, als habe sie ihn bei einer Lüge ertappt.

»Nach Aussage des Gefängnisdirektors war es ein Versehen. Ein Schreibfehler in den Akten.«

Was sehr unwahrscheinlich schien. Bei einem so schwerwiegenden Missgriff mussten Beziehungen oder viel Geld im Spiel gewesen sein, denn so eine Entscheidung war für einen Kinderschänder fast ein Todesurteil. Bradley Kendall, Susans Vater, hätte die Möglichkeit gehabt, hier die Fäden zu ziehen. Er hatte den nötigen politischen Einfluss und war ein reicher Mann. »Aber Ihr Anwalt hätte doch –«

»Er hat nie an meine Unschuld geglaubt. Deshalb hat der kleine Dreckskerl mich dort zwei Jahre schmoren lassen.« Paul Marie zuckte die Schultern, als sei dieser krasse Vertrauensbruch ihm nicht weiter wichtig. »Der Anwalt wusste, was sie mir dort antun würden. Es war wohl das, was er sich unter verdienter Strafe vorstellte.«

»Die Kirche aber hat wohl an Sie geglaubt, man hat Sie nicht aus dem Priesterstand ausgeschlossen.«

Der Gefangene beugte sich vor, und Ali wich unwillkürlich ein wenig zurück.

»In der Kirche herrscht Priestermangel. Wegen der Ermordung eines Kindes wird man noch lange nicht von seinem Gelübde entbunden. Ja, wenn ich mich aktiv für die Geburtenregelung eingesetzt hätte ...«

Ali machte sich eine Notiz auf ihrem Klemmbrett. »Haben Sie weiter als Priester gewirkt?« Sie sah bei der Frage nicht auf.

»In diesen ersten beiden Jahren ja. Ich habe Beichten abgenommen und Bußen auferlegt.«

Aus Paul Maries Stimme war alle Sanftmut gewichen. Diese radikale Änderung war schwer zu verkraften, sie war wie ein kleiner Tod.

»Er legte Wert darauf«, fuhr er mit dieser neuen, fremden

Stimme fort, »jedes Mal ›Vater, vergib mir‹ zu sagen, wenn er mir Gewalt antat. Eines Tages habe ich ihn mit einem Bleirohr zusammengeschlagen. Und ihm *dann* vergeben. Die Schläge haben seinen Verstand getrübt, deshalb weiß er nicht mehr, was ich ihm vergeben habe. Aber an die Sakramente habe ich mich gehalten. Nur musste ich bei den Bußen improvisieren. Ein Ave Maria für eine gebrochene Nase. Drei Vaterunser für einen zerquetschten Hoden.«

Wo war er geblieben, ihr sanfter Chorleiter von einst?

»Schade, dass sie mich nicht im allgemeinen Trakt gelassen haben. Was hier zur Beichte kommt, ist ausnahmslos Ungeziefer. Die Triebtäter laden bei mir hemmungslos alles ab, auch Dinge, die sie nicht mal ihrem Anwalt erzählen würden.«

»Wird auch von den entführten Mädchen gesprochen?«

»Hin und wieder schon. Lieber aber schwelgen sie in Erinnerungen an das, was sie Frauen und Kindern angetan haben. Sie liegen im Bett, wenn das Licht ausgegangen ist, spritzen sich einen ab und beichten im Dunkeln. Der ganze Gang stinkt dann nach Sperma. Aber das wollen Sie ja im Grunde gar nicht wissen. Die Beichte ist für den Priester keine Lust, sondern eine Art Hölle.«

»Sie werden sich kaum an mich erinnern, Pater, ich war –«

»Ich weiß, dass Sie in der Woche vor meiner Verhaftung die Chorprobe geschwänzt haben.« Er lehnte sich zurück und betrachtete sie jetzt genauer, begutachtete ihr Haar, ihre Kleidung, die Narbe. »Pater Domina hat mir erzählt, dass Ihre Familie weggezogen ist.«

So hatten denn, dachte sie mit flüchtigem Erstaunen, immerhin ein paar Leute Notiz von ihr genommen. »Meine Eltern haben mir nie erzählt, dass Susan Kendall tot ist.« Sie hatte von dem Mord erst erfahren, als sie achtzehn war.

Ein unbehagliches Schweigen breitete sich zwischen ihnen aus. Vom Hof her hörte man Männerstimmen und das rhythmische Aufschlagen eines Balls an der Gefängnismauer. Von irgendwoher kam das Dröhnen schwerer Maschinen. Ganz in der Nähe musste die Gefängniswäscherei sein, denn aus einem vergitterten Fenster sah sie Dampf hochsteigen.

Schließlich sagte er: »Ich habe mir manchmal Gedanken Ihretwegen gemacht, Sally. Vor Ihnen hatte ich noch nie ein Kind erlebt, das am liebsten in einer Fußbodenritze verschwunden wäre.«

Sie nickte. Als Kind war sie weder hübsch noch hässlich, weder klein noch groß gewesen, und ihre Stimme hatte man nur beim Singen im Chor gehört.

»Ich heiße jetzt Ali«, sagte sie. Die Brieftasche mit ihren Ausweispapieren lag geöffnet auf dem Tisch, und hinter ihrem geänderten Namen standen die Buchstaben Dr. med. Ein erstaunlicher Werdegang für ein so fades kleines Mädchen. Ob er sie auch so sah?

Er nickte zustimmend. »Ali passt besser zu Ihnen. Wenn ich das richtig in Erinnerung habe, war die Gefahr groß, dass Sie einmal ein absolut durchschnittliches Leben führen würden. Ich bin froh, dass Sie der Mittelmäßigkeit entgangen sind. Vermutlich hat das auch mit der Narbe zu tun.«

Ganz kurz war es wieder so wie früher. Pater Pauls Blick war sanft, aber intensiv und fragte ebenso stumm wie eindringlich, wo es wehtat. Jetzt schien er jedoch etwas Neues in ihrem Gesichtsausdruck bemerkt zu haben. Hatte sie sich unwissentlich verraten? Er wich sichtlich erschrocken ein Stück zurück und schlug die Augen nieder, vielleicht gerade noch rechtzeitig, um seine Entdeckung nicht zur Kenntnis nehmen zu müssen.

Heute Vormittag war anstelle des örtlichen Polizisten, der gewöhnlich mit seiner Zeitung und einer Tasse Kaffee hinter der Glasscheibe saß, ein uniformierter Beamter der Staatspolizei am Empfangsschalter postiert.

Es war sehr anständig von Chief Croft gewesen, fand Rouge, sein Reich den Ermittlern der Staatspolizei zu überlassen.

Doch Charlie Croft hatte schon immer damit geprahlt, dass er die sechsköpfige Belegschaft der Polizeistation auch von einer Telefonzelle aus befehligen könnte. Im Obergeschoss hatte der Chief sein kleines Büro, die übrigen Räume waren bisher nur einmal im Monat für die Stadtratssitzungen und im Wahljahr als Abstimmungslokal genutzt worden. Jetzt hörte man oben das Geräusch vieler Schritte. Hier unten war es nach dem gestrigen Wirbel fast unheimlich still. Ein Mann mit einem Presseausweis am Revers seines Anzuges saß auf einem Plastikstuhl im Vorraum.

Wo waren die anderen Presseleute abgeblieben?

Rouge steckte seine neue Erkennungsmarke an die Jacke und trug sich im Dienstbuch des BCI ein. Dann ging er die Treppe zu dem großen Raum im Obergeschoss hoch. Dort schlugen ihm Stimmengewirr und Telefongeklingel entgegen. An Schreibtischen aus der benachbarten Stadtbücherei vernahmen Ermittler von FBI und BCI die Bevölkerung, während die uniformierten Kollegen von der Staatspolizei, auch Trooper genannt, mit Aktenstapeln hin und her liefen. Aus einem Funkgerät kamen neben Krächz- und Knackgeräuschen auch weitgehend unverständliche Meldungen der Funkwagen, mit denen die Trooper im Ort unterwegs waren.

Dem alten Haus, einer historischen Sehenswürdigkeit der Gegend, hatte man zwar die schönen hohen Decken gelassen, sie aber durch lange Neonröhren verschandelt. Die Backsteinwände hatten einen Anstrich bekommen, den die Malerfirma in ihrem Angebot als »wiesengrün« bezeichnet hatte, während Chief Croft unverblümt »kotzfarben« dazu sagte. Die Staatspolizei hatte den Raum mit Schall schluckenden Trennwänden unterteilt, und die Computer, die auf allen Tischen standen, ließen keinen Zweifel daran, dass hier über Nacht ein neues Zeitalter angebrochen war.

Fast verwundert stellte Rouge Kendall fest, dass Marge Jonas, Chief Crofts Sekretärin, auch heute früh an ihrem gewohnten Platz saß. Außer ihm war sie die Einzige, die der

Übernahme durch die Staatspolizei nicht zum Opfer gefallen war. Heute Vormittag war Marge platinblond. Sie besaß Perücken in allen Haarfarben – nur nicht in ihrem eigenen Eisengrau.

Er ging ohne Gruß an ihr vorbei, denn sie las mit gerunzelter Stirn in einem Handbuch und fluchte dabei leise, aber hingebungsvoll vor sich hin, woraus er schloss, dass sie sich mit den Tücken des neuen vom BCI installierten Systems herumärgerte. Unter ihrem Kinn wippten drei Fleischröllchen, während sie mal auf das Handbuch, mal auf den mit wirren Zeichen bedeckten Bildschirm sah.

»Nicht so eilig, Rouge Kendall«, rief sie ihm nach, als er an ihr vorbeiging. Mit Vor- und Nachnamen redete sie ihn nur an, wenn sie schlechter Laune war.

Er blieb stehen und wandte sich um. »Hey, Marge.«

Sie legte einen Wurstfinger zwischen zwei Seiten des Handbuchs und beugte sich vor, um seine Beine zu begutachten. »Als ich gesagt habe, du sollst in Straßenkleidung kommen, meinte ich einen Anzug. Das sind wohl deine Sonntagsbluejeans? Blau sind sie aber trotzdem.«

»Was anderes habe ich nicht.« Die Tweedjacke seines verstorbenen Vaters passte wie angegossen, aber mit der Änderung der für einen Mann mit fünf Zentimeter kürzeren Beinen gemachten Hose war seine Mutter überfordert gewesen. Marge wuchtete ihre 225 Pfund Lebendgewicht hoch. »Komm mal her, Junge, so geht das nicht.« Geschickt machte sie sich an seinem schlampig gebundenen Schlips zu schaffen. »Captain Costello soll doch nicht denken, dass du noch nie im Leben eine Krawatte umgehabt hast.«

Womit der Captain der Wahrheit allerdings ziemlich nahe gekommen wäre. Zum Dienst hatte Rouge immer Uniform getragen, ansonsten lief er in Bluejeans herum. Gehorsam hielt er still, während sie die Seidenkrawatte seines Vaters zu einem eleganten Knoten schlang. Über dem Arm hatte er eine braune Wildlederjacke mit Lammfellfutter, die er seit dem

Studium besaß und die deshalb auch nicht mehr ganz taufrisch wirkte.

Marge trat zurück, um ihr Werk zu bewundern. »Jetzt siehst du schon eher aus wie ein BCI-Ermittler.«

»Ich bin doch bloß zu einem Sonderauftrag in Zivil eingeteilt.«

»Kein Widerspruch, Junge. Ich habe heute früh die Mitteilung für die Presse getippt.«

»Die – was?«

Sie warf ihm einen warnenden Blick zu und nickte zu dem Büro des Chiefs hinüber, das der Einsatzleiter vom BCI mit Beschlag belegt hatte. Der Mann, der in der Tür stand, war in Makers Village kein Unbekannter. Seit zehn Jahren hatte Captain Costello ein Sommerhaus am See, und weil man ihn auch außerhalb der Sommersaison häufig in den Geschäften und Restaurants des Ortes sah, hatten die Bewohner das Gefühl, dass er, auch wenn er sich immer ziemlich reserviert gab, fast schon zu ihnen gehörte. In den ganzen langen Jahren hatte der Captain nie einen Fuß in die Polizeistation gesetzt. Jetzt führte er hier das Kommando.

Costello sah nicht so aus, wie man sich einen leitenden Beamten der Kriminalpolizei des Staates New York vorstellt. Zu seiner besten Zeit mochte er 1,75 Meter groß gewesen sein, aber weil er sich so schlecht hielt, wirkte er schon in mittleren Jahren um etliche Zentimeter kleiner. So schmächtig und introvertiert, wie er aussah, hätte man ihn eher für einen Mann der Theorie, für einen Wissenschaftler gehalten.

Wenn aber Costello eine Ansprache vor seinen Leuten hielt, konnte er reden wie sie und verfügte über einen lebendigen Wortschatz, den man ihm bei dieser Figur und mit seiner konservativen Garderobe nie zugetraut hätte. Und in kleinerem Kreis, erzählte man sich, hatte er schon häufig Wichtigtuer mit ein paar gezielten Worten im Handumdrehen außer Gefecht gesetzt.

Rouge hatte sich schon oft gefragt, ob das wohl eine naturgegebene Begabung war oder eine erlernte Fertigkeit.

Captain Costello knallte der Sekretärin eine Zeitung auf den Schreibtisch. Es klang wie ein Flintenschuss. Marge fuhr zusammen, und Rouge betrachtete das fünf Jahre alte Foto, das ihn in der Baseballkluft der Yankee-Nachwuchsliga zeigte. *Lokalmatador* lautete die Schlagzeile. Auf dem Foto daneben trug er Sadie Greens Fahrrad.

Jetzt hielt ihm Costello den Bericht mit Phil Chapels Unterschrift unter die Nase. »Warum haben nicht Sie den Bericht über die Verhaftung geschrieben, Kendall?«, fragte er mit einem leise drohenden Unterton.

»Die Verhaftung hat Phil Chapel vorgenommen, ich hab ihm nur das Fahrrad getragen.«

Costello schüttelte den Kopf. »Miss Fowler hat den Reportern genau auseinander gesetzt, wer was getan hat und warum.« Der drohende Unterton war jetzt unüberhörbar. »Das gefällt mir nicht, Kendall. Von jetzt ab sind Sie unmittelbar mir unterstellt und machen mir Meldung über alles, was Sie tun und treiben. Und da fangen Sie am besten gleich mit einem korrekten Bericht an. Danach melden Sie sich bei mir.«

Nachdem er die Tür zu seinem Büro vernehmlich zugeschlagen hatte, legte Marge eine Hand auf Rouge Kendalls Schulter. »Reg dich bloß nicht auf.« Sie sah auf ihren Terminkalender. »Er will ein Einstellungsgespräch mit dir führen. Versetzung zur Staatspolizei und Beförderung. Deine Bewerbung liegt bei ihm auf dem Tisch, auch wenn du keine geschrieben hast. Das geht schon in Ordnung.«

Sie drückte ihm ein paar maschinegeschriebene Blätter in die Hand. »Da ist der Bericht. Ich hab mir die Angaben aus dem Interview mit Miss Fowler zusammengesucht. Du brauchst ihn nur noch zu unterschreiben. Danach wartest du am besten noch zehn Minuten, bis du reingehst. Wenn du nicht so tust, als wenn du ihn selber getippt hast, flippt er womöglich wieder aus.«

»Danke, Marge.«

»Wenn ich sonst noch was für dich tun kann …«

»Ich bin auf der Suche nach einer Frau.«

»Mich kann man nicht so leicht erobern, Rouge, ich möchte verführt werden. Blumen, Komplimente …«

»Sie ist groß, brünett …«

»Kann ich dir auch bieten. Aber blond steht mir besser.«

»Der Diensthabende sagt, dass sie gestern hier war, hat ihren Namen aber nicht ins Buch eingetragen. Sie hat eine Narbe auf der rechten Wange, die bis zum Mund reicht. Sieht aus, als wenn sie mit einer Gesichtshälfte unentwegt lächelt.«

»Jetzt weiß ich, wen du meinst.« Marge schüttelte halb spöttisch, halb verwundert den Kopf. »Hat einen ganz schönen Wirbel gegeben, als die hier aufgekreuzt ist. Ich weiß nicht, worüber sie mehr gestaunt haben, über das Gesicht oder den Rock. Der Schlitz reichte bis –«

»Wo finde ich sie?«

»Sie ist morgen beim Briefing dabei.« Marge sah auf ihren Terminkalender. »Soll einen Vortrag vor der Sonderkommission halten. Aber ich an deiner Stelle würde mir das reiflich überlegen. Nach meiner Erfahrung tragen anständige Mädchen nämlich Strumpfhosen.«

»Na, was hältst du von unserer Ali?«, fragte der Gefangene den Schatten unter seinem Bett. Er fand es tröstlich, auf dem Fußboden zu sitzen, sich an die kühle Wand zu lehnen und in die Dunkelheit zu sehen.

Es war albern, einen Schatten wie ein vernunftbegabtes Wesen zu behandeln. Aber vielleicht hatten die Kinder doch Recht, die fest daran glaubten, dass geheimnisvolle Geschöpfe sich in oder unter ihren Betten herumtrieben. Kinder wussten, dass sie in der Dunkelheit nicht allein waren. Und Paul Marie wusste das jetzt auch.

Der Schatten kannte sich mit Kindern aus, besonders mit kleinen Mädchen. Er hatte die Schuld der Häftlinge in den

Nachbarzellen auf sich genommen und war stets bereit, sich ihre Geständnisse anzuhören, so dass der Priester ruhig schlafen konnte, während die Nacht unter geflüsterten Schändlichkeiten dahinging.

Als ihm in den ersten Jahren seiner Haft immer wieder Gewalt angetan worden war, hatte der Schatten um ihn getrauert und seinen Quälgeistern vergeben. Als Paul Marie kräftiger geworden war und einen Angreifer fast totgeprügelt hätte, hatte der Schatten die Schläge eingesteckt und die Schmerzen erlitten, so dass der Priester unbelastet von Mitgefühl erbarmungslos Bleirohr und Fäusten hatte schwingen, Glieder und Knochen hatte zerschlagen können.

Dafür gewährte der Gefangene dem Schatten Zuflucht unter dem Bett. Manchmal kam dieses dunkle Etwas ihm vor wie eine sündige Gottheit, die als Ersatzseele eines Priesters Buße tat, um Erlösung zu finden. Es war ihm klar, dass er entweder den Verstand verloren oder seinen Glauben gefunden hatte. Auf keinen Fall aber würde er das Ding da unten wieder bei sich aufnehmen. Mochte es unter dem Bett verrecken. Doch er tat ihm auch nichts zu Leide, obgleich er, um es zu töten, nur die Matratze hätte wegnehmen und es dem elektrischen Licht in der Zelle hätte aussetzen müssen.

Pater Marie senkte den Kopf. »Hast du Hunger?«, fragte er das dunkle Ding unter seinem Bett. »Was hättest du am liebsten? Einen Knochen – oder ein kleines Mädchen?«

Er stand auf, machte eine Runde in seiner drei mal drei Meter großen, kargen Zelle und streifte mit der Hand an der kahlen Wand und dem Gitter entlang.

Nun werden also wieder zwei Kinder vermisst.

Hatte sich sein Wahn verstärkt? Er hörte unsichtbare Fliegen summen. Oder sollten es Engelsflügel gewesen sein? Nein, eindeutig dicke schwarze Brummer. Vielleicht ein Gehirntumor? Der käme ihm gerade recht. Vielleicht brummten die Fliegen tatsächlich nicht draußen, sondern in seinem Kopf herum.

Jetzt aber flog eine an ihm vorbei, eine zweite streifte seine Haut, und er zuckte zusammen.

Noch eine Runde. Vor dem Bett blieb er stehen und kniete nieder, um mit dem Schatten gewissermaßen von Mann zu Mann zu sprechen. »Du weißt natürlich, wie das mit den kleinen Mädchen ausgehen wird?«

Die Fliegen summten nicht mehr. Sie waren weggeflogen und hatten ihn in jenem tiefen Schweigen zurückgelassen, in dem der wahre Irrsinn wohnt. Der Priester hörte sein Herz schlagen, und dann legten sich weitere Herzschläge darüber, leichte, stolpernde, hüpfende Schläge voller Angst – das gehetzte Herz eines Kindes.

Nur Captain Costello nahm Notiz von David Shore. Es war nicht nur Schüchternheit oder Nervosität, die den Jungen vor den vielen lärmenden Erwachsenen in dem großen Raum bis an die Wand zurückweichen ließ. Durch das heruntergelassene Rollo der Glastür beobachtete Costello den Jungen, der wie gebannt den rothaarigen Cop anstarrte.

Fluchtbereit wippte der Junge auf den Sohlen seiner Laufschuhe. Nur das brennende Interesse an Rouge Kendall hielt ihn offenbar noch hier. Jetzt wagte er sich mit zaudernden Trippelschritten von der Wand weg. Costello musste an seinen ersten schier endlosen Weg quer durch einen Ballsaal denken, bei dem er von vornherein gewusst hatte, dass er sich einen Korb holen würde.

Vor dem jungen Cop, der in eine dicke Akte vertieft war, blieb David stehen und biss sich auf die Unterlippe. Die Laufschuhe wussten nicht recht, was sie machen sollten. Der eine wollte vor, der andere zurück. Die kleine Hand hielt krampfhaft eine Baseballkarte fest. Captain Costello konnte, wenn er die Augen zusammenkniff, gerade noch das Logo der New York Yankees und ein Bild von Rouge Kendall mit seinem Werferhandschuh erkennen.

Eine Karte von fragwürdigem Wert, da der Werfer schon

mit seiner ersten Saison in der Nachwuchsliga seine Karriere an die Wand gefahren hatte.

Überrascht betrachtete Rouge Kendall den verlegenen Jungen und die Karte mit dem Bild eines zwanzigjährigen Baseballspielers, der sein ganzes Leben noch vor sich hatte.

Captain Costello holte tief Luft.

Sehen Sie zu, dass Sie diese Chance nicht verschenken, Kendall.

Bisher hatte der Junge von St. Ursula außer mit seiner Hausmutter, Mrs. Hofstra, mit niemandem gesprochen. Costello war fest davon überzeugt, dass David noch mehr zu sagen hatte, wenn man ihn nur dazu bringen konnte, sich ohne fremde Vermittlung zu äußern.

Kendall nahm dem Jungen die Karte aus der Hand und suchte nach einem Kugelschreiber. Doch da tauchte David schon wieder in der Menge der Polizisten in Uniform und in Zivil unter. Rouge Kendall hatte sein Verschwinden gar nicht bemerkt. Er beugte sich über die Karte, um das Autogramm für seinen zehnjährigen Fan zu schreiben.

Costello zuckte zusammen. Sein neuer Mitarbeiter hatte die Sache vermasselt.

Verblüfft sah Rouge Kendall auf die Stelle, an der eben noch David gestanden hatte.

Zu spät. Der Captain machte die Tür auf. »Kommen Sie rein, Kendall.«

Captain Costello war mit dem jungen Mann, der da scheinbar unbekümmert sein Büro betrat, zum ersten Mal allein. In den vier Jahren, die Rouge Kendall nun schon in einer Stadt mit nur einem Streifenwagen Dienst tat, war er für die Staatspolizei New York praktisch unsichtbar gewesen. Ohne die Akte, die aufgeschlagen auf Costellos Schreibtisch lag, hätte der Captain nichts über ihn gewusst.

Er lebte erst seit zehn Jahren in diesem Staat, aber den Namen des Kindermörders Paul Marie kannte hier jeder, während der Bekanntheitsgrad von Susan Kendall, dem Opfer, stetig zurückging und ihr Bruder völlig anonym geblieben war. Bis gestern abend, als Costello sich die Unterlagen hatte kommen lassen, hatte er nicht gewusst, dass dieser ganz gewöhnliche Dorfpolizist einer einst mächtigen Verlegerfamilie angehörte.

Den Captain beschlich ein unbehagliches Gefühl, als Rouge Kendall sich ihm gegenüber an den Schreibtisch setzte. Der gut aussehende Fünfundzwanzigjährige wirkte abgeklärt wie ein viel älterer Mann und hatte die müden Augen einer sehr alten Seele. So etwas fand sich gewöhnlich bei Menschen, die ein schweres Schicksal zu tragen hatten, und eine ermordete Schwester war gewiss eine drückende Bürde. Ansonsten konnte Costello an dem jungen Mann nichts Besonderes finden und dachte bei sich, dass Rouge Kendall nicht in die Staatspolizei gehörte. Nicht als uniformierter Trooper und schon gar nicht als Ermittler.

Costello griff nach der rasch zusammengestellten, für einen eher mittelmäßigen Cop viel zu dicken Akte. »Da steht alles über Sie drin, mein Junge. Als die Trottel von der Abteilung für Inneres rausgekriegt haben, dass Sie Grundsteuern für eine Villa mit fünfzehn Zimmern zahlen, sind bei denen die Alarmsirenen losgegangen. Unsere Erbsenzähler wissen eben nicht, dass in dieser Stadt sogar weiße Proleten hübsche Häuser haben. Einer hat Ihre Einkommensverhältnisse überprüft, und jetzt denken die, dass ein Auktionshaus in Manhattan Hehlerware für Sie verscherbelt.«

Costello zerknüllte das Blatt. »Wir laden diese Schnüffelarbeiten gern bei der Abteilung für Inneres ab, dann haben die Typen dort wenigstens keine Zeit, mit ihren Kanonen zu spielen und sich ins Knie zu schießen.« Er nahm einen großen Packen aus der Akte heraus und legte ihn beiseite. »Ich weiß, dass es Ihr Elternhaus ist, und vermute, dass Sie die Stücke verkauft haben, um Steuern und Instandhaltung bezahlen zu können.«

Rouge Kendall nickte.

»Dann können wir den ganzen Mist unserer lieben Kollegen gleich rauswerfen. Bis auf das da.« Er hielt zwei Blätter hoch. »Bericht über Gespräche mit dem Barmann der Dame's Tavern. Sie trinken zu viel. Und zwar solo.«

Keine Reaktion. Offenbar störte es den Bewerber nicht, wenn sein Captain ihn für einen Schluckspecht hielt. Oder vielleicht war auch dieser Bericht Mist. Costello legte ihn zu den anderen.

»Für alles andere«, fuhr er fort, »genügt eine Seite, vielleicht auch eine halbe. Als Kind hatten Sie nach knapp vier Monaten von einer Schule mit militärischem Drill genug. Weil Sie als Schüler ein guter Baseballspieler waren, haben die Yankees Sie umworben. Sie sind stattdessen an die Princeton University gegangen, haben dort sehr bald das Studium geschmissen, sind für viel Geld dann doch zu den Yankees gegangen und prompt gescheitert. Ein Trainer der Nachwuchsliga erinnert sich noch an Sie. Sie hätten Talent gehabt, sagt er, hätten aber nicht die nötige Begeisterung mitgebracht. Sie hätten sich alle Chancen entgehen lassen, den Managern zu imponieren, hätten sich nie richtig reingekniet. Wieso Sie überhaupt damit angefangen haben, sagt er, sei ihm ein Rätsel.«

Costello lehnte sich zurück und wartete, aber Rouge Kendall füllte die Pause weder mit Ausreden noch mit Erklärungen.

Der Captain äußerte seine eigene Vermutung. »Schätze, dass es Ihnen um das Geld ging. Ihr alter Herr hat eine Menge Schulden hinterlassen. Das Geld für den Vertrag war Ihre einzige Chance, mal richtig Kohle zu machen. Stimmt's?«

Der junge Polizist sah ihn stumm an. Das war keine Aufsässigkeit. Es war ihm offenbar gleichgültig, ob Costello ins Schwarze getroffen hatte.

»Ich habe den Eindruck, dass Sie auch für die Polizeiarbeit nicht die nötige Begeisterung mitbringen, Kendall, dass Sie nicht das Zeug zu einem guten Ermittler haben. Sie sind fünfundzwanzig und wissen noch nicht, was Sie werden wollen, wenn Sie mal groß sind. Wetten, dass Sie sich bei uns nicht mal einen Monat halten?«

»Warum bin ich dann hier?«, fragte Kendall ohne einen Hauch von Ironie.

Costello griff nach der Bewerbung. Keine Unterschrift? Offenbar hatte niemand den Cop gefragt, ob er überhaupt zur Staatspolizei versetzt werden wollte. Wer hatte denn da wieder Mist gebaut? Er legte das Blatt beiseite.

»Eine berechtigte Frage. Sie sind hier, weil wir durch die Sache mit dem Fahrrad, das Sie angeschleppt haben, Eindruck schinden konnten.« Das stimmte – jedenfalls zum Teil. Für Captain Costello war es ein erhebender Augenblick gewesen. »Wir verdanken es Ihnen, dass wir in dem Fall die Nase vorn haben und das FBI ganz schön alt aussieht. Und vorläufig kann ich Sie gut gebrauchen.«

Wieder wartete der Captain vergeblich auf eine Reaktion und fühlte sich durch dieses hartnäckige Schweigen merkwürdig verunsichert.

Er nahm sich noch einmal den kurzen Lebenslauf vor. »Wie ich sehe, sind Sie also in St. Ursula zur Schule gegangen. Sehr gut. Marge Jonas hat für Sie einen Termin beim Direktor gemacht. Danach möchte ich, dass Sie sich intensiv um David Shore kümmern. Ich habe den Eindruck, dass der Junge etwas verschweigt. Wahrscheinlich ist es gar nichts weiter Wichtiges, vielleicht hat er nur einen kleinen Dachschaden. Mit drei ist er in einem Kaufhaus ausgesetzt worden und hat dann bis zu seinem sechsten Lebensjahr in Pflegefamilien gelebt. Mehr wissen wir nicht über ihn. So, und jetzt sind Sie am Zug.«

Mit dieser Floskel hatte er Kendall aus seinem Büro hinauskomplimentieren und ihn an die Arbeit schicken wollen, aber Rouge Kendall nahm sie wörtlich.

»Einen Dachschaden hat er bestimmt nicht. Wenn er keine reichen Eltern hat, kriegt er in St. Ursula ein Vollstipendium, und das bedeutet einen sehr hohen IQ. Bei zahlenden Schülern liegt die Messlatte niedriger, aber die Stipendiaten sind alle halbe Genies.«

Er hielt die Baseballkarte hoch, und jetzt konnte Costello auch die unten aufgedruckte falsche Prophezeiung lesen: »Der Star von morgen.«

Kendall steckte die Karte in die Jackentasche. »Und David ist so verrückt auf Baseball, dass er eine fünf Jahre alte Sammelkarte mit sich herumträgt. Die Karte eines Spielers, der es nicht geschafft hat. Er bringt Fremden gegenüber keine zwei Worte raus, aber mit Mary spricht er, demnach –«

»Mary Hofstra? Sie kennen die Hausmutter?«

»Ja, natürlich, und wahrscheinlich erinnert sie sich auch an mich. Wenn David etwas verschweigt, dann nicht, weil er sich nicht verständlich machen könnte. Entweder weiß er, dass die Mädchen irgendwas angestellt haben, und will sie nicht verpetzen, oder er schämt sich irgendeiner Sache, die *er* angestellt hat.«

Costello nickte und lehnte sich zurück. *Der Junge kann also denken!* Ja und? Rouge Kendalls Intelligenz hatte nie in Frage gestanden, aber sein Werdegang sprach gegen ihn. »Okay, Sie schließen also Freundschaft mit David und machen die Ausreißerthese wasserdicht.«

»Sie haben diese Vermutung an die Presse gegeben, noch ehe ich mit Sadie Greens Fahrrad ankam.« Das war kein Vorwurf, sondern eine nüchterne Feststellung. »Warum?«

»Gwen Hubbles Vater ist ein Sicherheitsfanatiker. Im Grunde ist es zum Heulen: Der arme Kerl installiert ein kompliziertes Alarmsystem, damit der schwarze Mann draußen bleibt, und kommt überhaupt nicht auf die Idee, dass man damit Kinder nicht im Haus halten kann. Wir haben Gwens Fingerabdrücke auf dem Zahlencode für die Alarmanlage an der Haustür gefunden. Sie hat sich davongestohlen, weil sie sich mit ihrer Freundin Sadie verabredet hatte, und die beiden sind mit dem Bus auf und davon.«

»Inzwischen war Zeit genug, sämtliche Fahrer auf dieser Strecke zu befragen.«

»Sehr gut, mein Junge. Und das Ergebnis? Fehlanzeige. Interessant?« Und dann überlegte er, wann eigentlich Rouge Kendall den Spieß umgedreht hatte und nun ihn ausfragte.

»Ich soll also als Einziger der Ausreißerthese nachgehen«, sagte der junge Mann, »weil Sie in Wirklichkeit glauben, dass die beiden entführt worden sind.«

Costello lächelte. Offenbar hatte Kendall begriffen, wo er hingehörte. Während die alten Hasen von der Staatspolizei an dem Fall arbeiteten, war ihm die Rolle des Laufburschen zugedacht, der unwichtige Fakten zuliefert, Unstimmigkeiten klärt und vor allem die Presse auf eine falsche Spur lockt.

Rouge Kendall stand auf. »Sie glauben doch nicht im Ernst, dass eine Zehnjährige sich heimlich mit diesem Sittenstrolch trifft wie mit einem Lover? Sie glauben, dass es jemand war, der wusste, dass Gwen sich an dem bewussten Tag mit Sadie treffen würde. Aber Sie wissen nicht, ob es ein Verwandter war, ein Freund der Familie oder ein Triebtäter.«

Na schön, das Zeug zum Ermittler hat er. Aber ob er auch die nötige Begeisterung mitbrachte?

Rouge Kendall drehte sich um und ging zur Tür. »Sie glauben, dass David Shore etwas verheimlicht, dass er möglicherweise etwas Entscheidendes gesehen hat.« Er hatte die Hand am Türknauf. »Sind Sie sicher, dass Sie nicht lieber einen erfahrenen BCI–Mann auf den Jungen ansetzen wollen?«

Er war schon aus der Tür und seine Stimme bis in den Nebenraum zu hören: »Ach nein, ich weiß: Das haben Sie schon probiert, und es hat nicht geklappt.«

Costello seufzte. Vielleicht war das mit der Begeisterung wirklich nicht so wichtig.

Und sag mir doch, Freund Mortimer, was macht dein Garten heut, wo schwer von Schuld die Rätsel ruhn und Grab an Kindergrab dräut?

Die Luft im Gewächshaus war dumpf und stickig, es roch nach Blüten und Erde. Ein summender Generator betrieb den Sprinkler, ein Spaten stieß knirschend in die Erde und kratzte an einem großen Tontopf entlang. Draußen schmückten sich die ausdauerndsten Hybriden noch mit ein paar grünen Blättern, aber der Himmel war perlgrau verhangen. Die Natur bedrohte seinen Garten mit dem ersten tödlichen Schnee.

Immer war da neuerdings der Gedanke an den Tod. Wann und wie er sterben würde, hatte Mortimer Cray genauso im Kopf wie die Eintragungen in seinem Terminkalender.

Die rechte Hand mit den dick hervortretenden Adern und den vielen Leberflecken ließ den Spaten fallen und fing an zu zittern. Kein Wunder, nachdem ich meine Medikamente abgesetzt habe, sagte er sich, aber der Selbstbetrug währte nur kurz. Er wusste genau, warum seine Hand zitterte.

Mit neunundsechzig hatte er seine psychiatrische Praxis stark eingeschränkt, sich bis auf einige wenige wirklich gefährliche Geister von allen Patienten getrennt. Trotzdem dachte er alle zehn Minuten an den Tod. Es wurmte ihn, dass ihn in seinen letzten Tagen ein Sonntagsschulgott belästigte, den er in seiner Jugend vertrieben hatte und der nun wutschnaubend zurückgekehrt war. Neues Grauen machte sich in seinem Kopf breit und ließ ihm keine Ruhe.

Seit dem Verschwinden der kleinen Mädchen mochte er gar nicht mehr zu Bett gehen, schlief in seinen Sachen am Schreibtisch ein. Seine strenge Disziplin war dahin, und nur sein Personal sorgte noch für einen Anschein von Ordnung. Die Mahlzeiten wurden noch zur gleichen Zeit aufgetragen, aber der Mann, der sie verzehrte, war unrasiert und ungewaschen, und in seinem Blick stand jetzt ein Ausdruck, der seinen Diener Dodd veranlasste, ihn möglichst nicht direkt anzusehen.

Seine Nichte Ali hatte Vorbereitungen für eine kleine Cocktailparty getroffen, und zur Feier des Tages hatte er sich von Dodd rasieren und mit einem sauberen Hemd ausstaffieren lassen. Der Diener hatte auch einen seiner Anzüge zum

Ändern gebracht, so dass nicht mehr so auffiel, wie hinfällig er geworden war. Jetzt wirkte er darin zwar schlanker als früher, aber nicht schwach und kränklich.

Der Kies der Auffahrt knirschte unter einem lastenden Gewicht. Mortimer Cray fuhr sich mit einer Hand über die Schürze und rückte an der goldgeränderten Brille, um den schwarzen Porsche besser sehen zu können, der neben seinem Mercedes-Oldtimer hielt. Hinter Weinreben und einem Blumenmosaik sah er, wie Dr. Myles Penny seinen schlaksigen Körper dem Fahrersitz entwand.

Ali hatte eigentlich nur William eingeladen, aber von vornherein auch mit Myles gerechnet. Die Penny-Brüder wohnten zusammen, aßen zusammen und betrieben zusammen eine kleine Klinik mit Ambulanz.

Myles trat ein paar Schritte näher an das Gewächshaus heran. Das schlohweiße Haar und die schlechte Haltung machten den Achtundfünfzigjährigen um zehn Jahre älter. Und weil er nie gelernt hatte, sich in einem Anzug richtig hinzusetzen, waren die Hosen am Knie ausgebeult, und das Jackett hatte in der Mitte Quetschfalten.

Jetzt kam auch der ältere Bruder, Dr. William Penny, hinter dem Steuer seines Sportwagens hervor. Durch das glänzende braune Haar zog sich keine einzige graue Strähne. Hängebacken und Falten hatte das Skalpell eines Schönheitschirurgen entfernt, aber bei der Verkleinerung der Nase hatte es versagt. Sie war plattgedrückt wie bei einigen misslungenen Hunderassen, so dass Williams Gesicht jetzt etwas Mopsiges hatte. Doch dieses Missgeschick schien den Kardiologen, der sich wohlgefällig in den Gewächshausscheiben spiegelte, nicht weiter zu stören.

Mortimer kam hinter den Grünpflanzen hervor und winkte seinen Besuchern. Der Schöne William – den man um Himmels willen nicht Bill oder Will nennen durfte – hatte sich neben seinen zerknitterten Bruder gestellt und hob anmutig die Hand zur Begrüßung.

Morton drückte auf den Knopf der Haussprechanlage.

»Ja, Sir!«, kam Dodds blecherne Stimme aus dem Gerät.

»Sagen Sie meiner Nichte, dass unsere Gäste da sind.«

Durch das schräge Glasdach hatte man Teile des Hauptgebäudes im Blick. Das Gewächshaus war an eine Wand der viergeschossigen Villa mit Fachwerk und weißem Putz angebaut. Es war selbst für die Maßstäbe einer Erwerbsgärtnerei sehr weiträumig bemessen, aber zwischen den vielen Pflanzen gab es auch eine gemütliche Ecke mit Sesseln und einem Tisch.

»Ali hat also ihren Doktor gemacht.« Myles Penny griff ohne Umschweife nach der Weinkaraffe, füllte sich selbst und dann Mortimer und William das Glas. »Staunst du nicht, dass sie mit fünfundzwanzig schon so weit ist?«

»Die Dissertation hat sie bereits mit dreiundzwanzig abgeschlossen.« Nein, Mortimer Cray hätte tatsächlich nie gedacht, dass seine Nichte so viel wissenschaftlichen Ehrgeiz entwickeln würde.

William trank einen Schluck und nickte so beifällig, als könne er tatsächlich schlechten von gutem Burgunder unterscheiden. »Da bist du sicher mächtig stolz, Mortimer.«

Eher geschockt, dachte Dr. Cray. Er erinnerte sich an das kleine und in jeder Beziehung unscheinbare Kind, das Ali einmal gewesen war, ein stilles, unbeachtetes kleines Mädchen ohne Auffälligkeiten.

»Hat sie schon was wegen der Narbe unternommen?«

»Nein, Myles.« *Sie ist mit dieser Sache noch nicht fertig.*

»Ich kenne einen Chirurgen für plastische Operationen in Manhattan«, sagte William. »Ein guter Mann für so was. Den Rest kann sie dann mit Make-up abdecken.«

Mortimer schüttelte den Kopf, aber nicht, weil man Williams Nase beim besten Willen nicht als gute Werbung für die Kunst eines Schönheitschirurgen bezeichnen konnte, sondern weil er ganz genau wusste, dass diese eigenwillige junge Frau sich von ihrer Verunstaltung nie trennen würde. War sie nicht dadurch jetzt sehr viel reizvoller als früher? »Ali hat dich nicht deswegen eingeladen, William.«

»Ich hoffe doch, dass sie nichts mit dem Herzen hat?«

»Nein, sie denkt wohl eher an etwas wie eine Beratung von Kollege zu Kollege. Tut mir Leid, ich weiß, dass du offiziell im Urlaub bist ...« Seine Freizeit verteidigte William mit Zähnen und Klauen. Da mochten seine Patienten sterben wie die Fliegen – seine Ferienpläne würde der Kardiologe deswegen nie aufgeben.

»Ali arbeitet doch auf dem Gebiet der Pädophilie«, wandte William ein. »Da kenne ich mich nicht aus.« Er sah zum anderen Ende des Gewächshauses hin und hob grüßend die Hand. »Da ist ja die junge Dame ...«

Ali Cray ging langsam durch den Mittelgang, den rechts und links Orchideentische säumten. Mortimer konstatierte, dass ihr langer Rock keinen Schlitz hatte. Das war wohl ihr Zugeständnis an die Wohlanständigkeit seines Freundes William. Trotzdem hatte der harmlose Schwung von Alis Armen und Hüften etwas Sinnliches. Wie viel Selbstsicherheit sie ausstrahlte! Als Kind hatte sie sich immer mit gesenktem Blick dicht an der Wand vorwärtsbewegt wie eine demütige kleine Nonne.

»Sie sehen blendend aus, Ali.« Der höfliche William rückte ihr einen Sessel zurecht. »Der Hochschulbetrieb scheint Ihnen zu bekommen. Nachträglich herzlichen Glückwunsch zum Doktorhut. Kluges Mädchen.«

Myles Penny hob sein Glas. »Ich schließe mich an, Ali. Warum sind Sie nicht als Kind nach St. Ursula gegangen? Gescheit genug waren Sie bestimmt. Und Ihr alter Onkel hätte Ihnen bestimmt unter die Arme gegriffen. Das Schulgeld ist ja wirklich unverschämt.«

»Alis Eltern hätten nie Geld von mir genommen«, sagte Mortimer rasch, ehe Ali klipp und klar zugeben konnte, dass sie die Aufnahmeprüfung nicht bestanden hatte.

Angesichts der Tatsache, dass sie in so kurzer Zeit ein derart anspruchsvolles Berufsziel erreicht hatte, überlegte er manchmal, ob Ali bei dem Intelligenztest von St. Ursula absichtlich tiefgestapelt hatte. Als Kind hatte sie es ängstlich vermieden, in irgendeiner Weise aufzufallen. Nach der Zerstörung ihres Gesichts aber war sie automatisch überall, wo sie auftrat, zum Mittelpunkt geworden, und damit, vermutete er, hatte auch ihr Erfolg als Wissenschaftlerin etwas zu tun. Manche Studienfreunde mochten begabter sein als sie, dafür aber hatte sie hart gearbeitet, um der Aufmerksamkeit, die ihr die Narbe verschaffte, auch gerecht zu werden.

Seine Nichte widerlegte all sein Wissen von menschlichem Verhalten und menschlicher Logik. Allen Lehren zufolge hätte die Verunstaltung ihr Ego zerstören müssen. Dass Ali danach geradezu aufgeblüht war, hatte niemand vorausgesehen.

»Sie gestatten, schönes Kind ...« William schenkte Wein in ihr Glas. »Ich habe gerade zu Mortimer gesagt, dass ich sehr bezweifele, ob ich Ihnen werde helfen können. An der Ostküste dürfte über Pädophilie niemand mehr wissen als Sie. Ich beschäftige mich nicht mal hobbymäßig damit.«

»Vor fünfzehn Jahren haben Sie das aber getan«, sagte Ali. »Sie haben in Vertretung des amtlichen Leichenbeschauers ein ermordetes Kind obduziert – Susan Kendall.«

William beugte sich vor und sagte in vertraulichem, fast affektiertem Ton: »Warum wollen Sie denn diesen traurigen Fall wieder aus der Versenkung holen?«

»Ich habe mich gefragt, warum Sie kein forensisches Beweismaterial sichergestellt haben.«

»Es war offensichtlich, dass jemand ihr das Genick gebrochen hatte. Das genügte mir. Ich habe meine Aussage –«

»Keine Untersuchung auf ein Sittlichkeitsverbrechen?«

»Nein.« Williams Gesicht war dunkelrot angelaufen. »Das war nicht nötig, Ali. Der Priester wurde wegen Mordes und nicht wegen Missbrauchs vor Gericht gebracht.«

»Ein Jahr nach dem Mord«, sagte Ali, »haben Sie in einem Aufsatz eine genetische Anomalie behandelt.«

»Eine genetische Anomalie?«, wiederholte Mortimer überrascht, denn das war für den Kardiologen, der normalerweise Aufsätze über Verfahren, Apparate und Medikamente zur Behandlung kranker Herzen verfasste, ein recht ungewöhnliches Thema. Andererseits passte so eine Veröffentlichung gut zu seinem übersteigerten Selbstbewusstsein. Er selbst sah sich nämlich als Gegenstück zu den Künstlern der Renaissance, als einen auf allen Gebieten der modernen Heilkunst bewanderten Mediziner.

Ali fuhr fort: »Der Aufsatz behandelte die Obduktion eines kleinen Mädchens, dessen überlebender eineiiger Zwilling ein Junge war – was alle Jubeljahre einmal vorkommt.«

»Eineiige Zwillinge?« Aus Mortimers Glas schwappten rote Tropfen auf das weiße Tischtuch. »Mit unterschiedlichem Geschlecht? Gibt es so was überhaupt?«

Myles Penny zwinkerte Ali zu. »Dass unsere Seelenklempner die medinizische Fachliteratur sträflich vernachlässigen, ist ja bekannt.« Er lächelte seinem Gastgeber zu. »Aber du lebst in dieser Hinsicht wirklich hinter dem Mond. Über den ersten Fall wurde schon in den sechziger Jahren berichtet.«

Mortimer Cray rieb an den Weinflecken herum und machte sie damit noch schlimmer. »Ein Hermaphrodit vielleicht, dessen Hoden sich nicht gesenkt haben?«

»Nein, Mortimer, ein echtes Mädchen.« Myles übersah die Winke seines Bruders, der versuchte, ihn zum Schweigen zu bringen. »Susan Kendall hatte rein weibliche Genitalien. Die Eierstöcke waren natürlich noch nicht entwickelt und nur Bindegewebsknoten.«

William ließ sich in seinen Sessel zurücksinken, machte einen verkniffenen Mund und sah seinen Bruder verärgert an.

Ali lächelte, und Mortimer begriff jetzt, dass sein alter Freund ihr ins Netz gegangen war. Jeder Mediziner hätte sorgfältig darauf geachtet, dass die Identität der von ihm untersuchten Person im Dunkeln blieb, hätte das Alter des Mädchens geändert, einen anderen Zeitpunkt für die Obduktion angegeben.

»Danke bestens, Myles«, sagte William. »Alter Trottel! Ali, Sie werden diese Information selbstverständlich für sich behalten.«

»Ich habe Ihren Obduktionsbericht gelesen«, sagte sie. »Darin ist von organischen Anomalien oder der Sache mit den eineiigen Zwillingen nicht die Rede. Haben Sie das weggelassen, um als Erster darüber schreiben zu können?«

»Aber nein!«, widersprach William empört, aber Mortimer fand, dass diese Vermutung nicht von der Hand zu weisen war. Laut sagte er: »Sicher war doch William nicht der Erste, der etwas über die Kendall-Zwillinge veröffentlicht hat.«

»Ich war sogar der Einzige«, erklärte William pikiert. »Dem Geburtshelfer der Zwillinge ist diese Möglichkeit offenbar nie in den Sinn gekommen. Wahrscheinlich hatte jedes Kind bei der Entbindung einen eigenen Mutterkuchen, das kommt vor. Jeder Feld-, Wald- und Wiesenarzt muss sie für zweieiige Zwillinge gehalten haben.«

Ali beugte sich vor, um noch einmal William aufs Korn zu nehmen, aber Mortimer lenkte sie ab, indem er fragte: »Bis auf die Genitalien waren die Zwillinge also völlig identisch?«

»Nein, nicht ganz.« William fing hoch beglückt an zu dozieren. »Mit zunehmendem Alter hätten sich erhebliche Chromosomenabweichungen gezeigt, aber weit ähnlicher als zweieiige Zwillinge waren sie sich allemal.«

Ali machte den Mund auf, aber auch diesmal war Mortimer schneller. »Was war mit dem Bruder? Gab es da Probleme?«

»Physische Probleme? Nein. Völlig normal. Er war der Bruder des eigentlich als Jungen angelegten Zwillings, aus dem durch diesen chemischen Unfall im Mutterleib dann Susan geworden ist. Es gibt eine Theorie, wonach die Keimzelle sich nur teilt, weil sie einen Fehler entdeckt hat und den Schaden wieder gutmachen will –«

Ali schlug mit der Gabel an ihr Glas, ein etwas taktloses Verfahren, fand Mortimer, aber durchaus wirkungsvoll. »Könnten wir jetzt wieder auf den Autopsiebericht zurückkommen?«

»Zunächst«, sagte William, »habe ich einige besonders bizarre Details zurückgehalten, weil mir die Familie Leid tat.«

Das schien Ali nicht zu überzeugen. »Und weil der Vater über Macht und Einfluss verfügte.«

»Das war nie ausschlaggebend«, empörte sich William, was Mortimer ihm sehr gut nachfühlen konnte, denn ob jemand Schmiergelder nahm oder sich nur vom eigenen Geltungsdrang und dem hemmungslosen Verlangen nach Veröffentlichung der eigenen wissenschaftlichen Erkenntnisse leiten ließ, war doch wirklich ein Unterschied. Er schmeckte nichts von dem Wein, den er trank, und hörte kaum mehr auf das, was William sagte.

»Ich wollte einen Medienrummel um die Kendall-Zwillinge verhindern.«

»Eine vollständige Obduktion wäre nicht unbedingt nötig gewesen, schon eine Untersuchung auf Missbrauch hätte Paul Marie womöglich entlasten können. Ein Gen-Test –«

»Damals haben wir noch keine Gen-Tests gemacht, sie waren als Beweis vor Gericht nicht zugelassen. Und der Samen war nicht von einem Sekretor, weshalb sollte da –«, William begriff, dass er damit den Missbrauch zugegeben hatte, und klappte langsam den Mund zu.

»Nur das Blut von einem Sekretor kann man bestimmen, Ali«, schaltete Myles sich ein. »Aber der Priester war auch kein Sekretor. Sein Anwalt war mit unserer Vorgehensweise einverstanden. Er versprach sich eine weniger feindselige Haltung der Medien vor dem Prozess, wenn die Vergewaltigung außen vor blieb.«

»Wir haben alles aufgedeckt.« William hatte sich wieder gefasst. »Nichts wurde unter den Teppich gekehrt.«

»Aber von den Unterlagen über die Obduktion ist nichts mehr da, oder?« Das allgemeine Schweigen war für Ali Antwort genug.

Mortimer krampfte seine schmale Hand um den Hals der Weinkaraffe und überlegte, ob er sich ohne Zittern würde nachschenken können. »Außerdem hat man die Fingerabdrücke von Paul Marie auf dem Armband des Mädchens gefunden. Das war ein erdrückender Beweis.«

»Nicht unbedingt.« Ali sah über den Glasrand hinweg ihren Onkel an. »Susan hat häufig kleine Gegenstände unter den Kissen der Chorbänke versteckt. Damit sie einen Vorwand hatte, nach der Chorprobe noch einmal in die Kirche zu gehen, vermute ich. Sie hat wohl, wie alle Mädchen, die im Chor sangen, den Priester angehimmelt. Er hatte wunderschöne Augen.«

Mortimer Cray lechzte danach, sich noch einmal Wein einzuschenken, auch wenn er damit das dem Kranken zugebilligte Quantum an alkoholischen Getränken überschritt. Doch die Karaffe war aus dünnem Kristall. Wenn seine Hand zitterte …

Myles Penny griff nach der Karaffe und hielt sie einen Augenblick fest, als könne er damit Mortimer zwingen, ihn anzusehen, aber der Psychiater blickte hartnäckig in sein leeres Glas. Myles ließ sich erweichen und füllte es bis zum Rand.

»Ich kann mir gut vorstellen, dass das Kind in den Priester verliebt war.« William war wieder in der Defensive. »Sie sind ja die Expertin, Ali. Pädophilie ist ein Leiden, das etwas mit Verführung zu tun hat, nicht?«

»Manchmal.« Alis Antwort galt William, ihr Blick dem Onkel. »Aber die Liebesbeziehung ist immer nur einseitig. Der Missbrauch widert das Kind an. Habe ich recht, Onkel Mortimer?«

Worauf wollte seine Nichte hinaus? Was wollte sie damit

wirklich sagen? Er wählte seine Worte sehr sorgfältig. »Manchmal geben sich Kinder ausgesprochen verführerisch. Meist in aller Unschuld, aber in manchen Fällen ist es wohl erlaubt, darüber zu spekulieren, wie weit das Kind sich seines Verhaltens bewusst ist.«

»Vielleicht denkst du bei dieser Argumentation an deine Patienten, Onkel Mortimer, womöglich sogar an einen bestimmten?«

Mortimer schüttete seinen Wein hinunter, ohne auf ihre Bemerkung einzugehen. »William hat Recht, der Priester hat einen fairen Prozess bekommen.«

William Penny rückte seinen Sessel näher an Ali heran. »Sie haben sich doch nicht etwa zu einem kuriosen Kreuzzug aufgemacht? Wollen Sie am Ende diese Bestie aus dem Knast herausholen?«

»Ich glaube nicht, dass der Priester eine Bestie ist.«

Wieder fielen zwei rote Tropfen aus Mortimers Glas auf das weiße Leinen, und er betrachtete sie so entsetzt, als kämen sie aus seinem eigenen Leib, als ginge er geschmackloserweise daran, in aller Öffentlichkeit zu sterben.

»Ich glaube im Gegenteil, dass die Bestie nach wie vor frei herumläuft und nach wie vor tötet«, erklärte sie mit unterdrücktem Zorn in der Stimme. »Ich habe Daten über zahlreiche Kinder zusammengetragen. Es passiert immer kurz vor den Feiertagen.« Sie sah auf die Weinflecken, als sei ihr dabei ein anderer Gedanke gekommen. »Ich halte morgen bei der Sonderkommission einen Vortrag, Onkel Mortimer. Hast du Theorien zu den vermissten Mädchen?«

Als Dr. Cray nur stumm den Kopf schüttelte, fuhr sie fort: »Nein? Also ich gehe davon aus, dass dieser Pädophile nicht einschlägig vorbestraft ist. Er ist zu schlau und zu kenntnisreich, um sich schnappen zu lassen.«

»Die meisten werden nie geschnappt. Sogar ganz durchschnittliche Täter können ihr Treiben jahrelang ungehindert fortsetzen.« In diesem Moment fiel ihm ein, dass dies die

Hauptthese von Alis Dissertation gewesen war. Wollte sie ihn etwa –

»Stimmt«, bestätigte sie. »Aber hier handelt es sich nicht um einen gewöhnlichen Triebtäter, sondern um einen Mann mit ausgeprägten sadistischen Neigungen, die sich nicht nur gegen seine Opfer richten. Dazu kommt, dass er sich nie die leichteste Beute sucht. Er will die Herausforderung, er entführt die Mädchen am helllichten Tage. Das Risiko empfindet er als Kitzel – oder vielleicht steckt noch mehr dahinter. Würdest du nicht auch sagen, Onkel Mortimer, dass er es geradezu darauf anlegt, geschnappt zu werden? Kommt dir das nicht irgendwie bekannt vor? Vielleicht in einem beruflichen Zusammenhang?«

»Du weißt, dass es zwecklos ist, mich über meine Patienten auszufragen.«

»Du behandelst also einen Pädophilen?«

»So leicht lockt man mich nicht in die Falle.« Er lächelte William, der so bereitwillig in Alis Falle getappt war, entschuldigend an.

»Wenn der Mann sadistisch veranlagt ist«, schaltete Myles sich ein, »wird er sich keine Chance entgehen lassen, seine Mitmenschen zu peinigen. Man stelle sich vor, was der Seelendoktor mitmachen müsste, dem er sich anvertraut. Ein wahres Fest für einen Sadisten.«

»Bei einem Priester wäre der Mann sicherer«, wandte Mortimer ein. »In gewissen Fällen kann ein Psychiater vom Gesetz her zur Anzeige gezwungen sein.«

Myles schüttelte den Kopf. »Nur ein Psychiater könnte die Details wirklich würdigen.«

Mortimer schwieg. Er hatte keine Lust, sich auf eine Diskussion mit Myles einzulassen, dem Gescheiteren, wenn auch beruflich weniger Erfolgreichen der beiden Brüder. Auch daran sah man, dass die Welt sich aus ihrer moralischen Verankerung gelöst hatte. Die gewöhnlichen Köpfe machten Karriere, die außergewöhnlichen hinkten hinterher. Aus dem jungen Kendall, dem eine glänzende Zukunft offengestanden hatte, war ein farbloser Polizist geworden. Ali hätte von Rechts wegen eine graue Büromaus und nicht eine Hochschuldozentin mit Doktorhut werden sollen, und dem verdammten Priester hätte das Schicksal, wenn es gerecht zugegangen wäre auf der Welt, ein Leben zuweisen müssen, in dem er unbeachtet und in aller Stille hätte alt werden können. Mortimer überlegte ernsthaft, ob er die Lebenszeit, die ihm noch blieb, darauf verwenden sollte, einen Aufsatz über dieses Universum zu schreiben, in dem sich das Innere nach außen stülpte, eine Abhandlung über die Umkehrung der Vernunft und den Tod des logischen Denkens.

Und wo blieb der Winter? Er betrachtete die grünen Pflanzen vor der Glaswand. Von Rechts wegen hätte jetzt ein halber Meter Schnee in seinem Garten liegen müssen. Was dachte sich Mutter Natur bei dieser Trödelei? Und was war in der Welt noch alles aus dem Ruder gelaufen?

Myles versuchte das schleppende Gespräch wieder in Gang zu bringen. »Was wäre, wenn du der Beichtvater eines Kindermörders wärst, Mortimer? Würdest du so einen Dreckskerl schützen?«

Mortimer sah auf die letzten Tropfen Wein in seinem Glas. Er spürte Myles' Blick, sah aus dem Augenwinkel, dass der Schlohkopf den Kopf leicht spöttisch zur Seite geneigt hatte.

Als Dodd hereinkam, war die Unterhaltung auf das Niveau seichter Konversation herabgesunken. Während der Diener Karaffe und Gläser abräumte, ging Ali mit William zu dessen Wagen. Myles blieb noch einen Augenblick mit seinem Gastgeber an der Glaswand stehen.

Mortimer nahm sich nebenbei des restlichen Burgunders und eines roten Tropfens auf seiner weißen Manschette an. Myles deutete auf den Fleck.

»Woran erinnert dich das, Mortimer?«

Der Psychiater sah den Mann an, der ihm so nah, viel zu nah war, der jede seiner Bewegungen, vielleicht sogar jeden seiner Gedanken genau registrierte. Myles war ein scharfer Beobachter.

»Ich weiß, warum du nie etwas sagen würdest. Nicht deshalb, weil dich der Vertrauensbruch einem Patienten gegenüber ruinieren würde. Sondern weil du so unbändig stolz auf dein Berufsethos, auf deine strikten Vorschriften und Lebensregeln bist. Ich bin ja kein Herzspezialist wie mein Bruder, aber ein Mann mit deiner Weltanschauung ist der typische Kandidat für einen Herzinfarkt.«

Mortimer war nicht anzumerken, ob er die Feststellung zur Kenntnis genommen hatte, aber sie traf ins Schwarze. Seit er die Medikamente abgesetzt hatte, konnte er sogar in etwa den Termin seiner letzten, tödlichen Attacke voraussagen.

Rouge parkte seinen alten Volvo vor dem Haupteingang zu St. Ursula. Von vorn wirkte der wuchtige rote Backsteinbau noch eindrucksvoller als von der Seeseite. Die vier weißen Säulen des Portals verliehen ihm das feierliche Aussehen eines Tempels, über den schwarzen Dachschindeln erhob sich eine Kuppel aus Holz und Glas. Nur an den Fenstern der Klassenzimmer im ersten Stock lockerten Weihnachtsengel, Schneeflocken und Glocken aus Buntpapier die Atmosphäre etwas auf.

Rouge sah auf die Uhr. Für seinen Termin mit Eliot Caruthers, dem Direktor der Schule, war er eine Viertelstunde zu früh dran.

Über den seitlich am Schulgebäude entlangführenden Kiesweg ging er zu Mrs. Hofstras Haus. In den kleinen Privathäusern waren nur die Stipendiaten zurückgeblieben. Die Schüler, die Familie hatten, verbrachten die Feiertage daheim. Schon jetzt, am frühen Nachmittag, war der Himmel dunkel und wolkenverhangen. Aus dem Fenster, das mit einer bunten Lichterkette geschmückt war, fiel warmes gelbes Licht. David stand auf der Vortreppe. Er trug einen Parka über mehreren dicken Pullovern und hatte eine behandschuhte Hand auf den Messingtürknauf gelegt.

»David.«

Der Junge ließ verlegen den Türknauf los, als habe er ihn stehlen wollen, und sah den Polizisten mit großen Augen an.

Rouge kam vorsichtig einen Schritt näher. »Habe ich dich erschreckt? Das wollte ich nicht.« Er holte die Baseballkarte aus der Tasche. »Die wollte ich dir zurückgeben.«

David besah sich strahlend sein Autogramm.

»Du magst also Baseball?« Blöde Frage, aber irgendwo musste man ja anfangen.

David nickte und bewunderte noch immer seine Karte.

»Welche Position spielst du?« Jetzt wurde es schwierig, denn diese Frage war nicht mit einem Nicken oder Kopfschütteln zu beantworten. Immerhin sah David ihn an, das war schon etwas.

Die Tür ging auf, und in dem freundlichwarmen Licht stand Mrs. Hofstra. »Rouge Kendall! Was für eine nette Überraschung.«

An ihrem Tonfall und ihrem Lächeln erkannte er, dass sein Besuch sie freute, aber nicht überraschte. Er hatte während der Schulzeit in St. Ursula bei seinen Eltern und nicht in der Obhut einer Hausmutter gelebt, im Lauf der Jahre aber alle Hausmütter gut kennengelernt. Als seine leibliche Mutter sich nach Susans Tod in ihrem Schlafzimmer verschanzt hatte, war er stundenlang von Mary Hofstra in den Armen gewiegt worden, während er um seine Zwillingsschwester weinte. Auch die anderen Hausmütter hatten ihn liebevoll umsorgt, hatten gespürt, wann sie ihn halten mussten und wann er in Ruhe gelassen werden wollte. Und alle hatten ihm unermüdlich Pfefferminztee mit Honig eingeflößt. Er kannte die Küchentische in all diesen kleinen Häusern, und bis heute weckte Pfefferminzgeruch bei ihm Erinnerungen an Liebe und Schmerz.

»Guten Tag, Mrs. Hofstra. Ich habe gerade David gefragt, auf welcher Position er im Baseballteam spielt.«

David legte die hohle Hand an den Mund, und Mrs. Hofstra bückte sich, damit er ihr seine Antwort ins Ohr flüstern konnte. Dann lächelte sie Rouge zu. »Er möchte Werfer werden – wie Sie«, gab sie lächelnd Bescheid.

»Und was spielt er jetzt?«

»Er spielt nicht in einer Mannschaft«, antwortete Mrs. Hofstra für den Jungen, »aber er übt fleißig für sich. Mit dem alten Gerät in der Turnhalle, an dem Sie schon Ihre Schläge geübt haben.«

David bewegte sich rücklings aufs Haus zu, ließ aber Rouge nicht aus den Augen, bis er hinter Mrs. Hofstras Rock verschwunden war.

»Ganz schön frisch heute. Kommen Sie auf einen Tee herein.« Sie sah David nach, der schon die Treppe hoch ging. Leiser fügte sie hinzu: »Lassen Sie sich nicht entmutigen. Es hat einen Monat gedauert, bis er auch nur ein Wort mit mir gewechselt hat. Versuchen Sie es einfach weiter.« Sie legte ihm sanft eine Hand auf den Arm und führte ihn ins Haus. »Ich weiß, dass Sie einen Termin bei Eliot Caruthers haben. Warten Sie, ich sage rasch Bescheid, dass Sie bei mir sind.«

Der Direktor würde sich ohne Murren gedulden, bis Mrs. Hofstra mit ihrem Besucher fertig war. Er kannte die Macht der Hausmütter. In allen Fragen, die die Belange der Internatsschüler wie der Externen betraf, hatten sie das letzte Wort. Oft genug war er als Junge um eine Strafe herumgekommen, weil er gut mit ihnen stand. Kein Lehrer hätte gewagt, sich über die Wünsche einer Mrs. Hofstra hinwegzusetzen, die den Mutterberuf so souverän beherrschte.

Rouge setzte sich an den Küchentisch und sah sich um. Bis auf die Markennamen auf den Schachteln mit Frühstücksflocken hatte sich hier nichts geändert. Der alte Kupferkessel auf dem Herd konnte noch der von damals sein, und das Feuer darunter brannte so warm und gleichmäßig, als sei es seit seiner Schülerzeit nicht mehr ausgegangen. Auf den Regalen standen Dosen mit verschiedenen Früchtetees, denn Tee war Mary Hofstras Allheilmittel für Leiden aller Art. Mit einer langen, schmalen Hand streifte sie über die Dosen, als könne sie den Inhalt mit den Fingerspitzen lesen.

»Was fehlt David denn?«, fragte Rouge.

»Er ist sehr schüchtern«, erwiderte sie, ohne sich umzudrehen.

»Nur das kann es ja wohl nicht sein.«

»Wenn Sie auf einen Fachausdruck aus sind, Rouge: Man nennt es selektiven Mutismus.«

»Und das bedeutet ...«

»Dass er sehr schüchtern ist.« Sie holte eine Dose vom Regal und machte sie auf. »Eine Psychologin wollte mit Medikamenten dagegen angehen, aber ich bin dagegen, einen kleinen Jungen mit Drogen vollzustopfen. Ich habe Mr. Caruthers empfohlen, die Frau zu entlassen.«

Der Teekessel pfiff sie zum Herd zurück. »Jetzt versuchen David und ich es nach der altmodischen Methode. Er wird ermutigt zu sprechen, sogar dafür belohnt – aber ohne Druck. Wenn er glaubt, dass er bedrängt wird, zieht er sich zurück, und dann kann es zu Rückschlägen kommen.« Sie warf Rouge über die Schulter einen freundlich mahnenden Blick zu. »Jeden Vorstoß in diese Richtung werde ich zu verhindern wissen.«

Die Warnung war unüberhörbar. Auch heute noch würde er sich hüten, es sich mit einer Hausmutter zu verderben. Stattdessen appellierte er, wie früher, an ihr gutes Herz. »Wie bekomme ich ihn dazu, dass er mit mir spricht?«

»Ich werde tun, was ich kann. Er würde sich gern mit Ihnen unterhalten, das weiß ich. Heute vormittag hab ich ihn zum Polizeirevier gefahren, aber da hat es zwischen euch beiden wohl noch nicht gefunkt.«

Ein paar Minuten saßen sie friedlich beieinander und beschäftigten sich in geselligem Schweigen mit ihrem Tee. Schon ehe ihm der Geruch in die Nase stieg, ahnte Rouge, was für einer es war: Pfefferminz mit einem großen Löffel Honig.

»David macht gute Fortschritte«, vertraute Mrs. Hofstra ihm an. »Er sucht jetzt häufiger Blickkontakt, und mit den meisten Internatsschülern in unserem Haus spricht er auch. Allerdings nicht mit den Lehrern und nie im Unterricht. Aber die Motivation, mit Ihnen zu sprechen, scheint sehr stark zu sein, das ist ein gutes Zeichen. Wir brauchen nur ein bisschen Zeit und Geduld.«

»Ich habe aber keine Zeit, Mrs. Hofstra. Wissen Sie keine Abkürzung?«

Sie beugte sich vor und sah ihn aufmerksam an, als suchte sie in seinem Blick nach Veränderungen gegenüber früher. Dann lächelte sie. Demnach war er für sie noch immer der Alte.

»Es ist eine Frage des Vertrauens. Sie müssen sich in David hineinversetzen und dann eine Atmosphäre schaffen, in der er sich wohl fühlt.« Ihre runzlige Hand, warm, federleicht und trocken wie ein Blatt Papier, lag über der seinen. »Wenn Sie ihn frontal zu nehmen versuchen, zieht er sich in sein Schneckenhaus zurück, und dann sehen Sie, wie unsere Kinder sagen würden, ganz schön alt aus.«

Dass der Direktor von St. Ursula sich so gut an ihn erinnerte, überraschte Rouge nicht. Zwillinge merkt man sich immer besonders gut – zumal dann, wenn ein Zwilling ermordet wurde.

»Wie ist es Ihnen ergangen, Rouge?«

Nur ›Rouge‹ – kein Titel, keine Anrede, wie sie unter Erwachsenen üblich ist. Und er würde natürlich Mister Caruthers oder Sir sagen. Ganz wie früher.

Eliot Caruthers sah noch immer aus wie ein undurchschaubarer Weihnachtsmann, auch wenn er einen modernen Anzug mit Weste trug. Das Gesicht mit dem üppigen Bart wirkte – auch darin war er dem Weihnachtsmann ähnlich – nicht so sehr alt, vielmehr zeitlos, das dichte Haar war inzwischen schlohweiß geworden, aber noch immer mit Bleistiften und

Kugelschreibern gespickt. Jetzt holte Mr. Caruthers einen Stift hinter seinem Ohr hervor und klopfte auffordernd auf den Schreibtisch. Es war wie damals in der Schule. Der Direktor hatte eine Prüfungsfrage gestellt und wartete auf eine Antwort.

Ja, wie war es ihm ergangen?

Nach Susans Tod war er vollauf damit beschäftigt gewesen, sich über Wasser zu halten. Und so etwas strengt an. »Danke, gut, Mr. Caruthers. Und wie geht es Ihnen?« Er sah betont auf die Uhr. Ein Polizist hat keine Zeit zu verschenken. Er kam ohne Umschweife zur Sache. »Was können Sie mir über Gwen Hubble erzählen?«

»Nur das, was in ihrer Akte steht.« Mr. Caruthers schien die schroffe Frage nicht übel zu nehmen, ja kaum zu registrieren.

»Gwen war also in keiner Hinsicht außergewöhnlich?«

Der Direktor klappte den dicken Ordner auf, der vor ihm lag. Vor die schriftlichen Unterlagen war ein farbiges Hochglanzfoto geheftet. »Ein bildhübsches kleines Ding. Manchmal denke ich, dass Schönheit allein als Gabe genügt. Von einem schönen Kind auch noch Intelligenz zu erwarten, ist fast vermessen, finden Sie nicht?«

Rouge begriff das als Aufforderung, das Gespräch auf einer anderen Ebene fortzusetzen, aber er blieb beim Thema. »Bis auf ihr hübsches Gesicht ist Gwen Hubble also eher Durchschnitt?«

»Durchschnittliche Schüler gibt es bei uns nicht«, korrigierte der Direktor seinen früheren Schüler mit leiser Ungeduld. »Erinnern Sie sich noch an Ihre Aufnahmeprüfung?«

»Sie wollen uns also nicht helfen?«

Caruthers lächelte. »Doch. Unter bestimmten Voraussetzungen. Vertrauen gegen Vertrauen.«

Das bedeutete, dass Caruthers absolute Diskretion verlangte. Rouge sah den Direktor abwartend an.

Der nahm Rouge Kendalls Reaktion zufrieden lächelnd

zur Kenntnis. »Wenn wir uns darüber einig sind, könnte ich Ihnen wertvolles Material an die Hand geben.«

»Was kann ich für Sie tun, Sir?«

Der Ältere nickte fast unmerklich. Das Geschäft galt.

»Ich möchte Ihnen einen unserer Lehrer zum Geschenk machen.« Er holte einen zweiten Ordner aus dem Schreibtisch. »Allerdings dürfte es nicht der Mann sein, den Sie suchen. Der hier liebt nur kleine Jungs. Ich möchte, dass Sie ihn nach unserem Gespräch gleich mitnehmen. Sie brauchen ihn nur an einigen Reportern vorbeimarschieren zu lassen. Und der Presse gegenüber die eine oder andere Bemerkung fallenzulassen, ein paarmal *NAMBIA* zu erwähnen ... Sie wissen, wofür die Abkürzung steht?«

»Für Erwachsene, die kleine Jungen als Sexpartner suchen. Haben Sie Beweise?«

»Wenn ich die hätte, wäre ich nicht auf Sie angewiesen. Ich habe seine Vorgeschichte gründlich überprüft. Glänzende Zeugnisse, was allerdings kein Wunder ist, denn solche Problemfälle schiebt eine Schule gern an die nächste ab. Wenn man die Pädophilie nicht beweisen kann, vermeidet man tunlichst einen Prozess. Das ist in St. Ursula nicht anders.«

Er schob ein paar Blätter mit einem Foto über den Tisch, das einen Mann mit talgig weißem, schlaffem Gesicht zeigte. »Aber ich gedenke Gerald Beckerman nicht wegzuloben. Natürlich wäre es mir am liebsten, wenn man ihn ganz aus dem Verkehr ziehen könnte. Falls das nicht geht, bin ich schon zufrieden, wenn er in der Öffentlichkeit unmöglich gemacht wird.«

»Wäre es nicht einfacher, ihn zu entlassen?«

»Aber lange nicht so wirkungsvoll. Und Beckerman hat einen einflussreichen Beschützer im Kuratorium. Wenn die Medien sich Beckerman erst mal vorgeknöpft haben, dürfte allerdings Schluss mit dieser Protektion sein.«

Rouge überflog die ersten Zeilen.

»Wie Sie sehen, ist er achtunddreißig«, sagte Mr. Caruthers. »Sein sexuelles Interesse an Kindern dürfte sehr viel früher eingesetzt haben.«

»Und Sie vermuten, dass es in seiner Vergangenheit entsprechende Vorfälle gab ...«

»Die Sie finden werden, Rouge. Und Beckermans Anwalt werden Sie sagen, dass Sie auf diese Sache im Zuge Ihrer Ermittlungen in dem Entführungsfall gestoßen sind.«

Auch der Direktor glaubte also nicht an die Ausreißerthese. »Wie sind Sie dem Mann auf die Schliche gekommen, Sir?«

Caruthers zögerte. Offenbar überlegte er, wie weit er seinen früheren Schüler ins Vertrauen ziehen sollte. »Ich möchte nicht, dass man die Schule verklagt, weil wir angeblich in seiner Privatpost geschnüffelt haben. Allerdings muss ich zugeben, dass ich seine E-Mails gelesen habe. Die Möglichkeit dazu bekamen wir durch die Vernetzung unserer Computer. Seit Ihrer Zeit hat sich hier einiges geändert, Rouge. Schon die Fünfjährigen haben ihre eigenen PCs, und deshalb überwachen wir die Chats der Kinder im Internet. Interessant an der Kommunikation per Computer ist, dass die Leute so schreiben, wie sie reden, die Sätze werden nicht mehr richtig ausformuliert. Wenn Sie einen Dialog tippen, liest sich das ganz anders als ein Brief. In einem der Chatrooms war ein Pädophiler, der so schrieb, wie Gerald Beckerman spricht. Man könnte sagen, dass ich seine Stimme wiedererkannt habe. Es ist mir kalt den Rücken heruntergelaufen ...«

»Und weshalb glauben Sie, dass ich die dunklen Stellen in seiner Vergangenheit entdecken kann, wenn Ihnen das nicht gelungen ist?«

»Ich traue Ihnen zu, dass Sie es schaffen, Rouge. Ich kenne Sie besser als Ihre Mutter.« Mit einer beiläufigen Bewegung wischte er die seltsame Bemerkung beiseite. »Und was kann ich für Sie tun?«

Rouge konnte von seinem Stuhl aus durchs Fenster sehen. Ein Junge ging über den Rasen in Richtung See. »David Shore hat ein Stipendium, nicht wahr?«

Caruthers nickte. »Ich weiß, was in der Stadt gemunkelt wird: Dass alle Schüler, die ein Stipendium haben, von uns für wissenschaftliche Experimente angekauft worden sind.«

Rouge lächelte höflich. Bei Caruthers Humor wusste man nie so recht, woran man war. David bewegte sich auf das Bootshaus zu, von dem Rouge nur das Dach und die hintere Ecke sah, und verschwand hinter einer Gruppe von Nadelbäumen, die Bootssteg und See verdeckten.

»Auch Sadie Green hat ein Stipendium«, fuhr der Direktor fort, »aber sie ist eine Ausnahme. Die Eltern hängen an ihr, deshalb haben wir ihnen nie Bargeld angeboten.«

Rouge kam das Lächeln abhanden. Jetzt tauchte David auf dem Steg auf, ging langsam ein paar Schritte, dann blieb er stehen und sah zum Bootshaus zurück.

»Die meisten unserer Stipendiaten kommen aus Pflegefamilien. Die leiblichen Eltern, die sich gewöhnlich abgesetzt haben, werden aufgespürt und abgefunden, und unsere Anwälte sorgen dafür, dass wir das uneingeschränkte Sorgerecht –«

»Moment mal! Es stimmt also, dass Sie diese Kinder kaufen?«

»Aber ja. Juristisch haben die Hausmütter die Vormundschaft. Wir können doch nicht zulassen, dass eines Tages die leiblichen Eltern aufkreuzen, das Kind in die Armut zurückstoßen und ihm sein ganzes Leben kaputtmachen.«

Und wie dachten die Kinder darüber? War Caruthers noch nie auf den Gedanken gekommen, dass ihnen die Eltern fehlen könnten, dass –

»Dies ist kein kaltes, unpersönliches Waisenhaus, Rouge«, sagte der Direktor, der offenbar noch immer Gedanken lesen konnte. »Die Stipendiaten sind das ganze Jahr über in der Obhut einer Hausmutter. Eine sehr stabile Beziehung.«

Rouge sah wieder aus dem Fenster. Der Steg war leer, jetzt kam David aus dem Fichtenwäldchen hervor und sah zum Bootshaus hinüber, dann drehte er sich unvermittelt um und blickte zur Schule hoch. Auf diese Entfernung konnte Rouge seine Augen nicht erkennen, aber er hatte das seltsame Gefühl, als enthalte dieser Blick eine geheime Botschaft.

»David ist ein halbes Genie, nicht?«, sagte er. »Wollen Sie einen Wissenschaftler aus ihm machen?«

»So gehen wir nicht vor, Rouge. Wir reden einem Kind nie in seine Wünsche hinein. Bei Ihnen oder Susan haben wir es auch nicht gemacht. Das würde unseren Interessen zuwiderlaufen. Aber wir treffen natürlich Voraussagen.« Mr. Caruthers drehte seinen Sessel zum Fenster. Jetzt beobachteten sie gemeinsam den Jungen, der den Hang hoch wieder in Richtung Schule ging.

Rouge holte Notizbuch und Kugelschreiber hervor. »Und was sagen Sie für David voraus?«

»Aufgrund seiner Neigung und seiner körperlichen Fähigkeiten würde ich sagen, dass er gute Chancen im Profi-Baseball hat. So eine Voraussage haben wir bei Ihnen nie getroffen, Rouge. Auch wenn sich Ihre Lebensumstände durch den Vermögensverlust geändert haben, denke ich, dass wir mit unserer damaligen Prognose letztlich Recht behalten werden.«

Caruthers drehte sich in seinem Sessel wieder zu dem Besucher herum. Er wirkte ein wenig enttäuscht, vielleicht weil Rouge Kendall dieser Blick in die Zukunft offenbar nicht interessierte. »Später«, fuhr der Direktor sachlicher fort, »wird David – das sage ich aufgrund seiner intellektuellen Fähigkeiten – eine zweite Karriere als Physiker machen.«

Der Junge stand jetzt auf dem Rasen unter dem Fenster. Rouge sah an ihm vorbei zum See. Was hatte diese kleine Szene zu bedeuten? Auch David blickte zum See, nickte und wandte sein Gesicht dem Fenster zu. Ihre Blicke trafen sich. Rouge fiel es immer schwerer, den Worten des Direktors zu folgen.

Was habe ich übersehen, David?

»Persönlichkeitsprofile verraten uns noch mehr Interessantes«, fuhr Caruthers fort. »Und zwar schon sehr früh. Wie bei Ihnen und Ihrer Schwester. Schon als Sie beide acht waren, ließ sich erkennen, dass Ihnen eine vielversprechende juristische Laufbahn offenstand.«

David ging auf Mrs. Hofstras Haus zu. Rouge machte sich eine grobe Skizze von Steg und Bootshaus.

»Wir haben Ihr Profil mit dem angesehener Absolventen unserer Schule seit deren Gründung verglichen. Ihre Art, Informationen zu verarbeiten, ist einzigartig. Wir hatten schon immer großes Interesse an Ihrer weiteren Entwicklung, Rouge.«

»Und an dem Geld meines Vaters.« Rouge zeichnete die Fichtengruppe zwischen Fenster und Bootshaus.

»Das hohe Schulgeld ermöglicht es dem bemittelten Schüler, sein Potential voll auszuschöpfen. Ohne diesen Rückhalt wäre es denkbar, dass das Kind das ihm gesteckte Ziel nicht erreicht, und das würde unsere Statistik verzerren.«

»So wie bei mir?«

»Dass Sie das Studium in Princeton aufgeben mussten, war zwar bedauerlich, aber im Hinblick auf den Tod Ihres Vaters, die Schulden und die ... die gesundheitlichen Probleme Ihrer Mutter durchaus verständlich. Das Baseballjahr war ein interessanter kleiner Umweg. Noch interessanter allerdings fanden wir es, dass Sie dann zur Polizei gegangen sind. Als Ermittler bei der Staatspolizei haben Sie, wie mir scheint, zu Ihrer wahren Berufung gefunden, Sie sind für diese Arbeit geradezu geboren.«

Rouge rutschte unruhig auf seinem Stuhl herum. Er kam sich vor, als hätte man ihn nackt ausgezogen. Ein unangenehmes Gefühl. Hinter dem Weihnachtsmanngesicht lauerte etwas leicht Bedrohliches.

»Überrascht Sie das, Rouge? Hatten Sie geglaubt, wir hätten das Interesse an Ihnen verloren? Aber nein! Unsere Datensammlung wächst ständig.«

»Ich wüsste gern mehr über die beiden Mädchen.« Rouge Kendall schlug eine neue Seite in seinem Notizbuch auf.

»Könnten sie einen durchschnittlich intelligenten Erwachsenen übertölpeln?«

»Kaum. Gwen Hubble hat den höheren IQ – etwa in Ihrer Größenordnung. Aber sie ist sehr prosaisch und kann sich nicht gut verstellen.« Er blätterte in ihrer Akte. »Auf der Basis gründlicher psychologischer Gutachten würde ich sagen, dass sie in einer Gefahrensituation physisch und emotional gelähmt wäre. Ich schätze ihre Chancen, auf eigene Faust heimzufinden, nicht sehr hoch ein.«

»Und Sadie Green?«

»Das ist etwas anderes. Sadie hat einmal sogar unsere Krankenschwester und die örtliche Polizei reingelegt. Mit einem Pfeil, der aussah, als sei er ihr ins Herz gedrungen.«

»Ach, Sadie war das?« Rouge erinnerte sich an den Fall. Vor drei Wochen hatte sich einer der beiden Streifenpolizisten, die am Ende der Schicht ins Revier zurückgekommen waren, ausschütten wollen vor Lachen, der andere war puterrot vor Scham. Chief Croft zog den armen Billy Poor, einen Anfänger, der so übereilt den Leichenwagen gerufen hatte, immer noch damit auf. Billy wäre nie darauf gekommen, dass der Pfeil, den das Kind in der Brust hatte, eine mit Theaterblut beschmierte Requisite sein könnte, wenn nicht die Kleine plötzlich aufgesprungen und lachend weggerannt wäre. Er schwor Stein und Bein, dass das Kind nicht ein einziges Mal geblinzelt hatte, und wer nicht mehr blinzelt, so seine Annahme, musste tot sein.

Rouge zeichnete einen Pfeil auf die leere Seite. »Ist Sadie eine gute Schülerin?«

»Ganz und gar nicht. Sie träumt im Unterricht und gibt ihre Hausarbeiten grundsätzlich zu spät ab. Sie hat eine ungesunde Phantasie und liebt Blut und Gewalt. Trotzdem hätten wir sie natürlich gern zurück.«

»Könnte Sadie die Freundin dazu angestiftet haben, klammheimlich mit ihr zu verschwinden?«

»Es ist nicht ihr Stil, auch wenn sie generell Gwen Hubble

ungünstig beeinflusst. Nein, eine gespielte Entführung wäre zu raffiniert für sie. Sadie liebt Sterbeszenen. Ihren Mitmenschen eine Scheißangst einzujagen – das ist für sie das Höchste.«

Ein Wort wie Scheißangst gehörte nicht zu Caruthers normalem Vokabular, und Rouge überlegte, ob Sadie wohl auch ihn ungünstig beeinflusst hatte. »Wie clever ist die Kleine?«

»Ich würde sagen, dass wir einander etwa ebenbürtig sind. Wenn wir wegen einer Disziplinarmaßnahme aneinandergeraten, ziehe ich nur in der Hälfte aller Fälle den Kürzeren.«

»Sie sagten, dass sie auch ein Stipendium hat. Demnach hat sie einen ähnlich hohen IQ wie David.«

»Bei weitem nicht. Sadie hat mit einem Comic erreicht, dass ihr das Schulgeld erlassen wurde.« Caruthers entnahm einem anderen Ordner ein Heftchen mit Buntstiftzeichnungen und Sprechblasen. »Hoffentlich haben Sie schon gegessen. Es ist schauderhaft ordinär. Das hat sie mit sieben Jahren gemacht.«

Rouge blätterte das Heftchen mit den bunten Farben und den brutalen Bildern durch. Die Figuren waren samt und sonders darauf aus, sich gegenseitig so grausam wie möglich ins Jenseits zu befördern.

»Was in diesem Kind vorgeht, weiß ich nicht«, sagte Caruthers. »Für so etwas gibt es keine Tests.«

Rouge klappte das Heft zu. »Hat sie das für ihre Aufnahmeprüfung gezeichnet?«

Caruthers schüttelte den Kopf. »Bei der ist sie durchgefallen. Sie ist ein gescheites Kind, aber es hat einfach nicht gereicht. Selbst wenn die Eltern das volle Schulgeld hätten zahlen können, wäre sie normalerweise bei uns nicht reingekommen. Aber Sadies Mutter gibt sich nicht so leicht geschlagen. Sie ließ nicht locker, bis sie zu mir vorgedrungen war.«

»Und dann hat Mrs. Green Sie dazu überredet –«

»Nein. Ich hatte mich darauf gefasst gemacht, dass sie

Theater machen würde. Aber sie kam ohne Gruß herein, stellte Sadie vor den Schreibtisch, drückte mir das Heft in die Hand und verschwand.«

Er schlug mit der Hand auf die Schreibtischplatte. »Ich habe mir Seite für Seite dieses unglaublich blutigen, brutalen Machwerks angetan – bis zum bitteren Ende. Und dann Sadie angesehen. Wie soll ich ihr Lächeln beschreiben? Es war, als fragte es mich, ob ich den Mut hätte, Sadie Green als Schülerin aufzunehmen.« Caruthers legte das Comic-Heft behutsam, fast zärtlich wieder in den Ordner zurück. »Jetzt sind drei Jahre vergangen, und Sadie macht immer noch nur Gefangene – aber diese friedliche Phase wird wohl nicht mehr lange dauern.«

Das Zimmer hatte kein Fenster, und sie wusste, dass das eigentlich nicht normal war, aber der Gedanke entglitt ihr, sobald sie das Tablett ansah.

Wieder nicht genug zum Sattwerden.

Diesmal standen Kakao und ein Brötchen mit Butter drauf. Ihre letzte Mahlzeit hatte aus einem Ei und Saft bestanden, demnach war schon wieder ein Tag vergangen.

Wie viele Tage waren es jetzt? Drei?

Eigentlich hatte sie am Vortag das ganze Essen in der Toilette hinunter spülen wollen, denn dass darin etwas steckte, was sie den ganzen Tag außer Gefecht setzte, war ihr klar. Ihrem Hund hatte sie die Pillen immer ins Trinkwasser getan, aber von dem Orangensaft hatte sie keine üble Nachwirkungen verspürt. Dann hatte sie sich doch verleiten lassen, das Frühstücksei zu essen, und war prompt wieder eingeschlafen. Hätte sie klarer denken können, wäre sie früher auf die Lösung gekommen. Ihren Durst konnte sie auch aus dem Wasserhahn stillen, feste Nahrung dagegen war eine große Versuchung. Jetzt zerkrümelte sie entschlossen das Brötchen in kleine Stücke, die die Toilette nicht verstopfen würden. Ihr war übel vor Hunger, und der Magen tat ihr weh.

Gwen arbeitete im matten Schein des Nachtlichts, in dem sie nicht viel erkennen konnte. Die weiche feuchte Mitte des Brötchens ertastete sie mit den Fingerspitzen. Vielleicht war das Schlafmittel dort eingespritzt.

Dieser Hunger …

Sie probierte einen Krümel Rinde. Er schmeckte ganz normal, und sie schluckte ihn runter.

Vielleicht brauchte sie nicht das ganze Brötchen wegzuwerfen.

Sie legte den verdächtigen Mittelteil an den Tellerrand, zerlegte das trockene Stück in kleine Brocken, um die karge Mahlzeit zu strecken, und betrachtete nachdenklich den angeketteten Wäschebehälter. Sie stand auf und zog an der Klappe, die sich einen Spalt breit öffnete. Aber es war zu dunkel, um zu sehen, was in dem Behälter steckte, und ihre Hand passte nicht durch die schmale Öffnung. Sie setzte sich wieder aufs Bett und starrte auf die Kette, die zwischen dem Griff des Wäschebehälters und dem Handtuchhalter gespannt war.

Vorhängeschlösser, dachte sie verschwommen, irgendwas mit Vorhängeschlössern … Dann sah sie wieder zu dem großen Kleiderschrank hinüber, der so gar nicht in ein Badezimmer passte, und versuchte einen Gedanken einzufangen, in dem es um diesen Schrank ging, aber es ging ihr damit so, wie es einem sonst mit Träumen geht: Je krampfhafter sie versuchte, ihn sich ins Gedächtnis zurückzurufen, desto tiefer zog er sich in dunkle Winkel ihrer Erinnerung zurück.

Sie aß noch ein Bröckchen und trat an den Schrank heran. Er war abgeschlossen. Was mochte da wohl drin sein? Oder verbarg er etwas?

Ja, das war die Erklärung. Eigentlich hätte das Zimmer ein Fenster haben müssen, es war schließlich keine Abstellkammer, kein begehbarer Kleiderschrank, sondern ein ganz normales Badezimmer. Und Badezimmer hatten Fenster.

Vielleicht nicht in einem modernen Haus wie in dem von

Sadie, wo elektrische Ventilatoren für die Entlüftung sorgten, aber an der hohen Decke und den Stuckleisten erkannte sie, dass dieses Haus gut und gern so alt war wie ihr Elternhaus, in dem alle Badezimmer mit Fenstern versehen waren.

Sie schob ihre kleine Hand zwischen Kleiderschrank und Wand und ertastete einen hölzernen Rahmen und ein Fensterbrett. Mit aller Kraft versuchte sie das Möbelstück anzuschieben, aber es ruckte und rührte sich nicht. Sie aß noch ein paar Brocken, um sich zu stärken.

Dann begriff sie, dass sie nicht Muskel-, sondern Hebelkraft brauchte. Zerstreut steckte sie sich einen Brocken nach dem anderen in den Mund, während sie sich nach Werkzeugen umsah. Da waren die Beine des Betts, der Lattenrost …

Als ihr Blick wieder auf das Tablett fiel, fuhr sie erschrocken zusammen. Sie hatte das ganze Brötchen gegessen, auch den gefährlich weichen Innenteil.

Du Gans, du! Dumme, dumme Gans!

Tränen liefen ihr übers Gesicht, während die Knie unter ihr nachgaben, so dass sie der Länge nach zu Boden stürzte.

Ihre Augen schlossen sich. Und dann fiel ihr ein, dass in diesem Augenblick jemand womöglich auch Sadie hungern ließ und Eier und Brötchen ihrer besten Freundin mit Drogen versetzte.

Sie griff nach Sadies Geschenk, dem Amulett mit dem allwissenden zauberkräftigen Auge, von dem sie sich Trost in der Dunkelheit versprach.

Es war nicht mehr da.

Gwen richtete sich mit einem Ruck auf und kämpfte gegen die Müdigkeit an. Sie tastete mit den Händen auf dem Boden herum, tastete über den Bettvorleger und die Fliesenfugen.

Es war verschwunden. Sie hatte ihr Auge verloren.

Und jetzt lähmte die bleierne Müdigkeit ihren ganzen Körper. Sie lag flach auf den Fliesen, die weiche runde Wange berührte den harten Boden.

Erst flüsterte sie die Worte, dann hob sie mit letzter Kraft den Kopf und rief laut: »Sadie! Wo bist du?«

Heute Abend waren die Reporter wieder vollständig versammelt. Sie drängten sich auf den Stufen zur Polizeistation, stärkten sich mit Sandwiches und Kaffee und stampften mit den Füßen, denn der Abend war kalt.

Rouge öffnete die Beifahrertür und zerrte Caruthers Geschenk heraus. Benommen und mit geöffnetem Mund kam Gerald Beckerman hervor. Man hatte ihn unter dem Vorwand in den Wagen gelockt, dass man ihm ein paar höfliche Fragen nach seinen vermissten Schülerinnen stellen wolle. Auf der Fahrt hatte Beckerman freundlich Konversation gemacht, nur um jetzt festzustellen, dass er wie ein Krimineller behandelt wurde. Das führte dazu, dass er sich jetzt auch wie einer benahm. Sein Blick flackerte angstvoll, als er versuchte, sich aus Rouge Kendalls energischem Griff zu befreien.

Einer der Reporter hob witternd die Nase. Und dann sahen sie alle zu dem Wagen, zu dem Cop und seinem Gefangenen hin. Schritt für Schritt kamen sie die Stufen hinunter. Jetzt waren die ersten unten angekommen und umringten Rouge und den Lehrer.

Als die Meute beisammen war, gab Rouge die versprochene Erklärung ab: »Gerald Beckerman ist nur hier, um der Polizei bei ihren Ermittlungen behilflich zu sein. Mit eventuellen Kontakten zu *NAMBIA* hat das nichts zu tun.«

»Soll das heißen, dass er es nur auf kleine Jungs abgesehen hat?«, fragte einer.

Zwei andere nahmen die Frage auf. »Stimmt das, Beckerman, oder fahren Sie zweigleisig?«

Und dann stürzten sie sich alle auf ihn, drängten sich um die besten Plätze, überschütteten ihn von allen Seiten mit Fragen und drückten ihn immer weiter an den Wagen. Es gab keinen Ausweg, keine Fluchtmöglichkeit.

Rouge stand am Rand des wilden Haufens und sah, wie

der Mann zu Boden ging – buchstäblich und im übertragenen Sinne. Beckerman rutschte mit eingezogenem Kopf an dem Volvo herunter und ruderte mit den Armen, um die Kameras abzuwehren.

Einer der Reporter hatte sich Marge Jonas vorgenommen. Er redete sie mit Dr. Jonas an, offenbar hielt er sie für eine Polizeipsychologin, was ja im Grunde auch ihre wahre Berufung war. Marge zupfte ihre blonde Perücke zurecht.

»Ist das nicht der Cop, der den Kerl mit dem lila Fahrrad geschnappt hat?«, fragte der Reporter und sah Rouge an.

»Ja.« Marge zwinkerte Rouge zu. »Unser bester Mann. Ein richtiger Star, finden Sie nicht auch?«

»Damit hat also die Staatspolizei in zwei Tagen schon zwei Verdächtige gefunden. Und was hat das FBI zu dem Fall beigetragen?«

»Bisher noch gar nichts«, sagte Marge. »Aber ich will über die Feds nichts Schlechtes sagen. Sie haben gestern und heute den Kuchen zum Kaffee spendiert.«

In der Tür zum Polizeirevier stand Captain Costello, die Hände in den Taschen, und betrachtete das Getümmel auf dem Parkplatz. Eine Frau mit Mikro und ein Kameramann kamen auf ihn zu, und wieder erfuhr er von dem Erfolg seines neuen Mitarbeiters durch die Presse.

Auf alles mögliche war Rouge Kendall gefasst gewesen –, aber nicht auf das breite Grinsen seines Vorgesetzten.

4

Für die Stipendiaten, die über Weihnachten an der Schule blieben, galt ein geänderter Stundenplan. Aus den gutgemeinten Lügen der Erwachsenen über die »verschwundenen Mitschülerinnen« hatten die Kinder in ihren Gesprächen die Wahrheit herausdestilliert.

Die Mädchen waren also entführt, vielleicht sogar getötet worden – aber für die anderen Kinder in St. Ursula ging das Leben weiter. Zwei Schüler hatten das Verbot, den Campus zu verlassen, bewusst übertreten und waren mit einem Kanu über den See geschippert, um unbeobachtet ein Experiment durchführen zu können. Es war Vorschrift, dass in den Kanus immer ein Erwachsener mitfuhr, aber auch über diese Regel hatten sie sich großzügig hinweggesetzt.

Der eine Zwölfjährige war blond, der andere dunkel, aber beide führten nichts Gutes im Schilde, als sie sich nach dem Frühstück auf den Weg machten, und es war vorauszusehen, dass sie sich nur eine knappe halbe Stunde nach der Landung am anderen Ufer mächtigen Ärger einhandeln würden.

Nicht genug damit, dass Angst und ein schlechtes Gewissen sie plagten, außerdem waren ihre Schuhe und Socken naß geworden. Sie hatten das Kanu auch nicht weit genug auf das steinige Ufer gezogen, und die Wellen hatten es in den See zurückgeholt. Die Jungen sahen ihm nach, bis es hinter einem Felsen verschwunden war, dann drehten sie sich zu dem Haus mit den vielen Anbauten um. Noch als sie angelegt hatten, war es ein ganz normaler alter Kasten gewesen, jetzt aber wirkte es irgendwie bedrohlich. Die verwitterte Farbe erinnerte einen an Ausschlag, die dunklen Fenster mit den zugezogenen Vorhängen sahen nach Falschheit und Geheimniskrämerei aus. Ein scharfer, kalter Wind vom See her trieb die Jungen auf die windgeschützte Seite des Hauses.

Da war die zerbrochene Fensterscheibe, die auf ihr Konto ging. Aus dem Loch drang ein widerlicher Geruch. Den Kindern kam das Frühstück hoch. Was würden die Erwachsenen sagen, wenn sie von ihrem wissenschaftlichen Experiment erfuhren, das erheblich mehr Kraft und Tempo und vor allem mehr Krach erzeugte, als man von einer gewöhnlichen Spielzeugpistole erwarten durfte?

»Diesmal sind wir dran.« Jesse verbarg die frisierte Pistole hinter dem Rücken, als habe man ihn schon auf frischer

Tat ertappt. »Er kriegt es nämlich doch raus, auch wenn wir es ihm nicht sagen. Manchmal denke ich, dass Mr. Caruthers weiß, was wir vorhaben, noch ehe wir es selbst wissen.«

Mark gab ihm einen gut gemeinten Rippenstoß. »Und weißt du, warum, du Blödmann? Als er uns heute früh gegrüßt hat, bist du rot geworden wie eine Tomate. Kein Wunder, dass er da Verdacht geschöpft hat.«

Sie sahen über den See zu dem roten Backsteinbau hoch. Ob der Alte sie beobachtete? Im Lauf der Zeit hatten sie in St. Ursula die alte Umgebung vergessen, in der sie als verwahrloste Jugendliche praktisch grenzenlose Freiheit genossen, und sich an stets aufmerksame Hausmütter und das Interesse der Lehrer an all ihrem erlaubten oder auch verbotenen Tun und Treiben gewöhnt.

Eine Gardine verdeckte das Loch in der Scheibe, und die Jungen wollten gar nicht sehen, was dahinter liegen mochte.

»Was ist das bloß für ein Geruch?«, fragte Jesse. Er erinnerte ihn an seine Großmutter und die anderen alten Leute in dem staatlichen Pflegeheim, in dem sie langsam wegdämmerte.

Mark, der aus einer städtischen Hochhaussiedlung mit tausend anonymen Türen an dreißig langen Gängen kam, wusste Bescheid: »Es riecht nach Tod.«

»Das darf doch nicht wahr sein!« Jesse fiel die Pistole aus der Hand. »Haben wir einen umgelegt?«

»Nach altem Tod, du Pfeife!« So, wie es oft genug in dem Betonsilo gerochen hatte, in dem er aufgewachsen war, wenn hinter einer der anonymen Türen eine Leiche lag. Mark suchte nach einem griffigen Vergleich für seinen Freund, der vom Land kam. »So wie ein Tier, das vor Tagen überfahren worden ist und noch immer auf der Straße liegt.«

Das Briefing war zwar nur für Mitglieder der Sonderkommission gedacht, aber die Reporter und Politiker waren zahlen- und geräuschmäßig den Mitarbeitern von FBI und BCI überlegen. Fernsehteams und Journalisten ließen sich durch uniformierte Trooper mit Dienstwaffe nicht bremsen. Rouge Kendall war sofort umzingelt und wurde bis an die Wand des Vorraums im Erdgeschoss zurückgedrängt.

Als jetzt unten an der Vortreppe Captain Costello auftauchte, schwenkte die Meute auf ihn um. Niemanden wunderte es, dass sich auch Senator Berman – groß, hager und käseweiß – eingefunden hatte. Wo immer menschliches Elend zu finden war und es eine Möglichkeit gab, mit aufs Bild zu kommen, war der Senator, den Gerüchte mit dem organisierten Verbrechen in Zusammenhang brachten, nicht weit. Auch wenn er am Schauplatz des Geschehens eigentlich nichts zu suchen hatte, verstand er es geschickt, den Eindruck zu erwecken, dass er alle Fäden in der Hand hielt. Momentan aber hatten die Reporter ihre Liebe zu Costello entdeckt und ließen den Senator links liegen. Mit unbewegtem Gesicht ging Berman zur Tür. Die stumpfen braunen Augen schienen das Getümmel gar nicht wahrzunehmen.

Nur einen knappen Meter von ihm entfernt stand Oz Almo, früher Ermittler bei der Staatspolizei. Er trug einen Wintermantel und war von süßlichen Aftershave–Schwaden umgeben. Rouge erinnerte sich an diese Düfte noch aus seiner Kinderzeit, nur war es damals eine billigere Marke gewesen. Als Zehnjähriger hatte er sich gefragt, ob diese Wohlgerüche vielleicht so reichlich Verwendung fanden, damit man etwas anderes nicht wahrnahm, denn er hatte schon damals das Gefühl gehabt, dass der Mann etwas zu verbergen hatte. Der einstige Ermittler drehte sich langsam um und nahm seine Pelzmütze ab. Mit dem schwabbeligfaltigen Gesicht und den geröteten Augen erinnerte er auf fatale Weise an einen schlecht gelaunten, trunksüchtigen Säugling.

Rouge ging rasch weiter, ehe Oz Almo Blickkontakt mit ihm aufnehmen konnte. Auf der Treppe fing ihn Marge Jonas ab, die heute ein knallrotes Strickkleid trug. Ihr Dreifachkinn bibberte, als sie kummervoll den Kopf schüttelte. »Erzähl mir nicht, dass du dieselben Klamotten wie gestern anhast!«

Er strahlte sie an. »Ich habe extra für dich ein frisches Hemd und neue Unterwäsche angezogen.«

»Frechdachs!« Sie senkte die falschen Wimpern und drückte ihm einen Becher in die Hand. Schwarzer Kaffee mit drei Würfeln Zucker, wie immer, wenn Marge ihm etwas besonders dringend ans Herz legen wollte.

Oz Almo sah zu ihnen herüber und hob die Hand zum Gruß, aber Marge hatte Rouge Kendall fest im Griff. »Ich weiß, dass dir eine Gehaltserhöhung ins Haus steht, ich hab den Schrieb mit eigenen Augen gesehen. Da könntest du dir wirklich mal ein anständiges Sportsakko leisten. Und wie wär's mit einer neuen Hose und einem schönen Schlips?«

Er hatte Almo aus den Augen verloren, aber sein Aftershave war nicht weit. Da legte sich eine schwere Hand auf Rouge Kendalls Schulter.

»Rouge, mein Junge«, sagte Almo, als wären sie alte Freunde, was nicht der Fall war. »Wie geht's denn so? Wir haben uns viel zu lange nicht mehr gesehen.«

Rouge nickte dem Älteren, der ein gutes Stück kleiner war als er, nur kurz zu. Da er eine gute Kinderstube genossen hatte, wusste er natürlich ganz genau, dass man einem Fünfundsechzigjährigen eigentlich mehr Respekt schuldet.

Oz Almos große, verschwitzte Pranken schlossen sich um Rouges Rechte. »Freut mich wirklich, dich zu sehen, Junge. Na, Marge, wie geht's?«

»Hallo, Oz.« Marge rümpfte diskret die Nase und verschwand in der Menge, die sich hinter ihr schloss wie eine Tür.

Rouge befreite seine Hand und wischte sie am Jackett ab, als habe er sich beschmutzt.

Oz Almo beachtete diese kränkende Geste scheinbar gar nicht. Er zeigte katzenhaft grinsend seine gelben Zähne. »Du musst mich unbedingt mal besuchen. Mein Haus am See kennst du noch gar nicht, stimmt's? Komm doch heut abend zum Essen.«

Rouge sah ihn stumm an. Almo machte ein langes Gesicht, aber gleich darauf grinste er schon wieder. »Hab heute in der Zeitung gelesen, dass du von der Staatspolizei übernommen worden bist. Herzlichen Glückwunsch. Ich hab's erst mit vierzig zum Ermittler gebracht.« Er deutete mit dem Kopf zu der Doppeltür am Ende des Ganges. »Kannst du mich in das Briefing einschleusen?«

»Wozu?«

»Ich halte mich gern auf dem Laufenden. Der Dienstbetrieb fehlt einem eben doch.«

Der teure Wintermantel ließ darauf schließen, dass Almo als Privatdetektiv nicht schlecht verdiente, was in einer Kleinstadt wie Maker Village nicht selbstverständlich war.

»Hast gute Arbeit geleistet, Rouge. Gestern hab ich im Fernsehen verfolgt, wie du den schwulen Lehrer verhaftet hast. Und die Sache mit dem Fahrraddieb war riesig. Wie hast du bloß das Fahrrad von der Kleinen so schnell gefunden?«

»Purer Zufall. Wie bei Ihnen und der Leiche meiner Schwester.«

Almo blieb der Mund offen stehen. Aber er fasste sich schnell. »Na hör mal, wie redest du denn mit mir? Dein alter Herr würde sich im Grabe rumdrehen. Seit er tot ist, betrachte ich dich geradezu als meinen eigenen –«

»Verschwinde, Oz.« Captain Costellos Stimme übertönte das allgemeine Stimmengewirr, und er war schon ganz nah, als der Alte flink wie ein Dieb in der Menge untertauchte. Der Captain wandte sich an Rouge. »Das Briefing können Sie sich eigentlich schenken, Kendall.«

»Wenn ich jetzt BCI-Ermittler bin, gehöre ich dazu. Oz hat es heute früh in der Zeitung gelesen, es muss also stimmen.«

Captain Costello überhörte die indirekte Kritik und deutete mit dem Kopf zur Treppe. »Die Wände sind mit alten Tatort-Fotos tapeziert. Überall tote kleine Mädchen.«

»Na und?«

Dr. Howard Chainy, der amtliche Leichenbeschauer des Ortes, war mittelgroß und mittelalt. Während das Schnurrbärtchen liebevoll gestutzt war, wirkten die Augenbrauen wie ungepflegte Hecken. Und weil seine heißgeliebten ausgelatschten Laufschuhe ihn überallhin begleiteten, sahen der gut sitzende Mantel und der schwarze Filzhut aus, als hätte er sie irgendwo abgestaubt. Unter dem Wintermantel trug er Sportsachen, weil er zum Tennisspielen wollte. Er sah auf die Uhr. Wenn er Pech hatte, ging ihm der reservierte Platz verloren.

Dr. Chainy kam gerade zurecht, um den Streit wegen einer Leiche zu schlichten. Der Wagen des Leichenschauhauses stand nah am Ufer und wartete mit geöffneten Hecktüren auf seine Ladung. Nur ein paar Meter weiter lag ein geschlossener schwarzer Sack auf einer Trage mit Rollen.

Der Arzt überflog die kurze Notiz seines Assistenten und winkte Eliot Caruthers, dem Direktor von St. Ursula, grüßend zu. Dann sah er zu den beiden Jungen hinüber. Mark und Jesse sahen aus, als ob sie sich äußerst unwohl in ihrer Haut fühlten. Caruthers gedachte offenbar seine Standpauke aufzuschieben, bis er mit den Missetätern allein war, eine allen Eltern oder Vormündern vertraute, zugegebenermaßen leicht sadistische Vorgehensweise. Sollten die Jungen ruhig ihre Phantasie spielen lassen und sich die schlimmstmögliche Strafe für den Besitz einer Spielzeugpistole und eine kaputtgeschossene Fensterscheibe ausmalen. Die Strafe war ihnen ohnehin sicher, die schlimmere Folter aber war die Erwartung.

Vor dem schwarzen Leichenwagen des Bestattungsinstituts von Makers Village debattierten zwei Herren in feinem dunklen Tuch heftig mit Phil Chapel von der Ortspolizei. Der erhob lautstark Anspruch auf die Leiche, die auf der Trage lag.

Was der junge Cop mit einer Leiche wollte, war Dr. Chainy ein Rätsel.

Chief Croft, Chapels Vorgesetzter, hielt sich aus dem Streit heraus. Er hatte graues Haar, und in das wettergegerbte Gesicht gruben sich täglich neue Falten, aber die blauen Augen waren wach und klar wie bei einem jungen Mann. Der Direktor des Bestattungsinstituts war mit seinem Latein am Ende, der junge Cop war wütend, sein Kollege sah den Wolken nach und tat, als ob er nicht dazugehörte, und Charlie Croft genoss das Spektakel in einer Zuschauerrolle.

Dr. Chainy sah ihn an und nickte in Phil Chapels Richtung. »Hat der meinen Wagen angefordert?«

»Wie kommen Sie denn darauf?« Chief Croft lächelte.

»Nur so eine Vermutung.«

Vor einigen Jahren war das Bestattungsinstitut in die Hände eines Stümpers gefallen, der offenbar der Meinung war, Tote hätten zu lächeln, und infolgedessen die Züge der Verstorbenen unterschiedslos so schminkte, als seien sie gerade von einem Winterurlaub in der Sonne zurückgekommen.

Dass Phil Chapel auf so einen Typen allergisch reagierte, konnte man ihm nicht übel nehmen, aber heute trieb er es doch etwas zu bunt.

Der Arzt sah erneut auf die Uhr. Vielleicht schaffte er es doch noch zu seiner Sportverabredung. Er deutete auf den Sack mit dem langen Reißverschluss. »Nach Ansicht meines Assistenten handelt es sich um einen natürlichen Tod.«

»Möchte ich auch denken. Die alte Dame muss um die neunzig gewesen sein. Aber wenn Sie sich selbst überzeugen wollen …«

»Nein, besten Dank, Charlie. Wie ich höre, hat ihr Hausarzt sie erst vor ein paar Tagen untersucht?«

»Stimmt. Wir haben ein Tablettenröhrchen gefunden, auf dem Dr. Pennys Name stand, und in seiner Praxis angerufen. Die Sprechstundenhilfe war ein bisschen pikiert. Das hätte sie alles schon dem Bestattungsinstitut erzählt, hat sie gesagt.«

Chapel und der Herr der Särge fuchtelten sich gegenseitig

mit ausgestrecktem Zeigefinger vor der Nase herum. Chapels Kollege war ein paar Schritte zur Seite gegangen. Vielleicht war es ihm einfach peinlich, beim Tauziehen um eine Leiche auf der Siegerseite zu stehen.

Eine vernünftige Einstellung.

Dr. Chainy wandte sich an den Chief, der sich aus dem Streit immer noch heraushielt. »Was soll ich eigentlich hier, Charlie? Den Totenschein kann doch ihr Arzt ausschreiben.«

»Phil ist manchmal ein bisschen übereifrig. Im Schlafzimmer der alten Dame ist ein Stück Decke eingestürzt, und jetzt vermutet er ein Gewaltverbrechen. Er hofft, dass es sich um ein Riesenloch von einer Schusswaffe handelt.«

Dr. Chainy besah sich die Spielzeugpistole, die Eliot Caruthers in der Hand hielt, und schüttelte den Kopf. »Aber die Leiche ist unversehrt?«

»Ja. Ich würde sagen, dass sie im Schlaf gestorben ist. Sie machte einen sehr friedlichen Eindruck. Dr. Penny ist unterwegs.«

»Haben Sie sich dieses angebliche Loch denn mal angesehen, Charlie?«

»Sieht aus wie von einer Kanonenkugel. Allerdings müsste es ein miserabler Kanonier gewesen sein, die alte Dame hat er um Längen verfehlt. Das Bett steht auf der anderen Seite von –«

»Und wenn es keine Kanone war?«

»Seien Sie doch nicht so humorlos, Howard! Nein, die Sache war so: Aus dem Loch kam jede Menge Wasser, ich musste den Abfluss der Toilettenleitung im Obergeschoss zudrehen. Der Gestank hat uns fast umgehauen. Das Klo war wohl schon eine Weile verstopft, und als die Decke dann naß genug war, ist sie eben eingestürzt. Falls die bewusste Kanonenkugel nicht das Rohr getroffen hat. Phil meint, er hätte nicht nur Klo und Leiche, sondern auch Pulver gerochen. Wenn Sie mal zur Tür reinschnuppern und mir eine professionelle –«

»Die These von dem verstopften Abflussrohr scheint mir

plausibler.« Dr. Chainy wandte sich an den aufgeregten jungen Cop, der immer noch mit dem Bestattungsunternehmer stritt. »Nun lassen Sie den Leuten schon die verdammte Leiche.«

Die Herren in dem schwarzen Tuch traten einen Schritt näher, aber der Cop klammerte sich mit beiden Händen an den verchromten Haltegriff der Trage.

Jetzt schaltete sich Chief Croft ein. »Ich glaube, denen liegt an der Leiche wirklich mehr als dir, Phil. Komm, sei kein Spielverderber!« Er wandte sich an Dr. Chainy. »Es tut mir immer richtig Leid, wenn ich Phils Begeisterung einen Dämpfer versetzen muss.«

Enttäuscht trat der junge Cop beiseite, während die Herren in den dunklen Anzügen die Trage zu dem schwarzen Leichenwagen rollten.

Doch ohne Totenschein konnten sie nicht weg. Unwillig holte Chainy einen Formularblock aus der Tasche. Das Tennisspiel war damit endgültig ins Wasser gefallen.

»Haben Sie die Aussage von den beiden Jungen, Charlie?«

»Von der Nachwuchsgang da drüben, meinen Sie?« Dr. Chainy musste sich ein Lächeln verkneifen, als er zu Eliot Caruthers und dem kleinlauten Duo trat. »Ihr habt nichts zu befürchten, Jungs. Es war sogar eine gute Sache, dass ihr sie gefunden habt. Sie war sehr alt, hatte wohl keine Angehörigen am Ort …«

Er warf einen Blick auf das plumpe Plastikspielzeug in Eliot Caruthers Hand. »Das ist also die Waffe. Mit Geschossen aus so einem Ding erwischt man mit einigem Glück gerade mal einen Floh. Als Kind hatte ich auch so was.«

Mark und Jesse sahen ihn fast mitleidig an. Eine Kanone wie die da? Ausgeschlossen!

Kinder können sich eben nicht vorstellen, dass Erwachsene auch mal jung waren, dachte er. Zu Caruthers sagte er: »Am besten nehmen Sie die beiden jetzt mit. Wie viele Kinder haben Sie denn über die Feiertage noch da?«

»Elf.« Das Gesicht des Direktors war undurchdringlich. Die Jungen sahen ihn verstohlen von der Seite an und versuchten vergeblich zu erraten, was sie erwartete.

»Denen würde ich an Ihrer Stelle nicht allzu viel Leine lassen, solange wir die Mädchen nicht gefunden haben.«

»Danke für den Tipp, Howard.« Eliot Caruthers schüttelte Chainy die Hand und führte Jesse und Mark zu seinem liebevoll gepflegten alten Rolls Royce. Dann fiel ihm noch etwas ein. »Sie werden die Sache doch nicht –«

»– an die Presse geben? Nein, von mir erfahren die nichts.« Über die Schule für Kinder aus reichem Hause und junge Sonderlinge kursierten ohnehin schon zu viele Gerüchte. Da durfte man den braven Bürgern von Makers Village nicht auch noch den Eindruck vermitteln, dass die Schüler gemeingefährlich waren. Er sah dem Direktor nach, der die Jungen in seinen Wagen packte und zu dem unbefestigten Weg zurückfuhr, der die Häuser am See miteinander verband.

Charlie Croft zuckte die Schulter. »Kinder.« Das Wort stand für alle Streiche und Rüpelhaftigkeiten dieser Welt. Und jetzt auch für eine Leiche.

Mit stotterndem Motor und einer Staubwolke kündigte sich ein weiterer Wagen an. Dem Kombi, der neben dem schwarzen Leichenwagen hielt, entstieg Dr. Myles Penny mit saurem, unrasierten Gesicht und wirrem Haar.

»Tag, Myles«, sagte Charlie Croft. »Tut mir Leid um Ihre Patientin.«

»Sie war Williams Patientin, aber der hat diese Woche Urlaub.« Myles ließ die Wagentür etwas lauter als nötig zuschlagen. »Sie wissen ja, wie William sich immer mit seinem Urlaub anstellt.«

Das wusste Dr. Chainy allerdings. Andererseits wusste er auch, dass William nicht weit sein konnte, er hatte ihn im Tabakladen von Makers Village gesehen, der seine Lieblingsmischung führte. Aber von einer toten Patientin ließ der Kardiologe sich noch lange nicht in seinem Urlaub stören.

Myles Penny öffnete den Reißverschluss des Leichensacks und musterte das weiße Gesicht der alten Dame. »Mausetot«, befand er. »Erzählt mir bloß nicht, dass ihr mich hergeholt habt, weil ihr mein fachkundiges Urteil hören wolltet. Wie tot, glaubt ihr, kann ein Mensch sein? Tot, töter, am tötesten?«

»Mir wurde gesagt, dass sie vor vier Tagen erst gründlich untersucht worden ist.«

»Stimmt, vor drei oder vier Tagen. William wollte es noch mal mit einem chirurgischen Eingriff am Herzen versuchen. Seinen Eingriff könne er sich an die Backe schmieren, hat sie zu ihm gesagt.«

»Er wusste also genau, dass es ihr nicht gut ging«, sagte Dr. Chainy empört, »und hat sich trotzdem nicht weiter um sie gekümmert?«

»Immer mit der Ruhe, Howard.« Myles legte Chainy mahnend eine Hand auf die Schulter, um ihn an seinen hohen Blutdruck zu erinnern. »Sie war ja nicht völlig sich selbst überlassen, sie hatte eine Frau, die täglich zum Kochen und Putzen ins Haus kam.« Er rieb sich das Stoppelkinn. »Mir fällt nur im Augenblick der Name nicht ein ...«

»Fürs Herumstehen werde ich nicht bezahlt.« Dr. Chainy riss ein Formular vom Block. »Hier, machen Sie mit dem Papierkram weiter.«

Myles Penny nahm es stirnrunzelnd entgegen. »Zu gütig, Howard.«

»Gern geschehen. Wissen Sie, ob sie einen Anwalt hatte?«

»Nein.« Myles legte das Formular auf die Motorhaube des Kombis und begann mit dem Ausfüllen der Kästchen. »Aber William weiß es vermutlich, er behandelt sie seit zehn oder zwölf Jahren.« Kopfschüttelnd betrachtete er das Loch in der Scheibe. »Diese Lausejungen. Ein Stein? Meine Sprechstundenhilfe sagt –«

Dr. Chainy tat, als habe er die Frage nicht gehört. »Es war ein glücklicher Zufall, dass die Jungen vorbeikamen und sie fanden.« Er wandte sich an Charlie Croft. »Ich denke, wir können die beiden aus dem Bericht rauslassen. Wegen des Fensters wird sie niemand belangen. Aber die Putzfrau sollte sich jemand vornehmen und fragen, warum sie den Todesfall nicht gemeldet hat.«

Chief Croft nickte. »Das kann Phil machen. Denken Sie, dass sie womöglich was Wertvolles mitgenommen hat?«

»Hab ich das gesagt?« Wenn eine strafbare Handlung dazukam, verkomplizierte das den Fall, aber das würde sich ja alles finden. Jetzt wollte er erst mal zum Tennisplatz. »Vielleicht können Sie sich mit Myles zusammen mal umsehen, ob Ihnen was ins Auge fällt.« Hoffentlich nicht, dachte er. Im Augenblick war es in seiner Leichenhalle ausnahmsweise erfreulich ruhig. Bei einem Raubmord würde die alte Dame auf seinem Seziertisch landen.

Myles sah von seinem Formular hoch. »Sie sind nicht der Einzige, der es eilig hat. Aber meine Patienten können Ihrer Meinung nach offenbar warten.«

»Sehr richtig, Myles. Und könnten Sie einen Mann herschicken, der das Fenster da mit Brettern vernagelt?«

»Bitte sehr, bitte gleich ... Und später soll ich wohl auch noch das schmutzige Geschirr abwaschen.«

Howard Chainy schlug ihm kräftig auf den Rücken. »Auf Sie ist eben Verlass, Myles!«

Unter den FBI-Beamten waren nur wenige Rouge Kendall bekannte Gesichter. In den letzten vierundzwanzig Stunden war Verstärkung gekommen, und jetzt stellten die »Feds« fast die Hälfte des über fünfzigköpfigen Trupps.

Aus einem geöffneten Fenster lehnten die unverbesserlichen Raucher und Raucherinnen und pusteten blaue Rauchwolken in den Wind. Andere FBI-Leute standen in Gruppen zusammen und unterhielten sich leise, saßen auf Tischen, die man an die Wand gerückt hatte, oder auf Klappstühlen, die in mehreren Reihen vor einem schwarzen Vortragspult aufgestellt waren. Das Pult hatte verdächtige Ähnlichkeit mit einem der Notenständer aus der Grundschule von Makers Village. Das Verhältnis von Männern zu Frauen betrug mindestens sechs zu eins. Bis auf Rouge war keiner unter fünfunddreißig, die meisten waren bis zu zehn Jahren älter. Nur der Trooper, der an der Tür alle abwies, die keine Einladung vorweisen konnten, mochte in Rouge Kendalls Alter sein. Rouge sah aus dem Fenster auf das unbebaute Grundstück neben der Polizeistation, wo man in dem niedergetretenen Gras noch die Umrisse eines Baseballfeldes erkennen konnte. Hier war früher der Sportclub von Makers Village zu Hause gewesen, wo Cops und Feuerwehrleute ehrenamtlich Generationen von Kindern dieses amerikanischste aller Spiele beigebracht hatten. Jetzt umgab ein abweisender Gitterzaun das Gelände, und in einer Ecke lagerten Backsteine und Baumaterial. Im Frühjahr würde an dieser Stelle ein Discountmöbelgeschäft stehen und Makers Village zusätzliche Steuern einbringen, aber Rouge fand, dass die Stadt trotzdem einen schlechten Tausch gemacht hatte.

Er drehte sich um. Der stämmige Buddy Sorrel, leitender Ermittler bei der Staatspolizei, versperrte ihm teilweise den Blick auf die gegenüberliegende Wand. Über Sorrels grauem Bürstenschnitt erkannte er eine Kollektion von Hochglanzfotos toter Kinder in Farbe und Schwarzweiß. Fünf Bilder standen, auf Posterformat vergrößert, gesondert auf Staffeleien. Vor dem ersten hatte sich Captain Costello aufgebaut. Rouge sah nur ein paar rotbraune Haarsträhnen – und blasse Haut ... Susan?

Ja, wer sonst?

Zwei Kollegen gingen vorbei und nahmen ihm die Sicht. Als er die Staffelei wieder im Blick hatte, war das Bild seiner Schwester verschwunden, und Captain Costello stand am Vortragspult.

»Meine Damen und Herren!« Köpfe fuhren herum, Kaffeebecher wurden abgestellt, Gespräche verstummten. »Zunächst möchte ich Sie über den neuesten Stand unserer Ermittlungen unterrichten. Wenn Sie bitte die Skizze der Busroute zur Hand nehmen würden ...«

Alle – bis auf Rouge – zogen ein Blatt mit roten und blauen Markierungen hervor.

»Ein Trooper hat am Straßenrand eine Kinderdaunenjacke gefunden.« Costello hob sein Exemplar der Skizze hoch und deutete mit dem Bleistift auf eine Stelle in der oberen rechten Ecke. »Sie sehen hier die Ausfahrt nach Herkimer, nicht weit davon verläuft die Route der Busse, die am Haus der Hubbles halten. Wir müssen deshalb nach wie vor in Betracht ziehen, dass die Mädchen ausgerissen sind. Ich möchte mir nicht später vorwerfen lassen, dass die Kinder an Unterkühlung gestorben sind, während wir die Hände in den Schoß gelegt und auf eine Lösegeldforderung gewartet haben.« Bei diesen Worten sah er Rouge an, erst dann erfasste sein Blick die anderen Zuhörer.

»Es handelt sich um eine lila Jacke, die der Beschreibung nach Sadie Green gehören könnte. Sie ist völlig durchlöchert, unsere Spurensicherung tippt auf Hundebisse. Die Identifizierung durch Sadies Mutter steht noch aus.«

Der Captain wandte sich an eine Gruppe am Fenster. »Die zweite Möglichkeit, die wir untersuchen, ist eine Entführung zwecks Erlangung von Lösegeld. Special Agent Arnie Pyle wird uns dieses Szenario erläutern.«

Die FBI-Agenten an der Fensterseite rückten zusammen, so dass der Mann, der auf dem breiten Fensterbrett saß und die Beine baumeln ließ, jetzt deutlich zu erkennen war. Er mochte Ende dreißig sein und sah nicht so aus, wie Rouge sich einen typischen FBI-Mann vorstellte. Special Agent Pyle hielt sich weder so, als hätte er einen Besenstiel verschluckt, noch trug er pralle Muskelpakete zur Schau. Er war schlank und feingliedrig, sogar die anwesenden FBI-Frauen wirkten robuster als er. Besonders aber fielen Rouge die großen braunen Augen auf, die ihm irgendwie bekannt vorkamen.

Die Tür ging auf, und ein Trooper trat beiseite, um eine Nachzüglerin einzulassen. Es war die Frau, die Rouge in Dame's Tavern kennen gelernt hatte und die nur mit einer Gesichtshälfte lächelte. Captain Costello schien ein Stein vom Herzen zu fallen.

»Unsere erste Vortragende«, sagte er, »ist Dr. Ali Cray.« Alle Blicke richteten sich auf die dunkelhaarige Frau mit dem langen Rock und dem schiefen, rot geschminkten Mund. Als sie sich ihren Zuhörern zuwandte, wurde es zuerst ganz still, dann hörte man ein leises Geraune von Männerstimmen, in dem mehrmals das Wort »hässlich« zu hören war.

»Dr. Cray hat sich freundlicherweise zur Mitarbeit in der Sonderkommission bereit erklärt«, fuhr Costello fort. »Sie ist Expertin auf dem Gebiet der Pädophilie und wird uns entsprechend beraten. Dass wir es mit einem Pädophilen zu tun haben, ist die dritte Möglichkeit, die wir zur Zeit prüfen.«

Er winkte sie nach vorn und stellte sich vor die Wand, an der die Fotos hingen und standen.

Bei jedem Schritt, den Ali Cray tat, blitzte ein Stück weißes Bein auf, und die Männer vergaßen ihr zerstörtes Gesicht. Als sie hinter dem Pult stand, war hinter dem schmalen Ständer ihr langer Rock deutlich zu sehen, und sämtliche Männerblicke hingen begehrlich an dem jetzt geschlossenen Vorhang.

Es war totenstill geworden, kein Husten, kein Flüstern war zu vernehmen. Einer Frau gehörte der ganze Raum. Dabei sah sie als einzige Zivilistin sehr verletzlich aus. Dass Ali Cray nicht eine von ihnen war, rechneten viele ihr als Minuspunkt an. Auf der Bewertungsskala der Männer hatte die Narbe sie weitere Punkte gekostet. Und die Soko-Frauen würden ihr die kurze, aber unangebrachte Zurschaustellung ihres nackten Beins nicht verzeihen.

Rouge fand sie sehr tapfer, wie sie allein dort oben stand mit ihrer Narbe und dem geschlitzten Rock und sich den vielen gnadenlosen Blicken auslieferte.

Sie stand genau zwischen zwei Staffeleien mit den großformatigen Fotos toter Kinder. »Gestern Abend war ich im Internet in einem Pädophilen-Chatroom. Dort wurde ganz sachlich und vernünftig über die ethische Seite von Kindesmissbrauch und über die Frage diskutiert, wie man mit der nonverbalen Zustimmung eines Fünfjährigen umgeht. Wenn das Kind weint und Nein sagt, hieß es da, bedeute das möglicherweise Ja.«

Ermittler Buddy Sorrel stand jetzt vor dem Vortragspult, so dass Rouge ungehindert die Fotos betrachten konnte. Zwei der Kinder waren schwer misshandelt und später offenbar von wilden Tieren angenagt worden. Zwei andere waren unberührt und sahen aus, als posierten sie nur für die Kamera.

»Kinderschänder sagen einem allen Ernstes: Wenn du es selbst mal probiert hättest, würdest du mich verstehen«, fuhr Dr. Cray fort. »Sie sind der Meinung, dass sie sich nicht wesentlich von Ihnen und von mir unterscheiden, und in mancher Hinsicht haben sie damit sogar Recht. Vergessen Sie also Ihre vorgefassten Meinungen. Sie werden Ihren Täter nicht finden, indem Sie in irgendwelchen Löchern und Winkeln herumstöbern. Er könnte Ihr Nachbar sein, jemand, den Sie seit zehn oder zwanzig Jahren kennen.«

Rouge sah die Staffelei an, auf der Susans Bild gestanden hatte. Er brauchte nur seine Fantasie zu aktivieren und die Erinnerung des Zehnjährigen an die Gespräche der Erwachsenen, um das Bild vor sich zu sehen: Seine Schwester im Schnee, die Arme seitlich ausgestreckt, die geöffneten Augen zum Himmel gerichtet, eine Studie in Weiß, funkelnde Eiskristalle im rotbraunen Haar. Und ein Trupp von Polizisten, die sich um die kleine Leiche geschart hatten.

Susan.

»Die meisten Kinderschänder werden nie gefasst«, dozierte Ali Cray weiter. »Die Täter wissen, dass das Risiko der Verhaftung und Strafverfolgung ebenso gering ist wie das, in einen schweren Verkehrsunfall verwickelt zu werden, eher geringer. Und wenn die Polizei doch einmal zuschlägt, sitzt von fünf Männern nur einer auch nur einen einzigen Tag im Gefängnis.«

Sorrel gab Rouge wieder die Sicht auf Ali Cray frei. In diesem Moment entdeckte sie den jungen Cop in der Menge. Vielleicht hatte sie heute früh keine Zeitung gelesen, denn sie war sichtlich verwirrt, ihn hier zu sehen.

Mit leicht belegter Stimme fuhr sie fort: »Menschliches Verhalten lässt sich nicht in handliche Schubladen packen, dafür ist der Spielraum einfach zu groß. Ich kann Ihnen aber einige grob gerasterte Tätertypen vorstellen. Da haben wir zunächst den Zufallstäter, den wir auch den regressiven Pädophilen nennen. Er ist im Durchschnitt für achtzig Vorfälle mit vierzig kindlichen Opfern verantwortlich, zieht aber Kinder erwachsenen Frauen nicht vor. Manchmal kommt er an ein Kind einfach leichter heran. Er ist nicht krank, sondern hat schlicht und einfach noch weniger sittliches Empfinden als eine Kakerlake. Aber er ist nicht der Mann, den Sie suchen.«

Jetzt fiel ihr Blick auf Special Agent Arnie Pyle, und wieder schien sie aus dem Takt zu kommen. Rouge überlegte, ob das wohl an Pyles großen traurigen Augen lag. Der FBI-Mann nickte ihr leicht lächelnd zu. Die beiden kannten sich also.

»Die nächste Gruppe ist die der vorzugsweise auf Kinder fixierten Triebtäter«, sagte sie. »Manche aus dieser Gruppe sind so introvertiert, dass sie ihre Fantasien nicht ausleben, aber selbst bei extrovertierten Typen ist eine Entführung äußerst selten. Möglicherweise kommt so ein Täter mit dem Opfer durch seinen Beruf in Berührung. Im Durchschnitt ist er für dreihundert Fälle von Missbrauch mit hundertfünfzig Opfern verantwortlich. Er richtet viel Schaden an, lässt die Kinder aber meist am Leben.«

Ohne sich umzudrehen, deutete sie auf die hinter ihr aufgereihten Fotos. »Der Mann, den Sie suchen, ist ein Sadist, Kidnapper und Serienmörder. Für ihn steht von Anfang an fest, dass sein Opfer sterben muss. In manchen Fällen handelt es sich nur um die kaltblütige Beseitigung der einzigen Zeugin, meist aber um eine rituelle Tat. Er ist in der ganzen Gruppe am seltensten vertreten und hat die wenigsten Opfer.«

Sie hielt inne – eine Sekunde zu lang für einen Raum voller Cops unter Zeitdruck.

»Haben Sie –« Ein BCI-Ermittler, der nervös in der ersten Reihe herumzappelte, hatte sich gerade noch rechtzeitig an das bei einem Briefing gebräuchliche Protokoll erinnert. Er meldete sich. Als sie ihm zunickte, setzte er noch einmal an. »Haben Sie ein detailliertes Profil für diesen Typ? Etwas, was uns weiterbringen könnte?«

»Auf Profile ist kein Verlass. Das Spektrum der Täter in früheren Fällen reicht von geistig minderbemittelten Pennern bis zu Raketenspezialisten. Die meisten sind unverheiratet, aber verlassen kann man sich nicht darauf. Nur das Tatschema liefert brauchbare Hinweise auf den Täter. Der Mann, nach dem Sie suchen, ist vermutlich weiß, denn dieser Tätertyp ist gewöhnlich auf Opfer seiner eigenen Hautfarbe fixiert. Er ist heterosexuell und hat eine Vorliebe für zehnjährige Mädchen. Ich behaupte, dass er schon seit fünfzehn Jahren mordet.«

Der Captain hob die Hand, sie nickte ihm zu und wandte sich wieder an ihre Zuhörer. »Auf Wunsch von Captain Costello betone ich, dass es sich nur um eine These handelt. Doch auf der Grundlage von Einzelheiten früherer Straftaten kann ich Ihnen – immer unter der Voraussetzung, dass es eben nur eine These ist – noch einiges über diesen Mann sagen. Er gehört keineswegs zu den geistig minderbemittelten Tätern, sondern sucht die Herausforderung, versucht sein Glück am liebsten bei solchen Opfern, an die besonders schwer heranzukommen ist, nämlich Kinder aus gutem Hause, und hat eine Möglichkeit gefunden, alle Sicherheitsmaßnahmen besorgter Eltern zu unterlaufen.«

Eine BCI-Beamtin meldete sich. »Aber die kleine Hubble hat das Haus auf eigene Faust verlassen, wir haben die Fingerabdrücke –«

»Ich weiß. Er bedient sich ihrer besten Freundin, um sie aus dem Haus zu locken. Sein Tatschema ist kompliziert und sehr charakteristisch, deshalb kann man ihm bestimmte Verbrechen eindeutig zuordnen. Nach dem Briefing werde ich eine schriftliche Zusammenfassung der bisher von mir untersuchten Fälle verteilen. Es ist eine lange Liste. Einige Kinder wurden tot aufgefunden, von den meisten aber fehlt jede Spur. Die beste Freundin des eigentlichen Opfers ist gewöhnlich aus einer ebenfalls wohlhabenden, aber nicht ausgesprochen reichen Familie, wächst weniger behütet auf und ist deshalb leichter zu fassen. Zunächst …«

Sie drehte sich zu der Staffelei um, auf der Susans Bild gestanden hatte, stockte kurz, schien nach einer anderen Formulierung zu suchen und wandte sich dann der nächsten Staffelei zu. Das Mädchen auf dem Foto wies schwere Misshandlungen auf. »Zunächst hat er die tote Freundin einfach irgendwo liegenlassen, meist unmittelbar in der Nähe des Tatorts. Dieses Kind hier lag – gleichsam achtlos weggeworfen – in einem Entwässerungsgraben. Es wurde vor seinem Tod geschlagen, aber nicht sexuell missbraucht und diente ihm lediglich als Köder.«

Das Mädchen auf dem nächsten Foto war unversehrt und schien nur zu schlafen. »Sein eigentliches Opfer legte er an einer stark befahrenen Straße ab, wo die Eltern es schnell finden würden.«

Ali suchte Rouge Kendalls Blick und fuhr fast entschuldigend fort: »Das Mädchen, das als Köder diente, wurde an dem gleichen Tag getötet, an dem er es entführt hatte, vermutlich schon eine Stunde nach der Entführung. Das Mädchen aus reichem Hause brachte er erst kurz vor dem Zeitpunkt um, an dem man dann die Leiche fand. Dieses Schema wiederholt sich bei den beiden Kindern weiter rechts und deutet unübersehbar auf sadistische Elemente hin. Dass sein eigentliches Opfer am Weihnachtstag starb, hat der Familie auf immer die Freude an diesem Fest vergällt.«

Ein paar ergraute Köpfe drehten sich zu Rouge Kendall um. Er wusste, woran sie in diesem Moment dachten: an die Entführung einer Zehnjährigen mit rotbraunem Haar, einer gewissen Susan Kendall, deren Leiche man auch an einem Weihnachtstag gefunden hatte. Und erst jetzt kamen die älteren Kollegen auf die Idee, dass es da womöglich einen Zusammenhang mit dem jungen rothaarigen Cop gleichen Namens geben könnte. Sie suchten sein Gesicht in der Menge und fanden die Ähnlichkeit mit Susan bestätigt. Betroffen und verlegen schauten sie weg.

»Nachdem Gentests vor Gericht als Beweise zugelassen worden waren«, fuhr Ali Cray fort, »verzichtete der Täter darauf, die Leichen mehr oder weniger offen zur Schau zu stellen. Dieser Punkt ist aufschlussreich. Die verbesserten Möglichkeiten der forensischen Medizin beunruhigten ihn offenbar. Er hält sich demnach an ein bestimmtes Schema, ist aber flexibel genug, um es nötigenfalls zu verfeinern. Diese Abweichung vom gewohnten Tathergang hatte für ihn den zusätzlichen Vorteil, dass die nunmehr unauffindbaren Kinder in den Akten weiterhin als Ausreißer geführt wurden. Niemand suchte im Zusammenhang mit diesen Fällen nach einem Killer. Ansonsten bleibt das Schema unverändert. Die Mädchen werden immer zu zweit geraubt, sie sind immer –«

Ein Kriminalbeamter in der Mittelreihe hob den Kopf, und sie nickte ihm zu.

»Für einen Psychopathen hat er erstaunliches Organisationstalent.« Das klang recht skeptisch.

»Der Mann ist nicht verrückt«, sagte Ali. »Sie dürfen ihn nicht unterschätzen. Selbst angesehene Psychiater nennen ihre Patienten jetzt nicht mehr *krank*, sondern *böse*. Der

Mann, den Sie suchen, gibt sich völlig normal. Er hat einen Job, ist in die Gesellschaft integriert. Dass er zwischen Recht und Unrecht unterscheiden kann, schließe ich daraus, dass er Vorsorge trifft, nicht gefasst zu werden. Und ich vermute, dass er seinen Wohnsitz hier in der Gegend hat.«

Sie stellte sich neben die mittlere Staffelei, an der eine Karte des Dreistaatenbezirks hing. »Die meisten Kinder stammten aus Nachbarstaaten, Fotos von ihnen waren aber auch in überregionalen Zeitschriften und Zeitungen erschienen. Das war bei Gwen Hubble nicht der Fall. Sie hat er in seiner engeren Umgebung beobachten können.«

Auch von Rouge und seiner Schwester war nie ein Bild an die Öffentlichkeit gelangt. Sie waren sehr behütet aufgewachsen. Ob Ali Cray das wusste? Vermutlich ja.

»Ich bin noch nicht fertig.« Sie wandte sich der Karte zu. »Die roten Fähnchen bezeichnen die Elternhäuser von Kindern, die jenseits der Staatengrenze wohnten, in Orten, die von hier aus jeweils in einem Tag zu erreichen waren. Das bedeutet, dass er hier auftanken und mit derselben Tankfüllung auch wieder zurückfahren konnte. Er brauchte nicht mit einer Kreditkarte zu zahlen, sich nicht mit Tankwarten abzugeben, die sich womöglich an einen Ortsfremden erinnern würden, keine Anmeldung in einem Motel auszufüllen. Die Leichen sind, wie gesagt, inzwischen nicht mehr auffindbar. Ich denke, dass sie alle mehr oder weniger an einer Stelle liegen – in einem Massengrab an einem sicheren Ort. Möglicherweise können wir deshalb davon ausgehen, dass er ein eigenes Grundstück – oder Grundstücke – besitzt.«

Wieder hob sich eine Hand.

»War bei den anderen Fällen das FBI eingeschaltet?«

»Ja.« Sie deutete auf die Staffeleien. »Diese beiden Entführungsfälle übernahm das FBI, nachdem man die Leichen gefunden hatte.« Sie zeigte auf das erste Bild links. »In diesem Fall kam das FBI aufgrund der Gewalteinwirkung, an der das Kind dann starb, zu dem Schluss, dass das übel zugerichtete

Mädchen das Hauptopfer war. Ich behaupte, dass es nur als Köder für das andere Kind diente. Und damit sie den Lockvogel für ihn spielte, musste er ihr Verletzungen zufügen.«

Eine Frauenstimme fragte: »Wie steht es mit der Tathäufigkeit?«

»Manchmal liegen mehrere Jahre zwischen zwei Taten. In welche Privatschule ein Kind reicher Eltern geht, lässt sich meist ohne Mühe feststellen, er brauchte ja nur Zeitung zu lesen. Schwieriger ist es, den richtigen Köder zu finden, eine gute Freundin aus einem leichter erreichbaren Umfeld, aus einer Familie mit weniger Geld, weniger beruflicher Sicherheit. Das ist ihm wichtig, alles muss zueinander passen. Das komplizierte Schema ist sein Markenzeichen. Alle von mir untersuchten Fälle weisen das gleiche Grundmuster auf.«

Sie warf einen Blick auf ihre Notizen. »Und noch ein letzter Punkt: Alle Kinder wurden kurz nach Ferienbeginn entführt. Zu diesem Zeitpunkt werden die meisten Leute ein wenig unvorsichtig. Das Timing war perfekt. Der Mann ist ein Sadist, aber er wird sich bei Gwen Hubble Zeit nehmen, schließlich hat er einiges in sie investiert. Er wird Gwen bis zum Weihnachtsmorgen am Leben lassen.«

»Gwen?« Eine FBI-Agentin war aufgesprungen. »Und was ist mit der anderen?«

»Sadie Green ist tot«, erwiderte Ali Cray fast ungeduldig. »Wahrscheinlich hat er sie schon eine Stunde nach der Entführung umgebracht. So macht er es immer.«

Es wurde totenstill, aber eine leichte Bewegung ging durch den Raum. Die Jungen schüttelten verneinend den Kopf, die Älteren nickten. *Ja*, sollte das heißen, *natürlich ist sie tot. Da passt eins zum anderen.*

Nachdem Ali Cray ihren Vortrag beendet hatte, traf ihr Blick den von Special Agent Arnie Pyle, und es kam zu einem kurzen, wortlosen Gespräch, aus dem Rouge schloss, dass die beiden sich nicht nur von der Beschäftigung mit Straftätern her kannten.

Fast großspurig trat der drahtige Pyle an das Vortragspult. Mit dem gut geschnittenen Sakko und dem geschmeidigen Gang hätte man ihn auch für einen hochrangigen Gangsterboss halten können. Sein Schlips war gelockert, und auch darin unterschied er sich von den korrekten FBI-Einheitstypen. Es war, als habe er sich bewusst auf die Seite der Kollegen von der Staatspolizei geschlagen, denen er jetzt wissend zulächelte. Sie gaben das Lächeln zurück. Pyle, ein Macho, ein Cop wie aus dem Bilderbuch, war zu einem der Ihren geworden, noch ehe er seine Ausführungen begonnen hatte – eine meisterliche Anpassung, der Rouge Kendall zutiefst misstraute.

Agent Pyle hatte kein Manuskript, keine Notizzettel mitgebracht, denn er sprach ja hier nicht vor Fremden, sondern zu alten Freunden, auch wenn er ihnen heute Abend zum ersten Mal begegnete.

»Dr. Cray hat sich nur die Fakten herausgepickt, die ihre Theorie stützen. Bekanntlich ist landesweit die Ausreißerquote beklemmend hoch. Tagtäglich sind über neunzigtausend Jugendliche auf der Straße.« Und deshalb, sagte sein Gesichtsausdruck, ist das, was die Lady da verzapft hat, blühender Unsinn.

Rouge sah sich um. Etliche Kollegen bestätigten durch ihr stummes Nicken, dass Ali Cray eine Zivilistin war, eine von draußen, eine, die zur Amateurliga gehörte.

»Bei jeder Untersuchung, die hundert Fälle umfasst, lassen sich mit Hilfe der Statistik alle möglichen Muster herausarbeiten, die es gar nicht gibt.«

Rouge sah seinen Kollegen an, dass Alis Fall fast hoffnungslos stand. Es war erstaunlich, wie schnell der FBI-Mann sie erledigt hatte.

Agent Pyle deutete auf das Foto eines Mädchens ganz rechts. »Die Kleine heißt Sarah. Es gab eine Lösegeldforderung. Davon war bei Dr. Cray keine Rede«, merkte er kritisch an und setzte mit erhobener Stimme, fast salbungsvoll predigend hinzu: »Wir haben den Dreckskerl gefasst, der die Lösegeldforderung geschickt hat, und haben eine Verurteilung erreicht.«

Hier und da wurde geklatscht, aber nicht lange, denn sehr schnell hatten alle begriffen, dass es hier nicht um Effekthascherei in einem Erweckungsgottesdienst ging, sondern um die Frage, wer in diesem Rennen die Nase vorn behielt. Allerdings strampelte sich dabei nur der FBI-Agent ab. Ali Cray hatte jetzt eine Beobachterrolle übernommen. In ihrem Gesicht stand allenfalls Enttäuschung über Special Agent Pyle, aber keine Feindseligkeit.

»Zu den Fällen, bei denen wir nicht eingeschaltet waren, kann ich nichts sagen«, erklärte Pyle. »Das eine oder andere Mädchen mag gute Gründe zum Abhauen gehabt haben – häuslicher Missbrauch, Schläge, Inzest, wir kennen das ja. Noch ein Wort zu den statistischen Angaben in Dr. Crays Gruppe der Zehnjährigen. Manchmal häufen sich die Zahlen in einem bestimmten geographischen Gebiet ohne erkennbaren Grund. Und in dieser Dreistaatenzone ist die Bevölkerungsdichte sehr hoch. »

Rouge fand, dass sich das alles irgendwie nach Abrechnung anhörte. Der Angriff auf Ali Crays Theorie hatte einen sehr persönlichen Anstrich.

»Meiner Meinung nach haben wir es nicht mit einem Pädophilen zu tun«, fuhr Agent Pyle fort, »sondern mit einem Verbrecher, der auf Gewinn aus ist. Die Tatsache, dass nie Fotos von Gwen Hubble an die Öffentlichkeit gelangt sind, untermauert diese These. Die Entführung von Sadie Green war eine Panne. Dem Täter ging es um die kleine Hubble und ein sattes Lösegeld. Er war am richtigen Ort, bekam aber das falsche Kind zu fassen. Ich kann Dr. Cray lediglich darin zustimmen, dass Sadie Green vermutlich tot ist. Sie war ein Rechenfehler in seiner –«

»Ich habe genau gehört, was Sie gesagt haben.«

Alle Blicke richteten sich auf die Tür, wo Sadie Greens

Mutter mit einem Trooper im Clinch lag. Der Captain bedeutete ihm, die Frau loszulassen. Mrs. Green wickelte sich fester in ihren braunen Tuchmantel, als ob jähe Kälte sie anwehte. Costello ging rasch auf sie zu, um sie abzufangen, ehe sie die Fotos an der Stirnseite des Raums sehen konnte. »Mrs. Green? Gehörte die lila Jacke Ihrer Tochter?«

»Ja, das ist Sadies Jacke«, erwiderte sie fast trotzig, sah dabei aber den FBI-Mann am Vortragspult an. »Sie ist nicht tot«, stieß sie hervor und ballte drohend die Hand zur Faust. »Und sie ist kein Rechenfehler. Keine Panne. Sondern ein kleines Mädchen, das ich zurückhaben will.« Betroffen sah sie ihre hoch erhobene Faust an, als wundere sie sich über das, was da aus dem rundlichen Arm herausgewachsen war.

»Entschuldigen Sie bitte.« Der Arm fiel schlaff herab. Vier FBI-Agenten bauten sich vor den Staffeleien auf, um ihr den Anblick der toten Kinder in Großaufnahme zu ersparen.

»Es ... es tut mir Leid, bitte nehmen Sie es mir nicht übel«, sagte sie, an alle Anwesenden gewandt, und lächelte verkrampft.

Rouge fühlte mit ihr. Das Lächeln musste sie unendliche Mühe gekostet haben. Jetzt ließ sie die Schultern hängen, und man sah ihr an, wie schwer es ihr fiel, den freundlich-unverbindlichen Ausdruck festzuhalten.

»Ich weiß, dass ich mich danebenbenommen habe.« Sie wandte sich an den Captain. »Aber Sie haben gesagt, wenn mir was Wichtiges einfällt ... Und da bin ich eben gekommen.«

Sie wich Captain Costello aus, der ihren Arm ergreifen wollte, und ging weiter in den Raum hinein. »Vor allem wollte ich mich noch mal bei den Jungs bedanken, die so toll reagiert haben, als meine Tochter die Schau mit dem Pfeil im Herzen abgezogen hat. Sadie betrachtet das heute noch als ihren größten Erfolg.«

Was dann geschah, konnte Rouge nicht sehen, er stand zu weit hinten. Vielleicht war Mrs. Green gestolpert, vielleicht waren ihr aber auch die Knie weich geworden, als sie die lila Jacke ihrer Tochter erkannte – jedenfalls lag sie unvermittelt auf dem Boden. Sämtliche Cops waren aufgesprungen und gingen mit ausgestreckten Armen auf sie zu.

»Nein danke, es geht schon wieder. Machen Sie sich keine Mühe. Bauchlandungen muss ich wohl erst noch lernen.«

Captain Costello hockte neben ihr, ohne sie zu berühren – wie ein besorgter Vater, der die ersten Schritte seines Kindes verfolgt. Becca Green rappelte sich langsam auf.

»Sie sagen, Ihnen sei etwas eingefallen, Mrs. Green«, sagte er jetzt erstaunlich sanft.

»Etwas Wichtiges, ja.« Sie kramte mit einer Hand in ihrer Handtasche herum. »Meine Sadie ist nämlich eine Künstlerin. Hier, schauen Sie mal: Sadies Auge.«

Wie gebannt betrachteten die Mitarbeiter von Staats- und Bundespolizei den blutigen Augapfel, der auf eine Gabel gespießt war.

»Von denen hat sie jede Menge«, sagte Becca Green. »Aber der hier ist ihr bestes Stück, sie benutzt ihn nur zu besonderen Gelegenheiten. Zum Beispiel wenn wir Besuch von Leuten haben, die Sadie nicht so gut kennen. Sie nimmt ihn so …« Man hörte ein leises Plopp, als Mrs. Green das Auge von der Gabel zog.

Obgleich man jetzt erkannte, dass der Augapfel aus Gummi war, fuhr ein im Dienst ergrauter BCI-Mann so heftig zusammen, dass ihm der Kaffee über die Hose schwappte, während er sich ziemlich unvermittelt setzte. Er war so fasziniert, dass er die Flecken, die sich allmählich auf dem Stoff ausbreiteten, gar nicht bemerkte.

Becca Green legte sich das falsche Auge in die hohle Hand und die Hand über ihr eigenes Auge. »Dann schiebt sie die Gabel durch die Finger, ungefähr so …«

Rouge hatte nicht die geringste Lust mit anzusehen, wie Mrs. Green sich die Gabel zwischen die Finger und in die Augenhöhle schob, aber wegschauen konnte er auch nicht.

»Abrakadabra«, sagte Becca Green, indem sie die Gabel herauszog und ihr Auge immer noch verdeckte, damit man sich dahinter eine leere Augenhöhle vorstellen konnte, und hielt die Gabel hoch. Das Gummiauge steckte wieder auf den silbernen Zinken. »Ein Riesenspaß, nicht?«

Sie senkte den Arm und besah sich das blutig-schleimige Ding auf der Gabel. »Natürlich bekommen Sie jetzt nicht die volle Wirkung mit«, sagte sie lässig. »Sadie steckt sich das Auge noch in den Mund und kaut darauf herum, das ist ihr großes Finale. Aber das kriege ich nicht fertig, da ist bei mir Schluss.«

Ein Agent in der hinteren Reihe stimmte ein nervöses Lachen an, in das andere Kollegen einfielen, und Becca Green lachte herzlich mit. Dabei griff sie erneut in ihre Horrortasche. »Ein tolles Mädchen, was?«

Diesmal holte sie einen kleinen roten Kobold hervor und zeigte ihn auf der Handfläche herum. Special Agent Pyle war hinter dem Vortragspult hervorgekommen und stellte sich neben sie. Mrs. Green warf ihm die Gummifigur vor die Füße. Die Beine federten, und es sah aus, als sei das kleine Ungeheuer lebendig geworden.

»So, und jetzt will ich Ihnen sagen, was mir eingefallen ist.« Sie sah in die betroffenen Gesichter, die ihr zugewandt waren, und forderte mit einer Handbewegung Schweigen.

Die Anspannung ihrer Zuhörer war so groß, dass man es förmlich knistern hörte.

»Meine Sadie hat ihr ganzes kurzes Leben lang die Begegnung mit dem Schwarzen Mann trainiert. Sie war gut darauf vorbereitet, und sie lebt. Ist das klar? Aber weil sie so klein ist, müsst ihr sie schnell finden und nach Hause bringen.«

Arnie Pyle nickte und sah sie aus seinen großen dunklen Augen an, die allein durch ihre Farbe und Form Verständnis und Mitgefühl vermittelten. Das kostete ihn keinerlei Mühe, sondern war einfach eine Laune der Natur.

»Hier, behalten Sie das.« Becca Green deutete auf den

noch immer wippenden Kobold am Boden. »Damit Sie Sadie nicht vergessen. Unterstehen Sie sich, meine Tochter abzuschreiben. Dass sie tot ist, glaube ich erst, wenn ich ihre Leiche vor mir sehe. Und auch in die würde ich wahrscheinlich noch mit einer Nadel stechen. Vorsichtshalber.« Sadies Mutter fing wieder an zu lachen. Das Lachen wirkte ansteckend wie ein nervöser Husten.

Sie ging gefährlich nah auf die Sammlung kleinerer Fotos zu, die an die Stirnwand geheftet waren, Bilder von Kinderleichen, die streunende Tiere und die Witterungsverhältnisse übel zugerichtet hatten. Rouge drängte sich nach vorn durch und fasste sie behutsam an den Schultern. »Ich verständige am besten Ihren Mann, Mrs. Green, er kann Sie –«

»Einen Moment noch. Bitte!« Sie wich tänzelnd vor ihm zurück und stellte sich noch einmal in Positur. »Sie müssen meine Tochter so sehen, wie sie ist. Sadie ist mehr, viel mehr als ein kleiner unfertiger Mensch. Ich schwöre Ihnen, Sie werden die Kleine lieben.«

Mit einer raschen Bewegung riss Captain Costello die grausamen Bilder von der Wand und den Staffeleien. Die Mutter sollte, wenn sie sich zufällig umsah, nicht die zerfallenden Kinderkörper sehen. Die Fotos flatterten durch die Luft, und erwachsene Männer und Frauen krochen durch den ganzen Raum, um sie einzusammeln und zu verstecken. Manche weinten, und Beeca Green lachte hoch und schrill. Wer in diesem Augenblick hereingekommen wäre, hätte glauben können, dass sie alle miteinander den Verstand verloren hatten.

5

Rouge Kendall sah in den Rückspiegel. Dass kein einziger Reporter dem alten braunen Volvo folgte, wunderte ihn sehr. Die Zurückhaltung der Medien war schon fast unheimlich.

Becca Green hing in ihrem Sitz und sah mit leerem Blick auf die Geschäfte und Gehsteige, die am Beifahrerfenster vorbeizogen. Sie versuchte tapfer, die Tränen zurückzuhalten, und er vermutete, dass sie das seinetwegen tat. Mit aller Kraft hatte sie versucht, die geeignete Form für den Umgang mit der Polizei zu finden, hatte sich immer wieder für vermeintliche Schnitzer entschuldigt.

»Mrs. Green?«

»Wie? Ach ja, Sie fragten nach Sadies Schatten.« Sie lächelte mühsam. »Meine Tochter nennt ihn David, den Jungen vom anderen Stern, weil er nicht redet und nichts isst. Sobald er Sadie in der Schul-Cafeteria sieht, fallen ihm Löffel oder Gabel aus der Hand, er wird knallrot und geht wortlos weg.«

Rouge nickte. Die Symptome waren typisch. Demnach hatte Captain Costello Davids Nervosität falsch gedeutet. Vermutlich hatte er nichts zu verbergen, sondern war einfach verliebt. »David Shore hat also nie mit Ihrer Tochter gesprochen? Die beiden hatten keine Geheimnisse miteinander?«

Becca Green schüttelte den Kopf. »Ein so schüchterner Junge wie David hat es mit Sadie nicht leicht. Vor einem Jahr hat die Schulpsychologin zu Sadie gesagt, sie solle aufhören, ihn zu quälen. Zwei Tage später steht Davids Hausmutter bei mir vor der Tür –«

»Mary Hofstra?«

»– und erklärt, sie würde gern eine Tasse Tee mit mir trinken. Bei uns, sage ich, gibt's nur Kaffee. Da greift sie in ihre Tasche und holt eine Blechdose raus, und ehe ich mich versehe, sitzen wir in der Küche und trinken zusammen Kräutertee. Schmeckt gar nicht übel. Mir ist er ein bisschen zu süß, aber ich kaufe ihn jetzt für Sadie. Ja, und dann hat sich Mrs. Hofstra für das entschuldigt, was die Schulpsychologin gesagt hat, und erzählt, dass David schrecklich deprimiert wäre. Er hatte gedacht, Sadie könne ihn nicht leiden und wolle deshalb nichts mehr mit ihm zu tun haben. Mrs. Hofstra hat mich förmlich angefleht, meine Kleine auf David zu hetzen. Sadie müsste nur versprechen, dass sie ihn nicht zum Reden zwingen würde, dann könnte sie ihn quälen, so viel sie wolle, und so haben wir es dann ausgemacht. Die Show mit dem Pfeil hat Sadie nur für David abgezogen. Da hat er zum ersten Mal laut geschrien.«

»Warum macht Sadie so was?«

»Wenn ich das wüsste! Sie denken wahrscheinlich, dass sie sich damit interessant machen will.« Das klang leicht ironisch.

Rouge lächelte. »Als die Polizei wegen der Geschichte mit dem Pfeil ausrückte, konnte Ihre Tochter sich über mangelndes Interesse ja auch nicht beklagen.«

»Sogar die Krankenschwester ist auf Sadie reingefallen. Ein genialer Einfall, sich den Pfeil aufs Herz zu legen, damit niemand daran horchen konnte.«

Rouge hielt am Straßenrand. Von hier aus hatte man einen wunderbaren Panoramablick auf den See. Obgleich die Häuser in dieser Gegend über vierzig Jahre alt waren, hieß die elegante Straße mit den vornehmen Villen, den weitläufigen Rasenflächen und hohen Bäumen immer noch die neue Siedlung. Das schöne Haus im Kolonialstil hätte er einem Tankstellenbesitzer nicht zugetraut.

Mrs. Green deutete seinen Gesichtsausdruck richtig. »Sie glauben gar nicht«, sagte sie entschuldigend, während sie den Plattenweg hochgingen, »wie lange ich in diesem Riesenkasten zum Putzen brauche. Harry redet mir schon die ganze Zeit zu, ich solle mir eine Putzfrau nehmen, aber Hausarbeit ist praktisch die einzige Bewegung, die ich habe. Und für mich wäre es ein komisches Gefühl, wenn eine fremde Frau meine Sachen anfasst. Das können Sie mir bestimmt nachfühlen.«

»Ja«, schwindelte er. In seiner Kindheit und Jugend war immer Personal da gewesen, das für die kleine Familie geputzt, gewaschen, gekocht und eingekauft hatte. Nach dem

Tod seiner Schwester hatte eine Sekretärin die Kondolenzbriefe beantwortet.

Mrs. Green machte die Tür auf und winkte ihn herein. Warme Luft und der fruchtig-satte Geruch nach Möbelpolitur und Bohnerwachs schlugen ihm entgegen. Er folgte ihr durch eine großzügig geschnittene Diele in ein geräumiges Zimmer, das mit den ledergebundenen Büchern an der Wand, den satten Farben eines Perserteppichs und den honigfarbenen Wänden sehr anheimelnd wirkte. Die Möbel waren von bester Qualität, aber gemütlich und solide. Und zumindest von einem der Bilder, die an den Wänden hingen, wusste er, dass es kein Druck war, denn es hatte früher der Familie Kendall gehört.

An den Kunstwerken in seinem Haus hatte ihn immer nur der Geldwert interessiert. Stück für Stück hatte er sie verkauft. Mit großen Augen betrachtete er das vertraute Bild von Arthur Dove. Das kleinformatige Gemälde eines eher unbedeutenden Künstlers hatte bei der Auktion Tausende gebracht. Dann wandte er sich den Fotografien berühmter Persönlichkeiten an der anderen Wand zu, die sich von ebenso berühmten Fotografen hatten ablichten lassen. Ein Foto war ein Stieglitz-Porträt von Georgia O'Keeffe.

»Wer sammelt bei Ihnen Kunst?«

»Mein Mann.« Sie sah sich langsam um, als versuche sie, ihr Wohnzimmer mit den Augen eines Fremden zu sehen. »Passt nicht recht zu Zapfsäulen und Autoreparaturen, was? Harry zog es eigentlich zu den brotlosen Künsten: Er wollte Fotograf werden. Dann starb sein Onkel und vermachte ihm eine Tankstellenkette und einen großen Batzen Geld, und die brotlosen Künste mussten ohne ihn auskommen.« Sie zuckte die Achseln. »Ja, das Leben kann grausam sein.«

Rouge lächelte nicht. Es war wohl Ironie des Schicksals, dass keins der Fotos in diesem Raum Harry Green aufgenommen hatte.

Überraschend friedlich war es hier im Haus. Er hatte im

Wohnzimmer einen FBI-Mann vor einem Telefon mit Fangschaltung erwartet. Wer meldete sich, wenn die unvermeidlichen Anrufe von Spinnern kamen? Wo steckten die vielen Reporter, die sich in den Frühstückspensionen von Makers Village eingenistet hatten? Warum waren die Greens so allein?

»Ihr Telefon wird abgehört?«

Sie nickte. »Ich habe unterschrieben, dass ich damit einverstanden bin, und die FBI-Leute haben im Keller irgendwelche Apparate angeschlossen. Hoffentlich sind sie jetzt nicht sauer. So viel Mühe wegen eines Telefons, das nicht läutet.« Langsam ging sie zur Treppe.

»Wenn Ihre Nummer nicht im Telefonbuch steht, dauert es unter Umständen ein paar Tage, bis die Presseleute Ihre Nummer in Erfahrung gebracht haben, aber danach werden Sie sich vor Anrufen nicht retten können.« Das klang fast wie die verlogenen Komplimente, die man einem reizlosen Mädchen beim Schulball macht.

Wie waren die Reporter kaltgestellt worden? Warum hockte nicht im Vorgarten ein Kameramann hinter jedem Busch?

»Wollen Sie sich das Haus ansehen?«, fragte Mrs. Green. »Es dauert nur ein paar Minuten – zumindest haben Ihre Kollegen nicht länger gebraucht. Sadies Zimmer ist oben.«

Sie ging voran die Treppe hoch und über einen Gang, auf dem Fotos aus einem anderen Jahrhundert hingen, Gruppenbilder und Porträts von eng geschnürten Damen und mit steifen Krägen. Die Bilder von Sitte und Anstand endeten an der Tür, wo Mrs. Green auf ihn wartete. Dort prangte ein Gruselposter von *Freaks*, einem uralten Horrorfilm.

Er sah die Frau an, die jetzt neben ihm stand und so normal wirkte.

»Was haben Sie erwartet? Barbie? Oder Schneewittchen?«

Sie trat beiseite und er war zunächst mit einer Fülle von Halloween-Masken, Plastiknachbildungen von Erbrochenem und mit Blutimitat gefüllten Flaschen allein. Von den Wänden blickten ihn gerahmte Monster an. Nur über dem

Bett war eine gewaltfreie Zone. Dort hing locker angeordnet eine stattliche Sammlung von Preisschleifen.

»Für Gymnastikwettbewerbe«, sagte Sadies Mutter, die ihm gefolgt war, aber in ihrer Stimme schwang erstaunlicherweise keine Spur von Stolz mit, obgleich es lauter erste Preise waren.

»Ihre Tochter muss eine tolle Sportskanone sein.«

»Ach, ich weiß nicht ... Manchmal denke ich, dass sie die Preise nur bekommt, weil Angst ein Fremdwort für sie ist. Sie sollten Sadie am Barren sehen. Sie stößt sich ab, fliegt durch die Luft und schaut kein einziges Mal nach unten. Beim Radschlagen vorwärts und rückwärts wirbelt sie derart wild durch die Gegend, dass ich jeden Augenblick denke, sie bricht sich den Hals. Ihr Vater ist unheimlich stolz auf sie und geht zu allen Wettkämpfen. Ohne mich. Ich kann da einfach nicht mehr hinsehen.«

Auf einer großen Korktafel wippte eine beeindruckende Kollektion langbeiniger Gummikäfer. Aus einem aufgeklappten Eierkarton auf dem Schreibtisch glotzten Rouge fünf, sechs Augäpfel aus Plastik an. Er las die Titel der auf dem Bücherregal aufgereihten Videobänder. Es waren hauptsächlich Horrorfilme aus den dreißiger und vierziger Jahren und damit schon fast Sammlerstücke, dazwischen standen ein paar Kinderklassiker.

Becca Green griff nach einer Videokassette mit dem Etikett »Heidi, das Mädchen aus den Schweizer Bergen« und zog es ab. Der Titel, der darunter zum Vorschein kam, lautete: »Augäpfelfresser aus der Hölle.«

»Den hat sie mir zuliebe als Kinderfilm getarnt. Sie hat eben ein gutes Herz, unsere Sadie.«

»Und Sie lassen zu, dass Ihre Tochter sich so einen Schund ansieht?«

»Sadie kann man nichts verbieten, sie ist als fertiger kleiner Mensch aus dem Ei geschlüpft.« Becca Green lächelte stolz. »Genug gesehen?«

Das klang fast herausfordernd, als fragte sie sich, ob er wohl Mut genug hätte, einen Blick in den dunklen Schrank oder unters Bett zu werfen.

»Ja danke. Einen allgemeinen Eindruck habe ich jetzt.« Sie gingen wieder nach unten. Dass es so still war, begriff er immer noch nicht ganz. »Hatten Sie Probleme mit den Reportern, Mrs. Green?«

Sie schüttelte den Kopf. »Überhaupt nicht.« Sie zog die hellgrünen Vorhänge am Wohnzimmerfenster zurück. »Sehen Sie den Typ, der da im Auto sitzt und schläft? Das ist der Swimmingpool-Reporter. Wenn Harry und ich plötzlich durchdrehen und nackt durch unseren Garten laufen, meldet er das seinen Kollegen. Die sind drüben bei den Hubbles. Dort haben sie einen eigenen Presseraum, jede Menge Telefone und kostenlose Verpflegung, hochprozentige Getränke inbegriffen.«

Becca Green schüttelte mit einer raschen Schulterbewegung den Mantel ab und warf ihn auf die Couch. Es sah aus, als ob sie sich die Haare selbst schnitt, die braunen Strähnen verliefen hinten ungleichmäßig, und irgendwie fand Rouge Kendall das liebenswert. Um ein Haar hätte er ihr das gesagt.

»Der Junge tut mir richtig Leid.« Sie nickte zu dem schlafenden Reporter hinüber. »Weil er bei uns Wache schieben muss, kriegt er die großen Pressekonferenzen und FBI-Statements nicht mit. Ich hab schon überlegt, ob ich nach dem Mittagessen mal schnell rübergehen und mich oben ohne zeigen soll, damit er auch mal was Nettes erlebt. Was meinen Sie?«

»Dass ich untröstlich bin, weil Sie schon verheiratet sind.«

Sie lachte. »Wer's glaubt, wird selig! Aber Ihre Masche gefällt mir.«

Die Haustür öffnete und schloss sich. »Becca?«, rief eine tiefe Männerstimme von der Diele her.

»Hier, Harry«, rief sie zurück und setzte leiser hinzu: »Erwarten Sie nicht zu viel von ihm!«

Unter der Tür stand ein hochgewachsener Mann mit breiter Brust. Das vom Wind zerzauste hellbraune Haar reichte bis auf den Kragen der teuren Bomberjacke. Der bunte Schal war offenbar selbstgestrickt und so lang, dass die Fransen bis auf die Knie der Jeans hingen. Rouge überlegte, ob Becca ihn wohl nach der Devise »Je länger, desto wärmer« gestrickt hatte. Das alberne Stück bewies besser als viele Worte, wie sehr sie ihren Mann liebte, und auch die Tatsache, dass Harry Green bereit war, den Schal zu tragen, sprach Bände.

Seine dunklen Augen schauten ins Leere. Er sah aus wie ein Gespenst, das blicklos durchs Haus geistert. Langsam tappte er über den dicken Teppich auf seine Frau zu.

»Es war nicht so arg, wie du denkst, Harry«, sagte Mrs. Green. »Wir haben die ganze Zeit unsere Sachen anbehalten.«

Wie ein Erwachender registrierte er den Cop, der in seinem Wohnzimmer stand, dann lächelte er matt und strich seiner Frau liebevoll übers Haar. Rouge Kendall nickte er nur zu, dann verlor sich sein Blick wieder in der Leere, und er ging weiter, um in anderen Räumen herumzugeistern.

Becca nahm ein Blatt von einem Stapel, der auf dem Kaminsims lag, und reichte es Rouge Kendall. »Das hat Harry gemacht. Stundenlang hat er in unseren Alben gesucht, um ein passendes Bild zu finden. Das war beim Elterntag im Sommerlager.«

Zwei kleine Mädchen saßen dicht nebeneinander auf einer Bank. Gwen hatte den Kopf auf Sadies Schulter gelegt. Sie sahen in entgegengesetzte Richtungen und hingen offenbar ihren eigenen Gedanken nach. Das Gras im Hintergrund warf lange Schatten. Die Kamera hatte einen Augenblick der Ruhe am Ende eines turbulenten Tages eingefangen. Die Kinder saßen müde, aber zufrieden beisammen. Unter dem Bild stand in breiten, kühnen Lettern ein einziges Wort: BITTE.

Der Aufruf berührte Rouge Kendall tief, ohne dass er hätte sagen können, warum. Das Flugblatt war ein Kunstwerk, und für Kunst hatte er keine Worte, er kannte nur ihren Preis.

Er gab Mrs. Green das Blatt zurück.

»Nein, behalten Sie es, ich habe Hunderte davon. Harry war damit in der Stadt und wollte sie in den Geschäften aufhängen, aber die Schaufenster waren schon mit dem da tapeziert.« Sie gab ihm ein anderes, auf teurem Hochglanzpapier gedrucktes Blatt. »Vornehm geht die Welt zugrunde. Gwens Mutter wollte es unbedingt von einem Profi machen lassen.«

Und damit hatte Gwens Mutter voll ins Leere gegriffen.

Der Aufruf enthielt viele – zu viele! – Informationen über Größe, Gewicht, besondere Kennzeichen der Kinder, alles Dinge, die Spinnern und Verrückten eine Fülle von Material lieferten. Mitten in der Nacht würde ein Flüsterer am Telefon der Greens behaupten, er habe das Muttermal auf Sadies Schulter gesehen, und ihnen Dinge schildern, unter denen sie entsetzlich leiden würden. Auch die Fotos fand er nicht gut. Es waren ungestellte Aufnahmen, aber sie zeigten die Mädchen von vorn und im Profil wie Verbrecher auf einem Steckbrief.

Rouge Kendall faltete Harry Greens Flugblatt zusammen und steckte es in die Jackentasche. »Das von Ihrem Mann gefällt mir besser. Kann ich noch ein paar davon haben?«

»Damit haben Sie den Tag für mich gerettet und für Harry auch. Nehmen Sie ruhig alle mit.«

Als Rouge aus dem Haus der Greens kam, sah er zu seiner Überraschung Ali Cray auf dem Beifahrersitz des alten Volvo sitzen. Weit und breit war kein anderer Wagen zu sehen, in dem sie hergekommen sein konnte.

Wollte sie das in der Dame's Tavern begonnene Gespräch fortsetzen?

Er machte die Fahrertür auf, setzte sich kommentarlos ans Steuer und legte die Flugblätter aufs Armaturenbrett. Sie nahm sich eins.

»Herzzerreißend«, sagte sie statt einer Begrüßung.

»Sadies Vater hat sie gemacht.« Rouge steckte den Zündschlüssel ins Schloss und ließ den Blick über die Gärten der ruhigen Sackgassen gehen. In fast allen lagen Spielsachen und standen Fahrräder, aber man hörte weder Inlineskates rollen noch Füße tappen, hörte kein fröhliches Quietschen, kein empörtes Geplärr. Die Mädchen und Jungen mussten heute drinnen spielen und lärmen. Vielleicht wollten die Nachbarn den Greens den schmerzlichen Anblick ihrer Kinder ersparen.

Und natürlich war das Becca Green nicht verborgen geblieben.

»Genial«, sagte Ali Cray bewundernd. »Das Flugblatt ist gar nicht in erster Linie für die Öffentlichkeit bestimmt, sondern unmittelbar für den Täter. Wenn du es flächendeckend aufhängst, hat das Monster es täglich vor Augen. Natürlich wäre das noch wirkungsvoller, wenn das Biest zu menschlichen Regungen fähig wäre. Aber dieser Mann hat kein Herz. Und für die kleine Green ist es sowieso zu spät.«

»Da bin ich mir nicht so sicher.« Rouge legte den Gang ein und fuhr los. »Ich habe den Eindruck, dass du die Einzige bist, die Sadie schon aufgegeben hat.«

»Die Mutter hat jedenfalls bei der Sonderkommission gute PR-Arbeit geleistet. Eine gescheite Frau. Wie hat sie gesagt? ›Ihr würdet meine Kleine lieben …‹ Wie man an dir sieht, hat sie Recht gehabt. Aber glaub mir, Rouge, sie ist schon seit Tagen nicht mehr am Leben.«

»So etwas kann ich nicht glauben.«

Ali beugte sich vor und strich über seinen Jackenärmel. Sehr ernst, aber auch sanft, fast fürsorglich sagte sie: »Hüte dich, dein Herz an das Kind zu hängen. Sadie ist tot.«

Am Weihnachtsbaumweg stand ein Wagen hinter dem anderen, und auch die Einfahrt war vollgestellt. Rouge winkte dem Trooper am Tor zu. Hinter dem kunstvoll geschmiedeten Gitter zog ein Hund hechelnd am Würgehalsband, so dass der Mann, der die Leine hielt, Rouge Kendall auf Anhieb unsympathisch war. Er hatte dünnes blondes Haar, unruhige kleine Augen und einen weichen Mädchenmund.

Rouge kannte ihn vom Sehen. Jetzt fiel ihm auch wieder ein, wie er hieß: John Stuben. Die Hundestaffel der Staatspolizei hatte zwei Tiere aus seinem Zwinger gekauft, und später hatte Rouge in der Zeitung gelesen, dass beide extrem bissig waren und zuschnappten, sobald ihnen etwas Lebendiges über den Weg lief. Noch jetzt, vier Jahre später, war der Staat New York deswegen in kostspielige Prozesse verwickelt, die auch den Zwinger ruiniert hatten. Jetzt arbeitete Stuben also für die Hubbles. Seine Jacke war gut geschnitten und teuer, aber viel zu groß für ihn, offenbar ein abgelegtes Stück seines hochgewachsenen, wohlhabenden Arbeitgebers.

Vielleicht hatte Peter Hubble, der Sicherheitsfanatiker, den Mann wegen und nicht trotz seines schlechten Rufs eingestellt? In einer Auseinandersetzung mit einem von John Stuben ausgebildeten Tier hatte bisher noch jeder Zweibeiner den Kürzeren gezogen.

An der Tür mussten Rouge und Ali erneut ihre Ausweise zeigen. Ein FBI-Agent hakte Alis Namen auf einer Gästeliste ab und wies sie zum Ballsaal, wo die Vizegouverneurin sich auf eine Pressekonferenz vorbereitete. Sie gingen durch eine lange Galerie mit Marmorboden und wertvollen Gemälden an den getäfelten Wänden. Durch eine offene Tür sah man zwei junge Frauen in Jeans, ehrenamtliche Kräfte vermutlich, die ein Fotokopiergerät bedienten. Im nächsten Zimmer saß ein FBI-Mann mit gelockertem Schlips auf einer Couch und sprach in ein Mikrofon. Auf dem Couchtisch stand alles, was man an Geräten für eine Telefonüberwachung braucht. Eine FBI-Agentin tippte auf ihrem Laptop. Alle sahen übernächtigt aus. Nebenan war offenbar das Reich der Reporter, man merkte es an den ständig schrillenden Telefonen, am Gläserklirren und dem Geruch nach Essen, Alkohol und Rauch.

Am Ende der Galerie schwoll der sich aus hundert verschiedenen Gesprächen zusammensetzende Geräuschpegel an. Die reich geschnitzte Flügeltür stand offen und gab den Blick auf den großen Ballsaal frei. Die eine Hälfte war mit Klappstühlen vollgestellt, an der hinteren Wand war ein provisorisches Podium aufgebaut. Kameraleute liefen mit Scheinwerfern herum, Standscheinwerfer lieferten zusätzliches Licht. Es wimmelte von Technikern und Medienleuten. An einer Schmalseite des Podiums standen fünf dunkel gekleidete, mit Kopfhörern ausgerüstete Männer, die keinen Blick von der Menge ließen. Jetzt richteten sich die fünf Augenpaare auf Rouge Kendall und seine Begleiterin. Rouge blieb an der Tür stehen und wies sich bei einem Trooper aus, der dem Fünferteam zunickte. Die Blicke ließen von Rouge und Ali ab und schwenkten wieder mit metronomartiger Präzision von links nach rechts durch den Saal und wieder zurück. Hinter einer Batterie von Mikros auf dem Podium stand der Gouverneur, eingerahmt und überragt von Senator Berman und der Vizegouverneurin, Gwens Mutter. Fernseh-Mitarbeiter aus der Maske legten mit Lippenstift und Puderquaste letzte Hand an das Politikertrio.

»Sie bleiben am besten hier«, sagte Rouge Kendall zu Ali. »Ich kümmere mich mal um Peter Hubble.«

Sie nickte, und er ließ sich von einem Trooper den Weg zu den hinteren Räumen weisen, wo Peter Hubble zuletzt gesichtet worden war.

Durch einen kleinen Gang gelangte er zu einem großen warmen Raum mit Backsteinwänden und Regalen aus Kirschbaumholz. Über einem großen Küchenblock hing eine Reihe von Kochtöpfen. Durch hohe Fenster fielen breite Sonnenbahnen, und die Kupfergefäße blinkten. Eine Frau in Jeans stand hinter einer Kaffeemaschine, ihre Kollegin stellte Pappbecher auf ein Tablett.

Eine dritte Frau mit dunkler Haut und weißem Kittel sah aus, als ob sie neben Gwens Vater Wache hielte. Peter Hubble saß am Tisch und hatte den Kopf auf die Arme gelegt. Neben ihm stand ein unberührter Teller mit Essen.

Als Rouge näher kam, trat die Frau in Weiß – es musste die

Köchin oder Haushälterin sein – entschlossen ein paar Schritte vor. Dieser Raum war offensichtlich ihr Reich, und sie ließ keinen Zweifel daran, dass sie Rouge Kendall für einen Eindringling hielt, der hier im Grunde nichts zu suchen hatte.

»Hey, Rouge.« Er drehte sich zu dem Trooper um, der regelmäßig einmal in der Woche auf einen Kaffee in der Polizeistation vorbeikam.

»Wie geht's?«

»Könnte nicht schlechter sein.« Rouge deutete mit einer Körperbewegung auf Peter Hubble. »Der hat wohl letzte Nacht nicht genug Schlaf gekriegt.«

»Nachts ist er auf Achse«, sagte der Kollege.

»Wozu?«

»Das wollte Captain Costello auch wissen. Wir haben ihn ein paarmal beschattet, mein Partner und ich. Er fährt die Nebenstraße ab und sucht seine Tochter. Schöner Mist, was?«

Peter Hubble hob den Kopf und blickte sich benommen um. Dann sah er die Polizisten, und in seinem Blick flackerte erst Hoffnung, dann jäher Schreck. Als Rouge stumm die Schultern zuckte, legte er den Kopf wieder auf die Arme. Man hörte keinen Laut, aber seine Schultern zuckten, und sein Atem kam stoßweise. Peter Hubble weinte.

Seine Beschützerin war nicht weiter erschüttert – sie kannte das wohl schon –, aber die beiden Polizisten wichen unwillkürlich ein paar Schritte zurück. Dann drehten sie sich wortlos und verlegen um und gingen hinaus.

Special Agent Arnie Pyle stellte sich der jungen Psychologin, die auf das Podium zuging, ungeniert in den Weg. Einen Augenblick sah es aus, als wollte Ali Cray um ihn herumgehen – oder über ihn hinwegsteigen. Genüßlich stellte er sich die Löcher vor, die ihre Pfennigabsätze ihm in den Rücken bohren würden. Manche Narben hatten zweifellos etwas Romantisches.

»Hallo, Ali. Ich hoffe, du bist mir nicht böse ...«

»Böse? Wo denkst du hin«, sagte sie zuckersüß. »Ich würde dir in die Eier treten, wenn ich wüsste, wo die sind.«

»Aber du hast sie doch gesehen, Ali. Du weißt ja sogar, wie mein Schwanz schmeckt.«

»Schwanz?«, wiederholte sie nachdenklich. »Meinst du dieses schrumplige Ding zwischen deinen Beinen, dieses kümmerliche verkrüppelte Etwas? Vielleicht könnte ein guter Chirurg –«

»Du musst reden!« Er fuhr sanft, als wären sie noch immer ein Liebespaar, mit einem Finger über die Zickzacknarbe. Die Geste war so vertraut, dass es ein paar Sekunden dauerte, bis sie seine Hand wegschob.

Er sah zum Eingang des Ballsaals hin, aber Rouge Kendall war verschwunden. »Möchte wissen, was dein rothaariger Cop sagen würde, wenn er wüsste, was hinter dieser Narbe steckt.«

»Aber du weißt es, ja?«

Er grinste. »Man wird doch wohl noch fragen dürfen …«

»Was machst du hier, Arnie? Bist du bei der Soko Organisiertes Verbrechen rausgeflogen?«

»Die Vizegouverneurin hat für die Suche nach ihrer Tochter die besten Leute zusammengetrommelt. Im Einsatz gegen Kinderschänder war ich Spitze, das müsstest du eigentlich noch wissen.«

Noch besser war ihr jene Zeit allerdings wegen seines unglaublichen Alkoholkonsums im Dienst und in der Freizeit in Erinnerung. Als er einen anderen Arbeitsbereich bekommen hatte und nicht mehr mit den Eltern toter Kinder zu weinen brauchte, war es mit dem Trinken schlagartig besser geworden. Aber da war Ali Cray schon nicht mehr mit ihm zusammen. Sie war gegangen, als er noch zu beduselt war, um sie zurückzuhalten.

»Hoffentlich konntest du mit meinen Unterlagen was anfangen. Wie ich sehe, hast du aus meinem Zahlenmaterial in deiner Zusammenfassung zitiert. Und dich mit diesem BCI-

Ermittler angefreundet. Immer noch auf der Suche nach Material für deine Privatstatistik?«

Ein billiger Hieb, und sie sah ihm an, dass er schon darauf brannte, den nächsten zu führen, der mit Sicherheit noch billiger sein würde.

»Steigst du mir wieder mal nach, Arnie?«

»Ich denke Tag und Nacht an dich, mein Schatz, und daran wird sich auch nichts ändern.«

Sie sah über seine Schulter, und Arnie drehte sich um. »Schau an, Senator Bermans Goldjunge, der Gouverneur.« Der höchstrangige Politiker des Staates New York stand auf dem Podium und blätterte nervös in seinen Notizen. Dass seine Augenbrauen aussahen, als seien sie ständig ängstlich hochgezogen, war eine Laune der Natur und hatte nichts mit der Anwesenheit seines Herrn und Meisters, Senator Berman, zu tun.

»Schau nach rechts, Ali. Siehst du, wer da die Treppe hochkommt?« Er deutete auf einen gut gekleideten älteren Herrn mit Silberhaar und einem Gehstock aus geschnitztem Rosenholz.

Sie reckte sich, um über die Köpfe der Reporter hinwegsehen zu können. »Ist das nicht Julie Garret?«

»Ja. Und jetzt pass mal genau auf.«

Julian Garret reichte Senator Berman ein Glas Wasser, und der trank einen Schluck, als der Gouverneur gerade zu seiner Eröffnungsrede ansetzte. Im Saal hörte man Schnauben und unterdrücktes Gelächter, obgleich der Gouverneur nichts Witziges gesagt hatte. Senator Berman gab Julian Garret schleunigst das Glas zurück und sah die feixenden Medienvertreter vergrätzt an.

Mit wichtiger Miene seinen Rosenholzstock schwingend kam Julian Garret jetzt auf sie zu. Viele hielten die Sache mit dem Stock für schlicht und einfach affektiert, womit sie wohl nicht ganz Unrecht hatten. Äußerlich wirkte der Journalist wie ein distinguierter älterer Mitbürger, aber das Lächeln, mit dem er Ali Cray bedachte, war fast jungenhaft. Er streckte Arnie Pyle die flache Hand hin. »Her mit dem Zaster.«

Der FBI-Agent gab ihm einen Zwanzig-Dollar-Schein. »Ich hätte nicht gedacht, dass du es machst, Julie.«

Julian Garret wandte sich Ali zu und erläuterte: »Arnie hat behauptet, dass der Gouverneur kein Wort rausbringt –«

»– wenn der Senator Wasser trinkt.« Ali nickte und lächelte etwas gequält über diesen Schuljungenhumor. »Aber Sie wissen doch, dass der Senator ein erstklassiger Bauchredner ist.« Sie hakte sich bei dem Starreporter ein, was ihn sichtlich freute. Julian Garret gehörte zu Alis größten Bewunderern. »Was hat ein Kolumnist bei einem Entführungsfall zu suchen, Julie?«

»In der Politik tut sich in dieser Woche nicht viel, meine Liebe, aber bei den Auftritten von Senator Berman kann man sich hundertprozentig darauf verlassen, dass er in irgendein Fettnäpfchen tritt, und so was ist natürlich ein Leckerbissen für meine Kolumne.«

»Sie sind also nur heute hier?«

»So war es eigentlich geplant.« Garret warf Arnie Pyle einen Blick zu. »Aber inzwischen ist hier allerlei Spannendes passiert. Kann sein, dass ich länger bleibe.« Er gab ihr eine Karte des Makers Village Inn. »Rufen Sie mal an, dann essen wir zusammen.«

»Wiedersehen, Julie.« Sie ging, ohne Arnie Pyle noch einmal anzusehen, zur Tür, wo der rothaarige Cop stand und mit Marsha Hubble sprach.

Der Journalist wusste auch den Anblick ihrer Kehrseite zu schätzen. »Wie ich sehe, stehst du bei der Lady nach wie vor auf der Schwarzen Liste. Ein Pluspunkt für Ali. Die hat Besseres verdient. Und was machst du hier, Arnie? Hoffst du, dass dem Blödmann dort oben ein Geständnis über seine Mafia-Kontakte rausrutscht?«

»Möglich ist alles. Aber ich hatte keine Ahnung, dass diese Trottel aufkreuzen würden.«

»Wer's glaubt …«

»Wenn's unter uns bleibt, Julie –«

»Jetzt red schon!«

»Die Mutter der Kleinen hat sie eingeladen. Niemand setzt sich energischer für die Todesstrafe ein als diese beiden Typen. Mrs. Hubble meinte wohl, der Täter sei noch nicht genug motiviert, ihre Tochter umzubringen.«

»Habt ihr denn bei der Mutter gar nichts zu melden?«

»Nein, Julian. Das ist die Stunde der Amateure.«

»Und was hat das mit dem Organisierten Verbrechen zu tun?«

»Überhaupt nichts. Ich suche nach dem Mädchen.«

»Das kannst du deiner Großmutter erzählen«, sagte der Journalist freundlich. Solche schamlosen Lügen betrachtete er nur als Auftakt zu noch größeren und damit auch schlagzeilenträchtigen Schamlosigkeiten. »Lass mich mal raten, Arnie. Wenn ich es treffe, kriege ich die Story exklusiv. Abgemacht?«

»Schieß los.«

»Jeder weiß, dass die Lady mit Berman über Kreuz ist. Er hat dem Gouverneur nahegelegt, dass er sie abservieren soll, aber sie ist immer noch da. Wenn man bedenkt, wie korrupt dieser Staat ist und wie skrupellos seine Politik sein kann, müsste ihre Karriere inzwischen längst zu Ende sein. Offenbar hat sie ein Druckmittel in der Hand. Wenn sie einen Beweis dafür hätte, dass die Mafia Geld für seinen Wahlkampf gesendet hat …«

»Ein Mafia-Kidnapping? Komm, hör auf!«

»Zu riskant, Arnie? Oder zu sehr à la Hollywood? Für deine Zwecke ist nur wichtig, was Marsha glaubt. Die Sorge um ihr einziges Kind zermürbt sie jeden Tag ein bisschen mehr, und du lässt ihr mit deinen Anspielungen und Einflüsterungen keine Ruhe. Bis die Tochter tot gefunden wird, hat sich die Sache mit der Mafia in ihrem Kopf festgesetzt. Dann beugst du dich über die kleine Leiche und fragst die Mutter sehr höflich, ob sie bereit wäre, sich als Kronzeugin für die Anklage zur Verfügung zu stellen.«

»Du musst mich ja für einen ganz miesen Halunken halten, Julie.«

»Und wie geschaffen für diese Aufgabe. Ich erwarte deinen Anruf, wenn es geklappt hat.«

Rouge hielt das von Marsha Hubble in Auftrag gegebene Hochglanzposter hoch. »Die Informationen erschlagen einen förmlich. Hier, schauen Sie sich das an.« Er reichte ihr das Flugblatt, das er von Becca Green bekommen hatte. »Sadies Vater hat es entworfen.«

Die Vizegouverneurin betrachtete es kurz, aber eingehend. »Sie haben vollkommen Recht«, sagte sie lächelnd. »Es ist viel besser. Nein: Es ist einfach großartig. Harry Green ist ein Dichter. Und dabei hatte er für sein Gedicht nur dieses eine Wort zur Verfügung.«

Neben Mrs. Hubble stand mit gezücktem Kugelschreiber eine nervöse kleine Person in mausgrauem Kostüm. Marsha Hubble legte das Blatt auf ihr Klemmbrett wie auf einen zufällig in der Gegend herumstehenden Tisch. »Tausend Abzüge. Bis um drei müssen sämtliche Poster ausgetauscht sein.«

Der Kopf der Sekretärin nickte; wie bei einem stramm aufgezogenen Kinderspielzeug, während sie schon eilig in einem der Nebenräume verschwand.

Marsha Hubble wandte sich wieder Rouge zu. »Noch was?«

Er hatte sich auf Widerstand gefasst gemacht. Jetzt begriff er, dass die Vizegouverneurin auf ihre Art nicht weniger naiv war als gewöhnliche Sterbliche. Sie glaubte an das, was in der Zeitung stand, und sah in ihm so eine Art Wunderkind.

»Ja, Ma'am. Ich würde gern Gwens Zimmer sehen. Natürlich weiß ich, dass es schon –«

»Selbstverständlich.« Mrs. Hubble sah Ali an, die gerade zu ihnen getreten war.

»Verzeihung«, sagte Rouge. »Das ist –«

»Ich bin Ali Cray, Mrs. Hubble.« Sie streckte der Vizegouverneurin die Hand hin. »Entschuldigen Sie bitte, wenn das nicht die richtige Anrede –«

»Nennen Sie mich Marsha. Ich weiß, wer Sie sind, Dr. Cray, und gestehe, dass ich mir eine andere Vorstellung von Ihnen gemacht hatte. So jung und schon ein Doktorhut ...«

Enttäuscht war Marsha Hubble aber offenbar nicht. Sie schien große Hoffnungen auf Wunderkinder zu setzen. Dass sie Alis Narbe anscheinend gar nicht zur Kenntnis nahm, wunderte Rouge nicht. Schließlich brachte sie es auch mühelos fertig, einen Menschen ganz und gar auszublenden, wie etwa den FBI-Mann, der neben ihr stand und höflich darauf wartete, zu Wort zu kommen.

»Ich bringe Sie hin«, sagte Mrs. Hubble und ging Rouge und Ali voran die Treppe hoch. Der Mann vom FBI blieb zurück wie bestellt und nicht abgeholt und zog ein dummes Gesicht.

»Sie machen doch diese spannenden Verbrecherprofile«, sagte Marsha Hubble zu Ali. »Stimmt es, dass Sie von den Einzelheiten eines Verbrechens auf die Augenfarbe des Täters schließen können?«

»Nein. Mit Kristallkugeln arbeite ich nicht.«

»Im Gegensatz zum FBI? Umso besser.«

Demnach, dachte Rouge, war die Lady von ihren bundesstaatlichen Schoßhunden enttäuscht. Wann würde sie ihn und Ali satt haben?

Auf halber Höhe kam sie ins Stolpern. Rouge griff nach ihrem Arm, und sie sah betroffen zu ihm hoch. Sie kamen sich so nahe, dass er ihren Atem auf seiner Wange spürte.

»Wie ungeschickt von mir. Vielen Dank.«

Jetzt, wo er sie so sah, wie sie sich gab, wenn sie nicht im Scheinwerferlicht stand, erinnerte sie ihn an seine Mutter in den ersten Tagen nach Susans Verschwinden. Auch in ihren Augen stand dieser qualvoll stumme Schrei. Er hatte sich also geirrt. Marsha Hubble sah über ihre Umgebung nicht aus Unhöflichkeit hinweg, sondern weil sie sich so intensiv darauf konzentrieren musste, die nächste Minute, die nächste Sekunde zu überstehen, ohne den Verstand zu verlieren. Als sie das große, lichtdurchflutete Eckzimmer im ersten Stock betraten, war das routinierte Lächeln schon wieder da.

An den Wänden hingen gerahmte Poster von Rock-Gruppen und Hunden. Auf der Steppdecke des Himmelbetts hatte sich ein reinrassiger schwarzer Pudel ausgestreckt. Er hatte ein hellblaues Schleifchen im Haar und war neckisch getrimmt. *Das ist doch kein Hund*, dachte Rouge Kendall unwillkürlich, und Marsha Hubble musste ihm diesen Gedanken vom Gesicht abgelesen haben.

»Den albernen Pudellook müssen Sie sich wegdenken, Rouge – ich darf Sie doch Rouge nennen? – Er ist ein sehr kluges Tier. Passen Sie mal auf.« Marsha Hubble schnippte mit den Fingern, und der Hund hob den Kopf. »Harpo, bring mir *Englisch*.«

Der Pudel sprang vom Bett und lief auf zwei farbig eingebundene Hefte zu, die ein paar Zentimeter über die Schreibtischkante ragten. Er schnappte sich das grüne Heft und brachte es Gwens Mutter.

»Braver Hund. Jetzt bring mir *Erdkunde*!«

Der Hund kam mit dem gelben Heft zwischen den Zähnen zurück.

»Er kennt nur diese beiden Fächer, das Aufgabenheft für die naturwissenschaftlichen Fächer darf er nicht zerbeißen. Gwen will Biologin werden.«

»Harpo erwartet eine Belohnung, wenn er ein Kunststück gemacht hat«, ließ sich eine Männerstimme vom Gang her vernehmen.

John Stuben kam herein und ging zu einer blauen Keramikdose am Bett, nahm den Deckel ab, holte einen Hundekuchen in Form eines Knochens heraus und warf ihn dem Pudel zu.

Rouge überlegte, ob sich Stuben nicht ein bisschen zu gut im Schlafzimmer eines kleinen Mädchens auskannte.

Im Hinausgehen trafen sie auf Special Agent Arnie Pyle, der sich lässig an den Türrahmen gelehnt hatte und John Stuben scharf beobachtete. »Haben Sie der Kleinen dabei geholfen, den Hund abzurichten?«

»Ja, ich habe ihr Tipps gegeben«, antwortete Stuben, der bereits stundenlange Vernehmungen bei der Staatspolizei hinter sich hatte, unfreundlich.

»Es dauert sicher seine Zeit, einem Tier so was beizubringen«, meinte Pyle.

»Nicht, wenn man weiß, worauf es ankommt.« Dass er auf seine Fachkenntnisse angesprochen wurde, schien ihn zu besänftigen. »Wie man ein Heft apportiert, hatte Harpo nach zwanzig Minuten raus. Gwen hat ein Händchen für Hunde, sie hat ihm eine Menge beigebracht, das –«

»*Sie* hat es ihm beigebracht? Nach Aussagen des Personals ...« Pyle holte ein Notizbuch heraus und blätterte umständlich darin herum. »Ja, hier haben wir es. Nach Aussagen des Personals waren Sie viel mit Gwen zusammen. Sehr viel sogar. Sie haben in dieser Zeit also nicht ausschließlich den Hund abgerichtet?«

»Gwen sieht gern zu, wenn ich mit den Wachhunden arbeite. Was dagegen?« Das war aggressiv gemeint, aber der mädchenhafte Schmollmund machte die Macho-Masche nicht mit.

Pyle machte sich eine Notiz. »Gehört es zu Ihrem Job, ihr Tipps zu geben, oder haben Sie das in Ihrer Freizeit gemacht?«, fragte er, ohne aufzusehen.

»In meiner Freizeit. Ich mag Gwen.«

»Kann ich mir vorstellen.« Jetzt hob Pyle den Kopf und lächelte hämisch. »Wie sehr mögen Sie Gwen? Hübsches kleines Ding. Macht Sie an, was?«

Stuben machte einen Satz auf den FBI-Mann zu, der ihm unbewegt entgegensah. Kurz vor seinem Ziel stoppte der

Hundeausbilder seine Attacke und wich wieder ein paar Schritte zurück.

Damit war für Pyle alles klar. Er nickte vor sich hin, und Rouge ahnte, was ihm in diesem Augenblick durch den Kopf ging: Dass es John Stuben schwer fiel, sich anderen Männern gegenüber durchzusetzen. Vielleicht tat er sich damit bei einem zehnjährigen Mädchen leichter?

Doch man konnte es auch anders sehen. John Stuben hatte schon einmal alles verloren. Seine Ersparnisse waren für Prozesse draufgegangen, sein Zwinger war geschlossen worden. Er war nicht mehr jung. Einen FBI-Agenten niederzuschlagen würde ihn, so befriedigend es auch sein mochte, teuer zu stehen kommen. Er würde noch einmal alles verlieren, würde noch einmal neu anfangen müssen.

Vielleicht war John Stuben einfach nur ausgebrannt.

Der Geruch nach Desinfektionsmittel verdeckte nur notdürftig den erdigeren Geruch des Todes. Auf dem Seziertisch an der hinteren Wand lag eine Leiche mit einer sauber abgetrennten Schädelhälfte. Doch Rouge Kendall interessierte sich mehr für das, was Howard Chainy, der amtliche Leichenbeschauer des Ortes, in der Hand hielt.

»Mal was Neues, Rouge«, sagte Chainy aufgeräumt. Er hielt den festen dunklen Pilz hoch. »Entschieden frischer als das, was mir sonst so angeliefert wird, und er riecht auch besser.« Er legte den Pilz in eine kleine Edelstahlschale, setzte sich an den Schreibtisch und schnitt mit einem Skalpell eine dünne Scheibe ab, die er unters Mikroskop legte. »Ich sehe ein paar lebendige und jede Menge tote Würmer. Daraus kann man unter Umständen die Fundzeit und die Temperatur des Fundortes ableiten. Über die Erdspuren kann ich Ihnen allerdings auf Anhieb nichts sagen.«

»Brauchen Sie auch nicht«, meinte Rouge. »Die sind schon bei einem Experten von der Uni.«

»Haben die denn dort keine Botaniker?«

»Der Captain hat einen hiesigen Fachmann an der Hand. Er möchte nicht, dass etwas an die Presse durchsickert.«

»Hat er mir auch gesagt. Mindestens dreimal.« Chainy stellte das Mikroskop schärfer. »Wäre es nicht einfacher, den ganzen Kram dem FBI zu übergeben? Die haben das beste forensische Labor, und da bleibt alles in einer Hand.«

»Noch ist das kein Fall für das FBI«, sagte Captain Costello hinter ihnen.

Dr. Chainy fuhr zusammen. »Herrgott, Leonard, Sie können einen aber auch erschrecken!« Er beugte sich wieder über sein Mikroskop. »Sie wollen also die Feds nach Möglichkeit draußen halten?«

»Ich kann mich nicht erinnern, sie zu der Party eingeladen zu haben.« Costello drückte Rouge einen Stapel Fax-Blätter in die Hand. »Das ist die Analyse von der Uni. Die Erdspuren im Futter –«

Er unterbrach sich, als ein hagerer älterer Herr mit goldgeränderter Brille in Begleitung eines uniformierten Polizeibeamten in der Tür erschien. Costello verabschiedete den Cop mit einem Kopfnicken, und jetzt stand der ältere Herr mit den weißen Haaren zaudernd und etwas verloren allein auf der Schwelle. Fast erschrocken erkannte Rouge Kendall in ihm Dr. Mortimer Cray. Der Psychiater lebte sehr zurückgezogen, Rouge hatte ihn seit Jahren nicht mehr gesehen und fand ihn stark verändert. Nach wie vor war er gut gekleidet, aber nicht gut genährt. Seine Magerkeit hatte etwas Ungesundes. Rouge hatte bei ihm auch ein bestimmteres Auftreten in Erinnerung. Er schlich sich heran wie ein Dieb, der das Terrain sondiert.

»Dr. Cray?« Costello ging auf ihn zu.

Der Psychiater schüttelte die Hand, die der Captain ihm hinstreckte, so argwöhnisch, als sei darin eine Waffe verborgen.

»Ich bin Captain Costello, und das ist Rouge Kendall, einer meiner Mitarbeiter.«

Der alte Herr nickte Rouge zu, als sähe er ihn heute zum ersten Mal.

»Sehr freundlich, dass Sie so prompt gekommen sind«, fuhr Costello fort. »Ich habe ein Problem, Dr. Cray. Geheimnisse dürften bei Ihnen gut aufgehoben sein, schließlich sind Sie ja Seelenarzt.«

Rouge schien es, als sei Dr. Cray noch einen Hauch blasser geworden. Er wirkte jetzt misstrauisch, seine Augen gingen rasch und fragend von einem Gesicht zum anderen, was, wie Rouge registrierte, auch dem Captain nicht verborgen blieb.

Costellos Augen verengten sich leicht, doch sein Lächeln wurde sogar noch breiter. »Es geht um die verschwundenen Mädchen, Sir. Wir erhoffen uns von Ihnen gewisse Informationen.«

Das hatte gesessen. Mortimer Crays Arme hingen gerade herunter, aber seine Hände öffneten und schlossen sich wie die Mäuler gestrandeter Fische. Und es sah fast so aus, als sei er sekundenlang ins Wanken geraten.

Rouge wusste, dass Gespräche mit der Polizei selbst völlig Unschuldige verunsichern konnten. Vielleicht war es auch Dr. Cray so gegangen? Andererseits hatten die Reichen immer einen Anwalt in Rufweite und ließen sich von solchen Unterredungen nie so aus der Fassung bringen wie arme Leute. Dr. Cray versteifte sich, als müsse er sich gegen einen Schlag wappnen.

Costello streckte ihm den Plastikbeutel mit dem dunklen, erdverkrusteten Pilz hin. »Wir haben eine Jacke gefunden, die einem der Mädchen gehörte, und in dem zerrissenen Futter war das hier. Ihre Nichte hat mir erzählt, dass Sie Hobbybotaniker sind.«

Dr. Cray sah verwirrt auf den Beutel. Es schien, als habe es ihm einen Augenblick den Atem verschlagen. Offenbar war die Konfrontation mit einem Pilz nicht das, was er erwartet hatte.

»Was können Sie mir zu diesem Gebilde sagen?« Costellos Augen glitzerten, sein Lächeln wirkte in diesem Moment unangemessen und beunruhigend.

Dr. Chainy sah von seinem Mikroskop auf und verdrehte die Augen. »Ja, wo sind wir denn, Leonard? Erst soll ich einen albernen Pilz obduzieren, und jetzt wollen Sie ihn auch noch von einem Psychiater analysieren lassen?«

Mortimer Cray besah sich den Inhalt des Beutels durch die dicken Gläser seiner Bifokalbrille. »Es handelt sich um einen Makrofungus, den wir als Trüffel bezeichnen.«

Er wirkte, als sei ihm eine Last von der Seele genommen, seine Haltung wurde deutlich lockerer.

»Ich will wissen, wo dieser Makrodingsbums herkommt«, sagte Costello. In dieser Formulierung klang es fast, als habe er den Verdacht, die Trüffel könne aus dem Besitz des Psychiaters stammen.

»Darf ich mal kosten?«, fragte Mortimer Cray, ohne auf diese Andeutung zu reagieren. »Sieht aus wie eine Schwarze Trüffel, aber die Chinesen haben eine ähnliche Art. Man kann sie nach dem Geschmack unterscheiden.«

Costello nickte Chainy zu, der eine kleine Scheibe für den Psychiater abschnitt. »Demnächst mach ich hier noch einen Fastfood-Schuppen auf«, maulte er.

Mortimer Cray legte sich die Scheibe auf die Zunge wie eine Hostie und probierte sie. »Eine echte Périgord-Trüffel, *tuber melanosporum*. Man findet sie in Frankreich – im Périgord, wie der Name schon sagt, und auch in Umbrien …«

»Und hierzulande?«

»Nicht im Erwerbsanbau, Captain. Trüffel wachsen nur wild, meist in einer Lebensgemeinschaft mit …«

»Geschenkt.« Captain Costello nahm Rouge die Fax-Meldungen aus der Hand. »Ich habe hier einen Bericht, der besagt, dass in der Erde, die an der Trüffel hing, Spuren von Düngemittel gefunden wurden. Ebenso in einer Probe, die wir dem Jackenfutter entnommen hatten.«

Dr. Cray machte nicht den Eindruck eines Mannes, den man bei einer Lüge ertappt hat. »In Bundesstaaten mit günstigeren Boden- und Klimaverhältnissen, in Texas, Oregon oder Washington, laufen tatsächlich bereits Zuchtversuche, aber nicht bei uns, und die Versuchsphase ist noch längst nicht abgeschlossen. Im Handel werden diese Trüffel vorerst nicht erhältlich sein.«

Costello wandte sich an den Arzt. »Die Jacke wurde heute früh gefunden. In der Nacht hat es Frost gegeben. Das Ding da war im Futter. Können Sie mir sagen, ob es gefroren war?«

»Machen Sie sich nicht lächerlich, Leonard«, sagte Dr. Chainy leicht gereizt. »Um diese Frage zu beantworten, brauche ich kein Mikroskop. Das Ding ist noch fest und völlig frisch. Haben Sie schon mal gefrorene Pilze gesehen? Ein einziger brauner Matsch.«

»Ganz meine Meinung.« Mortimer Cray griff nach dem Beutel und betastete die Trüffel durch die Plastikhülle hindurch. »Sehr fest, sehr frisch. Sehen Sie die Marmorierung? Nach dem Gefrieren wäre davon nichts übrig.«

Costello ging auf Mortimer Cray zu, und an der Art, wie er den anderen bedrängte, erkannte Rouge Kendall, dass er dem Psychiater noch immer misstraute. »Was müsste man machen, um Trüffel im Haus zu züchten?«, blaffte er.

»Das kann man nicht.« Dr. Cray wich zurück und schob die Brille hoch, die auf einer dünnen Schweißschicht in Richtung Nasenspitze gerutscht war. »Oder allenfalls mit einem hohen Baum im Haus. Man braucht eine symbiotische Beziehung zwischen –«

»Hier, sehen Sie sich diesen Bericht an«, sagte Costello laut und fast aggressiv. »Die Leute im Labor haben jede Menge Bakterien gefunden, die bei hohen Temperaturen gedeihen. Demnach war die Trüffel in einem Gewächshaus oder zumindest unter Dach und Fach. Und hier habe ich eine ellenlange Aufstellung mit der Überschrift, ›Nur in dieser Gegend im Boden nachweisbar‹. Demnach war die Jacke nie westlich des Mississippi. Daraus und aus den Spuren von Düngemittel schließe ich, dass es hier in der Gegend eine Trüffelzucht gibt.«

»Sehr unwahrscheinlich.« Cray wirkte jetzt nicht mehr so selbstsicher, sondern eher defensiv. »Trüffel gedeihen da, wo Eichenwurzeln im Boden sind. Man muss den Baum aber eigens zu diesem Zweck pflanzen, weil sonst die Wurzeln Verunreinigungen aufweisen können. Es dauert sieben Jahre, bis sich eine symbiotische Beziehung zwischen Baumwurzel und Trüffel entwickelt.«

»Die hier wurde unter einem Dach gezüchtet«, wiederholte der Captain.

»Wegen der Bakterien und der Düngemittelspuren? Nein, die nächstliegende Erklärung wäre, dass die Trüffel in einem Gewächshaus runtergefallen ist oder in einem bepflanzten Blumentopf gelegen hat. Sie sollten sich bei Pilzimporteuren erkundigen und ...«

Costello nahm den Beutel mit dem Beweismaterial wieder an sich und hielt ihn dem Psychiater unter die Nase. »Ich werde das Ding da dem FBI-Labor schicken und darum bitten, dass man der Gewächshaustheorie nachgeht.« In seiner Stimme lag ein leicht drohender Unterton. »Sie haben ein recht großes Gewächshaus, nicht? Besser ausgestattet als die Glashäuser einer durchschnittlichen Erwerbsgärtnerei, sagt Ihre Nichte.«

Das klang wie ein Vorwurf.

»Ich kann Ihnen versichern, dass ich keine Trüffel –«

»Sie? Entschuldigen Sie vielmals, da müssen Sie mich missverstanden haben«, versicherte Costello beflissen, aber Rouge fand, dass der Captain damit ein bisschen zu dick aufgetragen hatte.

»Ich möchte wissen, ob Sie Verbindungen zu Kreisen haben, in denen solche Zuchtversuche durchgeführt werden«, fuhr der Captain fort. »Hat schon mal jemand Trüffel im Haus gezüchtet?«

»Nur die nordamerikanischen Arten, aber die schmecken so scheußlich, dass keiner sie haben will. Versuche mit der berühmten Périgord-Trüffel würde man verständlicherweise streng geheim halten.«

»Also irgendwo läuft so etwas.«

»Ich habe nur von einem Experiment unter Gewächshausbedingungen gehört. Der Pilz, der ohne Eichenwurzeln erzeugt wurde, hatte die Gene, aber nicht den Geschmack einer Trüffel. Diese hier kommt nicht aus einer Gewächshausproduktion, dafür kann ich mich verbürgen. Sie hat das unvergleichliche Aroma schwarzer Trüffeln und ist mit Sicherheit in Symbiose mit einer Eichenwurzel gewachsen.« Der Psychiater hatte sich wieder gefangen. Fast entrüstet setzte er hinzu: »Und eine ausgewachsene Eiche können Sie nicht im Haus halten.«

Dr. Chainy, der offenbar am Mikroskop nicht mehr weiterkam, schob seinen Stuhl zurück. »Ich habe in meinem Haus einen Innenhof mit einem über sechs Meter hohen Oberlicht. Wenn ich wollte, könnte ich da gut einen Baum pflanzen.«

Dr. Cray schüttelte den Kopf und sagte so nachsichtig, als sei Chainy einer seiner umnachteten Patienten: »Die Wurzeln würden die Fundamente sprengen. Und Sie brauchen mindestens sieben Jahre, um eine Trüffel zu züchten. Für eine ausgewachsene Eiche sind sechs Meter nicht genug. Wissen Sie, wie hoch diese Bäume werden?«

»Ich brauche das Bildmaterial der Steuerfahndung«, sagte Castello zu Rouge. »Mit Hilfe der Luftaufnahmen müsste sich feststellen lassen, wer hier in der Gegend noch einen verglasten Innenhof hat.«

Dann wandte er sich wieder an den Psychiater. »Wenn Sie einen Patienten hätten, der ein Atriumhaus besitzt, Dr. Cray – würden Sie mir das sagen?«

Costello wartete einen Moment und ließ die Frage im Raum stehen, doch Cray reagierte nicht, was einem unausgesprochenen Nein gleichkam.

»Wie tief im Boden wachsen Trüffeln, Dr. Cray?«, fragte Costello jetzt mit leiser Verachtung in der Stimme.

Der alte Herr prüfte erneut den Pilz, den man in der Jacke des vermissten Mädchens gefunden hatte. Offenbar war ihm klar, was Costello von ihm verlangte: Dass er die mögliche Tiefe eines Kindergrabs angab.

»Fünfzehn bis zwanzig Zentimeter unter der Oberfläche.«

Ein ziemlich flaches Grab.

Costello schaltete in eine diplomatischere Tonart um. »Ja, also dann vielen Dank für Ihren Besuch.« Er drehte dem alten Herrn den Rücken zu und sagte zu Rouge: »Ich habe die Unterlagen über den Triebtäter zurückbekommen. Auch wenn es schon spät ist – ich würde sie gern noch mit Ihnen durchgehen.«

Rouge sah, dass der Psychiater den Hals reckte und die Ohren spitzte, aber Captain Costello machte keine Anstalten, seine Neugier zu befriedigen. Er drehte sich um und tat, als sei er erstaunt, dass Cray noch da war. Er streckte ihm die Hand hin. »Ja, also nochmals besten Dank, Sir. Wenn jemand Sie rausbringen soll ...«

»Danke, ich finde mich schon allein zurecht.« Sichtlich ungern machte sich der alte Herr davon.

Durch die offene Tür rief Costello ihm nach: »Noch eins, Dr. Cray. Die beiden Kinder schweben in Lebensgefahr. Ich kann mich doch darauf verlassen, dass Sie den Dreckskerl nicht warnen?«

Mortimer Cray fuhr herum und starrte den Captain an. Dann schlug die Tür zu.

In dem großen Raum im Obergeschoss der Polizeistation herrschte Ruhe. Die vertrauenswürdigsten Ermittler hatten sich auf die Spur von Trüffel- und Pilzimporteuren gesetzt, andere waren auf dem Weg zu Grundstücken, die aufgrund der Luftaufnahmen viel versprechend erschienen. Zwei von Costellos Leuten notierten sämtliche Besucher, die Dr. Crays

Haus betraten. Der Captain hatte einen Antrag auf Telefonüberwachung gestellt, war aber von zwei Richtern abgeschmettert worden, die der Meinung waren, dass auch Telefongespräche zwischen Arzt und Patient unter die Schweigepflicht fielen.

Jetzt stand Captain Costello in der Tür zu seinem Büro und betrachtete die vielen leeren Stühle und ausgeschalteten Computerbildschirme. Nur über den bläulich schimmernden Monitor auf dem Schreibtisch von Marge Jonas rollten Textzeilen. Beim Tippen sah sie einmal kurz auf und lächelte ihm zu, weil er so nett zu ihrem Lieblingscop war. Rouge Kendall saß am Fenster und arbeitete sich durch die Akte des Lehrers Gerald Beckerman.

Costello ging zurück in sein Zimmer und ließ sich müde in den gut gepolsterten Ledersessel fallen. Aus dem untersten Schreibtischfach holte er eine braune Papiertüte, die eine Flasche und zwei kleine Pappbecher enthielt. Musste er fragen, ob Rouge etwas trinken wolle, oder konnte er darauf bauen, dass die Berichte der Kollegen aus Dame's Tavern zuverlässig waren? Weil er sich dessen nicht ganz sicher sein konnte, war dieses kleine Spiel mit der Whiskeyflasche nicht so sehr eine gesellige Geste als vielmehr ein wissenschaftliches Experiment.

Der frischgebackene Ermittler sträubte sich nicht, machte aber andererseits auch nicht den Eindruck eines Alkoholikers, der am Ende einer langen Schicht nach dem ersten Schluck lechzt. Er trank den alten, goldgelben Whiskey so gleichmütig wie Wasser.

Der Captain kam zu dem Schluss, dass der Junge trank, weil er trinken wollte und nicht, weil er trinken musste. Dass ein Schluck Alkohol willkommene Betäubung bringen konnte, hatte er selbst schon erfahren.

»Ich kann Ihnen ein bisschen Zeit sparen«, sagte Costello und deutete auf die Unterlagen. »In den Staaten ist Beckerman nicht aktenkundig, aber die Kanadier würden gern ein Wörtchen mit ihm reden. Blättern Sie ganz nach hinten. Der raffinierte Mistkerl hat seine Spielchen in einem Sommerlager jenseits der Grenze getrieben. Deshalb liegt in St. Ursula nichts gegen ihn vor.«

Rouge überflog die letzte Seite. »Ein Junge aus reichem Hause, der von einer Spitzenuniversität kommt und in einem Sommerlager als Betreuer arbeitet? Da kriegt er doch nur ein Taschengeld. Warum haben die dort nicht –«

»Ja, das wäre dem einen oder anderen bestimmt aufgefallen, aber in seiner Bewerbung hat er sich darüber schlauerweise ausgeschwiegen. Das Sommerlager war ein kleiner Zweimannbetrieb, wo sie keine großartigen Überprüfungen gemacht haben, und das Geld hat er bar auf die Hand bekommen.

Sie wussten nicht mal, dass er amerikanischer Staatsbürger ist.«

Rouge legte die Akte aus der Hand. »Aber Beckerman steht nur auf Jungen. Das hilft uns nicht weiter.«

»Die kleinen Jungen kann er sich erst mal aus dem Kopf schlagen. Wir halten ihn fest, bis der Auslieferungsantrag der Kanadier da ist, sie haben ihn schon auf den Weg gebracht. Gute Arbeit, Rouge. Was halten Sie von der Trüffelgeschichte?«

»Warum sagen wir nicht den Troopern und unseren Leuten vor Ort, dass wir nach einem Typ suchen, der einen Pilztick hat und sich besonders für Trüffeln interessiert?«

»Weil davon nichts nach außen dringen darf.«

»Aber die Cops kennen die Gegend und die Leute.«

»Wenn der Täter merkt, dass wir Lunte gerochen haben, sind die Mädchen tot.«

»Eins ist jetzt schon tot, Captain. Der Anorak hat in der Erde gelegen und das Kind mit ihm. Die Ausreißerthese können wir wohl vergessen.«

»Nein. Sie haben von mir gewisse Vorgaben bekommen, und an die werden Sie sich halten – zumindest nach außen. Solange wir nach zwei Ausreißern suchen, habe ich keine

Probleme mit den Hausbesitzern. Wenn aber die Presse Wind davon kriegt, dass wir in einem Mordfall ermitteln, könnten sie die Erlaubnis zur Durchsuchung der leerstehenden Häuser zurückziehen. Dann brauche ich für jedes einzelne Haus einen hinreichenden Verdacht und einen Durchsuchungsbefehl. Sie ziehen Ihr Programm durch, sonst stecke ich Sie wieder in eine Uniform.«

»Wenn Sie mich abschießen, weil –«

»Regen Sie sich ab, Rouge, es war nicht so gemeint. Ich weiß, wie hart das für Sie ist. Zwei Mädchen im gleichen Alter wie damals Ihre Schwester. Als Susans Leiche gefunden wurde, muss das die Hölle für Sie gewesen sein, und all das kommt jetzt natürlich wieder hoch. Solange Sie bei der Presse so gute Karten haben, gehen Sie offiziell der Ausreißerthese nach. Mit allem, was Sie nebenbei rauskriegen, kommen Sie zu mir. Wenn Sie Hilfe brauchen, wenn Sie Fragen haben – ich bin immer für Sie da.«

Rouge trank seinen Whiskey aus und zerdrückte den Becher in der Hand. Dann beugte er sich vor und senkte die Stimme. »Ich weiß, dass Ali Cray in ihrem Vortrag auch über Susan sprechen wollte. Sie muss da einen Zusammenhang gesehen haben. Aber Sie haben Susans Foto von der Staffelei genommen.«

»Weil es für mich keinen Sinn machte. Es gehörte nicht zum Schema, hätte nur vom Wesentlichen abgelenkt.«

»Es handele sich um einen sehr flexiblen, wandlungsfähigen Täter, hat sie gesagt. Wenn es nun nicht Paul Marie war, der meine Schwester umgebracht hat?«

»Der Priester? Herrgottnochmal ...« Costello hob kurz eine Hand, dann schüttelte er langsam den Kopf.

»Vergessen Sie's«, sagte er sehr leise und gütig.

Mehr nicht. Die Worte hingen einen Augenblick in der Luft, waren eine Mahnung, alte Wunden nicht wieder aufzureißen. Wunden, die womöglich sonst wieder anfingen zu bluten. Wunden, an denen man sterben konnte.

In den Häusern am Ufer brannte kein Licht, und am klaren Nachthimmel funkelten die Sterne. Ungehindert von Bäumen konnte der Wind vom See her sich zwischen den Steinen auf dem Hang austoben. Eine Bö wirbelte die welken Blätter hoch und wehte Rouge Kendall Staub um die Beine.

Er schloss das eiserne Tor so sorgsam hinter sich, als sei er auf einem Privatgrundstück. Die Inschriften auf den Steinen zwischen dem Tor und dem Grab seiner Schwester kannte er alle auswendig. In den Sockel des Familiengrabs war die Jahreszahl 1805 eingemeißelt.

Im Vergleich zu den kunstvoll gestalteten Marmorblöcken mit Engelsfiguren und langen verschnörkelten Sprüchen wirkte der weiße Grabstein seiner Schwester streng, ja fast kalt.

Außer Tag und Jahr ihrer Geburt und ihres gewaltsamen Todes stand nur ihr Name darauf. Viele Leute hatten Erstaunen darüber geäußert, dass in die Grabplatte kein liebevolles Gedenken, keine Gedichtzeile eingemeißelt war. Doch Susans Eltern hatten, nachdem man die Tote gefunden hatte, nichts mehr zu sagen. Ihr Schweigen sollte viele Jahre andauern.

Zum ersten Mal kam Rouge ohne Blumen zum Friedhof.

Während der Trauertherapie nach Susans Tod hatte er in Dr. Crays Gewächshaus die alte persische Kunst der Blumendeutung erlernt, gewissenhaft wie eine Fremdsprache. Nach den Sitzungen ging er dann mit weißen Nelken zum Grab, einer kindlichen Botschaft inniger Liebe, und im Frühling brachte er Traubenhyazinthen mit, um Susan seine unerschütterliche Treue zu versichern. Auf diese Weise konnte er mit ihr im Gespräch bleiben, aber er lebte nur noch zur Hälfte. Er hatte nicht so sehr das Gefühl, von seiner Zwillingsschwester getrennt zu sein, als den Eindruck, ständig an zwei Orten zugleich zu sein – über und unter der Erde.

Rouge blickte zum Himmel hoch. Statt der Sterne sah er dort in seiner Erinnerung ein Rechteck aus blauem Himmel, das Trauergäste in dunkler Kleidung umstanden, spürte die erste Schaufel Erde nicht nur auf Susans, sondern auch auf seine Augen fallen.

Jetzt betrachtete er die schlichte Grabplatte, als könne er nach all den Jahren dort eine bisher übersehene Botschaft entdecken. Und dann merkte er, dass vor kurzem Besuch am Grab gewesen war. Er hockte sich hin und griff nach den beiden Blumen, die eine stumme Botschaft übermittelten.

Die lila Hyazinthe stand für Trauer, die Pfingstrose für Scham.

Wer hat dir die gebracht, Susan?

Nicht unsere Mutter, sie kommt nie her.

Die Stiele waren schräg angeschnitten, wie ein Blumenhändler es machen würde, vielleicht aber auch jemand, der privat Blumen in seinem Gewächshaus zog. Wer immer diese Blumen gebracht hatte, wusste etwas über Susans Tod und hatte nicht nur schwer an seinem schlechten Gewissen, sondern vielleicht sogar an einer Mitschuld zu tragen.

Jähe Wut trieb ihn an den Gräbern entlang, bis er frische Kränze und Sträuße von einer Beerdigung gefunden hatte. Er nahm sich eine rote Rose und ging damit zurück zu Susans Grab. Im Gehen streifte er die Blätter ab, ohne die Dornen zu entfernen. In der poetischen Sprache der Perser gab er damit dem Besucher seiner Schwester zu verstehen: Fürchte meinen Zorn!

Nur diese beiden Fahrzeuge waren morgens um drei auf dem Lakeshore Drive unterwegs. Es war bitter kalt, und dem Auspuff des Bentley und des Ford, die jetzt aufeinander zufuhren, entstieg geisterhafter weißer Dunst. Es war eine Zufallsbegegnung für die beiden Fahrer.

Einen Augenblick hielten sie beide, wischten wie in geheimem Einverständnis die beschlagenen Windschutzscheiben so weit frei, dass man die Gesichter dahinter erkennen konnte, und sahen sich einen Augenblick wortlos, regungslos an. Dann fuhren sie weiter – Gwens Vater nach Osten, Sadies Vater nach Süden. Sie fuhren langsam, denn ein verirrtes Kind war in der Dunkelheit leicht zu übersehen.

Der Hund hatte sich auf die Hinterbeine gestellt und schnürte sich bei seinen wiederholten Versuchen, zum Sprung anzusetzen, selbst die Luft ab. Jedes Winseln, jedes Jaulen und Bellen entlockte dem Mann ein zufriedenes Lächeln. Dass der halb verhungerte Köter immer rabiater wurde, weil er das Fleisch witterte, das für ihn unerreichbar war, konnte ihm nur recht sein.

Im matten Licht der Kellerbeleuchtung hob der Mann ein flaches Rechteck aus. Mit dumpfem Laut fiel die Erde neben der zweiten Grube zu Boden. Die Luft war warm und feucht, die Arbeit ging ihm leicht von der Hand. Jetzt hielt er inne, stützte sich auf seinen Spaten und begutachtete sein Werk: Zwei kleine Gräber nebeneinander, das eine bereits besetzt, das andere noch aufnahmebereit.

6

Die Ermittler stärkten sich aus braunen Papiertüten, Plastikschachteln und von Mikrowellentabletts. Überall lagen Getränkedosen und Kaffeebecher herum. Ali Cray fuhr zusammen, als eine Dose scheppernd in einem Abfallkorb hinter ihrem Stuhl landete. Sie sah sich um. Drei Tische weiter saß der FBI-Mann, der den Treffer gelandet hatte. Er lächelte entschuldigend und beugte sich wieder über seine Fastfood-Schachtel.

Nur einer der Cops schien heute Abend keinen Appetit zu haben, und Ali wusste, dass das ihre Schuld war, denn von ihr hatte Rouge Kendall das Protokoll über den Prozess gegen Pater Marie bekommen. Gewissenhaft wie ein Schuljunge arbeitete er sich durch die fünf Zentimeter dicke Akte und war so vertieft in seine Lektüre, dass er Mr. Frund, der in irgendwelchen staubigen Archiven Akten verwaltete und sich hellseherischer Fähigkeiten rühmte, gar nicht zur Kenntnis nahm.

Dafür konzentrierte sich Ali jetzt voll auf den kleinen Mann aus Connecticut, der nur wenige Meter von ihr entfernt mit Captain Costello zusammenstand. Die wässrigen Augen wirkten durch die dicken Brillengläser noch größer, und die Füße bewegten sich wie in einem kleinen Stepptanz oder als würde ihm der Boden unter den Sohlen zu heiß. Auf einen Wink von Costello setzte er sich auf einen Stuhl in der Mitte des Raums, aber seine Füße tanzten weiter. Die leise, gepresste Stimme war nicht leicht zu verstehen, aber Ali bekam mit, dass Frund erklärte, in der Kunst des Hellsehens noch unerfahren zu sein.

Neben Ali saßen zwei Staatspolizisten an einem für ihre Mahlzeit zweckentfremdeten Dienstschreibtisch.

»Pure Zeitverschwendung.« Der Jüngere stach mit der Gabel in seine Salatschale, deren Inhalt ihn offenbar weit mehr interessierte als der hellseherische Aktenverwalter.

»Kommt drauf an, was der Zwerg da weiß. Vielleicht etwas, das er nicht wissen dürfte«, erwiderte Buddy Sorrel, ein Kriminalbeamter mit eisengrauem Bürstenhaarschnitt.

Sorrel trug einen Anzug, aber Ali kam es vor, als steckte er immer noch in seiner Offiziersuniform. Vielleicht wegen der messerscharfen Bügelfalten und des faltenlosen Jacketts, vor allem aber wohl wegen seiner Schuhe. Diesen spiegelnden Glanz zu erzeugen, lernte man nur in der Army. Er klappte sein Roggenbrotsandwich auf und beäugte argwöhnisch den Rauchfleischbelag. Ali kannte Sorrel eigentlich nur mit argwöhnischem Gesichtsausdruck und wie in permanenter Skepsis hochgezogenen Augenbrauen. Für einen Polizeibeamten konnte so ein Gesicht durchaus von Vorteil sein. Sorrel brachte damit selbst bei der harmlosesten Unterhaltung seinen Gesprächspartner stets so weit, dass der das Gefühl hatte, nicht recht glaubhaft zu wirken.

»Wie macht der Täter das, Buddy?«, fragte der jüngere Kollege – er mochte fünfunddreißig sein – ehrlich ratlos. »Wie kriegt man ein Kind derart in den Griff? Bei meiner Fünfjährigen könnte ich das nicht. Die bade ich auch nicht mehr, das habe ich meiner Frau gesagt.«

»Nasse Kinder kriegt sowieso niemand in den Griff«, sagte Sorrel abgeklärt und biss in sein Sandwich.

»Bisher habe ich noch keinem Menschen was von meinen Visionen erzählt«, sagte Frund mit seiner leisen, gepressten Stimme. »Aber diesmal musste ich mich einfach melden. Den Kindern zuliebe.« Das klang entschuldigend, ja, fast demütig.

»Wir sind für jeden Hinweis dankbar, Mr. Frund«, gab Captain Costello ungewohnt liebenswürdig zurück. Wie Sorrel betrachtete auch er seine Umwelt mit abgrundtiefem Misstrauen. Jetzt aber war sein Ton herzlich, ja fast kumpelhaft.

»Sie heißen Martin mit Vornamen, nicht? Nennen Ihre Freunde Sie Marty?«

»Nein, Sir. Schlicht und ergreifend Martin.«

Costello legte dem kleinen Aktenverwalter eine Hand auf die Schulter. »Sind Sie verheiratet, Martin? Haben Sie Kinder?«

»Nein, Sir. Weder noch«, gestand Martin Frund errötend, und Ali dachte bei sich, dass er bei Frauen wohl auf wenig Gegenliebe stoßen mochte.

Aber vielleicht bei Kindern?

Costello stellte möglicherweise ähnliche Überlegungen an. Es kam nicht selten vor, dass Täter sich in die Ermittlungen der Polizei hineindrängten, manchmal schlossen sie sich sogar den Suchtrupps an, die nach ihren Opfern fahndeten. Nach Alis Erfahrungen allerdings gingen Hellseher meist anders vor.

Für seinen Auftritt hatte Martin Frund sich in einen funkelnagelneuen billigen grauen Anzug geworfen, und dem weißen Hemd sah man an, dass er es so, wie es war – mitsamt den Knitterfalten – aus der Discountladen-Tüte genommen und angezogen hatte. Nur die Schuhe waren keine Neuerwerbung. Als er die Beine übereinanderschlug, sah man eine dünne Sohle, in der wohl in Kürze ein Loch erscheinen würde, und der Absatz war an einer Seite schief gelaufen.

Vielleicht war der kleine Bursche auf das Geld aus, das die Regenbogenpresse ihm für seine Geschichte zahlen würde. Vielleicht stand er aber auch nur gern im Rampenlicht oder glaubte tatsächlich daran, dass er das Zweite Gesicht besaß. Wichtig war ihm in jedem Fall, sich von seinen Mitmenschen abzuheben. Das nervöse Zucken der kurzsichtigen Augen, das ständige Klopfen mit dem Fuß und die abgelaufenen Sohlen sagten Ali sehr viel über seine Vergangenheit und seine Zukunft.

Die Cops beobachteten während des Essens das unscheinbare graue Männchen. Sie kauten und warteten.

Buddy Sorrel hatte einen verächtlichen Zug um die Lippen. Er mochte Typen wie Frund aus früheren Entführungsfällen kennen, bei denen sich die Eltern, halb wahnsinnig vor Angst, nur zu gern die Lügengeschichten eines Betrügers angehört hatten, um die Tage des Wartens durchzustehen.

Sadies Mutter schien vom Wahnsinn weit entfernt. Die beiden Väter allerdings waren wie versteinert vor Leid. Und Gwens Mutter? Ali sah sich um und entdeckte Marsha Hubble ganz hinten an der Wand mit abweisend verschränkten Armen. Sie glaubte ganz gewiss nicht an diesen Mann. Wahrscheinlich glaubte sie nur an sich selbst, allenfalls noch an den Gott der Politik. Peter Hubble sah aus dem Fenster. Vielleicht suchte er nach einem Omen in den ziehenden Wolken. Harry Green saß neben ihm, studierte eine Straßenkarte und zeichnete hin und wieder mit rotem Filzschreiber eine Route nach.

Buddy Sorrel hatte ein Notizbuch vor sich liegen, in das er untereinander einzelne Worte und Sätze schrieb. »Wasser«, las Ali, »Bäume, Telefonleitungen, Stromleitungen, beliebige Buchstaben, Zahlen, einsamer Mann, unauffälliger Wagen, nichtssagende Straße, die Farbe Lila und andere Angaben aus der Suchmeldung«. Dann steckte er seinen Kugelschreiber wieder ein und holte ein kleines Tonbandgerät heraus.

Damit hatte ihre Annahme sich bestätigt. Der Kriminalbeamte kannte sich mit den Spielchen der Hellseher aus.

»Alle mal herhören«, rief Captain Costello. Bis auf Rouge horchten alle Anwesenden auf. »Es kann losgehen. Mr. Frund – Martin – erzählen Sie uns jetzt bitte von Ihren Visionen.« Captain Costello stellte sich mit gekreuzten Armen so, dass der Weg zur Tür blockiert war.

»Könnte ich etwas bekommen, was einem der Kinder gehört?«, fragte Frund mit fast entschuldigendem Lächeln. »Dann könnte ich mich leichter konzentrieren.«

Becca Green griff schon in ihre Tasche, ließ sie aber wieder zuschnappen, als Buddy Sorrel mahnend den Kopf schüttelte. Sorrel griff nach einem zugeklebten braunen Umschlag, der auf seinem Schreibtisch lag, und warf ihn, ohne aufzustehen, dem unscheinbaren kleinen Burschen zu. Frund wollte ihn auffangen, griff daneben und bückte sich, um den Umschlag aufzuheben.

»Das gehört einem der Mädchen«, sagte Sorrel so barsch, dass Martin Frund zusammenzuckte. »Geben Sie Acht, dass Sie das Siegel nicht beschädigen.«

Frund klopfte sich den Staub vom Hosenbein und setzte sich wieder. Er drückte den Umschlag an die Brust, blickte zu der grellen Deckenbeleuchtung hoch und nahm die Brille ab.

Die Gläser waren so stark, dass er ohne Brille praktisch blind sein musste.

»Ich sehe nur ein Mädchen. Es hat kurze, hellbraune Haare.«

Becca Green beugte sich vor. Gwens Haar war lang und blond, also musste Sadie gemeint sein.

»Ich sehe einen Namen – oder den Teil eines Namens –

nicht den Namen des Mädchens. Genau erkenne ich nur den Buchstaben S.« Frund erhob sich halb. »Den Buchstaben S.« Er machte eine erwartungsvolle Pause.

Buddy Sorrel signalisierte Becca Green von der anderen Seite, Martin Frund keine Informationen zu liefern, dann hakte er auf seiner Liste das Stichwort »beliebige Buchstaben« ab.

Frund stand langsam auf und wippte auf den Ballen, bis sich eine unbehagliche Spannung bei seinen Zuhörern breit machte. »Den Buchstaben S«, wiederholte er. Diesmal war unverkennbar, dass er auf Hilfe hoffte. Fast bittend wandte er sich an die Mutter, die aber sah Sorrel an und reagierte nicht.

Der kleine Hellseher ließ sich auf seinen Stuhl zurückfallen, holte tief Luft, setzte die Brille wieder auf und machte einen weiteren Vorstoß bei Becca Green. Diesmal sah er sie so lange an, bis sie seinen Blick erwiderte. »Ich sehe einen weiteren Buchstaben.« Frund kniff die Augen zu, als ob sich die Vision verflüchtigte, hob die Hand, öffnete und schloss sie, als wollte er die Erscheinung wieder einfangen. »Den Buchstaben M.«

Becca Green schwieg.

Der Hellseher sah zu Boden. »Ganz in der Nähe ist etwas ... etwas, das kriecht ... so dunkel ... nur ein Schatten ...« Ein Ausdruck von Angst ging über sein Gesicht und war gleich wieder verschwunden. Seine Augen glitzerten, seine Stimme klang jetzt sicherer. »Ich rieche Erde, fühle Feuchtigkeit.«

Mit einer für Ali überraschend geschmeidigen Bewegung stand er erneut auf. Im Fenster hinter Frund stand ein dramatisch dunkelblauer Himmel, über den weiße Wolken jagten. Auf der anderen Straßenseite ging eine Laterne an. Das Licht spiegelte sich in Frunds Brillengläsern, einen Moment sah es aus, als seien seine Augen von innen erleuchtet.

Ali sah Becca Green an, die jetzt, ohne Sorrel zu beachten, Frund scharf fixierte.

»Ein Mann ist in der Nähe, und sie weiß das.« Frunds Hände kreisten aufgeregt. Er drehte sich nach links, sah wieder zu Boden. »Ihre Augen sind geschlossen ... sie rührt sich nicht.«

»Sie stellt sich tot«, sagte Becca Green voller Genugtuung. »Gut gemacht, Sadie.« Jetzt hielt es sie nicht länger auf ihrem Stuhl. Sie ging mit leichten Schritten an dem Kreis der Stühle und Tische entlang, die den Hellseher umstanden.

Frund trippelte hin und her, als habe er sich in dem Kreis verirrt, dann blieb er unvermittelt stehen. Becca Green tat es ihm nach.

»Jetzt sehe ich es!« Seine Hand schoss vor, der Zeigefinger deutete auf die kahle Wand über einem Aktenschrank. »Da! Ich sehe Wasser. Dunkles Wasser.« Wieder kniff er die Augen zusammen. »Es könnte ein See sein.« Seine Fingerspitzen tasteten die Luft ab. »Ich spüre Feuchtigkeit.«

Diesmal hakte Sorrel gleich mehrere Worte auf seiner Liste ab.

Becca Green starrte die Wand an, als könnte auch sie durch das Fenster sehen, das sich scheinbar für den Hellseher aufgetan hatte. Im Raum knisterte die Spannung, als Frund seinen Trippelgang wieder aufnahm. In einigem Abstand hielt Sadies Mutter tapfer mit.

Wieder blieb Frund stehen, und die Mutter erstarrte. Er legte den Kopf zurück und schloss die Augen, ein Finger beschrieb eine Kurve in der Luft. »Da ist eine Nebenstraße ohne Wegweiser.« Er legte beide Hände vor die Augen, vielleicht um sie vor dem Gähnen eines Ermittlers an einem Tisch in der Nähe abzuschirmen. »Ich sehe Drähte in der Luft. Ein Gebäude – vielleicht ein Haus. Ich rieche Wasser.« Frund sank auf den Stuhl zurück und krümmte sich wie in jähem Schmerz.

Becca Green hatte sich neben Sorrel gesetzt, aber sie saß auf der Stuhlkante, als warte sie auf das Startzeichen für ein Rennen. Sorrel hakte weitere Worte ab.

»Das kleine Mädchen weint, sie will zu ihrer Mutter. Es ist ein sehr starkes Gefühl.« Frund krümmte sich, machte sich kleiner. Klein wie ein Kind?

Aus seiner Kehle kam ein leiser, erstickter Laut. Der Jammerlaut eines Kindes.

Ali war wütend. *Dreckskerl!*

Sie sah sich um. Die Reaktion der Mutter war herzzerreißend. Becca Green legte eine Hand auf ihr jagendes Herz, krallte sie in den Kleiderstoff. Ali meinte zu spüren, wie Becca Green etwas, was aus den Tiefen ihrer gequälten Seele hochstieg, die Kehle zusammenschnürte.

Frund schwitzte. Seine Hände hinterließen feuchte Spuren auf dem Umschlag.

»Die Kleine ist sehr schwach.«

Sie ist tot, du Mistkerl.

»Ich sehe noch etwas. Ich kann die Farbe nicht erkennen. Es könnte …« Er machte eine frustrierte Handbewegung und sah hoch. Mrs. Green war aufgestanden und hob, als Frunds Hand sich immer höher streckte, ebenfalls die Hand.

»Die Farbe ist weg«, sagte er. »Zu viele Bäume.«

Das fand keiner der Anwesenden besonders bemerkenswert – vielleicht weil Makers Village in einer so baumreichen Gegend lag. Nur Sorrels Stift bewegte sich. Von ihm unbemerkt warf Becca Green einen Blick auf sein Notizbuch. Betroffen registrierte sie die abgehakten Wörter. Bis auf Sadies Lieblingsfarbe umfasste die Liste des Ermittlers fast alles, was der Hellseher zu »sehen« vorgab.

Zutiefst verstört sah Becca Green auf und wandte sich wieder Frund zu, der wohl meinte, dass es seine seherischen Fähigkeiten wären, die sie so aus der Fassung gebracht hatten.

»Die Farbe … könnte es hellblau sein, wie das Sweatshirt von meiner Tochter?«

»Ja, jetzt erkenne ich es genau«, sagte Frund. »Sie trägt etwas Hellblaues.«

Offenbar waren die Suchmeldungen nicht bis nach Connecticut vorgedrungen, sonst hätte Mr. Frund gewusst, dass Sadies Lieblingsfarbe Lila war. Die Flugblätter hingen ja auch hier erst ein paar Stunden in den Schaufenstern. Dumm gelaufen, Martin Frund.

Mrs. Green hatte sich wieder etwas beruhigt, aber in ihrer Stimme waren Tränen. »Und die Buchstaben, von denen Sie sprachen? M und B? Vielleicht haben Sie die verkehrt herum gelesen? Wäre das möglich?«

Frund schien hocherfreut über die Hilfestellung und belohnte sie mit einem breiten Lächeln. »Ja, das kommt vor.«

»Wäre es denkbar, dass es nicht ein Personenname, sondern die Bezeichnung für eine Sache ist?«

»Ja«, sagte Frund. »Keine Person, sondern … sondern …« Er schloss die Augen und wartete darauf, dass sie den Satz zu Ende brachte.

»Warm und feucht?«, ergänzte sie hilfsbereit.

Er nickte begeistert. »Ich fühle es förmlich.« Er legte eine Hand übers Gesicht. »Es wird deutlicher, es ist –«

»Megascheiß?«

Frund nahm die Hand vom Gesicht und starrte Mrs. Green mit offenem Mund an. Er sah, wie böse sie war, begriff, wie sehr er danebengegriffen hatte, aber es war zu spät. Suchend sah er sich nach wohlwollenden Gesichtern in der Menge um.

Und fand kein einziges.

Mit beängstigender Entschlossenheit marschierte Becca Green auf den Hellseher zu und baute sich vor ihm auf. Sorrel erhob sich halb, wohl weil er dachte, sie wolle Frund eine Abreibung verpassen und könne dabei Hilfe gebrauchen.

Die anderen sahen wie gebannt dieser rundlichen kleinen Mutter zu, die Frund jetzt völlig beherrschte. Er zuckte zusammen, als sie sich vorbeugte und ihn zwang, sie anzusehen. Und obgleich sie flüsterte, war es so still, dass keinem entging, was sie sagte. »Das war ein ganz mieser Trick!«

Als sie zur Tür ging, hätte man eine Nadel zu Boden fallen

hören können. Die Blicke der Cops richteten sich auf den kleinen Mann im grauen Anzug.

Ali ging hinaus, machte aber die Tür nicht ganz zu. Mrs. Green hockte im Treppenhaus. Ali setzte sich zu ihr und legte ihr einen Arm um die Schulter. Fairerweise musste man ihr die Hoffnung ausreden, ihr sagen, was auf sie zukommen würde. Becca lebte nur für den Augenblick, in dem die Polizei Sadie fand. Die Möglichkeit, dass man ihr ein totes Kind bringen könnte, hatte sie offenbar verdrängt. Aber sie musste sich an den Gedanken gewöhnen, musste darauf vorbereitet werden. Wie fing man das am besten an?

Sadie hat ihren Frieden gefunden. Sie hat keine Schmerzen mehr und keine Angst. Sie hat uns verlassen. Vor Tagen schon. Alis Kehle war plötzlich staubtrocken, sie hatte ihre Stimme verloren, ihre professionelle Distanz, ihre Wehrhaftigkeit. Becca Green sah ihr mit einem freundlichen, offenen Lächeln entgegen, das sie um so anfälliger für Alis gut gemeinte Grausamkeit machte.

»Ich weiß, ich weiß«, sagte Mrs. Green. »Sie haben gedacht, ich wäre in meiner Verzweiflung bereit, alles zu glauben. Wahrscheinlich ist es verrückt, sich diesen Mist anzuhören, aber man darf eben nichts unversucht lassen.«

Durch die halb geöffnete Tür sah Ali, wie Sorrel mit einem Lächeln, das Frund offenbar für Anteilnahme hielt, auf den entzauberten Hellseher zuging.

Doch da irrte er sich.

»Immerhin war es keine totale Zeitverschwendung«, sagte Becca gerade. »Zumindest werden die da drin Sadie nun nicht so schnell vergessen.«

Und jetzt begriff Ali den tieferen Grund dieses Auftritts. Dank Arnie Pyle hatte sich in Becca die Überzeugung festgesetzt, dass man ihr Kind als Störfaktor in einem größeren Plan abschreiben wolle. Deshalb hatte sie nach dem Strohhalm gegriffen, der sich ihr in Gestalt eines falschen Hellsehers geboten hatte. Sie hatte ihn benutzt, um einen ganzen

Raum voller Cops vom Gefühl her anzusprechen, und dadurch hatte sich tatsächlich der Schwerpunkt verlagert. Eine geniale Frau. Eine verzweifelte Frau.

Die Ermittler von FBI und BCI standen auf, als Costello mit Marsha Hubble und den Vätern in sein Büro ging.

Ali sah wieder Becca Green an, hinter deren mütterlicher Miene ein wacher Verstand arbeitete, der nie aufgab, sondern nur nüchtern den Schaden abschätzte. Dann sagte Becca überraschend sachlich: »Es sind Kinder – und draußen ist es kalt. Ihr müsst *alles* versuchen.«

Die FBI-Agenten zogen geschlossen ab. Sie wollten das, was jetzt kommen musste, nicht mit ansehen, gedachten es aber auch nicht zu verhindern. Die Ermittler vom BCI blieben zurück und umringten Frund. Manche hatten sich schon die Jacken ausgezogen. Kein Lächeln weit und breit. Frund zappelte aufgeregt auf seinem Stuhl herum, aber die Stuhlbeine bewegten sich nur ein paar Zentimeter nach hinten. Er machte den Mund auf. Draußen heulte eine Sirene.

Rouge drehte sich – blind und taub für das, was sich nur ein paar Meter von ihm entfernt abspielte – auf seinem Sessel herum. Er sah aus dem Fenster auf die dicken, perlgrauen Wolken, die den ersten Schnee dieses Winters verhießen. Das Protokoll der Verhandlung gegen Paul Marie lag aufgeschlagen vor ihm auf dem Schreibtisch, und er fragte sich, wie die Anklagevertretung es geschafft hatte, eine Verurteilung zu erreichen.

»Es war eine Vision«, hörte er eine hysterische Stimme kreischen. Wie Faustschläge prasselten die lauten Fragen großgewachsener Männer auf den kleinen grauen Burschen nieder.

»Hat noch niemand Ihnen gesagt, dass Sie Tomaten auf den Augen haben, Mann?«, fragte Sorrel. Eine andere Stimme wollte wissen, ob die kleinen Mädchen noch lebten. »Wo stecken sie?«

Der kleine Aktenverwalter weinte jetzt. »Ich hatte eine Vision. Ich hab das kleine Mädchen in –«

»– in Ihrer Vision gesehen, ja, das wissen wir jetzt.« Sorrels Stimme war messerscharf. Die anderen Stimmen um Frund herum senkten sich und wirkten dadurch noch bedrohlicher.

Als Rouge seinen Stuhl wieder zum Schreibtisch zurückdrehte, versperrten die breiten Rücken der Cops ihm die Sicht auf Martin Frund. Er wandte sich wieder dem Protokoll zu, ohne sich von dem klagenden Blöken des kleinen Hellsehers, von dem Gepolter eines umstürzenden Stuhles und leisem Weinen stören zu lassen.

Er überflog die dem Protokoll beigeheftete Aufstellung. Das einzige konkrete Beweismittel gegen Paul Marie war das silberne Armband. Im Zeugenstand hatte Oz Almo erklärt, es sei im Schlafzimmer des Priesters gefunden worden. Paul Marie hatte zugegeben, dass er es gefunden hatte, sagte aber, er habe es in der Fundsachenbox der Gemeinde deponiert.

Der einzige Zeuge der Verteidigung, Pater Domina, hatte sich dunkel an einen silbern blinkenden Gegenstand zwischen vielen anderen eher prosaischen Fundsachen erinnert. Der Anklagevertreter hatte die Glaubwürdigkeit des alten Priesters mit indirekten Bemerkungen über seine schlechten Augen und sein Gedächtnis erschüttert. Nichts aber konnte Pater Dominas Glauben an die Unschuld des jungen Priesters ins Wanken bringen.

Jetzt endlich begriff Rouge, warum Pater Domina, der längst in den wohlverdienten Ruhestand hätte gehen können, der Gemeinde treu geblieben war. Es war, als warte der gebrechliche alte Mann auf ein Wunder – denn anders konnte man die Begnadigung eines Kindermörders nicht bezeichnen –, als wolle er unbedingt so lange am Leben bleiben, bis Paul Marie seine Nachfolge als Gemeindehirte antreten könne.

Rouge überflog die Aussage von Jane Norris, der jungen Frau, die behauptet hatte, Paul Marie habe sie vergewaltigt, als sie fünfzehn war. Im Laufe des lustlosen Kreuzverhörs durch den Verteidiger hatte sich fast zufällig herausgestellt, dass Paul Marie damals erst vierzehn gewesen war und dass die Beziehung vier Jahre angedauert hatte, bis eine in dieser Zeit geschlossene Verlobung gelöst worden war.

Als Rouge aufblickte, sah er, wie Sorrel dem Hellseher seinen Mantel gab. Frund sah ängstlich von einem Cop zum anderen, als vermute er eine Finte, dann schlich er zur Tür, stolperte über einen Zipfel des Mantels, den er sich über den Arm gelegt hatte, und stieß mit dem Kopf an die Wand.

Gut, dachte Rouge und fing wieder an zu lesen, ohne sich von Frunds eiligen Schritten im Treppenhaus ablenken zu lassen.

Zwischen den nächsten beiden Seiten lag eine Übersicht über zahlreiche Anzeigen, die eben diese Zeugin erstattet hatte. Mit Hilfe einer engagierten Therapeutin hatte Jane Norris frühkindliche Erinnerungen an Inzest und sexuelle Übergriffe durch Polizisten, Lehrer, Ärzte und den Schulbusfahrer zu Protokoll gegeben. Es gab kaum einen Mann weit und breit, der ihr nicht angeblich Gewalt angetan hatte. Eine handschriftliche Notiz am Ende des Blattes bewies, dass der Anklagevertreter diesen Bericht gelesen hatte, ehe er Jane Norris als Zeugin zugelassen hatte. Noch erstaunlicher mutete an, dass der Verteidiger Zugang zu diesen Unterlagen gehabt und ihren Empfang quittiert hatte.

Es gab keine Appelle zugunsten des Angeklagten. Anderen verurteilten Straftätern war trotz drückenderer Beweislast und eines weniger fehlerhaften Verfahrens eine Haftstrafe erspart geblieben.

Auch angebliche Spuren von Susans Kampf im Schnee gleich neben der Kirche hatten als Beweismaterial herhalten müssen. Doch sie war erst ein paar Stunden vorher zur Chorprobe in der Kirche gewesen. Der Verteidiger hatte gegen die ziemlich vage Beschreibung der Fußspuren eines Kindes und eines Erwachsenen keinen Einspruch eingelegt, Fotos gab es nicht. Rouge fragte sich, ob nicht auch das unzulässiges Beweismaterial war.

Er schloss die Akte. Es gab weder Hinweise darauf, dass Paul Marie unschuldig war, noch Beweise dafür, dass er den Mord begangen hatte.

Als Rouge sein Schreibtischfach öffnete, sah er zu seiner Überraschung einen alten Baseball darin herumrollen, der seine Unterschrift trug und den er dort vor zwanzig Minuten, als er kurz zur Toilette gegangen war, noch nicht bemerkt hatte.

Noch ehe er aus dem Fenster schaute, wusste er, was er unten auf dem Parkplatz sehen würde: David Shores blasses Gesicht in der tiefer werdenden Dämmerung. Der Junge rieb die roten Fausthandschuhe aneinander und stampfte mit den Füßen gegen die Kälte an. Wie lange stand er dort schon und wartete geduldig, bis jemand Notiz von ihm nahm?

Nachdenklich betrachtete Rouge den Schriftzug auf dem Baseball. Er hatte nur eine Saison bei den Yankees gespielt. War David an einem jener Sommertage in der Menge gewesen, die nach dem Spiel auf ihn gewartet hatte? Rouge erinnerte sich nur an hundert kleine Hände, die ihren Helden Karten und Bälle und Zettel hinstreckten. Und einmal, das fiel ihm jetzt ein, hatte er Mary Hofstra gesichtet, die die kleinen Fans am Stadiontor um etliche Köpfe überragte. Er hatte ihr zugewunken und sich gedacht, dass sie vermutlich gekommen war, um ihn spielen zu sehen, ihn anzufeuern. Doch als das letzte Autogramm geschrieben, das letzte Kind zufrieden abgezogen war, hatte er auch die Hausmutter nicht mehr entdeckt. Jetzt begriff er, dass sie David zuliebe gekommen war, der sich schon damals für Baseball begeistert hatte.

Sie waren sich also schon einmal begegnet. Sekundenlang. So lange, wie es dauert, eine Unterschrift auf den Baseball eines Jungen zu kritzeln. Damals konnte David höchstens fünf oder sechs gewesen sein.

Er solle dafür sorgen, dass David sich wohl fühlte, um damit gegen die Schüchternheit des Jungen anzugehen, hatte Mary Hofstra gesagt. Bisher hatte er das nicht geschafft. Jetzt wurde es höchste Zeit. Davids Bemühungen, die Angst vor einem Gespräch mit einem Erwachsenen – noch dazu einem Cop – zu überwinden, mussten belohnt werden.

Auf dem Parkplatz standen nur Dienstwagen. Wo steckte Mary Hofstra?

Das Telefon läutete. Ohne David aus den Augen zu lassen, nahm er den Hörer ab. »Hier Kendall.«

»Hey, Rouge!« Die Stimme des Troopers verriet, wie abgekämpft er war. »Da ist ein Anruf von St. Ursula. Eine Mrs. Hofstra. Soll ich durchstellen?«

»Ja, natürlich.« Rouge überlegte, ob wohl Mrs. Hofstra immer noch – und über eine so große Entfernung – seine Gedanken lesen konnte. Ihm war, als ob ihn aus der Leitung Pfefferminzgeruch anwehte.

»Ist David bei Ihnen?«

»Ja, Ma'am, er ist hier. Ich bringe ihn nach Hause.«

»Danke, Rouge.« Das Gespräch war zu Ende, der Pfefferminzgeruch verflogen.

Er öffnete das Schiebefenster und lehnte sich in die Kälte hinaus. »Hey, David!« Ein roter Fausthandschuh hob sich. Davids Atem stand weiß in der Nacht. »Bleib, wo du bist. Ich habe Mrs. Hofstra versprochen, dass ich dich in die Schule zurückfahre. Bin gleich unten.«

Rouge schloss das Fenster, zog seine Jacke an und steckte den Baseball in die Tasche. Er ging nicht direkt zum Parkplatz hinunter, sondern nahm die Hintertreppe, die in den Keller führte. Als er Licht gemacht hatte, sah er die neuen Garderobenspinde für die Mitglieder der Sonderkommission. Den alten, grüngestrichenen Holzschrank hatten sie ganz nach hinten gerückt, der Zugang war durch Kistenstapel mit dem Logo der Staatspolizei New York fast verbaut. Zielstrebig arbeitete Rouge sich zu dem Schrank durch. Die alten Scharniere knarrten, als die Tür aufging und die Handschuhe und Schläger des Sportklubs von Makers Village zum Vorschein kamen. Nachdem der Baseballplatz an einen Möbeldiscounter verkauft worden war, würden sie wohl kaum noch einmal gebraucht werden.

Er holte einen alten, aber sorgfältig gearbeiteten Schläger, einen Louisville Slugger, heraus und wog ihn nachdenklich in der Hand. Den hatte er gestiftet, er stammte aus seiner Yankee-Zeit.

»Hallo, Rouge!«, sagte eine vertraute Stimme hinter ihm.

Buddy Sorrel machte beim Anblick des Schlägers große Augen. So was bekam man im Winter selten zu Gesicht. »Soll ich mal raten, was Sie damit anfangen wollen?«

»Spielen, was sonst?« Als Beweis zog Rouge den Baseball aus der Tasche.

»Soso. Ich hab seit meiner Kindheit nicht mehr Baseball gespielt.« Sorrel lächelte gedankenverloren, dann zog er ein strenges Gesicht. »Sie kennen die Vorschriften. Wenn Sie einen Reporter zusammenschlagen, zielen Sie dahin, wo man's nicht sieht – und ohne Zeugen. Alles klar?«

Ohne von weiteren neugierigen Fragen behelligt zu werden, verließ Rouge mit einem Schläger und einem Werferhandschuh das Gebäude.

David stand noch an der gleichen Stelle – am Rand des Lichtkreises, den eine Straßenlaterne warf. Das Gesicht unter der dunklen Skimütze und über dem Kragen der mitternachtsblauen Jacke war kalkweiß. Mit großen runden Augen sah er auf Schläger und Handschuh.

Rouge holte den Baseball aus der Tasche und warf. David fing den Ball im Flug und gab ihn zurück. Das Gespräch hatte begonnen.

Diesmal aß und trank Gwen nichts von dem, was auf dem Tablett stand, obgleich sie halb verhungert und die Versuchung groß war. Sie spülte den Kakao durch die Toilette und schickte das Brötchen hinterher, ohne es zu zerbröseln. Es wäre zu verlockend gewesen, einen Krümel und dann noch einen und noch einen in den Mund zu stecken. Bedauernd sah sie zu, wie das kostbare Essen noch einen Augenblick im Wasserwirbel kreiste und dann verschwand.

Dann drehte sie sich benommen in dem großen Badezimmer um, und ihr Blick blieb an dem Wäschebehälter hängen. Sie ging darauf zu, stolperte, fiel und legte den restlichen Weg auf allen Vieren zurück.

Warum versperrt man einen Wäschekorb mit Schloss und Kette? Gwen wusste, dass sie die Antwort darauf finden würde, wenn sie es schaffte, nur zwei Minuten zusammenhängend nachzudenken. Sie legte ein Ohr an den Korb und hielt den Atem an. Kein Laut. Kein lebendes Wesen. Vielleicht ein sterbendes? Sadie? Eine Zehnjährige passte in den Behälter bequem hinein.

Gwen trommelte an die Blechwand des Behälters. »Sadie!«, rief sie und legte gleich darauf erschrocken die Hände vor den Mund, weil sie sich vor ihrer eigenen Stimme fürchtete. Aber wovor fürchtete sie sich eigentlich nicht? Gwen schlug noch einmal, diesmal aus lauter Frust, auf das Metall. Ein Gutes hatte das Betäubungsmittel doch: Es hinderte sie daran, schreiend und mit den Armen fuchtelnd durchs Zimmer zu laufen.

Gwen zog sich an der Kette hoch und versuchte, während sie im Zimmer auf und ab ging, durch schiere Willenskraft die Wirkung des Betäubungsmittels niederzukämpfen. Sie sah sich das himmelblau lackierte, chromblitzende Vorhängeschloss noch einmal genauer an.

Im September hatte es eine Serie von Fahrraddiebstählen in St. Ursula gegeben, unter denen Internatsschüler und Externe gleichermaßen zu leiden hatten. Die Schule hatte deshalb an die Mädchen und Jungen Fahrradschlösser verteilt, in die jeder die eigene Kombination eingeben konnte. Die Lehrer hatten den Schülern empfohlen, als Zahlenkombination ihre Geburtstage einzugeben, um die Zahlen nicht zu vergessen. Gwen hatte sich brav daran gehalten. Aber ihr Schloss war zu Hause, an der Fahrradkette, die in ihrem Rucksack steckte.

Sollte das etwa Sadies Schloss sein?

Sie stellte die Kombination auf Sadies Geburstag und -jahr ein, aber das Schloss ging nicht auf.

Plötzlich hob sie den Kopf, blieb kerzengerade stehen und vergaß zu atmen. Im Nebenzimmer wurde ein schwerer Gegenstand gerückt.

Rasch legte sie sich wieder ins Bett. Ihre Muskeln verspannten, ihre Glieder verkrampften sich, ihr Körper war eine einzige reglose Masse Angst, die nur einen Augenblick nachließ, als sie den Kleiderschrank ansah und versuchte, sich an etwas Wichtiges zu erinnern. Der Schrank gehörte nicht hierher – und etwas anderes, was hierher gehörte, war nicht da.

Jenseits der Badezimmertür hörte sie Holz auf Holz scharren. Etwas Schweres wurde zur Seite geschoben.

Der Baseballplatz war eingezäunt, das Tor abgeschlossen. Rouge winkte David, ihm auf den Parkplatz zu folgen, der normalerweise von den Besuchern der Bibliothek benutzt wurde. Jetzt, so spät am Abend, war die asphaltierte Fläche mit den gelben Markierungen für die einzelnen Parkplätze so gut wie leer.

Er gab David den Schläger und warf. David schlug und traf mit lautem Knall. Ein langer Ball flog bis ans hinterste Ende des Parkplatzes, prallte gegen eine dunkle Limousine und rollte über die Skihalterung auf dem Dach eines Kombis.

Billy Poor, der gerade seinen Wagen hatte aufmachen wollen, hielt mitten in der Bewegung inne und blickte verständnislos auf den Ball. Dass Basebälle nur im Sommer in der Gegend herumflogen, wusste schließlich jeder Trottel. Dann sah er auf dem vorderen Teil des Parkplatzes Rouge und den Jungen mit einem Schläger in der Hand stehen. Er grinste.

»Ihr seid ja ganz gefährliche Typen. Euch fehlt ein Außenfeldspieler.« Und schon war es ein Spiel zu dritt.

Wenig später kam ein uniformierter Kollege von der BCI dazu. Ein Ermittler in Zivil hatte den Schlips abgenommen und brachte Handschuhe für alle. Ein zweiter Ortspolizist, Phil Chapel, postierte sich hinter David, der ihm gnädig die Rolle des Schlägers überließ.

Jetzt waren sämtliche Cops unterwegs zum Spielfeld. Im Licht der Straßenlampen sah Rouge ihre begeisterten Gesichter. Die Müdigkeit nach einer langen Schicht mit vielen Überstunden war vergessen, sie wirkten wie neugeboren. Es war nicht mehr Dezember, sondern Hochsommer, nicht dunkler Abend, sondern ein warmer, trockener Tag. Sie waren wieder Jungen, deren Handschuhe sich nach dem Ball streckten, dessen elegante Flugbahn wie ein Gedicht war, einem Ball, der den Gesetzen der Schwerkraft Hohn sprach.

Da rückte Buddy Sorrel mit einem Bolzenschneider an, das Tor öffnete sich, die Spielbegeisterten stürmten das Feld.

Passanten, die von ihren Weihnachtseinkäufen kamen, blieben am Zaun stehen und machten große Augen. Die Lichter, die eigentlich zur Sicherung des Baumaterials gedacht waren, dienten jetzt als Platzbeleuchtung.

Mehrere Cops waren auf dem Außenfeld, einer am Schlagmal. Buddy Sorrel trug eine Werfermaske und lauerte hinter der Home Base. David schoss mit seinen schnellen Bällen einen Schläger nach dem anderen ab. Jetzt schlug einer der Trooper einen langen Ball ins linke Feld und begann in Straßenschuhen vergnügt grinsend die Bases abzulaufen.

Rouge war am Schlag, als die Kinder ihre Eltern auf dem Gehsteig stehenließen und aufs Feld liefen. Wer noch nicht gemerkt hatte, dass das Tor offen war, kletterte über den Zaun. Ein paar liefen zur Home Base, um mitzuschlagen, andere aufs Außenfeld.

Lachend überließen die Cops an den Bases den Kindern ihre Fanghandschuhe und gesellten sich zu der immer größer werdenden Zuschauermenge.

Ein neuer Fänger, sommersprossig und wesentlich kleiner als Sorrel, warf den Ball dem auf dem Werferhügel stehenden David zu. Es war ein schlechter Wurf. David machte einen lässigen Schritt zur Seite, streckte den Arm aus und fing den Ball mühelos, als habe er ihn dressiert. Er sah zum Himmel hoch, der eben noch Sommer gespielt hatte. Jetzt streiften erste Schneeflocken Davids Gesicht.

Beifallsrufe und Pfiffe kamen aus der Menge, als ein Junge alle Bases hinter sich gelassen hatte und auf dem Po an der Home Base landete. Am Zaun entlang postierten sich Autos mit aufgeblendeten Scheinwerfern. Jetzt war das Feld taghell ausgeleuchtet. Große, flaumige Schneeflocken trieben wie eine Konfettiwolke über die Spielfläche.

Auf jeder Base wartete ein Kind gespannt auf den nächsten Schlag. Rouge überließ seinen Schläger einem bildhübschen kleinen Mädchen mit eisblauen Augen, braunem Haar und roter Baskenmütze. Sie beugte sich darüber wie ein alter Profi. Fehlt nur noch, dass sie Kautabak aus dem Mundwinkel spuckt, dachte Rouge. David war auf der zweiten Base, als sie den Ball ins rechte Feld schlug. David machte sich auf den Weg zur dritten Base, während die Kleine die zweite Base erreichte und dabei die rote Baskenmütze verlor. David schlitterte in die dritte Base, und das Mädchen schaffte es zur zweiten. Während der Ball zum Werferhügel zurückkehrte, landete David auf der Home Base, und die Zuschauer tobten.

Verblüfft sah David, dass die Kleine sich hinter ihm der Länge nach auf die Base warf: Gegen alle Chancen hatte sie noch eine Base geschafft. Sie sprang auf, fiel ihm um den Hals und drückte ihn in spontaner Begeisterung an sich.

David war puterrot geworden und lächelte selig-dümmlich – die übliche Reaktion eines völlig normalen Jungen, der in den Fängen eines hübschen Mädchens zappelt.

Zum ersten Mal seit langer Zeit war Gwen wieder ganz wach. Erschreckend wach. Das Schloss klickte – in der Dunkelheit klang es wie ein Schuss –, und die Tür ging auf. Durch fast geschlossene Lider sah sie die große dunkle Gestalt, die sich vor dem grellen Licht von draußen abzeichnete. Rasch machte sie die Augen ganz zu, und das Licht verschwamm zu einem rosa Fleck auf der Innenseite ihrer Lider.

Trotz aller Angst konnte sie noch denken. Ihr Verstand versuchte sich aus dem angststarren Körper zu befreien, indem er sich mit neuen Fragen ablenkte. Die Tür zum Badezimmer war abgeschlossen gewesen, sie hatte das Klicken der Falle gehört. Außerdem aber hatte etwas Schweres den Ausgang versperrt. Weshalb eigentlich? Genügte nicht das Schloss, um –

Die Tür fiel zu, das Leuchten vor den Lidern erlosch, es wurde stockdunkel um sie her. Umso schärfer war ihr Gehör.

Die Gestalt näherte sich dem Bett. Auf zwei Füßen wie ein Mensch, trotzdem hatte sie den Eindruck, als käme ein großes Insekt auf sie zu.

Gwen verspannte sich, als die Kreatur sich auf den Stuhl an ihrem Bett setzte. Das Korbgeflecht der Sitzfläche stöhnte unter der Last. Jetzt herrschte tiefe Stille.

Horchte die Kreatur genauso angespannt wie sie? Wusste dieses Wesen, dass ein Mensch im Schlaf anders atmet? Sadie Green wusste es, sie hatte sich über die Art, wie in Horrorfilmen Schlaf vorgetäuscht wird, oft genug ausgelassen.

Gwen zwang sich, laut und schwer zu atmen. Übertrieb sie es womöglich? Nein, sie hatte das Wesen auf dem Stuhl offenbar überzeugt, denn jetzt konnte Gwen auch seinen Atem hören. Und seine Bewegungen spüren. Sie sah förmlich, wie das riesige Insekt zuckte, mit den Fühlern tastete, in der Dunkelheit immer größer wurde. Es atmete jetzt schneller, erregter. Als es leicht ihr Haar berührte, konnte sie nicht schreien. Sie war wie gelähmt, jeder Atemzug machte Mühe.

Der Stuhl rückte näher ans Bett heran. Gwen roch schalen Schweiß und Weinatem. Etwas war jetzt ganz dicht vor ihrem Gesicht. Was machte das Wesen mit den Händen? Griff es nach ihren Augen? Würde sie schreien können, wenn es zufasste? Es kam immer näher, Gwen spürte es mit dem ganzen Körper, den eine Gänsehaut überlief.

War so auch David Shore zumute, wenn ihm in der Schule

Mr. Beckerman übers Gesicht strich oder ihm das Haar zerzauste? Sie dachte an die Spinnenfinger des Lehrers, die ihren Klassenkameraden berührten. Packte auch David diese Übelkeit, dieses Gefühl, beschmutzt zu werden, ein Bad nehmen zu müssen und noch eins und noch eins? Mr. Beckerman guckte mit seinen klebrigen Augen nur Jungen an, besonders David, Mädchen nahm er kaum zur Kenntnis. Demnach war dieses Ding an ihrem Bett nicht Beckerman, aber wohl so was in der Art. Vielleicht war sich in der Dunkelheit alles Ungeziefer gleich.

Ihr Körper war zu steif, zu verspannt. Sie zwang sich, die Muskeln zu lockern. Das Wesen dort durfte, wenn es sie anfasste, nicht merken, dass sie wach war und sich fürchtete.

Eine Hand krabbelte über ihr Gesicht, fuhr ihr wie suchend durchs Haar. Ekel schüttelte sie. Die Finger streiften über die feuchte Innenseite ihrer Lippen.

Keine Finger aus Fleisch und Blut, sondern aus Gummi. Das Wesen beugte sich über sie, übelriechender Atem wehte ihr ins Gesicht.

Plötzlich war ein leiser, aber beharrlicher Piepston zu hören. Die Gummifinger zogen sich erschrocken von ihren Lippen zurück, Stoff raschelte, das Wesen suchte in seiner Kleidung herum und brachte schließlich den Piepser zum Schweigen.

Die Sitzfläche des Stuhls stöhnte erneut, diesmal vor Erleichterung, als das sonderbare Wesen auf zwei Beinen sich erhob. Das Zimmer fühlte sich jetzt klamm und unsauber an und schien einen üblen Geruch zu verströmen.

Das Ding, das ihr wie ein riesiges Insekt vorkam, bewegte sich auf seinen Hinterbeinen rasch zur Tür. Gwen hielt die Augen fest geschlossen für den Fall, dass es sich noch einmal umsah.

Dann schlug die Tür zu. Als sie die Augen öffnete, sah sie nur den trüben Schein des Nachtlichts. Das Vorhängeschloss schien sich mit seinem Blinken über sie lustig zu machen.

Rouge stand am Fenster und sah zum Himmel hoch. Der Mond hielt sich verborgen, aber hier und da kam hinter den vorbeiziehenden Wolkenfetzen ein Stern zum Vorschein. Aus dem Schneefall, dem ersten Vorboten des Winters, war leichter Regen geworden, der die Hoffnung der Kinder auf eine zünftige Schneeballschlacht als Krönung des Baseballspiels zunichte machte.

In dem Fastfood-Lokal drängten sich Cops und Kinder, verlangten lautstark nach Hamburgern und Fritten, Schoko-Shakes und Cola. Es wurde gelacht und geprahlt – die Stimmung war wie sonst nur an warmen Abenden nach einem Spiel. Vielleicht war das die letzte Möglichkeit für so ein Zusammensein. Wenn der Frühling kam, wäre der Baseballplatz wohl schon zubetoniert.

David stand an der Kasse und lachte über etwas, das ihm ein Junge aus der Stadt ins Ohr flüsterte. Äußerlich unterschied er sich heute in nichts von den anderen Kindern, und Rouge wollte verhindern, dass es für den Jungen ein böses Erwachen gab. Er holte ihn aus der Warteschlange und ging mit ihm an einen Tisch in der Ecke. David schien damit sehr einverstanden zu sein. Bisher hatten die anderen Kinder noch nicht gemerkt, dass er zu schüchtern zum Sprechen war und eigentlich nicht zu ihnen gehörte.

Während sie ihre Hamburger aßen, bestritt Rouge die Unterhaltung. Er hielt sich an Mary Hofstras Rat, David nicht unter Druck zu setzen, und formulierte seine Fragen so, dass David sie mit einem Nicken oder Kopfschütteln beantworten konnte. Eben hatte er gefragt, ob die Fritten in der Cafeteria von St. Ursula ebenso gut waren wie hier.

»Sie sind aus dem Bootshaus entführt worden«, sagte David und zog den Kopf ein, während er seinen Milkshake an die Lippen setzte. »Gwen und Sadie.«

»Woher weißt du das?« Rouge bemerkte seinen Fehler sofort und stellte die Frage neu. »Bist du dir sicher?«

David nickte und wurde rot. Jetzt waren sie dem Geheimnis, das David nicht einmal Mary Hofstra hatte verraten wollen, schon ganz nah.

»Hast du sie ins Bootshaus gehen sehen?«

»Ja.«

Eine klare Antwort. Sie machten Fortschritte.

»Hast du den Mann gesehen, der sie geschnappt hat?«

David schüttelte den Kopf. »Aber er muss die ganze Zeit drin gewesen sein, als ich ...« Die Stimme versagte ihm, er machte ein Gesicht, als sei das Ende der Welt gekommen.

Und dann war der Bann gebrochen, die Worte sprudelten nur so aus ihm heraus und wurden zu einem reißenden Strom. Ehe die Tränen zu offensichtlich wurden, half Rouge dem Jungen in seinen Parka und ging mit ihm zu dem alten braunen Volvo.

Zunächst saß David schweigend neben ihm, doch im Lauf der Fahrt fing er wieder an zu reden, ohne dass Rouge nachhelfen musste. Der Junge sah schlecht aus. Vielleicht hatte er nur zu viele Cheeseburger gegessen. Vielleicht setzte ihm aber auch sein Geständnis zu. Er hatte zugegeben, dass er den Mädchen wieder mal nachspioniert hatte, und von dem Hundegebell im Bootshaus erzählt. Rouge dachte besorgt an Sadie Greens zerbissene Jacke.

»Ich hab gedacht, Sie würden mich für verrückt halten.«

David sah auf seine verkrampften Hände herunter.

»Und das bin ich ja auch.«

»Die Kinder fanden dich überhaupt nicht verrückt. Nur toll begabt. Und dass du Mädchen nachsteigst, ist doch ganz natürlich. Alle Jungs machen das.«

David lächelte erleichtert. Also war er vielleicht doch kein Missgeschick der Natur, und das Interesse an Mädchen war offenbar weiter verbreitet, als er gedacht hatte.

»Wie erklärst du dir das Gebell, David?«

»Gwens Pudel Harpo war es nicht, sie nimmt ihn nie mit zum Bootshaus. Und Sadie hat keinen Hund, Mrs. Green erlaubt es nicht.«

»Weißt du das von Sadie?«

David sah aus dem Fenster ins Scheinwerferlicht eines entgegenkommenden Wagens. Als die Rücklichter hinter einer Kurve verschwunden waren und ihn wieder beruhigende Dunkelheit umgab, sagte er: »Ich hab am Bootshausfenster gelauscht, da hab ich gehört, wie sie es Gwen erzählt hat. Aber das war an einem anderen Tag.«

Rouge fuhr zum Parkplatz hinter der Schule. »Die Mädchen haben sich dort also regelmäßig getroffen?«

»Ja. Wenn Gwens Vater nicht erlaubt hat, dass sie zusammen spielen, hat sich Gwen aus dem Haus geschlichen und sich mit Sadie am Bootshaus getroffen.« David stieg aus und trat zu Rouge auf die Rasenfläche mit dem Blick auf den See. »Ich hab mir gedacht, dass Mr. Hubble wohl mal wieder böse auf Sadie war.«

Der Mond zeichnete ihre Schatten auf den Hang, als sie auf das dunkle Bootshaus zugingen. Über einer kleinen Fichtengruppe war nur das Dach und ein Teil des Stegs zu sehen. Als sie aus dem Baumschatten heraustraten und das Bootshaus frei vor sich sahen, stockte David und machte plötzlich zögernde kleine Schritte. Rouge wartete, bis der Junge ihn eingeholt hatte. Wie verstört er plötzlich aussah!

Der hundert Jahre alte Holzbau wirkte zu dieser Stunde aber auch wirklich einschüchternd. Das einzige Fenster mit den geschlossenen Fensterläden sah aus wie ein geschlossenes Auge, die dunklen Umrisse waren leicht verschoben, als stünde das Bootshaus schief. Doch es war wohl nicht nur dieser unheimliche Anblick, der David Angst einjagte.

Rouge sah auf den See hinaus. Wenn Davids Angaben stimmten, saß der Kidnapper womöglich in einem der Häuser am anderen Ufer. Von dort ließ sich mit einem Feldstecher das Kommen und Gehen von zwei kleinen Mädchen gut verfolgen. Aber hatten die Cops nicht alle Häuser am See durchsucht?

Er drehte sich um. Hinter den Fichten sah er die Schule liegen. Vielleicht war Beckerman nicht der einzige Pädophile unter den Lehrkräften. Für abartige Typen waren Schulen oft ein richtiger Magnet.

Als sie den hölzernen Bootssteg betraten, zupfte David ihn am Ärmel. »Ich denke mir, dass sie in einem der Kanus weggefahren sind. Anders konnten sie nicht ungesehen an mir vorbeikommen.« Er deutete auf die Felsen am Ufer. »Wenn das Boot von der Rampe auf der Seeseite kam, ist es hinter den Steinbrocken da nicht zu sehen.«

»Das schauen wir uns jetzt mal an.« Rouge öffnete die kleine Tür an der Seite des Bootsstegs. »Ist der Zugang hier immer offen?«

»Nein, nie. Da war ein Vorhängeschloss dran, das hat jemand aufgebrochen.« Er deutete auf die Planken vor der Tür. »Hier hab ich das Schloss und die Haspe gefunden, daneben lag ein Stein. Sadie wusste, wie man das Schloss aufmacht. Sie hat den Hausmeister von St. Ursula so lange bequatscht, bis er ihr die Kombination verraten hat.«

Rouge leuchtete mit der Taschenlampe den Türrahmen ab. Er war kürzlich nachgestrichen worden, der hellere Farbton war deutlich zu erkennen. Die Stellen um das herausgebrochene Schloss herum waren mit Holzkitt ausgebessert. Demnach hatte jemand den Schaden bemerkt und repariert oder reparieren lassen, aber bei der Polizei war kein Einbruch gemeldet worden.

Rouge betrat das Bootshaus. Der Lichtschalter war wohlweislich so hoch angebracht, dass Kinder ihn nicht erreichen konnten. Die Segelboote und Kanus auf den Holzgerüsten waren alle da. David war auf dem Bootssteg geblieben. Sogar das hell beleuchtete Bootshaus schien ihn zu ängstigen.

»Als ich das Fahrrad an der Haltestelle gesehen hab«, sagte er, »hab ich gedacht, dass sie mich nur abschütteln wollten.« Er steckte die Hände in die Taschen des Parka und starrte auf seine Schuhspitzen. »An dem Tag konnte ich mir das alles überhaupt nicht erklären. So richtig begriffen hab ich es erst, als es im Fernsehen kam. Und da hab ich Mrs. Hofstra von Sadies Fahrrad erzählt.«

Rouge konnte das gut nachvollziehen. Die meisten Menschen trauen dem Fernsehen mehr als dem eigenen Eindruck. Auch David hatte sich das Erlebte erst anschauen müssen wie ein Fernsehspiel, um daraus schlau zu werden.

Der Junge hatte sich jetzt bis auf die Schwelle vorgewagt. »Zuerst hab ich gedacht, dass sie ausgerissen sind – weil doch das Fahrrad an der Haltestelle stand. Aber da, wo Sadie es versteckt hatte, lag es doch gut. Wieso hatte sie es so hinstellen sollen, dass alle Welt es sehen konnte? Irgendwas stimmte da nicht. Und dann die Sache mit dem Hundegebell ... Aber dann hat die Polizei die Schule und das Bootshaus durchsucht, und ich hab gedacht, dass ich nichts mehr zu sagen brauche. Das war natürlich falsch. Es tut mir sehr Leid.«

Rouge ging noch einmal bis zu der Tür, die zur Rampe führte. »Du glaubst also, dass er die beiden Mädchen bei Anbruch der Dunkelheit mit einem Kanu weggeschafft hat. Ohne Geräusch, ohne Zeugen. Später muss er noch mal zurückgekommen sein und das Fahrrad zur Haltestelle gebracht haben.«

David stellte sich neben ihn. »Ja. Als ich mir das schließlich zusammengereimt hatte –« Er schob die Hände noch tiefer in die Taschen und sah Rouge nicht an. »Ich war die ganze Zeit hier, als das alles ablief. Es ist mir so schrecklich ...«

Erst jetzt begriff Rouge das ganze Ausmaß der Gewissenslast, die David drückte. Dabei konnte der Junge doch nicht wissen, was der Mann mit Sadie und Gwen machen würde, und hätte ihn auch nicht daran hindern können.

Es war also nicht nur die Baseballbegeisterung, die ihn und den Jungen verband.

Rouge Kendall dachte an Susan, die mit dem Gesicht nach unten im kalten Schnee gelegen hatte. Dass seine Schwester so einsam hatte sterben müssen, hatte Rouge am meisten getroffen. Wäre er an jenem Tag mit seiner Zwillingsschwester zusammengewesen, hätte er für sie oder mit ihr sterben können. Damals war es sein sehnlichster Wunsch gewesen, sich hinzulegen und zu schlafen, nein, zu sterben, um diesen Schmerz nicht mehr ertragen, keinen neuen Tag mehr erleben zu müssen. Einen neuen Tag voller Reue, weil er noch am Leben war. *Susan, meine Susan.*

Damals war er so alt gewesen wie David.

Er kniete sich neben dem Jungen hin, den Mrs. Green Sadies Schatten genannt hatte. David legte ihm die Arme um den Hals, und im Dunkeln wiegten sie sich hin und her wie kleine Kinder, die beieinander Trost suchen.

Gwen versuchte es noch einmal mit Sadies Geburtstag – vielleicht hatte sie ja die Nummern falsch eingegeben –, aber das Schloss widerstand auch diesem Versuch.

Merkwürdigerweise war sie fast erleichtert. Im Grunde wollte sie jetzt gar nicht mehr sehen, was in dem Wäschebehälter war. Stattdessen machte sie sich daran, den Spalt zwischen Kleiderschrank und Wand zu erkunden. Langsam schob sie eine Hand in den dunklen Zwischenraum und zog sie rasch wieder zurück – mit Spinnweben an den Fingern und einer noch zappelnden Spinnenbeute. Sie wischte sich die Hand an ihrer Jeans ab.

Bei ihrem ersten Versuch war sie wohl so benommen gewesen, dass sie sich an solchen Dingen nicht gestört hatte. Entschlossen schob sie erneut die Hand in die Öffnung, stieß an den Holzrahmen, tastete sich bis zum unteren Rand des Fensterbrettes vor.

Der Versuch, mit der Schulter den Schrank wegzuschieben, misslang. Sie ging zurück zum Bett und zog die Bettwäsche ab. Darunter war ein straff in einen Rahmen gespanntes Segeltuch auf einem Lattenrost. Sie stützte sich mit einem Fuß an dem Längsbrett des Rahmens ab und zog und zerrte, bis sich eine Latte gelöst hatte, die sie in den Spalt zwischen Wand und Kleiderschrank schob. Doch ihr Hebel zerbrach, sobald sie daran zog. Sie setzte sich auf den Boden und betrachtete das zersplitterte Holz in ihrer Hand, ehrlich verblüfft darüber, dass es ihr nicht gelungen war, eine so gute Idee erfolgreich umzusetzen.

Jetzt zog sie noch zwei Latten heraus und schob sie beide zusammen in den Spalt. Diesmal bewegte sich das schwere Möbelstück ein paar Zentimeter von der Stelle.

Dumme Gwen, schalt sie sich. Schieben ist doch einfacher als Ziehen! Sie stützte sich mit dem Rücken an der Wand ab und drückte gegen den hölzernen Hebel. Der Schrank bewegte sich ein paar Zentimeter weiter. Beim nächsten Versuch aber rührte er sich nicht mehr von der Stelle.

Wo blieb da die Logik? Wer hatte die Regeln verändert, nach denen unbelebte Gegenstände funktionierten? Erschöpft hielt sie einen Augenblick inne. Wieder wurde ihr Blick unwiderstehlich von dem Wäschebehälter angezogen. Entschlossen wandte sie sich ab und machte sich erneut ans Möbelrücken, allerdings ohne Erfolg. Sie setzte sich wieder auf den Fußboden, um vor dem nächsten Versuch Kraft zu schöpfen. Ihr war, als riefe der Wäschebehälter ihren Namen und fordere sie auf, ein weiteres Logikproblem zu klären: Warum verschließt man einen Wäschebehälter? Als sie hier nicht weiterkam, wandte sie sich wieder der Frage des widerspenstigen Möbelstücks zu, und das zumindest konnte sie schließlich lösen.

Der geflieste Boden war uneben und voller Löcher und Risse. Die Schrankfüße waren in einer der Spalten hängengeblieben. Sie schob die Latten unter den Schrank und hob ihn so weit an, dass sie den kleinen Vorleger unter die Vorderfüße schieben konnte. Eine Schulter tat ihr weh. Hatte sie sich einen Muskel gezerrt? Allein der Verdacht auf eine Muskelzerrung hatte ihren Vater veranlasst, sie in der Schule für einen Monat vom Turnen suspendieren zu lassen. In dieser Zeit hatte sie sich damit begnügt, in der Turnhalle auf dem Boden zu sitzen und Sadie bei ihren Übungen am Barren zuzusehen.

Sadie, wo bist du?

Sie ruhte sich wieder aus, atmete tief und vermied jeden Blick auf den Wäschebehälter. Sie wusste, dass sie die Lösung des Rätsels im Kopf hatte, jetzt ging es nur noch darum, sie hervorzuholen. Natürlich war es Sadies Schloss. Angenommen, das Fenster eröffnete ihr einen Fluchtweg – konnte sie das Haus verlassen, ohne zu wissen, was in diesem Ding war? Konnte sie ihre beste Freundin hier allein zurücklassen? Entschlossen schob Gwen diese quälenden Fragen zunächst beiseite und machte sich wieder an die Arbeit. Der Schrank stand jetzt schräg zur Wand, so dass sie sich zwischen seine hölzerne Rückwand und das Fenster klemmen konnte. Sie legte das Gesicht an die kühle Scheibe. So weit das Auge reichte, sah sie nur Bäume. Die kahlen Zweige von Eichen und Birken glänzten im Mondlicht, die Fichten hatten weiche, abgerundete Umrisse. Nirgends ein Lichtschein oder ein Schornstein in Sicht. Niemand würde sie hören, wenn sie schrie. Dabei wusste sie genau, dass sie es gar nicht wagen würde, sich bemerkbar zu machen.

Der Boden wirkte von hier aus sehr weit weg. Automatisch tat sie den nächsten Schritt, der aus einem schlechten Film hätte sein können. Ihr Vater wurde nicht müde zu behaupten, das Kino ließe den Verstand verkümmern. Wenn er sie jetzt sehen könnte, würde ihn glatt der Schlag treffen.

Aber Sadie wäre stolz auf sie.

Was ist in dem Wäschebehälter?

Gwen schüttelte den Kopf, um den lästigen Gedanken zu verscheuchen. Sie nahm sich eins der Betttücher vor und versuchte es in der Mitte durchzureißen, um aus den Streifen ein Seil zu knüpfen, musste aber feststellen, dass sie zu schwach dazu war. Als sie jedoch den Stoff ein paarmal über einem aus dem Bettgestell herausragenden Nagel hin – und hergezogen hatte, bis ein Loch entstand, ging es ganz leicht. Nachdem die Streifen aus zwei Betttüchern aneinandergeknüpft waren, band sie das so entstandene Seil mit einem Doppelknoten an einem der hinteren Beine des Kleiderschranks fest.

Dann machte sie das Fenster auf, und wieder machte die Wirklichkeit ihren schönen Plan, mit Hilfe zusammengeknüpfter Betttücher zu fliehen, gnadenlos zunichte. Die Luft, die ihr ins Gesicht wehte, war eiskalt. Ihre Zähne schlugen aufeinander, als sie das Stoffband über das Fensterbrett schob und zusah, wie es sich an der Schindelwand entrollte, vorbei an einem dunklen Fenster und an noch einem. Wie weit war es vom Ende des Seils bis auf den Hof? Eine weitere Fensterlänge?

Sie beugte sich weit über das Fensterbrett, sah nach unten und registrierte die mondbeschienenen Umrisse einer Mülltonne und einer Vogeltränke. Sie wirkten so klein, als blickte sie durch ein umgekehrtes Fernglas. Der Hof fing an, sich vor ihren Augen zu drehen, der Fußboden kippte, ihr Magen rebellierte. Sie bekam kaum noch Luft, die plötzliche Angst hatte ihr buchstäblich den Atem verschlagen. Sie schloss die Augen, trat ins Zimmer zurück und machte das Fenster zu.

Gwen holte ein paarmal tief Luft und lehnte sich mit dem ganzen Körper an die tröstlich feste Wand. Sie verdrehte die Augen und atmete schwer, während sie versuchte zu entscheiden, was schlimmer war – die Angst vor dem Fliehen oder die Angst vor dem Bleiben. Was war, wenn sie, nachdem sie sich dazu aufgerafft hatte, aus dem Fenster zu klettern, den Halt verlor oder wenn das Seil riss? Dann würde sie auf den harten Boden stürzen und sich sämtliche Knochen brechen. Und auch vom Ende des Seils bis zur Erde war der Abstand so groß, dass sie sich schwer verletzen konnte. Sie ertrug keinen Schmerz.

Und dann diese Kälte ... Mit nackten Füßen würde sie nicht weit kommen. Kälte war ihr von jeher schrecklich.

Ihr Körper saugte sich förmlich an dem gestrichenen Putz der Wand fest, und es fiel ihr unendlich schwer, den Blick wieder auf das Fenster, ihren einzigen Fluchtweg, zu richten. Es würde nicht ewig Nacht bleiben. Bald würde der Himmel heller werden, bald würde das Rieseninsekt ihr wieder ein Tablett mit Orangensaft und einem Ei bringen. Die Gummifinger würden in ihrem Haar, auf ihrem Gesicht herumkriechen, und diesmal würde sie hellwach dabei sein. Sie hörte sich jetzt schon schreien.

Es gab nur den einen Weg in die Freiheit.

Sadie würde sich nichts dabei denken, aus dem Fenster zu klettern, sie hätte keine Angst vor einer harten Landung. Im Turnunterricht konnte Sadie fliegen.

Gwen konnte das nicht.

Nie im Leben würde sie es schaffen, sich aus diesem Fenster abzuseilen. Jedesmal, wenn sie sich vorstellte, wie es dort unten aussah, schien der Boden ein Stück weiter weg. Sie wagte nicht einmal mehr einen Blick durchs geschlossene Fenster.

Gwen rückte an der Wand entlang vom Fenster weg und horchte auf ihr Herz, das immer lauter dem Taumel der Angst den Takt schlug. Bald wurde es hell. Sie musste weg – aber wie? Wenn sie die Augen schloss, spürte sie, wie sie im freien Fall an den dunklen Fenstern vorbei nach unten stürzte, wie der Boden sich drehte, sich ihr entgegenschraubte.

Schnell schlug sie die Augen wieder auf. Der angekettete Wäschebehälter war direkt in ihrem Blickfeld. Er wirkte jetzt nicht mehr so bedrohlich. Die Beschäftigung mit diesem ungelösten Rätsel beruhigte sie, verhalf ihr wieder zu klaren Gedanken. Sie selbst hatte sich an die Anweisungen der Lehrer gehalten und als Kombination für das Schloss ihr Geburtsdatum eingegeben. Aber wann hielt sich ihre beste Freundin schon an Anweisungen?

Welches war Sadies Lieblingszahl? Die Dreizehn? Das waren nur zwei Stellen. Wenn sie noch eine Sechs – für Freitag – hinzufügte? *Freitag der Dreizehnte* hieß ein Film, den Sadie besonders schätzte. Nicht so sehr allerdings wie den über das

Monster, das ein Wechselbalg war. »Und du sollst ihn erkennen an diesem Zeichen«, flüsterte sie, griff nach dem Schloss, drehte die Skala nach rechts, nach links und wieder nach rechts. Das Zeichen des Tieres – die 666 – öffnete ihr das Schloss.

Gegen Mitternacht herrschte um das Bootshaus herum ein hektisches Kommen und Gehen. In geschlossener Formation, den Blick auf den Boden gerichtet, schritten uniformierte Polizisten das Gelände ab. Jenseits der an hohen Masten befestigten gleißenden Scheinwerfer streiften die Lichtkegel ihrer Taschenlampen über das Gras am Ufer. Ein Stück weiter suchte ein anderes Team den Uferstreifen ab, den Felsen säumten.

Rouge stand auf dem Steg. Sie hatten das Bootshaus schon vor Tagen abgesucht, aber da hatte man nur nach den Mädchen selbst, nicht nach Spuren und Beweismaterial Ausschau gehalten. Er registrierte das aufgebrochene Schloss des Telefons, das ihm beim erstenmal nicht aufgefallen war. Offenbar war es auch bei der Reparatur des gesplitterten Türrahmens nicht bemerkt worden.

Die Spurensicherung des FBI überprüfte im Bootshaus sämtliche Fugen und Ritzen, öffnete selbst alte, seit Jahren ungestört vor sich hin gammelnde Farbdosen. Ein Techniker stand in der offenen Tür und steckte mit einer Pinzette ein Fetzchen lila Rayon in einen Plastikbeutel.

Buddy Sorrel und Arnie Pyle kamen zu Rouge auf den Steg.

»Gute Arbeit für einen Nachwuchscop«, sagte Agent Pyle.

Sorrel schlug Rouge auf die Schulter. »Sie haben den Platz gefunden, an den Sie gehören, Kendall. Was hat der Junge Ihnen sonst noch erzählt?«

»Er hat im Bootshaus einen Hund bellen hören, aber es war nicht der von Gwen, und Sadie hat keinen.«

»Kann ganz nützlich sein zu wissen, dass der Dreckskerl

sich einen Hund hält.« Captain Costello kam über die hölzernen Planken langsam auf sie zu. FBI-Agent Pyle hielt einen Plastikbeutel in der Hand, in dem ein kleines elektronisches Gerät steckte. Das Plastikgehäuse war zertrümmert. »Ein Pager«, stellte der Captain fest. »Teure Ausführung. Ist das da ein Blutfleck?«

»Wahrscheinlich«, gab Pyle zurück. »Keine Fingerabdrücke. Könnte unserem Täter gehören.«

»Den Mädchen jedenfalls nicht«, sagte Sorrel. »Von den Eltern weiß ich, dass sie keine Pager hatten. Peter Hubble hat seiner Tochter einen Sender in den Rucksack nähen lassen, nur hatte sie den leider nicht dabei, als sie entführt wurde.«

Captain Costello hielt ein kleines Adressbuch mit nassem, verwaschenem Leineneinband hoch. »Das hat ein Trooper unten an den Felsen gefunden. Scheint schon eine ganze Weile im Wasser gelegen zu haben.« Er drückte es Rouge in die Hand. »Für den Tatort sind Sie zuständig. Was halten Sie davon?«

Rouge betrachtete das kleine Buch nachdenklich. Der lila Einband deutete auf Sadie Green hin. Er blätterte es durch. Nur die Buchstaben des alphabetischen Registers waren noch lesbar, die mit lila Tinte geschriebenen Eintragungen hatte das Wasser verwischt. »Das bestätigt Ali Crays Theorie. Sadies Entführung war kein Versehen, keine Verwechslung. Der Täter brauchte sie, um an Gwen heranzukommen. Er wollte Sadie zwingen, Gwen aus dem Haus zu locken, aber sie hat nicht mitgespielt.«

»Wie kommen Sie denn darauf?«, fragte Arnie Pyle skeptisch.

»Die Seite für H fehlt«, sagte Rouge. »Die hätte Sadie bestimmt nicht rausgerissen, denn darauf stand die Telefonnummer ihrer besten Freundin, und auch wenn sie die natürlich auswendig kannte, war diese Seite ihr vermutlich die wichtigste in dem ganzen Buch. Rausgerissen hat sie der Täter. Das passt auch zu dem aufgebrochenen Schloss am Telefon.

Er brauchte das Adressbuch, um Gwens Nummer rauszukriegen, weil er sie von Sadie nicht bekam. Ob er sie deswegen umgebracht hat?«

Auch die anderen betrachteten jetzt das Fundstück und schauten rasch wieder weg, um die Bilder nicht sehen zu müssen, die es heraufbeschwor. Die Vorstellung, Sadie Green könnte versucht haben, dem Täter Widerstand zu leisten, war unerträglich. Nicht auszudenken, welche Brutalität dadurch freigesetzt worden war. Keinem aber kam es in den Sinn, diese Vermutung in Frage zu stellen. Da standen sie nun und trauerten stumm um eine Zehnjährige, die mit großer Wahrscheinlichkeit tot war.

Ali Cray hatte in allem Recht behalten.

Costello nahm Pyle die Plastiktüte mit dem Pager ab.

»Vielleicht haben wir etwas übersehen.« Er wog das kleine High-Tech-Gerät in der rechten Hand. »Ein Sicherheitsfreak wie Peter Hubble könnte etwas in seine Telefonleitung eingebaut haben.«

»Eine Fangschaltung? Aber haben Sie nicht –«

»Das war meine erste Frage an ihn«, sagte Sorrel.

»Hubble hat sie verneint, aber ich glaube ihm nicht so recht.«

Aber wem glaubte Sorrel überhaupt?

»Eine Telefonüberwachung wäre besser als nichts«, sagte Costello. »Die zeichnet zwar keine Gespräche auf, hält aber fest, wer wann angerufen hat. Kümmer dich mal darum, Buddy.«

Sie sahen zum Ufer hinüber, wo jetzt eine erboste Frauenstimme zu hören war. Marsha Hubble versuchte, sich an den Troopers vor dem mit gelbem Band abgesperrten Tatort vorbeizudrängen.

Costello legte Rouge eine Hand auf die Schulter. »Wollen Sie die Vizegouverneurin übernehmen? Ich glaube, Sie sind ihr sympathisch.«

Rouge musterte Marsha Hubble. Sie trug in dieser kalten

Nacht einen dünnen Blazer über dem Pyjama und Holzsandalen ohne Socken. Er wusste aus Erfahrung, dass Menschen in großer Angst zu den verrücktesten Kleidungsstücken griffen.

»Nein?« Costello deutete Rouges Schweigen als Bescheidenheit und wandte sich an seinen dienstältesten Ermittler. »Also dann los, Sorrel. Wir sind am Zug.«

Sie gingen zurück zum Ufer. Rouge und Arnie Pyle folgten ihnen langsamer. Gwens Mutter hatte die gelbe Absperrung durchtrennt wie ein Marathonläufer das Zielband; sie stürmte auf Costello zu und richtete einen anklagenden Finger wie einen Revolver auf ihn. »Ihre Leute haben heute Abend wohl viel Spaß an dem Baseballspiel gehabt.«

Costello legte ihr eine Hand auf den Arm. »Wenn Sie mit mir –«

Marsha Hubble schüttelte seine Hand ab. »Sie haben das verdammte Spiel im Fernsehen gebracht. Alle haben es gesehen. Was denkt ihr Dreckskerle euch eigentlich dabei, wie die Kinder auf einem Spielfeld herumzutoben, während keiner weiß, wo Gwen ist und Gott allein –«

»Vergessen Sie Sadie nicht«, mahnte der Captain streng. »Das verdammte Spiel hat uns zum Tatort geführt, Lady.«

Das brachte sie vorübergehend zum Schweigen, und ehe sie wieder anfangen konnte, setzte der Captain rasch hinzu: »Sie wollten ja unbedingt den ganzen PR-Zauber übernehmen, Ma'am. Okay, nichts dagegen. Die Meinung der Presse ist mir scheißegal. Und da ich jetzt jederzeit mit einer anständigen Pension in den Ruhestand gehen könnte, wird es Ihnen auch nicht mehr gelingen, mir meine Karriere zu vermasseln. Denn diese Drohung war wohl das nächste As, das Sie aus dem Ärmel ziehen wollten.«

Costellos Lächeln war alles andere als freundlich. Mit einer weit ausgreifenden Handbewegung umfasste er die Schar der Polizisten, die auf dem Gelände herumliefen. »Meine Cops machen allesamt Überstunden ohne Ende. Glauben Sie ernsthaft, sie würden besser arbeiten, wenn sie ihre Jobs bedroht sähen?«

Marsha Hubble trat ein paar Schritte zurück, aber Rouge Kendall deutete das nicht als Rückzug: Ihre Augen verengten sich, während sie ihr Gewicht verlagerte. Sie tänzelte wie ein Boxer, sammelte Kraft für die nächste Runde mit Costello, dem einzigen Gegner, den sie im Augenblick zur Verfügung hatte. »Irgendjemand muss die Presse im Griff behalten. Sie jedenfalls können nicht –«

Sie verstummte, als Costello ihr die Plastiktüte mit dem zerbrochenen Pager zeigte.

»Erkennen Sie das, Mrs. Hubble? Eine ausgefallene Marke. Und sehr teuer.«

»Der von meiner Tochter ist es nicht. Gwens hat ein braunes Lederfutteral.«

Costello wandte sich an Sorrel. »Buddy?«

Der blätterte kopfschüttelnd in seinem Notizbuch. »Ich habe an dem Tag, als Gwen verschwand, mit Peter Hubble gesprochen und ihn gefragt, ob sie einen Pager oder Piepser hat. Das hat er verneint.« Sorrel streckte das Buch Costello hin, damit er es schwarz auf weiß sehen konnte.

Der Captain winkte ab. »Was ist mit dem anderen Mädchen?«

»Harry Green hat eine gleichlautende Aussage abgegeben«, erklärte Sorrel. »Sadie habe nie einen Pager oder Piepser besessen. Ihre Mutter war übrigens bei dem Gespräch dabei und hat das bestätigt.«

»Doch, Sadie hat auch einen Pager«, sagte Marsha Hubble. »In einem schwarzen Futteral, das da könnte ihrer sein. Ich habe sie den Kindern geschenkt, damit sie in Kontakt bleiben konnten, wenn Peter ihnen verboten hatte, miteinander zu spielen. Er hatte ständig was an Sadie auszusetzen. Es war –«

Costello schnitt ihr mit einer Handbewegung das Wort ab. »Darf ich fragen, warum Sie uns das verschwiegen haben?«

»Mich hat niemand darauf angesprochen. Ich ... es war gedankenlos und tut mir Leid. Die Kinder haben ihre Pager seit dem vergangenen Jahr. Ich hatte eine ziemlich hohe Vorauszahlung geleistet und bisher noch keine Rechnung bekommen. Es war mir einfach entfallen, da war so viel anderes ...«

»Vergiss die Telefonüberwachung, Buddy, und knöpf dir den Pager-Service vor.« Als Costello sich wieder Gwens Mutter zuwandte, klang seine Stimme fast milde. »Hatte sonst jemand Zugang zu den Codes oder der Servicenummer? Vielleicht haben Sie die Nummern irgendwo notiert, in einer Rolodex–Kartei, einem Adressbuch? Könnte einer Ihrer Mitarbeiter –«

»Nein«, erklärte Marsha Hubble sehr bestimmt. »Das war etwas, das nur die beiden Kinder anging, niemand sonst wusste davon.«

Sorrel machte sich eine kurze Notiz und zog seinen Mantel aus. »Wenn Gwen eine Nachricht auf ihrem Pager vorfand, musste sie also davon ausgehen, dass sie von Sadie kam. Ich denke, wir sollten das alles noch mal in Ruhe durchsprechen, Mrs. Hubble. Vielleicht gibt es noch ein paar andere Sachen, die Sie vergessen haben.« Er legte ihr seinen Mantel um die Schultern. »Manchmal dauert es Wochen, ehe den Leuten bestimmte Dinge wieder einfallen.« Er nahm sich den Schal ab und band ihn ihr erstaunlich behutsam um den Hals. Und diese kleine ritterliche Geste in einer langen kalten Nacht gab ihr den Rest.

Sie konnte ihren Dank nur flüstern und wirkte plötzlich viel kleiner in Sorrels Mantel. Sie sträubte sich nicht, als er ihr einen starken Arm um die Schultern legte und sie den Hang hoch zum Parkplatz führte. Nach ein paar Schritten aber blieb sie stehen und drehte sich zu dem taghell beleuchteten, mit gelbem Band abgesperrten Bootshaus um. Ihre Lippen zuckten, und Rouge sah, dass sie endlich alles begriffen hatte: Gwen hätte sich nie telefonisch von einem unbekannten Erwachsenen aus dem Haus locken lassen. Sie war einer elektronischen Nachricht des Pagers, eines heimlichen Geschenks ihrer Mutter, auf den Leim gegangen. Mrs. Hubble legte eine weiße Hand auf ihren Mund.

Um einen Schrei zu ersticken?

Sorrel umfasste Gwens Mutter mit festem Griff, um sie zu stützen. Das letzte Stück den Hang hoch musste er sie fast tragen.

Costello wandte sich an Rouge. »Sie bleiben bitte noch. Überprüfen Sie, was der Junge über das Schloss von der Bootshaustür gesagt hat, und stellen Sie fest, von wem die Schäden beseitigt wurden.« Er deutete mit einer Kopfbewegung zu Eliot Caruthers, der am Rand des abgesperrten Areals stand. »Nehmen Sie sich den alten Fuchs da noch mal vor. Er verschweigt uns was.«

Der Wagen der Spurensicherung rückte ab, und die Streifenwagen fuhren zurück zur Polizeistation. Alles, was die Cops an Beweismaterial gefunden hatten, war eingetütet und etikettiert. Nacheinander gingen um den Tatort herum die batteriebetriebenen Scheinwerfer aus und wurden auf einen Laster verfrachtet. Zwanzig Minuten später war nicht mal mehr ein einsamer Trooper zur Bewachung da. Nur das gelbe Absperrband, das vom Bootshaus zum Steg und von Baum zu Baum gespannt war, wehte im Wind.

Mr. Caruthers war verschwunden.

»Rouge?«

Die Stimme kam von der Stelle, wo er den alten braunen Volvo geparkt hatte, und jetzt erkannte er undeutlich die Gestalt des Jungen, der sich dahinter versteckte. »Du müsstest längst im Bett sein!«

»Ich wollte Ihnen noch was sagen.« David richtete sich auf und sah sich nach allen Richtungen um. Als er sich davon überzeugt hatte, dass sie allein waren, kam er hinter dem Wagen hervor. »Mrs. Hofstra hat mich daran erinnert, sie hat es auch gehört.«

»Was hat sie gehört?«

»Einen Schuss. Draußen auf dem See oder vielleicht am anderen Ufer, das weiß ich nicht so genau. Aber es war ein paar Tage später, ich hab mir nichts dabei gedacht.«

»Schön, dass du es mir gesagt hast, David. Und es war bestimmt ein Schuss?«

»Mrs. Hofstra war sich sicher. Sie meinte, dass sich vielleicht wieder Wilderer im Wald rumgetrieben hatten. Sie hat Mr. Caruthers deswegen angerufen. Er würde sich darum kümmern, hat er zu ihr gesagt.«

»Danke, David. Und jetzt ab ins Bett, sonst bist du morgen nicht ausgeschlafen.« Er blickte David nach, bis er in Mary Hofstras Haus verschwunden war.

Dann sah er zum Hauptgebäude und dem einen erleuchteten Fenster hoch. Vor einer hellen Lampe zeichnete sich dunkel die füllige Gestalt von Eliot Caruthers ab, der grüßend die Hand hob, als Rouge über den Rasen näher kam.

Rouge Kendall war drauf und dran gewesen, die Klingel am Hintereingang zu betätigen, doch dann besann er sich eines Besseren und drehte den Türknauf. Die Tür war nicht abgeschlossen, und das ärgerte ihn, weil er wusste, dass es kein Versehen war. Er wurde offensichtlich erwartet. Mr. Caruthers rechnete damit, dass Rouge Kendall bei ihm zum Rapport erschien. Als sei die Schulzeit noch immer nicht zu Ende.

Nur würde diesmal alles ganz anders laufen.

Rouge schritt über den dicken roten Teppich in der Eingangshalle, stieg die vertraute imposante Treppe hinauf und lief ein Stück den Gang entlang. Die Tür zum Zimmer des Direktors war ebenfalls offen. Er hatte es nicht anders erwartet. Caruthers fühlte sich in seinem bequemen Sessel, umgeben von holzgetäfelten Wänden, kostbaren Erstausgaben und Kunstwerken, dem ganzen Drum und Dran von Macht und Reichtum, sichtlich in seinem Element. Er schenkte seinem Besucher und vermeintlichen Mitarbeiter ein herzlich gemeintes Lächeln. Die Voltaire-Büste dort in der schummrigen Ecke lächelte ganz ähnlich arrogant und überlegen. Caruthers deutete ein wenig herablassend auf den Stuhl, der vor dem Schreibtisch stand, aber Rouge blieb stehen, so dass er auf den Schulleiter herabsehen konnte. Er war entschlossen, jeden Vorteil zu nutzen, der sich ihm bot. »Im Bootshaus ist eingebrochen worden«, sagte er schroff. »Den Auftrag zur Reparatur müssen Sie gegeben haben. Wir wissen bisher von nichts.«

»Von dem aufgebrochenen Schloss habe ich erst vor zwei Tagen erfahren, aber ein Geheimnis war es nicht. Der Hausmeister –«

»Was war mit dem Schuss auf dem See? David hat ihn gehört und Mrs. Hofstra auch. Ich frage mich, wann Sie uns von sich aus von dieser unwichtigen Kleinigkeit erzählt hätten.«

»Das eine hat mit dem anderen nichts zu tun, Rouge. Wir haben öfter mal Ärger mit Wilderern. Sie wissen selbst, dass es viel Rotwild in unseren Wäldern gibt.«

Rouge griff sich den Stuhl, ging damit um den Schreibtisch herum und rückte ihn dicht an Caruthers Sessel heran. »Ich kann warten. Notfalls die ganze Nacht.«

Und dann entwickelte sich ein sehr ungemütliches Blickduell. Viel hätte nicht gefehlt, und das Ganze wäre in einem altehrwürdigen Pinkelwettstreit eskaliert, mit dem erwachsene Männer, kleine Jungen und Hunde sich gegenseitig zu beweisen suchen, dass sie die Größten sind. Nach zehn Sekunden kapitulierte Caruthers und holte eine schwarze Plastikpistole aus dem Schreibtisch.

»Ganz schön klobig, nicht? Aber wohl kaum eine todbringende Waffe, Rouge. Erstaunlich, dass die Jungs es geschafft haben, damit ein Fenster zu zertrümmern. Chief Croft hat es nicht mal für nötig gehalten, den Vorfall in seinen Bericht aufzunehmen.«

»Vielleicht, weil Sie darum gebeten hatten, ihn rauszulassen?«

»Es war ein Dummerjungenstreich, der Sie nicht weiterbringt.« Caruthers sah auf die Pistole herunter. »Ich bezweifle, dass das Ding sehr laut knallt. Demnach ist es wahrscheinlich nicht die Schusswaffe, die Mrs. Hofstra gehört hat, aber ich kann Ihnen versichern, dass es die einzige ist, von der ich weiß. Fragen Sie den Chief und den Doktor, die werden es Ihnen bestätigen. Zwei kleine Jungen mit einer Spielzeugpistole sind wahrhaftig kein Sicherheitsrisiko. Aber wenn sich in einer Kleinstadt Gerüchte erst verbreiten –« Er machte eine weit ausgreifende Handbewegung, bei der man förmlich zu sehen meinte, wie wutentbrannte Bürger mit brennenden Fackeln sein Schloss stürmten.

»Wo ist die Sache passiert, und was hatte Chainy damit zu tun?«

»In einem alten Haus am See, unmittelbar gegenüber von der Schule. Die Besitzerin war ein paar Tage zuvor im Schlaf gestorben. Auch dahinter verbirgt sich kein Geheimnis. Nur dank der zertrümmerten Fensterscheibe wurde die Tote gefunden, und damit haben die Jungen gewissermaßen noch ein gutes Werk getan. Der Doktor hat sich sogar bei ihnen bedankt.«

»Wie sind die Jungen ans andere Ufer gekommen? Mit einem Kanu?«

»Ja.«

»Das Schloss an der Bootshaustür wurde mit einem Stein aufgebrochen. Aber das wissen Sie ja. Sie haben den Stein an der Tür liegen sehen, nicht?«

»Ich wüsste nicht, was das mit Ihren Ermittlungen zu tun hat. Sie können sich doch vorstellen, wie das ist, wenn Halbwüchsige –«

»– mit Schusswaffen spielen«, ergänzte Rouge mit einem Blick auf das schwarze Plastikding, das auf dem Schreibtisch lag.

Caruthers lächelte nachsichtig. »Schusswaffe wäre wohl übertrieben. Ein Spielzeug, das die beiden in ihrer Freizeit gebastelt haben.«

»So?« Rouge griff sich die Pistole, die tatsächlich wie ein plumpes Spielzeug aussah. Allerdings war der Lauf zu lang für gewöhnliche Schießplättchen. Auf dem See hatten seine Zeugen nur einen Schuss gehört, und in der primitiven Trommel war Platz für zwei. Er sah zu der schweren Marmorbüste von Voltaire hin, die in der Ecke auf einem Sockel stand.

»Demnach müssten die Geschosse also an fast allen Oberflächen abprallen, ohne Schaden anzurichten.«

»Zumindest Glas geht aus nächster Nähe wohl zu Bruch. Den Beweis dafür haben die Jungen ja schon geliefert.«

Rouge zielte sorgfältig, drückte ab, und Voltaires Kopf zersprang in tausend Stücke. Der Knall war so laut, dass Rouge weder das Schurren hörte, mit dem Caruthers seinen Sessel zurückschob, noch das dumpfe Geräusch, mit dem das Sitzmöbel umfiel, als der Schulleiter erschrocken aufsprang.

Erst als Rouges Ohren aufgehört hatten zu klingen, nahm er das Lärmen des Telefons wahr. Sämtliche Lämpchen auf Caruthers Apparat – eins für jede Hausmutter – leuchteten. Wahrscheinlich wollten alle wissen, ob eine Bombe hochgegangen war.

Mit einem Griff brachte Caruthers das Telefon zum Schweigen. Schnell wieder gefasst, stellte er den Sessel auf die Beine. »Ich sagte wohl schon, dass wir hier keine Durchschnittsschüler haben. Sie wissen genau, was für einen Wirbel es gibt, wenn sich so etwas herumspricht ...«

»Allerdings.« Rouge legte die Pistole auf die Schreibunterlage, und von dort verschwand sie blitzartig im Schreibtisch. Wieder war es zu einer Abmachung ohne Worte gekommen.

»Jetzt frage ich mich aber doch, was Sie mir vielleicht sonst noch verschweigen.« Rouge legte die Füße auf den Schreibtisch, und diese beispiellose Rüpelei erschütterte Caruthers womöglich noch mehr als der zertrümmerte Voltaire. Er machte den Mund auf, fand aber keine Worte.

Rouge besah sich nachdenklich den Berg von Marmorscherben. »Decken Sie jemanden? Jemanden, der die beiden

Mädchen – oder vielleicht nur Gwen – kennt? Ein bildschönes kleines Ding, so haben Sie es neulich formuliert.«

»Verdächtigen Sie am Ende mich?«

Rouge nickte. »Zurück zu der Schießerei in dem Haus am See. Ich brauche alle Einzelheiten. Natürlich könnte ich mir die Jungen vornehmen, aber vermutlich haben Sie das schon besorgt.«

»Sie konzentrieren sich demnach auf Gwen Hubble. Das ist vernünftig – aber nur, wenn Sie an eine Lösegeldforderung denken. Offenbar glauben Sie jetzt aber, dass der Täter ein Pädophiler war. Wenn ich die Neigung hätte, mich in Kinder zu verlieben, Rouge, wäre meine Wahl auf Sadie Green gefallen. Sie ist ein ganz ungewöhnliches kleines Mädchen, ich –«

Er hatte inzwischen gelernt, in Rouge Kendalls Miene zu lesen, und zuckte zusammen. »Sie ist tot?«

Rouge schwieg, und Caruthers senkte den Blick. Er hatte begriffen.

»Sie wissen über alles Bescheid, was hier läuft.« Rouge nahm die Füße vom Schreibtisch. Die Demonstration hatte ihren Zweck erfüllt. »Im Bootshaus ist am selben Tag eingebrochen worden, an dem die Mädchen entführt wurden. Bevor die Jungen ihre Schießkünste an der Fensterscheibe erprobten.«

»Das wusste ich nicht. Ehrenwort. Ich hatte angenommen, die beiden hätten das Schloss aufgebrochen, um an das Kanu zu kommen.«

»Haben die Jungen Ihnen etwas anderes erzählt?«

»Sie behaupten, das Kanu hätte am Ende eines Zugangswegs am Ufer gelegen, da, wo die Felsen sind – Sie kennen die Stelle. Der Weg führt zu den Ruinen eines Hauses, das vor Jahren abgebrannt ist. Ich dachte, die beiden hätten mich in der Sache mit dem aufgebrochenen Schloss und dem Kanu angelogen, um einer noch strengeren Bestrafung zu entgehen. Die Schießerei darf nicht publik werden, dafür müssen Sie doch Verständnis haben ...«

Seine Worte verloren sich in Rouge Kendalls Schweigen, und das verunsicherte Caruthers erneut, denn ihm war wohl klar, dass Rouge sein Vorgehen weder verstehen noch verzeihen konnte. Er sah dem jungen Mann in die Augen und erschrak. Die Schüler von St. Ursula waren, wie er selbst zu sagen pflegte, alles andere als durchschnittlich. Und aus dem Kreis dieser Schüler war auch Rouge gekommen.

Die Kette des Wäschebehälters fiel klirrend auf den Fliesenboden. Gwen hielt den Atem an und lauschte, hörte aber weder eilige Schritte noch das Rücken schwerer Möbel vor der Badezimmertür. Sie atmete auf.

Dumme Gans, schalt sie sich. Vor Stunden hatte sie ein Auto fortfahren hören. Inzwischen war der Mann vermutlich auf und davon, aber sie wagte noch immer nicht zu rufen und arbeitete so leise wie möglich.

Sie öffnete den Wäschebehälter und steckte den Arm hinein. Unten drin ertastete sie nur ein paar zusammengeknüllte Handtücher.

Warum war dann aber der Behälter abgeschlossen?

Sie konnte jetzt wieder besser denken und folgerichtig eine Frage an die andere reihen. Warum ließ man sie hungern? Warum schloss man sie in einem kleinen Raum ein? Machte sich das Rieseninsekt einen Spaß daraus? Vielleicht aber waren Kette und Schloss auch nur eins dieser Ablenkungsmanöver, wie Zauberer sie für ihre Kunststücke brauchen? Wenn sie sich auf den Wäschebehälter konzentrierte, sah sie sich womöglich gar nicht erst anderweitig um, und das Fenster als Fluchtmöglichkeit blieb unentdeckt.

Diesen Gedanken spann sie weiter, und als sie den Behälter im Lichte seiner neuen Möglichkeiten betrachtete, konnte sie zum ersten Mal seit Tagen wieder lächeln.

Ja, das war die Lösung.

Gwen wandte sich dem Fenster zu. Es half nichts, sie musste es noch einmal aufmachen, um ihren Plan auszuführen.

Eiskalt wehte ihr der Wind ins Gesicht, als sie das Schiebefenster öffnete, und jagte mit frostigem Atem hinter ihr her, während sie barfuß zu dem Behälter an der Wand ging.

Die Schwachstelle war das Schloss. Doch es war kaum anzunehmen, dass das Rieseninsekt Sadies Kombination kannte. Wahrscheinlich lag ihm auch gar nichts daran, es wieder aufzumachen, ihm war nur wichtig gewesen, dass der Behälter zunächst fest verschlossen war.

Sie spannte die Kette vom Handtuchhalter zum Griff des Behälters nicht mehr so fest, denn wenn sie in dem Behälter saß, brauchte sie Spielraum, um das Vorhängeschloss zuschnappen zu lassen. Wenn er glaubte, sie sei durchs Fenster geflüchtet, würde er das Haus verlassen, um nach ihr zu suchen, und vielleicht die Badezimmertür nicht mehr verbarrikadieren. Dann konnte sie aus dem Wäschebehälter klettern und flüchten.

Ein guter Plan.

Gwen stieg in den engen dunklen Kasten, streckte die Hand heraus und ließ das Schloss zuschnappen. Dann verlagerte sie das Gewicht, um den Wäschebehälter wieder fest an die Wand zu drücken.

Doch nun geriet die Welt vollends aus den Fugen. Die Handtücher unter ihren Füßen kamen ins Rutschen, und Gwen rutschte mit. An den glatten metallenen Wänden fanden ihre Finger keinen Halt, und sie stürzte unaufhaltsam in tiefe Finsternis hinab.

Die Handtücher dämpften den Aufprall, als die schmale Röhre scharf abknickte, dann gab die Rutsche sie frei, und sie lag in einem großen Weidenkorb inmitten der Wäsche, die am Boden des Behälters gelegen hatte.

Um sie herum herrschte Dämmerdunkel, es roch nach Waschmittel und Stärke. Sie stand auf. Die Skalen eines großen Heizkessels, der Wärme ausströmte, verbreiteten ein mattes Licht, so dass sie einiges von ihrer Umgebung erkennen konnte. Über der Waschmaschine befand sich hoch an der Wand ein kleines Fenster, an der Decke zogen sich Rohre und Kabelkanäle entlang. Sie war in der Waschküche gelandet.

Was jetzt?

Sie meinte Sadie zu hören, die ihr einen der Sprüche aus einem besonders grusligen Gespensterhausfilm zurief: »Nichts wie raus hier!«

Gwen kletterte auf die Waschmaschine, konnte aber das Fenster nicht erreichen. Wo war die Tür? Sie tastete sich durch den Raum, bis sie einen Türknauf zu fassen bekam. Die Tür ließ sich mühelos öffnen.

Dahinter war alles schwarz. Sie streckte einen nackten Fuß vor, spürte festes Holz, tat noch einen Schritt und stürzte schon wieder ins Bodenlose. Dabei hatte sie noch Zeit zu denken, dass eine Treppe vom Keller aus eigentlich nur nach oben führen dürfte. In einem Keller noch tiefer zu fallen empfand sie irgendwie als unfair.

Dann spürte sie raues Holz unter den Handflächen. Von dem Aufprall taten ihr der Kopf und ein Arm weh, aber die Schmerzen waren erträglich. Sie holte tief Luft und sah hoch. Der Spalt, durch den mattes Licht fiel, wurde zusehends kleiner. Ein leises Klicken, dann war er verschwunden. Sie wusste, dass die Tür zugefallen war, noch ehe sie die Stufen hochgekrabbelt war und den Türknauf gedreht hatte.

Mit der Faust schlug sie auf die hölzerne Türfüllung ein. Es war offenbar eine selbstschließende Tür mit Hydraulikeinrichtung. Nach Ansicht ihres Vaters, der eine Kollektion sämtlicher dem Lieben Gott und besorgten Hausbesitzern bekannten Schlösser besaß, war der Keller das schwächste Glied in der Sicherheitskette und besonders anfällig für menschliches Versagen, so dass auch Mr. Hubble sich dort im Hinblick auf die berüchtigte Nachlässigkeit des Dienstpersonals für eine selbstschließende Tür entschieden hatte.

Gwen blieb jetzt nur noch der Weg nach unten.

Irgendwohin musste die Treppe ja führen. Ihr Vater hatte

mal vorgehabt, sich einen Keller unterm Keller graben zu lassen, um seine Weinvorräte tiefer und damit kühler zu lagern. Mit den Fingerspitzen tastete Gwen sich an der Wand entlang nach unten zu einem weiteren Türknauf. Die Tür, die dazugehörte, war aus dickem Stahlblech und schwer zu öffnen.

Und dann war wieder Licht da, wenn auch schwach und weit weg, mehr wie ein mattes, fernes Glimmen.

Diesmal hielt sie vorsichtshalber den Türknauf fest, während sie behutsam einen Fuß aufsetzte. Sie spürte Erde, wusste aber, dass sie noch nicht im Freien sein konnte, denn die Luft war warm und roch nach Dung und Kompost wie das Gewächshaus zu Hause. Die Luftfeuchtigkeit war so hoch, dass sie Tropfen auf ihrem Gesicht zu spüren meinte.

Die dunklen Umrisse, die sie vor sich sah, schienen auch wieder die Naturgesetze auf den Kopf zu stellen. Sie hatte einen niedrigen Raum erwartet, wie ihr Vater ihn für seinen Weinkeller geplant hatte. Dieser hier aber wurde, je weiter sie ging, immer höher und breiter. Das matte Licht kam aus dem hinteren Teil eines großen Saales, in dem ausgewachsene Bäume standen.

Sie zählte vier dicke Stämme. Bäume? In einem Haus?

Sie sah an der rauen Borke einer dicht belaubten Eiche hoch. Durch das Blätterdach hindurch erkannte sie Reste der früheren Decke, die abgetragen worden war, um den Bäumen mehr Raum zum Wachsen zu schaffen. Eine der Eichen war offenbar abgestorben und überdies grausam amputiert, kahle Aststümpfe ragten zu der hohen dunklen Decke empor. Gwen erkannte jetzt ein Netz sich kreuzender Rohrleitungen und –

Jäh wurde es hell. An der hohen Decke gingen mit einem Schlag tausend elektrische Sonnen auf. Gwen legte schützend die Hände vor die Augen und hörte sich leise aufschreien. Es dauerte einige Zeit, bis sie durch die gespreizten Finger wieder etwas erkennen konnte.

Die vier Bäume hatten alle einen beträchtlichen Umfang.

Gwen hatte einen recht guten Blick für Proportionen und erkannte, dass sie eigentlich größer hätten sein müssen, aber die Decke hatte, obgleich sie zwei Geschosse hoch war, offenbar ihr Wachstum gehemmt. Das unnatürliche Umfeld sonnig-warmer Sommertage im Dezember hatte sie gekrümmt und verkrüppelt.

Was war das für ein Geräusch?

Sie war nicht allein. Gwen nahm die Hand vom Gesicht – die andere hatte sie noch fest um den Türknauf gelegt –, und ihre Muskeln verkrampften sich wieder, ihr ganzer Körper wurde starr. Das grelle Licht blendete sie noch immer, aber sie zwang sich, das anzusehen, was da auf sie zukam: Es war die unförmige Gestalt eines Hundes.

Auch dieser Hund sprach allen Naturgesetzen Hohn. Den übergroßen Mastiffkopf trug er tief gesenkt, als sei er ihm zu schwer, die spitzen Dobermannohren waren angelegt, die Zähne in der Pitbullschnauze gefletscht. An dem dunklen Fell klebten Erdklumpen, der Schwanz war krumm, als sei dort ein Bruch nicht richtig ausgeheilt.

Langsam und lautlos kam er auf sie zu. Ein typischer Haushund hätte sie als eine ihm unbekannte Person sofort verbellt, dieses Tier aber erinnerte sie an Mr. Stubens Kampfhunde, die darauf gedrillt waren, sich an ihre Opfer anzuschleichen. Er schonte die rechte Vorderpfote, die er nur ganz leicht aufsetzte und gleich wieder hob.

Gwen sah ihn wie gebannt an, obgleich Mr. Stuben sie gelehrt hatte, einen aggressiven Hund nie durch direkten Blickkontakt zu reizen. Richtig war es in dieser Situation, den Blick zu senken und sich abzuwenden, aber die Füße gehorchten ihr nicht. Hilflos stand sie da und sah dem Hund entgegen.

Nachdem der Überraschungsangriff nicht gelungen war, bellte der Hund sie an, aber irgendetwas stimmte nicht mit ihm. Aggressiv, wie er war, hätte er eigentlich trotz seiner verletzten Pfote in großen Sprüngen auf sie zukommen müssen, aber seine Gangart war mehr ein mühsames Hoppeln.

Jetzt war er heran, stellte sich auf die Hinterbeine und stieß sie mit ausgestreckten Vorderpfoten zu Boden. Mehr Spielraum ließ ihm die Kette nicht, an der er hing. Gwen war mit dem Kopf an die Tür geschlagen. Ihre Hand rutschte vom Türknauf.

Die schwere Stahltür klappte zu.

Der Hund hatte ihren rechten Fuß im Maul und zerrte sie in den Aktionsradius seiner Kette zurück. Dann ließ er ihren Fuß los und schlug seine Zähne in den Wadenmuskel ihres rechten Beins. Jetzt hatte er sie so fest im Griff, dass er sie noch ein Stück zu sich heranziehen konnte.

Es dauerte einen Augenblick, bis Gwen begriffen hatte, dass der laute Schrei, der in dem großen Raum widerhallte, aus ihrer eigenen Kehle kam.

Der Hund ließ von ihr ab. Weil sie von dem Sturz noch welkes Laub und Erde im Gesicht hatte, die ihr die Sicht nahmen, erkannte sie zunächst nur ein dünnes Stöckchen, das sich in das Hundefell bohrte. Das Tier drehte sich zu dem Angreifer um und schnappte nach dem Hölzchen. Dann hörte sie rasche Schritte, das Tappen der Hundepfoten und das Klirren der Kette, als er die Richtung wechselte.

Der Schmerz trieb ihr Tränen in die Augen, und für einen Augenblick verschwamm alles vor ihrem Blick, aber sie konnte sich wieder bewegen. Sie hob den Kopf und fuhr sich mit der Hand übers Gesicht. Jetzt sah sie undeutlich den Hund, der etwas Weißes verfolgte. Als die Kette ihn würgte, jaulte er empört auf.

Mühsam kam Gwen wieder auf die Füße. Sie zitterte am ganzen Körper, die Knie wurden ihr weich – und dann erstarrte sie erneut. Der Hund hatte sich umgedreht.

Langsam, noch langsamer als vorhin, mit tief gesenktem Kopf kam er wieder auf sie zu.

Er war offenbar krank und schwach, sie wäre – wenn sie

sich nur bewegen könnte – bestimmt schneller als er, brauchte nur bis zur Wand zurückzugehen, einige wenige Schritte nur, dann wäre sie in Sicherheit. Doch diese schreckliche Lähmung hatte erneut ihren ganzen Körper erfasst. Nicht einmal die Augen konnte sie schließen vor dem, was auf sie zukam. Nur ihr Herz war noch in Bewegung, pumpte das Blut und die Todesangst immer schneller durch ihre Adern.

Wie nah der Hund schon war!

Wieder liefen Gwen Tränen übers Gesicht, so dass sie kaum dieses Letzte, Unfassbare erkennen konnte: Eine kleine Gestalt, die barfuß und in weißer Unterwäsche hinter dem hechelnden Tier auf sie zugerannt kam.

Das konnte nicht wahr sein!

Sadie Green wagte die Leistung ihres Lebens. Sie setzte mit einem Bocksprung über den Rücken des Hundes hinweg und stieß Gwen gegen die Wand.

Dank der Kette kam der Hund nicht mehr an Gwen heran, aber sie spürte seinen heißen, stinkenden Atem, der Schaum, der ihm vor dem Maul stand, sprühte ihr ins Gesicht. Fest umschlungen fielen die beiden Mädchen zu Boden und drückten sich an die raue Feldsteinmauer. Gwen holte keuchend Atem.

Ihre Brust brannte. Der Hund bellte und biss nur ein paar Zentimeter vor ihren Gesichtern in die Luft. Sadie aber lachte triumphierend.

7

Gwens Hirn war wieder wie benebelt. Vielleicht war die Wirkung der Betäubungsmittel noch nicht abgeklungen. »Was?«

»Es hat keinen Zweck.« Sadie löste ihre Finger sanft vom Türknauf. »Von dieser Seite lässt sie sich nicht aufmachen.«

Gwen nickte und sagte zusammenhanglos: »Ich hab mein Auge verloren.«

»Unsinn.« Erschrocken packte Sadie die Freundin an den Schultern und sah ihr ins Gesicht. »Du siehst aus wie immer, nur –«

»Das Amulett, das du mir geschenkt hast, ist weg, das mit dem allwissenden Auge.«

Sadie lachte laut auf vor Erleichterung. »Macht nichts, ich kauf dir ein neues, ich weiß, wo es die Dinger gibt. Haufenweise.«

»Du bist nicht böse?«

»Auf dich? Nie!«

Gwen spürte kein Gewicht, sie schwebte über der Erde und dem welken Laub wie ein von Sadie gelenkter Ballon. Während sie sich dicht an der Wand von der Tür wegbewegten, besah sich Gwen so gelassen den Schaden, als gehörte das zerrissene Hosenbein mit den Blutspuren von dem Hundebiss einem fremden Mädchen. Als sie stolperte, legte Sadie ihr einen Arm um die Taille, um sie zu stützen. Langsam gingen sie am Rand des Vier-Eichen-Waldes entlang. Der Hund jaulte noch einmal jämmerlich auf, als er seine einzige Hoffnung auf Futter entschwinden sah.

»Der Sprung war unglaublich«, sagte Gwen. »Der Köter hätte dich totbeißen können. Ich hab mal gesehen, wie einer von Mr. Stubens Hunden eine Trainingspuppe zerfetzt hat.«

»Keine Angst, er ist halb verhungert und wird jeden Tag schwächer«, sagte Sadie zufrieden. »Morgen um diese Zeit kannst du ihn mit einer Hand k.o. schlagen.«

Sadie war sehr blass. Sogar ihre Sommersprossen waren ausgeblichen. Demnach war dieser überdachte Himmel trotz der strahlenden Beleuchtung kein Ersatz für Tageslicht. Gwen sah sich die vier Eichen genauer an. Nur eine war abgestorben, aber auch die drei Überlebenden waren – das war ihr vorhin schon aufgefallen – nicht so groß geworden wie normale ausgewachsene Bäume. Dem Umfang nach mussten sie alt sein, aber die dicken Stämme waren verwachsen und zu kurz.

Mit ihren gut sechs Metern Höhe waren sie die reinsten Eichenzwerge.

Sie kamen an einem Aufbau aus fünf mit Lederriemen zusammengebundenen Pfählen vorbei, die das Laub der Bäume vor dem Deckenlicht schützten. An jedem Pfahl saßen Pilze. Die Shiitake-Pilze, die ihre Mutter besonders gern aß, erkannte Gwen, die Formen und Farben an dem Pfahl daneben hatte sie noch nie gesehen. Sie kamen an drei weiteren Holzbündeln vorbei, die alle den gleichen Umfang und die gleiche Länge hatten. Auf dem letzten saßen lilafarbene Gebilde von gallertartiger fleischiger Beschaffenheit. Wahrscheinlich waren das ebenfalls Pilze, auch wenn sie eher wie das Gekröse von Tieren aussahen.

Die Zweige gaben hier und da den Blick auf die hell erleuchtete Decke frei. Über den kreuz und quer verlaufenden Rohrleitungen waren an die Tausend gewöhnliche Glühbirnen in Gruppen angeordnet, die aussahen, als ob sie aus dem Putz herauswuchsen. Dazu kamen Glühbirnen in Formen, die sie noch nie gesehen hatte, viereckige und sechseckige, sowie stab- und ringförmige Leuchtstoffröhren. Am Rand des elektrischen Himmels, wo die Decke nur halb so hoch war, hingen Weihnachtsbaum-Lichterketten.

Gwen zuckte zusammen. Nach dem ersten Schock meldete sich jetzt ein stechender Schmerz im Bein. Sie sah nach unten, um die Tränen vor Sadie zu verbergen. »Du warst also die ganze Zeit hier? Zusammen mit diesem Köter?«

»Ja. Du weißt ja, wie sehr ich mir immer einen Hund gewünscht habe. Nur dumm, dass er sich in den Kopf gesetzt hat, mich zu fressen.«

»Und wovon hast du dich ernährt?«

»Von Pilzen. Aber so langsam hab ich die mehr als satt.«

Das letzte Pilzgestell war aus krummen, gewundenen Ästen zusammengefügt, die wohl Teil der abgestorbenen Eiche gewesen waren. Fremdartig und wunderschön waren die Pilze, die dort wuchsen, sie sahen aus wie ineinander verlaufende, fleischige, pinkfarbene Blütenblätter.

Während sie auf einen langen, höhlenartigen Bereich mit tiefer liegender Decke zugingen, hörten sie ein Summen, das mit jedem ihrer Schritte lauter wurde. Hier waren die Wände aus unregelmäßig geformten Feldsteinen hochgemauert und die Abmessungen eher so, wie man es von einem normalen Keller gewöhnt war. Ein hölzerner Vorbau schirmte diesen Bereich vor der gleißenden Helle des Waldes ab. Über einer Tür war eine Glühbirne angebracht. Mattes Licht kam von den in langer Reihe angeordneten Stahltischen, auf denen Blechgestelle standen. Auf zweien dieser Gestelle wuchsen bunte Pilze auf einer Strohunterlage, auf den anderen lagen grobe Holzspäne, aus denen seitlich weitere Pilze herauswuchsen – graue Knöpfe und dicke runde Schirme in hellem Orange und stumpfem Grün.

In dieser feuchten Höhle war es nicht so warm wie in der Waldzone, aus der sie kamen. Mit jedem Schritt wurde die Welt um sie herum ein bisschen bizarrer. Der Anblick eines Gestells mit Pilzen in Gestalt zarter lilafarbener Sonnenschirme und einer anderen Art, die eine Kuppel aus wurmartigen Strängen bildeten, ließ Gwen vorübergehend ihre Schmerzen vergessen. Eine grellgelbe Gruppe von Pilzen hatte die Form runder Honigwaben, am anderen Ende der Skala gab es eine Art, die großen flachen rötlichbraunen Pfannkuchen zum Verwechseln ähnlich sah. Aus den letzten Holzscheiten in dieser Reihe wuchsen beigefarbene Kelche mit rosa Innenseiten heraus, die aussahen wie die hungrig aufgesperrten Schnäbel junger Vögel. Biologie gehörte zu Gwens Lieblingsfächern, aber dass es so viele und so buntfarbige Pilze auf der Welt gab, hatte sie nicht gewusst.

»Wo hast du eigentlich deine Sachen?«, fragte sie mit einem Blick auf Sadies weiße Unterwäsche.

»Ausgezogen. Hier ist es zu heiß.«

Es war eher schwül als heiß. Über dem nächsten Gestell mit Holzklötzen hing ein Gewirr von Plastikschläuchen mit einer Düse. Ein jäher Regenschauer traf Gwens Gesicht. Auf einem Tisch schnurrte ein kleiner Hilfsmotor. So einen hatten sie in St. Ursula für die Aquarien im Biologielabor. Der hier lieferte wohl den Strom für die Berieselungsanlage.

Sadie führte sie weiter den breiten Mittelgang entlang.

»Hungrig?«

»Und wie!«

Am letzten Tisch blieb Sadie stehen und pflückte eine Handvoll ganz normaler Champignons wie aus dem Supermarkt. »Du darfst sie nur von ganz hinten nehmen, denk dran!«

Gwen nickte und stopfte sich alle Pilze auf einmal in den Mund.

»Du schlägst ja ganz schön zu!« Sadie schürzte Gwens roten Pulli zu einem Beutel, in den sie weitere Pilze füllte. »Wie hast du mich gefunden?« Geduldig wartete sie, bis Gwen fertig gekaut und runtergeschluckt hatte.

»Ich bin von oben durch die Wäscherutsche gekommen. Aus einem Badezimmer. Da war ich tagelang eingesperrt.«

»Badezimmer?« Sadie öffnete eine klapprige Tür in einer weißgetünchten Bretterwand. Über die Hinterwand des kleinen Verschlages zogen sich rostige Rohre, der Boden bestand aus festgestampfter Erde. Es stank aus schlecht abgedichteten Abflussrohren. »War dein Badezimmer auch so vornehm?«

»Es war viel schöner und größer. Groß genug für ein Bett und einen Stuhl und diesen gewaltigen –«

»Bett und Stuhl? Da hast du offenbar bei ihm einen Stein im Brett.«

Wieder durchfuhr Gwen dieser stechende Schmerz. Sie beugte sich vor und tat, als wollte sie sehen, was sich unter einem der Regale verbarg. Die Glühbirnen waren unter einer vorstehenden Leiste versteckt. Die Pilzkulturen brauchten offenbar weniger Licht als die Eichen.

Der Schmerz ebbte ab. Sie trat zurück und ließ ihren Blick an den Tischen rechts und links vom Gang entlangwandern. Unter jedem Tisch stand ein schmaler hölzerner Karren auf Rädern. Einige enthielten große durchsichtige Plastikbeutel, die an Schläuchen hingen. In einem war eine dunkel-poröse Masse, durch die sich schimmelig-grüne Streifen zogen. In zwei Karren war ganz gewöhnliche Erde, wie sie auch den Boden bedeckte. Und in einem lag auf einem Haufen von Sägespänen etwas Lilafarbenes – Sadies Sweatshirt und ihre Jeans.

»Er hat mich vom Fahrrad gezerrt, als ich auf dem Weg zu dir war. Und wie hat er dich geschnappt?«

»Geschnappt? Weißt du denn nicht mehr …? Du hast mich doch selber zum Bootshaus bestellt.«

Sadie schüttelte den Kopf. »Wir waren an dem Tag ja überhaupt nicht zusammen. Ich bin nicht mal bis zu deinem Haus gekommen.«

»Auf meinem Pager war eine Nachricht. ›Dringend! Bootshaus! Streng geheim!‹«

»Von mir war die nicht. Das muss er gewesen sein. Stimmt, er hat so was in der Art gesagt, aber das habe ich nicht richtig mitgekriegt, er hat so eine eklige Flüsterstimme, wenn er nicht gerade den Hund anbrüllt. Der Köter hat mich durch das ganze Bootshaus geschleift und meinen Parka zerfetzt. Wenn Mom das sieht, bringt sie mich um. Dann bin ich mit dem Kopf irgendwo angeschlagen und hier aufgewacht.«

Am Ende des Ganges stand eine Tür offen. Sadie zog sie über die Schwelle und machte Licht. Sie standen in einem weißen, blitzsauberen Raum mit gestrichenem Betonboden, der ihre nackten Füße kühlte. Durch eine kleine Lüftungsklappe dicht unter der Decke kam leise summend ein kalter Luftzug.

Das Brummen der kleinen Motoren war hier kaum zu hören. Die Luft war trocken, die Temperatur mindestens fünf, sechs Grad niedriger.

Die Edelstahlspüle blitzte um die Wette mit den Flaschen, die in Reih und Glied in Glasschränken an einer Wand standen. Auf der Kunststoff-Arbeitsfläche standen Gestelle mit Reagenzgläsern und Stapel mit Petrischalen, daneben ordentlich ausgerichtet eine lange Reihe gebundener Tagebücher, die auf den ledernen Einbänden Jahreszahlen in altmodischer Schrift trugen. Das erste Tagebuch war demnach dreißig Jahre alt. Eines lag aufgeschlagen so dicht am Rand der Arbeitsfläche, dass es jeden Augenblick herunterfallen konnte. Gwen streckte spontan die Hand aus, um es zurückzuschieben.

»Nicht anfassen«, sagte Sadie ungewöhnlich scharf und setzte ruhiger hinzu: »Wir müssen alles so lassen, wie es ist.«

Gwen akzeptierte diese neue Spielregel, ohne nachzufragen. Der pochende Schmerz im Bein lenkte sie ab, aber dann gewann der Hunger wieder die Oberhand. Sie holte die nächste Portion Pilze aus dem Pulli und steckte sie sich in den Mund.

Neben dem aufgeschlagenen Notizbuch standen mehrere Petrischalen. Auf einer fehlte der Deckel, der Inhalt war verdorben und mit schwarzem Schimmel bedeckt. Gwen aß noch einen Pilz. Der Hunger ließ allmählich nach, dafür machten sich die Schmerzen wieder bemerkbar.

»Durst?«

Gwen nickte. Sie hatte einen Küchenstuhl mit Rollen entdeckt und setzte sich. Sadie ließ Wasser aus dem Hahn in ein Glas laufen und stellte es auf die Arbeitsfläche. Gwen trank in großen Schlucken.

»Hier hat er alles, was man zum Saubermachen braucht.« Sadie kramte in dem Spülenschrank herum und holte eine Rolle Verbandmull, Papierhandtücher und eine Flasche Flüssigseife heraus. Sie hockte sich vor Gwen hin, erweiterte den Riss im Hosenbein und wischte mit einem nassen Papierhandtuch das Blut von der Wunde. Die Seife brannte. Gwen biss die Zähne zusammen, ballte die Fäuste und wischte sich die Augen. Ihr Blick fiel auf ein offenes Tablettenröhrchen, neben dem ein paar lose weiße Pillen lagen. »Ist das Aspirin?«

Sadie bückte sich und las: »Tylenol mit Codein.«

»Das nimmt unser Gärtner gegen seine Arthritis. Gib mir was davon, das Bein tut weh.«

»Wir dürfen hier nichts anfassen.« Sadie stand auf und zog die Schublade eines Unterschranks neben Gwens Stuhl auf. »Hier ist mehr von dem Zeug. Wenn ein paar Tabletten fehlen, fällt das wahrscheinlich nicht auf, wir müssen die Behälter nur wieder genau so hinstellen, wie sie waren.« Sie las die Namen auf den Etiketten: »Motrin, Advil, Orudis, Soma, Flexeril ...«

»Gib mir von jedem eine.«

»Kommt nicht in Frage. Da steht überall drauf, dass man nur alle vier Stunden eine nehmen darf.«

»Seit wann hältst du dich an so was? Ich will, dass die Schmerzen aufhören, und zwar sofort.«

Sie einigten sich schließlich auf je eine Pille aus drei Röhrchen. Sadie stellte sie sorgfältig wieder an ihren Platz und drehte sie so, dass das selbe Stück Etikett wie vorher zu sehen war. Dann hockte sie sich wieder hin und betrachtete Gwens Wunde. Die Spuren der Hundezähne schienen sie zu faszinieren. »Es schwillt schon an. Das ging schnell. Erinnerst du dich noch an den Riesenmoskito im Naturkundemuseum?«

Gwen nickte. Es war ein Modell in ungewöhnlich großem Maßstab gewesen, und jedesmal, wenn sie daran dachte, war das Insekt noch ein Stück gewachsen, bis es fast so groß war wie die Kreatur, die sie vorhin aufgesucht hatte. Vor dem Moskito aus dem Museum hatte ihr immer schrecklich gegraut.

»Echt cool«, sagte Sadie. »Das größte Krabbeltier, das ich je gesehen habe.« Sie beugte sich über die Wunde, aus der eine rosa Flüssigkeit quoll. »Wenn ich es nicht besser wüsste, würde ich sagen, dass dies sein Werk war.«

Behutsam trocknete Sadie die Wunde ab und sah immer wieder besorgt zu Gwen hoch. Schließlich verschwanden die Biss-Spuren unter einem weißen, ordentlich verknoteten Mullverband. Gwen sah sich inzwischen die wunderliche Einkaufsliste an, die an dem Schwarzen Brett über der Spüle hing. In ausgeblichener Tinte auf vergilbtem Papier fanden sich dort Notizen über Zementsäcke für den Boden des Anzuchtraums und Gewächshausfolie für die Wände. Darunter stand »Verdammtes Ungeziefer«, aber ein Mittel gegen die Schädlinge war nicht angegeben.

Als Gwen den letzten Pilz gegessen hatte, setzte die Wirkung der Tabletten ein. Die Wunde pochte noch, aber die Schmerzen ließen nach. In einem der Unterschränke lag ein Bündel aus lila Segeltuch. »Ist das nicht dein Rucksack?«

»Ja, aber meinen Pager bin ich los.« Sadie machte die Tür wieder zu und säuberte ganz gegen ihre Gewohnheit sehr sorgfältig den Boden mit einem Papierhandtuch. »Mein Telefonbuch hat er auch mitgenommen.«

»Auf diese Weise ist er also an die Nummer und den Code gekommen.« Die Schmerzen waren vergangen, Gwen schwebte wie auf Wolken. Sie zog das Schubfach mit den Medikamenten ein Stock weiter auf. Hier verwahrte er offenbar auch das Zeug, mit dem er sie betäubt hatte. Ganz hinten lag eine Schachtel mit Einmal-Gummihandschuhen. Damit war auch das Rätsel der Gummifinger gelöst, mit denen das Monster sie angefasst hatte. In einem Glasschrank stand ein altmodisches Mikroskop, wie sie es von der Schule her kannte. Inzwischen hatte St. Ursula allerdings längt ein neues, moderneres, angeschafft. Darüber standen Reihen mit Gläsern. Auf den Etiketten standen Bezeichnungen wie Bleichmittel und Alkohol, Hefe und Torfmull. Malzagar? An einer Wand standen ganze Heerscharen verkorkter Flaschen, die irgendwelche undefinierbaren dunklen Massen oder Sägemehl enthielten.

»Ein bisschen wie unser Biologielabor, nicht?« Sadie öffnete eine Schranktür, hinter der ein großer Schnellkochtopf stand. Der passte zu den Petrischalen auf der Arbeitsfläche. Die Kulturen ähnelten denen, die sie im Schullabor gezüchtet hatten.

»Vielleicht ist an den Gerüchten über St. Ursula doch was dran.« Sadie feixte. »Sie haben uns gekauft, um abartige wissenschaftliche Experimente mit uns anzustellen.« Sie trat unter die Tür und sah an den Gestellen mit den pilzbewachsenen Holzklötzen entlang. »Von den Pilzleuten entführt.«

Gwen kam sich vor wie in einer von Sadies Horrorgeschichten. Es war eine so vertraute Situation, dass sie vorübergehend vergaß, dass dieser Horror Wirklichkeit war.

Sie sah Sadie, diese begnadete Geschichtenerzählerin, lächelnd an. Dass sie jetzt angenehm müde war, verstärkte die Illusion, wieder mal bei ihrer besten Freundin zu übernachten.

Sadie war zurückgekommen und warf einen Blick auf die offene Petrischale. »Wenn das nicht abartig ist …« Dann deutete sie auf das Etikett, das an einem Päckchen klebte, und feixte lüstern. »Brutmaterial!«

Auf manchen Flaschen standen Namen komplizierter chemischer Verbindungen. Das grüne Pulver dort war ein wirkungsvolles Düngemittel, das Gwen kannte, weil der Gärtner der Hubbles versucht hatte, damit einen Baum zu retten, der abzusterben drohte. Der kahlen, verstümmelten Eiche hier unten hatte das Zeug offenbar nicht geholfen. Einer von Mr. Stubens Wachhunden war eingegangen, weil er ein paar Körner davon gefressen hatte, und das hatte den Gärtner fast seine Stelle gekostet. Mr. Stuben behauptete steif und fest, der Mann habe den Hund absichtlich vergiften wollen, allerdings traute Gwen dem Gärtner so viel Grausamkeit nicht zu. Der Hund war qualvoll an schweren Verbrennungen der Schnauze und Zunge eingegangen.

Sie überflog den Text in dem aufgeschlagenen Tagebuch, war aber jetzt so müde, dass die letzten Wörter, die unvermittelt abbrachen und in einem langen zittrigen Strich ausliefen, ihr vor den Augen verschwammen.

»Er hat gerade die Pilzkulturen geimpft und ist dabei unterbrochen worden.« Gwen griff nach einer Plastikdose, die ganz hinten auf der Arbeitsfläche stand, und hob den Deckel hoch. Ein Haufen großer dunkel-marmorierter erdverkrusteter Pilze lag darin. Sie schnupperte. Der Geruch kam ihr bekannt vor. »Weißt du, was du da vor dir hast, Sadie? Trüffel.«

»Sehen eklig aus.«

»Eine Trüffel ist …«

»Ein unterirdischer Pilz«, ergänzte Sadie. »Den ganzen Biologieunterricht hab ich denn doch nicht verschlafen.«

»Trüffel kommen aus Europa und kosten ein Vermögen. Selbst mein Vater jammert über den Preis.«

»Tatsächlich?« Sadie holte einen Pilz heraus und spülte ihn ab. »Gar nicht so häßlich, wie ich dachte. Guck dir den an.« Sie streckte ihn Gwen hin. »Sieht aus wie ein frecher kleiner Vogel, nicht?«

Gwen nickte schläfrig. Um ein Haar hätte sie auf ihrem Küchenstuhl das Gleichgewicht verloren. Sie sah die Trüffel an, die sich in Sadies Handfläche schmiegte. Der kleine Auswuchs ganz oben konnte ein Kopf mit Schnabel sein, an dem eigenartig geformten Körper konnte man gefaltete Flügel erahnen. Erschrocken sperrte sie den Mund auf, als Sadie dem Gebilde lachend den Kopf abbiss.

»Schmeckt ganz gut.« Sadie hielt ihr die Plastikdose hin. »Willst du mal probieren?«

»Nein danke.« Gwen grinste durchtrieben. »Hast du gewusst, dass Trüffelsporen meist durch den Kot von Nagetieren verbreitet werden?«

»Nagetieren? Rattenscheiße?« Sadie spuckte schleunigst die Trüffel in die Spüle. Gwen war hochbeglückt. Endlich war sie ihrer Lehrmeisterin mal überlegen.

Als Sadie sich den Mund mit Wasser ausgespült hatte, sah

sie auf die Wanduhr. »Wir müssen sehr vorsichtig sein.« Sie holte einen Lappen aus dem Schrank unter der Spüle und wischte jeden Blutstropfen einzeln von dem weiß gestrichenen Boden. »Zweimal am Tag kreuzt er hier auf. Wenn er sieht, dass etwas nicht an seinem gewohnten Platz steht, ist ihm klar, dass ich noch atme.«

»Er glaubt, du bist tot?«

»Er ist davon überzeugt.« Sadie knüllte ihren Putzlappen zusammen und schob ihn hinter die Schachteln und Dosen unter der Spüle. »Er hat mich lebendig begraben.«

»Das glaubst du doch selber nicht!« Die Tabletten hatten Gwen in einen leichten Rauschzustand versetzt. Am liebsten hätte sie laut herausgelacht.

»Doch, echt«, beteuerte Sadie leicht gekränkt. »Ich hab ihn mir genau angesehen, als er mein Grab zugeschaufelt hat.« Sie holte einen sperrigen grünen Müllsack aus einem Unterschrank. »Willst du wissen, wie er aussieht?« Der Sack enthielt die verschiedensten schwarzen Stoffreste, Teile eines gestrickten Pullovers, die Umschläge eines Hosenbeins, die Spitze eines großen Schuhs. Sadie wühlte weiter in den Tiefen des Müllsacks herum und holte eine schwarze Skimaske heraus, die sie sich über den Kopf zog. Von einer Sekunde auf die andere hatte sie sich in ein völlig anderes Wesen verwandelt.

Sofort war Gwen wieder hellwach. Mit großen Augen sah sie auf die schwarze Maske. Das also war das Wesen, das an ihrem Bett gesessen hatte! Die Augen waren schmale Schlitze, über die mit weißem Faden zornig hochgezogene Augenbrauen gestickt waren. Der Mund war zugenäht, und auf den schwarzen Stoff war mit dickem weißem Faden eine Reihe spitzer dreieckiger Zähne aufgestickt. Sadie präsentierte ihr das Gesicht eines Monsters.

»Na, was sagst du nun?« Die Stimme der Freundin war hinter dem dicken Stoff nicht wiederzuerkennen und kaum zu verstehen.

»Nimm das Ding ab. Bitte!«

»Schon gut, schon gut.« Sadie zog sich rasch die Maske vom Kopf und steckte sie wieder in den Sack. »Es wird langsam Zeit, dass wir uns verstecken. Wenn er merkt, dass du weg bist, wird er das ganze Haus auf den Kopf stellen, um dich zu finden.«

»Er wird denken, dass ich ihm entwischt bin. Ich hab die Betttücher zusammengeknüpft und sie aus dem Badezimmerfenster gehängt.«

Sadie nickte anerkennend. »Gut gemacht. Aber er wird hier trotzdem nachsehen. Ich würd's jedenfalls tun. Wenn wir das Auto hören, ist es soweit. Wir brauchen ein Versteck.«

Aus dem weißen Laborraum gingen sie zurück in die Pilzfarm, in der die kleinen Motoren summten. In den Holzkarren war Platz genug für zwei kleine Mädchen.

Wieder bellte der Hund. Gwen sah zu den Bäumen hin, wo er angekettet war. »Wenn er den Hund von der Kette lässt, nützt uns das beste Versteck nichts mehr.«

»Einen sicheren Platz wüsste ich ja.« Sadie zog einen mit Erde gefüllten Karren in der Mitte des Ganges heraus. Darunter kam eine rechteckige Grube zum Vorschein. »Er hat es nicht ganz zugeschaufelt. Sein Piepser ging, und er musste weg.«

»Mach keine Witze.«

Sadie lächelte. »Ich hab dir doch gesagt, dass er mich lebendig begraben hat.«

Gwen hielt sich die Ohren zu. »Hat er nicht.«

»Hat er doch.«

»Lass das. Darüber kann ich nicht lachen.«

»Er hat gedacht, ich sei tot.« Sadie zog Gwen die Hände von den Ohren. »Hör zu. Es war eine meiner besten Leistungen. Der Trick sind die offenen Augen.«

Gwen legte die Arme fest um ihren Körper und schüttelte den Kopf. »Nein.« Allerdings hatte die Grube tatsächlich sehr viel Ähnlichkeit mit einem kleinen Grab.

Sadie holte sich von dem Karren daneben ihre Sachen, die über und über mit Erde verschmutzt waren. »In denen hat er mich begraben, deshalb muss ich sie jetzt wieder anziehen.« Sie streifte sich das lila Sweatshirt über den Kopf. »Glaub mir, ich kenne mich da aus. Der beste Tod ist der mit offenen Augen. Klar, dass der besonders schwierig ist, weil du nicht blinzeln darfst. Aber hätte ich die Augen zugemacht, hätte er vielleicht an meinem Herzen gehorcht.«

Sadie stieg in die lilafarbenen Jeans und zog den Reißverschluss hoch. »Ach ja, dann ist mir noch was Gutes eingefallen. Ich hab mich ganz steif gemacht, und als er später noch mal nachsehen kam, hat er gedacht, dass die Totenstarre schon eingesetzt hat. Ich hatte ja meinen Parka nicht an und lag einen Meter tief in der Erde. Kalt und steif.« Sie legte sich in die Grube, kreuzte die Arme über der Brust, wie sie es so oft bei Toten im Film gesehen hatte, und sah mit offenen Augen zur Decke. »Mausetot. Cool, was?« Gwen nickte benommen und versuchte den Gedanken, dass Sadie in ihrem eigenen Grab lag, nicht allzu nah an sich herankommen zu lassen.

»Wenn der Hund ihn führt, wird er denken, dass der Köter nur zu Ende bringen will, was er im Bootshaus angefangen hat.« Sadie setzte sich auf und schaufelte mit den Händen Erde aus der Grube. »Das ideale Versteck für uns.«

»Ich leg mich da nicht rein.«

»Du musst, Gwen.«

Jetzt hörte man deutlich, wie ein Wagen sich näherte. Sadie lief noch einmal ins Labor. »Leg dich in die Grube«, rief sie Gwen zu. »Ich hab vergessen, den Sack wieder in den Schrank zu stellen.«

Gwen kroch unter den Tisch und legte sich widerstrebend in die Erde, wie Sadie es ihr vorgemacht hatte. Es war nicht so schlimm, wie sie gedacht hatte, und schön kühl. Die Lider wurden ihr schwer. Sie kreuzte die Arme über der Brust. Ob man sein Nachtgebet sprechen konnte, wenn man in einem Grab lag?

»Müde bin ich, geh zur Ruh …«, flüsterte sie.

Das Geräusch des Automotors war direkt über ihnen. Wo bleibt denn Sadie, dachte sie schläfrig. Merkwürdigerweise hatte sie jetzt überhaupt keine Angst mehr. Sollte sie in Zukunft wohl lieber nur zwei von diesen Tabletten nehmen?

»… mache beide Augen zu.« Und dann fiel ihr ein besseres Gebet ein, ein sehr viel wirkungsvolleres Überbleibsel uralten Volksglaubens. Auch das war ein Geschenk ihrer besten Freundin, ein Zauberspruch, der einem furchtsamen Kind die Alpträume vertreiben sollte, damit es in die harte Therapie der Horrorfilme einsteigen konnte: »Von Unholden und Geisterpack, von langbeinigem Schabernack, von nächtlich pumperndem Gelichter erlöse mich der höchste Richter.«

Nackte Füße näherten sich in schnellem Lauf. Sadie legte sich in die Grube und schaufelte Erde um sie beide herum. »Er hatte nicht genug Zeit, das Grab ganz zuzuschippen. Jetzt muss es nur so aussehen, als ob ich nie draußen gewesen wäre.« Sie zog Gwen den Pulli übers Gesicht. »Damit du keinen Dreck in die Augen und in den Mund kriegst.«

Gwen hatte keine Schritte gehört, aber sie spürte, dass der Mann im Haus war. Im Geiste folgte sie ihm ins Badezimmer, erlebte seine Empörung, als er das offene Fenster sah, die zusammengeknüpften Betttücher, die Beweise für ihre Flucht.

Schlimmes Mädchen. Er ist schrecklich wütend.

Jetzt lief er die Treppe hinunter, um sich vor dem Haus umzusehen. Vielleicht glaubte er wirklich, sie hätte den Sprung vom Ende des Seils gewagt. Er konnte ja nicht wissen, wie jämmerlich feige sie war.

Schlimmes Mädchen.

Sie schloss die Augen und klammerte sich an Sadie, die gerade den Holzkarren, einen Sargdeckel auf Rädern, über die Grube schob. Gwen schwebte wieder wie auf Wolken. Sie atmete tief. Das Schlafbedürfnis erfasste ihren ganzen Körper, entspannte alle Muskeln. Doch dann schlug sie noch einmal erschrocken die Augen auf. Unter ihr regte sich etwas. Die

Erde wimmelte von Insekten. Sie waren in ihren Sachen, krabbelten auf ihrer Haut herum. Sie öffnete den Mund zu einem Schrei, aber in der größten Angst zuckte ihr Fuß nur noch einmal, dann war sie eingeschlafen. Ihr jagendes Herz beruhigte sich und schlug nun in dem gleichmäßigen Rhythmus eines müden Kindes.

Ellen Kendall nahm die Lesebrille ab und rieb sich die Augen. Die Morgensonne beschien das gebundene Verhandlungsprotokoll auf dem Küchentisch. Sie sah aus dem Fenster. Um die Mülltonne versammelten sich zeternde, flügelschlagende Amseln. Ein magerer Star landete auf dem Fensterbrett. An seinen Zehen glänzte Fett, mit dem er bei jedem Schritt alles beschmierte.

Mistvieh!

Sie wollte ihn mit einer Handbewegung wegscheuchen, aber der kleine Lump legte nur den Kopf schief und sah sie durch die Scheibe furchtlos an.

Was konnte man auch von einem Vogel anderes erwarten, der zu dumm war, im Winter gen Süden zu fliegen?

Vor ein paar Stunden hatte sie die Akte zugeklappt und sich in ihrem Bett unter der tröstlichen Wärme einer Daunendecke verkrochen. Doch da hielt es sie nicht lange. Wenig später saß sie schon wieder in der Küche, um fröstelnd und barfuß ihre Lektüre zu beenden. Jetzt brannten ihr die Augen, und seltsame Gedanken gingen ihr durch den Kopf.

Wenn nun der Priester unschuldig war?

Zum letzten Mal hatte sie Paul Marie an dem Tag gesehen, als eine Jury ihn des Mordes an ihrer Tochter für schuldig befunden hatte. Er war – bis auf den weißen Priesterkragen – ganz in Schwarz gekleidet gewesen.

Der Star flog auf.

Ellen sah zu Rouge hinüber, der am Türrahmen lehnte und seinen Kaffee trank. Er trug Jeans, ein altes gestreiftes Hemd seines Vaters und einen ungebundenen roten Schlips um den

Hals. Sein Lächeln war leicht melancholisch. Bewundernd betrachtete sie ihren gut aussehenden Sohn und beneidete ihn um seine Jugend. Junge Gesichter waren unzerstörbar, kannten keinen Verschleiß, keine Erschlaffung. Aber Rouge hatte auch gut geschlafen. Vielleicht wollte er sich mit seinem Lächeln bei ihr entschuldigen, weil er ihr die Nachtruhe geraubt hatte.

Ellen tippte sich mit der Lesebrille an die Zähne. »Du hattest Recht. Der Verteidiger war mit Sicherheit nicht sauber.« Sie blätterte in der Akte. »Ein Jurastudent im ersten Semester hätte seine Sache besser gemacht. Schade, dass der Mann tot ist. Du hättest ihn drankriegen können, weil er sich von der Polizei die Unterlagen über die falsche Zeugin hat geben lassen.«

»Also hat ihn irgendjemand gekauft.«

Sie nickte. »Aber eben kein Irgendjemand. Am ehesten käme da dein Vater in Frage. Er war wild entschlossen, den Priester fertigzumachen. Durch die Vorverurteilung der Zeitungen aus dem Verlag, der seiner Familie gehörte, war Paul Marie eigentlich schon erledigt. Der Prozess war nur noch eine Formalität.«

In jenem Jahr hatte der Arzt ihr laufend starke Beruhigungsmittel verordnet, und sie selbst hatte noch mit Alkohol nachgeholfen, aber etwas von der aufgeheizten Stimmung hatte sie selbst durch den Schutzschild aus Valium und Whiskeydämpfen hindurch gespürt. Es war im ganzen Land ein gutes Jahr für eine Priesterhatz gewesen.

»Soll ich versuchen, der Schmiergeldzahlung nachzugehen?« Früher hätte sie nicht gefragt, sondern sich sofort in die Story verbissen. Aber ihre Tage als Reporterin waren vorbei, und außerdem war sie die Witwe des Hauptverdächtigen.

Rouge schenkte sich Kaffee nach und kam mit dem Becher an den Tisch. »Viel mehr interessieren würde mich, was Dad in finanzieller Hinsicht mit Oz Almo abgemacht hat.«

»Das ist damals an mir vorbeigegangen. Ich weiß nur soviel, dass dein Vater eine sehr hohe Summe als Lösegeld gezahlt hat.« Über finanzielle Einzelheiten wusste Rouge ohnehin mehr als sie. Mit neunzehn hatte er den Nachlass seines Vaters geordnet und einen genauen Finanzplan aufgestellt, um das Haus zu retten und sie beide über Wasser zu halten.

Rouge schenkte ihr den köstlich duftenden schwarzen Kaffee ein. Ellen lächelte über diese kleine Handreichung, die ihr Sohn vor Jahren übernommen hatte, als Ellen in einem Zustand war, in dem sie seiner Meinung nach nicht mit heißen Flüssigkeiten umgehen konnte. Insgeheim überlegte sie, wie sich wohl Nostalgie in weniger gestörten Familien äußern mochte.

»Wie hoch die Lösegeldsumme war, weiß ich«, sagte Rouge. »Aber es hätte sehr viel mehr an Aktienbesitz da sein müssen, und der Grundbesitz war mit dicken Hypotheken belastet.«

»Du meinst also, er hat Oz Almo Geld gegeben? Um den Anwalt zu schmieren? Klingt glaubhaft.«

»Fest steht, dass Dad mit Bargeld gearbeitet und nichts Schriftliches hinterlassen hat. Almo ist der nächstliegende Vermittler für Bestechungsgelder.«

»Ich fand den Kerl immer widerlich, aber dein Vater hatte großes Vertrauen zu ihm. Damals war Oz noch bei der Polizei. Als Zeuge der Anklage machte er einen ausgezeichneten Eindruck. Und da auch der Verteidiger für die Anklage arbeitete …«

»Warum hat die Kirche Paul Marie keinen anständigen Anwalt besorgt?«

Ein anständiger Anwalt, dachte sie, ist ein Widerspruch in sich, aber sie sagte es nicht laut. »Sie haben ihm den besten Rechtsbeistand gestellt, der für Geld zu haben war, aber den wollte er nicht.« Unter der Prozessakte zog sie das Sammelalbum hervor, in dem ihr Mann alle Einzelheiten des Mordfalls in jetzt vergilbten Zeitungsausschnitten dokumentiert hatte. »Du kannst es nachlesen. Der erste Verteidiger wollte mit dem Anklagevertreter einen Deal aushandeln, aber Pater Marie hat immer wieder betont, dass er unschuldig sei.« Sie griff nach ihrem Block und machte sich Notizen. »Zunächst kann ich über Oz Almo eine Kreditauskunft einholen, damit bekommen wir schon mal einen ersten Überblick. Das übrige bekomme ich wahrscheinlich über eine Bankangestellte in Manhattan raus, die mir noch was schuldig ist.«

»Und könntest du auch feststellen, wie viele und was für Mandanten Almo in den letzten fünfzehn Jahren hatte? Er ist gut gekleidet und hat ein großes Haus. So was kostet Geld. Ich frage mich, ob er das mit seiner Arbeit als Privatdetektiv verdient hat oder –«

»– oder ob es aus der Lösegeldsumme kommt?« Sie sah ihrem Sohn an, dass er diese unerfreuliche Möglichkeit auch schon in Betracht gezogen hatte. »Ich kümmere mich darum.« In dieser Sache würde Rouge Kendall ohne Hilfe nicht weiterkommen. Der Staatspolizei war es bestimmt nicht recht, wenn ihr Neuzugang sich auf die Spur eines früheren Mitarbeiters setzte. »Ich fange gleich heute an, meine Beziehungen spielen zu lassen. Noch was?«

Rouge nickte. »Ali Cray glaubt, dass jemand absichtlich in Paul Maries Akten herumgepfuscht hat, damit er in den allgemeinen Trakt der Haftanstalt kam. Bei dem, was man ihm vorwarf, wäre das ein glatter Mordversuch. Das würde erklären, warum das Vermögen so geschrumpft ist. Wenn Oz Almo das Gefängnispersonal schmieren musste …«

Ellen schüttelte den Kopf. »Als Verschwörungstheorie ist das kalter Kaffee, mein Junge. Und ich fürchte, du siehst unseren Strafvollzug ein bisschen zu blauäugig.«

»In diesem Gefängnis gibt es eine getrennte Abteilung für Sexualstraftäter, ich habe mich erkundigt.«

»Und das soll die logische Folgerung sein, auf die Ali Crays These sich stützt? Dass ein Vorgang falsch abgelegt wird oder verloren geht, kommt alle Tage vor, das ist nichts Besonderes, das kannst du deiner alten Mutter glauben. In Zukunft würde ich mich an deiner Stelle nur auf Fakten verlassen, nicht auf die Logik. Und erst recht nicht auf Verschwörungstheorien.«

»Aber wenn sie Recht hat, könnte der Priester ...«

»Vergiss die edle und gerechte Sache, mein Junge. Gerechtigkeit ist nur ein Traum. Wenn du die Wahrheit herausfinden willst, kannst du es dir nicht leisten, an irgendeine Sache zu glauben – weder an die des Priesters noch an deine eigene.«

Rouge schlug mit der flachen Hand auf das Gerichtsprotokoll. »Du hast den Beweis dafür, dass Oz nicht sauber war. Das Armband –«

»Nein, mein Junge. Ich habe Hinweise auf eine mögliche Zahlung von Bestechungsgeldern. Selbst dann, wenn sich die Hinweise konkretisieren sollten, folgt daraus noch lange nicht, dass er dem Priester Beweismaterial untergeschoben hat. Und wenn er es getan hat? Die Polizei macht so was ständig, auch das ist ein alter Hut. Als ich Reporterin in Chicago war, hatten die Cops vorsichtshalber immer belastendes Material – meist Drogen – im Auto. Das silberne Armband –«

»– gehörte Susan. Dein Vater hat es ihr zu ihrem letzten Geburtstag geschenkt. Und sie hat es an dem Tag getragen. Oz hat es nicht von deinem Vater bekommen, um es dem Priester unterzuschieben. Das sind die Fakten.« Sie blätterte in dem Protokoll. »Der Priester hatte keine faire Verhandlung, aber dass er unschuldig ist, lässt sich dem Protokoll nicht entnehmen, also ist es kein Faktum. An Oz kannst du dich erst heranwagen, wenn du etwas Konkretes in der Hand hast.«

»Und wenn ich mir Oz mal allein vornehme?«

»Keine gute Idee. Hör nicht auf dein Herz und deinen Bauch, in beiden ist zu viel Testosteron. Hör auf deine Mutter.«

»Ich will ja gar nicht tätlich werden, ich möchte nur –«

»Hör zu, Rouge.« Sie hielt das Protokoll als Beweismittel hoch. »Du kannst dich weder auf die Cops noch auf die Gerichte verlassen. Und auch nicht auf das, was in der Zeitung steht.« Sie deutete auf das Album – Beweisstück Nummer Zwei. »Wenn du dich nicht mal auf deine eigene Mutter verlassen willst – was bleibt dir dann noch?«

Endlich hatte sie das Gefühl, dass sie sich einig waren.

Er lehnte sich lächelnd zurück und trank seinen Kaffee aus.

Sie waren ein Team.

Wann hatte sie sich zuletzt ihrem Sohn so nahe gefühlt? Als ihre Tochter noch am Leben war, hatte Ellen die Zwillinge meist in die Obhut anderer Frauen gegeben und sich weiter keine Sorgen um sie gemacht, denn die Kinder waren sich selbst genug. Nach Susans Tod hatte sie sich mit schlimmen Schuldgefühlen herumgeschlagen, weil sie meinte, als Mutter versagt zu haben. Und auch danach hatte sie nicht gelernt, besser mit ihrer Mutterrolle umzugehen. Sie hatte sich in den Alkohol geflüchtet und sich nicht um ihren Sohn gekümmert, als der sie am nötigsten gebraucht hätte. Hatte sie Rouge Angst gemacht, als sie ihr Guten Morgen oder Gute Nacht nur hatte lallen können? Wie mochte einem Zehnjährigen zumute gewesen sein, wenn seine Mutter schon lange vor der Schlafenszeit in seinen Augen sinnlos betrunken irgendwo herumgelegen hatte?

Jetzt aber hatte sie eine zweite Chance bekommen. Ihr Sohn brauchte einen Menschen, der ihm unter der Hand Fakten lieferte, brauchte eine Expertin im Schnüffeln und Wühlen, eine, der kein Schlüsselloch zu klein, keine Privatsphäre heilig war.

Auch das war Mutterschaft.

Das Klirren von Glas weckte Gwen. Das Monster machte sich in dem weißen Zimmer zu schaffen und kam dem Versteck unter dem Holzkarren ganz nahe. Sie hörte das abgerissene Kläffen des Hundes, spürte die Schritte, die durch den langen Mittelgang kamen. Sadie lag auf ihr und häufte hastig mehr Erde um Gwen herum auf. Der Hund bellte jetzt heftiger, Gwen sah ihn förmlich an der Leine zerren, während Herr und Hund näher kamen. Aus dem Bellen wurde ein ersticktes Jaulen, Keuchen und Schnaufen.

Gwen zuckte zusammen, als ein Tritt den Holzkarren traf. Der Pulli verrutschte, so dass ihr Erde in Mund und Augen kam. Sie würgte. Der Karren fing an zu rollen. Von Sadies Sweatshirt fiel laufend Erde auf sie herunter, und sie kniff die Augen fest zusammen. Und dann wurde der Karren mit einem Ruck wieder unter den Tisch geschoben. Noch einmal ein Bellen, dann ein schmerzerfülltes Winseln.

»Blödes Vieh«, flüsterte eine Männerstimme.

Er hatte also gesehen, was er erwartet hatte – ein Kind, das tot und steif mit starren, weit geöffneten Augen in seinem Grab lag.

Das Schnaufen des Hundes und die Schritte des Mannes zogen sich ans andere Ende des Kellers zurück. Die Tür schlug zu, dann war alles still.

Sadie rollte sich zur Seite. Bei dem Versuch, sich aufzusetzen, stieß sie mit dem Kopf an die Unterseite des Holzkarrens. Sie spuckte Erde aus. Gwens Wunde tat jetzt noch mehr weh als vorhin. Sie wollte aus der Grube steigen und den Holzkarren zur Seite schieben, aber Sadie hielt sie zurück.

»Er ist noch nicht weg. Warte, bis du ihn wegfahren hörst.«

»Ich brauche Tabletten, Sadie, ich kann nicht –«

»Bleib hier, ich hole sie.« Sadie arbeitete sich aus der Grube heraus und kroch zwischen den Rädern des Karrens hindurch ins Freie.

Gwen blieb allein im Dunkeln zurück. Mattes Licht fiel auf das zerfetzte Hosenbein. Um die Ränder des Verbandes herum hatten sich dicke Wülste gebildet. Sie streckte das Bein ins Licht und wickelte den Verband ab.

Was sie sah, machte ihr Angst. Die Haut um die Wunde herum hatte sich dunkel verfärbt. Als sie die Biss-Spuren berührte, durchfuhr es sie wie ein glühendes Eisen. Sie schrie und schrie, ohne zu merken, dass Sadie wieder zu ihr in die Grube gekrochen war. Die Freundin schob ihr die Tabletten in den Mund und goss Wasser nach.

Eine Weile saßen sie schweigend beieinander. Ganz allmählich ließ der Schmerz nach. Aus dem Ärmel von Gwens Pulli kroch ein Käfer. Sie streifte ihn ab und fröstelte.

»Leg dich hin, bis wir den Wagen wegfahren hören«, sagte Sadie.

»Ich kann nicht. Diese Krabbeltiere ...« Gwen schlug die schmutzigen Hände vors Gesicht. »Ich weiß nicht, was mit mir los ist. Käfer haben mich bisher noch nie gestört.« Sie weinte jetzt. »Weißt du noch ... unsere Käferrennen ...?«

»Da waren wir acht.« Sadie strich Gwen übers Haar. »Deine haben immer gewonnen.«

»Und jetzt, wo ich sie in den Sachen habe, ekle ich mich vor ihnen. Was ist das nur?«

»Du wirst eine Frau«, sagte Sadie weise und abgeklärt, als sei das etwas, was nun einmal nicht zu ändern war.

»Und dieser Mann, Sadie, kommt mir vor wie das Moskitomodell im Museum. Wie ein Riesenkäfer.«

»*Die Fliege.*«

»Der Schwarzweißfilm von 1958? Oder das Remake von 1986?« Automatisch hatte Gwen das alte Spiel aufgenommen. Es war eine tiefgehende, langfristig angelegte Konditionierung. Jahrelang hatte sie sich auf ein Horrorquiz von Sadie sorgfältiger vorbereitet als auf eine Klassenarbeit.

»Finde ich gut«, sagte Sadie. »So nennen wir ihn: Die Fliege.«

Was jetzt kam, war wie die verrückte Krönung ihrer sonderbaren Irrfahrt: Gwen hörte es laut auf die Blätter pladdern. Sie verrenkte sich den Hals, um die Lichterdecke der Pilzhöhle erkennen zu können. Große Wassertropfen fielen aus den Rohren, die sich über den elektrischen Himmel hinzogen.

Im Haus regnete es.

»Würden Sie sagen, dass der Gedanke an eine Entführung für Sie schon immer so was wie eine Zwangsvorstellung war?« Arnie Pyle sah Peter Hubble mit seinen traurigen braunen Augen an, aber Rouge fand, dass in dem Blick weder Mitgefühl noch Verständnis lagen.

Peter Hubble nickte knapp und legte ein wenig herausfordernd den Kopf schief. War es nicht völlig normal, dass ein amerikanischer Vater in das Rucksackfutter seines Kindes einen Sender nähen ließ? Und seiner kleinen Tochter die Fingerabdrücke abnahm, um sie gewissenhaft auf einer Karteikarte zu registrieren? Und Blutproben im Gefrierschrank aufbewahrte für den Fall, dass irgendwann ein Gentest nötig wäre?

Auf dem Konferenztisch lag ein Stapel von Karten, auf denen Jahr für Jahr, von ihrer Geburt an, Gwens Fußabdrücke festgehalten waren. Zarte Windungen und Wirbel zeichneten Zehen und Sohle nach, und dieser Anblick war erschütternder als jedes Foto. Die Männer an dem langen Tisch hatte alle nur einmal hingesehen.

Drei FBI-Agenten saßen auf Pyles Seite, Rouge Kendall und Buddy Sorrel hatten Peter Hubble in die Mitte genommen. Sorrel hatte bisher kein einziges Mal den Mund aufgemacht und sich nur hin und wieder etwas notiert. Ein weiterer BCI-Ermittler lehnte am Türrahmen und ließ sich nicht anmerken, ob er dem Gespräch überhaupt folgte.

Vor einer Stunde hatte Special Agent Pyle in Captain Costellos Büro klargestellt, dass nach dem Eintreffen einer in einem anderen Bundesstaat abgestempelten Lösegeldforderung die Ermittlung jetzt Sache des FBI war. Der Captain hatte diese Mitteilung nur mit einem vieldeutigen Lächeln quittiert. Rouge fragte sich, ob Costello wohl etwas über den Lösegeldbrief wusste, das Pyle nicht bekannt war. Die Eltern der beiden verschwundenen Mädchen hatten das Schreiben noch nicht gesehen, denn die eingehende Post wurde vom FBI vorsortiert. Wann und wie würden die Feds mit den Familien darüber sprechen?

Agent Pyle zog einen schmalen Mund und trommelte mit einem Stift auf die Tischplatte. »Wäre es denkbar, dass Ihre Ex-Frau Gwen entführt hat?«

»Marsha? Natürlich nicht.« Peter Hubble zweifelte sichtlich am Verstand des FBI-Agenten. Verärgert stand er auf. »Meine Frau und ich leben getrennt, sind aber nicht geschieden. Dieser Unfug ist doch pure Zeitverschwendung. Suchen Sie lieber nach Gwen. Oder lassen Sie mich losfahren und –«

»Sie fahren nirgendwohin«, sagte Arnie Pyle. »Aber wenn Sie einen Anwalt haben wollen, brauchen Sie es nur zu sagen. Sie werden mir Rede und Antwort stehen – so oder so.«

Peter Hubble ließ sich in seinen Sessel zurückfallen und sah wie hilfesuchend zur Decke hoch. Eine Szene wie bei Kafka, dachte Rouge unwillkürlich. Dass dieser Mann litt, sah doch jeder Trottel.

»Ihre Frau ist wegen des Sorgerechts für Gwen vor Gericht gegangen«, stellte Pyle nüchtern fest.

»Das war vor zwei Jahren. Inzwischen haben Marsha und ich uns geeinigt.«

»Sie sind auffallend besorgt um die Sicherheit Ihrer Tochter, Sir.« Die respektvolle Anrede und Pyles Ton passten nicht recht zusammen. »Sie haben gefürchtet, dass Ihre Frau Ihnen Gwen wegnehmen würde, nicht?«

»Ich bin ein wohlhabender Mann«, sagte Peter Hubble. Er war jetzt ruhiger, vielleicht aber auch nur müde. »Die Gründe für meine Sicherheitsvorkehrungen dürften auf der Hand liegen.« Und darin schwang mit: Nur nicht für einen Trottel wie Sie.

Sorrel lächelte, ohne von seinem Notizbuch aufzusehen. Rouge hätte gern mit dem älteren Kollegen Blickkontakt aufgenommen, denn er wusste nicht recht, was er von dieser Entwicklung halten sollte. Bisher hatte nicht einmal Pyle die Möglichkeit in Betracht gezogen, dass Marsha Hubble die Kinder entführt haben könnte. Die Vizegouverneurin war, als die Mädchen entführt worden waren, in Albany gewesen, was acht Mitarbeiter bestätigen konnten, die sich von Marsha Hubble um das wohlverdiente Wochenende gebracht sahen. Pyle musste auch wissen, dass das Alibi des nicht sorgeberechtigten Elternteils immer besonders sorgfältig überprüft wurde. Was wollte er also mit dieser Fragerei erreichen?

Arnie Pyle nahm von seinem Kollegen umständlich eine Akte entgegen, klappte sie langsam auf, blätterte und nahm einen Briefbogen heraus. Auf dem Briefkopf erkannte Rouge das Wort ›Familiengericht‹. »Letzten Sommer hat Ihre Frau Sie des Kindesmissbrauchs bezichtigt. Haben Sie die Kleine verprügelt?«

»Nein!« Peter Hubble war wieder aufgesprungen. »Sie verdrehen alles, Pyle! Meine Frau hat psychologischen Missbrauch geltend gemacht. Der Unterschied dürfte Ihnen bekannt sein. Sie hat behauptet, ich sei übertrieben fürsorglich.« Hubble stützte sich mit beiden Händen auf den Tisch und beugte sich vor. Er sah jetzt nicht mehr so sehr aus wie ein Opfer, sondern eher wie ein Mann, der drauf und dran war, einem anderen an die Gurgel zu gehen. Ob einer der Cops Gwens Vater in den Arm fallen würde? Wohl kaum. Aber wenn Arnie Pyle ihn wegen tätlicher Beleidigung anzeigte, trug das nicht gerade zur Verbesserung seiner Situation bei.

Rouge stand auf und legte Hubble behutsam eine Hand auf die Schulter. Die leise Berührung genügte, um ihn wieder auf seinen Sitz zurückzuholen. »Ihre Frau ist Politikerin, Sir. Ich traue ihr zu, dass sie im Kampf auch mal zu unfairen Mitteln greift, aber ich weiß nicht, was die Feds in der Hand haben. Wie war das mit der Anzeige wegen Missbrauch?«

Rouge Kendalls gutem Zureden war Hubble offenbar eher

zugänglich. »Marsha hat mich vor Gericht gebracht, um etwas durchzusetzen. Die Anklage wurde fallengelassen, als ich mich einverstanden erklärte, Gwen mit Sadie Green ins Sommerlager fahren zu lassen. Ich hatte mir eigentlich mit meiner Tochter die griechischen Inseln ansehen wollen. Meine Frau war offenbar der Meinung, dass ein Sommer mit Sadie pädagogisch mehr bringen würde, und damit hatte sie Recht. Gwen kann jetzt ganze Dialoge aus Horrorfilmen auswendig hersagen. Und ihre Ausdrucksweise gibt manchmal Anlass zur Beanstandung.«

Rouge unterdrückte ein Lächeln. »Sie sind mit Sadie nicht einverstanden.«

»Nein. Aber ich mag sie sehr gern. Das würde Ihnen auch so gehen.«

Rouge sah, dass sich Pyle zu einem Schuss aus dem Hinterhalt bereitmachte, um die Verletzlichkeit seines Opfers auszunutzen, und schüttelte warnend den Kopf.

Aber Pyle ließ sich nicht bremsen. »Wir haben die Fingerabdrücke Ihrer Tochter auf der Knopfleiste der Alarmanlage gefunden«, sagte er scharf. »Gwen hat die Anlage abgestellt, um unbemerkt durch die Hintertür das Haus verlassen zu können. Wer außer Ihrer Frau hätte sie herauslocken können? Freunde der Familie, Mitarbeiter Ihrer Frau?«

»Nur Sadie. Sie ist die Einzige, auf die meine Tochter mehr hört als auf mich.«

Dem FBI-Mann war sein Argwohn jetzt deutlich anzusehen. »Sadie war es nicht, das wissen wir. Wer käme noch in Frage? Mrs. Hubble hat viele Feinde im Umfeld des Gouverneurs und im Lager von Senator Berman.«

Hubbles Kopfschütteln war nicht so sehr eine Verneinung als ein Ausdruck des Erstaunens über dieses an den Haaren herbeigezogene politische Motiv.

»Man sagt Ihnen nach, dass Sie sehr zurückgezogen leben«, fuhr der Agent fort. »Aber Ihre Frau hat einen großen Bekanntenkreis. Könnten Sie uns eine Liste der Leute geben, die –«

»Das bringt doch nichts!« Peter Hubble schob seinen Stuhl zurück. Jetzt hatte Rouge seinen Kollegen Sorrel direkt im Blick, und der nickte ihm zu. Sie wussten inzwischen beide, worauf Pyle mit seiner Frage hinauswollte. Es war ein Vernichtungsfeldzug auf der politischen Ebene, der mit einem kleinen Mädchen überhaupt nichts zu tun hatte. Jetzt schüttelte Sorrel den Kopf. Er war mit Peter Hubble der Meinung, dass diese Vernehmung nichts brachte, reine Zeitverschwendung war.

»Ich suche nach Namen aus dem inneren Kreis der Familie, nach jemandem, der Ihre Tochter kannte.« Arnie Pyle schlug mit beiden Händen auf den Tisch. »Wir wissen, dass Gwen sich häufig an dem Kindermädchen vorbei aus dem Haus schlich.«

»Dann wissen Sie mehr als ich.« Man merkte Hubble an, dass er dem FBI-Mann kein Wort glaubte.

»Es stimmt, Mr. Hubble«, bestätigte Rouge. »Das haben wir von dem Jungen erfahren, der Sadies Fahrrad an der Bushaltestelle entdeckt hat. Er sagt, dass Gwen sich immer dann, wenn Sie den beiden verboten hatten, miteinander zu spielen, aus dem Haus schlich und sich mit ihrer Freundin am Bootshaus traf.«

»Davon hatte ich keine Ahnung.« Peter Hubble schien ehrlich bestürzt und kam sich wohl auch ein wenig lächerlich vor. Selbst Pyle musste erkennen, dass dem Herrn über tausend Schlösser und modernste Überwachungssysteme das geheime Leben seiner Tochter verborgen geblieben war.

Ohne auf Pyles Winke zu achten, wandte Rouge sich an Peter Hubble. »Als David Shore das letzte Mal mit mir gesprochen hat –«

»David hat mit Ihnen gesprochen?«, wiederholte Peter Hubble verblüfft und verzog in leisem Spott einen Mundwinkel. »Als Sadie acht war, hat sie mir erzählt, man habe David Shore bei der Geburt die Zunge herausgeschnitten. Ich habe noch ihre Worte im Ohr: ›Irgendein komischer religiöser Ritus, vielleicht was Protestantisches ...‹«

Jetzt mussten Gwens Vater und die Männer, die um ihn herum saßen, unwillkürlich doch lächeln.

Der verrückte Regen im Haus hatte aufgehört, und die Tür öffnete sich. Der Mann war zurückgekommen. Der Hund jaulte noch einmal gequält auf, dann schlug die schwere Tür endgültig zu. Die Kinder blieben in der Grube, bis das Motorengeräusch in der Ferne verhallt war.

Sadie schob den Karren zurück, kletterte hinaus und lief zum Ende des Ganges. Der Hund lag zwischen den Bäumen auf der Erde und rührte sich nicht. Gwen hinkte langsam hinterher. Jetzt sah sie das Bündel, das neben dem angeketteten Tier lag, eine durchsichtige Plastiktüte, in der etwas Rotes steckte.

»Ist das nicht dein Parka, Gwen?«

»Er muss draußen nach mir gesucht haben. Deshalb hat er den Hund mitgenommen und den Parka, der nach mir riecht. Vielleicht glaubt er, dass jeder Hund automatisch auch ein Spürhund ist, aber Mr. Stuben sagt, dass es lange dauert, bis man einen Hund dazu abgerichtet hat.«

Der Hund legte sich stöhnend auf die Seite.

Gwen sah die Dosen durch, die auf einem Karren in der Nähe standen. Eine enthielt laut Etikett kleine Hundekuchen, eine andere eine bekannte Sorte Trockenfutter, das man mit heißem Wasser vermischen musste, damit etwas wie Fleisch und Soße herauskam. Als sie weitersuchte, fand sie auch eine Dose mit dem Hundefutter, das sie ihrem Pudel Harpo immer gab. Das Beste, was man für Geld bekommen kann, hatte Mr. Stuben gesagt.

Der Hund war jetzt wieder auf den Beinen, aber er wirkte matt und krank. Er blieb stehen, ohne den Spielraum der Kette ganz auszunutzen. Inzwischen hatte er wohl gelernt, dass sie ihn schmerzhaft würgte, wenn er zu sehr an ihr zerrte.

»Keine Sorge, hier kommt er nicht an uns heran«, sagte Sadie.

Doch Gwen fürchtete sich nicht mehr vor dem Hund – nicht etwa, weil die schmerzstillenden Mittel ihre Angst gedämpft hatten, sondern weil dieser bösartig kläffende Köter das einzig Vertraute in einer völlig fremden Welt unbekannter Pilze und verkrüppelter Eichen war, einer Welt, in der es regnete, während gleichzeitig eine Vielzahl elektrischer Sonnen schien, und in der ein Monster die Gegend unsicher machte.

Den Hund konnte sie verstehen.

Und sie trug ihm nichts nach, denn mit dem Biss hatte er nicht sie persönlich gemeint. Ein halb verhungertes Tier musste sehen, wo es blieb. Der Hund verhielt sich normal und vorhersehbar – im Gegensatz zu ihrer übrigen Umgebung. Gwen dachte bei sich, dass sie, nachdem sie schon so viel über ihn wusste, vielleicht sogar Freunde werden konnten. Seine fast lautlose Attacke war ein Beweis dafür, dass er – vielleicht als Polizeihund – von einem Fachmann abgerichtet worden war. Er hatte vor dem Angriff nur einmal gebellt. Demnach hatte auch er Angst gehabt.

Ja, er hatte ihre Angst gespürt, und sein Instinkt sagte ihm, dass jedes Lebewesen, das Angst hatte, gefährlich war. Jetzt war sie außerdem noch verletzt und dadurch doppelt so gefährlich für den Hund, der jetzt knurrend die Zähne fletschte. Feige war er nicht. Er hat ein großes Herz – so hätte Mr. Stuben es ausgedrückt.

Stuben hatte immer gesagt, dass man von Tieren viel lernen könne, dass sie einem ganz deutlich den Unterschied zwischen Feigheit und Furcht vor Augen führten. Bei der Ausbildung seiner Hunde machte er sich bewusst die Tatsache zunutze, dass sie zwischen der Liebe zu den Menschen und der Angst vor ihnen hin und her gerissen waren, verzichtete aber konsequent auf Schläge. Wenn ein Hund durch Grausamkeit sein Leben bedroht sah, konnte er, wenn er ein großes Herz hatte, die Angst so weit überwinden, dass er sich sogar gegen seinen Herrn wandte. Gwen sah den Hund an und hielt seinen angststarren Blick fest.

Ja, jetzt kämpfte er nur noch ums Überleben. Aber sie hatte Sadie auf ihrer Seite. Der Hund war allein.

Gwen war zehn Jahre alt und hatte Angst vor der ganzen Welt – nur nicht vor diesem knurrenden Köter, der an der Kette zerrte, um wieder über sie herzufallen. Er war das einzige Bindeglied zu dem, was sie begreifen und beherrschen konnte. »Vielleicht können wir mit dem Hund was machen.«

»Bin schon dabei.« Sadie holte aus einem Wagen voller Werkzeuge eine lange Klinge mit kreisförmigem Griff hervor – die Hälfte einer kaputten Gartenschere. »Nicht scharf genug.« Sie ging zu der Feldsteinmauer und begann langsam und liebevoll die Klinge zu schärfen.

»Du würdest nicht dazu kommen, das Ding zu benutzen«, sagte Gwen. »Er braucht nur eine Sekunde dazu, dir die Kehle durchzubeißen. Möchtest du ihn nicht lieber zum Freund haben?«

»Er würde mich lieber zum Mittagessen haben, Gwen.«

»Du hast dir doch immer einen Hund gewünscht.«

»Aber nicht einen, der mir die Hand abbeißt, wenn ich ihn streichle.«

»Er ist sehr schwach. Willst du ihm was zu fressen geben?«

»Du hast wohl nicht alle Tassen im Schrank!« Sadie sah ihre Freundin fassungslos an. »Ich hasse das Vieh. Und denk mal an das, was er dir angetan hat.«

Gwen streifte ihren Verband mit einem fast gleichmütigen Blick. Diesmal hatte sie nur zwei Tabletten genommen. Dadurch blieb ihr Kopf klarer, und die Schmerzen waren trotzdem erträglich. Das Bein wirkte schwerer, als schleppte sie ein Gewicht in ihrem Wadenmuskel mit. Sie betrachtete es wie einen Fremdkörper, der an ihrem Körper befestigt war.

»Lass uns das Problem mal logisch angehen, wie Mr. Caruthers es ausdrücken würde«, sagte sie. »Wäre es nicht vernünftiger, den Hund zum Freund zu haben?«

»Klar, vernünftiger wäre es schon, aber ich bringe ihn trotzdem um.«

»Weißt du, wie er heißt?«

»Die Fliege nennt ihn nie beim Namen und gibt ihm auch kaum was zu fressen. Bestimmt hat er heute noch nichts gekriegt.« Die Klinge knirschte, als Sadie sie genüsslich hin und her bewegte. »Du wirst sehen, es ist ein Kinderspiel.«

Gwen hatte die blinkende Blechschüssel unter einem der Bäume entdeckt. »Er hat ja kein Wasser im Napf!«

»Wenn's regnet, kriegt er genug.«

Doch der Napf stand so nah am Stamm, dass das dichte Blätterdach keine Tropfen durchließ. »Ich glaube, der Mann legt es darauf an, dass der Hund bösartig wird. Wenn ein Tier halb von Sinnen vor Hunger und Durst ist, sagt Mr. Stuben, ist es ein guter Wachhund, weil es einen Hass auf die ganze Welt hat. Wir könnten ihm Wasser geben. Das wäre ein Anfang.« Sie griff nach einem Besen und hockte sich hin.

»Ich hab dir doch gesagt, ich werde –« Sadie hielt im Schleifen inne. »Was machst du denn da?«

Gwen angelte mit dem Besenstiel nach dem Napf. »Rate mal.« Der Hund beobachtete sie geduckt, während sie den Napf mit dem Besenstiel in weitem Bogen von dem Baumstamm wegschob.

»Zurück, Gwen! Du –«

Sobald sie nach dem Napf griff, schnappte der Hund zu.

Sadie zog sie an den Füßen zurück. Gwen hatte den Spielraum unterschätzt, den die Kette ihm ließ, und die scharfen Zähne waren nur zwanzig, dreißig Zentimeter von ihrer Hand entfernt, als Sadie sie jenseits der unsichtbaren Bannmeile losließ. Doch Gwen hatte den Napf nicht losgelassen und war darauf unheimlich stolz.

Sadie hockte sich neben sie. »Ich glaube, du bist besoffen. Muss an den Tabletten liegen.«

»Bekifft«, verbesserte Gwen. »Besoffen sagt man bei Alkohol, bekifft bei Drogen.« Insgeheim aber fragte sie sich, wie viel von ihrer neuen Tapferkeit sie tatsächlich aus den Tablettenröhrchen bezogen hatte.

Kopfschüttelnd nahm Sadie ihr den Napf ab. »Wegen dieser blöden Blechschüssel hättest du fast deine Hand verloren. Und jetzt willst du ihm Wasser geben?«

»Ihm kein Wasser zu geben ist Tierquälerei.«

»Und wenn die Fliege sieht, dass der Wassernapf voll ist? Dann stößt du ihn förmlich mit der Nase drauf, dass der Köter hier unten nicht allein ist.«

»Und was ist damit?« Gwen deutete auf die scharfgeschliffene Klinge. »Wenn er den Hund mit der Klinge im Herzen findet, weiß er doch sofort Bescheid. Oder wolltest du einen Selbstmord vortäuschen?«

Sadie stand auf und marschierte mit grimmigem Gesicht den Gang zwischen den Pilztischen entlang.

»Wo willst du hin?«

»Zur Spüle. Dein blödes Wasser holen.«

Gwen hinkte hinter ihr her. »Es tut mir Leid«, sagte sie der Form halber. In Wirklichkeit war sie sehr zufrieden mit sich und fühlte sich nicht mehr so feige. Sie blieb an der Spüle stehen, während Sadie den Napf füllte. »Hast du behalten, was für Befehle der Mann ihm gegeben hat?«

»Er benutzt die Namen von Indianerhäuptlingen«, sagte Sadie. »Als er den Hund auf mich gehetzt hat, hat er ›Geronimo‹ gesagt, als er ihn zurückgerufen hat, hieß es ›Sitting Bull.‹« Sie machte sich mit dem gefüllten Napf wieder auf den Weg.

Langsam kehrten sie zum Rand des kleinen Waldes zurück. Gwen holte eine Handvoll Hundekuchen aus der Dose, und Sadie stellte den Blechnapf an den Rand des magischen Zirkels, über den die Reichweite der Kette nicht hinausging, und schob ihn mit dem Besenstiel hinein. Der Hund kam mit aufgestellten Ohren und witternder Nase näher.

Gwen musterte ihn aufmerksam. Die Kreuzung dreier für ihre Beissfreudigkeit berüchtigten Rassen garantierte ein Höchstmaß an Aggressivität. Sie gab Sadie einen Hundekeks. »Hier, wirf ihm den hin.«

»Damit er wieder zu Kräften kommt? Du bist ja bescheuert.«

»Gut, dann gib ihm erst mal die Hälfte.«

Der Hund hatte gierig den Napf leer getrunken. Jetzt hob er den Kopf und legte argwöhnisch die Ohren an. Sadie brach einen Keks durch und warf ihn dem Hund hin, der ihn sofort verschlang. Dann sah er wieder hoch, und aus seiner Kehle kam ein fast menschlicher Jammerlaut, der in der Hundesprache »Bitte mehr!« bedeuten mochte.

»Halt ihm die andere Hälfte hin«, sagte Gwen. »Und dann rufst du ›Sitting Bull‹.«

»Sitting Bull!«

Der Hund wich ein paar Schritte zurück und setzte sich. Seine Muskeln spannten sich, gierig fixierte er den halben Hundekuchen, den Sadie in der Hand hielt.

»Jetzt wirf.«

Der Hund fing den Keks im Flug. Das Brummen der Kleinmotoren begleitete sein Kauen und Schmatzen.

»Guter Wurf«, sagte Gwen. »Jetzt machen wir dasselbe noch mal. Wir arbeiten einfach mit den Kunststücken, die er schon kann. Wichtig ist, dass er deine Befehle ausführt.«

»Meine? Du bist die Hundefachfrau. Du hast Harpo beigebracht –«

»Aber du bist der bessere Alphawolf, der Anführer des Rudels.«

Sadie nickte. Der Hund spürte, dass Gwen feige war. Sie hätte ihm nie Befehle geben können – schon deshalb nicht, weil sie einen Heidenrespekt vor ihm hatte. »Ihm geht's jetzt nur noch darum, am Leben zu bleiben«, fuhr Gwen fort. »Aber selbst Wölfe nehmen Befehle entgegen.«

»Vom Alphawolf.«

»Genau.« Und wenn er erst Sadies Hund geworden war, würde sie nicht mehr so scharf darauf sein, ihn umzubringen. Es wäre nur eine Frage der Zeit gewesen, bis Sadie angefangen hätte, mit Hundefutter und mit den Chemikalien aus dem weißen Zimmer zu experimentieren. Bei dem grünen Pulver sagte einem schon der Geruch, dass es ein übles Gift war.

»Wer ihn füttert, gibt die Befehle«, sagte Gwen. »Geronimo ist der Befehl zum Angriff, also braucht er jetzt etwas, was er angreifen kann.«

»Da hab ich genau das Richtige.« Sadie verschwand in dem weißen Zimmer und kam mit der schwarzen Filzmaske wieder heraus. Von einem Wagen nahm sie eine Hand voll Plastiktüten und stopfte die Maske damit aus. Als sie das Gebilde Gwen übergab, hatte es die Form eines menschlichen Kopfes.

Gwen warf es in den Kreis. »Und jetzt rufst du –«

»Ich weiß. Geronimo!«

Der Hund verbiss sich in der Maske und schüttelte sie, bis Gwen ihr den Gegenbefehl zuflüsterte. »Sitting Bull!«, wiederholte Sadie.

Der Hund brach den Angriff ab, und Sadie wollte ihm einen halben Keks hinwerfen.

»Nein«, sagte Gwen. »Nimm einen ganzen. Und dann musst du ihn loben. Das ist ganz wichtig, sagt Mr. Stuben.«

Widerstrebend warf Sadie ihm den Keks hin, brachte aber kein Lob über die Lippen.

»Los, Sadie«, drängte Gwen.

»Braver Hund.«

»Lauter. Und sag's so, als ob du es ehrlich meinst.«

»So ein braver Hund.«

In der nächsten Stunde griffen sie immer wieder in die Dose mit den Hundekeksen.

»Ich hab den Eindruck, dass der Hund dich mag, Sadie. Er knurrt nicht mehr. Sieh dir seine Augen an. Lieb, nicht?«

Sadie schien nicht überzeugt. »Geronimo! Schau mal, was er mit dem Kopf anstellt. Wirklich ein liebes Hündchen.«

Gwen sah belustigt dem Hund zu, der an dem Filz kaute und zerrte. »Unsere Eltern drehen inzwischen wahrscheinlich durch vor lauter Sorge.«

»Meine nicht«, sagte Sadie. »Sitting Bull! Meine Mutter ist schwanger.« Lässig warf sie dem Hund einen Keks zu. Das Spiel, den Hund zwischen heller Aufregung und Ruhestellung hin- und herzuhetzen, wurde ihr schnell wieder langweilig. »Unser Seelendoktor macht meinen Eltern wahrscheinlich weis, dass ich ausgerissen bin, um mich interessant zu machen.« Sadie kannte den einschlägigen Fachjargon, sie hatte oft genug beim Schulpsychologen antreten müssen.

»Dr. Moffit ist einfach zu blöd. Aber Eltern stehen leider auf diesen Scheiß.«

»Geronimo! Hör mal, Gwen, ich muss mit dir ein ernstes Wort wegen deiner Ausdrucksweise reden.«

»*Meiner* Ausdrucksweise?«

»Sitting Bull!« Der nächste Keks kam geflogen. Sie saßen jetzt nur zwanzig oder dreißig Zentimeter außerhalb der unsichtbaren Bannmeile, die den angeketteten Hund umgab. »Wenn du in Hörweite deines Vaters noch mal Scheiß sagst, darf ich nie mehr bei dir übernachten. Ich sag's ja auch nicht, wenn meine Eltern dabei sind.«

»Kack-kack-kack.«

»Scheiß-scheiß-scheiß«, sang Sadie auf die Melodie von *Jingle Bells*.

»Kack-kack-kack«, stimmte Gwen ein, und dann beendeten sie den Gesang zweistimmig mit einem herzhaften »Schiet und Furz!«

Gwen klatschte und fiel, obgleich das im Sitzen gar nicht so einfach war, hintenüber wie ein umgestoßener Kegel. Vielleicht war sie wirklich ein bisschen bekifft, aber zumindest tat ihr im Augenblick nichts weh. Lachend rappelte sie sich wieder auf. »Jetzt auf die Melodie von *Stille Nacht!* Schei-ei-ei-eiß …«

Sadie hob die Hand. »Das ist der Titel von einem Film, den ich dir letztes Jahr aufgenommen habe, weißt du noch?«

»*Stille Nacht, tödliche Nacht.* 1984. Der Killer-Weihnachtsmann und die böse Nonne.«

»Genau.« Mr. Caruthers nachahmend, der den landläufigen Vorstellungen vom Weihnachtsmann ziemlich nahe kam, streckte Sadie den Bauch vor und sagte mit tiefer Stimme: »Und was lehrt uns dieser Film, Gwen?«

»Trau niemals einer Nonne.«

»Fast richtig«, sagte Sadie so leise, als könnte der Hund sie hören. »In dem Film gibt es aber zwei Monster …«

Der Hund an der Kette bellte.

»David hat Ihnen das erzählt? David der Außerirdische?«

Sadies Vater lächelte zum ersten Mal seit Beginn der Vernehmung.

»Ein ziemlich eigenartiger Junge, Mr. Green«, sagte Arnie Pyle.

»Ja. Aber einige der abartigsten Typen, die ich kenne, sind Kinder.« Er nickte dem FBI-Agenten freundlich zu. »Sagen Sie ruhig Harry zu mir.«

»Kennen Sie viele Kinder, Mr. Green?«

»Aber ja«, erwiderte der ganz unbekümmert und scheinbar immun gegen Anzüglichkeiten und Grobheit. »Ich trainiere eine Kinder-Baseballmannschaft, seit Sadie groß genug ist, um mit einem Schläger umzugehen. Aber ihre Höchstleistungen bringt sie in der Gymnastik.«

Rouge kam Arnie Pyles nächster Frage zuvor. »Von den Treffen am Bootshaus wussten Sie also nichts?«

»Nein. Peter Hubble ist schon ein komischer Vogel. Ich weiß nicht, warum er die beiden trennen wollte. Gewiss, er hielt nicht viel von den Filmen, die sie sich angesehen haben, aber –«

»Filmen?« Pyle hatte Rouges ausführlichen Bericht über Sadies Lieblingsthemen nicht gelesen.

»Am Samstag«, erzählte Harry Green bereitwillig, »bin ich mit den Kindern immer nach Milltown gefahren, zu einem kleinen Kino in der George Street.« Er wandte sich an Rouge als den Ortskundigen. »Sie kennen es sicher, da gibt es alte Horrorfilme, nach denen die Kids Schlange stehen. Waren Sie schon mal drin?«

Arnie Pyle beugte sich vor. »Sie haben die Kinder Horrorfilme ansehen lassen?« Es klang, als habe er den breiten, schweren Mann mit dem traurigen Lächeln beschuldigt, sich unsittlich entblößt zu haben. Aber auch diesmal ging der Schuss daneben. Harry Green war kein bisschen gekränkt.

»Im Grunde ganz zahmes Zeug, aber für die Kids ist es ein Heidenspaß. Sie würden sich bestimmt auch köstlich drüber amüsieren. Manchmal sieht man die Nähte der Monsterkostüme und die Drähte und Räder. Aber dann hat Peter Hubble seiner Tochter das Kino verboten. Jetzt nehmen die Kinder die Filme im Kabelfernsehen auf und gucken sich die Videos an.« Er zuckte die Schultern. »Und das scheint Peter nicht zu stören. Komisch, nicht?«

Arnie Pyle stand auf und beendete das Verhör. Bei diesem großen, freundlichen Mann, an dem jede Kränkung wirkungslos abprallte, war nichts zu holen. Ein Kollege begleitete Harry Green hinaus.

Auch Buddy Sorrel war aufgestanden und gab Rouge einen Wink, ihm ins Nebenzimmer zu folgen. »Ich lasse Sie jetzt allein mit den Feds.« Er lächelte gezwungen. »Der Captain will mit der Vernehmung von Mrs. Hubble nichts zu tun haben. Lassen Sie Pyle machen und mischen Sie sich nicht ein. Falls die Lady explodiert, sollen ihm die Brocken um die Ohren fliegen und nicht uns. Alles klar?«

Alles klar: Rouge Kendall sollte für Captain Costello Mäuschen spielen. Er warf einen Blick durch die offene Tür. Am Ende des langen Tisches stand ein Techniker und setzte den Polygraphen in Betrieb. Arnie Pyle schien nicht erbaut, als Rouge zu ihm trat. Er wandte ihm den Rücken zu und sah auf die Maschine hinunter.

»Ein Lügendetektor? Warum denn das?« Rouge sah dem Techniker zu, der die Skalen justierte. »Das haben beide Elternpaare doch schon hinter sich.«

»Mrs. Hubble hat es eben noch mal vor sich«, sagte Pyle, ohne sich umzudrehen.

»Warum sie und die anderen nicht?«

»Weil ich ein paar Fragen an sie habe, die ihr nicht gestellt habt.« Papier kam aus dem Gerät heraus, und der FBI-Agent beobachtete aufmerksam den Testlauf mit den wellenförmig verlaufenden Kurven unter drei zuckenden Nadeln. »Als Politikerin ist sie gewissermaßen eine professionelle Lügnerin. Je weniger Leute bei dem Test im Raum sind, desto besser. Wenn's Ihnen nichts ausmacht, mein Junge –«

Rouge setzte sich an den Tisch. Der FBI-Mann lächelte. »Auch recht. Bringen Sie die Frau rein«, wies er einen Trooper an, der an der Tür stand.

»Bitten Sie Mrs. Hubble, hereinzukommen«, verbesserte Rouge.

Der uniformierte Kollege grinste und tippte sich vorschriftswidrig an die Mütze.

Arnie Pyle akzeptierte mit einem Nicken Rouge Kendalls Sieg nach Punkten. »Diesmal stelle ich die Fragen.«

»Einverstanden. Aber erwarten Sie nicht, dass ich Mrs. Hubble abknalle, wenn die Lady Sie fix und fertig macht.«

»Sie würden sich wahrscheinlich noch ans Steuer ihres Fluchtfahrzeugs setzen. Hut ab, mein Junge. Sie sind ein Ritter ohne Furcht und Tadel!«

»Ich mache Ihnen einen Vorschlag. Sie sagen zu mir nicht mehr ›mein Junge‹ und ich zu Ihnen nicht ›Arschloch‹.«

»Dabei passt das so gut zu ihm«, sagte ein weißhaariger älterer Herr von der Tür her. Rouge war so verblüfft, dass es einen Augenblick dauerte, bis er dem alten Freund der Familie die Hand hinstreckte – Julian Garret war früher ein gern gesehener abendlicher Gast bei den Kendalls gewesen –, die der prominente Journalist aber geflissentlich übersah.

»Zieh Leine«, sagte Arnie Pyle.

Rouge überlegte, warum Pyle es so eilig hatte, den landesweit bekannten Kolumnisten loszuwerden. Es war schließlich nicht so, dass die Vizegouverneurin vor der Presse geschützt werden musste. Die Reporter wussten, dass sie rund um die Uhr Zugang zu Marsha Hubble hatten.

Julian Garret quittierte die Rüpelei mit einem Achselzucken und sagte lächelnd zu Rouge: »Ich führe Arnies schlechte Manieren auf seine Mutter zurück. Ein tragischer Vorfall im prägenden Alter.« Er setzte sich auf die Schreibtischkante.

»Jetzt geh schon«, sagte Pyle, den Julies Anwesenheit sichtlich irritierte.

Garret ignorierte den FBI-Mann und wandte sich weiter ausschließlich an Rouge. »Es passierte eines Tages nach der Schule. Der arme kleine Arnie hat nicht mal ein warnendes Bellen gehört, als seine Mutter sich von der Haustür her auf ihn stürzte und zubiss.« Julie betrachtete gedankenvoll seine manikürten Fingernägel. »Man erzählt sich, dass Mrs. Pyle auch gern Bussen und Autos nachjagte.« Erst jetzt sprach er den FBI-Agenten wieder unmittelbar an. »Wie ich sehe, wollt ihr die Dame an die Lügenleine legen. Wahrscheinlich überlegt ihr, wie –«

»Raus mit dir, Julie«, wiederholte Pyle. »Irgendwo hört der Spaß auf.«

Das klang wie eine verhüllte Drohung. War hier ein Deal ins Wackeln gekommen? Galt das Interesse des Kolumnisten womöglich nicht nur der Pressekonferenz eines Senators, der einen Gouverneur in der Tasche und angeblich Verbindungen zur Mafia hatte? Wobei Rouges Mutter allerdings nicht von »angeblichen« Verbindungen gesprochen hatte …

Der Journalist nickte knapp und verließ, wie früher flott seinen Spazierstock schwingend, den Raum.

Rouge machte die Tür hinter ihm zu. »Irgendwie hab ich das Gefühl, dass Ihr Interesse an Marsha Hubble nichts mit ihrer verschwundenen Tochter zu tun hat. Wen wollen Sie abschießen? Senator Berman?«

Das verblüffte Gesicht von Special Agent Arnie Pyle verriet, dass er Rouge Kendall bisher gewaltig unterschätzt hatte, aber seine Meinung über den frisch gebackenen BCI-Ermittler jetzt schleunigst revidierte. Die schmutzige Politik hat also Vorrang vor verschwundenen Kindern, dachte Rouge. Ein eiskalter Hund, dieser FBI-Mann. Da kannst du Gift drauf nehmen, mein Junge, hätte seine Mutter gesagt.

Ein paar Minuten saßen sie in unbehaglichem Schweigen beieinander, dann wurde Gwens Mutter hereingeführt. Es gab keine höflichen Vorreden, Arnie Pyle hielt es nicht einmal für nötig, sie zu begrüßen, aber diese Grobheit schien sie nicht weiter zu berühren. Sie sah wie gebannt die Maschine an. Offenbar wusste sie, was das bedeutete. Pyle übersah die Vizegouverneurin geflissentlich, während der junge Techniker die Kabel an ihrem Körper befestigte.

Pyle trat beiseite und gab damit Rouge die Sicht auf den Techniker frei, der den Lügendetektor bediente. Er hatte eine jungenhafte Tolle und eine Menge Sommersprossen auf der Nase. Das FBI hatte bestimmt erfahrenere Leute zur Verfügung, und Rouge fragte sich, ob hier vielleicht nur eine Show abgezogen werden sollte.

Als die harmlosen Testfragen überstanden waren, baute sich Pyle geradezu drohend vor Marsha Hubble auf. Erst hatte er sie mit all diesen Kabeln gefesselt, jetzt war er bereit zuzuschlagen – und das wusste sie. Sie ballte die Fäuste und straffte sich, um sich gegen den Angriff zu wappnen.

»Sie haben keine Ahnung, wo die Kinder abgeblieben sind?«

»Nein.«

»Aber Sie streiten immer noch ab, dass Gwen ausgerissen ist?«

»Das sieht meiner Tochter nicht ähnlich.«

Der Techniker beugte sich vor. »Könnten Sie sich bei Ihren Antworten bitte auf Ja und Nein beschränken, Ma'am?«

»Mund halten«, sagte Marsha Hubble, ohne den Blick von Pyle zu lassen.

Das breite Bauerngesicht des jungen Mannes lief rot an, während er sich wieder den zuckenden Nadeln und dem sich langsam hochschiebenden Papier zuwandte.

Agent Pyle stellte sich hinter Mrs. Hubble und legte die Hände auf die Stuhllehne. »Ihr Mann sagt, dass Sadie kein Umgang für Gwen ist.«

»Bitte, Sir«, sagte der junge Mann schüchtern, »wenn Sie Ihre Fragen so formulieren könnten –«

»Ruhe im Karton!« Der FBI-Mann hob unwillkürlich die Hand, als wollte er die Worte zurückholen. Marsha Hubble hatte ganz offensichtlich durchschaut, dass die Befragung durch den Lügendetektor nur ein Vorwand war, und in ihren Augen blitzte es gefährlich. Schade, dachte Rouge Kendall, dass Arnie Pyle das nicht sehen kann.

Der Agent fuhr mit den Händen an der Stuhllehne entlang. Sie musste gespürt haben, wie er dabei ihre Kleidung streifte, liess sich aber nichts anmerken. Rouge fand die Entwicklung ausgesprochen spannend, denn Pyle hatte offenbar noch nicht gemerkt, dass das Spiel für ihn verloren war. »Ihr Mann macht sich große Sorgen«, sagte der FBI-Mann leise.

»Und er hat keinen Humor. Sadie glaubt, dass er kein Umgang für Gwen ist, und da bin ich ganz ihrer Meinung.« Das klang schon schärfer.

»Ich denke mir, dass Ihr Mann sich auch Sorgen macht, weil gewisse Gegner –«

»Sich Sorgen zu machen ist für Peter eine Daseinsform. Er würde Gwen in Watte packen, wenn mein Anwalt nicht schlauer wäre als seiner.« Ihre Stimme klang jetzt lauter und kräftiger.

»Sie haben gefährliche Feinde. Kein Wunder, dass er sich Sorgen macht.«

»Worauf wollen Sie hinaus, Pyle?« Sie war offensichtlich das Katz-und-Maus-Spiel leid.

Er kam hinter dem Stuhl hervor, stützte sich mit einer

Hand am Tisch ab und musterte Marsha Hubble ein wenig abschätzig, ohne das zornige Funkeln in ihren Augen zur Kenntnis zu nehmen.

Ein schwerer Fehler, Pyle.

Nach Rouge Kendalls Erfahrung taten Männer immer gut daran, mit einem Auge das Ende der Zündschnur im Auge zu behalten, um schnell den Rückzug antreten zu können, ehe sie von der Explosion in Stücke gerissen wurden. Alle Frauen trugen Dynamit mit sich herum. Sie wurden damit geboren und kriegten bei der Geburt auch gleich jede Menge Streichhölzer mit, um das Zeug zu zünden.

»Ich glaube, dass Sie wissen, wer die Kinder entführt hat.«

»Demnach hätte ich die Entführung geplant? Sie Trottel. Was habe ich denn Ihrer Meinung nach mit dem zweiten Kind gemacht?«

Pyle hatte den angespannten Klang ihrer Stimme nicht mitgekriegt, denn daran hätte er vielleicht erkannt, dass sie das Streichholz für die Zündschnur angerissen hatte. Er setzte sich neben sie und lehnte sich, die Hände hinter dem Kopf gefaltet, sehr selbstsicher zurück. Zu selbstsicher. Das konnte nicht gut gehen. »Sie haben –«

»Sie halten sich für mächtig schlau, was?«

Rouge witterte Rauch und Schwefel in der Luft.

»Okay.« Pyles selbstzufriedener Ton musste Mrs. Hubble nur noch mehr reizen. »Sprechen wir mal über Ihre Gegner. Senator Berman wollte Sie eigentlich aus dem Amt haben, aber Sie haben sich noch eine weitere Wahlperiode lang gehalten. Das legt die Frage nah, was Sie gegen ihn in der Hand haben. Sie müssen an die Mafia als mögliche –«

»Ich weiß, womit Sie sich beschäftigt haben, Pyle.

Nachdem Sie beim Dezernat für vermisste und missbrauchte Kinder ausgeschieden sind, meine ich. Sie haben für Ihren Kampf gegen das organisierte Verbrechen in New York sogar eine Belobigung bekommen.« Die letzte Verbindung war gelöst, die Lady war frei. Sie stand auf. »Sie wollen meine Tochter benutzen, um gegen Berman eine Anklage wegen einer Verstrickung ins organisierte Verbrechen zu erreichen, nicht?«

Ihre Stimme war gefährlich ruhig. Der FBI-Mann zuckte nicht mit der Wimper. War er einfach zu naiv, um ein Stück abzurücken, ehe –

»Dreckskerl!« Die Faust landete so hart auf Pyles rechtem Auge, dass er mit dem Stuhl nach hinten kippte und mit dem Kopf an die Wand schlug.

Der junge Techniker war einen Augenblick wie gelähmt, dann grinste er breit. »Spitze, Ma'am.«

Bis Arnie Pyle sich wieder aufgerappelt hatte, war sie schon draußen. Er fasste sich an den Hinterkopf. »Aussehen tut sie wie eine Lady, aber Muskeln hat sie wie ein Mann. Da soll sich noch einer auskennen …«

»Besonders einer wie Sie!« Becca Green betrat den Raum, gefolgt von Captain Costello. »Ich weiß nicht, was Sie mit Gwens Mutter angestellt haben, aber wenn Sie's noch mal machen, wünsche ich Ihnen, dass Marsha Hubble es Ihnen gehörig besorgt.« Sie trat näher und tippte ihm mit dem rechten Zeigefinger auf die Brust.

Pyle wich einen Schritt zurück. Er hatte gerade gelernt, dass mit Müttern nicht zu spaßen ist. »Ich habe nichts gegen die Vizegouverneurin, Mrs. Green.«

»Wer's glaubt, wird selig! Sagen Sie mir jetzt, was mit der Lösegeldforderung los ist, oder soll ich Marsha Hubble zurückrufen?«

Arnie Pyle griff in seine Jackentasche. »Ich wollte das mit Ihnen gemeinsam –«

»Labern Sie nicht rum, geben Sie mir den Wisch.«

Er zog ein gefaltetes Blatt Papier heraus. Becca Green riss es ihm aus der Hand, überflog die wenigen gekrakelten Zeilen und sah Captain Costello an. »Sie hatten Recht, es ist eine Fälschung. Sadie trägt keine lila Unterwäsche.« Sie knüllte den Zettel zusammen und steckte ihn mit spitzen Fingern

Pyle in die Brusttasche. »So weit hab ich meine Tochter noch im Griff. Nicht alles in ihrem Leben ist lila.«

Sie schenkte dem FBI-Mann ein übertrieben mitleidiges Lächeln. »Und das bedeutet wohl die Versetzung in den B-Kader, was?«

Captain Costello lächelte, aber das Lächeln verging ihm, als Marsha Hubble wieder hereinkam.

»Besorgen Sie mir einen Wagen. Ich will nach Hause.«

Bei einem Taxidienst hätte sie es höflicher gesagt. Captain Costello verzog keine Miene. »Ja, gleich, Mrs. Hubble. Ich habe noch etwas zu besprechen, das –«

»Dazu habe ich keine Zeit. Ich habe mehrere Interviews vereinbart, und etliche Bürgerinitiativen warten auf –«

»Tut mir Leid«, sagte Costello, »aber das Pressezentrum wird geschlossen. Ab sofort gehen alle Kontakte zu den Medien über mein Büro.«

»Sie können mir keine Vorschriften machen.«

»Das kann ich sehr wohl – wenn Sie die Ermittlungen behindern.«

»Lächerlich! Sie haben keine Ahnung, wie man mit den Medien umgeht.«

Captain Costello wandte sich an Mrs. Green. »Ist das auch Ihre Meinung, Ma'am?«

»Davon verstehe ich nichts«, sagte Becca Green. »Mich hat niemand in das Pressezentrum eingeladen. Es ist in Marshas Haus, nicht?«

Marsha Hubble lächelte – ein bisschen zu leutselig, fand Rouge – und legte Mrs. Green eine Hand auf die Schulter. »Ich weiß, wie schwer das alles für Sie ist, Becca. Deshalb habe ich mit den Presseleuten verabredet, dass ich ihnen jederzeit Rede und Antwort stehen und ihnen alle Verlautbarungen des FBI zugänglich machen werde. Sonst hätten Sie und Harry Tag und Nacht keine Ruhe mehr vor diesen Hyänen gehabt.«

Vielleicht traute sie auch Sadies Mutter den richtigen Umgang mit den Medien nicht zu. Costellos Gesicht wurde finster wie eine Gewitterwolke, während die Vizegouverneurin ihre Show abzog. Sie schenkte Mrs. Green ihr schönstes PR-Lächeln und sagte fürsorglich: »Ich kann das alles allein erledigen, Sie können sich darauf verlassen, dass –«

Sie verstummte ganz plötzlich, als sie ihren Mann entdeckte, der auf einer Bank gegenüber der offenstehenden Tür neben Sadies Vater saß. Die beiden brüteten über einer Straßenkarte, die von vielen bunten Linien durchzogen war. »Was haben die beiden hier zu suchen?«

»Sie legen ihren Tagesplan fest«, gab Becca Green sachlich zurück. »Wussten Sie das nicht? Sie fahren den ganzen Tag herum und suchen nach den Kindern. Zuerst sind sie nachts losgezogen, aber ich habe sie davon überzeugt, dass man bei Tageslicht mehr erkennen kann. Nach meiner Erfahrung übersehen Männer solche Einzelheiten gern. Man muss sie immer ein bisschen bei der Hand nehmen.«

»Und wie verbringen Sie Ihre Tage?« Die Besorgnis, mit der die Vizegouverneurin Mrs. Greens Schultern umfasste, wirkte echt.

»Ich? Morgens mache ich für die beiden belegte Brote, weil sie sonst wahrscheinlich das Essen vergessen würden. Männer sind wie Kinder. Danach bekommen sie ein kräftiges Frühstück, damit sie was im Magen haben, wenn sie losfahren. Und dann warte ich darauf, dass das Telefon läutet. Es läutet nie, aber man kann ja nie wissen. Wenn es dunkel wird, mache ich ihnen ein warmes Abendessen. Und zwischendurch weine ich um die Kinder. Und manchmal um die Väter. Es ist viel Arbeit, aber so habe ich wenigstens eine Beschäftigung.«

Marsha Hubbles Arm fiel schlaff herunter. »Ich wusste nicht … Guter Gott, nein …«

»Sie glauben also nicht, dass der liebe Gott sich von Tränen rühren lässt? Vielleicht haben Sie recht. Aber man muss alles versuchen. Weinen … und was es sonst noch so gibt.«

Die Vizegouverneurin kam ins Schwanken. Ihre Kraft war dahin, der Kampf vorbei. Über das kunstvolle Make-up lief eine schwarze Maskaraspur.

»So ist's recht«, sagte Sadies Mutter tröstend und zog die Größere liebevoll an sich, bis der blonde Kopf an ihrer Schulter lag. »Wenn's mit dem Weinen nicht klappt, probieren wir was anderes.«

Gwen saß, umgeben von Tagebüchern, in sicherer Entfernung von dem angeketteten Hund unter den Zweigen einer Eiche, wo das Licht nicht ganz so grell war. Nacheinander nahm sie die nach Jahreszahlen geordneten Bände in die Hand, blätterte sie durch, überflog die Einträge für den ersten Tag eines jeden Monats. Jetzt begriff sie, warum der Thermostat im Keller auf 26 Grad stand, obgleich aus den Heizkörpern an der Wand keine Wärme kam.

»Die Rohre sind nicht zur Bewässerung der Bäume gedacht, Sadie, dafür gibt es ein unterirdisches Bewässerungssystem. Der Regen senkt die Raumtemperatur. Die Glühbirnen geben zu viel Wärme ab, andererseits brauchen die Eichen unheimlich viel Licht. Deshalb hat sie –«

»*Sie?* Die Fliege ist ein Mann. Du hast ihn doch gesehen und gehört.« Sadie brach einen Hundekeks durch und rief »Sitting Bull!« Als der Hund von dem ausgestopften Filzkopf abließ, warf sie ihm die Hälfte hin, dann legte sie Gwen eine Hand auf die Stirn. »Du hast erhöhte Temperatur. Wie kommst du auf eine Sie?«

»Ganz sicher bin ich mir nicht, es ist nur so ein Gefühl. Aber diese Tagebücher hat nicht die Fliege geführt, das steht für mich fest.«

Sadie sah skeptisch drein.

»Das erkennt man schon daran, wie sie den Hund behandelt.« Gwen schlug eine Seite auf, die sie mit einem Eselsohr markiert hatte, und fuhr mit dem Finger auf der Seite herunter, bis sie die gesuchte Stelle gefunden hatte. »Hier! Sie hat ihn bei einem Zwinger gekauft, der aufgelöst wurde. Übrigens ist er doch ein guter Spürhund, er gräbt ihre Trüffel aus.«

Gwen griff sich ein anderes Heft, überblätterte die Eintragungen, die Experimente über neue Kulturen betrafen, und hielt inne, als sie zu der nächsten umgeknickten Ecke kam. »Hör zu: ›Der Hund war ausgesprochen bösartig, aber im Lauf der Zeit habe ich ihn gezähmt. Jetzt leckt er mir hundertmal am Tag die Hand und weicht nicht von meiner Seite.‹« Sie deutete auf den Wagen mit Hundefutter. »Das Zeug da ist unheimlich teuer. Wer das geschrieben hat, quält keine Tiere.«

»Vielleicht hat er eine gespaltene Persönlichkeit – wie Dr. Jekyll und Mr. Hyde.«

»Conrad Veidt, 1920.« Es gab viele Filme mit diesem Titel, aber die deutsche Fassung war ihnen die liebste, weil darin Bela Lugosi den Butler spielte. »Kann ich mir nicht vorstellen. Ich glaube, es handelt sich um zwei verschiedene Menschen.«

Sadie zuckte die Schultern. »Hast du was über das Schloss gefunden?« Sie wandte sich wieder dem Hund zu. »Geronimo!«

»Noch nicht.« Gwen musste fast schreien, um das wütende Knurren zu übertönen. »Aber ich weiß, warum es keine Leiter zum Auswechseln der Glühbirnen gibt. Zwischen Decke und Obergeschoss ist ein Zwischenboden, da wechselt sie die Birnen aus.«

»Sitting Bull.« Wieder flog ein Keks durch die Luft. »Deshalb hört man keine Schritte, wenn er das Haus betritt.« Sie hockte sich neben einen Stoß dunkler Kleidung.

»Ja, genau. Es kostet sie sehr viel Mühe, die Birnen auszuwechseln. Sie hat Arthritis – daher auch die vielen Schmerzmittel –, aber sie kriecht auf allen Vieren dort oben herum.« Gwen las vor: »Qualvoll gekrümmt, der Schmerzen nicht achtend, aus lauter Liebe zu den Bäumen.«

Sadie, die damit beschäftigt war, Zeitungsfetzen und Plastiktüten in einen großen schwarzen Pullover zu stopfen, sah auf. Dann hielt sie einen halben Keks hoch. »Geronimo!« Wieder stürzte sich der Hund auf die ausgestopfte Maske, die so viel Ähnlichkeit mit einem Menschenkopf hatte.

»Lass ihn nicht zu lange auf dem Ding rumkauen, er reißt es sonst in tausend Stücke.« Schon hatte der Hund einen Teil der aufgestickten Fänge abgerissen. Mit jedem Hundekuchen wurde er gewalttätiger und zupackender.

»Cool!«, sagte Sadie anerkennend, als er die Maske besonders wütend attackierte. »Sitting Bull!«

Der Hund ließ von seinem Opfer ab und sah auf Sadies Hand, von der alles Futter kam.

Gwen biss in einen Shiitakepilz. Sie hätte gern die wunderschönen Pilze probiert, die daneben wuchsen, hatte aber dann doch zu viel Respekt vor der Leistung, die so eine Züchtung darstellte. Den Tagebüchern hatte sie entnommen, dass ihre Vermutung richtig war: Die verkrümmten Holzstücke waren Teile der abgestorbenen, verkrüppelten Eiche, die einen richtigen Namen hatte. Wie ein Mensch.

Sadie verknotete den Pullover an aufgeräufelten Fäden mit den Gürtelschlaufen der ausgestopften Hose. Dann legte sie den kopflosen Körper auf den Boden. »Wie findest du ihn?«

»Sieht gut aus, aber du brauchst auch seine Schuhe.« Gwen legte ihren Daumen als Lesezeichen zwischen zwei Seiten. »An denen ist die Witterung am stärksten. Vielleicht kannst du sie mit den Schnürsenkeln an die Hosenbeine binden.«

»Schade, dass Mark nicht hier ist. Aus den Chemikalien in dem weißen Zimmer könnte er bestimmt einen Sprengsatz machen, dann hätten wir die Tür im Handumdrehen auf.« Sadie beugte sich über den Torso. »Glaubst du, dass die Wunderwaffe von Mark und Jesse irgendwann mal richtig funktioniert?«

»Ausgeschlossen.« Gwen las weiter. Sie hatte festgestellt,

dass die Aufzeichnungen einem ganz bestimmten Muster folgten, und las jetzt in jedem Tagebuch die Einträge unter dem gleichen Datum nach. »Es war ganz schön blöd von Jesse, die Konstruktionszeichnungen für die Pistole aus dem Internet zu verschlüsseln, dadurch haben sie ja Mr. Caruthers geradezu mit der Nase auf die Sache gestoßen. Er hatte ihnen doch das Verschlüsselungsprogramm gerade erst gekauft.«

»Jungs sind eben blöd.« Sadie hatte die Schuhe an den Hosenbeinen befestigt. Jetzt fehlte nur noch der Kopf, aber von dem schien sich der Hund besonders schwer trennen zu können. Er blieb nach dem Sitting-Bull-Befehl brav sitzen, sah aber sehnsuchtsvoll sabbernd zu dem runden schwarzen Gegenstand hin. »Aber wenn das mit der Pistole nun doch geklappt hat?«

»Das brauchst du nicht zu glauben«, sagte Gwen. »Die klopfen nur große Sprüche. Lass den Hund eine Weile so sitzen, ich möchte wissen, wie lange er es aushält.« Sie blätterte weiter, auf der Suche nach einem Hinweis auf das Schloss. »Viel Wind machen – das ist alles, was sie können.«

»Ich weiß nicht«, sagte Sadie zögernd. »Ich hab den Eindruck, dass sie Mr. Caruthers ganz schön zusetzen.«

»Neidisch?«

»Kann man so sagen.«

»Hier ist es.« Gwen sah auf. »Die Stahltür war für ein normales Schloss zu dick, deshalb hat sie ein Spezialschloss anfertigen lassen, und das ist nach zwanzig Jahren kaputtgegangen. Mit dem Knauf auf der anderen Seite lässt sich die Falle zurückschieben, aber der innere Knauf ist fest verschweißt. Wenn sie hier unten arbeitet, hält sie die Tür mit dem Betonklotz offen, der an der Wand liegt.«

»Warum hat sie das Schloss nicht einfach reparieren lassen?« Sadie betrachtete eine Hand voll Hundekekse, als überlegte sie, ob sie dem Hund einen Tausch anbieten sollte: Kekse gegen Kopf.

Gwen las weiter. »Sie wollte keinen Schlosser im Haus haben. Hier steht es: ›Wenn so ein Trottel die Sache mit den Eichen in der Stadt herumerzählt, sperren sie mich ins Irrenhaus.‹«

»Eichen im Haus zu züchten, ist aber auch ganz schön abartig.«

»Sie brauchte die Wurzeln für die Trüffelzucht. Sie wollte ein Exemplar von jedem Pilz haben, der ... Moment.« Gwen griff nach einem anderen Heft und suchte nach einem bestimmten Datum. »Hör zu, was sie schreibt, nachdem einer der Bäume eingegangen war: ›Zuerst ging es mir nur um die Pilzsammlung. Jetzt geht es mir um die Bäume. Ich darf keine mehr verlieren. Es ist so schwer, im Alter neue Freundschaften zu schließen.‹ Sie macht sich Vorwürfe, dass sie den Baum hat sterben lassen, und trauert um ihn wie um einen Menschen.«

»Und was will sie mit uns? Und wer ist die Fliege?«

»Vielleicht ein Verwandter. Die Frau weiß wahrscheinlich gar nicht, dass wir hier sind.«

»Wie kommst du darauf?« Sadie hatte sich von dem Hund abgewandt, und er schlich ein Stück näher an den Kopf heran.

»Sie ist gar nicht im Haus. Die Bände gehen jeweils über ein Jahr. Jedes Jahr hören die Eintragungen am gleichen Tag auf, ich hab die Daten verglichen, und genau neun Tage später setzen sie wieder ein. Am Tag nach Weihnachten ist sie demnach wieder da. Wenn wir es so lange aushalten, brauchen wir mit dem Hund nichts zu machen.«

Sadie sah wieder den Hund an, der wie ertappt stehenblieb. Sobald Sadie nicht hinsah, schlich er sich wieder an die Maske heran. Dass Gwen ihn beobachtete, schien ihn nicht weiter zu stören. Sie war nicht der Alphawolf.

»Du glaubst doch nicht im Ernst, dass der Hund das schafft?«

»Doch, bestimmt. Der Mann hat ihm Schmerz zugefügt, und –«

»Du meinst die Fliege«, verbesserte Sadie freundlich, aber bestimmt. Diese Unterscheidung zwischen Mensch und Insekt war ihr sehr wichtig. Durch die Verwandlung in eine Fliege hatte Sadie ihn auf ihre Art schon besiegt.

»Der Hund hinkte schon, als ich herkam. Wahrscheinlich misshandelt die Fliege ihn. Wenn du das mit einem Tier immer wieder machst, wendet es sich gegen dich.«

»Wir bringen dem Hund also nur bei, das zu machen, was er sowieso machen will.«

»Ja. Ich glaube nicht, dass dieser Mann – entschuldige, die Fliege – etwas von Tieren versteht. Der Hund gehört der Frau aus den Tagebüchern.«

»Und wieso glaubst du, dass sie nicht in der ganzen Sache mit drinhängt? Vielleicht –«

»So bösartig könnte sie nie sein.« Gwen deutete auf den Baum mit den amputierten Ästen. »Sie hat Gewissensbisse, weil sie ihn nicht am Leben halten konnte. Diesen Band hat sie angefangen, als der Baum einging. Sie hat allen Bäumen Namen von Menschen gegeben, die sie mal lieb hatte. Der tote Baum hieß Samuel. Das muss ein Soldat gewesen sein. Er ist gefallen, steht hier.«

Der Hund hatte schon wieder geschummelt und sich näher an den Filzkopf herangeschlichen. Ein strenger Blick des Rudelführers trieb ihn ein paar Schritte zurück. »Sie hat einen Baum nach einem toten Soldaten benannt? In unserer Familie nennt man nur Kinder nach Leuten, die gestorben sind.«

»Sie hat ihn über zwanzig Jahre lang am Leben gehalten«, sagte Gwen. »Und als er gestorben war, schrieb sie: ›Ich muss einen Hang zum Leiden haben. Er sei um meinetwillen in den Krieg gezogen, sagte er. Und jetzt ist Samuel zum zweiten Mal gestorben. Vergib mir zum zweiten Mal, mein Liebster.‹«

Gwen merkte als Erste, wie still es plötzlich war. Die Bewässerung versprühte nicht mehr ihren feinen Dunst über die Pilztische, und die Pumpen hatten aufgehört zu summen. Die grelle Deckenbeleuchtung erlosch, die Birnchen unter den Pilzregalen verloschen flackernd.

»So ist das jede Nacht«, sagte Sadie.

»Aber die Lichter ... die Wärme ...« Die Wirkung der Tabletten war fast verflogen, der Schmerz kroch Gwen an, und sie hörte, wie sich wieder Angst in ihre Stimme schlich.

»Keine Sorge, wenn es kälter wird, springt die Heizung an, dann fangen die Heizkörper an zu zischen.«

Noch aber war alles still und dunkel, nur die Glühbirne über der Tür zu dem weißen Zimmer leuchtete. Das gebrochene Licht, das von den Tröpfchen in der Luft zurückgeworfen wurde, umgab sie wie ein Heiligenschein. Es war, als schwebte sie frei im Raum wie ein kleiner elektrischer Mond.

Die Mädchen saßen eng beieinander in der Dunkelheit und hörten zu, wie der Hund auf dem Filzkopf herumkaute.

8

Dr. Mortimer Cray setzte seine Unterschrift unter die Erklärung, mit der er bestätigte, dass sein Leben keinen Pfifferling wert war, falls die Insassen ihn als Geisel nahmen, dass es keine Verhandlungen zu seiner Rettung geben sollte, und dass im Falle seiner Verstümmelung oder seines Ablebens weder er noch seine Erben Ansprüche an den Staat New York stellen würden. Dann deponierte er seine Schlüssel in einer Plastikschale, denn die – das behauptete jedenfalls die Gefängnisverwaltung – konnten unter Umständen als Waffe verwendet werden.

Der Psychiater spreizte Arme und Beine, um sich von dem Mann in der schwarzen Uniform filzen zu lassen. Durch sorgfältige Überprüfung sämtlicher Tabuzonen überzeugte sich der Vollzugsbeamte davon, dass der Doktor keine verbotenen Gegenstände einschmuggelte. Dann endlich betrat

Mortimer Cray einen langgestreckten Raum, wo der an Händen und Füßen gefesselte Gefangene an einem Tisch saß und ihm entgegensah.

An der Tür – weit genug entfernt, um eine in normaler Lautstärke geführte Unterhaltung nicht mithören zu können – war ein Wachmann postiert. Etwas mehr Privatsphäre wäre Dr. Cray lieber gewesen, aber man musste sich eben bescheiden. Den Telefonen im normalen Besucherbereich traute er nicht, außerdem störten ihn dort die dicken Glasscheiben.

Während er auf den Gefangenen zuging, rückte er an seiner Brille und wollte dem Wachmann schon sagen, dass er den Falschen gebracht hatte. Dieser bullige Kerl und der schmale, fast zarte Paul Marie aus seiner Erinnerung sollten ein und dieselbe Person sein? Dann hob der Gefangene den Kopf, und Mortimer Cray blickte in ein Paar große, wunderschöne dunkelbraune Augen, die früher das einzig Bemerkenswerte an dem Priester gewesen waren.

Kaum hatte Mortimer sich gesetzt, schien der Gefangene zu wachsen, und dieses Trugbild ließ sich auch durch mehrmaliges Blinzeln nicht verscheuchen. Die Schultern des Priesters wurden breiter, die muskelbepackten Arme wirkten noch kräftiger, die Ketten weniger real. Mortimer Cray warf einen raschen Blick zu dem Wachmann hinüber, der in aller Ruhe seine Zeitung las und von der beängstigenden Verwandlung seines Gefangenen offenbar nichts gemerkt hatte.

Diese Wahnvorstellung, sagte sich der Arzt, erklärte sich wohl aus dem zunehmenden Stress, unter dem er stand. Und aus den langen Jahren der Angst.

»Mr. Marie …« Der Psychiater begann das Gespräch absichtlich mit einer falschen Anrede. Der Gefangene verbesserte ihn nicht. Nichts deutete darauf hin, dass es ihn kränkte, wenn man ihm den Titel vorenthielt, auf den er ein Anrecht hatte. Womöglich sah sich Paul Marie gar nicht mehr als Priester.

»Sie werden sich nicht mehr an mich erinnern.« Die braunen Augen richteten sich lange und prüfend auf den Besucher, dann lehnte Paul Marie sich zurück, und Dr. Cray fragte sich unwillkürlich, wie er bei dieser Prüfung wohl abgeschnitten hatte. »Ich bin Psychiater. Ich war –«

»Sie sind Alis Onkel.« Eine gepflegte, kultivierte Stimme. Doch bei der leisesten Bewegung klirrten die Ketten. Eine Warnung? Ein Hinweis darauf, dass dies ein Ort höchster Unkultur war? »Als ich Gemeindepfarrer war, kamen Sie nie zum Gottesdienst. Aber die Schecks, die Sie Pater Domina danach geschickt haben, waren sehr großzügig.«

Der letzte Satz klang fast ironisch, fand Mortimer Cray – oder bildete er sich das nur ein? Was konnten einem Pfarrer die Spenden eines Gemeindemitglieds schon verraten?

»Ich habe das Protokoll Ihrer letzten Vernehmung gelesen, Mr. Marie. Sie haben keine Reue über Ihre Tat erkennen lassen. Deshalb hat man Ihnen wohl auch die bedingte Strafaussetzung verweigert. Sie haben nie zugegeben –«

»Meine Religion verbietet mir, in der Beichte die Unwahrheit zu sagen.«

Mortimer Cray spürte ein Prickeln auf der Haut. Er wandte rasch den Kopf, aber weder neben noch hinter ihm war jemand zu sehen. Der Wachmann saß nach wie vor an der Tür und hatte sich in seine Zeitung vertieft.

Immer wieder hatte Cray in den letzten Tagen das Gefühl gehabt, dass jemand neben ihm stand. Und ein paarmal hatte er hinter seinem eigenen Bild im Rasierspiegel einen Schatten gesehen und sich gefragt, ob er in seinem Badezimmer wirklich allein war. Auch in diesem Fall hatte er sich die Diagnose selbst gestellt: Er war nie allein, der Tod war immer ganz nah, zumal jetzt, da er seine Medikamente abgesetzt hatte und mit ungewöhnlichen Symptomen und Reaktionen wie Herzrasen oder Herzstolpern rechnen musste. Nicht einmal das Luftholen war mehr eine Selbstverständlichkeit. Er versuchte sich zu erinnern, wie seine Atmung vor Minuten gewesen war – nicht zu flach, nicht zu tief. Mortimer senkte die Stimme, auch wenn er wusste, dass der Wachmann nicht zuhörte. »Es wäre denkbar, dass sich der Fall neu aufrollen ließe. Ich habe gewisse –«

Hatte er schon zu viel verraten? Paul Marie schüttelte den Kopf, als habe der Psychiater bereits den Preis für dieses Wunder genannt.

Kommt nicht in Frage, sagte sein Blick.

Der Arzt atmete jetzt tiefer, langsamer und bewusster. Trotzdem beschleunigte sich sein Herzschlag. Gleichsam im Wettlauf mit seinem jagenden Herzen sprach er weiter. Er wollte die Sache vor dem letzten Schlag, vor dem Endspiel hinter sich bringen. »Zunächst aber würde ich gern über ein anderes Thema sprechen. Streng vertraulich natürlich, Pater Marie.«

Indem er den Gefangenen wieder mit seinem Titel anredete, hatte er noch ein wenig mehr von sich preisgegeben. Paul Marie schien unangenehm berührt. Konnte es sein, dass er in diesen Worten schon die Vorstufe zu einem religiösen Ritual erahnte?

»Geht es um die verschwundenen Kinder, Dr. Cray?« Paul Marie verschränkte die kräftigen Arme über der Brust. »Ich habe es satt, Sünden zu essen. Damit habe ich nichts mehr zu tun.« Und lauter setzte er hinzu: »Ich werde diesem Mann alles sagen, was Sie mir erzählen.«

Der Wachmann sah auf, und in diesem Moment wusste Mortimer, dass der Priester log. Dass er sich an die Sakramente hielt und sich auch in Zukunft an sie halten würde. Pater Marie hatte seinen Besucher dazu verurteilt, in aller Öffentlichkeit die Wahrheit zu sagen, hatte ihm die Flucht in die Beichte verbaut.

»Ich möchte Ihnen etwas sagen, Pater. Ich bin sehr krank, ich habe nicht mehr viel Zeit ...«

»Aber Sie wollen mehr als die Absolution, nicht wahr?«

Mortimer spürte, wie ihm die Luft knapp wurde. Geist

und Körper kapitulierten vor dem Priester, der die Kunst, in anderer Menschen Seelen zu lesen, besser zu beherrschen schien.

»Fromme Menschen glauben an das Höllenfeuer«, fuhr der Priester fort. »Sie schwitzen, Dr. Cray, und daran sehe ich, dass Sie dem Feuer sehr nahe, dass Sie einer der wahren Gläubigen sind.« Er beugte sich über den Tisch, soweit seine Fesseln es ihm erlaubten: »Wo sind die Kinder, Sie Dreckskerl?«

Der schmächtige Körper des Psychiaters versteifte sich. Seine Lippen formten in instinktiver Abwehr das Wort Nein. Der Priester kam ihm vor wie einer jener Wahrsager, die aus Eingeweiden Schicksale lesen, am Schweiß das Höllenfeuer, an den Poren eines Sünders dessen Schuldgefühle erkennen konnten. Pater Marie hatte ihn nicht berührt, aber dem Arzt schien es, als habe er ihn gewaltsam in seinen Stuhl zurückgedrückt. Wieder hatte er das Gefühl, als sei es ein Riese, der sich mit klirrenden Ketten vor ihm erhob.

Jetzt sprang auch der Wachmann auf. Mortimer winkte ab. Der Wachmann zögerte einen Augenblick, dann setzte er sich wieder, behielt aber den Gefangenen aufmerksam im Auge.

Der Priester stand ganz still da, und Mortimer hatte das Gefühl, vor dieser massigen Gestalt zu einem armseligen Nichts zu werden.

»Ich habe Sie nicht als frommen Mann in Erinnerung, Dr. Cray. Haben Sie neuerdings zu Gott zurückgefunden? Suchen Sie Vergebung? Oder geht es Ihnen nur darum, Ihre Last auf die Schultern eines anderen Menschen zu laden?«

»Würden Sie an meiner Stelle gestehen?«

»Sofort. Ich würde die kleinen Mädchen unter keinen Umständen zum Lieben Gott schicken. Man sieht doch, dass der nicht ordentlich auf sie aufpassen kann.«

Lügner. »Vergebt mir, Vater, denn ich habe gesündigt. Meine letzte Beichte war vor vierzig –«

»Genug!« Der Priester riss zornig die gefesselten Hände hoch, doch dann fasste er sich wieder: »Die Kinder sind in

Lebensgefahr, Dr. Cray. Sie müssen es jemandem sagen. Ich merke doch, wie sich der Druck verstärkt. Sie haben die Hände zu Fäusten geballt, Ihre Knöchel sind weiß, Ihre Schläfenader pocht – und Sie schwitzen immer mehr. Wie nah ist das Feuer?«

Noch einmal setzte Mortimer zu den magischen Worten an. »Segnet mich, Vater, denn ich –«

»Niemals.«

»– habe gesündigt.«

»In der Hölle sollst du braten.«

Der Priester streckte eine Hand nach Mortimer aus. Der Wachmann stand erneut auf und kam auf die beiden zu. Die Zeitung in seiner Hand knisterte.

»Ich würde Sie lieber umbringen, als Ihnen die Beichte abzunehmen.« Der Priester schlug mit der Hand auf den Tisch, die Ketten klirrten. Dann sagte er völlig ruhig: »Aber das werde ich nicht tun.«

Der Wachmann blieb stehen und glotzte. Jagte auch ihm der Priester Angst ein?

»Im Augenblick schreckt der Tod Sie nicht, Dr. Cray, habe ich Recht? Sie erwarten ihn als einen langen, friedlichen Schlaf. Wenn aber nun die letzte Sekunde des Lebens die wahre Ewigkeit ist, die sich bis ins Unendliche erstreckt – ewige Angst, ewige Schuldgefühle? Und die körperliche Pein, die Sie jetzt empfinden ... Ist es das Herz?«

Der Blick des Priesters folgte Mortimers Hand, die sich langsam zu jenem außer Takt geratenen Organ bewegte.

»Die weiche behandschuhte Hand des Todes? Sehen Sie es so? Aber da irren Sie sich, mein Freund. Ich sehe eine Faust voller Folterwerkzeuge, die alle für Sie bestimmt sind.« Paul Marie legte die Hände flach auf den Tisch und beugte sich vor.

Der Wachmann kam vorsichtig näher. Die Zeitung fiel leise raschelnd zu Boden.

»Das gefällt Ihnen nicht, wie? Was also bleibt Ihnen, Mortimer?« Die vertrauliche Anrede war wie ein Schlag. »Weiter zu leben in dem Wissen, dass die Kinder einen qualvollen Tod sterben werden? Bringen Sie das fertig? Ja, natürlich.« Anklagend deutete er mit dem Finger auf Dr. Crays Herz. »Wie oft? Und wie viele Kinder?«

Hände und Ketten krachten auf die Tischplatte. »Sagen Sie mir, wo die Kinder sind«, schrie der Priester Mortimer Cray an.

Der spürte, wie ihm das Blut ins Gesicht stieg und sein Herzmuskel sich zusammenkrampfte wie eine Faust. Wieder spielten ihm seine Augen einen Streich. Sterne blitzten durch sein Blickfeld, er sah rote Feuerbälle und schwarze Löcher. Seine Angst schraubte sich in ungeahnte Höhen, als er einen Schatten über die hell beleuchtete Wand kriechen sah. Nicht den Schatten des Wachmanns. Nicht den Schatten des Priesters.

Und dann war ein Summen in seinen Ohren, das ständig lauter wurde. Er sah zu Paul Marie hoch. Das Summen löschte sein ganzes Denken aus, es war betäubend, gnadenlos, insektenhaft. Irrwitzige Angst fegte Vernunft und Logik weg. Das Summen kam aus ihm selbst, wurde überlaut, als der Priester die Fäuste gen Himmel reckte, als sei er der Dirigent dieses Wahns.

Mortimer stand stolpernd auf, stieß an den Tisch, wehrte die ausgestreckte Hand des Wachmanns ab. Der Schatten hatte ihn jetzt vollends verschlungen. Er hastete zur Tür.

Sie war abgeschlossen.

Er schlug mit den Fäusten dagegen, und das Summen einer Heerschar geflügelter Insekten übertönte die Stimme des besorgten Wachmanns, der sich mit seinem Funksprechgerät abmühte. Mortimers Knie knickten ein, er gab den Kampf auf und sank zu Boden. Die Augen fielen ihm zu, während die eingesunkene graue Wange auf den harten Boden aufschlug. Das letzte klare Bild war das des Priesters, der langsam die Hände sinken ließ. Dann legte sich das Summen, und Dunkelheit war um den Herrn der Fliegen.

Sadie nahm Gwen das Tagebuch aus der Hand und legte es zu den anderen. »Du hättest nicht so lange wach bleiben dürfen.« Sie sah zu der ausgebrannten Birne über der Tür. »Wenn wir den Wagen hören, müssen wir uns beeilen.«

»Es tut mir Leid.« Gwen war unter der einzigen Lichtquelle eingeschlafen. Alle Glieder taten ihr weh, aber das Bein war ein Schmerz für sich, jäh aufschießend, ohne Vorwarnung. Sadie gab ihr eine Tablette und ein Glas Wasser, dann stieg sie auf den Rollstuhl und drehte eine neue Birne ein.

»Nur eine Pille, Sadie?«

»Du kannst ja mal sehen, ob sie reicht.« Sie kletterte von dem Stuhl herunter und deutete auf den nächstgelegenen Stamm. »Wie hat deine Tagebuchtante den da genannt?«

»Elvira, nach einem Baby, das gestorben ist, noch ehe es auf der Welt war. Elvira hatte nicht mal einen Grabstein, aber jetzt hat sie eine Eiche. Ist das nicht lieb?«

»Und was ist mit dem armen Samuel?« Sadie betrachtete die gekrümmten Glieder der abgestorbenen Eiche, die den Namen eines Soldaten trug. »Als Samuel stirbt, hackt sie ihm die Arme ab, um weitere Pilze zu züchten. Find ich gar nicht lieb.«

»Ich brauche noch eine Tablette, Sadie.«

»Warte doch erst mal ab, wie du dich fühlst.«

Aber schon die Vorstellung von Schmerz machte Gwen Angst. Das Bein pochte, und als sie aufstand, war die Stelle an der Wade, wo der Hund zugebissen hatte, wie ein Bleigewicht, das nicht mehr zu ihr gehörte. Etwas Schlimmes war mit ihrem Körper passiert, daran musste sie immer wieder denken, so sehr sie sich auch bemühte so zu tun, als habe diese Wunde nichts mit ihr zu tun. »Was passiert eigentlich, wenn man gestorben ist, Sadie?«

»Nachdem du begraben bist? Unwichtig. Das große Ereignis ist die Beerdigung.« Sadie rollte den Stuhl in das weiße Zimmer zurück, und Gwen folgte ihr langsam. »Wenn ein Cop beerdigt wird, spielen sie auf dem Dudelsack, und er kriegt eine Fahne auf den Sarg. Ehe sie ihn einbuddeln, geben sie die Fahne der Mutter. Echt cool.« Sadie betrachtete die ausgebrannte Birne, die sie in der Hand hielt. »Aber nachdem ich schon mal lebendig begraben war, kann ich mir nicht vorstellen, dass noch was Besseres nachkommt.« Sie warf die Birne an die Wand, so dass sie in tausend Splitter zersprang und die Fassung in eine Ecke rollte.

Sadie war nicht mehr ängstlich darauf bedacht, alles an seinen gewohnen Platz zurückzustellen, und Gwen schob jeden Gedanken daran, was das wohl bedeuten mochte, entschlossen von sich weg. »Aber was ist, wenn sie dich begraben haben, Sadie?«

»Dann fressen dich die Käfer.«

Der Hund bellte. Es war, als ob er sie rief. Sie fanden ihn unter einem Baum neben der übel zugerichteten Stoffpuppe.

»Wie lange sitzt er schon so da?«

Sadie verrenkte sich den Kopf, um das Zifferblatt der Wanduhr erkennen zu können, »Eine Viertelstunde. Absoluter Rekord!«

»Gib ihm den Angriffsbefehl und noch einen Keks.«

»Geronimo«, rief Sadie. Der Hund stürzte sich auf die Puppe und biss so wütend darauf herum, dass sich ein Schuh lockerte.

»Ruf ihn zurück, ehe er alles kaputtmacht.«

»Ich denke, er soll gerade das Kaputtmachen lernen.«

Der Hund zog sich an einen Baumstamm zurück und wartete auf seine Belohnung. Sadie warf ihm den Keks hin, und er fing ihn aus der Luft. »Braver Hund. Hast du beim Schmökern in den alten Schwarten auch rausgekriegt, wie er heißt?«

»Er hat keinen Namen. Als der Zwinger schließen musste, wurden die Tiere an Fremde versteigert. Ohne Papiere. Und Mischlinge haben ja sowieso keinen Stammbaum.«

»Deine Tagebuchtante hat ihm keinen Namen gegeben? Irgendwie muss sie ihn doch gerufen haben.«

»Wenn sie über ihn schreibt, heißt es immer nur ›mein Freund, der Hund‹. Du kannst ihn also nennen, wie du willst. Die Blutbestie?«

»*Night of the Blood Beast,* Ross Sturlin, 1958. Nein, irgendwann hat der Hund bestimmt einen Namen gehabt, den kann ich ihm nicht wegnehmen.«

Das gab Gwen zu denken, denn schließlich hatte Sadie sich nichts dabei gedacht, den Mann in »die Fliege« umzubenennen. Vielleicht zeigte das doch ein wenig Achtung vor dem Hund, wie auch die Frau, von der jene Aufzeichnungen stammten, ihm keinen Namen gegeben hatte, weil sie meinte, sie habe nicht das Recht dazu.

Sadie warf ihm einen unverdienten Keks zu. »Jetzt ist er soweit.«

»Nein, noch nicht. Wir müssen sicher sein, dass er seine Befehle nur von dir entgegennimmt.« Jetzt, wo Sadie nicht mehr so grimmig entschlossen war, den Hund umzubringen, gab es vielleicht für sie alle drei noch Hoffnung. Sie brauchten nur auszuharren, bis die Frau, die ihre Aufzeichnungen hier zurückgelassen hatte, wieder da war. »Vielleicht morgen oder übermorgen.«

Sadie sah sie wortlos an, und dem blassen Gesicht war die Frage ›Bist du verrückt?‹ nur zu deutlich anzusehen.

Gwen betrachtete die kläglichen Reste der ausgestopften Puppe. Aus Hose und Pullover waren Plastiktüten herausgefallen, die mussten weggeräumt werden, aber wie sollten sie an all das herankommen, was im Radius der Kette lag? Es war gefährlich, sich zu nah an den Hund heranzuwagen. Und wo war die »Fliege«? Warum war der Mann noch nicht wieder da? »Er muss schon halb verrückt sein, weil er mich noch nicht gefunden hat«, sagte sie. »Vielleicht glaubt er, dass ich zur Polizei gegangen bin, und hat sich deshalb lieber aus dem Staub gemacht.«

Sadie schüttelte den Kopf, als wollte sie sagen: Mach dir bloß keine falschen Hoffnungen. Laut sagte sie nur: »Dein

Verband ist schmutzig, wir sollten ihn wechseln.« Sie legte Gwen eine kühle Hand auf die Stirn. »Und du glühst.«

»Ich brauche noch eine Tablette. Das Bein tut sehr weh.« Das stimmte nicht ganz. Im Augenblick pochte es nur leise, aber früher oder später würde der Schmerz wieder über sie herfallen.

Sie gingen in das weiße Zimmer mit seinem kostbaren Tablettenvorrat. Sadie blieb hinter ihr. »Du hinkst stärker.«

»Wahrscheinlich habe ich mir einen Muskel gezerrt. Wie du damals beim Turnen. Da bist du tagelang rumgehinkt.«

Sadie öffnete das Schubfach mit den Medikamenten. »Unglaublich, was hier alles rumliegt.« Sie griff nach einem Röhrchen und las das Etikett. »Die geb ich dir nicht noch mal, ich glaube, die haben dich wachgehalten.«

Gwen griff nach einer anderen Packung. »Wie wär's damit?«

Sadie nahm sie ihr behutsam aus der Hand. »Die sind bestimmt uralt, das Etikett ist schon ganz vergilbt.«

»Das da sieht neuer aus, und es ist das gleiche Zeugs drin.«

»Nein.« Sadie hielt ihre Hand fest, ehe sie zugreifen konnte. »Da steht ›Eine Tablette vor dem Schlafengehen‹. Das heißt, dass du davon wahrscheinlich einschläfst, und das können wir im Augenblick nicht gebrauchen.« Schließlich fand sie eine Tablette, die ihr geeignet schien, und gab sie Gwen mit einem Glas Wasser.

Sobald Sadie ihr den Rücken zudrehte, holte Gwen eine zweite Tablette heraus. Dann sah sie, dass die Freundin sie im Spiegel beobachtete. Aber Sadie fing wider Erwarten nicht an zu schimpfen. Sie sagte überhaupt nichts, sondern spielte zerstreut mit den Röhrchen und Flaschen.

»Ist auf einem der Schildchen eigentlich ein Name?« Gwen leerte das Glas, sie hatte jetzt ständig Durst. »Auf der Packung mit den Migränepillen, die meine Mutter nimmt, ist immer ihr Name drauf.«

Sadie sah sich die vielen Medikamentenbehälter an. »Auf

den meisten steht: Unverkäufliches Muster. Halt, hier sind zwei Namen. E. Vickers – das ist wahrscheinlich deine Tagebuchtante – und Dr. W. Penny.«

»Den Namen kenne ich inzwischen. William Penny kommt in den Tagebüchern vor.«

Sadie packte die Tabletten in das Schubfach, wie es gerade kam, offenbar konnte der Gedanke an Entdeckung sie nicht mehr schrecken. Das bedeutete, dass sie den Hund einsetzen wollte.

Dabei wusste Gwen ganz genau, dass es nicht klappen konnte. Der Mann war größer und flößte dem Hund mehr Respekt ein als Sadie; er war ein überlegener Alphawolf. Wenn der Mann merkte, was sie gemacht hatten, wenn er das Durcheinander hier unten sah, würde er schrecklich böse sein.

Sadie hockte sich vor Gwen hin und wickelte den Verband ab. Aus den Bisswunden kam gelbgrüner Eiter, die Haut um die Wunden herum hatte sich noch mehr verdunkelt, und das Bein war dick angeschwollen. »Es stinkt.« Sadie beugte sich über die Wunde.

Gwen wandte den Blick ab. »E. Vickers. Was mag das E bedeuten?«

»Wir müssen hier raus. Du brauchst einen Arzt.«

Gwen nahm ein Tablettenröhrchen aus der Schublade. »Dr. Penny … Miss Vickers schreibt häufig über ihn.«

»Hör zu, Gwen. Dein Bein –«

»Dr. Penny ist ihr Herzspezialist und macht jede Menge Hausbesuche bei ihr, aber Miss Vickers glaubt, dass es ihm nur um Rita, die Putzfrau, geht. Andauernd haben die beiden was miteinander zu flüstern. Rita ist auch auf Urlaub. In ein paar Tagen kommen sie alle wieder.«

»Darauf können wir nicht warten. Wir müssen so schnell wie möglich hier weg. Der Hund ist bereit.« Sadie säuberte behutsam die Wunde.

Trotz der Tabletten durchfuhr Gwen ein stechender

Schmerz. Sie biss sich auf die Lippen, bis er abgeklungen war. »Sie fahren jedes Jahr zur gleichen Zeit auf Urlaub, alle drei – Miss Vickers, Rita und der Schöne William, so nennen sie ihn hinter seinem Rücken.« Wieder der stechende Schmerz. Gwen fixierte die Tablettenpackung, die sie umklammert hielt, und versuchte mit schierer Willenskraft, den Schmerz zurückzudrängen, ehe er sie so weit brachte, dass sie zusammenbrach und ihre bodenlose Feigheit und deren katastrophale Folgen beichtete.

Dabei wusste Sadie inzwischen wohl schon, wie schmählich ihre beste Freundin versagt hatte. Schließlich konnte sie sich ausrechnen, wie weit es vom Ende zweier zusammengeknüpfter Betttücher noch bis zum Erdboden war. Doch sie hatte Gwen nie gefragt, warum sie die Möglichkeit der Flucht aus dem Badezimmerfenster nicht genutzt hatte. Die mutige Sadie war eine so gute Freundin, dass sie dieses schnöde Geheimnis sogar vor sich selbst bewahrte.

Der Mann würde schrecklich böse werden, wenn er sie hier fand.

Gwen betrachtete das Tablettenröhrchen. Wie viel von diesen Pillen würde sie schlucken müssen, um die wahnwitzige Angst zu vertreiben? Als sie es aufmachen wollte, wurde es ihr aus der Hand geschlagen. »Was soll denn das?«

Sadie machte ein ziemlich besorgtes Gesicht, und jetzt fiel Gwen ein, dass sie ja schon drei Tabletten genommen hatte. Egal – sie war jetzt ruhiger, und der Schmerz war vorläufig weg. Alles andere war unwichtig.

Dr. Lorimer hätte man eher für einen gut situierten Bestattungsunternehmer als für einen Herzspezialisten halten können, fand Rouge Kendall. Er trug teures schwarzes Tuch, und als er zurücktrat und Mortimer Cray mit einem abschließenden Blick musterte, schien es, als nähme er im Geiste schon Maß für den Sarg.

Myles Penny bot mit seinem zerknautschten weißen Kittel,

den Socken von unterschiedlicher Farbe und den ausgebeulten Hosen ein ausgesprochenes Kontrastprogramm. Er stand am Fußende des Bettes und beobachtete ein Gerät, das fleißig Endlospapier ausspuckte. »Deine Pumpe funktioniert nicht schlechter als bei der letzten Untersuchung durch William«, sagte er zu seinem Patienten. »Den Brustkasten brauchen wir dir heute jedenfalls nicht aufzumachen. Dr. Lorimer packt schon seine Tasche.«

Erst jetzt drehte sich Dr. Penny zu Captain Costello und Rouge Kendall um. »Entschuldigen Sie meine Unhöflichkeit. Das ist Ed Lorimer, er vertritt diese Woche meinen Bruder.«

Lorimer nickte den beiden Kriminalbeamten kurz zu und wandte sich zur Tür. Als der Arzt in dem feinen Tuch fort war, wandte Captain Costello sich an Myles Penny: »Ich würde gern mit dem Patienten allein sprechen. Wenn Sie ...«

Der Arzt runzelte die Stirn. »Kommt überhaupt nicht in Frage. Auch wenn ein operativer Eingriff nicht nötig ist – Dr. Cray ist noch lange nicht über den Berg. Haben Sie die Nichte schon gefunden?«

»Ja«, sagte Costello. »Einer der FBI-Leute bringt sie gerade her.«

Der Patient rührte sich nicht, aber er folgte dem Gespräch mit den Augen. Das ausgemergelte Gesicht war fast so weiß wie die Betttücher, und Rouge fand, dass er recht verstört aussah. Nach einem schweren Herzanfall war das nichts Ungewöhnliches. Womöglich gab es aber auch noch andere Gründe für seine Verunsicherung. Captain Costellos Anwesenheit wirkte sicher nicht gerade beruhigend. Bei ihrer letzten Begegnung hatte der Captain ihm praktisch vorgeworfen, Beihilfe zum Mord an einem Kind geleistet zu haben.

»Ich kann Ihnen versprechen, dass wir uns so kurz wie möglich fassen werden, aber ich glaube, er wäre eher geneigt –«

»Nichts da.« Myles Penny setzte sich in einem Sessel an der Tür bequem zurecht. »Stellen sie nur Ihre Fragen und lassen Sie sich von mir nicht stören.« Er schlug eine Zeitschrift auf. Ende der Debatte.

Rouge lehnte an der Wand, während Captain Costello sich den letzten freien Stuhl ans Bett zog. Mortimer Cray sah zur Decke und schien sie nicht mehr wahrzunehmen.

»Dr. Cray, wir glauben, dass Sie uns nützliche Informationen geben können.«

Keine Reaktion. Bis auf die Geräusche der Apparate am Bett und das Rascheln der Seiten von Dr. Pennys Zeitschrift war es ganz still im Raum.

Costello wartete noch einen Augenblick, dann rückte er mit dem Stuhl ein Stück näher. Die Stuhlbeine quietschten über den Boden. Dieses penetrante Geräusch konnte niemand ignorieren, der nicht stocktaub war, und Dr. Crays gequälte Miene verriet, dass sein Gehör sehr gut funktionierte.

»War der Priester jemals bei Ihnen in Behandlung, Dr. Cray?«

Jetzt endlich sah Mortimer Cray den Captain an. »Diese Frage kann ich nicht beantworten. Sie werden verstehen, warum.«

»Nein. Ich verstehe überhaupt nichts mehr, Dr. Cray.« Das kam zu laut, zu emotional, zu schnell. Ging der Fall dem Captain langsam an die Nieren, oder bluffte er? Leiser und ruhiger fuhr er fort: »Sie könnten mich aufklären, wenn Sie wollten. Warum geben Sie mir nicht wenigstens auf diese Frage eine kurze, knappe Antwort?«

Rouge begriff, dass der Psychiater das mit seiner Berufsehre nicht vereinbaren konnte. Dr. Cray würde nicht zulassen, dass die Polizei einem seiner Patienten durch ein Eliminierungsverfahren auf die Spur kam, nicht einmal, wenn es darum ging, einen Mann zu eliminieren, der ein Alibi hatte, weil er im Gefängnis saß.

»Falls Sie daran denken, sich auf die ärztliche Schweigepflicht zurückzuziehen – wir können Sie zur Aussage zwingen.«

Aus Dr. Crays aufgesprungenen Lippen kam ein leises Zischen. Oder war es ein mattes Lachen? Vielleicht bildete er sich ein, dass er dem Tod schon so nahe war, dass man ihn juristisch nicht mehr zur Rechenschaft ziehen konnte. Möglicherweise glaubte er weder den Daten seines EKGs noch der beruhigenden Diagnose seines Kollegen.

Captain Costello holte seine Brieftasche heraus und zeigte Cray Bilder von zwei kleinen Jungen. Der Psychiater sah rasch weg.

»Meine Enkel«, erläuterte Costello. »Als sie Babys waren, habe ich ihre Fotos überall herumgezeigt. Inzwischen haben wir uns das abgewöhnt, meine Kollegen und ich. Allmählich denken wir nämlich alle schon ein bisschen wie Triebtäter. Ihre Nichte sagt, dass viele Kinder sterben müssen, weil einer dieser abartigen Burschen sich in ein Foto verguckt, das er in einer Zeitschrift oder Zeitung sieht.«

Dr. Cray starrte an die Decke und verdrehte die Augen wie ein Tier, das in der Falle sitzt.

»Von Gwen Hubble sind nie Fotos in der Öffentlichkeit erschienen«, fuhr Costello fort. »Und ich kann mir nicht vorstellen, dass die Eltern Fremden gegenüber mit Bildern ihrer kleinen Tochter angegeben haben. Die Mutter hat nicht mal ein Foto von Gwen auf dem Schreibtisch stehen. Sie steht ständig im Scheinwerferlicht und weiß genau, dass es unter den Leuten, die sie anglotzen, jede Menge geiler, sabbernder Verrückter gibt. Aber unser Täter brauchte kein Foto. Er wohnt hier in der Stadt, nicht wahr?«

Mortimer Cray sah Myles Penny an, der aber gerade intensiv mit der Lektüre des *New England Journal of Medicine* beschäftigt und nicht ansprechbar war.

Dann ging die Tür auf, und Ali Cray kam herein. Sie wirkte erleichtert, als sie den alten Herrn in seinem Bett liegen sah. Hinter ihr erschien Arnie Pyle mit dem leuchtend blauen Veilchen, das ihm Marsha Hubbles Vernehmung eingebracht hatte.

Costello tat, als habe er die beiden gar nicht bemerkt. »Wir haben Aussagen von Paul Marie und dem Wachmann. Der Priester war sehr zornig. Ich weiß, was seinen Zorn ausgelöst hat. Es wäre am besten, wenn Sie es mit Ihren eigenen Worten wiederholen würden.«

Mortimer Cray sah ungerührt zur Decke hoch. »Es ist Heilig Abend«, sagte Costello dicht an seinem Ohr. »Wenn Ihre Nichte Recht hat – und bisher hat sie in fast allem Recht behalten – ist eins der Kinder noch am Leben. Es wird am Weihnachtsmorgen sterben. So läuft es immer, und Sie wissen das.«

Ali Cray reagierte nicht so, wie Rouge erwartet hatte. Nach einigen weiteren Sekunden quälender Stille trat sie ans Bett. »Sag's ihm.« Ihr Gesicht war völlig unbewegt. »Ich weiß, dass der Täter einer deiner Patienten ist.«

Der Psychiater sah wieder zu seinem Arzt hinüber. Myles Penny schlug die Zeitschrift zu und legte sie auf einen Beistelltisch. »Wenn das stimmt, ist jedes weitere Wort von Ihnen pure Zeitverschwendung. Über seine Patienten wird er nie etwas rauslassen.«

Er schob Ali beiseite wie ein Möbelstück und leuchtete mit einer kleinen Taschenlampe seinem Patienten in die Augen. »Ethisches Verhalten ist Mortimers fixe Idee, stimmt's, du alter Gauner?« Das klang fast liebevoll. »Er wird nie den Namen eines Patienten preisgeben.«

Der alte Herr nickte, und dann riss er erschrocken die Augen auf, denn damit hatte er bestätigt, was Ali ihm zur Last gelegt hatte. Sein eigener Arzt hatte ihn in eine Falle gelockt. Müde ließ er den Kopf in die Kissen zurücksinken.

Myles Penny freute sich sichtlich über den Erfolg seines Schachzugs, und auch Costello war sehr zufrieden. Alis Verhalten einzuschätzen war schon schwerer. Wie emotionslos sie ist, dachte Rouge. Doch dann begriff er, dass ihre vermeintliche Gefühlskälte nur der verzweifelte Versuch war, die Beherrschung nicht zu verlieren. Man sah an ihren Augen, wie stark sie unter Druck stand.

Sie beugte sich über das Bett. »Gib mir wenigstens einen Hinweis, Onkel Mortimer. Einen Namen, einen Ort – irgendwas.« Sie war die einzige Frau, die Rouge kannte, die flüsternd schreien konnte. »Ich weiß, dass Gwen Hubble lebt, es entspricht dem Schema. Für eins der Kinder besteht noch Hoffnung.«

Myles Penny schüttelte den Kopf und griff nach einer Tabelle, die am Fußende des Bettes hing. »Bemüh dich nicht, Ali. Hundert kleine Mädchen könnten draufgehen, ehe er dir was sagen würde.«

Ali Cray nickte, während sie ihren Onkel anfunkelte. Rouge spürte die Spannung zwischen diesen beiden Menschen, die sich mit jeder Sekunde verstärkte. Mortimer Cray schien sich gegen etwas zu wappnen, als er die schmalen Schultern einzog. Es war sehr still. Mit einem arthritischen Finger tippte er auf die Decke, vielleicht im Takt mit einer inneren Uhr, die die verbleibenden Sekunden seines Lebens abzählte. Dann schloss er die Augen vor dem, was gleich auf ihn zukommen würde.

Die ganze Zeit über hatte FBI-Agent Pyle den Mund gehalten. Er betrachtete Ali auch dann noch fast zärtlich, als sie die Hand hob, um den hilflosen alten Mann im Bett zu schlagen.

»Ali!« Myles Penny ließ die Tabelle fallen, so dass sie langsam an der Kette hin und her pendelte.

Halb bedauernd, halb enttäuscht ließ Ali Cray den Arm wieder sinken.

Costello stand unvermittelt auf und bereitete sich umständlich auf seinen Abgang vor, indem er den Stuhl an die Wand schob. Dann drehte er sich noch einmal zu dem Mann im Bett um. »Nur eins noch, Sir. Warum waren Sie heute bei dem Priester? Sagen Sie mir nur, ob Paul Marie Ihr Patient war.«

Mortimer Cray öffnete die Augen, sagte aber nichts.

»Nein, er war nicht bei meinem Onkel in Behandlung«, sagte Ali. »Pater Marie war nie in Therapie.«

»Nicht mal in der Haft?«, fragte Costello erstaunt. »Ich denke, für Sexualstraftäter ist das Vorschrift?«

»Nein, die Teilnahme ist freiwillig. Laut Aussage des Gefängnisdirektors hat Pater Marie nie daran teilgenommen.«

»Erstaunlich«, sagte der Captain. »Ich weiß, dass eine Therapie bei der Kommission für frühzeitige Haftentlassungen immer gut ankommt.«

»Eben! Deshalb machen die meisten Gefangenen auch mit.« Ali sah wieder Mortimer an. »Ich habe mit dem Priester gesprochen. Er hält nicht viel von Seelendoktoren. Für ihn sind das alles Schwindler und Hochstapler, die mit Spiegel und doppeltem Boden arbeiten. Er wäre nie freiwillig zu meinem Onkel gegangen. Der musste schon zu ihm kommen.«

Und damit begann eine neue Runde. Costello trat wieder ans Bett. »Der Priester hat gesagt, dass Sie wissen, wer der Täter ist. Wir können deshalb –«

»Er hat Ihnen überhaupt nichts gesagt«, erklärte Mortimer mit einem flüchtigen bitteren Lächeln.

»Nein? Wie kommen Sie darauf? Weil er Priester war?«

»Er ist immer noch Priester«, sagte Cray leise, aber nachdrücklich. »So haben Sie ihn selbst genannt, Captain. Der *Priester* hat nichts gesagt.«

»Stimmt«, bestätigte Costello. »Es war der Wachmann, der uns gesagt hat, Sie wüssten, wo die Kinder sind.«

Ali Cray trat wieder ans Bett und beugte sich tief über ihren Onkel. »Hat Pater Marie dir die Beichte abgenommen?«

Der Alte wandte den Blick ab.

Mit einer Hand drehte sie unsanft sein Gesicht zu sich herum. »Du wolltest, dass der Priester sein Gelübde bricht, weil du deinen Eid brechen wolltest, war es nicht so, Onkel Mortimer?« Rouge sah die tiefen Spuren, die Alis Finger auf dem runzligen Gesicht des Onkels hinterließen. »Du warst nicht aus Glaubensgründen dort. Nicht du, der professionelle Atheist. Red endlich!«

»Jetzt reicht's.« Myles Penny stand dicht hinter ihr. »Treiben Sie's nicht zu weit, Ali, sonst fliegen Sie hier hochkant raus.«

Ali schien ihn gar nicht gehört zu haben. Allerdings ließ sie ihren Onkel los und legte ihre Hand auf sein Kopfkissen. »Hast du dem Priester gebeichtet? Hast du Pater Marie gesagt, wer es war?« Ihre Hand bewegte sich auf die Brust ihres Onkels zu – für einen alten Herrn mit schwachem Herzen eine nicht zu unterschätzende Drohung.

»Was hat sich der Killer als Trophäe von Gwen Hubble genommen? Hat er es dir schon erzählt? Oder wartet er damit immer, bis das Kind tot ist?« Sie packte ihn bei den Schultern, als wollte sie die Antwort aus ihm herausschütteln. »Gwen ist erst zehn.«

Mortimer Crays Augen hatten sich entsetzt geweitet. Sein Kopf pendelte hin und her, er zappelte und zuckte unter ihren Händen.

Myles Penny packte Ali bei den Schultern und zerrte sie grob vom Bett zurück. Sie wehrte sich nicht, als er sie unsanft zur Tür schob und auf den Gang hinausbeförderte. Dann winkte er den anderen, ihr zu folgen.

Rouge verließ als Letzter das Zimmer. Während er die Tür schloss, sah er noch, wie Dr. Penny eine Spritze aufzog, und hörte ihn sagen: »Diese Ängste bringen dich noch mal um, Mortimer.« Das leise Stöhnen des Patienten nahm er als Bestätigung.

»Sie brauchen mir nichts vorzumachen, ich weiß, wie das mit den Jungen und ihrer Kanone war.« Sorrel hielt Dr. Chainy den Bericht der Ortspolizei unter die Nase. »Und jetzt frage ich mich, wer in dieser Sache Druck gemacht hat.«

»Was soll der Unsinn, Buddy?« Dr. Howard Chainy schob den Schreibtischsessel zurück und rückte an seiner Brille, als könnte er so die Logik des Kriminalbeamten besser erkennen.

»Der Polizeichef sagt, Sie hätten ihn gebeten, die Jungs und die Kanone aus seinem Bericht rauszulassen.«

»Die sogenannte Kanone, Buddy, war eine primitive Spielzeugpistole. Die Jungs haben damit ein Fenster zu Bruch gehen lassen und dazu beigetragen, dass eine alte Frau gefunden wurde, die zu der Zeit schon drei Tage tot war. Das war alles.« Er wandte sich wieder seinem vollgepackten Schreibtisch zu.

»Warum haben Sie sich dann aber die Mühe gemacht –«

»Die guten Leute hier zerreißen sich nur zu gern die Mäuler über St. Ursula«, sagte Dr. Chainy. »Hätte sich die Sache herumgesprochen, wäre noch vor Ende der Woche aus dem harmlosen Knaller eine ausgewachsene Panzerabwehrrakete geworden.«

»Ich könnte mir eine Fahrt zu dem Haus ersparen, wenn Sie mir helfen würden, ein paar Ungereimtheiten in dem Fall aufzuklären.«

Chainy schüttelte einigermaßen fassungslos den Kopf. »Sie wollen doch nicht noch mehr kostbare Zeit auf diesen Unsinn verschwenden?«

Genau das hatte Sorrel vor. Er war nicht umsonst früher bei den Marines gewesen. Das Bettenmachen überließ seine Frau immer ihm, denn auf seinen straff gespannten Laken konnte man Murmeln spielen. Auf zerknautschte Anzüge und ausgefranste Tagesdecken reagierte er nicht weniger allergisch als auf ungeklärte Punkte in einem Polizeiprotokoll. Offene Fragen reizten ihn bis aufs Blut, und deshalb war er ein so guter Polizeibeamter. Er ruhte nicht, bis er alle Widersprüche aufgeklärt hatte.

Und deshalb war er jetzt stocksauer. Möglich, dass die Sache auf dem See mit dem Fall, den sie zur Zeit bearbeiteten, überhaupt nichts zu tun hatte. Wenn man dem Bericht glauben durfte, hatten der Polizeichef höchstpersönlich und zwei seiner Leute sämtliche Räume in dem bewussten Haus gründlich durchsucht. Trotzdem blieben offene Fragen. »Wer ist auf die Idee gekommen, den Bericht abzuändern? Sie oder der Direktor?«

»Ich. Sind Sie jetzt zufrieden?«

Natürlich nicht.

Howard Chainy grinste boshaft, dann sagte er lauter als nötig: »Und wie läuft die große Trüffeljagd, Buddy?«

Chainys Assistent sah von seiner Arbeit am Nebentisch auf. Chainy hatte versprochen, über diesen Aspekt des Falles zu schweigen. Was er jetzt machte, grenzte an Erpressung. Der Pathologe drehte sich auf seinem Hocker herum und sah den jungen Mann im Laborkittel an. »Wussten Sie, dass man auch Pilze obduzieren kann, Hastings?« Das war eine offenkundige Drohung.

Sorrel stieß wütend die Pendeltür auf und stürmte in Richtung Parkplatz. Die äußere Tür fiel aufreizend langsam hinter ihm ins Schloss. Erst mit dem lautstarken Zuschlagen der Autotür konnte er seinen aufgestauten Gefühlen Luft machen.

Der Vormittag war eine einzige Kette von Ärgernissen gewesen. Ein BCI-Mitarbeiter hatte bei Durchsicht der Tagesberichte der Ortspolizei festgestellt, dass ausgerechnet der Bericht über den bewussten Vorfall mit der Spielzeugpistole verdächtig dürftig ausgefallen war. Der Polizeichef hatte sich geziert, die Lücken zu schließen, da er angeblich sein Material noch nicht beisammen hatte. Und jetzt ließ ihn dieser verdammte Chainy, der doch eigentlich auf ihrer Seite sein sollte, nicht nur genüsslich zappeln, sondern drohte ihm sogar.

Auf der Rückfahrt beschäftigte sich Sorrel mit der nächsten Ungereimtheit, die nicht dazu angetan war, seine Ruhe wieder herzustellen. Die Verstorbene hatte eine Putzfrau gehabt, die bisher nicht vernommen worden war. Phil Chapel, einer der Ortspolizisten, hatte, wie Chief Croft sagte, den Auftrag gehabt, die Frau aufzuspüren und in Erfahrung zu bringen, warum sie den Tod ihrer Arbeitgeberin nicht gemeldet hatte. »Laut Aussage der Nachbarin auf Urlaub« hieß es in dem Bericht. Nicht einmal der Name der Putzfrau war angegeben. In dem einen Satz hatte der Cop drei Tippfehler untergebracht. Schon das war für Sorrel Grund genug, den Mann von vornherein für einen Trottel zu halten.

Über sein Autotelefon rief er den Trooper an, der in der Polizeistation die Stellung hielt. Die Streife musste jeden Augenblick zurückkommen, und er versprach, Chapel festzuhalten, bis Sorrel ihn sich vorknöpfen konnte.

Eine Viertelstunde später saß Sorrel an seinem Schreibtisch im Obergeschoss. Der Raum war leer. Die Kollegen waren unterwegs, auch die Sekretärin war nicht an ihrem Platz.

Phil Chapel stand stramm. Er war sehr jung und machte ein Gesicht wie ein Kind mit schlechtem Gewissen. Er wusste, dass er etwas falsch gemacht hatte, konnte sich aber beim besten Willen nicht denken, was es war.

»Was ist mit der Putzfrau?«, raunzte Sorrel. Chapel zuckte zusammen.

»Sie hat nicht nur geputzt, Sir, sondern auch gekocht und –«

»Wo ist ihre Aussage?«

»Sie kommt erst nach Weihnachten wieder, Sir.«

»Und Sie wollten ihr nicht den Urlaub verderben. Sehr menschenfreundlich. Sie wissen nicht mal, wie sie heißt, stimmt's?«

»Die Nachbarin hat den Namen nicht genannt, Sir. Und weil die Frau aus dem Haus nichts hat mitgehen lassen, habe ich gedacht –«

»Und die alte Dame, die gestorben ist? Was ist mit ihrer Familie?« Sorrel hielt den Bericht hoch, der auf einem halben Bogen Platz gefunden hatte. »Soweit ich feststellen kann, sind die Angehörigen nicht benachrichtigt worden.«

»Ich dachte, das wollte der Chief machen, Sir.«

»Charlie Croft sagt, er habe Sie damit beauftragt.«

»Das stimmt schon, Sir, aber ihr Hausarzt war auf Urlaub. Und ohne –«

»Schon gut. Zurück zu der Putzfrau. Weiß die Nachbarin, wo sie zu erreichen ist?«

»Nein, Sir. Sie macht zur gleichen Zeit Urlaub wie die alte Pilzfrau, sagt aber nie wo –«

»Die alte – was?«

»Die Verstorbene, Sir«, verbesserte sich Chapel rasch. Vielleicht dachte er, dass er mit diesem Spitznamen Sorrel noch mehr gegen sich aufgebracht hatte.

»Haben Sie eben Pilzfrau gesagt?«

»Na ja, das ganze Haus war voller Pilze, Sir. Pilze als Nippesfiguren und auf Zeichnungen, Bücher mit Pilzen auf dem Einband …«

»Und haben Sie auch richtige, essbare Pilze gesehen?«

»Nein, Sir. Keinen einzigen.«

»Wie konnten Sie meinen Onkel nach Hause schicken?«

»Rührend, wie besorgt Sie plötzlich sind«, sagte Myles, ohne von seinem Terminkalender aufzusehen. »Es war nicht meine Entscheidung, sondern Mortimers Wunsch.« Er schob die Papiere beiseite und klopfte ungeduldig mit dem Bleistift auf die Schreibtischplatte, um anzudeuten, er habe Dringenderes zu erledigen und Ali möge sich gefälligst umgehend verziehen.

»Der Mann hatte einen Herzanfall, Myles.«

»Einspruch, Euer Ehren! Ihr Onkel hatte eine schwere Panikattacke. Die Sehstörungen, das Summen in den Ohren, die Schmerzen in der Brust – das passt alles ins Bild. Zuletzt hat er wahrscheinlich keine Luft mehr bekommen und deshalb das Bewusstsein verloren.« Er zuckte die Schultern.

»Vorhin sah er aus, als hätte er schon einen Fuß im Grab.«

»Völlig falsch«, sagte Myles gereizt, was Ali durchaus nachvollziehen konnte. Nach ihrem Auftritt im Krankenzimmer wirkte die Besorgnis, die sie jetzt zur Schau trug, nicht sehr überzeugend. Der Arzt war ein guter Menschenkenner.

»Nachdem ich mit Dr. Lorimer gesprochen hatte, habe ich eine zweite Meinung eingeholt – nämlich die Ihres Onkels. Der alte Mortimer hat seine Symptome selber diagnostiziert, und dazu ist niemand in der Stadt besser geeignet als er. Ihr Onkel wird noch eine ganze Weile am Leben bleiben, wenn er die Medikamente nimmt, die William ihm verschrieben hat.«

»Können Sie William nicht erreichen?«

»Ich wüsste nicht, wo ich suchen sollte, Ali. Dr. Lorimer ist ein guter Mann, er vertritt William immer bei seinen Herzpatienten und hat noch nie einen verloren. Die Diagnose ist fundiert, Sie können sich darauf verlassen. Er ist zu Hause sehr viel besser aufgehoben, sofern Sie mitspielen und den Cops nicht verraten, wo er steckt. Sie denken doch nicht im Ernst, dass er etwas mit diesem Fall zu tun hat?«

»Ich weiß nicht, was ich denken soll«, log sie und setzte gleich noch eine Lüge drauf: »Es tut mir Leid, dass ich mich vorhin so unmöglich aufgeführt habe.«

»Wenn ich sonst nichts mehr für Sie tun kann, Ali –«

»Hat Williams Sprechstundenhilfe keine Telefonnummer, unter der er zu erreichen ist?«

»Leider nein. Wenn er verreist, ist hier immer der Teufel los. Seine Patienten wissen natürlich, dass er nicht da ist. Prompt hängen sie sich alle ans Telefon und erzählen mir von ihren Wehwehchen. Aber wie gesagt, Lorimer ist ein guter –«

»Das glaube ich Ihnen gern, aber mich beschäftigt da eine andere Sache, bei der Sie mir vielleicht weiterhelfen können. Ich wollte William eine bestimmte Frage stellen, habe es aber beim letzten Mal vergessen –«

»Geht es um Susan Kendall?«

»Ja. Ich weiß, der Fall liegt lange zurück, aber als er Howard Chainy vertrat –«

»Sie fragen sich, warum ein hoch angesehener Chirurg als Pathologe eingesprungen ist? Er war Howard noch was schuldig, Ali. Die beiden sind alte Freunde.«

»Nein, ich dachte an den Test wegen der eineiigen Zwillinge. Für den Nachweis brauchte er Blutproben von beiden Kindern. Haben die Eltern sich einverstanden erklärt –«

»Nein, mein Bruder hat die Eltern nicht gefragt, ob er ihrem überlebenden Kind Blut abnehmen dürfte.«

»Und wie hat er den Test dann durchgeführt?«

»Keine Ahnung. Vielleicht hatte er noch vom Winter davor eine Blutprobe. Er hat nach einem Unfall Rouge den Finger wieder angenäht, damals muss der Junge neun gewesen sein.«

»Ich war dabei«, bestätigte Ali. »Er war beim Eislaufen hingefallen, und ein anderer Schlittschuhläufer ist ihm über die Hand gefahren.«

»Der Priester hat ihn sofort in seinen Wagen gepackt und hergebracht. Vernünftiger Mann. Schade eigentlich, dass er ein Sittlichkeitsverbrecher ist. Hat nicht auf unsere wunderbaren Sanitäter gewartet, die nicht von einem Ende des Ortes zum anderen finden. Der Finger hing nur noch an ein paar Hautfetzen. William ist ein begnadeter Chirurg, das muss man ihm lassen. Wahrscheinlich war er der einzige Arzt im Umkreis von fünfzig Meilen, der eine so heikle Operation durchführen konnte. Die menschliche Hand ist eine enorme Herausforderung für einen Chirurgen. Aber der Finger war hinterher wieder voll beweglich. Gute Arbeit.«

»Ist Susan mitgekommen?«

»Was glauben Sie wohl? Die beiden waren unzertrennlich. Es war Williams Idee, dass Susan bei der Operation dabei sein sollte. Ich weiß, dass er wie ein arroganter Pinsel wirkt, aber wenn es um Schmerzen geht, ist er sehr einfühlsam. Er wollte die Notoperation mit Lokalanästhesie machen und dachte sich wohl, dass die beiden Kinder sich gegenseitig beruhigen würden.«

»Könnte William zu diesem Zeitpunkt der Verdacht gekommen sein, dass sie eineiige Zwillinge waren?«

»Zumindest war seine Neugier geweckt. Bis auf die Frisur sahen sich die Kendallzwillinge zum Verwechseln ähnlich. Ich habe schon so manches Zwillingspaar gesehen, aber so eins wie die beiden noch nie. Das Gespenstische war, dass auch Susan Schmerzen hatte und Schocksymptome zeigte. Ich spreche nicht von irgendwelchem psychosomatischen Unsinn – sie hat die Schmerzen tatsächlich gespürt. Ich habe die Lokalanästhesie bei Rouge gemacht, während wir ihn für die Operation vorbereiteten. Die Schwester gab Susan einen Kittel und eine OP-Maske. Die Kleine hat die Nadel nicht mal gesehen, aber die Anästhesie wirkte auch bei ihr. Es war, als hätte man ein Kind mit zwei Körpern behandelt.«

Ali überlegte, ob Rouge wohl Schmerzen empfunden hatte, als seine Schwester im Sterben lag. Hatte er den Augenblick gespürt, in dem ihr Genick brach? War er gleichsam bis zu einem gewissen Grad mitgestorben?

Myles stand auf, sichtlich entschlossen, sie nun wirklich vor die Tür zu setzen. Liebenswürdigkeit war noch nie seine Stärke gewesen. Sie winkte ihm zum Abschied matt zu und ging.

Sie hatte Arnie Pyle gesagt, er solle nicht auf sie warten, ihn aber damit nicht abschütteln können. Halb hinter den Wedeln einer Topfpalme verborgen, saß er im Wartezimmer. Das blaue Auge hatte er, vielleicht um lästigen Fragen von Patienten und Besuchern zu entgehen, hinter einer Zeitung versteckt. Freiwillig hatte er ihr keine Erklärung für das Veilchen geliefert, demnach war es wohl etwas, das ihn in seinem Selbstwertgefühl als Macho getroffen hatte, und sie hatte taktvollerweise nicht nachgefragt. Aber als er aufstand und hinter der Palme hervorkam, zuckte sie unwillkürlich zusammen.

Neulich hatte sie sich bei seinem schiefen Lächeln nichts weiter gedacht, sie kannte ja seinen Hang zur Ironie. Aber auch jetzt lächelte er nur mit dem halben Mund. Sie waren im Unfrieden auseinandergegangen und hatten sich ein paar Jahre nicht gesehen. Ali konnte sich beim besten Willen nicht mehr erinnern, ob er auch früher so seltsam gelächelt hatte. Es schien weit hergeholt, aber sie fragte sich unwillkürlich, ob er sich diese Angewohnheit in jenem Jahr mit ihr zugelegt, ob er sich ihr so nahe gefühlt hatte, dass er sich gewissermaßen von ihrem verzogenen Mund hatte anstecken lassen.

Das Lächeln erlosch schnell. Vielleicht war es ihm peinlich, dass sie ihn bei einer echten Gefühlsregung ertappt hatte. Er steckte die Hände in die Hosentaschen und blieb mitten im Raum stehen. »Willst du mir nicht erzählen, was du mit Dr. Penny beredet hast? Wir teilen uns doch sonst auch alles.«

»Aber ja.« Sie wollte rasch an ihm vorbeigehen, aber er trat ihr in den Weg. »Wenn du es unbedingt wissen willst: Es war eine Konsultation.«

»Wegen der Narbe? Echt cool. Sie ist also nicht angeboren. Vielleicht hast du dir nur ein übergroßes Muttermal entfernen lassen. Ich denke da an unsere Kinder, Ali … Aber notfalls könnten wir ja welche adoptieren.«

»Ja. Ich sehe schon betrunkene Kids im Haus herumtorkeln und auf den Teppich kotzen.« Klang das verbittert? Hoffentlich.

Das schiefe Lächeln war wieder da. »Ich habe deinen Teppich saubergemacht, Ali. Auf allen vieren. Solche Kleinigkeiten vergisst du gern.«

Er kam auf sie zu, und sie wich zwei Schritte zurück. Derselbe alte Tanz. »Du hast Recht, Arnie. Und als du meine Schuhe vollgereihert hast, hab ich neue von dir gekriegt.« Zum Teufel mit dem Takt. Sie deutete auf sein blaues Auge. »Wo hast du das her?«

Er winkte ab. »Das Übliche.«

»Eine Frau?«

»Sie hatte nicht deine leichte Hand, Ali. Und ich habe sie nicht geliebt. Es war nur ein Schritt vom Wege, ein unwichtiges Stückchen Brutalität.« Er holte eine Packung Zigaretten heraus und zündete sich eine an. »Genug gefrotzelt. Hast du etwas Konkretes über diesen Triebtäter rausgekriegt?«

»Du machst dich strafbar, Arnie, wenn du in einem öffentlichen Gebäude rauchst.«

»Was hast du erfahren, Ali? Sonst flippe ich aus, blase einen Rauchkringel und verstreue Asche auf dem Teppich.«

»Du hältst doch nichts von meinen Theorien, das hast du ja sogar vor versammelter Mannschaft verkündet.«

»Wenn du etwas über diesen Irren weißt, möchte ich es erfahren. Sonst bleibt mir immer noch ein freundliches Plauderstündchen mit deinem lieben alten Onkel.« Jetzt lächelte er wieder. »Glaubst du wirklich, dass dieser Perverse bei ihm in Behandlung ist?«

»Dieser Perverse ist ein Sadist, vergiss das bitte nicht.« Sie musste immer wieder seinen Mund ansehen. »Es würde ihn anmachen, einen Psychiater in seine Morde einzuweihen. Es wäre ein Kick, eine sofortige Befriedigung für ihn.« *Bitte hör auf zu lächeln, Arnie.* »Damit hätte er zusätzlich zu dem Kind und seiner Familie noch ein weiteres Opfer gewonnen. Er könnte sein sadistisches Treiben fortsetzen, so lange er wollte. Geradezu paradiesische Verhältnisse.«

»Unser Täter foltert also den Seelenheini, und der kann sein Wissen nur bei einem Priester abladen.«

»Genau.« *Oder bei einem anderen Psychiater.* Sie fragte sich jetzt, warum Onkel Mortimer nicht diesen Ausweg gewählt hatte, aber mit Arnie Pyle konnte sie das nicht besprechen. »Dass der Perverse zu einem Psychiater geht, bedeutet nicht, dass er geistesgestört, sondern nur, dass er schlau und sadistisch ist – ähnlich wie du.«

»Besten Dank für die Blumen. Aber wenn du bei all den anderen Fällen richtig liegst, musst du doch auch wissen, dass diese Typen immer total daneben sind.«

»Du glaubst also, dass er unzurechnungsfähig ist, weil seine Phantasievorstellungen sich um eine kleine Prinzessin ranken. Bist du unzurechnungsfähig, weil du feuchte Träume von einem Supermodel hast, das bei dir vor der Tür steht und Sex mit dir haben will?«

»Mit anderen Worten: Er ist einfach realistischer.«

»Ihm geht es darum, seine Opfer zu beherrschen.« Sie konzentrierte sich auf die Zigarette in seiner Hand, damit sie ihm nicht ins Gesicht zu sehen brauchte. »Deshalb bevorzugt er Kinder. Die hat er hundertprozentig im Griff. In deinen Phantasievorstellungen bist du zum Schluss nassgeschwitzt und der Göttin dankbar. In seinem Szenario ist er ein Gott.«

»Okay. Leicht abartig, alles in allem aber normal. Und was hältst du *jetzt* von der Todesstrafe, Ali?«

»Ich habe meine Meinung nicht geändert.«

»Komm, du wünschst diesem Freak doch nicht weniger den Tod als ich.«

»Als die Russen strengere Strafen für Pädophile verhängten, mussten mehr Kinder sterben. Hört sich bescheuert an, ich weiß – aber ich glaube, die Eltern hätten lieber ihre Kinder lebend zurück.«

Erst jetzt merkten sie, dass neben ihnen jemand stand, aufmerksam zuhörte und höflich wartete, bis sie fertig waren. Es war Rouge Kendall, dessen Schwester nicht lebend zurückgekommen war. Er nickte Ali zu. »Die junge Dame am Empfang hat mir gesagt, dass Ihr Onkel entlassen worden ist.«

Arnie Pyle übersah er geflissentlich.

Was hatte er Rouge Kendall wohl getan?

»Es wäre schön, wenn Sie das noch eine Weile für sich behalten könnten, Rouge. Dr. Penny meint, dass mein Onkel einer weiteren Vernehmung nicht gewachsen ist.«

»Kein Problem. Aber wenn Sie noch eine Minute Zeit für mich hätten ...« Kendall richtete seine Worte an sie, sah aber dabei den FBI-Mann an. Arnie lächelte harmlos und tat, als hätte er gar nicht kapiert, dass es Rouge um ein Gespräch unter vier Augen ging.

Rouge sprach das Wort *Arschloch* nicht aus und brachte damit Arnie um das Vergnügen, das alte Spiel »Zwei Hunde und ein Knochen« spielen zu können. Er wandte sich wieder an Ali. »Am Bett von Dr. Cray haben Sie gesagt, dass der Täter Trophäen sammelt. In Ihren Berichten stand davon aber nichts.«

»Costello hatte mich gebeten, es wegzulassen. Wir hatten fünfzig Exemplare verteilt, da musste man damit rechnen, dass irgendwas davon an die Öffentlichkeit gelangt.«

»Haben Sie eine Liste?«

Ali nickte. Sie hakte sich bei ihm ein und zog ihn von den Klinikbesuchern und dem FBI-Mann weg, sah aber noch einmal zu Arnie zurück. *Bleib hier*, sagte ihr Blick.

»Der Täter nimmt nur kleine Gegenstände, Rouge. Einmal einen Ring, ein andermal eine Anstecknadel in Form einer Blume. Ein Amulett, eine dünne Goldkette mit einer einzigen Perle. Immer etwas sehr Zierliches.«

»Würde das ins Schema passen?« Er zog einen silbern aufblitzenden Gegenstand aus der Tasche, den er Ali hinstreckte. »Das Armband meiner Schwester. Es wurde als Beweismaterial gegen den Priester verwendet.«

Ali drehte und wendete das schlichte Schmuckstück in der Hand. »Möglich wäre es schon, aber etwas so Massives hat er vorher noch nie mitgehen lassen. Wenn das alles war, was sie trug.«

»Sie hatte ein geweihtes Medaillon an einer Kette um den Hals. Ihrer Meinung nach hätte er wohl eher das genommen?«

Ali nickte. Sie wussten beide, dass Susan, als sie tot aufgefunden wurde, die Kette noch trug.

»Da ist noch etwas«, sagte Rouge. »Ich hatte Susan ein Fußkettchen geschenkt, als ich in dieses strenge Internat musste. Sie hat es ständig getragen, aber unter dem Söckchen, weil niemand es sehen sollte. So hat sie es in ihren Briefen geschrieben. Es war eine ganz dünne Kette mit einem ovalen Goldplättchen, in das etwas eingraviert war.«

»Die dürfte seine Trophäe gewesen sein. Suchen Sie nach dem Kettchen, und Sie finden Susans Mörder.«

»Dazu brauchen Sie nicht unbedingt das Kettchen«, sagte Arnie, der sich unbemerkt zu ihnen gesellt hatte.

Ali warf ihm einen strafenden Blick zu. »Das stimmt, Rouge. Sie brauchen nur nach dem Mann zu suchen, der wusste, dass sie das Kettchen trug. Wenn sie es nicht einem Angehörigen erzählt hat oder –«

»Nicht einmal meine Eltern wussten etwas davon. Das ging nur uns beide an.«

Ali sah die zarte Kette an dem schmalen Knöchelgelenk einer Zehnjährigen vor sich, das Geheimnis unter dem weißen Söckchen, warm glänzendes Gold auf der Haut, das Geschenk ihres Zwillingsbruders. Und sie sah Susans Mörder vor sich, der sich, um Schändung und Tod immer neu zu erleben, Abend für Abend hinsetzte und das Kettchen hervorholte. Vielleicht befriedigte er sich dabei.

Buddy Sorrel parkte den Wagen an der Zufahrtsstraße und sah sich, während er die Auffahrt hochging, rechts und links nach Pilzen um. Wenn man den Luftaufnahmen glauben durfte, besaß das Haus keinen Innenhof. Er kam sich recht albern vor, dass er hier seine Zeit verschwendete, aber der Captain hatte ihn zum offiziellen Pilzexperten ernannt, und alles, was damit zu tun hatte, fiel jetzt in seine Zuständigkeit.

Er überlegte, ob er einen Streifenwagen verständigen sollte, um im Wald nach einem Gewächshaus suchen zu lassen. Auf Luftaufnahmen waren solche Gebäude unter den Bäumen nicht immer zu erkennen.

Dann aber verwarf er den Gedanken wieder. Der Captain wäre vermutlich nicht begeistert, wenn er einen Trooper zum Mitwisser machen würde. Und selbst mit hundert Troopers würde er der so schwer fassbaren unterirdischen Trüffel nicht auf die Spur kommen, einem Pilz, dem unter der Erde vielleicht eine kleine Leiche Gesellschaft leistete. Eichen allerdings gab es jede Menge auf dieser Privatstraße, und Dr. Mortimer Cray, der Amateurbotaniker, hatte behauptet, ihre Wurzeln seien unabdingbar für das Wachstum von Trüffeln. Ob ein Hund sie finden würde? Die Hundestaffel konnte Sprengstoff aufspüren, warum nicht auch Trüffel?

Wahrscheinlich war er überhaupt ganz umsonst hergekommen. Drei ortskundige Cops hatten das Haus durchsucht, und Spuren zweier Kinder konnten ihnen nicht entgangen sein. Trotzdem – offene Fragen konnte Buddy Sorrel nun mal nicht ertragen.

Nach der nächsten Kurve lag das alte Haus vor ihm, an dem so viel an- und umgebaut worden war. Holzwände stießen an Backstein – und Feldsteinmauern. Alles in allem hatte das Gebäude vier Geschosse. Er blieb stehen und sah zum obersten Stockwerk hoch. Ein weißer Stofffetzen hatte sich im Rahmen eines geschlossenen Schiebefensters verklemmt und wehte im Wind. Ihm kam es vor wie ein höhnisches Winken.

Sorrel ging über den Plattenweg zu der versiegelten Hintertür. Bei genauerem Hinsehen erkannte er, dass das Siegel ein paarmal abgelöst und wieder angeklebt worden war.

Möglich, dass sich hier Kinder herumgetrieben hatten. Als Streifenpolizist hatte er viele Nächte damit verbracht, Teenager aus den erstaunlichsten Ecken und Winkeln zu scheuchen.

Er holte sich den Schlüssel von dem Sims über der Tür, wo Chief Croft ihn deponiert hatte, der sich beim besten Willen nicht mehr erinnern konnte, ob er überhaupt abgeschlossen hatte. Die älteren Bewohner von Makers Village besaßen nicht mal mehr die Schlüssel zu ihren Haustürschlössern, die aus der Zeit der Jahrhundertwende stammten.

Sorrel löste das Siegel und drehte den Türknauf. Die Tür ließ sich mühelos öffnen. Er betrat die Küche, die eigentlich auf der anderen Seite des Hauses hätte sein müssen, denn die Hintertüren befanden sich auf der Seeseite. Er besah sich die verstaubten Pilzkochbücher auf dem Küchentisch. An der Wand hing eine Uhr in Form eines Fliegenpilzes. Zu dumm, dass Costello die Sache vor den uniformierten Kollegen hatte geheimhalten wollen. Auf diese sinnlose Suche hätte er ohne weiteres auch einen Trooper schicken können.

Sorrel stieg über die gewundene Treppe zum Obergeschoss hinauf, wo er den weißen Fetzen im Fenster gesehen hatte. Ein weiteres Bild fiel ihm dazu ein: Es hatte ausgesehen, als ob ihm jemand die Zunge herausstreckte. Als er das Schlafzimmer betrat, wusste er, dass etwas mit dem Grundriss nicht stimmte. Im Grunde konnte man bei dieser eigenartigen Bauweise und den vielen Anbauten überhaupt nicht von einem ordentlichen Grundriss sprechen. Was ihn aber besonders störte, war die Tatsache, dass dort, wo er es erwartet hatte, kein Fenster war. Er verließ das Zimmer noch einmal, um sich an dem Fenster am Ende des Ganges zu orientieren. Eigenartig. Er kehrte in das Eckzimmer zurück. Nur eine Wand hatte Fenster.

Jetzt bemerkte er ein Stück hellere Tapete neben dem wuchtigen Kleiderschrank. Die großflächigen Umrisse zeichneten die Formen des Schrankes nach. Demnach war das schwere Ding erst kürzlich weggerückt worden. Er versuchte, mit der Hand nach hinten zu greifen, kam aber nicht in den schmalen Spalt hinein. Als er den Schrank leicht nach vorn kippte, um ihn zur Seite zu schieben, fiel er um. Das Krachen übertönte ein Geräusch, das ein näher kommender Wagen sein konnte, aber Sorrel konzentrierte sich zunächst auf die Tür, die hinter dem Schrank zum Vorschein gekommen war.

Der Knauf ließ sich nicht bewegen. Eine abgeschlossene Tür im Obergeschoss, während die Haustür offen stand, so dass jeder Landstreicher hereinkommen konnte? Das alte Haus war unerwartet interessant geworden. Die Türfüllung war dick und fest und ließ sich nicht eintreten. Mit einiger Mühe schob er den umgekippten Schrank zur Seite, und als er genügend Bewegungsspielraum hatte, drehte er mit aller Kraft an dem Türknauf, bis das alte, angerostete Material nachgab. Die Tür führte zu einem großen Badezimmer, in dem ein zweiter Schrank von einem Fenster weggerückt war. Vom Fensterbrett baumelte ein Seil aus zusammengeknüpften Betttüchern. Ein Ende hatte sich in dem Schiebefenster verfangen, das andere war an einen Fuß des Schrankes gebunden. Und jetzt sah er auch das in seine Bestandteile zerlegte Bett mit den abgebrochenen Latten.

Irgendwo meinte er Holz knarren zu hören. Er blieb stehen. Da war es wieder. Etwas rührte sich im Stockwerk unter ihm – oder auf der Treppe? Er lauschte noch ein paar Sekunden, aber jetzt war alles still.

Alte Häuser hatten alte Knochen, deren Gelenke bei jedem Windhauch, jeder Bewegung knarrten. Und diese hundertjährigen Kästen waren nicht luftdicht abgeschlossen, sondern atmeten ein und aus. Es war nur der Wind, sagte er sich.

Er griff gerade nach seinem Handy, um die Troopers in Marsch zu setzen, als er etwas bemerkte, das ihn regelrecht zusammenzucken ließ. Er kniete sich neben dem Bett hin und hielt eine lange blonde Haarsträhne ans Licht. Wie zart sie war! Wie hell sie leuchtete!

Die goldene Strähne war das Letzte, was er im Leben sah, ehe ein rascher, gezielter Schlag seinen Hinterkopf traf.

Mehrere Minuten waren vergangen, seit sie den Wagen hatten vorfahren hören. Gwen brachte die Tagebücher in das weiße Zimmer zurück, dann hinkte sie den Gang entlang zu den Bäumen. »Hilf mir, Sadie. Wir müssen alles wieder an seinen Platz stellen. Wenn er dieses Durcheinander sieht –« Bestürzt hielt sie inne. Zu viele Teile der Stoffpuppe lagen so, dass der Hund mühelos an sie herankam.

Sie legte sich der Länge lang hin und versuchte, mit dem Besenstiel den ausgestopften Kopf zu erreichen. Der Hund blieb in seiner Sitting-Bull-Stellung, aber sie wusste, dass sie ihm nicht trauen konnte. Nachdem sie den Kopf zu sich herangezogen hatte, betrachtete sie nachdenklich die übrigen Teile der Puppe. Wie sollte sie die zurückholen? Und was sollten sie mit den zerfetzten Plastiktüten machen, mit denen Sadie die Puppe ausgestopft hatte und die jetzt überall verstreut waren?

»Zum Aufräumen haben wir jetzt keine Zeit«, sagte Sadie hinter ihr. »Es ist auch nicht mehr wichtig. Wenn die Fliege reinkommt, hetzen wir den Hund auf sie.«

»Der ist noch nicht so weit.«

Der Hund wartete auf seinen Keks. Als Sadie ihn warf, sprang er hoch und fing ihn erstaunlich rasch und sicher auf. Dann kam er so weit auf sie zu, wie seine Kette es erlaubte, und freute sich offensichtlich schon auf eine neue Runde Geronimo und Sitting Bull.

»Doch, er ist so weit. Es muss sein, Gwen. Du brauchst einen Arzt.«

Gwen drückte zerstreut an dem ausgestopften Kopf herum. »Nein, es ist noch zu früh.« Sie setzte sich mit gekreuzten Beinen hin und sah zur Decke, bis ihr von dem grellen Licht die Augen wehtaten.

Sadie hockte sich neben sie. »Warum kommt er denn nicht?« Auch sie sah jetzt zur Decke hoch. »Was macht er bloß da oben?«

»Ich glaube nicht, dass er im Haus ist.« Gwen umschlang mit den Armen ihren Körper.

»Aber der Wagen ist noch nicht weggefahren.«

Wie sollte sie Sadie erklären, dass sie die Gegenwart des Mannes nicht mehr spürte? Das war ihre Chance zum Aufräumen. »Der Hund braucht noch –«

»Sieh mich mal an.« Sadie legte Gwen die Arme auf die Schultern. »Du bist diejenige, die noch nicht so weit ist, die nie so weit sein wird. Du hoffst immer noch, dass jemand kommt und uns hier rausholt.«

»Ich geb's ja zu, Sadie. Und weißt du, warum? Weil es nicht funktionieren kann. Das hier ist kein Film, sondern Wirklichkeit. Der Mann ist nicht die Fliege, Sadie, er ist ein richtiger Mensch. Du kannst ihn nicht umbringen, du kannst ihm nicht mal was anhaben. Du wirst uns nur verraten.« Bittend fasste sie die Freundin am Arm. »Er ist bestimmt furchtbar böse, Sadie. Wir müssen warten, bis –«

»Wir können nicht mehr warten. Dein Bein wird immer schlimmer.«

Gwen zog die Knie an, machte sich ganz klein und hielt sich beide Ohren zu. Sie weigerte sich, die immer dunkler werdende Wunde, den üblen Geruch zur Kenntnis zu nehmen und schloss die Augen. Dann spürte sie, dass Sadie ihr beruhigend übers Haar strich.

»Schön, wir bringen alles wieder an seinen Platz.« Sadie stand auf und ging bis an den unsichtbaren Rand des magischen Kreises heran. Sie behielt den Hund im Auge, während sie mit dem Besen die Stoffpuppe zu sich heranzog.

Verstohlen, mit tief gesenktem Kopf, schlich der Hund sich näher. Darauf war Sadie nicht gefasst. Sie machte große Augen und ging langsam rückwärts, weil sie ihm nicht den Rücken zudrehen wollte.

»Schau ihn nicht direkt an.« Gwen versuchte, sich ihre Bestürzung nicht anmerken zu lassen, während sie sich näher heranschob und jede plötzliche Bewegung vermied, um den Hund nicht zu reizen. »Wenn du ihn anguckst, fasst er das als Drohung auf. Stell dich seitlich hin und schau auf mich.«

Zu spät. Die Augen des Hundes funkelten tückisch. Seine Muskeln spannten sich, er setzte sich in Trab. Sadie streckte ihm den Besenstiel hin. Er schnappte danach und zog damit Sadie zu sich heran. Schnell ließ sie den Besenstiel los und brachte sich in Sicherheit, ehe er zuschnappen konnte.

Geifernd zerrte der Hund an der Kette. Sie zitterte.

Gwen rappelte sich hoch. »Da siehst du's«, stieß sie hervor. »Du weißt nicht, was du tust.« Das schlimme Bein trug sie nicht; sie fiel hin und trommelte mit einer Faust auf den Boden. »Begreifst du jetzt endlich, dass es nicht klappen kann? Der Hund bleibt nicht in seiner Stellung. Er wird sich auf den Mann stürzen, ehe der den Betonklotz in den Türspalt geschoben hat. Und wenn der Mann dann begreift, was wir gemacht haben, wird er richtig zuschlagen, Sadie. Es ist hirnverbrannt zu glauben, dass wir damit durchkommen könnten.«

Sadie machte ein Gesicht, als habe ihre beste Freundin ihr gerade eine Ohrfeige gegeben. Sie war leichenblass geworden. »Entschuldige«, sagte sie tonlos, und ihren Augen sah man an, wie tief getroffen sie war. »Ich tue doch, was ich kann.«

In der Gefängniskapelle wurde Weihnachten gefeiert, aber Paul Marie war der Messe ferngeblieben. Er sah aus dem Fenster auf die grauen Wände eines Luftschachts.

Pater Domina, sein treuester Besucher, hatte sich heute Abend einen unfreiwilligen Witz geleistet, indem er beim Abschied dem Gefangenen fröhliche Weihnachten und ein glückliches, erfolgreiches neues Jahr gewünscht hatte. Für den alten Priester hatte der jähe Heiterkeitsausbruch des Gefangenen nichts Ironisches gehabt. Der gütige alte Herr hatte sich sogar gefreut, dass Paul Marie vor Lachen die Tränen übers Gesicht gelaufen waren.

Vor Jahren hatte auch Jane Norris ihn regelmäßig besucht. Die Liebe, die ihn einst mit ihr verbunden hatte, war längst dahin, aber ganz hatte er sich von ihr nie lösen können. Noch immer träumte er von Jane. Von ihrem Körper, nicht von ihrer Seele.

Bei der Verhandlung hatte sie es für ihre Christenpflicht gehalten, vor Gericht alle Einzelheiten ihrer jugendlichen Zärtlichkeiten auszubreiten. Unter Eid hatte sie versichert, was ihr offenbar sehr wichtig war, dass er der Erste gewesen sei, der sie »penetriert« habe.

Zehn Jahre lang war sie brav zu ihm ins Gefängnis gekommen und hatte die ihr zugebilligte Zeit damit verbracht, laut für seine Seele zu beten und diese Seele gleichzeitig hinzumorden, indem sie ihm salbungsvoll jeden einzelnen ihrer Liebesakte »verzieh«. Jane hatte nicht geheiratet und nie einen anderen Liebhaber gehabt als ihn. In ihrer Sorge um sein Seelenheil war sie wie eine fanatische Nonne gewesen.

Vor fünf Jahren hatte sie sich das Leben genommen, und er fragte sich hin und wieder, ob das womöglich ihr einziger lichter Moment in den vergangenen zehn Jahren gewesen war. Vielleicht hatte Jane am Ende ihres Lebens – anders als Pater Domina – die Ironie ihrer Situation erfasst und deshalb den Kopf in den Gasbackofen gesteckt.

Danach hatten ihm andere Besucher gegenübergesessen, meist Kriminalbeamte, die sich Hoffnungen machten, durch diese Gespräche alte, ähnlich gelagerte Mordfälle abschließen zu können. Und alle zwei Jahre kam ein anderer FBI-Agent, plauderte eine Stunde mit ihm und zog dann mit leeren Händen ab. Nein, über Einsamkeit konnte er nicht klagen.

Auch jetzt hatte er Gesellschaft. Der allgegenwärtige Schatten unter seinem Bett erinnerte ihn ständig daran, dass seine Seele durchaus nicht ungefährdet war, und heute Abend hatte er endlich aufgegeben, sich etwas vorzumachen und akzeptiert, dass Außenstehende ihn schlicht und einfach für verrückt halten würden. Doch das hinderte ihn nicht daran, tiefe Verachtung für dieses Trugbild zu empfinden, das derart vernarrt in ihn war, dass es sich auf den Zellenboden legte, nur um ihm nah zu sein.

Der Schatten hatte Mortimer Cray vergeben.

Und der Priester? Niemals!

Der Schatten war davon offenbar nicht ganz überzeugt, denn die Dunkelheit unter dem Bett strahlte Hoffnung aus.

Aus der Ferne kam der Glockenklang von drei Kirchen, die das Weihnachtsfest einläuteten. Mortimer Cray stand, umgeben von seinen Pflanzen, im Gewächshaus und musterte einen jungen Obstbaum, den er selbst gezogen hatte. Das Bäumchen hatte mit seinen runden Formen und der Wespentaille etwas geradezu Weibliches und erinnerte ihn dadurch an Mutter Natur, die Gottheit, die ihm die liebste war.

Von dem jungen Baum ging sein Blick nach innen. Nun lauschte er jenem nörgelnden Gott des Alten Testaments, der zu Anfällen von Jähzorn neigte, sich mit dem Teufel beim

Würfeln vergnügte und sich, wenn er verlor, an den Gläubigen schadlos hielt. Der arme Hiob hatte das Pech gehabt, im falschen Teil der Bibel vorzukommen.

Mortimer sah auf seine zitternde Hand herunter. Ihn so lange am Leben zu lassen war purer Sadismus. In seinem Nachttischfach lag ein Revolver. Er malte sich aus, wie er ihn ergreifen und an die Schläfe setzen würde, aber als es darum ging, den Finger um einen imaginären Abzug zu krümmen, verließ ihn der Mut.

Jetzt beanspruchte eine Bewegung vor den Gewächshausscheiben seine volle Aufmerksamkeit. Aus dem Garten sah jemand zu ihm hinein. Das Gesicht war glatt und jung und sah Susan Kendall sehr ähnlich. Mortimer wich so rasch zurück, dass er einen Blumentopf vom Tisch stieß. Der ging in tausend Scherben, aber sein Blick galt nur dem jungen Polizeibeamten vor der Glaswand.

Rouge Kendall war sein jüngster Patient gewesen, und ihn machte er verantwortlich für die Wiederbelebung seiner Gefühle, die so lange geschlummert hatten. Während der ausgedehnten Trauertherapie hatte der Junge unbewusst seinen Arzt gequält, indem er mit Susans Augen geweint und den Psychiater gezwungen hatte, das Leid des Zehnjährigen mitzuempfinden.

Es schien, als habe der kleine Rouge an einem Tag seine Schwester, am Tag darauf seinen gesunden Menschenverstand verloren. Dem Psychiater hatte er anvertraut, wie sehr es ihn beunruhigte, dass man für Susan einen so kleinen Sarg ausgewählt hatte, denn darin sei ja kein Platz mehr zum Wachsen. Mortimer hatte sich gehütet, ihm diesen unvernünftigen Gedanken auszureden, ja, er hatte sich bei den Eltern sogar dafür eingesetzt, Susan in einem Erwachsenensarg zu beerdigen. Mit Rücksicht auf die Ängste ihres überlebenden Kindes hatten sie widerspruchslos die Bestellung geändert.

Beim Trauergottesdienst hatte er bestürzt gesehen, wie verloren das kleine Mädchen in dem riesigen, mit weißem Satin ausgeschlagenen Schrein gewirkt hatte. Sein Eingreifen war ein tragischer Fehler gewesen. Flüsternd entschuldigte er sich bei der Toten. Und dann hatte er sekundenlang das Gefühl gehabt, als lägen zwei Kinder in jenem Sarg. Er hatte sich die Augen gerieben und sich gesagt, das läge am Stress. Oder war es ein jäher Einblick in die dunklen Gedanken und Wünsche des überlebenden Zwillings? Eine heimliche Begründung für den größeren Sarg? Selbstmordvorstellungen eines Zehnjährigen?

Als das Bild wieder geradegerückt war und eindeutig nur noch Susan vor ihm lag, hatte er sich nach ihrem Bruder umgesehen, der am Rand der Trauergemeinde stand und ihn argwöhnisch beobachtete, ganz so, als habe er Dr. Mortimer Cray eben noch aus dem Sarg und aus Susans Blickwinkel heraus betrachtet.

Alter Dummkopf, schalt er sich jetzt. Vor der Scheibe stand kein Kind, sondern ein erwachsener Mann. Rouge griff in seine Jacke, so dass der Revolver im Halfter zum Vorschein kam.

Nur zu, damit wir es hinter uns haben!

Aber es war kein Revolver, mit dem Rouge Kendall jetzt noch einen Schritt näher an das Glas herantrat, sondern ein Schwarzweißfoto von zwei kleinen Mädchen, die eng umschlungen nebeneinander saßen. Mit Klebestreifen befestigte er das Blatt an der Gewächshauswand.

Die Aufrufe hatte Mortimer schon im ganzen Ort gesehen, aber jetzt brauchte er merkwürdig lange, um das eine Wort zu lesen, das unter dem Foto stand: Bitte!

Als er wieder aufsah, war Rouge Kendall verschwunden.

In der verräucherten Dame's Tavern winkte Rouge dem Barkeeper und bedeutete ihm, seinem Begleiter Arnie Pyle noch einen Bourbon zu bringen.

Der FBI-Agent entschuldigte sich immer noch für seine Ahnungslosigkeit. »Dass deine Schwester Opfer eines Entführers gewesen ist, wusste ich nicht. Ich habe nie etwas über den Fall gelesen.«

»Die Staatspolizei hatte den Mörder sehr schnell gefunden, so dass es keinen Grund gab, das FBI einzuschalten.«

»Geben Sie reichlich Wasser dazu«, sagte der Agent zu dem wartenden Barkeeper. »Verdünnter Bourbon ist meine Art, Enthaltsamkeit zu üben.«

Der Drink, den der Barkeeper auf den Untersetzer stellte, war bereits bezahlt. Der Barkeeper deutete auf einen silberhaarigen Mann am Ende des Tresens. Julian Garret hob grüßend sein Glas, leerte es und ging. Der FBI-Mann sah ihm sichtlich erleichtert nach. Dann drehte er sich auf seinem Barhocker zu Rouge herum. »Von jetzt ab wird redlich geteilt. Abgemacht?«

Sie stießen auf den Deal an, dem Rouge nicht ausdrücklich zugestimmt hatte.

»Gut.« Pyle nahm einen kräftigen Schluck. »Was du von Caruthers erfahren hast, weiß ich. Der alte Zufahrtsweg vom Bootshaus, nicht? Wie ich höre, haben die BCI-Kollegen Reifenspuren gesichert.«

Rouge nickte.

»Und du glaubst, dass der Täter dort seinen Wagen versteckt hat«, fuhr Pyle fort. »Gut gedacht. Ich schlage vor, dass du mir die Abdrücke der Spuren übergibst, dann kann dir das FBI-Labor sehr schnell sagen, wo der Täter seine Reifen kauft. Unsere Jungs sind Spitze.«

»Viel wirst du damit nicht anfangen können.« Rouge tat, als ob er sich zierte, und Pyle öffnete schon den Mund zu einem Protest, aber Rouge hob rasch die Hand. »Unser Material ist sehr dürftig. Zehn, zwölf verschiedene Reifenspuren und einige partielle Fußabdrücke.«

»Damit lässt sich eine Menge machen. Das Labor kann dir sagen –«

»Von den meisten Spuren weiß ich schon, woher sie stammen, Arnie. Der Weg führt zu einem ausgebrannten Sommerhaus, wo sich unsere Teenager zum Biertrinken und Haschen treffen.«

»Trotzdem – unsere Jungs könnten versuchen, Faserspuren zu sichern. Womöglich passen sie zu denen, die wir im Bootshaus gefunden haben. Und wenn wir den Täter fassen, können wir beweisen, dass sein Wagen ganz nah am Tatort war.«

Rouge zuckte scheinbar gelangweilt die Schultern. »Okay, Arnie, wenn du unbedingt willst, bekommst du deine Abdrücke.« Damit war Captain Costellos Ziel erreicht: Er konnte die Feds für lästige forensische Untersuchungen einspannen, ohne dass das FBI von ihm dafür eine Gegenleistung verlangte. »Jetzt bin ich dran.« Rouge fuhr mit einem Finger über den Glasrand. Er hatte den vor zwanzig Minuten bestellten Whisky noch nicht angerührt. »Du scheinst Julian Garrett gut zu kennen. Bist du einer seiner Informanten?«

»Das nicht, aber wir haben so manches Glas miteinander geleert.« Pyle lächelte. »Von mir erfährt Julie nichts, falls du dir deswegen Sorgen machst. Ich halte dicht.«

»Darum mache ich mir auch keine Sorgen. Da er politische Kolumnen schreibt, ist er offenbar nicht wegen der Entführungen hier. Und du?«

Arnie Pyle sah in sein Glas, als ob er die Antwort zwischen den Eiswürfeln suchte. Dann lächelte er. »Kompliment, mein Junge! Gut, ich geb's zu: Julie glaubt, dass es mir nur darum geht, Mrs. Hubble als Zeugin gegen Senator Berman aufzubauen. Und ich bin tatsächlich der Meinung, dass wir mit ihrer Hilfe diesen Dreckskerl wegen seiner Mafiaverbindungen drankriegen könnten. Julie hatte also beinah Recht, aber ich hatte in Washington bessere Hinweise, denen ich hätte nachgehen können. Hauptsächlich bin ich wegen Ali hier.«

»Woher wusstest du, dass Ali in Makers Village ist?«

»Ich weiß immer, wo Ali ist.« Der FBI-Mann hielt sich an seinen Bourbon und schien gar nicht zu merken, dass Rouge Kendalls Glas immer noch voll war.

»Hat Ali mal erwähnt, dass du jemandem ähnlich siehst, den sie kennt?«

»Nein. Warum fragst du? Kennst du sie von irgendwoher?«

»Als Kind hat sie in Makers Village gewohnt. Wusstest du das nicht?«

»Ich wusste nicht mal, dass sie hier einen Onkel hat. Das habe ich erst erfahren, als Costello mich bat, sie ins Krankenhaus zu bringen. Du kanntest Ali also als kleines Mädchen?«

»Wir waren zusammen im Kinderchor. Mit zehn wurde ich in ein Internat mit strengem militärischem Drill gesteckt, und Alis Familie zog weg. So, da hast du meine Geschichte. Und jetzt bin ich gespannt ...«

»... auf das, was ich über Ali weiß?« Pyle leerte sein Glas. »Kennen gelernt habe ich sie, als ich einen Fall in Boston bearbeitete. Damals suchte ich noch nach verschwundenen Kindern. Ich war eine Spitzenkraft, wie man so sagt, aber Ali wusste mehr über Pädophile als die Typen selber. Ich habe versucht, sie für das FBI anzuwerben, aber sie hat mich sehr nachdrücklich abblitzen lassen.«

Pyle bestellte mit einer wortlosen Handbewegung das nächste Glas. »Wem soll ich denn Alis Meinung nach ähnlich sehen?«

Kendall schüttelte den Kopf. »Es war nur so eine Idee ... Hast du mal im Kirchenchor gesungen?«

»Nein – auch wenn meine Mutter immer davon geträumt hat.« Pyles Glas stand kaum vor ihm, als er es auch schon an die Lippen führte.

»Ich habe den Eindruck, dass du dir nicht viel aus Ali machst«, sagte Kendall.

»Falsch. Das Gegenteil ist richtig.« Pyle stellte sein Glas nach der Art von Betrunkenen, die den Eindruck erwecken wollen, dass sie noch stocknüchtern sind, genau auf der Mitte der Cocktailserviette ab.

»Merkt man dir aber nicht an.«

Pyle besah sich Rouge Kendalls unberührtes Glas und versuchte vielleicht zusammenzuzählen, wieviel er schon getrunken hatte, denn es dauerte eine Weile, bis seine Antwort kam. »Ich stehe eben nicht auf die Softie-Masche.«

»Ali hat dir den Stuhl vor die Tür gesetzt?«

»Genau.«

»War sie frigide oder lesbisch?«

Pyle lächelte leicht gequält. »Es ging um die Narbe. Ich musste einfach wissen, woher sie die hatte. Es war das Einzige, was sie mir nicht sagen wollte, und deshalb war ich natürlich besonders scharf drauf, es rauszukriegen. Die Sache wurde für mich zur fixen Idee, ich habe sie verrückt damit gemacht und schließlich vertrieben. Es war alles meine Schuld. Aber ganz konnte ich eben doch nicht loslassen. Eine Weile habe ich ihr ununterbrochen nachgestellt. Sie hätte mich wegen fortgesetzter Belästigung anzeigen und mir damit das ganze Leben kaputtmachen können, aber dazu war sie zu anständig. Einmal habe ich volltrunken und schreiend vor Schmerz eine ganze Nacht lang an ihre Tür gehämmert. Am nächsten Morgen bin ich in eine Decke gewickelt vor ihrer Wohnung aufgewacht. Nachdem ich umgekippt war, hat sie mich zugedeckt. Das muss man sich mal vorstellen! Ich habe noch nie einen Menschen kennen gelernt, der so viel Verständnis für fremdes Leid hat.«

»Wie sie zu der Narbe gekommen ist, weißt du immer noch nicht?«

»Nein, aber es lässt mich nicht los.« Nachdenklich sah Pyle in sein Glas. Vielleicht hatte er in einem lichten Moment begriffen, dass er in dieser neuen, eigentlich gleichberechtigten Partnerschaft sehr viel mehr rausgelassen hatte als Kendall.

»Weißt du es, Rouge? Oder hast du eine Theorie?«

»Nein, bedaure.«

»Verrätst du mir dann wenigstens, was du bei Mortimer

Cray wolltest?«, fragte Pyle mit einem leicht argwöhnischen Unterton. »Lange bist du ja nicht geblieben.«

»Ich wollte ihn etwas fragen. Wegen Paul Marie. Aber es bringt wahrscheinlich mehr, wenn ich ins Gefängnis fahre und mir den Mann selbst vornehme.«

»Den Priester? Ich glaube, den Weg kannst du dir sparen. Nachdem ich im Krankenhaus den Namen Paul Marie gehört hatte, habe ich mich bei Costello nach ihm erkundigt. Der Kerl ist ein Kindermörder, dem sie bisher noch nicht mal eine bedingte Haftentlassung bewilligt haben. Wahrscheinlich kommt er nie mehr frei, aber solange er denkt, dass er es beim nächsten Anlauf schafft, kannst du nicht damit rechnen, dass er mit dir an einem Strang zieht. Ich habe das hundertmal –«

»Costello hat dir demnach nicht erzählt, dass nach Aussage des Wachmanns der Priester heute früh Mortimer Cray umbringen wollte? Der Mann weiß etwas Konkretes! Wenn er sich auf einen Tauschhandel von Informationen gegen bedingte Haftentlassung einlässt –«

»Ja, das ist was anderes. Wäre es dir recht, wenn ich mitfahre?«

»Von mir aus gern.« Damit hatte Rouge den letzten Punkt auf seiner Wunschliste abgehakt und rutschte vom Barhocker. »Ich muss nach Hause. Meine Mutter wartet mit dem Abendessen. Ich hole dich morgen früh im Hotel ab. Um acht, okay?«

»Alles klar. Aber eins wollte ich dir noch sagen. Du solltest dich noch mal auf die Schulbank setzen und einen vernünftigen Abschluss machen. Danach krieg ich dich ohne weiteres beim FBI unter. Talent genug hast du.«

»Nein, das ist nichts für mich, Arnie. Aber trotzdem schönen Dank.«

»Erzähl mir nicht, dass du schon ein besseres Angebot hast! Du bist ein kluger Kopf, Rouge. In einem Nest, das nur einen Streifenwagen und eine Verkehrsampel hat, kannst du nie was werden.«

»Dafür haben wir vier Feuerwehrautos. Sollte es wirklich mal brennen bei uns, sind wir gerüstet.«

»Nicht mal ein Chinarestaurant hat euer Kaff.«

Rouge griff sich ein Zuckertütchen aus einer Schale auf dem Nebentisch. »Gute Sprüche kriegst du hier auch, dazu brauchst du keine Glückskekse beim Chinesen zu knacken.«

Arnie Pyle las: »Würde der Tor in seiner Torheit verharren, würde er weise werden.«

Er hob die Hände und gab sich geschlagen, erlaubte sich allerdings den bescheidenen Einwand, dass das Zitat von William Blake stammte und der seines Wissens kein Chinese war.

»Mal angenommen«, sagte Gwen, »wir kriegen ihn dazu, dass er lange genug in der Sitting-Bull-Position bleibt, reißt dieser Hund den Mann –«

»Die Fliege!«

»Reißt dieser Hund die Fliege in Fetzen.«

»Genau das ist es ja, was wir wollen.«

»Du denkst aber auch nie etwas zu Ende, Sadie!« Erschrocken legte Gwen sich eine Hand vor den Mund. »Entschuldige, ich bin so –«

»Schon gut.« Sadie drückte Gwen an sich. Vielleicht fürchtete sie, Gwen könnte wieder anfangen zu weinen. Eine gute halbe Stunde hatte sie sich schluchzend schwere Vorwürfe wegen ihrer Feigheit gemacht, die aber Sadie nicht hatte gelten lassen. In ihren Augen konnte die Freundin nichts falsch machen.

»Schön, vielleicht war das, was der Mann mit dir gemacht hat, ein Versehen. Vielleicht wollte er dich gar nicht umbringen, aber als er dich begraben hat, dachte er, dass du tot bist. Du hast dich schließlich bewusst tot gestellt. Du weißt nicht, was –«

»Inzwischen sind Stunden vergangen.« Sadie trat ein Stück zurück, um die Tür besser im Blick zu haben. »Er kann doch nicht die ganze Zeit draußen herumlaufen, er ist bestimmt im Haus. Warum kommt er nicht?«

»Er hat mit dem Hund schon den ganzen Keller abgesucht. Vielleicht bleibt er jetzt ganz weg.« Inzwischen glaubte Gwen daran nicht mehr, aber es war ihr wichtig, es trotzdem zu sagen und zu denken, um die beängstigenden Bilder in ihrem Kopf zurückzudrängen. Er würde wütend sein, wenn er hereinkam und sah, was –

»Aber was treibt er die ganze Zeit? Warum hat er nicht den Wagen genommen?«

»Vielleicht ist er zu Fuß nach Hause gegangen.« Gwen zuckte zusammen, als eines der Tagebücher herunterfiel und das verletzte Bein streifte. Die kleinen Monster in ihrer Wade regten sich und streckten die mit spitzen Nägeln bewehrten Hände aus, um zuzustechen. Aber diesmal war es nur eine kraftlose Geste. Die Drogen, die sie im Körper hatte, schläferten die Monster wieder ein. Sie griff sich an die Wunde. Jetzt meldeten sie sich wieder, aber Gwen nahm zufrieden zur Kenntnis, dass sie die Schmerzen jetzt im Griff hatte.

Sadie setzte sich neben sie auf die Erde. »Zeit für eine Tablette?«

Gwen schüttelte den Kopf. »Du hast Recht, sie machen einen dumm im Kopf.« Und wenn Sadie ihren Plan ausführen wollte, war es wichtig, den richtigen Zeitpunkt abzupassen. Der Mann musste den Keller betreten, und den Betonklotz in den Türspalt geschoben haben, ehe Sadie den Geronimo-Befehl gab. Ohne genaues Timing ging nichts.

»Dein Bein tut jetzt sehr weh, was?«

»Es ist auszuhalten.« Das stimmte nicht, aber das Vorgefühl der Schmerzen war schlimmer gewesen als die Schmerzen selbst. Sie hatte den Eindruck, dass sie jetzt klarer denken konnte. Jeder mögliche Fehler, jede denkbare Katastrophe stand ihr klar vor Augen. Ihre Angst steigerte sich, das Bein pochte, der Schmerz drängte sich gnadenlos in den Vordergrund.

»Mach mir doch nichts vor!« Sadie holte ein Tablettenröhrchen und ein Glas Wasser aus dem weißen Zimmer. »Die da kannst du alle drei Stunden nehmen.«

»Nur eine.«

»Soll ich ihm noch einen Keks hinwerfen?«

»Nein. Lass ihn ruhig eine Weile hungern. Dann merkt er sich die Stellung um so besser.« Gwen legte das Tablettenröhrchen auf die Erde neben die Tagebücher. »Es ist Weihnachtsabend. Vielleicht kommt er nicht mehr, vielleicht können wir –«

»Erinnerst du dich an den Spruch aus dem Film mit dem Killer-Weihnachtsmann? Der ›Weihnachtsabend ist der gruseligste Abend des Jahres‹.« Sie lächelte ein bisschen. »Das hier ist kein Film, ganz klar, und ich weiß ganz genau, dass du es nicht gern machst – aber wir können nicht mehr warten.«

»Am Tag nach Weihnachten ist Miss Vickers wieder da.« Wenn sie doch nur Sadie dazu bringen könnte, möglichst lange abzuwarten! Sie konnte mit dem, was sie mit der Fliege – nein, mit dem Mann – machen wollten, noch nicht umgehen. Er würde ihr sehr weh tun, wenn –

»Um so wichtiger ist es für ihn, dass er uns findet, ehe Miss Vickers zurückkommt.« Sadie half Gwen beim Aufstehen und führte sie zu dem Wagen neben der flachen Grube. Auch er war mit Erde gefüllt.

»Eigentlich solltest du das gar nicht sehen. Aber jetzt geht es wohl nicht anders.« Sadie zog den Wagen weg. Darunter kam eine zweite Grube zum Vorschein.

»Mein Grab?«, fragte Gwen leise.

»Ja. Es war kein Versehen. Er wollte mich ermorden, ganz klar. Und dein Grab wartet schon.«

»Also gut – bringen wir ihn um«, sagte Gwen.

Rouge bog in die Auffahrt ein. Wenige Meter vor dem Haus stieg er auf die Bremse. Durch die Vorhänge der vorderen Fenster blinkten bunte Weihnachtslichter.

Nach einer Schrecksekunde fuhr er den Wagen unter den Säulenvorbau, wo im vorigen Jahrhundert die Kutschpferde angehalten hatten. Jetzt sah er, dass alle Erdgeschossfenster mit Lichterketten geschmückt waren.

Er zog den Zündschlüssel ab und rannte quer über den Rasen zum Haus. Dann stand er auf der Schwelle zum Wohnzimmer und betrachtete mit großen Augen die große Norwegertanne.

Fünfzehn Jahre lang hatte es in diesem Haus keinen Weihnachtsbaum mehr gegeben – seit jenem Weihnachtstag, als man seine Zwillingsschwester gefunden hatte. Noch ehe der Polizist mit der Nachricht kam, hatte Rouge gewusst, dass Susan tot war. Er hatte auf die Uhr gesehen, weil er genau wissen wollte, wann Susans Leben zu Ende gegangen war.

Es dämmerte, als er barfuß die Treppe herunterkam. Seine Mutter saß unter dem Weihnachtsbaum. Zum ersten Mal seit Susans Verschwinden war in Ellen Kendalls Blick keine Angst.

Auch sie wusste Bescheid.

Als eine Stunde später die Polizisten, zwei erwachsene Männer mit Tränen in den Augen, vor der Tür standen, wechselten Mutter und Sohn nur einen Blick. Bradley Kendall hatte die Beamten hereingelassen. Fünf Menschen standen an jenem Weihnachtsmorgen vor dem Baum, und sein Vater war der Letzte, der erfuhr, dass seine Tochter tot war.

Und jetzt sah Rouge den Christbaumschmuck, die blinkenden Lichter von damals vor sich. Seine Mutter saß am Kamin, in dem dicke Julscheite knackten und knisterten.

»Am Weihnachtsabend«, sagte sie, als sie sein verblüfftes Gesicht sah, »gibt's Bäume zum halben Preis. Welche Hausfrau könnte da widerstehen?«

Ihr Gesicht war vom Licht des Kaminfeuers rosig überhaucht. Sie trat zu ihm, küsste ihn liebevoll auf beide Wangen und zog ihn an sich. Es war ein wunderbares Gefühl. Sie hatte ihm so sehr gefehlt. Viel zu bald, wie er fand, ließ sie ihn wieder los.

»Du erinnerst dich an Julie?«

Der Journalist aus Washington saß auf der anderen Seite des Kamins und hatte einen Cognacschwenker vor sich. Neben dem Sessel seiner Mutter stand eine Kaffeetasse. Rouge ertappte sie dabei, wie sie ihm zulächelte, weil er das Kontrollieren nicht lassen konnte. Ihre Augen funkelten schelmisch – fast wie früher.

Willkommen daheim, Mom!

»Schau dir das an, mein Kleiner!« Sie hielt ihm einen Presseausweis hin. »Julie hat ihn mir besorgt. Ein nützliches Stück Papier.« Sie lächelte dem Journalisten zu.

Der stand auf und schüttelte Rouge die Hand. »Ich muss mich noch entschuldigen, weil ich auf dem Polizeirevier getan habe, als ob ich dich nicht kenne. Du musst mich für sehr ruppig gehalten haben.«

»Aber nein, ich –«

»Doch, natürlich. Es war ganz schön gemein von mir. Als wenn man einen jungen Hund tritt.« Er schlug Rouge kräftig auf den Rücken. »Aber ich wollte vermeiden, dass Arnie Pyle es mitkriegt. Er hat nie gelernt, andere Kinder mit seinen Sachen spielen zu lassen. Du verstehst? Natürlich verstehst du das, du warst schon immer ein gescheiter Junge. Ich werde deinen weiteren Werdegang mit großem Interesse verfolgen.«

Er zog den Mantel an, und Ellen gab ihm seinen Schal. »Julie will heute abend zurück nach Washington«, sagte sie.

»Ich würde gern noch ein bisschen bleiben, aber ich bin sowieso schon spät dran. Du hast dich gut gemacht, mein Junge. Ehe ich dich auf der Polizeistation sah, habe ich gedacht, dass deine Mutter ein bisschen aufschneidet.« Er machte vor seiner Gastgeberin die Andeutung einer galanten Verbeugung. »Ich hoffe, der Abend hat dir etwas gebracht, Ellen, und ich wünsche euch beiden – eine gute Nacht.«

Damit hatte er geschickt die herkömmlichen Weihnachtswünsche umgangen. Trotz des festlich geschmückten Baumes war auch dies für die Kendalls ein Tag der Trauer, und Julie war ein taktvoller Mann. Zu Rouge Kendalls Überraschung aber gab seine Mutter dem Journalisten einen Kuss auf die Wange und sagte: »Fröhliche Weihnachten, Julie.«

Von entgegengesetzten Seiten des Kellers aus beobachteten die Kinder die Tür. In atemloser Spannung saßen sie da wie Zuschauer im Theater, die darauf warten, dass der Vorhang sich hebt. Der Hund hockte brav in seiner Sitting-Bull-Stellung.

Genaues Timing war alles.

Warum, dachte Gwen, können wir nicht einfach hier im Dunkeln sitzenbleiben, im Schutz der Bäume und der Pilzgestelle? Sie sah zu Sadie hinüber. Bis auf die Glühbirne über der Tür zum weißen Zimmer lag der Raum im Dunkeln, die Deckenbeleuchtung war – wie jede Nacht – ausgeschaltet. Die Tische mit den Pilzkulturen standen in Reih und Glied. Alles war still, nur die Heizkörper sprangen jetzt, am Ende des künstlichen Tages, mit leisem Zischen an.

Sadie wandte Gwen ihr Gesicht zu. Es war ohne Angst, wie immer. Aber Sadie wusste eben nicht, was alles schief gehen konnte. Und dann würde der Mann in Wut geraten und sich rächen wollen. Eine verrückte Geschichte. Sie wollte, dass endlich Schluss war. Vielleicht würde der Mann nicht ganz so wütend werden, wenn sie ihn warnte …

Aber was war dann mit Sadie? Sie würde das nie verstehen, sondern würde sich fragen, was aus Gwens guten Vorsätzen geworden war, ihr beim Töten eines Menschen zu helfen.

Gwen sah wieder zur Tür. Vielleicht kam er gar nicht. Vielleicht dachte er, sie hätte sich im Wald verirrt, sei erfroren. Vielleicht hatte er sich aus dem Staub gemacht. Ging da die Tür? Die Heizkörper zischten so laut, dass sie ganz genau hinhören musste. Ja, die Tür war aufgegangen. Sie erkannte die dunkle Gestalt, die sich durch den Keller bewegte.

Nicht durchdrehen! Noch ist es nicht so weit.

Sie sah, wie er mit dem Fuß den Betonklotz an die richtige Stelle schob.

Noch nicht.

Der Hund saß ganz still und wartete, so wie Sadie auf ihr Zeichen wartete. Jetzt knipste Gwen die Taschenlampe an, und Sadie rief: »Geronimo!«

Der Hund machte einen Satz nach vorn. Einen Moment lang war der Mann vor Schreck wie gelähmt, doch dann drehte er sich um und lief wieder auf die Tür zu. Da hatte der Hund ihm aber schon die Pfoten auf den Rücken gelegt und schnappte nach seinem Nacken.

Mann und Hund gingen zu Boden.

Und dann explodierte die Welt in einem gewaltigen Knall, Donner rollte durch den Keller, hallte von den Wänden wider, setzte sich in Gwens Hirn fest, so dass sie zurücktaumelte. Sie krabbelte in ihr Versteck und legte die Hand an die Wunde. Den Schmerz brauchte sie, um sich auf das zu konzentrieren, was gerade geschah, statt an das zu denken, was geschehen könnte.

Der Hund regte sich nicht mehr. Der Mann stand auf und ging in gebückter Haltung, eine Hand ans Bein gelegt, zur Tür. Undeutlich erkannte sie den Revolver, den er in der anderen Hand hielt. Er fiel hin. Vielleicht war er schwerer verletzt, als sie gedacht hatte. Aber nein, da war er schon wieder auf den Beinen, und in dem Licht, das vom Treppenhaus hereinkam, sah sie, dass er nicht einmal hinkte. So hatte sie es sich in ihren schlimmsten Träumen vorgestellt.

Der Hund gab keinen Laut von sich. Er lag ganz still, war vielleicht schon tot. Was hatten sie nur getan?

Der Mann schob mit dem Fuß den Betonklotz zur Seite, und die Tür schlug hinter ihm zu. Gwen wartete mit angehaltenem Atem auf das Geräusch des Motors. Die Glühbirne über der Tür zum weißen Zimmer erlosch. Jetzt war es ganz dunkel um sie herum. Dann war Sadie neben ihr, nahm ihr die Taschenlampe ab, knipste sie an und deutete zum weißen

Zimmer. »Die Glühbirne war ganz neu. Er hat die Sicherungen rausgedreht.«

Sie warteten schweigend, bis das Geräusch des Wagens in der Ferne verhallt war. Dann tasteten sie sich dicht an der Wand entlang zu dem weißen Zimmer. Sadie betrat es als Erste und knipste vergeblich am Lichtschalter herum. Nun würde es hier für immer Nacht sein. Er hatte das Licht ermordet.

»Könnte schlimmer sein«, meinte Sadie. »Unter der Spüle sind jede Menge Batterien, damit brennt die Taschenlampe bis in alle Ewigkeit.« Sie hockte sich hin und tastete in den Unterschränken herum. »Tut mir Leid, dass es nicht geklappt hat. Ehrlich. Du hattest Recht.«

Gwen hatte sich auf den Fußboden gesetzt und die Arme fest um ihren Körper gelegt. »Lass gut sein, Sadie, wir haben getan, was wir konnten.« Zum ersten Mal war sie auch ohne Tabletten ganz ruhig. Das Schlimmste, das sie sich ausgemalt hatte, war eingetreten, aber sie hatten es überlebt. »Ob der Hund tot ist?«

»Jedenfalls nützt er uns jetzt nichts mehr. Wer hätte aber auch gedacht, dass der Dreckskerl eine Kanone hat? Soll ich mal nach ihm sehen?«

»Nein«, entschied Gwen. »Du darfst ihm jetzt nicht zu nahe kommen. Wenn er verletzt ist, ist er gefährlicher denn je.« Im Bruchteil einer Sekunde war er aus der Ruhestellung heraus zum Angriff übergegangen. Ein tapferes Tier. Zumindest würde der Mann ihn nicht mehr misshandeln können. Nicht einmal streicheln konnten sie ihn, denn ein verwundetes Tier war unberechenbar. Er würde einsam sterben.

Sadie holte einen Tablettenbehälter heraus und ließ Wasser in ein Glas laufen.

Gwen nahm sich eine Tablette. Sadie hielt ihr eine zweite hin. »Damit du schlafen kannst.«

Gwen winkte ab. »Komm raus hier, es ist kalt. Wieso läuft die Klimaanlage, wenn das Licht nicht brennt?«

»Getrennte Sicherungen«, erläuterte Sadie. »In dem Sicherungskasten bei mir zu Hause sind alle Sicherungen beschildert, und eine Sicherung ist nur für die Klimaanlage.«

Als sie in den Gang mit den Pilzkulturen kamen, schlug ihnen nicht die gewohnte warme Luft entgegen. Die Temperatur war gesunken, das Zischen verstummt.

»Dieser Mistkäfer!« Sadie leuchtete die Heizkörper an. »Er hat nicht nur die Sicherungen rausgedreht, sondern auch den Heizkessel ausgemacht.« Der Lichtstrahl senkte sich und beleuchtete nun ihre nackten Füße. Sadies Stimme kam wie aus dem Nichts: »Ich hätte nie gedacht, dass Hitze so schnell verfliegen kann.«

»Wusstest du nicht, dass Wärme nach oben steigt?« Gwen leuchtete die hohe Decke an.

Und die Temperatur sank immer weiter.

Nachdem Rouge Kendall gegangen war, saß Agent Pyle noch lange allein am Tresen, aber er rührte sein Glas nicht mehr an. Je mehr ihn das Rätsel um den Nachwuchsdetektiv mit dem rotbraunen Haar in seinen Bann zog, desto klarer wurde ihm, dass es sich nur nüchtern und mit klarem Kopf lösen ließ.

Rouge Kendall machte entweder von seinen kleinen grauen Zellen keinen nennenswerten Gebrauch oder er nutzte sie sehr geschickt und sehr unauffällig. Arnie dachte an seine enge Wohnung in Washington mit Blick auf eine Brandmauer und seinen langen, unbefriedigenden Arbeitstag. Nicht ausgeschlossen, dachte er, dass ich später mal, wenn Rouge hier das Sagen hat, zurückkomme und ihn frage, ob er einen Job für mich hat.

Arnie sah durch die Scheibe mit den goldenen Buchstaben hinaus auf die Straße, wo Erwachsene und Kinder im Laufschritt die letzten Einkäufe erledigten. Auf der anderen Straßenseite hörte man lautsprecherverstärkte Jungenstimmen, die ein Weihnachtslied sangen. Die Passanten gingen langsamer und machten lange Hälse, um »Stille Nacht, Heilige Nacht« besser hören zu können.

Auf dem Gehsteig waren zwei Kinder damit beschäftigt, ein drittes zu ärgern. Sie steckten sich gegenseitig die Mütze des Jungen zu, während er vor ihnen herumtanzte und unflätige Worte durch die Gegend brüllte.

Ob Ali sich Kinder wünschte? Da würde sie womöglich, solange die klein waren, einen Sack über den Kopf ziehen müssen, damit die Sprößlinge kein Trauma kriegten.

Er schüttelte den Kopf. Nein, die Gören würden im Gegenteil unheimlich stolz auf Alis Narbe sein. Kinder mochten solche Sachen – je gruseliger, desto besser. Seine Sorge war nur, dass sie den Kindern erzählen könnte, woher sie die Narbe hatte, ihm aber nicht.

Er wurde das unheimliche Gefühl nicht los, dass sein Trinkkumpan, dieser sonderbare junge Mann, der seine Fangfragen als harmlose Erkundigungen tarnte (was sie ja vielleicht auch waren), sehr wohl wusste, was Ali widerfahren war. Womöglich aber wusste Rouge Bescheid, ohne dass ihm jemand was gesagt hatte. Wenn man bedachte, was er in der Hand hatte …

Arnie Pyle hob mit einem Ruck den Kopf und betrachtete den Trottel im Spiegel. Er hatte das Rätsel gelöst. Dann legte er den Kopf auf den Tresen.

Nein, Ali, nein! Das darf nicht wahr sein!

9

»Nein, Rouge, lass es klingeln!« Ellen Kendall war schon auf dem Weg in die Küche.

Ihr Sohn stand am Telefontisch im Wohnzimmer. »Warum denn das?«

»Damit sich der Anrufbeantworter einschaltet«, rief Ellen

ihm über die Schulter zu. Sie hatte ganz vergessen, dass sie ihm von dieser technischen Neuerung wie auch von dem Faxgerät, mit dem der Anrufbeantworter verbunden war, noch nichts erzählt hatte.

Das Gerät piepste, und sie blieb stehen und wartete gespannt, ob es eine Nachricht ausspucken oder eine menschliche Stimme sich melden würde. Als sie sich umdrehte, stand ihr Sohn in der Küchentür und besah sich das Chaos von Papierstapeln, Notizbüchern und elektronischem Gerät.

»Wenn du abhebst, kommst du möglicherweise dem Fax in die Quere«, erläuterte sie, während Papier aus dem Gerät quoll. »Der Kaffee ist fertig. Du bist ja heute erstaunlich früh dran. Sie hatte sich gar nicht erst hingelegt. Der Kampf mit der Technik hatte sich doch länger hingezogen, als sie erwartet hatte.

»Ich muss noch was erledigen, ehe ich mich zum Dienst melde.« Auf der Arbeitsfläche neben der Kaffeemaschine stand jetzt ein Laserdrucker.

Ellen lächelte. Wahrscheinlich überlegte ihr Sohn, wo wohl der Toaster abgeblieben war, der sein Frühstück ausgespuckt hatte, seit er zehn war. Mit einer lässigen Rückhand warf sie ihm ein Kleiemuffin zu. Rouge fing es verblüfft auf und betrachtete es mit leichtem Misstrauen.

Es war eindeutig selbstgebacken und sehr viel gesünder als der ewige Zimttoast. Solche Sachen setzten »richtige« Mütter ihren Söhnen zum Frühstück vor.

Die Welt hatte sich verändert.

Er schenkte sich Kaffee ein, stapelte ein paar Aktenbündel aufeinander, um Platz für seinen Kaffeebecher zu schaffen, setzte sich und machte große Augen, als er den Laptop Computer sah.

»Den hat mir Julie Garret geschenkt. Das Faxgerät übrigens auch. Er hat mir einen Job bei seinem Blatt angeboten. Deine alte Mutter steigt wieder ins Berufsleben ein.«

In Wirklichkeit war sie schon eingestiegen. Als Julie gestern Abend abgereist war, hatte er ihre erste Story im Gepäck, die beste, die sie je geschrieben hatte. Doch das brauchte der junge Mann dort am Frühstückstisch noch nicht zu wissen. Er mochte ihr Sohn sein, aber er war auch ein Cop.

Ellen setzte die Brille auf, um den Text lesen zu können, der sich langsam über den Rand des Faxgerätes schob. »Frohe Weihnachten, Rouge«, sagte sie. »Ich weiß, wie Ali Cray zu ihrer Narbe gekommen ist. Und Oz Almo ist zweifellos nicht sauber. Welches Geschenk möchtest du zuerst aufmachen?«

»Oz.«

»Schau mal in den roten Ordner, da ist alles drin. Kreditauskünfte, Bilanzen und und und. Oz bekommt regelmäßig telegrafische Überweisungen aus anderen Bundesstaaten. Honorare können das nicht sein, sie stimmen nicht mit den Daten auf seiner Mandantenliste überein.«

Rouge nahm den roten Ordner von einem Aktenstoß herunter und überflog das erste Blatt. »Wer ist Rita Anderson?«

»Eine Putzfrau und meine erste Spur. Rita kommt einmal in der Woche zum Staubwischen und kassiert dafür von Oz fünfzigtausend Dollar pro Jahr. Die telegrafischen Überweisungen kommen von gut betuchten Bürgern, die Sommerhäuser am See haben. Bisher habe ich nur drei von ihnen gesprochen. Ich habe sie gefragt, ob sie mir eine Referenz für Rita Anderson geben könnten. Zwei beschäftigen sie als Putzfrau, eine alte Dame als Haushälterin.«

»Rita bringt also über diese Leute heikle Dinge in Erfahrung, mit denen Almo sie dann erpresst.«

»Genau. Aber es kommt noch besser. Julie Green hat neulich mit einem Informanten eine Kneipentour gemacht, und der hat ihm, weil er ihn von einer anderen Story abbringen wollte, Almos Namen als Mafiakontakt von Senator Berman genannt. Später hat er dann einen Rückzieher gemacht. Julie merkt immer sofort, wann dieser Typ versucht ihn auf eine falsche Spur zu locken, aber er weiß auch, dass in der Sache meist ein Körnchen Wahrheit steckt. Das ist nämlich sein Stil – Irreführung, durchsetzt mit zutreffenden Informationen. Der Informant meint, dass Almo mit dem Namen des Senators nur angibt, damit seine Opfer ihn für ein wichtiges Tier halten.«

»Demnach sind die Feds einem Gerücht nachgegangen und haben Almos Telefon angezapft. Auf der Suche nach einer Verbindung zum organisierten Verbrechen sind sie dann zufällig auf die Erpressungsmasche gestoßen ...«

»Habe ich auch nur ein Wort von Feds oder angezapften Telefonen gesagt?«

Rouge hatte sich in den Inhalt des roten Ordners vertieft. Ohne aufzusehen, gab er zurück: »Du weißt, wer Julies Informant ist. Raus damit.«

»Soll das ein Verhör sein? Ich bin schließlich deine Mutter.«

Rouge lehnte sich zurück und nahm einen Schluck Kaffee. »Na gut, dann rate ich, und du sagst ›heiß‹ oder ›kalt‹.«

Ausgerechnet dieses Spiel, bei dem er sie immer geschlagen hatte, musste er wieder hervorkramen. Ellen begriff bis heute nicht, warum er, schon als er noch kaum sprechen konnte, jede Runde gewonnen hatte. Sie überlegte, ob sie sich überhaupt auf den Vorschlag einlassen sollte, als er schon anfing.

»Der Informant ist ein FBI-Agent im Sonderkommando für organisiertes Verbrechen und heißt Arnie Pyle.«

Er hatte ihr sicher angesehen, dass er ins Schwarze getroffen hatte, erlaubte sich aber nur ein ganz flüchtiges Lächeln. Schon als Kind hatte er auf seine Siege fair und ohne Häme reagiert. Oder hatte sie ihm das Gewinnen vielleicht zu leicht gemacht?

»Das musst du aber für dich behalten, Rouge. Oz Almo war nur ein Detail in einer groß angelegten Ermittlung. Du gefährdest damit –«

»Und was Pyle unserem Freund Julie erzählt hat, konnte nur durch eine Telefonüberwachung des FBI rauskommen.«

»Ich schulde Julie sehr viel, ich kann nicht einen seiner Informanten hochgehen lassen.«

»Pyle wollte also die Beweise für die Erpressung erst mal für sich behalten.« Rouge deutete auf die Bankauszüge. »Zwei Überweisungen kommen von Banken in New Jersey. Für Erpressung über die Grenzen von Bundesstaaten hinweg ist das FBI zuständig. Beweise unter der Decke zu halten hat nur dann einen Sinn, wenn die Telefonüberwachung nicht genehmigt war, also gehe ich davon aus, dass da was faul ist.«

»Nein, Rouge, davon kannst du nicht ausgehen. Bleib bei den Fakten. Eine Telefonüberwachung aufzudecken könnte nur eine legale Ermittlung gefährden. Überlegst du womöglich, beim FBI selber ein bisschen Erpresser zu spielen? Damit würdest du dir ganz schön die Finger verbrennen. Wenn du Pyle drohst, lässt du damit Julie hochgehen. Und mich auch. Das müsste ich dir – Sohn hin, Sohn her – gründlich versalzen. Man lässt keine Informanten hochgehen – schon gar nicht die eigene Mutter.«

Rouge nickte zerstreut und fuhr mit dem Finger über die Habenseite einer Bilanz. »Ich kann keine größeren Kapitalanlagen feststellen.«

»Ich auch nicht. Investmentfonds, Girokonten, ein paar Sparbücher – damit hat sich's. Für Börsenspekulationen ist Oz meiner Meinung nach nicht gerissen genug. Auch das Ferienhaus am See gehört nicht ihm, sondern einer alten Tante, die er so lange schikaniert hat, bis sie in ein Seniorenheim gegangen ist. Sieht ganz so aus, als ob wir mit dem Lösegeld eine Niete gezogen haben. Geld hinterlässt Spuren, und meine Informanten sind absolut zuverlässig. Wenn sie das Lösegeld nicht haben finden können, ist es nicht da. Dass er das Geld gewaschen hat, traue ich ihm nicht zu, dazu hat er nicht die richtigen Verbindungen.«

»Dad hatte die Geldscheine gekennzeichnet. Vielleicht hat Oz sich nicht getraut, sie auszugeben.«

»Mag sein, aber hellsehen kann ich leider noch nicht. Weiß

der Himmel, was dieser Dreckskerl unter dem Bett versteckt hat.« Sie riss ein langes Stück Faxpapier aus dem Gerät. »Und jetzt – das Beste kommt bekanntlich zuletzt – das Geheimnis der Narbe. Ali hieß als Kind Sally Cray. Das habe ich gestern dem Taufregister in der Kirche entnommen.«

Sie gab ihm den Papierstreifen, während schon der nächste herauskam. »Ihre Geschichte verdanke ich einem alten Freund deines Vaters. Im Augenblick sitzt er zu Hause in seinem Arbeitszimmer am Faxgerät, wo er sich, wie er sagt, vor seinen fünf kreischenden Kids verbarrikadiert hat.«

Sie deutete auf das Blatt, das Rouge in der Hand hielt. »Eine Meldung aus einer Zeitung in Stamford. Die Hoffnung, dass es da womöglich Parallelen zum Mord an Susan gibt, kannst du allerdings gleich begraben. Ali Cray hatte in Connecticut einen Autounfall. Wir wissen ja, dass sie in dem Jahr mit ihren Eltern umgezogen ist. Zwei Erwachsene und drei Kinder kamen ums Leben, nur die kleine Sally überlebte. Zufrieden?« Sie wandte sich wieder dem Faxgerät zu, aus dem immer mehr Papier quoll.

»Nein«, gab Rouge zurück. »Das kann nicht alles sein. In dieser Meldung werden keine Namen genannt. In dem Wagen saßen zwei Erwachsene, sagst du. Aber nicht ihre Eltern, stimmt's?«

»Gut geraten.« Sie beugte sich über das Gerät und schob die Brille hoch, die ihr auf die Nasenspitze gerutscht war. »Die Cops geben die Namen immer erst bekannt, nachdem die Angehörigen benachrichtigt sind. Hier kommen die Ausschnitte vom Tag danach. Laut Lokalblatt war es eine gewisse Familie Morrison. Sie wohnte eine Viertelmeile von der Unfallstelle entfernt.

Der Wagen war auf einer vereisten Stelle ins Schleudern geraten, und Ali saß mit drin.«

»Glaubst du eigentlich alles, was in der Zeitung steht, Mom?«

Sie hatte gute Lust, ihm zu sagen, dass sie als Reporterin

in Chicago Cops seines Kalibers zum Frühstück zu verspeisen pflegte, und zwar mit Haut und Haar. »Jetzt kommen handschriftliche Notizen. Warte mal – da ist eine Sache, die nicht in der Zeitung stand: Die Kleine lag zwei Wochen im Koma, und achtundvierzig Stunden lang wusste niemand, wer sie war.« Sie riss das Blatt ab und reichte es ihm. Dabei gab sie sich große Mühe, kein allzu selbstgefälliges Gesicht zu machen, aber es blieb beim guten Vorsatz. Wie immer.

»Ich habe keine medizinische Ausbildung, aber das Koma deutet wohl auf eine Kopfverletzung hin. Die Narbe –«

»Interessant ...« Rouge hatte das Blatt, das sich immer wieder tückisch zusammenrollte, rasch überflogen »Fünf Menschen kommen eine Viertelmeile vom eigenen Heim entfernt ums Leben, und Alis Familie erfährt von dem Unfall erst zwei Tage später. Wann haben die Angehörigen der Morrisons die Toten identifiziert?«

»Das steht hier nicht – aber warte mal, hier kommt ein Nachruf. Sie waren orthodoxe Juden und wurden am folgenden Tag beerdigt, das ist bei denen so üblich. Und das bedeutet, dass es keine Verdachtsmomente und folglich auch keine Obduktion gab.«

»Könntest du nach so langer Zeit noch Angehörige der verunglückten Morrisons aufspüren?«

»Keine Kunst. Soll ich sie fragen, warum die Eltern nicht –«

»Nein, Mom. Sie werden dir vermutlich sagen, dass sie keine Ahnung hatten, wer Ali war.«

Wie machte er das bloß? »Glaubst du, die Kleine war ausgerissen?«

Die zweite Nacht ohne Schlaf machte sich bei Ellen Kendall jetzt bemerkbar. Es fiel ihr immer schwerer, mit seiner schnellen Auffassungsgabe Schritt zu halten.

»Das weiß ich nicht, Mom. Ich habe einfach das Gefühl, dass mehr hinter der Sache steckt.«

»Aber der Unfall ist nun mal die nächstliegende Erklärung

für die Narbe. Wenn sie im Koma lag, muss es eine schwere Kopfverletzung gewesen sein.«

»Aber in der Presse ist von der Narbe nicht die Rede, und in den handgeschriebenen Notizen unseres Informanten auch nicht. Fakten, Mom, Fakten ...«

Sie mit ihren eigenen Argumenten zu schlagen war schon immer seine Stärke gewesen. »Redet man so mit der eigenen Mutter? Na ja, Schwamm drüber. Fakten, sagst du ... Es geht hier um ein kleines Mädchen. Polizei und Krankenhaus geben Informationen über Minderjährige erst heraus, wenn die Eltern sich gemeldet haben. Aber zwei Tage später wäre so ein Unfall keine Schlagzeile mehr wert gewesen.«

»Sie hätten die Sache auch aus anderen Gründen verschweigen können. Ich glaube, dass die Geschichte, die hinter der Narbe steckt, sehr viel interessanter ist als all das hier.« Er legte die Blätter aus dem Faxgerät beiseite und biss in sein Muffin.

»Mag sein, dass wir tatsächlich noch nicht die ganze Geschichte haben. Ich kümmere mich mal drum«, setzte sie seufzend hinzu, als seien die Gesetzeshüter noch immer die größte Plage ihres Lebens. Dabei hatte sie selbst einen in die Welt gesetzt und ihm jetzt sogar Muffins gebacken.

»Danke, Mom! Und sieh zu, dass du eine Mütze voll Schlaf kriegst!« Lächelnd küsste er ihr den Scheitel. Das hatte er wer weiß wie lange nicht mehr gemacht.

»Du bist doch ein lieber Junge. Wenn du mich ins Altersheim steckst, krieg ich ein Zimmer mit Aussicht, ja?« Ihre Generation hatte psychedelischen Drogen, Rockmusik und freier Liebe den Weg bereitet, aber statt in Ehrfurcht zu erstarren, verließ ihr Sohn gähnend die Küche.

»Verdammte Cops!«

Es läutete an der Haustür. »Ich geh hin, Mom«, rief Rouge ihr von der Diele her zu.

Ellen hatte sich inzwischen auf die abenteuerliche Welt der Internet-Suchmaschinen eingelassen und bemühte sich, die

Zahl der Antworten auf ihre gezielten Fragen auf unter Tausend zu drücken. Während sie in dem Buch »Internet für Dumme« blätterte, sagte eine Männerstimme hinter ihr:

»Pardon, ich will gar nicht stören …«

Sie wandte sich um. Ihr Besucher lächelte entschuldigend. »Ich warte auf Rouge. Er telefoniert noch. Ich bin wohl ein bisschen früh dran.«

Er wusste offenbar nicht recht, wo er sie unterbringen sollte, und Ellen Kendall kamen zunächst nur seine Augen bekannt vor, und die versetzten ihr einen regelrechten Schock. Offensichtlich hatte Rouge den Mann erwartet. Warum hatte er sie nicht gewarnt?

Vorsichtig setzte der Besucher an: »Haben wir uns schon mal –«

»Nein, wir haben uns noch nie gesehen. Ein schönes Veilchen haben Sie da.« Da Rouge ihr von dem blauen Auge erzählt und Julie den jungen Mann durchaus zutreffend als »Windhundtyp in Las Vegas-Manier« beschrieben hatte, fiel es ihr nicht schwer, ihn zu identifizieren.

»Nehmen Sie sich einen Stuhl, Special Agent Pyle.«

Er setzte sich an den Tisch, ohne sich seine Überraschung darüber anmerken zu lassen, dass sie ihn mit seinem Namen und Rang angesprochen hatte. Und ohne zu verraten, was er in ihrem Haus wollte. Vermutlich dachte er, sie wüsste Bescheid. Was hatte ihr Sohn sonst noch für sich behalten? »Sollte Rouge Sie nicht im Hotel abholen?«

»Ja, aber ich war schon früh auf, und der Weg ist ja nicht weit.«

Für ihren Sohn war es bestimmt eine unliebsame Überraschung gewesen, den FBI-Mann plötzlich vor sich zu sehen. Und weil die Presse – das heißt seine gute alte Mom – auf keinen Fall Wind von seinem Vorhaben bekommen sollte, hatte er vermutlich Pyle gebeten, in der Diele zu warten. Den aber hatte das Klappern der Tastatur in die Küche gelockt. Wenn ihn nicht eine ganz andere Sache umtrieb.

Arnie Pyle legte ein Blatt Papier auf den Tisch. In Druckbuchstaben stand als Schlagzeile DIE LADY UND DIE HAIE über einem Text, der den politischen Skandal des Jahres auslösen sollte. Es war nicht die Erpressergeschichte geworden, die Julian Green zunächst angeregt hatte. Die Story war besser und schlechter zugleich. Sie begann mit einem Porträt von Marsha Hubble, einer starken Frau mit ausgeprägtem Überlebensinstinkt, den sie vier Generationen einer New Yorker Familie verdankte, über die in den politischen Kolumnen ebenso oft und ausführlich berichtet wurde wie auf den Gesellschaftsseiten. Sie kannte den Zirkus von Kindesbeinen an. Da sie über Geld, die richtigen politischen und verwandtschaftlichen Beziehungen verfügte, brauchte sie nicht zur Erpressung zu greifen, um den Spitzenpolitikern, die sie aus dem Weg haben wollten, einen Strich durch die Rechnung zu machen. Als ihre Tochter entführt wurde, hatte die Vizegouverneurin schweres Geschütz in Gestalt von FBI-Unterstützung aufgefahren und beschäftigte doppelt so viele Staatspolizisten wie bei vergleichbaren früheren Fällen. Doch ohne die Hilfe ihres Gegners, Senator Berman, und des unter seiner Fuchtel stehenden Gouverneurs hätte sie das nie durchziehen können. Was die Frage nahelegte: Wie machte die Frau das?

Die treueste Mitarbeiterin der Vizegouverneurin war, als Ellen sich zu ihr durchgefragt hatte, schon so mürbe, dass sie die ganze Geschichte rausgelassen und sogar wörtlich zitiert hatte, was Mrs. Hubble in ihrem letzten Gespräch mit dem Senator gesagt hatte. Der Satz war auf Pyles Kopie unterstrichen: »Falls es nicht anders geht, bin ich auch dazu bereit. Wenn Sie mir helfen, Gwen und Sadie zu finden, trete ich zurück.«

Agent Pyle streckte Ellen fragend seine Zigarette hin. Sie schob ihm eine Untertasse rüber. »Nur zu!«

»Diese Bombe hat Julie mir gestern Abend ins Hotel geliefert. Ein kleines Geschenk, um mich dem FBI gegenüber abzusichern.« Ein Rauchfaden kringelte sich aus seinem Mundwinkel. »Im Niedermachen sind Sie ganz groß, Mrs. Kendall, das muss man Ihnen lassen.«

»Es gibt doch nichts Schöneres als eine Tasse Kaffee zur Morgenzigarette.« Ellen nahm einen Becher von einem der Haken an der Wand. »Früher habe ich auch geraucht. Jetzt muss ich mich anderweitig schadlos halten.« Bluffte Pyle? Da der Artikel nicht namentlich gezeichnet war, hätte er eigentlich davon ausgehen müssen, dass es aus Julies Feder stammte. Ellen schenkte ein und stellte ihm den Becher hin. Sie lächelte. Der FBI-Mann gab das Lächeln nicht zurück.

Er wusste Bescheid.

Im Gegensatz zu ihrem Sohn. Rouge hätte es seiner Mutter übel genommen, dass sie ihm etwas verheimlicht hatte. Jemand musste Pyle die Verfasserzeile vorgelesen haben, die auf dem Fahnenabzug stand. Der FBI-Agent hatte also einen Informanten bei Julies Zeitung in Washington, wahrscheinlich einen Druckereiarbeiter von der Nachtschicht. Vermutlich ahnte Julie davon nichts, aber jetzt würden ihm natürlich die Augen aufgehen.

Sie warf einen Blick auf die Schlagzeile und schüttelte bekümmert den Kopf. »Schade, dass Julie Ihnen die Story nicht gezeigt hat, ehe Sie sich das blaue Auge eingefangen haben.« Sie griff nach Block und Bleistift. »Wie hat die Vizegouverneurin es gemacht? Mit einem rechten Haken? Ich recherchiere immer möglichst gründlich.«

»Sie ist Linkshänderin. Und der Artikel hätte mich nicht davon abgehalten, Marsha Hubble auf den Fersen zu bleiben. Der ist nämlich reine Erfindung.« Er knüllte das Blatt zusammen. »Wenn Sie mir den Namen Ihres Informanten nennen, werde ich es Ihnen beweisen. Es könnte ganz schön peinlich für Sie werden, wenn –«

»Sagen Sie mir eins, Pyle: Sind Sie mit dieser Nummer schon mal durchgekommen?«

»Bei Frauen? Nein. Bei denen hab ich einfach kein Glück.«

Er deutete auf sein blaues Auge und steckte das zerknüllte Blatt ein. »Wahrscheinlich haben Sie sich das schon gedacht. Aber es ist durchaus möglich, dass man die Story der Presse absichtlich untergejubelt hat. Vielleicht peilt die bewusste Lady ja ein noch höheres Amt an. Ihre Story hat dem Gouverneur eine zweite Amtszeit vermasselt. Womöglich ist Marsha auch auf den Job des Senators aus. Er dürfte kaum wiedergewählt werden, nachdem –«

»Respekt, Pyle. Sie sind ja noch kaltschnäuziger als ich.«

»Besten Dank. Wenn mir eine Reporterin wie Sie so was sagt, ist das ein dickes Lob.«

Sie hatte Verständnis dafür, dass Julian Garrett diesen Mann mochte und von ihm so liebevoll sprach wie von seinem Golden Retriever. Pyles Zuträger von der Nachtschicht wusste also nichts von den Tonbändern. Wie gut, dass Peter Hubble ein Paranoiker war, der überall im Haus Wanzen angebracht hatte.

Wohin wollte Pyle heute Vormittag mit ihrem Sohn? Sie nahmen nur einen Wagen, das bedeutete womöglich eine Fahrt über Land. Aber mit direkten Fragen war bei diesem Typ natürlich nichts auszurichten. »Sehr vernünftig, dass Sie sich so früh auf den Weg machen. Ziemlich lange Fahrt, nicht?«

»Vierzig Minuten, schätze ich. Eine Stunde, wenn Rouge sich an die Geschwindigkeitsbegrenzung hält, aber welcher Cop tut das schon?«

Während der FBI-Agent seinen Kaffee trank, rechnete Ellen Zeiten und Entfernungen nach. Sah ganz nach einem Punkt irgendwo an der Autobahn aus. Ein kurzfristig verabredeter Termin? Hing Rouge deshalb immer noch am Telefon? Sie sah zur Wanduhr hinüber. Die Zentrale war bestimmt besetzt, solche Einrichtungen waren gerade an Feiertagen nicht geschlossen. »Ein Verwandtenbesuch, Agent Pyle?«

Er schmunzelte, offenbar hielt er ihre Bemerkung für einen

guten Witz. Das Ziel der beiden war also tatsächlich das Gefängnis. Ob Pyle wusste, was ihn dort erwartete? Wohl kaum.

Rouge erschien auf der Schwelle. Er hatte sich die Jacke über den Arm gehängt und schien von dem behaglichen Bild, das sich ihm in der Küche bot, nicht erbaut zu sein. Ellen bedachte ihren Sohn mit einem mütterlich herzlichen Lächeln. Dir werd ich's zeigen, du blutiger Anfänger, dachte sie belustigt. Wenn es darum geht, jemanden für dumm zu verkaufen, ist deine alte Mom dir allemal überlegen.

Das Wasser war warm, und die sanfte Strömung, die sie zwischen Dunkelheit und Licht dahintrug, wirkte wohltuend einschläfernd. Etwas geisterhaft Weißes, das sich bei näherem Hinsehen als ein kleines Mädchen entpuppte, lief am Ufer entlang und schwenkte die Arme. »Wach auf, Gwen! Wach auf!«

Gwen öffnete die Augen. Ihr Gesicht war nass, aber nicht vom Flusswasser, sondern vom Regen. Wieder fielen dicke Tropfen von der Decke, platschten auf die Blätter und durchnässten ihre Sachen. Das Licht der Taschenlampe zuckte unruhig, während Sadie die Freundin hochzog. Gwen lehnte sich an einen der rauen Baumstämme. Der Schmerz hatte sie unvorbereitet überfallen. Sadie stützte sie, während sie sich durch Regen und Dunkelheit kämpften. Gwen zog das verletzte Bein schwer nach.

»Der Hund?«

»Keine Ahnung. Ist nicht zu hören und nicht zu sehen.«

Als sie zu den Tischen mit den Pilzkulturen kamen, fielen von oben keine Tropfen mehr, aber die Sprinkler verteilten noch immer ihren feucht-kalten Dunst.

»Wie spät ist es?«

Sadie leuchtete die Wanduhr im weißen Zimmer an. »Halb neun.«

»Aber nachts regnet es doch nie.«

»Wir haben schon einen neuen Tag, Gwen.«

Die Klimaanlage wehte kalt. Sadie griff in das Medikamentenfach, nahm ein Tablettenröhrchen nach dem anderen in die Hand, las die Etiketten und legte alle wieder weg, bis sie das ihrer Meinung nach Passende gefunden hatte. »Zieh den Parka aus, er ist nass.« Gwen streifte die rote Jacke ab, die sie sich geteilt hatten, als es kälter geworden war, hängte sie über den Stuhl und ließ sich von Sadie ein Glas Wasser und eine Pille geben.

»Hier ist die einzige trockene Stelle im Keller, aber es ist zu kalt. Gegen die Klimaanlage kann ich nichts machen, der Luftauslass ist zu weit oben.« Sadie legte der Freundin trockene Handtücher über die Schultern. »Unter den Gestellen müsste es auch trocken sein, und da ist es bestimmt wärmer. Wir –«

»In die Grube lege ich mich nicht noch mal, da kannst du machen, was du willst.« Gwen hielt die Taschenlampe, während Sadie den Verband wechselte. Die Schwellung war nicht zurückgegangen; die Wunde eiterte stark und roch ungut. Sie sah schnell weg. Die Tablette wirkte schon, aber trotz des Fiebers spürte sie jetzt die Kälte bis in die Knochen.

Sadie war mit dem neuen Verband fertig und zog Gwen vom Stuhl hoch. »Es hilft nichts, wir müssen zurück in unser Loch, da ist es trocken.«

»Nein, ich –«

»Es ist da jetzt viel gemütlicher, gefällt dir bestimmt.« Sie legte einen Arm um Gwen und führte sie zu der Grube, die zur Wärmedämmung mit Plastik und Zeitschriften ausgelegt war. In einer Ecke hatte sie die Tagebücher gestapelt, obenauf lag ein Vorrat von Batterien.

»Jetzt kannst du lesen, so viel du willst. Ist doch ganz nett, nicht?« Sadie half der Freundin hinein und legte sich neben sie. »Liest du mir was vor?«

Gwen leuchtete eine Seite an. »Das ist ein ziemlich alter Eintrag, damals hatte Miss Vickers wohl schon eingesehen, dass die Bäume sich, auch wenn sie noch so viel Licht bekamen, nie normal entwickeln würden. ›Ich weiß jetzt, dass es doch eine ausgleichende Gerechtigkeit gibt‹, schreibt sie. ›Meine Hände sind voller Knoten, die Finger krumm, ich werde meinen armen Bäumen immer ähnlicher. Das ist die Strafe dafür, dass sie sich so verbiegen müssen und in dieser unnatürlichen Umgebung allmählich verkümmern. Die immer weiter fortschreitende Arthritis beschwichtigt mein Gewissen. Der Schmerz ist meine Buße. Es tut mir so Leid.‹«

Sadie hatte den Kopf auf einen Arm gelegt und die Augen geschlossen. Die durch den Stromausfall erzeugte falsche Nacht hatte sie eingeschläfert.

Gwen ließ den gelben Schein der Taschenlampe von Eiche zu Eiche wandern, als könne sie ihnen mit dem matten Licht ein wenig Kraft schenken. Die Bäume taten ihr Leid. Wie mussten sie erschrocken sein, als heute früh ihr künstliches Sonnenlicht ausgeblieben war! Sie konnten nicht die Hände zusammenkrampfen und schreien, es blieb ihnen nichts anderes übrig, als in stummer, hilfloser Angst zu leiden. Sie knipste die Taschenlampe aus, horchte in der tiefen Finsternis auf Sadies Atemzüge und versuchte, den Eichen ähnlicher zu werden.

Der Priester war überrascht, als man ihn zu ungewohnter Zeit zu einem Gespräch aus seiner Zelle holte. Außerhalb der offiziellen Besuchszeit hatten sich bisher eigentlich nur Polizei und FBI für ihn interessiert. Die Fragen dieser Besucher waren stets vorhersehbar gewesen. Aber an einem Feiertag? Wahrscheinlich ging es um die verschwundenen Kinder.

Er setzte sich in seinen Ketten an den Tisch und machte sich auf eine ruhige Stunde ohne große Überraschungen gefasst. Während der Wachmann ihn mit den Beinen an den Tisch fesselte, wurden zwei Männer hereingeführt. Der eine, der im Anzug, füllte Formulare aus und sprach mit dem Wachmann an der Tür. Der Jüngere, der jetzt zu ihm an den

Tisch trat, trug verwaschene Bluejeans und eine alte Jacke mit Lammfellfutter. FBI-Agenten liefen nicht in diesem Aufzug herum, der junge Mann musste ein Ermittler der Staatspolizei sein. Paul Marie erkannte ihn auf Anhieb. Die Ähnlichkeit mit Susan war frappierend, und auch der Vater hatte dieses rotbraune Haar, diese dunklen Augen gehabt. Kendall senior war einmal in der Woche wie ein treuer Liebhaber ins Gefängnis gekommen. Mit sichtlicher Genugtuung hatte er frische Blutergüsse im Gesicht des Priesters, eine aufgeplatzte Lippe, ein verschwollenes Auge registriert. Trotzdem hatte man ihm immer so etwas wie Enttäuschung angemerkt. Bei jeder Begegnung stand die unausgesprochene Frage im Raum: *Was? Noch nicht tot?*

Nur eine als Strafe verhängte einmonatige Einzelhaft hatte den Priester gerettet. Andere Häftlinge hatten nach der Zeit in der Isolationszelle quälende Gliederschmerzen durch die mangelnde Bewegung oder hatten von dem Fraß, den man ihnen dort vorsetzte, ein Magengeschwür bekommen. Paul Marie verließ die Einzelhaft mit dem festen Willen zu überleben. Regelmäßige Fitnessübungen und die ständige Herausforderung, sich gegenüber einem konkreten Gegner behaupten zu müssen, halfen ihm dabei.

Bei jedem Besuch hatte Brian Kendall nun feststellen müssen, dass Oberkörper und Arme des Priesters schon wieder breiter und kräftiger geworden waren. Für den verzweifelten Vater eines ermordeten Kindes war es bestimmt eine Qual gewesen, mit anzusehen, wie sein Rächer wuchs und wuchs, während er selbst immer mehr schrumpfte und an Kraft verlor. Und dann hatte Kendall angefangen zu kränkeln und seine Besuche eingestellt.

Für Paul Marie war das ein schwerer Schlag gewesen. Damals hatte er sich gefragt, ob ihm nur die Gesellschaft des Verlegers fehlte oder nicht auch die Genugtuung, die er aus dem Wissen bezog, dass er den Verleger langsam zerstörte, indem er nicht nur überlebte, sondern hinter Gittern förmlich aufblühte. Als Paul Marie nach Jahren von Kendalls Tod erfuhr, trauerte er aufrichtig um ihn, denn inzwischen hatte er begriffen, was dieser Verlust tatsächlich bedeutete: Das Ende einer intensiven, ja eigentlich der einzigen engen menschlichen Beziehung seines Lebens.

Und jetzt saß also der junge Kendall vor ihm, den er zuletzt im Kinderchor gesehen hatte und dessen innere Zerrissenheit er jetzt deutlich spürte. Ein wenig beunruhigt registrierte er, dass auch Rouge ihn einzuschätzen versuchte, dass der ruhige Blick der braunen Augen ihn taxierte, während er ihm gegenüber Platz nahm.

Der zweite Besucher war noch immer mit den Formalitäten beschäftigt. Jetzt gab ihm der Wachmann seine Papiere zurück. Der Priester erkannte auf dem Klemmbrett einen Briefbogen mit dem vertrauten FBI-Logo.

Demnach wollten sie wieder mal etwas von ihm. Sie hofften wohl auf seine Hilfe bei der Jagd nach dem neuen Monster von Makers Village. Er lehnte sich zurück und wartete auf die unvermeidlichen Fragen.

In diesem Moment näherte sich der FBI-Mann dem Tisch. Wie gebannt starrte er dabei Paul Marie an. Verstört und verunsichert blickte ein Mann in die Augen des anderen, in denen er die eigenen gespiegelt sah.

Nur Rouge Kendall blieb von dieser frappierenden Ähnlichkeit scheinbar unberührt. Hatte er die Konfrontation ganz bewusst herbeigeführt? War ihm soviel Raffinesse zuzutrauen? Ja, gewiss, beantwortete Paul Marie seine eigene Frage. Rouge Kendalls Schwester war ein sehr kompliziertes kleines Geschöpf gewesen, und die beiden waren schließlich Zwillinge.

Allerdings waren Susans harmlose kleine Täuschungen Teil eines Spiels gewesen, das sie miteinander gespielt hatten.

Der FBI-Mann mit den Augen, die denen des Priesters so ähnlich waren, schwieg beharrlich, während Rouge ihn als Special Agent Arnie Pyle vorstellte. Er setzte sich nicht, obgleich ein dritter Stuhl am Tisch auf ihn wartete. Inzwischen hatte er sich mehr schlecht als recht wieder gefangen, aber der Schock war ihm noch deutlich anzumerken.

Es dauerte einen Augenblick, bis er herausbrachte: »Was für eine Beziehung hatten Sie zu Ali Cray?« Es klang wie eine Anklage.

Die Frage traf Paul Marie unerwartet. »Sie war vor ein paar Tagen hier und hat mir einige Fragen im Zusammenhang mit dem Mord an Susan Kendall gestellt.«

Falls Rouge aus dieser Antwort seine eigenen Schlüsse zog, ließ er sich davon nichts anmerken. Der FBI-Mann stützte die flachen Hände auf den Tisch. Es sah fast aus, als suche er nach einem Halt. »Vor Susan Kendalls Tod, meine ich. Waren Sie in Ali verliebt?«

Jetzt ließ Rouge Kendall doch einen Anflug von Interesse erkennen.

»Ali war damals noch ein Kind«, sagte Paul Marie. »Ich sitze seit –«

»Ich frage dich noch einmal, du Arschloch!« Agent Pyle trat einen Schritt zurück. Sein Gesicht war hochrot vor Zorn. »Hast du die Kleine angefasst?« Er marschierte ein paar Schritte in Richtung Tür, machte kehrt und kehrte zum Tisch zurück. Gewaltige Energien, die er kaum noch im Griff hatte, brodelten in ihm. Wie eine MG-Salve peitschten die nächsten Worte: »Gib's zu, du Drecksack! Und Susan Kendall hast du auch auf dem Gewissen! Mistkerl! Dir hat Ali ihre Narbe zu verdanken, du elender Dreckskerl, du!«

Demnach war das ein Mensch, der Ali sehr nahestand. Ein Mann, der sie liebte. »Wenn Sie glauben, dass sie sich wegen Ihrer Ähnlichkeit mit mir zu Ihnen hingezogen fühlte, haben Sie wahrscheinlich Recht.«

Arnie Pyle machte einen Satz, um dem Priester an die Gurgel zu gehen. Trotz der durch die Ketten eingeschränkten Bewegungsfreiheit hätte er dem FBI-Mann ohne weiteres das Genick brechen können, aber er tat nichts, um den Angriff abzuwehren, sondern wartete fast teilnahmslos, bis Rouge Arnie Pyles Hände von seinem Hals gelöst hatte und ihn mit Hilfe eines Wachmanns rücklings in Richtung Tür schleifte. Der Priester sah den FBI-Mann ernst an. »Vielleicht kam sie zu Ihnen, weil sie Trost, Frieden und eine Zuflucht suchte. Hat sie all das bei Ihnen gefunden?«

Das schien ein neuer Schock für Pyle zu sein. Er stellte seine Gegenwehr ein, sein Mund wurde schlaff, sein Blick war voller Qual. Rouge und der Wachmann ließen ihn los. Pyle hob hilflos die Hand. Der Wachmann sprach in sein Funkgerät, die Tür öffnete sich.

»Agent Pyle?«, rief der Priester ihm nach. »Ali braucht immer noch Trost.«

Als Pyle fort war, kam Rouge gemächlich wieder zum Tisch zurück. Er hatte offenbar noch eine Frage. Der Priester lehnte sich zurück. Das Gespräch verlief anders, als er erwartet hatte. »Was kann ich für Sie tun?«

»Meine Schwester hatte eine Kette mit einem ovalen Goldplättchen, in das die Buchstaben IIDH eingraviert waren. Ich weiß, dass sie bei den Chorproben ständig etwas verlor. Meine Mutter hätte gern die Kette zurück, sie ist ihr wichtig. Haben Sie sie vielleicht gefunden? Oder in der Fundsachenbox gesehen?«

»Nein. Von Susans Sachen war nur ihr silbernes Armband in der Box. Meist kam sie nach der Chorprobe noch mal zurück und sagte mir, was sie verloren hatte. Es war für gewöhnlich ein kleiner Gegenstand, der schwer zu finden war. Wir suchten dann zusammen die Garderobe und die Kirchenbänke ab. Einmal ging es um ein papierdünnes goldenes Lesezeichen mit feiner Ziselierung, ich sehe es noch vor mir. Das habe sie von Ihnen zum achten Geburtstag bekommen, hat sie mir erzählt. Ein andermal suchte sie nach einem silbernen Ring, den Sie ihr zu Weihnachten geschenkt hatten. Es waren immer Gegenstände, die sie von Ihnen hatte. Das war ihre Art, ein Gespräch anzufangen. Sie bedankte sich dafür, dass ich ihr beim Suchen geholfen hatte, und dann erklärte sie mir, warum der Gegenstand ihr so wichtig war: Weil er von Ihnen kam. Ich habe ihn immer im Herzen, so hat Susan es ausgedrückt.«

An Rouge Kendalls Reaktion erkannte der Priester, dass er eine alte, nie ganz vernarbte Wunde berührt hatte. »Dass sie von Ihnen sprechen konnte, hat wohl den Trennungsschmerz gelindert. Sie hatte einfach keine Übung darin, sich Dritten anzuvertrauen, deshalb hat sie sich dieses Spiel ausgedacht. Ein Halskettchen, auf das Ihre Beschreibung passt, habe ich nie gesehen, es wäre mir in Erinnerung geblieben.«

»Es war kein Hals-, sondern ein Fußkettchen.«

»Bestellen Sie bitte Ihrer Mutter, wie Leid es mir tut, dass ich ihr nicht helfen kann. Ich –«

»Wann haben Sie das silberne Armband gefunden?«

»Ein paar Stunden nach der letzten Chorprobe. Es lag im Schnee vor den Stufen zur Kirche.«

»Haben Sie damit gerechnet, dass Susan noch einmal zurückkommen und es suchen würde?«

»Ja, so lief es sonst auch immer. Allerdings hatte sie bisher die Sachen immer *in* der Kirche verloren. Früher oder später, sagte ich mir, würde sie sich das sicher wieder abgewöhnen. Oder Sie würden von Ihrer strengen Schule zurückkommen, so dass sie diesen Vorwand für ein Gespräch nicht mehr brauchte. Als sie an jenem Abend nicht noch einmal auftauchte, dachte ich, das Armband müsse wohl einem anderen Kind gehören, und legte es in die Fundsachenbox. War es ein Geschenk von Ihnen?«

»Nein, das Armband hatte ihr mein Vater geschenkt.«

»Dann gehörte es nicht zu dem Spiel.«

»Das Armband war nie in Ihrem Zimmer? Oz Almo hat ausgesagt –«

»Er lügt.«

Rouge Kendall war nicht anzusehen, ob er dem Priester glaubte oder nicht. Wortlos stand er auf und wandte sich zum Gehen.

Auch der Priester erhob sich wie ein höflicher Gastgeber, der einen Besucher verabschiedet – nur dass dabei die Ketten rasselten, mit denen er an den Tisch gefesselt war. Kendall war schon fast an der Tür, als Paul Marie ihm nachrief: »Rouge? Das Fußkettchen hatte sie von Ihnen, nicht?«

Rouge Kendall schwieg.

»IIDH, die Gravur, von der Sie sprachen. Immer in deinem Herzen ...«

Ein kaum merkliches Nicken, dann war der junge Mann verschwunden.

Rouge fuhr durch das Gefängnistor und bog auf die Autobahn ein. In den nächsten fünf Minuten bestritt sein Mitfahrer das Gespräch allein.

»Okay, ich bin ausgeflippt«, räumte Arnie Pyle ein. »Aber du hättest mir ruhig einen Tipp geben können. Der Schluss lag nahe, wenn Ali als Kind missbraucht worden war, das musst du zugeben. Manchmal baut sich bei so was eine Beziehung zwischen Opfer und Täter auf. Als Überlebensstrategie des Opfers. Das Kind will sich mit dem Dreckskerl gut stellen. Aber das findest du wohl wenig plausibel.«

Rouge zuckte die Achseln, konzentrierte sich auf den Verkehr und ließ den anderen reden.

»Vielleicht hat Ali als Kind für den Priester geschwärmt«, sagte Pyle. »Das wäre eine Erklärung. Wie war das bei deiner Schwester?«

»Ich glaube nicht, dass bei meiner Schwester Schwärmerei im Spiel war. Wir brauchten keine anderen Menschen, wir beide waren uns genug. Erst als ich nicht mehr da war, ging sie zu Paul Marie, um sich ein wenig trösten zu lassen.« Und um zu beichten? Einem Priester hätte Susan gestehen können, wie sehr sie dem Vater grollte, weil er sie von ihrem Zwillingsbruder getrennt hatte.

»Du hättest netter zu dem Priester sein sollen, Arnie. Vielleicht hat Ali ihm verraten, woher sie die Narbe hat.«

»Paul Marie könnte trotzdem ein Sittlichkeitsverbrecher

sein. Manchmal gehen diese Typen so vor.« Pyle straffte sich, er hatte offenbar wieder Oberwasser. »Die meisten Pädophilen vergreifen sich an emotional verletzlichen Kindern, denen ihre Aufmerksamkeit schmeichelt. Es ist eine Verführung –«

»Der Mann, den wir suchen, arbeitet nicht mit Verführung, sondern mit Entführung. Ich bin Alis Meinung: Der Killer ist schlicht und einfach ein Sadist.«

»Und warum sollte Paul Marie nicht in dieses Schema passen? Was weißt du über seine Vergangenheit? Ist er schon mal mit dem Gesetz in Konflikt geraten, vielleicht als Spanner oder Exhibitionist auffällig geworden? Die Kirche zieht Kinderschänder magisch an.«

Rouge schüttelte den Kopf. »Das kann man auch von Schulen und Sommerlagern behaupten. Der Priester ist sauber.«

Die Ausfahrt nach Makers Village kam in Sicht. Sie fuhren durch ein Waldstück, und nach der nächsten Kurve lag die Landschaft frei und offen vor ihnen. Hinter dem leuchtend blauen See erhoben sich sanft gerundete Hügelkuppen. Durch das Grün der Fichten zogen sich die braunen Streifen der kahlen Laubbäume. Eine Dunstschicht lag über dem See und verwischte alle scharfen Konturen.

Rouge hielt an und deutete auf das nebelverhangene Ufer. »Da drüben, schräg gegenüber von St. Ursula, wohnt ein gewisser Oz Almo. Er war früher Ermittler beim BCI. Ich muss mich in seinem Haus umsehen, Arnie. Kannst du mir einen Durchsuchungsbefehl beschaffen?«

»Das wird schwierig. Ich habe in dem Fall nicht mehr viel zu melden, seit Mrs. Green meinen Lösegeldbrief enttarnt hat. Und überhaupt … ich denke, die Cops haben alle Sommerhäuser abgehakt?«

»Oz Almo war ein früherer Kollege, ein hochrangiger Ermittler beim BCI. Er hat zwar unterschrieben, dass er mit der Durchsuchung einverstanden ist, aber es dürfte ihm nicht schwergefallen sein, die Trooper abzulenken. Die haben ja auch nur gezielt nach zwei kleinen Mädchen gesucht.«

»Und was suchst du?«

»Nach Susans Verschwinden bekamen meine Eltern eine Lösegeldforderung. Oz Almo hat das Geld persönlich überbracht, von der Polizei wusste sonst niemand etwas davon. Er hatte meinen Vater davon überzeugt, dass er eine narrensichere Methode habe, dem Kidnapper auf den Fersen zu bleiben. Hinterher hat er behauptet, der Kerl wäre ihm entwischt, hat meinem Vater etwas von schadhaften Sendern erzählt.« Rouge deutete aufs Handschuhfach. »Da ist was Interessantes für dich drin.«

Pyle holte einen Stapel Blätter heraus, überflog sie und pfiff kurz durch die Zähne. »Woher hast du das? Aus einem Bankraub?«

Rouge schwieg, und Arnie Pyle nickte verständnisinnig. »Um deine Informationsquelle könnte ich dich beneiden. Sie würde mir jede Menge bürokratische Scherereien ersparen.«

»Schau dir mal die telegrafischen Überweisungen aus den anderen Staaten an. Wenn das nicht nach Erpressung riecht ... Was brauchst du mehr für einen Haussuchungsbefehl? Und noch ein Hinweis: Oz hatte sozusagen eine stille Teilhaberin. Seine Putzfrau, Rita Anderson, hat auch für all diese Leute gearbeitet.«

»Ziemlich dürftiges Beweismaterial, Rouge. Geklaute Bankauszüge und eine Putzfrau – damit kann ich keinen Durchsuchungsbefehl beantragen.« Arnie las weiter in den Bankunterlagen. »Wie hoch war das Lösegeld, das für deine Schwester gefordert wurde?«

»Zwei Millionen in großen Scheinen.«

»Donnerwetter.« Arnie blätterte in den Unterlagen. »Aber das Geld taucht hier nirgends auf. Da musst du was übersehen haben. Selbst wenn er immer nur kleine Beträge ausgegeben hat, ist so viel Kohle –«

»Ich glaube nicht, dass er es ausgegeben hat, deshalb musste er sein Einkommen mit Erpressungen aufbessern. Er wusste, dass die Scheine aus dem Lösegeld gekennzeichnet waren, und er wusste auch, dass mein Vater Muster zurückbehalten hatte. Mehr hat Dad ihm nicht erzählt. Mein Vater hatte große Hoffnungen auf Oz gesetzt, aber rückhaltlos hat er nie einem Menschen vertraut.«

»Aber ein Cop hätte gewusst, wie die Scheine gekennzeichnet waren, als die Suche nach dem Lösegeld begann, das ist so üblich.«

Rouge schüttelte den Kopf. »Oz wollte alleine nach dem Geld suchen. In aller Stille. Wenn das BCI von der vermasselten Geldübergabe erfahren hätte, sagte er, wäre er ruiniert gewesen. Er bat Dad um ein Muster der gekennzeichneten Scheine, das hat Dad ihm aber nicht gegeben. Inzwischen hatte er wohl Almo schon in Verdacht. Es ist sogar möglich, dass Dad jemanden beauftragt hatte, Almo im Auge zu behalten und –«

»Du hast mir jede Menge Mutmaßungen, aber bisher verdammt wenig Fakten und Null Beweise geliefert. Wenn niemand weiß, wie die Scheine gekennzeichnet waren –«

»Ich habe meinem Vater geholfen, sie zu markieren.« Zwei Tage und eine Nacht hatten sie dazu gebraucht. »Für die Übergabe des Lösegelds gab es einen festen Termin, Dad konnte all die Scheine unmöglich allein bearbeiten.«

»Der Mann hatte fünfzehn Jahre Zeit, um sich das Geld genau anzusehen, Rouge, nach Nadelstichen, Farbabweichungen und weiß der Geier was noch zu suchen. Nachdem es jetzt neue Geldscheine gibt –«

»Es handelt sich um einen winzigen Punkt, mit dem die gravierte Linie an einer Stelle verlängert ist.« Rouge holte einen Hundert-Dollar-Schein aus der Tasche, auf dem ein roter Pfeil auf die Veränderung hinwies. »Wir haben Druckerfarben genommen, die fast haargenau denen auf dem Schein entsprachen, und mit Feinstrich-Zeichenstiften gearbeitet. Behalt das Muster, Arnie, man soll mir später nicht nachsagen, ich hätte ihm Beweismaterial untergeschoben.«

»Der Mann war Polizist, Rouge. So einer weiß genau, wie

unwahrscheinlich es ist, dass jemand über einen gekennzeichneten Geldschein stolpert. Wenn er die Markierungen deines Vaters nicht gefunden hat, findet sie der Kassierer einer Bank erst recht nicht.« Arnie legte die Unterlagen zusammen, packte sie wieder ins Handschuhfach und machte sehr nachdrücklich die Klappe zu. Dann sah er sich den Hundert-Dollar-Schein noch einmal an. »Zugegeben, bei großen Scheinen ist das Risiko höher, aber ich glaube, nach so langer Zeit nützt dir dieses Beweisstück nichts mehr.« Er streckte Rouge den Schein hin.

Der schüttelte den Kopf. »Oz hat das Geld nicht angerührt.«

»Reine Spekulation. Du kannst nicht wissen –«

»Dass Cops die größten Paranoiker unter der Sonne sind, ist dir sicher nicht neu. Und ein Cop, der in einen Mordfall verwickelt ist, hat schließlich auch allen Grund zur Paranoia. Susans Leiche wurde einen Tag nach der angeblichen Geldübergabe gefunden –«

»Nach der angeblichen Geldübergabe? Du gehst also davon aus –«

»– dass Oz den Lösegeldbrief geschrieben hat, jawohl. Aber lass mich ausreden. Susan ist tot, und damit hängt er in dem Mordfall mit drin. Wenn jemand eine Verbindung zwischen Oz und einem dieser Geldscheine herstellt, ist er geliefert. Mit dieser Angst musste er fortan leben. Ich weiß, dass er das Geld im Haus hat. Er ist schlau, aber kein Einstein. Und habgierig obendrein. Er kann sich nicht vorstellen, dass man nicht nach dem Geld sucht, aber wer trennt sich schon gern von so viel Kies? Vielleicht guckt er sich jeden Abend die Scheine an und versucht, der Kennzeichnung auf die Spur zu kommen. Die muss er finden, ehe er auch nur einen einzigen Schein ausgeben kann. Seit fünfzehn Jahren geht ihm diese Sache nach und macht ihn langsam, aber sicher verrückt. Nein, er hat von dieser Summe keinen Cent ausgegeben.«

Gleichzeitig meldeten sich die Piepser von Arnie Pyle und

Rouge Kendall. Arnie rief über sein Handy zurück. »Ein Unfall«, sagte er, nachdem er es weggesteckt hatte. »Jenseits der Grenze zum nächsten Landkreis haben sie Buddy Sorrel gefunden. Er ist mit dem Wagen gegen einen Baum gefahren.«

Es war eine triste, völlig flache Gegend. Eine Meile hinter der Grenze waren nur drei weit auseinanderstehende Häuser zu sehen. Kein Nadelbaum mit seinen grünen Zweigen lockerte das Bild der kahlen Bäume und nackten Felsen auf.

Rouge fuhr auf den Seitenstreifen, neben dem ein Entwässerungsgraben verlief. Im grauen Licht des frühen Morgens blinkten die roten Lichter von zehn, zwölf Fahrzeugen, mit denen Ortspolizei, Sheriff und Staatspolizei zum Unfallort geeilt waren. Ein Abschleppwagen fuhr gerade auf die Unglücksstelle zu, und zwei Männer vom Büro des Amtsarztes machten die Heckklappe eines Vans auf. Eine kleine Gruppe von Gaffern hielt sich brav hinter den blauen Absperrungen und den gelben Absperrbändern, die fast die ganze Straße blockierten. Ein Trooper winkte den Verkehr durch eine schmale seitliche Lücke.

Uniformierte Polizisten und die Leute von der Spurensicherung umringten das Autowrack. Die Fahrer des Abschleppwagens befestigten Ketten an dem Wagen, um ihn von dem Baum wegzuziehen, und der Pathologe beugte sich über den Leichensack, in dem die sterblichen Überreste von Buddy Sorrel lagen.

Während um sie herum die Funkgeräte krächzten und knisterten, gingen Rouge Kendall und Arnie Pyle auf die Männer und Frauen an der Unfallstelle zu. Ihre Gesichter waren ernst, fast verbissen. Eine Polizistin neben Captain Costello deutete auf ein verfallenes, weit von der Straße zurückgesetztes Haus.

»Der Farmer, dem das Haus da gehört, hat es bestätigt.« Sie zog kurz ihre Notizen zu Rate. »Er kam gestern Abend von einer Party bei einem Nachbarn zurück. Kann sein, dass er ein bisschen angesäuselt war – gesagt hat er nichts davon –, aber so was ist ja beim besten Willen nicht zu übersehen.« Ihre Handbewegung umfasste die Wagentrümmer und Glasscherben, die in weitem Umkreis auf der Straße verstreut waren. »Dass er um ein Autowrack herumkurven musste, hätte er bestimmt selbst in schwer alkoholisiertem Zustand noch registriert. Ich habe mich bei den anderen Partygästen vergewissert: Die Zeitangaben des Farmers stimmen. Um Mitternacht war der Wagen noch nicht da. Nach Aussage des Arztes ist aber der Tod schon fünf Stunden vor Mitternacht eingetreten.«

»Und das muss ausgerechnet in meiner Schicht passieren«, sagte Captain Costello.

Rouge sah ihn an. Das Gesicht des Captains war unbewegt. Er sprach von der Sache wie von einem ärgerlichen, aber unbedeutenden Zwischenfall. Dass er einen schweren persönlichen Verlust erlitten hatte, merkte man ihm nicht an.

Dr. Howard Chainy untersuchte den Toten und nickte dem Kollegen vom nächsten Landkreis zu, der juristisch für Buddy Sorrels Leiche zuständig war.

Rouge zwang sich, das bleiche Gesicht, die weit geöffneten, schon getrübten Augen des Toten anzusehen. Sie hatten Sorrel das Jackett ausgezogen und die Hemdsärmel hochgekrempelt, so dass man die kräftigen Arme des Ex-Marines sah.

Dr. Chainy war aufgestanden. »Keine Defensivwunden an den Unterarmen«, sagte er zu Costello. »Meiner Meinung nach ist der Unfall getürkt. Am Hinterkopf ist eine Wunde, die nicht zu den anderen Verletzungen passt. Der Kollege hat mir den Fall überlassen. Meine Jungs nehmen die Leiche mit.« Er wandte sich zum Gehen.

Costello hielt ihn zurück. »Moment noch. Hastings, Ihr Mitarbeiter, hat ausgesagt, dass Sie eine Stunde, ehe er Feierabend machte, mit Sorrel gesprochen haben. Worum ging's denn dabei, Doktor?«

»Um eine ganz unwichtige Sache, die nichts mit dem Unfall zu tun hatte.«

Costello blätterte in dem ledergebundenen Notizbuch, das Buddy Sorrels ständiger Begleiter gewesen war, dann sah er den Arzt an. »Hier steht, dass Sorrel einen Termin mit Ihnen gemacht hatte, er ist also nicht einfach so zum Reden vorbeigekommen. Demnach waren Sie der Letzte, der ihn gesehen hat.«

»Aber umgebracht habe ich ihn nicht. Ob Sie's glauben oder nicht – ich mochte den Mann.« Dr. Chainy drehte dem Captain schroff den Rücken zu und ging mit langen Schritten zu dem Van, wo seine Leute auf Anweisungen warteten.

»Empfindlich wie eine Primadonna!« Costello sah sich suchend um. »Hastings! Kommen Sie mal her. Ein bisschen plötzlich, wenn ich bitten darf.«

Dr. Chainys Assistent kam angerannt. »Ja, Sir?«

»Waren Sie die ganze Zeit dabei, als Sorrel bei Chainy war? Haben Sie gehört, worüber gesprochen wurde?«

»Ja, ich war dabei, aber verstehen konnte ich von meinem Platz aus nicht viel. Soweit ich weiß, ging es um einen anderen Fall, ich hab nur hier und da ein Wort aufgeschnappt.«

»Um einen anderen Fall? Sorrel hat sich ausschließlich um die entführten Kinder gekümmert.«

»Vielleicht habe ich da was missverstanden. Oder Dr. Chainy hat nur geflachst. Ja, richtig, er hat ihn gefragt, was die große Trüffeljagd macht. Aber was hat das mit den verschwundenen Kindern zu tun?«

Costello schickte den Mann weg. »Wissen Sie, was Sorrel zuletzt auf dem Schreibtisch hatte?«, fragte er Rouge.

»Eine Liste von Händlern mit seltenen Pilzen, Importeuren und Unterlagen vom Zoll.«

»Luftaufnahmen?«

»Ja, die auch. Aber die meisten hatte er schon abgehakt. Er wollte den Nussbaum im Atrium des Briefträgers ausgraben lassen. Ob die Trooper schon angefangen haben, weiß ich allerdings nicht.«

Costello sah zu Chainy hinüber, der jetzt mit Ali Cray

sprach. »Was macht die denn hier?«, fragte er ungehalten. Doch dann schob er seine eigene Frage mit einer raschen Handbewegung beiseite. »Seht zu, dass ihr seine Kanone findet«, rief er den drei Polizisten zu, die den Straßenrand neben dem Unglückswagen absuchten. »Und Sie, Rouge, holen mir bitte noch mal diesen Trottel Chainy her. Je schneller ich das hier hinter mir habe, desto besser.«

Als Rouge auf den Van zuging, erkannte er, dass Chainy von Alis Anwesenheit ebenso wenig erbaut war wie Costello.

»Aber Sie wissen es bestimmt«, sagte sie gerade. »Myles hat mir erzählt, dass Sie und William sich schon lange kennen.«

»Tut mir Leid«, erwiderte Chainy. »Wo er seinen Urlaub verbringt, bindet William Penny mir nicht auf die Nase. Das verrät er noch nicht mal seinem eigenen Bruder.«

»Bitte ...« Ali ließ ihre Hand über seinen Jackenärmel gleiten. »Ich würde nicht fragen, wenn es nicht so wichtig wäre. Der Zustand meines Onkels macht mir Sorgen. Ich muss William unbedingt finden.«

Rouge blieb in einiger Entfernung stehen. Chainy schien weich zu werden. Wann hatte diesen eingefleischten Junggesellen zuletzt eine junge Frau angefasst? Ali streichelte weiter seinen Arm. Dann drehte sie sich ein wenig zur Seite, und unter dem geschlitzten Rock kam wie zufällig ein Stück nacktes Bein zum Vorschein.

»Ich weiß wirklich nicht, wo William steckt«, sagte Chainy, und das klang ehrlich bedauernd. »Aber allzu weit kann er nicht sein. Manchmal – meist nach Anbruch der Dunkelheit – sehe ich ihn bei uns im Ort. Er hat einen anstrengenden Beruf, Ali, und braucht wahrscheinlich einfach hin und wieder mal Abstand. William ist als Chirurg so gefragt, dass –«

»Er schleicht also nach Anbruch der Dunkelheit in Makers Village herum? Wissen Sie –«

»Da fällt mir etwas ein. Es ist noch nicht lange her, da

habe ich ihn sogar am hellen Tag gesehen. Im Tabakgeschäft. Er ist nämlich auf eine bestimmte Tabaksorte fixiert. Demnach kann er sich eigentlich nur im Umkreis von ein, zwei Autostunden aufhalten. Probieren Sie's doch mal in dieser Ferienanlage an der Autobahn.«

Rouge trat näher und tippte Chainy auf die Schulter. »Der Captain hat noch ein paar Fragen zu dem Toten.« Er wartete, bis der Arzt weg war, dann sagte er zu Ali: »Wenn Sie in der Ferienanlage nicht weiterkommen, versuchen Sie's mal in den Motels, die bei Männern für einen Seitensprung beliebt sind. Die Ortspolizisten – die verheirateten wohlgemerkt! – könnten Ihnen bestimmt welche nennen.«

»Aber William Penny ist nicht verheiratet.«

»Vielleicht hat er ja was mit einer ehrbaren Ehefrau.« Sie gingen ein paar Schritte nebeneinander her, dann blieb Ali unvermittelt stehen.

»Haben Sie ihn im Verdacht, Rouge? Ist William Penny in die Ermittlungen –«

»Nein.« Trotzdem – eine interessante Frage, dachte er. »Das sind nur so Vermutungen.« Er zog seinen Ring ab und deutete auf die Narbe, die sich um seinen Finger zog. »Nach meinem Schlittschuhunfall hat William Penny mich wieder zusammengeflickt. Bis dahin hatte meine Mutter ihn für schwul gehalten, weil man ihn nie mit Frauen sah. Aber als Mom mich nach der Operation im Krankenhaus abholte, hat er sich an sie rangemacht. Vielleicht gehört er zu den Typen, die eine Herausforderung reizt.«

»Wenn er nur auf verheiratete Frauen aus ist, wäre das eine Erklärung für vieles. Schönen Dank, Rouge.«

Erstaunt stellte er fest, dass sie ein bisschen enttäuscht wirkte. Sie war schon im Gehen, aber er hielt sie am Arm fest. »Man könnte das auf *dankbare* verheiratete Frauen eingrenzen. Dankbar wie meine Mutter, weil er mir den Finger wieder angenäht hatte.« Er sah sie erwartungsvoll an.

»Angehörige von Patienten, die an irgendeiner Stelle verwundbar sind?«, fragte Ali mit neu erwachtem Interesse. »Ehefrauen, Mütter? Ein Opferschema?«

Er nickte. Allerdings war das nur einleuchtend, wenn das, was seine Mutter erlebt hatte, kein Einzelfall war. Er sponn den Gedanken weiter. Konnte es sein, dass Ali den Arzt auch in einem ganz anderen Kontext sah, in dem es ebenfalls um verwundbare weibliche Wesen ging? Das Wort ›Opfer‹, das sie benutzt hatte, klang noch lange in ihm nach.

Als er zur Unfallstelle zurückkam, kniete Captain Costello auf dem Boden und betrachtete die Wunde.

»Sehen Sie das, Captain?«

»Na hören Sie mal! Natürlich sehe ich –« Costello verschluckte, was er noch hatte sagen wollen, und nickte. »Machen Sie's kurz, Howard.«

»Keine Blutung.« Fast aufgeräumt schob der Arzt eine Metallsonde in die Brustöffnung. Das, womit er sich gerade beschäftigte, war kein Mensch mehr, sondern Beweismaterial.

Ob der Arzt, der Susan untersucht hatte, auch so in ihr herumgestochert und so zufrieden gelächelt hatte? Aus dem Gerichtsprotokoll wusste Rouge Kendall, dass damals Dr. William Penny die Obduktion durchgeführt hatte.

»Ein Stück Metall ist beim Aufprall in den Körper eingedrungen, aber es gab keinen Blutverlust. Das Herz hatte zu diesem Zeitpunkt schon aufgehört zu schlagen.« Chainy packte den Toten an der Schulter. »Helfen Sie mir mal?«

Mit vereinten Kräften rollten sie die Leiche herum.

Der Arzt deutete auf die dunkel verklebten Haar- und Hautfetzen am Hinterkopf. Am Jackett- und Hemdenkragen war geronnenes Blut. »Das ist die Verletzung, an der er gestorben ist, nur aus ihr hat er geblutet. Ein schneller Tod, würde ich sagen. Allenfalls ein paar Minuten.«

Costello nickte. »Demnach ist er überrumpelt worden.«

»Ganz recht. Jetzt schauen Sie mal hierher ...« Er deutete wieder auf die Wunde, aber in diesem Moment richtete sich ein breitschultriger Trooper aus dem Straßengraben auf und rief: »Captain?« Zwischen Zeigefinger und Daumen seiner kräftigen Pranke hielt er ein Paar lila Kindersöckchen. Captain Costello legte eine Hand über die Augen. Er hatte genug gesehen.

Ali Cray war sich, als sie vor Marge Jonas stand, durchaus im klaren darüber, dass bei der Sekretärin mit der blonden Perücke alle Fäden der Polizeistation von Makers Village zusammenliefen. Jetzt beugte Marge sich über die Kollegin an der Telefonzentrale. »Du brauchst mal eine Pause, Kindchen. Trink einen Kaffee, ich mach inzwischen hier weiter.«

Als die Polizistin dankbar abgezogen war, stülpte Marge sich die Kopfhörer auf die falschen blonden Locken und nahm Kontakt mit dem einzigen Streifenwagen des Ortes auf. »Hey, Jungs … Moment noch …« Sie schaltete auf Chief Croft um, der mit seinem Privatwagen unterwegs war. »Charlie? Ich habe Ali Cray versprochen, ihr jemanden suchen zu helfen … Ja, es hat was mit den Kindern zu tun … Okay, danke! Also, Jungs: Kennt ihr Motels, in die eure Frauen für einen Seitensprung gehen würden?«

Zusammen mit gutmütig derben Frotzeleien kamen Namen und Adressen über die Leitung. Zum Schluss umfasste die Liste nur fünf Motels, die wenige Autostunden voneinander entfernt lagen. Marge klapperte sie nacheinander telefonisch ab, wobei sie sich als FBI-Agentin ausgab und die Leute am Empfang davor warnte, sich dem Verdächtigen zu nähern, weil er möglicherweise gefährlich sei. Dann beschrieb sie William Penny. »Pingeliger Fatzke – feines Tuch, gefärbtes Haar, schlecht operierte Nase. Ende fünfzig, wirkt aber jünger, weil er sich die Falten hat wegbügeln lassen.«

Nach zehn Minuten hatte sie einen Mann, auf den diese Beschreibung passte, in einem kleinen Motel aufgespürt, das berühmt berüchtigt für seine Diskretion und seine Vorliebe für bar zahlende Gäste war. Es lag nur eine Autostunde entfernt an der Grenze zum nächsten County. Zufrieden lächelnd holte Marge ein Schlüsselbund aus der Handtasche. »Ein Stammgast, hat der Typ am Empfang gesagt. Seit neun oder zehn Jahren kreuzt er immer um dieselbe Zeit dort auf. Also los! Wir nehmen meinen Wagen.«

Hätte Marge sich an das Tempolimit gehalten, hätte sie es nicht in einer Dreiviertelstunde geschafft. Als sie auf den Parkplatz rollten, erschien Dr. William Penny, flankiert von zwei Ortspolizisten, gerade in der Tür eines Bungalows. Marge sah Ali an. »Ist er das?«

»Ja.«

Marge ließ das Wagenfenster herunter und machte den Polizisten ein Zeichen.

»Sie werden ihn doch nicht verhaften?«

»Nein, die wollen ihn nur befragen. Immerhin ist er ein Verdächtiger. Es ist Charlie Crofts Entscheidung. Er will jetzt Nägel mit Köpfen machen, damit er die Jungs von der Staatspolizei endlich wieder los wird.«

Die Ortspolizisten brachten Dr. William Penny zu dem Streifenwagen, der auf dem Parkplatz wartete. Er war in Handschellen und trug einen weißen Frotteebademantel über grauen Hosen mit messerscharfer Bügelfalte. Gleich darauf kam aus demselben Bungalow eine Frau, die zu Charlie Crofts Privatwagen gebracht wurde. Unter dem flatternden Wintermantel sah Ali eine billige Rayonbluse und schlampig zugeknöpfte Polyesterhosen. Das lange wirre Haar war hennarot gefärbt und hatte einen mausbraunen Ansatz.

Charlie Croft kam zu ihnen herüber.

»Ich möchte nicht, dass Sie wegen dieser Sache Ärger bekommen«, sagte Ali. Croft war zwar der Polizeichef von Makers Village, unterstand aber zur Zeit Captain Costello.

»Keine Bange.« Croft hielt einen Führerschein in der Hand. »Die Frau ist aus Makers Village, heißt Rita Anderson und hat einen seit Jahren herzkranken Mann. Wenn er erfährt, dass sie was mit dem Schönen William hat, ist das sein Tod, behauptet sie.« Er warf einen Blick auf den Streifenwagen, in dem auf der Rückbank der Herzchirurg saß. »Sollte sich herausstellen, dass der Doktor doch nicht unser Mann ist, kann ich mich darauf verlassen, dass die beiden nichts rauslassen.«

Die verängstigte Mrs. Anderson stand vor dem Wagen des Chiefs. »Das können Sie doch nicht machen«, zeterte sie.

Ali stieg aus und folgte Charlie Croft quer über den Parkplatz. Als sie sich der aufgeregten Frau näherten, hörte sie einen der Ortspolizisten sagen: »Wenn Sie unsere Fragen vollständig beantworten, brauchen wir keinen Bericht abzufassen, und die Öffentlichkeit erfährt kein Wort von der Sache.«

»Von verschwundenen Kindern ist mir nichts bekannt«, beteuerte sie. »Ehrlich nicht, das kann ich beschwören.«

Charlie Croft winkte dem anderen Polizisten, sie in seinen Wagen zu verfrachten, und setzte sich ans Steuer. »Erzählen Sie uns doch nichts! Der Fall hat überall Schlagzeilen gemacht und war landesweit im Fernsehen.«

»Gucken Sie sich doch die Glotze mal an, wenn Sie mir nicht glauben. William fummelt immer so lange an dem Ding rum, bis es kein vernünftiges Bild mehr hergibt. Wir haben keine Zeitung, kein Radio, nichts. Jedes Jahr leben wir hier zehn Tage wie auf dem Mars.«

Chief Croft beugte sich aus dem Fenster. »Überprüfen Sie den Fernseher«, wies er einen der Polizisten an. »Und sehen Sie nach, ob ein Radio im Zimmer steht oder Zeitungen herumliegen.« Dann wandte er sich wieder an die Frau. »Ich kann mir schon vorstellen, dass Sie sich hier auch ohne Fernseher nicht langweilen. Aber man bleibt ja schließlich nicht die ganze Zeit im Zimmer ...«

»Ich schon. Nicht auszudenken, wenn mich jemand sehen und es meinem Mann stecken würde! Das wäre sein sicherer Tod. Und was soll ohne seine Schwerbeschädigtenrente aus meinen Kindern werden?«

An diesem Punkt schaltete Ali Cray sich ein. »Demnach geht William einkaufen, besorgt was zu essen und zu trinken?«

»Ja, und seinen verdammten Tabak.«

»Ist es nicht ein bisschen sonderbar«, fuhr Ali fort, »dass eine Mutter Weihnachten nicht zu Hause bei ihren Kindern ist?«

»Erstens sind es nicht meine Kinder, zweitens sind sie alle schon Teenager, und drittens schlagen sie nach dem Alten. Der nimmt mich schon seit zehn Jahren kaum mehr zur Kenntnis. Die Jungs haben ihre Mutter zu Weihnachten noch nie vermisst, die finden's höchstens lästig, wenn sie sich ihr Bier selber aus dem Kühlschrank holen müssen. Dieser Urlaub ist das Weihnachtsgeschenk, das ich mir selber mache.«

Ali hatte den Eindruck, dass es ein Geschenk mit kleinen Fehlern war.

Charlie Croft holte sein Notizbuch heraus. »Was höre ich da von Minderjährigen, die Alkohol trinken?«

»Na und wenn schon! Sie wissen doch ganz genau, dass diese Halbwüchsigen sich nichts mehr sagen lassen.« Sie hatte wohl begriffen, dass sie bei Charlie Croft nicht weiterkam, denn sie wandte sich bittend an Ali. »Sie werden dafür sorgen, dass die nichts meinem Mann erzählen, ja?«

»Wenn ich recht verstanden habe, Mrs. Anderson«, sagte Ali, »machen Sie das schon ziemlich lange. Zehn Jahre?«

»Ja. Seit seiner ersten Operation hat mein Mann ständig Angst um sein Herz, wenn er mich zufällig mal nackt sieht. Und ich bin schließlich noch jung.« Sie betrachtete sich im Rückspiegel. Das grelle Tageslicht zeichnete schonungslos die vielen Falten im Gesicht einer Frau nach, die früher einmal recht hübsch gewesen sein musste. »Na ja, oder doch zumindest noch nicht richtig alt ... Aber wenn mein Mann Wind von der Sache kriegt ...«

»Na hören Sie mal«, schaltete sich jetzt Charlie Croft wieder ein. »Sie machen all die Jahre allein Urlaub und bilden sich ernsthaft ein, dass Ihr Mann keine Ahnung davon hat, was Sie wirklich treiben?«

»Aber klar! Einer von uns musste schließlich bei den Kindern bleiben. Mein Mann hat dafür Verständnis – im Gegensatz zu Ihnen.«

Charlie Croft feixte. Er winkte Marge und Ali, und zu dritt gingen sie zu dem Streifenwagen hinüber, der auf der anderen Seite des Parkplatzes wartete.

William Penny wirkte sehr erleichtert, als Ali Cray auf dem Beifahrersitz Platz nahm. »Gott sei Dank! Endlich jemand, der diesen Leuten sagen kann, wer ich bin.«

»Ich werde versuchen, die Sache in Ordnung zu bringen, William. Können Sie der Polizei etwas über Gwen Hubble oder Sadie Green sagen? Wissen Sie, wo die beiden sind?«

»Woher zum Teufel sollte ich das wissen?«

»Na gut. Nächste Frage: Waren Sie jemals Patient von Onkel Mortimer?«

»Mortimer ist *mein* Patient, Ali. Glauben Sie wirklich, ich könnte einen Mann operieren, bei dem ich mal in Behandlung war?«

Ali überlegte. Sie hatte William noch nie leiden können, aber war er ein Sadist? Nur dann hätte er mit Freuden die Chance wahrgenommen, seinen Psychiater zu operieren. Es wäre eine unwiderstehliche Gelegenheit gewesen, ihn in Angst und Schrecken zu versetzen.

Und Onkel Mortimer? Würde er sich freiwillig unter das Messer eines Mannes begeben, dessen dunkelste Geheimnisse er kannte? Doch, dachte sie, das ist nicht nur möglich, sondern sogar wahrscheinlich. Der Psychiater nahm es mit seinem Berufsethos so genau, dass er nicht den Arzt gewechselt hätte, nur weil der hier durchaus imstande war, ihn umzubringen. Und drohte ihm durch die immer schwerer werdende Gewissenslast nicht ohnehin tagtäglich der Tod? Vielleicht hätte Mortimer ein schnelles Ende in der Narkose oder durch ein abgerutschtes Skalpell sogar begrüßt.

Die Vorstellung vom sadistischen Chirurgen brachte sie auf einen anderen Gedanken, den Rouge Kendall angestoßen hatte. Sie sah zu dem Wagen hinüber, in dem Mrs. Anderson saß. Eine Frau, die mit einem Herzkranken verheiratet war. »Der Mann dieser Frau ist Ihr Patient.«

William Penny verschränkte die Arme und schwieg bockig. Vielleicht nahm er an, dass sie das von Mrs. Anderson erfahren hatte.

»Ich weiß, dass Sie ihn vor zehn Jahren zum ersten Mal operiert haben, William«, schwindelte sie.

Wieder stritt er nichts ab, schien aber doch leicht irritiert und machte eine ungeduldige Handbewegung. »Was sollen diese Fragen?«

Es stimmte also. »Hat Rita Anderson ihren Mann geliebt? Stimmt es, dass Sie zum ersten Mal vor der Operation mit ihr geschlafen haben?«

Jetzt merkte man Dr. Penny deutlichen Unmut an.

Rouge Kendall lag mit seiner Theorie nur deshalb daneben, weil Dr. Penny sich an seine Mutter *nach* einem chirurgischen Eingriff herangemacht hatte. Normalerweise betrieb William eine viel verwerflichere Form emotionaler Erpressung. Zwar machte er sich bei jeder Gelegenheit auch Dankbarkeit bedenkenlos zunutze, aber meist war es Angst, die ihm seine Beute zutrieb.

Die notorisch sparsame Krankenversicherung würde für die Schwindel erregend hohen Honorare eines berühmten Herzchirurgen nicht aufkommen, und so, wie Rita Anderson aussah, war ihr Mann Kassenpatient. Ali versuchte nachzuvollziehen, wie der Frau am Vorabend der Operation zumute gewesen war, stellte sich ihre Reaktion auf ein eindeutiges Angebot vor. Wäre sie empört abgezogen und hätte irgendeinen unbedeutenden Chirurgen am Herzen ihres Mannes herumschneiden lassen? Oder wäre sie nicht lieber mit William ins Bett gegangen?

Vielleicht liebte Rita Anderson ihren Mann noch immer, denn Mr. Anderson war sehr krank – und seine Frau ging nach wie vor mit William fremd.

Zornig beugte Ali sich vor, um dem Schönen William den

Fangschuss zu verpassen. »Wenn die anderen Frauen aussagen – ich weiß, dass zumindest eine die Mutter eines Patienten war –, verlieren Sie Ihre Zulassung.«

Wieder merkte sie ihm an, dass sie ins Schwarze getroffen hatte. Es gab also diese anderen Frauen. Und wenn sie Gesichtsausdruck und Körpersprache des Arztes richtig deutete, war er drauf und dran, die Kontrolle über seine Blase zu verlieren.

Wäre der Schöne William wohl imstande, ein kleines Mädchen umzubringen?

Dass er ein Sadist war und damit die Grundvoraussetzung für so einen Mord erfüllte, hatte er bewiesen. Er liebte die Herausforderung, das Risiko, und schien weder Gewissensbisse noch moralische Bedenken zu kennen. Ein sadistischer Opportunist konnte durchaus einmal Appetit auf erwachsene Frauen, ein anderes Mal auf Kinder haben.

Die Frauen konnte er bei der Stange halten. Kinder aber waren unberechenbar, und deshalb mussten sie verschwinden.

Als vorhin von den beiden kleinen Mädchen die Rede gewesen war, hatte er nicht reagiert. Hatte sie sich vielleicht doch geirrt? Oder fühlte er sich bei den paarweisen Morden sicher, weil auch die Zeugin nicht überlebte und deshalb auch nicht gegen ihn aussagen konnte? Was um Himmels willen wurde hier gespielt?

Captain Costello kam zu spät, um Mortimer Cray Einhalt zu gebieten. Hohe Flammen schlugen aus dem Behälter, in dem er seine Gartenabfälle zu verbrennen pflegte. Was er dort hineingepackt hatte, war inzwischen mit Sicherheit zu Asche geworden. »Sie sind ja wirklich sehr gründlich, Dr. Cray. Warum haben Sie das Zeug nicht in einen Ihrer Kamine im Haus gesteckt?«

»Viel zu klein für ein richtiges Feuer.« Der Psychiater ließ weder Feindseligkeit noch Furcht erkennen.

»So wenig Zeit – und so viele Akten zum Verbrennen«, sagte Costello.

»Ich weiß, dass die Stadt Abfallverbrennung im Freien nicht mehr gestattet. Da werden Sie mir jetzt wohl einen Strafzettel verpassen.«

»Ich bin nicht zum Plaudern hier, Dr. Cray. Wir haben im nächsten Landkreis etwas gefunden, was Sadie Green gehörte. Ein Paar lila Söckchen.«

»Aber nichts von Gwen Hubble?«

»Nein. Ich sehe das so: Der Täter weiß, dass wir ihm dicht auf den Fersen sind, und versucht, uns aus dem Ort zu locken. Was meinen Sie dazu?«

»Dass auf diese Lösung auch ein halbwegs aufgewecktes Kind hätte kommen können. Sie haben einen Durchsuchungsbefehl für mich?«

Costello reichte ihm das Schriftstück. Zu seinem Ärger steckte der Arzt es in die Jackentasche, ohne einen Blick darauf zu werfen. Zwei geschlagene Stunden hatte Costello den Richter bearbeiten müssen, ehe der sich zu der Überzeugung durchgerungen hatte, dass hinreichende Verdachtsmomente vorlagen. Der Bezirksstaatsanwalt, der größte Trottel, den man in fünf Landkreisen finden konnte, hatte sich dagegen ausgesprochen. Nur Costellos leidenschaftlich geäußerte Überzeugung, dass ein Kind in Lebensgefahr schwebte, hatte den Richter umgestimmt.

Uniformierte Staatspolizisten standen mit Schaufel und schwarzen Plastiksäcken bereit, eine weitere Gruppe betrat jetzt das Haus. Zwei Polizeihunde nahmen aus Beuteln mit Kinderkleidung Witterung auf. Der Captain nickte seinen Leuten zu, und sie fingen an zu graben. Zu den beiden Technikern, die neben ihm standen, sagte er: »Ich brauche sämtliche Fingerabdrücke aus seinem Sprechzimmer.«

»Da werden Sie kaum etwas finden«, bemerkte Mortimer Cray. »Meine Haushälterin ist sehr gewissenhaft im Staubwischen und Bohnern.«

»Ihr habt's gehört, Jungs. Prüft notfalls auch die Decke. Wie groß ist Ihre Haushälterin, Dr. Cray?« Costello sah zu der Abfalltonne hinüber und lächelte, weil ihm noch etwas eingefallen war. »Sagte ich schon, dass ich nur Ihren Terminkalender brauche? Für die Patientenakten gilt der Durchsuchungsbefehl nicht.«

Als Ali das Gewächshaus betrat, stand ihr Onkel zwischen zertrümmerten Terrakottatöpfen, jungen Obstbäumen, phantasievoll beschnittenen Buchsbaumbüschen und zarten Orchideen, die samt den Wurzeln aus ihren Töpfen gezogen worden waren. Ein ungeschickter Fahnder hatte eine Scheibe eingeschlagen. Die Polizei hatte sich keine Chance entgehen lassen, einen gebrechlichen alten Mann mit ihrer Zerstörungswut zu terrorisieren.

Ali war damit vollkommen einverstanden.

Mortimer stand am Arbeitstisch und füllte mit einem kleinen Messlöffel Erde in einen himmelblauen Keramiktopf. Er schien es nicht eilig zu haben, seine kostbaren Pflanzen zu retten.

Vor vielen Jahren war sie als unsichtbares Kind im Kielwasser der Hausgäste an den Gewächshaustischen entlanggegangen, hatte sich die Gespräche der Erwachsenen über Abstammung, Ursprung und Symbolik der einzelnen Arten angehört und dieses Wissen in sich aufgenommen. Heute hatte Onkel Mortimer keinen Blick für seine zerstörten Hybriden, auf deren seltene, leuchtende Farben er so stolz war. Seine ganze Aufmerksamkeit galt einem kleinen Busch mit weißen Teerosen, Sinnbildern des Schweigens.

Hatte die Gewalt gegen seine geliebten Pflanzen seinen Geist verwirrt? Vielleicht tat er sich nur schwer damit, zu akzeptieren, was geschehen war. »Kann ich dir helfen, Onkel Mortimer?«

Keine Antwort.

Ali griff sich ebenfalls einen Topf, setzte eine zarte junge Orchidee mit eingerissenen Blütenblättern hinein und bedeckte behutsam, ohne Rücksicht auf den Schmutz, der sich unter ihren Fingernägeln festsetzte, die Wurzeln mit Erde. »Das hättest du dir ersparen können, wenn du ihnen einen Namen genannt hättest.«

Diesmal erwartete sie schon gar keine Antwort mehr. Bald würde sie Charlie Croft anrufen und ihm sagen müssen, er solle William Penny laufen lassen. Es gab keinen plausiblen Grund dafür, ihn festzuhalten. Bewiesen werden konnte ihm nur grob standeswidriges Verhalten gegenüber Frauen von Patienten, die in irgendeiner Weise von ihm abhängig waren. Und dafür würde niemand den Schönen William zur Verantwortung ziehen. Charlie Croft würde von dem, was er erfahren hatte, keinen Gebrauch machen, weil er sich keinen Ärger wegen der Verhaftung und der Durchsuchung von Williams Haus und Klinik einhandeln wollte.

Rasch drückte Ali die Erde um den Stengel der Orchidee herum fest und griff nach der nächsten Pflanze. Ihr Onkel war nach wie vor mit dem blauen Topf beschäftigt und schien ihre Hilfe noch gar nicht bemerkt zu haben.

»Kannst du mir denn wirklich gar nichts sagen, was einem Kind das Leben retten würde? Du weißt, dass er eins schon getötet hat. Aber was ist mit dem anderen?«

»Das ist auch tot.« Der blaue Topf war noch nicht einmal halb voll. »Die kleine Prinzessin stirbt immer am Weihnachtsmorgen – das hast du doch bei deinen Recherchen selbst festgestellt, Ali. Ich glaube nicht, dass er von diesem Schema je abgewichen ist.«

Selbst diese kurze Bemerkung nahm sie als ein positives Zeichen, als einen Versuch der Kommunikation. Immerhin hatte er das Schema bestätigt. Sie griff nach dem nächsten Blumentopf, um sich abzulenken. Solange er einigermaßen gesprächsbereit war, durfte sie nicht die Nerven verlieren. Damit hätte sie alles verdorben. »Warum tut er das?«, fragte sie. Hörte er überhaupt zu? Er schien sehr konfus. »Warum tut er das, Onkel Mortimer? Worum geht es ihm?«

»Um das, worum es immer geht. Irgendwo hat stets ein blindwütiger, fordernder, erbarmungsloser Gott seine Hand im Spiel. Das Kind ist nur Objekt oder vielleicht Werkzeug. Dass es Angst hat und Schmerzen leidet, kümmert ihn nicht. Sein Sadismus richtet sich gegen mich. Er will, dass ich leide, und dieses Ziel hat er erreicht. Ich hatte ihn nie im Griff. Es war immer umgekehrt.«

»Ist er ein religiöser Fanatiker? Ist es das, was du –«

»Der Durchschnittsmensch steigt auf, der Überdurchschnittliche steigt ab – und beides hat den gleichen Ursprung.« Der Topf war jetzt voll, aber er füllte immer noch Erde nach. »Nimm den Priester. Der war früher ein völlig unauffälliger Mensch – zurückhaltend, schüchtern, fast unsichtbar. Genau wie du als Kind. Und jetzt? Du hast ihn ja gesehen.« Er stieß den Messlöffel heftig in die Erde.

»Du willst doch nicht etwa sagen, dass Pater Paul –«

»Ein bemerkenswerter Mann, Ali. Und er ist nicht das einzige Beispiel. Alles ist aus dem Lot geraten, hängt als kosmischer Staub in der Luft.«

»Ich verstehe nicht ganz ... Du musst mir schon ein bisschen auf die Sprünge helfen, Onkel Mortimer.«

»Bei dir ist es nicht anders, Ali. Überleg mal, was du aus deinem Leben gemacht hast. Logischerweise –« Er betrachtete den Messlöffel, als sähe er so einen Gegenstand zum ersten Mal, dann stieß er ihn wieder in den Topf und fuhr knirschend damit an der Innenseite entlang. »Ach was, die Logik ist inzwischen über alle Berge. Vielleicht ist es mehr ein Sinn für Ausgewogenheit oder Proportionen, ein Blick für Symmetrie. Er wartet darauf, dass das Gleichgewicht wiederhergestellt wird. Ganz allmählich bahnt sich das schon an. Rouge Kendall hat seinen Aufstieg begonnen, er sucht noch nach seiner Nische. Und der Priester ist auf dem absteigenden Ast ...«

»Und ich, Onkel Mortimer? Werde ich wieder hinter einer Wand verschwinden und unsichtbar werden? Woher hast du diese Weisheiten? Ich weiß, dass du nicht an das Übersinnliche glaubst, und ein frommer Mann bist du auch nicht ...«

Er sah durch die Glaswand des Gewächshauses in den Garten. »Und wo bleibt der Schnee? Ich habe bisher noch keinen Winter erlebt, in dem nicht um diese Zeit im Dezember mindestens ein halber Meter Schnee gelegen hätte. Das ist in dieser Höhenlage ... Sag selber – wo ist der Schnee?«

»Entschuldigung.«

Ali wandte sich um. Rouge stand am Ende des Pflanztisches. »Ich störe nicht gern«, sagte er, »aber ich muss Sie sprechen. Allein.«

Hatte er von William Pennys Verhaftung erfahren? Wohl kaum. Staats- und Ortspolizei waren streng getrennt, und Rouge gehörte jetzt zu den anderen. Chief Croft hatte William Penny vermutlich in irgendein Hinterzimmer gesperrt und sich seinen Hausschlüssel geschnappt. Sie verheimlichte das Rouge nicht gern, aber ein Kind war in Gefahr, die Zeit lief ihnen davon. Chief Croft sollte für seinen persönlichen Einsatz nicht mit dem Verlust seines Jobs büßen müssen.

Ihr Onkel war noch auf seinen schneelosen Garten fixiert, als sie Rouge durch die Seitentür ins Haus folgte. In die Diele hätte ein bescheidenes zweigeschossiges Haus bequem hineingepasst. Eine breite Treppe zog sich bis unter die hohe Decke, in die ein phantasievoller Architekt seinen ganzen Ehrgeiz gelegt hatte. Hinter der hölzernen Balustrade der Galerie im Obergeschoss konnte man das Kommen und Gehen der Uniformierten in den oberen Räumen verfolgen.

»Ich möchte dir was zeigen.« Rouge führte sie zu einer kleinen Tür unter der Treppe. »Tut mir Leid, dass sie ein bisschen ramponiert ist. Der Diener hat uns alle Schlüssel ausgehändigt, aber in dieses Schloss passte keiner. Als ich deinen Onkel darauf ansprach, hat er überhaupt nicht reagiert.«

Sie sah an dem zerkratzten und verbogenen Metall, dass die Polizei hier kräftig mit Werkzeugen herumhantiert hatte.

Rouge legte die Hand auf den Türknauf, dann zögerte er.

»An dem Abend, als wir uns in Dame's Tavern wiedergesehen haben, hast du gesagt, dein Onkel sei Atheist, und an seinem Krankenbett hast du das wiederholt. Trotzdem hast du ihm vorgehalten, er habe den Priester als Beichtvater missbraucht.«

»Und mit diesem Widerspruch kannst du nicht umgehen? Der Besuch bei dem Priester hatte nichts mit der religiösen Einstellung meines Onkels zu tun. Er wollte die Last seines Wissens auf die Schultern eines Priesters abladen. Es war ein Trick, um –«

Rouge machte die Tür auf, und Ali versagte die Stimme. Sie kannte den Raum noch als Abstellkammer für Koffer, Kisten und Kasten, mit Regalen und einem kleinen Fenster an der hinteren Wand. Jetzt war das Gerümpel verschwunden, das Fenster war vergrößert worden und hatte die Form eines spitzbogigen Kirchenfensters. In buntem Glas konnte man das Bild von Persephone, der Frühlingsgöttin, bewundern.

Sämtliche Wände waren mit Bildern verziert. Etliche Symbole – Lämmer und Tauben, Metaphern der Dreieinigkeit und an die hundert Kreuzdarstellungen – waren dem christlichen Glauben entlehnt. Auf Sockeln standen geschnitzte Faune mit Flöten und andere Tiere mit menschlichen Zügen. Sie wandte sich den Bildern an der Längswand zu. Ihr Onkel hatte sich in seiner Jugend als Hobbymaler betätigt, und ihr Vater besaß mehrere Bilder aus jener Zeit – aber nichts, was dem hier ähnlich gewesen wäre.

Die Wand war über und über mit Darstellungen aus dem Alten Testament bedeckt. Im Mittelpunkt stand Gottvater, wie sie ihn aus der Sixtinischen Kapelle kannte, doch sein Gesicht war wutverzerrt. Es war ganz offensichtlich ein Bild jenes alten Gottes, den Onkel Mortimer einmal als zornig und verdrießlich beschrieben hatte, ein Gott, der die Gläubigen mit Krankheiten schlug und seine Kinder in Salzsäulen verwandelte, wenn sie ihm missfielen. Unter seinen dienstbaren Geistern befand sich auch der gehörnte Moses, wie Michelangelo ihn gemalt hatte. Weitere gehörnte Gestalten tanzten in hell lodernden Flammen herum. Bilder, die an die dritte Tafel des berühmten Tryptichons von Hieronimus Bosch erinnerten, zeigten die Martern der Verdammten, die Qualen des Fleisches. Die düstersten Szenen waren neuesten Datums und noch nicht vollendet. Sie erkannte die mit Bleistift vorgezeichneten Umrisse, die Figuren, denen noch Farbe, Licht und Schatten fehlten.

Das Wandgemälde war kein Meisterwerk, wirkte aber sehr arbeitsintensiv. Er musste Jahre dazu gebraucht haben.

Zwischen den geschnitzten Tierfiguren standen kleine Frauengestalten, eine sanfte Göttin der Erneuerung und eine Gottheit der Zerstörung. Alle pantheistischen Elemente der Natur aber wurden von dem Werk an der Wand förmlich erschlagen.

Aus Weihrauchtiegeln stieg ihr ein schaler Geruch in die Nase. Die vielen im Raum verteilten Kerzen waren heruntergebrannt. Auf dem Altar lag eine sogenannte neunschwänzige Katze, das traditionelle Werkzeug der Flagellanten.

Rouge Kendall wartete geduldig. Ali wählte ihre Worte sorgfältig, denn sie wusste nun, wen sie vor sich hatte und dass man einen Rouge Kendall nicht unterschätzen durfte.

»Ich würde sagen, dass es mit der Frühlingsgöttin angefangen hat.« Sie sah zu dem bunten Glasfenster hoch. »Vermutlich war das Fenster als Huldigung an die Natur gedacht, die er so sehr liebte – eine vielleicht exzentrische, aber im Grunde harmlose Geste. Er wollte sich wohl einen Raum der Besinnung schaffen, in dem er die Welt hinter sich lassen oder ein wenig Frieden finden konnte. In seiner Praxis hatte er es immer mit sehr ungewöhnlichen Fällen zu tun. Kein Wunder, dass er einen Zufluchtsort suchte.«

Sie drehte sich um. »Dann aber wurde der Gott des Alten Testaments übermächtig und verdrängte alles andere. Zu diesem Zeitpunkt wurde der Raum wahrscheinlich zu einer Andachtsstätte mit Altar und Kerzen.« Sie wandte den Blick von der Geißel ab. »Nun ist er dunkel und voller Gewalt und schenkt keinen Frieden mehr.«

»Hat er den Verstand verloren, Ali?«

»Seine Weltanschauung ist in eine Krise geraten.« Sie war selbst überrascht, wie ruhig ihre Stimme klang. »Der Druck, der daher rührt, einen Mörder zu decken, wird übermächtig. Er sieht sich nicht als willigen Komplizen, erkennt aber seine Seelenangst auch nicht als Anzeichen dafür, dass er Unrecht tut. Im Alten Testament wurden Gläubige und Sünder gleichermaßen bestraft. Du kennst die Bilder wahrscheinlich aus –«

Sie unterbrach sich. Rouge Kendall hatte mit seinem schärferen Verstand die Bedeutung dieses Raumes natürlich längst erkannt.

»Denken wir einmal weiter, Ali. Was ist, wenn er das Leid als Strafe auffasst und nicht als Glaubensprüfung? Wie sieht er sich wirklich? Als Gerechten oder als Sünder?«

»Du hast den Verdacht, dass –« Was sagten Rouge diese Bilder? »Er sieht sich als einen sehr moralischen Menschen. Das ist der Preis, den er zahlt, um ein Geheimnis zu bewahren, um an seiner Auffassung von Sitte und Anstand festzuhalten.«

Rouge schien nicht überzeugt. Er stand vor dem Altar, besah sich die Geißel, mit der seit Hunderten von Jahren Sünder Buße taten, und zog seine eigenen Schlüsse.

Sie trat zu ihm. »Für ihn wäre es leichter gewesen, uns alles zu sagen, und vielleicht wollte er das auch, aber er ist ein Gefangener seines strikten Moralbegriffs.«

Rouge Kendalls Gesicht verriet nichts. Schon als sie zusammen im Chor gesungen hatten, war den Kendall-Zwillingen nie anzusehen gewesen, was sie dachten. Für Ali gehörte Rouge, der überlebende Bruder, noch immer zu den Sonderlingen von St. Ursula, und eine leichte Scheu vor ihm würde ihr immer bleiben.

»Lass mich mit meinem Onkel sprechen, Rouge, ehe du den anderen von deiner Entdeckung erzählst, ja?«

Er nickte stumm. Vielleicht erwartete er noch eine Antwort auf jene Frage, die er vorhin gestellt hatte.

»Ja«, bestätigte sie. »Er hat den Verstand verloren.«

Als Ali ins Gewächshaus zurückkehrte, rührte ihr Onkel immer noch mit dem Messlöffel in dem blauen Keramiktopf herum.

Sie legte ihm leicht eine Hand auf die Schulter. Er nickte kurz. »Onkel Mortimer? Er will, dass ich leide, hast du vorhin gesagt. Hast du damit einen Patienten gemeint oder Gott?«

Er grub weiter in dem blauen Topf herum, ohne zu merken, welchen Schaden er damit den zarten Wurzeln zufügte.

»Bitte hör auf damit. Wir müssen miteinander reden, Onkel Mortimer. Ich habe deinen Andachtsraum gesehen.«

Keine Reaktion, nur das Kratzen des Messlöffels an der Topfwand. Sie wurde wieder zu dem kleinen Mädchen, das es gewöhnt ist, übersehen zu werden.

»Es ist so wichtig für mich. Kannst du mir nicht wenigstens einen kleinen Hinweis geben? Ich glaube, dass Gwen Hubble noch lebt.«

Er ignorierte sie völlig. Der Blumentopf und die Erde darin waren für ihn entschieden interessanter. Sie wurde wieder zu Sally, dem unsichtbaren Kind, das so viel weniger wichtig war als das, was in Onkel Mortimers Gewächshaus wuchs und blühte. Zu dem Kind, das die Erwachsenen links liegen ließen, über dessen Kopf hinweg sie sich unterhielten, während die kleine Sally sich immer mehr in sich selbst zurückzog.

Sie legte kurz einen Finger an die Narbe, dann schoss ihre Hand zornig vor und traf den blauen Keramiktopf, der herunterfiel und in tausend Stücke zersprang.

Ohne Überraschung, ja, fast resigniert betrachtete ihr Onkel die blauen Scherben auf den Steinplatten zu seinen Füßen.

Jetzt richtete auch sie den Blick nach unten, um sich den

Schaden zu besehen. Zwischen den braunen Erdklumpen blinkte etwas. Sie kniete sich hin und schob die Erde zur Seite, bis ein kleiner Ring zum Vorschein kam. Sie hielt ihn ans Licht, suchte nach den Initialen. S. R.

»Sarah Ryan, zehn Jahre alt«, flüsterte sie.

Als nächstes entdeckte sie das geweihte Amulett. »Mary Wyatt, zehn Jahre alt.« Unter ihren suchenden Händen kamen weitere kleine Gegenstände zum Vorschein, und jedem konnte sie einen Mädchennamen zuordnen. Trotzdem hätte sie das zarte Fußkettchen mit dem kleinen goldenen Oval fast übersehen. In das Oval waren die Buchstaben IIDH eingraviert.

Es hatte aufgehört zu regnen. Sie zogen sich unter die Bäume zurück. Bis hierher reichte das Wasser der Sprinkler nicht. Gwen hielt die Taschenlampe, während Sadie sich reckte, um mit einem Besenstiel an den Hund heranzukommen. »Ich glaube, er ist tot.«

»Nein«, sagte Gwen. »Das würde man sehen.« Sie sprach aus ihrer Erfahrung mit Generationen weißer Mäuse und Hamster. Als sie zum ersten Mal eine Maus reglos auf dem Käfigboden hatte liegen sehen, hatte sie gewusst, dass sie nicht schlief, obgleich sie vorher noch nie dem Tod begegnet war. Der Tod war etwas Unverwechselbares, er war nicht einfach Bewegungslosigkeit, sondern der endgültige Rückzug aus der Welt.

»Glaub mir, der Hund lebt noch.« Gwen rollte sich von der Plastikplane, die sie unter den Bäumen ausgebreitet hatten, und kroch auf Händen und Knien näher an das Tier heran. Die Wirkung der letzten Tablette ließ allmählich nach, sie hatte wieder Schmerzen.

»Gwen! Nicht!«

Sie hielt inne und legte, erschöpft von dieser kleinen Anstrengung, den Kopf auf die Arme. Sadie hatte Recht: Wenn der Hund sich unerwartet aufrappelte, würde sie nicht schnell genug zurückweichen können. Klug, wie er war, stellte er sich womöglich nur tot und wartete auf seine Chance.

Das Bein tat weh und wurde ihr immer mehr zur Last. Sie hob den Kopf und leuchtete den Hund mit der Taschenlampe an. Seine Wunde war klein – ein schwarzes Loch und viel Blut.

Jetzt bewegte er sich. Sein Jaulen klang fast menschlich. Auch er litt offenbar große Schmerzen. »Wir könnten ihm ein paar Tabletten geben. Wenn wir sie ins Hundefutter tun –«

»Fehlt nur noch, dass du ihn verbinden willst. Er würde es uns nicht danken, Gwen. Weißt du nicht mehr, wie er beim letzten Mal reagiert hat?«

»Er liegt im Sterben. Und er hat größere Angst als wir.« Gwen konnte sich gut vorstellen, wie entsetzlich es sein musste, in so einer Stunde allein zu sein. Schmerzen waren gar nichts dagegen.

Sadie nahm Gwen die Taschenlampe ab und ging durch den Gang mit den Pilzkulturen nach hinten. Als sie zurückkam, hatte sie eine Schüssel mit Hundekuchen in der Hand, die in Wasser aufgeweicht waren. Weiße Pillen schwammen darin.

Sie gab Gwen die Taschenlampe. »Leuchte mal!« Sadie war nur als dunkler Umriss zu erkennen, als sie sich in den Bannkreis der Kette wagte und auf den regungslosen Körper im Scheinwerferkegel zuging. Der Hund jaulte noch einmal auf, konnte aber den Kopf nicht mehr heben.

Mit großen Augen sah Gwen zu, wie Sadie das Undenkbare wagte. Sie holte einen matschigen Klumpen aus der Schüssel und streckte ihn dem Hund auf der flachen Hand hin. Die große raue Zunge leckte das Futter von der weißen Kinderhand. Gwen, die Tiere so liebte, hätte das nie fertiggebracht. Sadie blieb bei dem Hund, streichelte ihn, flüsterte ihm liebevoll-sinnloses Zeug ins Ohr. Alle Bosheit war von dem Tier gewichen, in seinen Augen standen nur noch zärtliche Trauer und Dankbarkeit. Er leckte Sadie noch immer die Hand, als schon längst kein Futter mehr darin war.

Und dann war er tot. Gwen hatte den Augenblick genau erkannt. Sie hätte nur nicht sagen können, ob er beim Einatmen oder beim Ausatmen gestorben war. Was jetzt dort lag, war nur noch eine leere Hülle. War der Hund vom Tod überrascht worden, oder hatte er das Ende begrüßt?

Sadie kam zurück und setzte sich neben sie auf den Boden.

Gwen schlang die Arme um die Knie. »Von mir aus können wir jetzt wieder in die Grube zurückgehen.« Sie fröstelte unter ihrem Umhang aus Handtüchern. Ihr Parka war noch nicht trocken. Es wurde immer kälter. Als sie wieder in ihrem Erdloch lagen, fragte Gwen: »Glaubst du, dass der Hund eine Seele hat? Vielleicht streicht sie noch im Keller herum wie Griffin in *The Invisible Man.*«

»Claude Rains, 1933«, sagte Sadie prompt. »Mr. Caruthers hat mal gesagt, dass du zu prosaisch bist, aber das stimmt gar nicht. Du siehst viele Sachen, die gar nicht da sind.«

Und mit diesem Satz war der Hund endgültig verschwunden. *Braver Hund.* Gwen musterte die Grube. »Was würden unsere Eltern wohl sagen, wenn sie uns jetzt sehen könnten?«

»Meine Mutter würde sagen, dass ich in meinem Element bin. Das sagt sie immer, wenn ich mich tot stelle.« Sadie legte sich ein Stück Plastikplane als Regenschutz über den Kopf. »Bin gleich wieder da«, sagte sie über die Schulter. Das Licht verschwand hinter dem dicken Stamm einer Eiche.

Gwen horchte auf das Pladdern der Regentropfen.

Sie hatte das Gefühl, dass die Schmerzen nachgelassen hatten. Bald konnte sie die Schwärze des Kellers nicht mehr von der Schwärze hiner ihren Lidern unterscheiden, die immer schwerer wurden und schließlich zufielen.

Als sie von einem stechenden Schmerz im Bein aufwachte, hatte der Regen aufgehört. Es war ganz still. Gwen spannte alle Sinne an, um einen Laut zu erhaschen. Die Stille war ungeheuerlich, sie war höher als die Bäume und drohte Gwen zu erdrücken. War sie allein? Drohend, höher als der Himmel, ragte die Stille über ihr auf. »Sadie!«, schrie sie in das gnadenlose Schweigen hinein.

Hinter dem zuckenden Lichtkegel der Taschenlampe kam die Freundin in Sicht. Sie war voller Erde.

»Was hast du gemacht?«

»Erzähl ich dir später.«

»Du hast eine neue Grube gegraben?«

»Ja. Neben dem Baum, den die Pilzfrau Samuel getauft hat. Ganz flach, damit wir schnell rauskommen. Da sucht er uns bestimmt nicht. Wenn er hinten im Keller nachsieht, wo die guten Verstecke sind, können wir, sobald die Tür offensteht –«

»Ich lass mich nicht begraben.« Gwen dachte an die krabbelnden Käfer, die zuckenden Fühler, die versuchten, einen Zugang zu ihrem Körper zu finden. »Ich kann nicht zurück in die Erde.«

Sadie legte ihre Arme um sie. »Du bist doch jetzt auch drin.«

Gwen schüttelte den Kopf. Sie mochte nicht an Gräber denken. Und noch etwas ließ ihr keine Ruhe. »Er hatte einen Revolver. Warum ist er einfach wieder weggegangen?«

»Du hast doch gesehen, dass der Hund ihn gebissen hat.«

»Aber er hinkte nicht einmal.«

»Du hast auch nicht gleich gehinkt. Wahrscheinlich wollte er sich erst verarzten. Der kommt wieder!«

»Aber er hatte einen Revolver, Sadie. Er hat gehört, wie du ›Geronimo‹ gerufen hast. Warum hat er nicht –«

»– auf mich geschossen? Überleg doch mal, Gwen. Was hat er danach gemacht? Das Licht und die Heizung abgestellt. Die Spannung zu steigern – das ist das Wichtigste in jedem guten Horrorfilm.«

Gwen nickte. »Er zieht es in die Länge, um uns zu quälen. So wie er den Hund gequält hat.«

»Genau. Der Hund ist tot. Wir sind seine neuen Hunde.«

Gwen leuchtete den toten Hund an. »Schon wieder ein anderes Szenario ...«

»Nein, Gwen, es ist immer derselbe Film. Wir müssen auf den Überraschungseffekt setzen.«

»Aber bisher hat es nicht funktioniert.«

»Reine Formsache.«

»Heute ist Weihnachten. Morgen ist Miss Vickers wieder da, sie kommt immer –«

»Ich glaube nicht, dass sie kommt, Gwen.« Sadie richtete den Strahl der Taschenlampe auf die Tagebücher und schlug die letzte Eintragung des laufenden Jahres auf. »Siehst du diese krakelige Linie, die über die Seite rausgeht? Ich glaube, das war der Augenblick, in dem Miss Vickers begriffen hat, dass sie sterben muss.«

»Vielleicht war sie nur müde.«

»Und was ist mit den Pillen, die im weißen Zimmer aus dem Röhrchen gefallen waren? Siehst du sonst noch irgendwo so eine Krakellinie?« Sie blätterte die anderen Tagebücher durch und hielt sie Gwen hin.

»Hör auf.«

»Sie kommt nicht wieder, Gwen. Wenn wir warten, bis –«

»Schon gut. Wir können also nicht auf Hilfe hoffen.«

»Na endlich!« Sadie belohnte ihre begriffsstutzige Schülerin mit einem Lächeln.

»Aber ich lass mich nicht begraben.« Schon jetzt hatte Gwen das Gefühl, als sei sie nicht mehr ganz da, als verlasse sie Stück für Stück diese Welt. »Wenn ich erst drin bin, komme ich nie wieder raus.«

»Das üben wir jetzt mal.«

»Du weißt genau, dass ich es nicht schaffe, Sadie. Aber allein hast du eine Chance.«

Sadie leuchtete ihr lächelndes Gesicht an. Was für eine Idee – die beste Freundin im Stich zu lassen!

Gwen rückte rasch aus dem Lichtkreis der Taschenlampe.

Sadie sollte ihre Tränen, ihren zuckenden Mund nicht sehen. Sie sollte nie erfahren, dass Gwen mit zwei gesunden Beinen keine Bedenken gehabt hätte, ohne Sadie die Flucht zu wagen. Gwen drückte fest auf die Wunde, um sich mit dem Schmerz zu bestrafen.

10

Sadie, die sich zum Schutz gegen Kälte und Nässe einen alten Sack über die Schultern gelegt hatte, wechselte den Verband und rollte dann behutsam Gwens zerrissenes Hosenbein wieder herunter.

»Nimm meinen Anorak«, sagte Gwen. »Ich brauche ihn nicht, ich –«

»Nein, den behältst du schön an!« Sadie umwickelte Gwens Füße mit Stofflappen, die sie an den Knöcheln mit einer Schnur festband. Zum Barfußlaufen war es zu kalt. Dann machte sie sich daran, die Fetzen der Stoffpuppe einzusammeln, die unter den Bäumen herumlagen, setzte sich im Schneidersitz auf den Boden und stach auf die ausgestopften Teile ein.

Gwen hatte sich an den Stamm des abgestorbenen Eichbaums Samuel gelehnt und sah ihr zu. »Mir ist furchtbar heiß. Ich brauche den Parka nicht.«

»Und ich will ihn nicht.« Sadie fing wieder an, die Klinge an der Wand zu wetzen. »Erinnerst du dich noch an das Video, das wir uns am Samstag angesehen haben, das mit dem Axtmörder? Geil, nicht?«

»Du bist bestimmt schon halb erfroren.«

»Und du musst dich warm halten. Du willst doch nicht, dass es schlimmer mit dir wird.«

Konnte es überhaupt noch schlimmer werden? Gwen machte den Anorak auf und wischte sich den Schweiß von der Stirn. Ihre Haut glühte. Gnadenlos knirschte Metall auf Stein. »Warum tust du das eigentlich?«

»Ich arbeite an Plan B. Die Klinge muss noch schärfer werden. Er hat bestimmt ein Jackett an, sie muss also durch mehrere dicke Stoffschichten durch. Das ist mit der schlimmste Fehler, der in einem Film passieren kann – dass das Messer in den Körper reingeht wie in Butter. Im wirklichen Leben ist das nämlich nicht so einfach. Schau mal her, Gwen.« Sie legte die Klinge aus der Hand, ging in die Knie und rutschte auf den Kniescheiben nach vorn. »Wer bin ich?«

»Blizzard, der Mann ohne Beine in *The Penalty*.« Gwen überlegte einen Augenblick. »1920?«, setzte sie zögernd hinzu.

»Richtig.« Sadie stand auf und verschränkte die Hände hinter dem Rücken, so dass man nur noch die schmalen Schulterblätter sah. »Und jetzt?«

Das war fast zu einfach. »Alonso der Armlose aus *The Unknown*, 1927.«

Sadie drehte sich einmal um die eigene Achse. Gwen schnappte nach Luft. Sadie fletschte in einem teuflischen Grinsen zwei Reihen messerspitzer Zähne. Wie hatte sie das nur gemacht? Jetzt konnte Gwen es erkennen: Sie hatte sich Papier in den Mund gesteckt, auf das mit schwarzer Farbe die Zähne aufgemalt waren.

Gwen klatschte Beifall. »Der Vampir in *London After Midnight* aus demselben Jahr. Toll! Du hast mir einen Mordsschrecken eingejagt.«

Sadie nahm die Papierzähne aus dem Mund. »Das war auch der Sinn der Sache: Ich stärke deine Horrormuskeln.« Sie griff nach der Klinge und stach damit erneut auf die zerfetzte Puppe ein.

Gwen besah sich nachdenklich Sadies Papiergebiss. »Weißt du, was einen wirklich guten Horrorfilm ausmacht?«

Sadie sah auf. »Da muss ich passen. Bin wohl heute nicht so gut drauf.«

»Nicht die Monster, auch wenn die noch so gruselig sind. Das Schärfste an einem Horrorfilm ist ein Schock in einer ganz alltäglichen Welt. Wie deine Papierzähne. Nein. Wie Blut am Bart vom Weihnachtsmann.«

»Jetzt hab ich's kapiert.« Sadie hockte sich vor der Leiche ihres früheren Widersachers hin, leuchtete erst ihn und dann ihr Gesicht an, auf dem ein harmloses Lächeln lag. »Wir könnten ihn essen.«

»Das ist nicht komisch.« Gwen schüttelte den Kopf. Sadie hatte sie wohl missverstanden. »Der Hund ist nicht –« Sie verstummte jäh, als Sadie sich mit Blut aus der Wunde das Gesicht beschmierte, und sah auf. Sadie hatte sie offenbar sehr wohl verstanden, nur hatte Gwen an so etwas eigentlich nicht gedacht. »Ich glaube kaum, dass es ihm davor graut.«

»Wetten, dass er es nie mit gefährlicheren Gegenspielern als mit kleinen Kindern zu tun hatte? Der Typ ist ein Hosenscheißer.« Sadie strich dem toten Hund übers Fell und setzte sanfter hinzu: »Der Hund hatte sehr viel mehr Mumm in den Knochen.«

»Wir haben es mit einem ausgewachsenen Mann zu tun, Sadie, er –«

»Überleg doch mal, Gwen. Das, was du vorhin gesagt hast – das mit dem Blut am Bart vom Weihnachtsmann –, ist schon richtig gedacht. Die Fliege ist stärker als wir, die Macht liegt bei ihm, und weil er das weiß, flippt er garantiert aus, wenn wir auf ihn losgehen. Das erwartet er nämlich nicht.« Sie fuhr sich in einer Zickzacklinie mit dem blutigen Finger über die Wange. »Dem wird ganz schön die Muffe gehen. Sieht das aus wie ein Blitz?«

Gwen nickte.

Sadie spiegelte sich in der blitzenden Klinge, die einmal eine Hälfte von Miss Vickers Gartenschere gewesen war. »Schade, dass ich mein Technicolor-Kunstblut-Kit nicht dabei habe. Richtiges Blut ist lange nicht so wirkungsvoll.«

»Wir kommen gegen ihn nicht an, Sadie. Versucht haben

wir es doch schon. Wenn der Hund es nicht geschafft hat, schaffen wir es erst recht nicht.«

»Und was war in *Freaks*?«

Gwen nickte ein bisschen zerstreut. Sadie spielte auf die Zwerge und Gnome an, die einen Feind von der Größe eines Erwachsenen überwältigt und in handliche – oder besser gesagt mundgerechte – Stücke zerlegt hatten. Der alte Film, ein Prunkstück in Sadies Sammlung, verursachte ihr immer noch Albträume.

»Weißt du, was Mr. Caruthers sagen würde?« Sadie strich sich über einen imaginären grauen Bart und blickte mit leichtem Silberblick ins Weite. »Ein interessantes Logikproblem … Aber wenn wir hier herumsitzen und Däumchen drehen, kommt der Kerl und bringt uns um.« Sie bohrte die Klinge in die Stoffpuppe. »Wir müssen ihm zuvorkommen. Vor einer Stunde warst du noch dafür.«

Gwen legte die Hand über die Augen, weil der Strahl der Taschenlampe sie blendete. Sie wollte nicht sehen, was die Freundin mit dem Hundeblut anstellte. Und sie konnte nicht erklären, was sie zu dem Sinneswandel bewogen hatte. Nicht so jedenfalls, dass ihre beste Freundin, die Herrin über den Horror, es verstehen würde. Gwens Mut kam in Schüben, die nie länger als eine Stunde anhielten. Obgleich der Hundekadaver nur ein, zwei Meter von ihr weg war, lag ihr der Gedanke an den Tod jetzt so fern wie der Mond.

Einen Menschen zu töten – das kam ihr undenkbar, ja, völlig unmöglich vor.

»Leben zu vernichten ist ein Unrecht.« Gwen wusste sehr wohl, dass sie sich damit um die eigentliche Wahrheit herumdrückte, aber es klang plausibel. An ihrem Fuß krabbelte eine Spinne vorbei. Im Gegensatz zu den Käfern, die in der Grube auf ihr herumgekrochen waren, schien die Spinne relativ harmlos, wie sie da mit ihren acht Beinen zielbewusst in eine ganz bestimmte Richtung strebte. »Pater Domina sagt, dass alles Leben heilig ist.«

Sadie lächelte, und die blutigen Blitze auf ihren Wangen zuckten. »Wo ist dein Humor geblieben?«

»Begreifst du eigentlich, was der Tod ist?« Gwen hob die Hand und ließ sie auf die unglückliche Spinne niedersausen. Sie streckte Sadie ihre Handfläche hin, an der das zerquetschte Tier klebte. »Das ist der Tod. Du kannst ihn nicht rückgängig machen. Nie.«

Die Spinnenbeine zappelten noch eine Weile. Die beiden Mädchen sahen fasziniert zu, bis sie ein letztes Mal zuckten und dann still lagen.

»Cool!«, sagte Sadie. »Ich glaube, du hast es erfasst.«

Gwen schüttelte die Reste des Spinnenkörpers ab. Alles, was von dem armen unschuldigen Tier blieb, war ein feuchter Fleck auf ihrer Hand.

»Das war wirklich nicht so schlimm.«

»Glaub mir, ein tüchtiger Schock wirkt Wunder«, versicherte Sadie. »Wenn er mein Gesicht sieht, dreht er durch.«

»Ich könnte mir denken, dass er schon gruseligere Sachen gesehen hat.« Gwen begutachtete das symmetrische Zickzackmuster auf Sadies Wangen. Dann ging ihr Blick an den Reihen der Tische mit den Pilzkulturen entlang. Unter jedem stand ein hölzerner Karren. Warum hatte er die Gräber in der Mitte der Reihe gegraben? Warum nicht am Anfang oder am Ende? Waren hier vielleicht noch mehr –

»Mag sein«, sagte Sadie. »Aber mit Hilfe des Überraschungseffekts müsste es trotzdem klappen. Wir brauchen eine Ablenkung, etwas wirklich Krasses. Also lauern wir ihm an der Tür auf. Vielleicht nicht in der Grube, sondern nur mit ein bisschen Erde im Gesicht als Tarnung, und wenn er reinkommt, sieht er auf der anderen Seite vom Keller etwas, das er sich genauer angucken will, und sobald er hingeht, rennen wir raus und schließen ihn ein. Schlau, was?«

Gwen senkte den Kopf. »Das kann nicht klappen.« Sie konnte sich einfach nicht vorstellen, dass sie sich aus ihrem eigenen Grab je wieder würde erheben können. Sie würde lebendig begraben darin liegen bleiben, während die Insekten ihr in die Ohren und die Nasenlöcher krochen. Und in den Mund, wenn sie ihn zu einem Schrei öffnete. Hilflos würde sie auch noch dem kleinsten Käfer ausgeliefert sein.

Sadie glaubte ernsthaft, einen erwachsenen Mann besiegen zu können. Aber das war unmöglich.

»Du weißt, dass ich nicht rennen kann.«

»Ich helfe dir«, sagte Sadie.

»Verstecken ist besser.«

»Hier könnten wir uns höchstens unter der Erde verstecken, und das willst du ja nicht. Es ist immer noch besser, etwas zu unternehmen, als tatenlos abzuwarten.«

»Ich weiß, dass Miss Vickers nicht zurückkommt. Aber was ist mit unseren Eltern? Mit der Polizei? Du denkst, die haben uns aufgegeben, nicht?«

»Nein, aber es kann sehr lange dauern, bis sie uns finden.« Sie kniete sich neben Gwen und legte eine Hand an ihr Gesicht. »Du verbrennst mir noch. Ich muss dich hier rausbringen.«

Gwen legte ihren Kopf in Sadies Schoß. Sie hatte große Mühe, die Augen offenzuhalten. »Versprich mir, dass du mich nicht eingräbst, selbst wenn du glaubst, dass ich tot bin!«

»Ich verspreche dir, dass du nicht stirbst.« Sadie strich mit ihrer kühlen Hand sanft über Gwens Stirn.

Gwen setzte sich auf und leuchtete ihre Freundin an. Sie musste sicher sein, dass Sadie sie nicht mit einer tröstlichen Lüge abspeiste. »Du gräbst mich nicht ein? Bestimmt nicht?«

»Großes Ehrenwort. Und jetzt denk nicht mehr an den Tod.« Sadie stand auf und legte eine Plastikplane über den Hund, um Gwen den Tod auch aus den Augen zu schaffen.

»Nimm du den Anorak, Sadie.« Gwen versuchte, ihn auszuziehen, aber dazu reichte ihre Kraft nicht mehr. »Du musst vielleicht lange laufen, bis du Hilfe findest. Es ist doch vernünftig, wenn eine von uns –«

Sadie zog den Anorak glatt und machte den Reißverschluss

wieder zu. »Du bist sehr krank«, sagte sie mit sanftem Vorwurf.

»Kümmer dich nicht um mich, Sadie, sondern lauf, wenn du die Chance hast.« *Bitte lass mich nicht allein.* »Er hat eine Pistole. Mit deinem Messer kommst du dagegen nicht an.« *Wenn du mich allein lässt, sterbe ich.* »Den Kampf gegen einen Erwachsenen kannst du nicht gewinnen. Du musst vor ihm weglaufen.« *Geh nicht!*

Sie rückten dicht zusammen, die weichen Wangen berührten sich. Es war sehr still. Und dann flüsterte Sadie: »Denkst du wirklich, ich lass dich hier allein? Kommt überhaupt nicht infrage!«

Arnie Pyle und Rouge Kendall saßen auf der Bürocouch, Ali Cray gegenüber von Captain Costello am Schreibtisch. Marge Jonas stand am Fenster und sah durch die Ritzen der Jalousie auf die Cranberry Street herunter. Dicke Wolken hatten die Sonne verdeckt. Hinter ihr beantwortete Costello gerade Alis Frage.

»Nein, Ihr Onkel hat nichts rausgelassen. Kein Geständnis, kein Dementi, nichts.« Er lehnte sich zurück und verdrehte die Augen, als könne er es selbst nicht recht fassen. »Er hat auf einen Anwalt verzichtet, aber auf Betreiben des Bezirksstaatsanwalts war ein Arzt anwesend.«

Er wandte sich an die Frau am Fenster. »Hör zu, Marge, versuch rauszukriegen, wieso diese Trottel von Ortspolizisten in genau drei Minuten einen Herzspezialisten herbeigezaubert haben. Manchmal hab ich das Gefühl, dass mir die ganze Mannschaft auf der Nase rumtanzt.«

»Ich kümmere mich drum«, sagte Marge, ohne sich umzudrehen. Er konnte in ihrem Gesicht lesen wie in einem Buch, deshalb traute sie sich nicht, ihn anzusehen, wenn sie schwindelte. Aus einem dunkelgrauen Himmel schwebten die ersten Schneeflocken zur Erde. Es war fast zwölf Uhr mittags und den ganzen Tag über schon so dunkel, dass sie sich nicht gewundert hätte, wenn hinter den dicken Wolken der Mond hervorgekommen wäre.

Drei Passanten, die offenbar irgendetwas verband, blieben auf dem Gehsteig stehen, auch wenn sie sich nicht begrüßten und nicht miteinander sprachen. Schattenlose Gestalten in einer sonnenlosen Welt. Wie auf Verabredung drehten sich alle drei um und sahen zu dem Fenster hoch. Marge trat einen Schritt zurück. Im grellen Licht der Bürobeleuchtung kam sie sich plötzlich wie nackt vor.

Costello hatte sich wieder Ali Cray zugewandt. »Stellen Sie sich mal vor, der Alte stirbt uns an einem Herzschlag, sagt der Bezirksstaatsanwalt zu mir. Dann machen sie uns doch in den Abendnachrichten fix und fertig. Also besorgen Sie schon einen Arzt. Und kaum hat er ausgesprochen, kommen die beiden Ortspolizisten mit diesem ...«, er sah auf seine Akten hinunter, »... mit diesem Dr. William Penny im Bademantel um die Ecke. Sie kennen den Mann?«

Marge warf einen vorsichtigen Blick über die Schulter. Ali Cray nickte unverbindlich. Chief Croft hatte den richtigen Riecher gehabt. William Penny hatte wohlweislich die Einzelheiten der ungesetzlichen Verhaftung wie auch die Fakten seiner Affäre für sich behalten.

Inzwischen war die Gruppe unten auf dem Gehsteig größer geworden. Was wollten die Leute? Gefährlich wirkten sie nicht – eher wie ein verlorener Haufen von einem anderen Stern, der darauf wartete, dass man ihm den Weg wies.

Sie hörte Costello mit dem Bleistift auf die Schreibtischplatte trommeln, ein sicheres Zeichen dafür, dass ein Unwetter am Horizont aufzog. »Ist William Penny den Cops gegenüber immer so misstrauisch?«, fragte er Ali. »Man hat fast den Eindruck, dass er mit der Polizei schon schlechte Erfahrungen gemacht hat.«

Marge zuckte leicht zusammen.

»Er ist der Arzt meines Onkels. Mehr weiß ich nicht über ihn. Geht es Onkel Mortimer gut?«

»Aber ja, prächtig sogar. Dieser verdammte Herzspezialist hat Ihrem Onkel, nachdem wir ihn gerade mal fünf Minuten vernommen hatten, eine Beruhigungsspritze verpasst und mich angegrinst, als wäre es ihm ein Hochgenuss, mir eins auszuwischen. Und dann kreuzte dieser Anwalt auf – ich könnte wetten, dass Dr. Penny ihn verständigt hat – und ließ seine Beziehungen spielen, damit Ihr Onkel unter der Obhut seines Onkel Doktors nach Hause gehen konnte.«

»Das ist unverständlich!« Rouge sprang zornig auf. »Ich habe das Fußkettchen identifiziert. Es gehörte meiner Schwester.«

Costello zuckte die Schultern. »Das ist Beweismaterial aus einem Fall, der inzwischen abgeschlossen ist und in dem wir nicht ermitteln.«

»Aber die beiden Fälle gehören zusammen. All diese –«

Costello hob resigniert beide Hände. »Ich gebe nur die Meinung des Staatsanwalts wieder. Mortimer Cray war bei Paul Marie im Gefängnis. Wir können nicht mit letzter Sicherheit ausschließen, dass er das Fußkettchen von dem Priester bekommen hat. Wenn wir nicht beweisen können, dass es zwischen den beiden keine Arzt-Patient-Beziehung gegeben hat, macht dieser Besuch das Beweismaterial wertlos.«

Die Gruppe vor dem Haus war noch größer geworden, still und unauffällig kamen immer mehr Menschen hinzu. Und es schneite weiter. Noch immer hatte Marge nicht das Gefühl, dass sich dort etwas Bedrohliches zusammenbraute. Die Menschen da unten wirkten hilflos. Manche hielten sich bei der Hand, vielleicht, um sich Mut zu machen, vielleicht auch, um an diesem dunklen Mittag aneinander Trost zu finden.

»Wer weiß, vielleicht sammelt der Seelenheini Souvenirs von seinen Patienten. Das Zeug in dem Blumentopf könnten gut und gern fünf Sittlichkeitsverbrecher zusammengetragen haben, so hat jedenfalls der Anwalt argumentiert. Die Beschreibung der Schmuckstücke kennen wir nur aus Alis Berichten, und das, sagt dieser Schwachkopf von Staatsanwalt, reicht nicht, um Mortimer Cray wegen Mord, Verschwörung oder Behinderung der Justiz anzuklagen. Nicht mal, wenn wir beweisen könnten, dass alle Schmuckstücke mit einem toten Kind in Zusammenhang zu bringen sind. Das hier kommt aus dem Büro des Staatsanwalts.« Er las vor: »Ein Psychiater kann nicht dazu gezwungen werden, bei einem Verbrechen, das ein Patient in einem anderen Staat begangen hat, gegen ihn auszusagen.« Er sah Rouge an. »Und damit sind wir aufgeschmissen. Der Mord an Ihrer Schwester ist geklärt, für die übrigen Fälle sind andere Bundesstaaten zuständig. Zugegeben, es gibt hier eine gewisse Grauzone, und unser Bezirksstaatsanwalt ist ein Trottel und außerdem sauer, weil ich auf einen Durchsuchungsbefehl bestanden habe, den er mir verweigern wollte. Möglicherweise ist das, was er hier ausführt, juristisch also gar nicht haltbar, aber wir kommen an ihm einfach nicht vorbei.« Der Captain schob seinen Stuhl zurück und wandte sich wieder an Ali. »Im Übrigen wissen Sie doch ganz genau, dass die Kinder inzwischen beide tot sind. Sie hatten von Anfang an Recht. Fröhliche Weihnachten allerseits.«

Marge ließ sich auf einen Stuhl am Fenster sinken. Es war, als wollte Ali etwas sagen. Gab es noch eine Hoffnung für die kleinen Mädchen? Ali Cray ließ die Schultern sinken. Sie hatte feuchte Augen. Eine Hand war in hilflosem Zorn zur Faust geballt.

Marge konnte Costello nur im Profil sehen. Sie musterte ihn unauffällig. Er hatte sich heute früh nicht rasiert – ein schlechtes Zeichen. Auch die zwischen den Akten auf dem Schreibtisch herumliegenden Plastikdosen und Pappbecher ließen tief blicken.

Als sie wieder zum Himmel hoch sah, kam es ihr vor, als hätten sich die Wolken in den letzten Minuten tiefer zur Erde gesenkt. Würde ihnen gleich der Himmel auf den Kopf fallen?

Sie zählte jetzt fünfzehn Leute, die unten auf dem Gehsteig

standen und zu ihr hinaufsahen. War es das Licht, das sie magisch anzog?

»Ich brauche einen Durchsuchungsbefehl für Oz Almos Haus.« Rouge Kendall marschierte zornig in Richtung Tür.

»Halt, Rouge!«, sagte Costello energisch. »Die Sache ist gelaufen. Hier wird jetzt nur noch nach Leichen gesucht.«

»Mortimer Cray hat nicht gestanden.« Rouge ging zurück zum Schreibtisch, legte die Hände flach auf die Schreibtischplatte und sah Costello ins Gesicht. »Und Sie glauben auch nicht, dass es der Alte war.« Das war keine Frage, sondern ein Vorwurf. »Ich muss zu Almo ins Haus! Wenn Sie wollen, gehe ich selbst zu Richter Riley und hole mir den Durchsuchungsbefehl.«

Marge suchte den Blick des Captains und nickte ihm bittend zu. *Tu ihm doch den Gefallen.*

»Nein, nicht heute«, beschied Costello seinen neuen Mitarbeiter. »Wie oft soll ich es Ihnen noch sagen: Es gibt keine hinreichenden Verdachtsmomente. Sie wissen so gut wie ich, dass Sie nur alte Rechnungen begleichen wollen. Sie kümmern sich jetzt um das Material, das auf Sorrels Schreibtisch liegt. Und vorher gehen Sie noch bei Dr. Chainy vorbei und versuchen, etwas aus ihm rauszuholen. Ich habe immer noch den Eindruck, dass er uns etwas verschweigt.«

Marge merkte, dass Rouge schon ein neues Argument auf der Zunge lag, und auch Costello ahnte es wohl und schüttelte den Kopf. »Ihren Durchsuchungsbefehl kriegen Sie nicht, und wenn Sie sich auf den Kopf stellen. Und jetzt ab mit Ihnen!«

Arnie Pyle folgte Rouge. Als die beiden fort waren, machte Ali Cray ein Gesicht wie ein Kind, das nicht in die Baseballmannschaft gewählt worden ist. Leise stand sie auf und verließ ebenfalls den Raum.

Die Menge unter dem Fenster hatte sich verdoppelt, nein, verdreifacht, die Menschen standen bis auf die Fahrbahn, so dass die Autos um sie herumkurven mussten. Meg überlegte, ob sie Costello darauf aufmerksam machen sollte. Aber was sollte sie sagen? *Entschuldige, Leonard, die Leichendiebe sind hier.* Der Captain hatte den Film gesehen und würde wohl wissen, wie mit ihnen umzugehen war.

Marge drehte sich um. »Soll ich den Troopers sagen, dass sie im Atrium des Briefträgers nicht mehr weiterzugraben brauchen? Es ist Weihnachten, sie haben alle –«

»In Ordnung. Du kannst sie abziehen.«

»Und kann ich ihnen sagen, warum sie in dem Atrium gegraben haben? Von ihrem Vorgesetzten erfahren sie nichts, aber sie wollen natürlich –«

»Nein, das behältst du bitte für dich. Es wäre ein gefundenes Fressen für die Presse, und so was hätte mir jetzt gerade noch gefehlt. Ich kann nur hoffen, dass sie von den Schmucksachen der Kinder, die wir gefunden haben, keinen Wind kriegen. Es waren jede Menge Trooper dabei, als –«

»Du behandelst jeden Cop in Uniform wie einen Trottel.«

»Ich kann mir keine undichten Stellen leisten.« Er schlug mit der flachen Hand auf die Schreibunterlage. Das Plastikgeschirr schepperte. »Diesen verdammten Reportern geht es doch nur um einen Knüller für ihre Groschenblätter, und ihre Leser sind nicht besser. Abschaum, alle miteinander.«

»Rouge hatte Recht – du glaubst nicht, dass es Dr. Cray war, stimmt's?«

Costello nickte. »Der Junge ist auf der richtigen Spur.«

»Warum hast du ihm dann nicht zu seinem Haussuchungsbefehl verholfen?«

»Du weißt genau, wie Rouge zu Almo steht. Nach allem, was man hört, hat der Typ seiner Familie übel mitgespielt. Hat sie nach Kräften ausgenommen – wenn nicht noch Schlimmeres.«

Er sah Marge an. »Sag den Jungs, sie sollen aufhören zu graben«, setzte er ruhiger hinzu, »aber von Pilzen oder Trüffeln lässt du nichts verlauten, ist das klar?«

Sie blickte wieder aus dem Fenster. Es hatte aufgehört zu

schneien, und die Menge dort unten hatte sich offenbar jetzt vollständig versammelt, sie konnte keine Nachzügler entdecken. Ja, natürlich: Es war zwölf Uhr mittags – die Stunde für den Showdown in jedem anständigen Western.

Eine brennende Kerze war zu sehen, noch eine und noch eine, dazu Feuerzeuge und flackernde Streichhölzer. Die vielen kleinen Flammen standen unbeweglich in der windstillen Luft.

Darauf also lief es hinaus! Wussten die Leute nicht, dass Mahnwachen normalerweise nachts stattfanden?

Egal – heute war eben verkehrte Welt. Aus Hand- und Hosentaschen wurden Harry Greens Flugblätter hervorgeholt. Im Licht der Kerzen waren die beiden kleinen Mädchen zu sehen, und selbst aus dieser Entfernung konnte Marge mühelos die nur aus einem Wort bestehende schlichte Botschaft lesen.

»Der Abschaum, von dem du gesprochen hast, steht unten, Leonard«, sagte sie leise.

Er trat zu ihr. »Großer Gott!«

Seine Züge erschlafften jäh. Hätten die Leute dort unten gelärmt, lautstark Gerechtigkeit gefordert oder zornig aufbegehrt, hätte er damit umgehen können. Für diese stumme Bitte aber gab es keine Dienstvorschrift. Zwei Kinder aus dem Ort waren verschwunden, und die Bevölkerung forderte höflich und bescheiden, er, Captain Costello, möge sie doch bitte aufspüren und nach Hause bringen.

Was sollte er machen? Der Captain schloss die Augen.

»Vielleicht hast du zu früh aufgegeben?«

»Lass mich in Ruhe!«, sagte er mit rauer Stimme. Er drehte sich zu ihr um und ließ das Rollo vor der verglasten Bürotür herunter. »Du kannst mir nur noch einen Gefallen tun. Ich setze mich jetzt hin und schütte mich zu. Wenn jemand anruft, weißt du nicht, wo ich bin. Klar?«

Sie nickte. Die Tür fiel zu, der Schlüssel drehte sich im Schloss.

Als Marge wieder von ihrer Tastatur hochsah, war es drei. Eigentlich hätte sie heute, am Weihnachtstag, keinen Dienst gehabt. Sie saß nur deshalb noch hier, weil ein gewisser Jemand inzwischen sturzbetrunken hinter einer abgeschlossenen Tür saß oder inzwischen wohl lag, denn mit der Trinkfestigkeit des Captain war es, wie Marge nur zu gut wusste, nicht weit her. Sie trat an die Tür, legte eine Hand an den Rahmen und flüsterte: »Fröhliche Weihnachten.«

Dann notierte sie auf ihrem Block ein paar Sachen, die sie noch im Lebensmittelladen in der Harmon Street kaufen wollte, dem einzigen Geschäft in Makers Village, in dem man sich sogar am Weihnachtstag mit Lebensmitteln eindecken konnte. Ach ja, und sie würde dem Captain aus seinem Sommerhaus ein sauberes Hemd und sein Rasierzeug holen. Beides würde er morgen früh brauchen. Und weil sie sich nach einer zehnjährigen Beziehung auch in seinem Wäschefach auskannte, kamen unter »1/2 1 Milch« und »1 Gl. Mayo« auch Socken, Unterhemd und T-Shirt auf ihre Liste.

Agent Arnie Pyle stand nah am Ufer, und in einigem Abstand zu den uniformierten Cops. Hätten sie gewusst, was für ein ausgemachter Lügner er war, wäre womöglich ihr Misstrauen neu erwacht.

Er hatte einen Bundesrichter – einem berüchtigten Sklavenhalter, der sich über Weihnachten seine Fälle von jungen Juristen aufarbeiten ließ – in dessen Landhaus angerufen.

Das Tonband hätte ihn, während er wartete, einem wahren Fegefeuer jaulender Akkordeontöne ausgesetzt. Er legte die Hand auf den Hörer. Jetzt hörte er statt der künstlichen Klänge Naturgeräusche pur: Die Wellen, die klatschend auf die Steine am Ufer trafen und wieder zurückfluteten, und das Spektakel der Wildenten auf dem See. Selbst Arnie, ein ausgesprochenes Stadtkind, wusste, dass die Enten im Winter hier nichts zu suchen hatten. Ein einziger Schneesturm – und die Bürzel waren im Eis festgefroren. Er sah auf. Vor den grauen Wolken hob sich ein weißer Vogel in den Himmel – einer von denen, die den letzten Bus nach Miami verpasst hatten.

Arnie Pyle fehlte es an poetischer Vorstellungskraft, denn dazu hätte er eine Seele gebraucht, und die hatte er schon viel zu oft verkauft. Gerade erst hatte er sie wieder einem leichtgläubigen Richter im Austausch für einen Hausdurchsuchungsbefehl in Zahlung gegeben. Jedesmal sah er bei so einem Handel die friedliebenden Augen seines Vaters vor sich, die auf einen enttäuschenden Sohn gerichtet waren – einen Quäker, der eine Waffe trug und obendrein ein Lügner war. Doch Arnie hörte nicht auf zu lügen und noch schlimmere Dinge anzustellen. Was tat man nicht alles um der Wahrheit und der Gerechtigkeit willen – und um zwei zehnjährige Mädchen zu retten!

Jetzt meldete sich der Büroleiter des Richters. Arnie hörte aufmerksam zu, dann drehte er sich zu Rouge Kendalls Wagen um und zeigte mit dem Daumen nach oben.

»Geschafft.« Arnie Pyle steckte das Handy ein und schob sich auf den Beifahrersitz des alten Volvo. »Die Genehmigung ist telefonisch erteilt. Wenn Almo ein Faxgerät hat, können wir uns die offizielle Bestätigung gleich von seinem Schreibtisch holen.«

Durch die Windschutzscheibe sah man wie in einem Bilderrahmen die schöne viktorianische Villa und dahinter die bewaldeten Hänge am anderen Ufer des Sees. Mit dem Feldstecher konnte man sogar das Bootshaus von St. Ursula, den Schauplatz des Verbrechens, erkennen. »Falls du nicht fündig wirst, Rouge, bin ich dran, und du verlierst alles, was du hast. Wenn ich konkrete Beweise für erpresserische Machenschaften finde, haben wir's geschafft. Wenn nicht, war der Durchsuchungsbefehl für die Katz. So oder so musst du dir aber darüber im Klaren sein, dass nichts von dem, was wir möglicherweise finden, vor Gericht verwertbar ist.«

In einem Fenster links von der Haustür wurde ein Vorhang

zur Seite gezogen, und hinter der Scheibe tauchte ein Mann mit kahlem Kopf und besorgtem Mondgesicht auf. Oz Almo sah mit großen Augen auf Rouge Kendalls Volvo und die drei Privatwagen, die den Ortspolizisten von Makers Village gehörten. Auf der anderen Seite der Einfahrt standen die Streifenwagen der Staatspolizei. Die roten Lichter blinkten, und eine Sirene jaulte, während ein letzter Wagen mit quietschenden Bremsen vor dem Haus hielt.

Agent Pyle zählte fünfzehn Mann. »Wie hast du die so schnell zusammengekriegt?«

»Costello hatte sie nach Hause geschickt. Jetzt sind sie sauer, denn das untätige Herumhocken macht sie verrückt.

»Eigentlich wollten alle mitmachen, aber einer muss mit Chief Croft Streife fahren.«

Arnie streckte die Hand nach dem Griff der Beifahrertür aus. »Kann's losgehen?«

»Noch nicht. Lass Oz noch ein paar Minuten schwitzen.«

»Damit er das Lösegeld entsorgen kann?«

»Dazu ist er zu habgierig. Ich setze darauf, dass er versucht, es in ein anderes Versteck zu bringen. Sobald er am Fenster nicht mehr zu sehen ist, geben wir ihm noch zwei Minuten Vorsprung.«

Der Vorhang schloss sich wieder, und Arnie wartete, bis der Sekundenzeiger seiner Armbanduhr sich im Schneckentempo zweimal ums Zifferblatt bewegt hatte. »Jetzt aber los!«

Sie stiegen rasch aus und rannten, immer zwei Stufen auf einmal nehmend, zur Haustür hoch. Rouge drehte den Türknauf. Die Tür war abgeschlossen. Er wummerte dagegen. »Aufmachen, Oz! Polizei!«

»Moment, mein Junge«, kam es von drinnen. »Ich zieh mir nur eben die Hose an, okay?«

Offenbar war es nicht okay. Rouge packte den Messingknauf mit beiden Händen und drehte mit aller Kraft. Metall knirschte. Noch hielt die Tür, aber jetzt war sie nur noch durch einen Riegel gesichert. Rouge Kendall nahm Anlauf und trat gegen das Türblatt. Langsam schwang die Tür nach innen. »Erzählen Sie uns bloß keinen Scheiß, Oz«, sagte Rouge, während er über die Schwelle trat.

Oz Almo stand vollständig angekleidet am Fuß der Treppe. Er kriegte den Mund nicht mehr zu, als er sah, wie seine Diele sich unvermittelt mit kräftigen Männern füllte, die Lederjacken oder Uniformen und Pistolen im Halfter trugen.

»Hey, Jungs«, sagte er und lächelte gezwungen. Sein Blick huschte von einem Cop zum anderen, während die Männer sich im Raum verteilten und eine lebende Mauer zwischen ihm und der Haustür bildeten.

Er hatte Ruß an den Fingerspitzen, und Arnie war nicht der Einzige, dem das aufgefallen war. Rouge Kendall sah Phil Chapel, einen der Cops, fragend an. Der nickte. »Ich habe vier Schornsteine auf dem Dach gezählt. Die überprüfen wir alle.«

Arnie Pyle stand schon im nächsten Raum, einem kleinen Arbeitszimmer mit Büromöbeln, Jagdtrophäen, Waffen in Glasvitrinen und Aktenschränken. Er wartete, bis das Faxgerät auf der Anrichte seinen Durchsuchungsbefehl ausgespuckt hatte, dann ging er zurück ins Vorzimmer und hielt Oz Almo seine Dienstmarke unter die Nase. »Zunächst habe ich nur ein paar Fragen, Sir.«

Zwei Ortspolizisten gingen zielstrebig die Treppe hoch. Oz sah ihnen nach. »Hey, Jungs, wohin –? Was geht hier eigentlich vor?«

Arnie setzte sich in aller Ruhe vor den alten Schreibtisch. Die Fächer und kleinen Schubläden waren aufs Geratewohl mit Zettel und Krimskrams vollgestopft, in der großen mittleren Schublade herrschte das gleiche Durcheinander. Systematisch abgelegte Unterlagen waren vermutlich im Arbeitszimmer untergebracht, wo die Aktenschränke standen. Der Sekretär war deshalb eine naheliegende Wahl für Oz, wenn es darum ging, schnell etwas zu verstecken. Der FBI-Agent holte ein schweres Kontobuch aus einem der unteren Schubfächer. Auf dem Deckel hatten Oz Almos schmutzige Finger verräterische Aschespuren hinterlassen.

»So viel ich weiß, Mr. Almo, sind Sie bei der Polizei ausgeschieden, nachdem die kleine Kendall tot aufgefunden worden war.«

Oz fuhr herum. Ein Staatspolizist kniete am Kamin und stocherte mit einem Schürhaken im Schornstein herum. Ein Kollege hockte sich neben ihn. »Wenn wir Feuer machen«, sagte er, »sehen wir gleich, ob irgendwas drinsteckt.«

»Was zum Teufel sucht ihr da?«, rief Oz Almo ungehalten.

Ruhig, fast liebenswürdig wiederholte Agent Pyle: »Trifft es zu, Sir, dass Sie bei der Polizei ausgeschieden sind, nachdem man Susans Leiche gefunden hatte?«

Oz sah zur Decke hoch, die unter den schweren Schritten der Cops erbebte.

»Sir?« Arnie Pyle ließ nicht locker. »Wie war das mit der Entführung von Susan Kendall?«

»Ja, ich habe gekündigt, nachdem wir sie gefunden hatten.« Er sah zu, wie der Agent das Kontobuch durchblätterte. »Was wollen Sie –«

»Das war also nach der Übergabe des Lösegeldes?« Die gewünschte Wirkung stellte sich prompt ein. In Almos Augen flackerte Angst, als er sich an Rouge wandte. »Ich wollte deinem Vater ja nur einen Gefallen tun. Er hat mir sein Ehrenwort gegeben –«

»In den Dienstprotokollen der Polizei«, sagte Pyle fast beiläufig, »steht nichts von Lösegeld. Und natürlich erst recht nichts davon, dass Sie es persönlich übergeben haben. Sie haben Bradley Kendall eingeredet, er bekäme seine Tochter nur dann lebend zurück, wenn Sie den Fall im Alleingang bearbeiten könnten. Später haben Sie ihm erzählt, ein Sender habe versagt.«

»Ja, genau so war's. Immer dann, wenn's drauf ankommt, geben diese verdammten Dinger den Geist auf. Deshalb ist mir der Kerl durch die Lappen gegangen.« Oz sah zu dem Schrank hin, der gerade durchsucht wurde. »Wollen Sie mir nicht sagen, was das hier soll?«

»Wir versuchen nur ein paar offene Fragen zu klären.« Arnie war beim Blättern auf eine Seite gestoßen, die ihm besonders zu gefallen schien. Er grinste Rouge erleichtert zu. Der Hausdurchsuchungsbefehl hatte sich gelohnt. Viele Zahlen stimmten mit Rouge Kendalls Unterlagen überein. Der kleine, aber feine Unterschied war nur, dass Oz Almo diese hier eigenhändig in sein Kontobuch eingetragen hatte. »So viel ich weiß, sind seinerzeit nicht alle Räume in Ihrem Haus durchsucht worden.« Arnie wandte sich an einen der Ortspolizisten, die an der Tür standen. »Trifft das zu, Donaldson?«

»Ja, Sir.« Sein Partner, der um einige Jahre älter und erfahrener war, nickte bestätigend. »Wir haben hier unten nur ein paar Räume abgehakt, Sir.«

Oz schluckte, und dicke Schweißtropfen liefen ihm übers Gesicht. Er trat von einem Bein aufs andere. Im Kamin knisterte Zeitungspapier. Als er sich umdrehte, schlugen Flammen hoch. »Ich wollte den Leuten nur Zeit sparen. Sie mussten schließlich noch mehr Häuser abklappern. Zwei Kinder wurden vermisst. Der Zeitfaktor –«

Rouge trat zu Donaldson. »Hat Oz sich irgendwie verdächtig gemacht? Hat er versucht, Sie abzulenken?«

Die beiden nickten. »Er hat auf Zeit gespielt«, sagte Donaldson. »Dann wurden wir über Funk abgerufen.«

»Aber wir sind noch mal wiedergekommen«, ergänzte sein Partner, »und da war's genau dasselbe. In unserem Bericht steht ganz klar, dass wir nicht alle Räume durchsucht haben. Trotzdem hat einer dieser neunmalgescheiten Typen von der Staatspolizei das Haus von der Liste gestrichen. Schade um die Zeit, die wir mit unserem zweiten Besuch verplempert hätten, hat er gesagt. Und dass wir, wenn Dummheit wehtäte, den ganzen Tag schreien müssten.«

Arnie Pyle trat mit dem aufgeschlagenen Kontobuch zu Oz Almo. Er lächelte nicht mehr.

»Sie haben kein Recht, da reinzusehen«, ging der auf ihn los. »Ich kenne die Vorschriften.«

Arnie sah mit gespielter Verblüffung zu der geöffneten Schublade hinüber. »Offenbar haben Sie den Hausdurchsuchungsbefehl nicht genau genug gelesen, Sir. Sie haben wohl die Einschränkung im Kopf, die wir bei der Durchsuchung der Sommerhäuser gemacht haben. Captain Costello meinte, er würde sich leichter tun, die Einwilligung der Eigentümer zu bekommen, wenn er ihnen zusicherte, dass die Cops nicht in Wäschefächer gucken und ihre Privatpost nicht lesen dürften.« Er hielt das Kontobuch hoch und ließ Oz Almo genüßlich zappeln. »Ein amtlicher Durchsuchungsbefehl berechtigt mich zur Suche auch an Stellen, wo man keine Kinderleiche verstecken kann. Es handelt sich hier um eine unbeschränkte Suche nach Beweisen für erpresserische Aktivitäten«

Oz Almo sah Rouge an. »Und da machst du mit? Nach allem, was ich für deine Familie getan habe?«

Arnie Pyle fuhr mit dem Zeigefinger an einer Zahlenspalte entlang. »Was hinter den telegrafischen Überweisungen aus anderen Staaten steckt, weiß ich. Aber können Sie mir eine Erklärung für die Barzahlungen geben, hinter denen jeweils ein D steht?«

Einer der Cops am Kamin sagte: »Der Schornstein zieht bestens, Rouge, hier hängt garantiert nichts im Rauchfang. Wir gehen mal in den Keller und gucken uns den Heizkessel an.« Sie waren schon in der Diele, als ein Ortspolizist mit schmutzigem Gesicht die Treppe herunterkam. »Ich hab's! Ich hab's!«

Er öffnete einen rußüberzogenen Koffer, und ein Schwall von Geldscheinen in banderolierten Päckchen und losen Scheinen ergoss sich auf den Teppich. »Steckte in einem der Schornsteine. Da sind noch zwei drin.« Die Augen des jungen Cops glitzerten, er war high von seinem Fund, und seinen Kollegen ging es nicht anders. Das freigesetzte Adrenalin war im Raum förmlich zu spüren. Einige Cops starrten wie gebannt auf das Geld, andere fixierten Oz Almo wie eine Beute, die ihnen sicher war. Sie umzingelten den Verdächtigen, kamen ihm so nahe, dass Arnie dachte, Oz Almo müsse hören, wie unter den Lederjacken die Muskeln spielten.

Er nahm ein Vergrößerungsglas vom Schreibsekretär, kniete sich neben den Koffer und griff nach einem losen Geldschein. In aller Ruhe verglich er ihn mit dem Muster, das er von Rouge bekommen hatte. Natürlich würde ein Dokumentenexperte die Scheine noch gründlich prüfen, aber es sprach viel dafür, dass es sich um das Lösegeld handelte. Er nickte Rouge zu.

»Sie sind verhaftet«, sagte der und winkte den Cops, die links und rechts von Oz standen. Sie drehten ihm die Arme auf den Rücken und legten ihm Handschellen an. »Die Anklage lautet auf Beihilfe zur Entführung und Ermordung von Susan Kendall.«

»Du hast die Erpressung vergessen, Rouge. Und notfalls können wir auch noch andere Anklagepunkte vorbringen. Jede Menge sogar. Es sei denn, der Verdächtige wäre bereit, mit den Bundesbehörden zusammenzuarbeiten. Kommen Sie, Mr. Almo, geben Sie Ihrem Herzen einen Ruck ...«

Mortimer Cray stand unter der Tür zu seinem Gewächshaus. In diesem gläsernen Raum voller Leben fand er Frieden. Dies war seine eigentliche Kirche.

Der unbezahlbare Dodd hatte in Abwesenheit seines Herren die empfindlichen jungen Obstbäumchen wieder in ihre Töpfe gesetzt und die kostbarsten Orchideen gerettet. Mortimer war gerührt von dieser Geste, denn die Gartenpflege gehörte an sich nicht zu Dodds Obliegenheiten.

Die Wirkung des Beruhigungsmittels ließ allmählich nach. Die letzte ihm von William Penny aufgedrängte Tablette hatte Mortimer ausgespuckt, sobald der Kardiologe aus dem

Haus war. Und jetzt sah er – klarer, als ihm lieb war – die Tische mit verschütteter Erde, mit geknickten und zerstörten Pflanzen. Einige wenige waren vielleicht noch zu retten. Er zog gerade seine Gartenhandschuhe an, als Dodd mit einem schnurlosen Telefon zu ihm trat.

Mortimer winkte ab. »Ich bin für niemanden zu sprechen. Mein Anwalt –«

»Miss Ali versucht schon seit Stunden, Sie zu erreichen«, fiel Dodd seinem Arbeitgeber überraschend rücksichtslos ins Wort. »Dr. Penny hat mir verboten, Sie zu stören, aber ich habe Ihrer Nichte versprochen, dass Sie zurückrufen, sobald der Doktor aus dem Haus ist. Bitte, Sir …«

Dodd war normalerweise die Ruhe und Zurückhaltung selbst. »Also meinetwegen …« Mortimer Cray legte die Handschuhe auf den Tisch, ließ Dodd die Nummer wählen und sich mit der entsprechenden Nebenstelle verbinden. Als die Verbindung stand, hatte sein Diener schon diskret das Gewächshaus verlassen.

Der Psychiater hatte sich kaum je Gedanken darüber gemacht, was in Dodd vorging. Für ihn war der Mann nicht mehr und nicht weniger als der perfekte Diener, ja fast ein Automat ohne eigene Gefühle gewesen. Jetzt aber begriff er, dass auch Dodd ein Mensch aus Fleisch und Blut war, den die Not dieser Kinder tief berührte.

Ali meldete sich.

»Dodd hat mich gebeten –«

»Wie geht es dir, Onkel Mortimer?«

»Lass die Floskeln, Ali. Ich weiß, was du mir angetan hast. Die Konsultation wegen der Trüffel war ein Trick, nicht? Du wolltest mich von Anfang an in den Fall einbinden, um den Druck zu verstärken. Sehr geschickt, mein Kind.«

»Ich bitte dich, Onkel Mortimer …« Er hörte, dass sie mit den Tränen kämpfte. »Wo ist die Kleine?«

»Es ist Weihnachten, Ali. Sie ist seit dem frühen Morgen tot. Du hast dieses Schema selbst beschrieben und –«

»Sadie Greens Söckchen wurde heute an einer Unfallstelle gefunden. Ist das nicht eigenartig? In all den Jahren hat er sich nicht für Gegenstände interessiert, die dem Judaskind gehörten, war ganz auf das eigentliche Opfer, die kleine Prinzessin, fixiert. Gwen Hubble lebt noch, und das weißt du auch.«

»Ali, deine Folgerungen –«

»Ich habe gehört, wie du Costello gefragt hast, ob man etwas gefunden hat, was Gwen gehört. In den Fällen, die ich untersucht habe, hat der Täter immer Kleidungsstücke des toten Kindes so deponiert, dass die Polizei oder die Eltern sie am Weihnachtsmorgen finden mussten. Nur deshalb hat er diesen Unfall inszeniert. Nicht, weil er Sorrels eigentliche Todesursache vertuschen wollte. Sondern weil heute Vormittag die lila Söckchen gefunden werden sollten – ein Beweis dafür, dass Sadie tot ist, nicht aber Gwen. Es ist eine Abweichung vom Schema. Etwas ist schief gegangen. Er hat Gwen Hubble noch nicht umgebracht.«

»Hast du das bei der Polizei ausgesagt? Costello hat nichts erwähnt, als ich –«

»Die Sache mit der Kleidung? Nein. Kannst du mir denn gar nichts dazu sagen?«

Schweigen. Er mochte keine konkrete Antwort geben, wollte aber auch noch nicht auflegen.

»Du steckst zu tief drin, Onkel Mortimer, um den Fall noch übersehen zu können. Begreifst du wirklich nicht, warum der Täter von seinem ursprünglichen Schema abgegangen ist? Warum er die Leichen nicht mehr an einer Stelle abgelegt hat, an der die Eltern sie am Weihnachtsmorgen finden mussten?«

»Mich hat deine Theorie zu diesem Punkt durchaus überzeugt. Er fürchtete die Entdeckung, weil Dank der Fortschritte der forensischen Medizin die Leichen der Polizei deutliche Hinweise hätten geben können.«

»Damit habe ich mich geirrt. Der wahre Grund ist, dass er

es nicht mehr nötig hatte. Überleg doch mal, Onkel Mortimer. In all den Jahren seiner Therapie hat er von dir bekommen, was er brauchte. Ein Sadist konnte sich nichts Besseres wünschen als dich! Es muss eine große Genugtuung für ihn gewesen sein, dir die Schmuckstücke zur Aufbewahrung zu geben.«

Sie wartete. Vielleicht dachte sie, er würde seine Beteiligung an den Morden, würde die Zusammenarbeit mit einem Kindermörder abstreiten. Als er hartnäckig schwieg, fuhr Ali fort: »Er brauchte nun nicht mehr zu warten, bis das Bild einer weinenden Mutter auf dem Fernsehschirm erschien. Er hatte ja dich und damit eine unmittelbare Befriedigung seiner Triebe.«

Ihre Stimme brach. Sie weinte. Es dauerte lange, bis sie sich wieder gefasst hatte. »Eine letzte Frage noch. Ist er erst nach Susan Kendalls Tod dein Patient geworden? Oder lebte sie noch, als er dir die Tat in allen Einzelheiten schilderte?«

Sie wartete nicht auf eine Antwort, aber sie knallte wider Erwarten auch nicht den Hörer auf. Das leise mechanische Klicken, mit dem die Verbindung unterbrochen wurde, berührte ihn tiefer als ein Verzweiflungsschrei.

Marge blieb zögernd an der Tür stehen. Die Deckenbeleuchtung war ausgeschaltet. In der tiefen Dämmerung saß Ali Cray allein im Lichtkreis einer Schreibtischlampe. Die FBI-Agenten, die Kriminalbeamten von der Staatspolizei, die uniformierten Cops – alle hatten das Haus verlassen, waren vermutlich auf einer ebenso verbissenen wie hoffnungslosen Suche nach den Kindern.

Marge hatte viel Verständnis für diese Männer und Frauen, die es nicht fertigbrachten, herumzusitzen und auf die Zeiger der Uhr zu starren, bis Weihnachten vorbei und der Tod der beiden Mädchen zur Gewissheit geworden war. Noch einmal setzten sie alle Hebel in Bewegung. Manche, wie Leonard Costello, hatten inzwischen vielleicht auch schon aufgehört zu hoffen und saßen mit nassen Augen am Steuer ihrer Wagen.

Und Ali Cray?

Bei ihrem Onkel würde sie kaum Weihnachten feiern wollen. Sie war heimatlos geworden.

»Sie können gern mit zu mir kommen«, sagte Marge. »Der Vogel ist fix und fertig und muss nur mal kurz in die Röhre. Was sonst noch dazugehört, hab ich auch im Haus, bis auf ein paar Kleinigkeiten, die können wir unterwegs noch kaufen.«

Ali schüttelte den Kopf. Sie streifte die hochhackigen Schuhe ab, legte die Arme fest um den schlanken Körper und zog die Beine hoch. Die nackten Füße hatte sie auf das Sesselpolster gelegt wie ein Kind, dem man nicht beigebracht hat, wie man sich ordentlich hinsetzt. Mit einer jähen Bewegung wischte sie einen Stoß Akten vom Schreibtisch.

Ein farbiges Hochglanzfoto landete vor den Füßen von Marge. Niemand brauchte ihr zu sagen, dass dies Rouge Kendalls Schwester war. Die Ähnlichkeit war geradezu unheimlich. Nur durch die Frisur unterschied sich Susan von ihrem überlebenden Zwillingsbruder.

Marge knöpfte sich den Mantel zu und ließ Ali Cray in Ruhe. Die junge Frau hatte die Arme auf den Schreibtisch, den Kopf auf die Arme gelegt und die Augen geschlossen.

Am Empfang hatte Chief Croft sich ausgebreitet und versuchte, seine Rückstände aufzuarbeiten. Er hatte einen Telefonhörer am Ohr, rief ungeduldig nach Billy Poor und hakte gleichzeitig etwas auf einer Liste ab.

Zum ersten Mal seit vielen Jahren würde Marge diesmal an diesem Tag allein sein. Sie war nicht in der Stimmung, dem Chief fröhliche Weihnachten zu wünschen. Rasch ging sie an ihm vorbei.

Billy Poor kam im Laufschritt von der Herrentoilette und knöpfte sich dabei hastig die Hose zu.

»Sag mal, Billy«, fuhr der Chief ihn an, »hat denn noch

niemand mit den Angehörigen der alten Dame gesprochen? Ich habe hier einen Zettel von …« Charlie Croft hielt das Blatt näher an die kurzsichtigen Augen. »O verdammt, der Zettel ist von Buddy Sorrel, wahrscheinlich liegt er hier schon seit –«

»Welche alte Dame meinen Sie, Chief?«

»Die Tote, die am See gewohnt hat.«

»Ach, die Pilzfrau!«

»Moment!« Marge Jonas machte kehrt und ging auf den jungen Mann in der blauen Uniform zu.

»Fröhliche Weihnachten, Ma'am.« Billy Poor lüpfte höflich die Mütze.

»Von wegen fröhliche Weihnachten.« Sie knallte ihre Handtasche auf den Schreibtisch. »Was war mit der Pilzfrau?«

11

Das Fieber zog sie immer weiter in die Tiefe eines trägen, dunklen Flusses hinunter. Eine kleine weiße Gestalt lief über ein schwarzsandiges Ufer und rief ihr etwas zu, aber die Worte waren nicht zu verstehen. Gwen sah direkt in die Sonne, und es dauerte eine Weile, bis sie begriff, dass es eine Taschenlampe war, die ihr ins Gesicht schien. Sadie schüttelte sie erneut. »Nicht einschlafen!«

»Ist das ein Filmtitel?«

»Korrekterweise müsste es einer sein.« Sadie zog sie hoch. »Wir müssen nah bei der Tür sein, wenn er kommt.«

»Ich kann nicht mehr gehen.« Gwens Wunde pochte und stach. Aber sie wollte nicht weinen, denn sie war gerade dabei, eine Beziehung zu ihrem Schmerz aufzubauen: »Die Idee ist gut, Sadie, aber du weißt genau, dass ich es nicht schaffe.«

»Dann trage ich dich. Irgendwie kriegen wir das hin.«

»Du hast nur eine Chance, wenn du es ohne mich versuchst ...«

Sadie schüttelte den Kopf. »Es klappt nur, wenn wir draußen sind und er hier drin ist, und dazu muss ich die Tür zufallen lassen. Anders kommen wir gegen eine Pistole und lange Männerbeine nicht an.«

»Dann nimm den Anorak und geh. Hol Hilfe.«

»Ohne dich? Kommt nicht infrage. Steh auf, sonst sterben wir beide.«

»Ich sterbe sowieso, Sadie.«

»Niemals! Das lass ich nicht zu!«

Doch die Entscheidung über Leben und Tod war nicht einmal der trickreichen Sadie gegeben. Ein übler Geruch stieg von Gwens Wunde auf, das Bein war um den weißen Mullverband herum wulstig angeschwollen. Vergeblich versuchte sie, das Bein zu bewegen. Sie hatte den Eindruck, dass es, während sie geschlafen hatte, noch schwerer geworden war. Schüttelfrost hatte sie erfasst. Ihr war, als ob die Kälte ihr bis in die Knochen kroch, und wie von selbst stellte das Wort ›Knochen‹ eine Gedankenverbindung zu der Grube im Kellerboden her. »Grab mich nicht ein. Auch wenn du denkst, dass ich tot bin. Vielleicht schlafe ich nur, und dann –«

»Wie Guy Carrell in *Lebendig begraben.*«

»Ray Milland, 1962. Das könnte ich nicht ertragen, Sadie.«

»Oder Lady Madeline in *Die Verfluchten.*«

»Marguerite Abel–Gance, 1928. Versprich, dass du mich nicht eingräbst?«

»Versprochen. Aber –«

»Ich möchte, dass du mir etwas holst. In dem weißen Zimmer steht ein Glaskrug –«

»– mit Tabletten?«

»Nein, mit einem grünen Pulver. Im Oberschrank.« Sie

griff matt nach Sadies Arm. »Wenn ich den Sprung vom Ende des Seils gewagt hätte, wären wir jetzt zu Hause.«

»Quatsch! Du hättest dir das Genick gebrochen, und ich säße allein hier.« Sadie drückte Gwen an sich. »Du hast Schmerzen. Ich hol dir eine Tablette.« Sie stand auf.

»Nein, keine Tablette«, rief Gwen ihr nach. »Nur den Glaskrug mit dem grünen Pulver.«

Als Sadie im weißen Zimmer verschwunden war, flüsterte Gwen: »Ich hätte springen können, Sadie. Es tut mir so schrecklich Leid. Aber jetzt weiß ich, was ich zu tun habe.«

Gemächlich tappte Chief Croft durch den großen Raum und zog sich freundlich lächelnd einen Stuhl heran. »Ich höre, dass Sie sich für Pilze interessieren«, sagte er zu Ali Cray.

»Und Trüffel«, ergänzte Marge Jonas. Sie schob einen jungen Mann in Uniform vor sich her. »Das ist Billy Poor. Setz dich, mein Junge.« Gehorsam setzte er sich Ali gegenüber. »Billy fängt gerade erst an«, erläuterte Marge.

Ali lächelte, denn das war kaum zu übersehen. Der junge Polizist hatte leuchtend rote Pausbacken wie ein Kind, das gerade von einer Schneeballschlacht ins Haus gekommen ist, und brave, redliche Augen. Man sah ihm an, dass er noch keine fünfzig Meilen über seine Heimatstadt hinausgekommen war.

In dem gleichen Ton, den sie einem Welpen gegenüber angeschlagen hätte, sagte Marge: »Erzähl Dr. Cray von der Frau mit den Pilzen, Billy.«

»Es waren keine richtigen Pilze, Ma'am.« Der junge Mann nahm seine Mütze ab. »Nur jede Menge Bilder und Bücher von Pilzen und Krimskrams in Pilzform auf den Regalen. Und die Küchenuhr sah auch aus wie ein Pilz.«

»Billy!«, mahnte Marge. »So eine Geschichte beginnt man doch nicht mittendrin, sondern mit dem Anfang.«

»Dann sitzen wir den ganzen Tag hier«, stöhnte Charlie Croft. Er nahm ein kleines Notizbuch aus der Gesäßtasche und überflog die erste Seite. »Die alte Dame ist eines natürlichen Todes gestorben. Wir haben das Haus durchsucht, um sicherzugehen, dass nichts fehlte. Weil es bei einem Raub natürlich Komplikationen gibt. Dieser Dämlack Howard Chainy – entschuldigen Sie, Ma'am – hatte nämlich die fixe Idee, dass die Putzfrau vielleicht mit den Wertsachen der alten Dame getürmt ist und deshalb den Tod nicht gemeldet hat.« Er klappte das Notizbuch zu und machte eine abschließende Handbewegung. Das ist alles, sollte das heißen. Fall erledigt.

Ali wusste nicht recht, was sie von all dem halten sollte. Die Trüffel, die in der Jacke des einen Mädchens gefunden worden war, hatte auf den ersten Blick nichts mit der Pilzsammlung der alten Dame zu tun.

»Sie haben das ganze Haus durchsucht?«

»Vom Keller bis zum Dach.«

»Hatte der Keller einen Boden aus gestampfter Erde?« Sie stellte die Frage eigentlich nur aus Höflichkeit und hatte schon fast vergessen, was es mit der sonderbaren Trüffeljagd eigentlich auf sich hatte. Erst jetzt fiel ihr wieder ein, dass man, um diese Edelpilze zu züchten, nicht nur Erde, sondern auch eine Eiche brauchte.

Chief Croft zog wieder sein Notizbuch zu Rate. »Moment, Ma'am. Wir haben in der letzten Woche so viele Häuser durchsucht ... Ja, hier ist es. Ich hatte mir die oberen Räume vorgenommen, Billy und Phil Chapel das Erdgeschoss und den Keller.« Er wandte sich an seinen jüngsten Mitarbeiter. »Wer von euch war im Keller?«

»Ich, Sir. So viel ich weiß, war der Boden betoniert. Ein ziemlich kleiner Raum, nur so 'ne Art Waschküche mit Waschmaschine und Trockner.«

»Das war alles?«

»Und ein Heizkessel. Ein Mordsding war das. Für mehr, für Kisten oder Koffer, wär gar kein Platz gewesen, es war richtig eng.«

Wie eine fürsorgliche Mutter, die bei der Weihnachtsaufführung ihrem Sprößling den Text souffliert, sagte Marge: »Dann war das Haus wohl ziemlich klein?«

»Eigentlich nicht, Ma'am. Gut und gern fünfzehn Zimmer.«

Charlie Croft nickte bestätigend. »Ein großer, unübersichtlicher Kasten. Und da willst du mir erzählen, dass der Keller nur eine enge Waschküche war?«

Sekundenlang sahen sich die beiden Männer groß an, und dann sagte Charlie Croft aus tiefstem Herzen: »Ach du Scheiße!«

»Ich erzähl Ihnen ja bloß, was ich gesehen habe«, sagte Billy kläglich. Er guckte den Teller mit kalten Pommes frites an, der auf Alis Schreibtisch stand. »Essen Sie das noch, Ma'am?«

»Bedienen Sie sich, Billy.« Ali schob ihm den Teller hin. »Erinnern Sie sich, im Keller eine Tür gesehen zu haben?«

»Nein, Ma'am.«

»Haben Sie danach gesucht?«, wollte Charlie Croft wissen.

»Nein, Sir. Wir sollten doch nur nachgucken, ob keiner was geklaut hat.« Billy hatte die Fritten verdrückt und richtete seinen begehrlichen Blick auf den Karton mit Donuts auf dem Nachbarschreibtisch. »Und da unten war ja nun wirklich nichts zu holen.«

»Schon gut, Junge.« Marge zauste Billy, der gerade einen Donut mit Zuckerguss verschlang und nach dem nächsten griff, gutmütig das Haar. Sie gab Ali die Liste der Häuser am See, die durchsucht worden waren. »Einer der Ermittler hat das Haus der alten Dame abgehakt.«

»Da waren wir ja auch drin.« Billy hatte in erstaunlichem Tempo zwei Donuts verdrückt. Einer war noch übrig. Aber wohl nicht mehr lange.

Charlie Croft sah Ali an. »Das geht auf mein Konto. Du kannst gehen, Billy, wir kommen jetzt auch ohne dich zurecht.«

Der junge Polizist stopfte sich den letzten Donut in den Mund und war schon fast an der Tür, als Marge ihm nachrief: »Hast du den Kühlschrank der alten Dame überprüft?«

»Ja, Ma'am.«

»Guter Riecher«, lobte Ali. »Und es waren keine Pilze drin, Billy, stimmt's? Und auch sonst nichts Verdächtiges?«

»Nein, Ma'am, es war überhaupt nichts drin. Der Kühlschrank war ratzekahl leer. Ich denk mir, dass die Pilzfrau verreisen wollte.«

Als Billy Poor weg war, lehnte Charlie Croft sich zurück und sah zur Decke. »Wenn du mir versprichst, Marge, dass du Costello nichts von dieser kleinen Panne erzählst, fahr ich jetzt hin und seh mir den Keller an.«

»Alles klar, Boss.«

»Hätten Sie was dagegen, wenn ich mitkomme?«, fragte Ali. Es war ihr lieber, heute Nacht in Bewegung zu bleiben, auch wenn sie vielleicht nur im Kreis herumlief.

»Aber gern.« Charlie blätterte noch einmal seine Notizen durch. »Mir ist, als wäre mir in dem Haus noch irgendwas aufgefallen, aber im Augenblick komme ich nicht drauf.«

Es war ein Jammer, dass Oz Almos' Anwalt nicht mehr Geld für sein Toupet ausgegeben hatte. Das braune Haarteil thronte auf den grauen Schläfen, als sei es da aus eigener Kraft hingeklettert. Special Agent Arnie Pyle überlegte, ob der Advokat ihm schon einen Namen gegeben und ein Flohhalshand gekauft hatte.

Arnie lehnte sich in dem tiefen Klubsessel zurück und zündete sich, obwohl weit und breit kein Aschbecher zu sehen war, genüßlich eine Zigarette an. Almos Anwalt wedelte mit der Hand in der Luft herum, um Rauchschwaden abzuwehren, die ihn noch gar nicht erreicht hatten. Es war seine erste körperliche Regung, seit sie sich zu einer höflichen, aber zähen Verhandlungsrunde zusammengefunden hatten. Sein Kopf bewegte sich nicht mit, so dass Arnie nur sein Profil mit dem einen runden, starr blickenden Auge sah. Der FBI-Agent nahm einen langen Zug aus seiner Zigarette, um einen möglichst stattlichen Aschenkegel zu produzieren, und lächelte dem Anwalt, den er bei sich Fischgesicht getauft hatte, freundlich zu. »Aus dem Kontobuch –« Er schlug den schweren Band auf, »geht hervor, dass Oz Einkünfte aus vielen verschiedenen Quellen bezog, offiziell aber nur zwei Mandanten hatte. Nicht uninteressant, was? Einige Einträge beziehen sich auf telegrafische Überweisungen aus anderen Staaten, aber mich interessiert besonders eine regelmäßig wiederkehrende Zahlung, die mit einem D gekennzeichnet ist. Jeden Monat die gleiche Summe. Seit mindestens zehn Jahren.«

Er schlug das Buch mit einem lauten Knall zu. Fischgesicht zuckte zusammen, und Arnies Lächeln wurde breiter. Alles, was einem Anwalt die Fassung raubte, war ein Schritt in die richtige Richtung. »Sieht aus, als ob Ihr Mandant sich recht gut aufs Melken versteht.«

»Sie haben keine Beweise.«

»Ich habe nicht mit den Opfern gesprochen, wenn Sie das meinen. Und das wäre Ihnen natürlich auch nicht recht, denn dann müsste ich mich wohl oder übel schriftlich festlegen. Sie glauben, ich mache Ihnen blauen Dunst vor?« Arnie hob versöhnlich die Schultern. »Also gut, ich nenne Ihnen einen Namen. Rita Anderson.«

Der Anwalt sah zu seinem Mandanten hinüber, der in Handschellen auf der äußersten Kante der Couch hockte. Der Hieb hatte gesessen. Rouges Mutter hatte also mit ihrer Bemerkung von der überbezahlten Putzfrau Recht gehabt.

»Gehen wir mal davon aus, dass wir Ihrem Mandanten eine Anklage wegen Erpressung anhängen können.« Arnie legte die Füße auf den rußverschmierten Koffer mit dem Lösegeld. »Unter anderem.«

Fischgesicht hatte offenbar begriffen, worauf Arnie hinaus wollte, aber es schien ihn nicht weiter zu beunruhigen, dass seinem Mandanten womöglich eine Anklage wegen Beihilfe zum Mord an Susan Kendall drohte. Auch dass zwei Kinder in Lebensgefahr schwebten, während sie dieses Gespräch führten, schien ihn nicht zu stören. Er ließ weder Angst noch Mitgefühl erkennen. Die Mutter von Fischgesicht musste wohl in einem sehr kalten Teich gelaicht haben.

»Die Sache mit dem Lösegeld ist verjährt, Agent Pyle, falls Sie nicht –«

»Falls Sie auf die Verjährungsbestimmungen spekulieren – die treten an dem Tag in Kraft, an dem die Straftat entdeckt wurde, und das war heute.«

»Nein, ich wollte mir nur erlauben, auf ein untergeordnetes Detail hinzuweisen: Ein Mann ist wegen des Mordes an Susan Kendall rechtskräftig verurteilt.«

»Ganz recht. Aber es sieht so aus, als habe der Priester nicht allein gehandelt. Wir könnten Oz wegen Beihilfe drankriegen.« Arnie strich abwesend über den Deckel des Kontobuches. »Mich interessieren die Barzahlungen des Mannes hier am Ort.«

Der Anwalt beobachtete die Asche an Arnies Zigarette, die immer länger wurde. »Mr. Almo ist gern bereit, unter gewissen Umständen der Polizei bei ihren Ermittlungen zu helfen.« Mit dem höflichen Hüsteln des Nichtrauchers bedeutete er Arnie Pyle, doch bitte die Zigarette auszudrücken.

Arnie schüttelte den Kopf. »Bedaure, Kumpel. Ich darf Sie doch Kumpel nennen? Nein? Auch gut ... In Mr. Almos Interesse kann ich nur hoffen, dass die kleinen Mädchen nicht sterben, während Sie hier mit mir Katz und Maus spielen.« Arnie nahm noch einen Zug. Die Asche bedrohte die Sessellehne, den handgeknüpften Teppich und vor allem den Saum des anwaltlichen Kaschmirsakkos. »Die telegrafischen Überweisungen aus den anderen Bundesstaaten geben dem FBI eine Handhabe, Ihren Mandanten wegen erpresserischer Betätigung anzuklagen, und in der Sache des Lösegeldes wird ihn sich die Bundespolizei vorknöpfen. Erpressung und Mord – das gibt viele Jahre Knast, selbst wenn er es schaffen sollte, sich aus einer Anklage wegen vorsätzlichen Mordes herauszuwinden.«

Fischgesicht hatte schon den Mund aufgemacht, um eine wohl formulierte Gegenrede vom Stapel zu lassen, aber Arnie hob die Hand. Er war noch nicht fertig. »Heute Vormittag haben wir einen Ermittler vom BCI, einen gewissen Sorrel, tot aufgefunden. Auch das hat etwas mit dem Fall zu tun. Die Cops sind stocksauer.«

Der Anwalt streckte dem Agenten ein leeres Erdnussschälchen hin, das Arnie geflissentlich übersah. Die Spannung im Raum war fast mit Händen zu greifen.

Und dann fiel die Asche in das Schälchen, das Fischauge in der Hand hielt.

»Ich werde meinem Mandanten zur Zusammenarbeit raten.«

»Sehr vernünftig.«

»Aber ich kann ihm nicht raten, sich zu belasten.« Fischgesicht stellte das Schälchen auf den Tisch und verzog angewidert das Gesicht. »Unter den gegebenen Umständen würde ich die Aussetzung der Strafverfolgung durch das FBI für eine angemessene Gegenleistung halten.«

»Sie setzen auf den Druck, unter dem wir stehen, weil zwei kleine Mädchen nicht mehr lange zu leben haben.« Arnie nickte. »Okay, der Handel gilt. Das FBI wird nicht auf einer Anklageerhebung bestehen.«

»Freut mich, dass wir uns einig sind, Agent Pyle. Jetzt brauche ich nur noch die Bestätigung eines ranghöheren Beamten, der bevollmächtigt ist, so einen Handel abzuschließen.«

»Meine Vorgesetzten stehen voll hinter mir, das wissen Sie. Ich mache Ihnen hier ein einmaliges Angebot, und die Zeit für die Kinder wird knapp.«

»Es kostet Sie nur ein Telefongespräch.«

»Heute ist Weihnachten. Sie –«

»Ich habe die Privatnummer eines Bundesanwalts.« Fischauge holte die Visitenkarte aus seiner Brieftasche. »Wir spielen zusammen Golf.«

Charlie Croft kam auf dem verlassenen Lakeshore Drive gut voran, auch wenn ihm an diesem dunklen Abend eine Straßenbeleuchtung sehr recht gewesen wäre. Die Scheinwerfer strahlten die Stämme der Bäume und die unteren Zweige an, die auf die Fahrbahn ragten.

»Wahrscheinlich ist es pure Zeitverschwendung, Ma'am.«

»Sagen Sie Ali zu mir.«

»Durchaus möglich, dass Billy mit dem engen Kellerraum Recht hatte. Soweit ich mich erinnere, ist das alte Haus immer wieder ausgebaut und erweitert worden. Eine Außenwand ist aus Ziegeln hochgemauert, die Fassade aus Naturstein, der hintere Anbau aus Holz. Kann sein, dass das Haus ursprünglich nur einen kleinen Keller hatte.«

»Sie sagten, dass Ihnen dort irgendwas aufgefallen ist. Wissen Sie noch, wo es war? In den oberen oder in den unteren Stockwerken?«

»In den oberen Stockwerken – das Haus hat vier Geschosse – gab's nicht viel zu sehen, die hat die alte Dame offenbar nicht mehr benutzt. Die Betten waren unbezogen, die meisten Türen mit Dichtungsstreifen verklebt. Als Schlafzimmer hatte sie sich das hintere Zimmer im Erdgeschoss eingerichtet. Vielleicht hat sie die übrigen Räume aus Sparsamkeit zugesperrt – o verdammt!« Er schlug sich mit der Hand an die Stirn. »Jetzt ist es mir wieder eingefallen. Die Strom- und Wasserrechnungen, die auf ihrem Schreibtisch lagen! Ich habe sie gesehen, als Phil Chapel in dem Durcheinander nach einem Adressbuch suchte. Die Stromrechnung war selbst für ein so großes Haus ein richtiger Hammer.«

»Heizte sie mit Strom?«

»Nein, Ma'am – Ali. Dampfheizung in allen Zimmern. Und auch die Wasserrechnung war enorm. So hohe Wasser- und Stromrechnungen hab ich zuletzt bei so einem verdammten Hippie erlebt, der ein Sommerhaus am See gemietet hatte. Er baute Hanf an und verscherbelte ihn an unsere Kids. Hätte ich nicht genau gewusst, dass die alte Dame das Haus allein bewohnt, hätte ich sofort nach Samen oder einem Gewächshaus gesucht. In einer ruhigeren Woche hätte ich's auf alle Fälle getan.«

Sie bogen vom Lakeshore Drive auf einen schmalen Weg ohne Straßenschild ab.

Rouge stand am Fenster. Fast alle Autos waren von der Auffahrt verschwunden. Nur Donaldson und sein Partner waren noch da. Sie warteten, bis der Anwalt seinen Deal mit dem Bundesanwalt gemacht hatte.

Endlich legte der Anwalt auf und wandte sich an den FBI-Agenten. »Wir sind uns also einig? Sie verzichten auf eine Strafverfolgung wegen der telegrafischen Überweisungen, so dass Mr. Almo keine Anklage des Bundes zu fürchten hat. Jetzt zu der Anklage, die hier erhoben werden könnte. Mein Mandant wird das Lösegeld als Fundsache abliefern.«

»Das war nicht ausgemacht.«

»Es ist ab sofort Bestandteil unserer Abmachung.«

»Na gut. Reden Sie erst mal weiter.« Aus dem Augenwinkel sah Arnie, wie Rouge näher kam. Dass Oz mehr oder weniger ungeschoren davonkommen sollte, passte ihm offenbar nicht. Arnie sah ihn nur kurz an und nickte ihm zu. Im Austausch für das Leben von zwei Kindern ist das ein gutes Geschäft, sollte das heißen. So viel hing von Alis Täterprofil ab, von ihrem Glauben an die Unschuld des Priesters, die Verstrickung von Oz in eine Entführung. Gut möglich, dass die dürftige Spur zu einem Erpressungsopfer in Makers Village ins Nichts führte, aber eine andere Strategie hatten sie nicht. Die Zeit wurde knapp. Zwei Kinder warteten.

Rouge ging wieder zu den beiden uniformierten Kollegen hinüber, die das zusammengetragene Beweismaterial sichteten, und suchte unter den Fotos von Erpressungsopfern weiter nach bekannten Gesichtern. Es war wie ein Wettlauf. Wer würde den Mann vor Ort zuerst entdecken – Rouge Kendall oder der Anwalt?

Offenbar war das auch Fischgesicht jetzt klar geworden. »Es hilft nichts, Oz«, sagte er zu seinem Mandanten, »Sie müssen rauslassen, wer hinter den Zahlungen mit dem D steht.«

»William Penny, ein Arzt hier aus dem Ort, Kardiologe. Ich hatte erfahren –«

»Das genügt. Ich schlage vor, dass wir jetzt die verbleibenden Anklagepunkte klären. Ein Anruf bei –«

»Nicht so hastig.« Arnie sah Rouge an, dem der Name offenbar etwas sagte, und auch dem FBI-Agenten fiel jetzt ein, dass Mortimer Crays Herzchirurg so hieß. »In diesem Punkt brauche ich Klartext, sonst kaufe ich Ihnen die Sache nicht ab. Womit wurde er erpresst?«

Der Anwalt bedeutete seinem Mandanten, nicht zu antworten. »Das kommt später. Zunächst möchte ich mit dem zuständigen Bezirksstaatsanwalt sprechen, damit Mr. Almo aus der Beihilfe zum Mord kein Strick mehr gedreht werden kann. Ich schlage vor, dass Sie mit einer Geste Ihren guten Willen beweisen. Lassen Sie ihm die Handschellen abnehmen.« Er deutete auf die Polizisten, die in seinen Augen offenbar nur unbedeutende Handlanger waren.

»Ich bin dagegen«, sagte Rouge, der gerade den Begleitzettel an einer Tüte mit Beweismaterial mit seiner Unterschrift versah.

Fischgesicht schien zu überlegen, ob der junge BCI-Ermittler womöglich im derzeitigen Machtgefüge eine Rolle spielte, verwarf den Gedanken aber.

Arnie beugte sich vor. »Zwei kleine Mädchen schweben in Lebensgefahr.«

»Umso wichtiger ist es, dass wir möglichst rasch zu einer Einigung kommen. Ich brauche die Bestätigung des Bezirksstaatsanwaltes. Also entscheiden Sie sich: Ja oder Nein?«

»Ich neige eher zu Nein.« Rouge hielt eine Plastiktüte gegen das Licht.

Wie jemand, der ein Kind zurechtweist, weil es sich ins Gespräch der Erwachsenen eingemischt hat, fragte der Anwalt: »Sie sind Ermittler bei der Staatspolizei, nicht?« Das klang sehr herablassend.

»Er ist Susan Kendalls Bruder«, sagte Arnie halblaut. »Sein Wort hat beim Bezirksstaatsanwalt Gewicht.« Er legte eine Hand auf den Koffer. »Mit diesem Geld sollte Oz Susans Leben erkaufen.«

Der Anwalt winkte ab. »Sie brauchen Informationen, und zwar jetzt gleich ...«

»Ehe wir nur noch zwei Kinderleichen finden, Sie verdammter –«

Rouge trat zwischen die beiden und sagte zu Arnie Pyle: »Da wäre noch jemand, der sich möglicherweise als Zeuge der Anklage zur Verfügung stellen würde.«

Dachte Rouge an Rita, die Putzfrau? Das nahm der Anwalt offenbar an, denn er stand auf. »Darüber sollten wir uns vielleicht mal in aller Ruhe unterhalten«, sagte er.

»Hören Sie auf mit dem Scheiß!« Rouge drehte ihm schroff den Rücken zu, so dass ihm der ebenso schöne wie seltene Anblick eines verunsicherten Anwalts entging. »Der Dreckskerl kommt wegen der Erpressung ungeschoren davon, nicht?«

Arnie nickte. »Aber nur für den Fall, dass er sich zur Mitarbeit bereit erklärt. Was er nicht getan hat.«

»Sie haben einen Namen verlangt, Agent Pyle.« Der Anwalt wurde zum ersten Mal etwas laut. »Den hat er Ihnen genannt. So war es abgemacht.«

»Ganz Unrecht hat er nicht«, sagte Arnie. »Der Bundesanwalt hat dem Deal zugestimmt. Wenn uns das nicht weiterhilft, ist das unser Pech.«

»Und was ist das?« Rouge holte aus der Plastiktüte die verkohlten Überreste mehrerer Zeitschriften auf den Couchtisch. Unter den halb verbrannten Hochglanzseiten mit herausgeschnittenen Stellen waren drei kleine Quadrate mit Buchstaben und Worten. »Vielleicht kann Ihr Labor das mal mit dem getürkten Lösegeldbrief für Gwen und Sadie vergleichen …«

»Neues Spiel, neues Glück.« Arnie sah Oz Almo an. »Sie widerlicher alter Sack! Wollen wir wetten, dass ich, wenn ich Ihre Bücher noch mal durchsehe, hohe Summen finde, die mit Lösegeldforderungen für andere Kinder übereinstimmen?«

»Nehmt ihn mit«, sagte Rouge zu den Polizisten. Dann wandte er sich an den Anwalt. »Und Sie verschwinden!«

Zum ersten Mal sahen sie jetzt das Fischgesicht von vorn. Es wirkte ziemlich kläglich. Der Anwalt hatte den jungen Ermittler unterschätzt. Zu spät dämmerte ihm, wer hier das Geschehen bestimmte.

Im Hinausgehen begann Arnie zu rechnen. Oz Almo war nicht mehr jung, er würde nie mehr freikommen. Als Arnie sich auf den Beifahrersitz des Volvo schob, ließ sich Rouge bereits die Telefonnummer eines Richters vor Ort geben und wählte. Er ließ den Motor an. Mit einer Hand legte er den Gang ein, mit der anderen hielt er das Telefon und beantragte beim Richter zwei Haftbefehle. »Ja, Sir, ich weiß, dass Weihnachten ist … Sie können mit dem Bundesanwalt sprechen, er hat den Deal … Ja, Sir … Kein Problem, ich habe seine Privatnummer.«

Arnie nickte anerkennend. Rouge hatte sehr schnell seine eigenen schlechten Angewohnheiten übernommen. Die Sache mit der Privatnummer war ein geschickter Schachzug. Wahrscheinlich würde sich der Richter nicht die Mühe machen, dort anzurufen. Für einen Anfänger log Rouge bemerkenswert gut. Problematisch war nur, dass sie zwar Oz Almo festgenagelt hatten, William Penny aber nur ein Name in einem Kontobuch war. Beweise gegen ihn gab es nicht. Trotzdem wollte Rouge Kendall ihn verhaften lassen.

»Du hast nichts gegen Penny in der Hand, Rouge, nichts, was –«

»Ich krieg schon noch was.« Als sie auf den Lakeshore Drive einbogen, hatte Rouge bereits Anweisung gegeben, das Haus des Kardiologen durchsuchen zu lassen.

Der FBI-Agent versuchte es noch einmal. »Es gibt keine hinreichenden Verdachtsmomente für eine Haussuchung ...«

Rouge sah ihn nur an. Arnie seufzte. »Ich weiß: Du kriegst schon noch was ...«

Er überlegte, wann er zum letzten Mal so gefährlich nah daran gewesen war, mit einem ganzen Bündel von Lügen und übertretenen Vorschriften seine Karriere aufs Spiel zu setzen. Egal – das unbeschreibliche Gefühl, mit neunzig Meilen pro Stunde über die Schnellstraße zu rasen, war die Sache wert. Er würde sich schwer hüten, Rouge Kendall zum Beenden dieser Wahnsinnsjagd zu raten.

»Vielleicht ist er bei Mortimer Cray«, sagte Arnie. »Hat Costello nicht gesagt, dass unser Hirnklempner in der Obhut seines Herzspezialisten nach Hause gegangen ist?«

»Genau dahin fahren wir jetzt. Ich hab den Trooper angerufen, der das Haus beobachtet. Er sagt, dass Penny längst weg ist.«

»Du willst also Druck bei Cray machen? Gute Idee. Costello hat einen großen Fehler gemacht, als er bei der Vernehmung von Dr. Cray im Krankenhaus das Spiel Guter Cop/Böser Cop gespielt und dabei beide Rollen in einer Person übernommen hat. Wenn wir uns den Alten jetzt zusammen vornehmen, könnten wir –«

»Ich kenne ein noch besseres Spiel: Böser Cop/Höllencop.«

Arnie holte den kleinen Kobold aus der Tasche, den Becca Green ihm geschenkt hatte, um ihn immer an ihre Tochter zu erinnern. Und obwohl er wusste, wie schlecht die Chancen für ihr Überleben standen, begriff er plötzlich, dass er Sadie nicht aufgeben konnte. Er stellte die kleine Gruselfigur aufs Armaturenbrett, dicht an die Windschutzscheibe. Im Licht der Scheinwerfer hüpfte die dunkle Silhouette bei jeder Kurve wie lebendig auf und ab.

In der Auffahrt zu dem alten Haus hielt Charlie Croft an und griff nach seinem Autotelefon. Ali hörte es knistern und krächzen. Was die Zentrale sagte, war kaum zu verstehen.

»Hier muss irgendwo eine Überlandleitung sein«, sagte der Chief. »Beim letzten Mal war es genauso.« Er drückte den Hörer fest ans Ohr und hob bei jedem Wort, das er mitkriegte, einen Finger. »Wir müssen zurück, Ali. Hört sich an, als ob sie den Dreckskerl haben. Sie wollen ihn gerade verhaften.« Wieder horchte er auf das Krächzen und Knattern. »Was ist mit den Kindern? Was? Sagen Sie das noch mal ...« Er sah Ali an. »Sie brauchen Unterstützung.«

»Wer ist es?«

»Kein Name, nur eine Adresse, und selbst die hab ich nicht richtig verstanden, ich muss erst aus dem Störfeld raus. Ich kann Sie unterwegs absetzen.«

»Könnten Sie mich nicht hierlassen, Charlie? Ich komme schon allein zurecht.« Für Gwen Hubble hatte sie noch Hoffnung, aber wenn die Leute mit Sadies Leiche kamen, wollte sie nicht dabei sein. Sie wusste, dass sie feige war – aber mit Becca Greens Leid war sie einfach überfordert. Ali Cray sah auf die schwarze Wasserfläche des Sees hinaus. Sie hatte große Sehnsucht nach Einsamkeit und Stille.

»Ich möchte nicht, dass Sie hier draußen allein bleiben«, wandte Charlie Croft ein. »Was versprechen Sie sich eigentlich noch davon?«

»Geben Sie mir den Schlüssel, Charlie. Sie können sich darauf verlassen, dass ich mich vorsehen werde.« *Ich kann Becca nicht in die Augen sehen.*

Er zögerte noch immer.

»Ihr habt euren Mann sicher, Charlie. Was soll mir noch groß passieren? Zwei Monster in Makers Village wären entschieden zu viel des Bösen.« *Und ich bin eine feige Person.*

»Da haben Sie auch wieder Recht, Ali.« Lächelnd gab er nach. Vielleicht ging es ihm aber auch nur darum, so schnell wie möglich wieder in den Ort zurückzukommen, wo sich so aufregende Dinge ereigneten. »Okay. Der Schlüssel liegt über der Hintertür, ich hab ihn dort für die Leute von den Stadtwerken deponiert. Hier, nehmen Sie das. Ich weiß nicht, ob es noch Strom im Haus gibt.« Er drückte ihr seine Taschenlampe in die Hand und leuchtete die Hauswand an. »Was da lagert, ist gut und gern ein Klafter Brennholz. Vielleicht brauchen Sie das, wenn –«

»Keine Sorge, ich weiß mir schon zu helfen.« Sie stieg aus und schlug die Tür zu.

»Ich komme später vorbei und hole Sie ab.« Er legte den Gang ein. »Kann nicht lange dauern.«

»Lassen Sie sich ruhig Zeit, Charlie.« *Je länger, desto besser.*

»Das Telefon dürfte tot sein. Haben Sie ein Handy?«

»Hier ist es.« Sie holte das Gerät aus der Tasche.

»Marge hält auf dem Revier die Stellung, die können Sie anrufen, wenn –«

»Alles klar, Chief!«

Charlies Taschenlampe wies ihr den Weg zur Haustür. Sie fuhr mit der Hand über den oberen Türrahmen. Kein Schlüssel. Wahrscheinlich hatten ihn die Leute von den Stadtwerken mitgenommen, aber bestimmt gab es irgendwo einen raffiniert versteckten Zweitschlüssel.

Versuch, dich in eine alte Dame hineinzuversetzen.

Von Charlie wusste sie, dass die Hände der Toten arthritisch verkrümmt waren, das Versteck musste also gut zugänglich sein. Der Lichtkegel ihrer Taschenlampe erfasste eine steinerne Vogeltränke. Zu schwer. Gegenüber stand ein Sockel mit einer alten bronzenen Sonnenuhr, an deren Rand ein Bronzefrosch hockte. Man hätte denken können, Sonnenuhr und Frosch seien aus einem Stück gegossen, wenn da nicht ein kleiner Unterschied in der Patina gewesen wäre. Der Frosch ließ sich mühelos hochheben. Darunter verbarg sich der Schlüssel.

Der erste Raum, den sie betrat, war eine moderne Küche.

Die geschnitzte Tür an der gegenüberliegenden Wand wirkte fast zu aufwändig für diesen Raum, wahrscheinlich war es vor dem Umbau die Haustür gewesen. Das Licht ihrer Taschenlampe streifte über eine Reihe von Kupfertöpfen und erfasste die Pilzuhr, von der Billy Poor erzählt hatte. Vielleicht war dieser Rundgang wirklich reine Zeitverschwendung.

Das Haus war kalt. Sie tastete nach dem Lichtschalter. Die Deckenbeleuchtung tauchte die Küche in behagliches gelbes Licht. Merkwürdig, dass es von der Küche aus keinen Zugang zum Keller gab, aber bei diesen vielen An- und Umbauten konnte man nicht von einem normalen Grundriss ausgehen. Der nächste Raum war ein Esszimmer und früher wohl das Wohnzimmer gewesen.

Sie steckte die Taschenlampe ein und machte in allen Räumen, die sie betrat, erst einmal Licht. Auf Regalen und Tischen standen überall Pilze aus Keramik herum, an den Wänden hingen Pilzbilder, aber echte Pilze oder Trüffel waren nirgends zu sehen. Sie öffnete die Tür zu einem schmalen Treppenhaus.

Als sie hier zum Schalter griff, wurde es nicht hell, so dass sie wieder die Taschenlampe zu Hilfe nehmen musste. Unten befand sich der Keller, der tatsächlich so eng war, wie Billy ihn beschrieben hatte. Das Licht der Taschenlampe erfasste Waschmaschine, Trockner und den gewaltigen Heizkessel in der Ecke. Zwischen Heizkessel und Wand war ein kleiner Zwischenraum, und dort entdeckte sie eine zweite Tür, die knapp einen Meter fünfzig hoch war und einen Spalt breit offen stand. Kein Wunder, dass Billy sie übersehen hatte.

Sie richtete den Lichtkegel auf den Türknauf. Der Knopf über der Falle war so eingestellt, dass die Tür sich nicht wieder öffnen ließ, wenn sie zuschlug. Sie drückte den Knopf nach innen, um die Sperre zu lösen. Ihr Blick folgte dem Licht der Taschenlampe eine weitere Treppe hinunter.

Ein Keller unter dem Keller? Auch hier funktionierte offenbar die Beleuchtung nicht. Sie drehte sich um und leuchtete die Wände der Waschküche nach einem Sicherungskasten ab.

Jetzt setzten Mortimer Cray nicht nur die Toten, sondern auch die Lebenden mächtig zu. Er vermied es, Agent Pyle anzuschauen, denn die Augen, die ihn aus dessen Gesicht anblickten, waren die von Paul Marie.

Schon auf dem Krankenbett hatte ihn diese Ähnlichkeit zutiefst verunsichert. Eine Sinnestäuschung, so hatte er sich damals gesagt, hervorgerufen durch die Absetzung der Medikamente und durch starken Stress. Jetzt aber suchte er gar nicht mehr nach einer vernünftigen Erklärung. Vernunft und Logik hatten ausgespielt, die Augen des Agenten waren der beste Beweis dafür. Mochte sich die Erde öffnen und Rauch und Feuer speien – Mortimer Cray wunderte sich über gar nichts mehr.

Durch die Glasscheibe sah er in den Garten hinaus, wo die Cops seine Büsche und Blumen zertrampelten. Zwischen ihnen stand regungslos noch eine weitere Erinnerung an die Sünden der Vergangenheit. Rouge Kendall klappte sein Handy auf.

Und dann trat Dodd mit dem schnurlosen Telefon neben Mortimer Cray. »Ein Patient, Sir. Er sagt, es sei dringend.«

»Sie erlauben?«, fragte der Psychiater, ohne den FBI-Mann anzusehen. »Vielleicht ein akuter Fall.«

»Machen Sie's kurz und sagen Sie keine Hausbesuche zu.« Arnie Pyle ging ans andere Ende des Gewächshauses und sah zufrieden der Zerstörung einer weiteren Reihe von Orchideen zu.

Mortimer hielt sich das Gerät ans Ohr. »Wer spricht da?«

»Kommen Sie näher an die Scheibe, Doktor«, sagte eine vertraute Stimme.

Mortimer gehorchte.

»Schauen Sie nach links.«

Mortimer wandte sich dem jungen Mann zu, der im Garten stand und in sein Handy sprach. »Sehr schön, jetzt kann ich Ihr Gesicht sehen«, sagte Rouge Kendall. »Gibt dem Gespräch gleich eine persönlichere Note.«

Der FBI-Mann mit den Priesteraugen war wieder neben ihm. »Fassen Sie sich kurz, Doktor. Meine Sache geht vor.«

»Hören Sie nicht auf ihn«, sagte Rouge leise. »Er will Ihnen nur Angst machen. Wenn Sie Ihren Anwalt nicht dabei haben, brauchen Sie nichts zu sagen.«

Mortimer drehte sich zu dem FBI-Agenten um. »Ich muss dieses Gespräch führen. Aussageverweigerung ist mein gutes Recht, und –«

Pyle packte ihn und stieß ihn gegen die Wand. »Ihr Recht können Sie sich sonstwohin stecken! Es geht um das Leben von zwei Kindern. Die Zeit läuft uns davon.«

»Glauben Sie ihm nicht, Dr. Cray«, hörte er Rouge Kendalls geisterhafte Stimme.

»Wir haben Ihren Patienten verhaftet.« Arnie Pyle trat einen Schritt zurück. »Er singt wie eine Nachtigall.«

»Pyle lügt«, sagte Rouge verächtlich. »Das FBI hat nichts Konkretes in der Hand, und Dr. Penny ist nicht in Haft. Die spinnen doch alle.«

Die Cops waren mit dem Garten fertig und gingen ins Haus. Rouge Kendalls Stimme hielt Dr. Cray aus der Dunkelheit heraus weiter fest. Ganz nah klang sie und vertraulich wie die eines Liebhabers, als er flüsterte: »Sie haben Ihrer Nichte verraten, dass ich bei Ihnen in Behandlung war.«

»Kein Wort habe ich davon gesagt!«

Mit zornig funkelnden Priesteraugen schrie Arnie Pyle ihn an: »Ihr Patient ist ein gefährlicher Sadist, Doktor. Aber die Einzelheiten kennen Sie ja besser als ich.«

Der alte Herr schloss die Augen, um Arnie Pyles Gesicht mit Paul Maries Augen nicht mehr sehen zu müssen. Seine Hände zitterten, um ein Haar hätte er das Telefon fallen lassen. Als er die Augen wieder öffnete, hatte Pyle sich zum Gehen gewandt.

»Er blufft«, sagte Rouge. »Dass der Täter ein Sadist sein muss, weiß er von Ali, mehr hat er nicht in der Hand. Übrigens war Dr. Penny tatsächlich von jeher sadistisch veranlagt. Aber wem sage ich das? Sie haben Ali alles über mich – über uns – erzählt.«

»Ich habe niemandem erzählt, dass –«

»Lügner! Als sie herkam, arbeitete sie an meinem Fall. Sie weiß etwas. Von wem hätte sie es sonst erfahren sollen?«

»Was hätte ich ihr erzählen können? Das ist –«

»Hören Sie auf, das Blaue vom Himmel herunterzuschwindeln. Penny hat versprochen, dass Sie meine Andenken gut verwahren würden. Sie aber haben alles der Polizei übergeben.«

»Das ist doch alles nicht wahr.« Mortimer beobachtete Rouge, der im Garten auf und ab ging und die zur Faust geballte Hand hochreckte.

»Ich habe gesehen, wie Sie in diesem verdammten blauen Blumentopf herumgerührt haben. Deutlicher hätte der Wink mit dem Zaunpfahl wohl kaum ausfallen können.«

»Ich weiß wirklich nicht, wovon Sie reden.«

»Für wie dumm halten Sie mich eigentlich? Sie haben den Cops etwas gegeben, was mir gehört. Das will ich zurückhaben, ganz egal wie. Dieser Dreckskerl Penny! Erst will er nur zugucken, dann nimmt er mir meine Sachen weg, weil sie angeblich bei Ihnen besser aufgehoben sind.«

»Ich habe nie –«

»Ich war dabei!« Rouge Kendalls Stimme war lauter geworden. »Ich habe Sie mit diesem Scheißblumentopf in der Hand gesehen. Sie haben es so gedreht, dass die Cops meine Sachen finden mussten.«

»Nein, ich schwöre –«

»Bilden Sie sich wirklich ein, Sie könnten Ihre Hände in Unschuld waschen, nur weil Sie meinen Namen nicht genannt haben? Sie haben den Bullen doch das Beweismaterial auf einem silbernen Tablett präsentiert. Und Sie haben es

Ali gesagt. Ich kann nicht zulassen, dass sie es weitererzählt. Nicht jeder nimmt es schließlich mit der Schweigepflicht so genau wie Sie. Der Mord an Ali wird der erste sein, den Dr. Penny solo begeht. Wahrscheinlich wird er ihn vermasseln, aber ich kann schließlich nicht überall zugleich sein.«

»Es reicht, Doktor.« Arnie Pyle stand ganz dicht – zu dicht – vor ihm. »Ich brauche einen Namen, eine Ortsangabe, irgendetwas. Und zwar sofort. Machen Sie Schluss mit diesem verdammten Gespräch.«

»Vielleicht lässt Dr. Penny zu Alis Schreien ein Tonband laufen«, flüsterte Rouge ihm ins Ohr. »Das könnt ihr euch dann bei eurer nächsten Sitzung anhören.«

»Nein, bitte ... Sie ist –« Mortimer versuchte den FBI-Mann zurückzudrängen, der die Hand nach dem Telefon ausstreckte.

»Es lebe der kleine Unterschied, Dr. Cray! Anderer Leute Kinder umzubringen ist in Ordnung, wie? Aber wenn's um Ihre geliebte Nichte geht ...«

Die geisterhafte Stimme drang rücksichtslos in ihn ein, war wie ein Überfall, eine Vergewaltigung. »Im Gegensatz zu mir«, sagte Rouge, »bevorzugte Dr. Penny eigentlich erwachsene Opfer, musste sich aber mit kleinen Mädchen zufrieden geben, denn nur bei deren Ermordung konnte er wenigstens in einer Zuschauerrolle dabei sein. Dass er jetzt kurz davor steht, seinen ersten richtigen Mord zu begehen, beweist eine bemerkenswerte Persönlichkeitsentwicklung, finden Sie nicht? Sie müssen sehr stolz sein. Wissen Sie, wie sehr er in Wirklichkeit Frauen hasst? Natürlich wissen Sie das. Und er ist Arzt. Wer weiß mehr über Schmerzen? All diese scharfen Instrumente ...«

»Das dürfen Sie nicht zulassen.«

»Nicht so laut«, sagte Rouge sanft. »Es muss doch nicht jeder wissen, dass Sie einen Patienten verraten haben. Nicht nach all den Opfern, die Sie gebracht haben. Das heißt – eigentlich waren es ja andere, die die Opfer bringen mussten.

Nun ja, vielleicht ist das, was Ali jetzt durchmacht, eine Vergeltung für Ihre Missetaten.«

»Bitte, Sie müssen Myles stoppen, ehe er –«

»Myles?« Das Gespräch war unterbrochen. Der junge Mann im Garten steckte hastig sein Handy wieder ein.

Die Wiederholung des Namens und das Fragezeichen dahinter ließen Mortimer blitzartig und mit schmerzhafter Klarheit erkennen, dass er Verräter und Verratener zugleich geworden war.

»Sagen Sie mir nur eins«, schrie Arnie Pyle ihn an. »Hat der Dreckskerl Ihnen gesagt, wohin er die Kinder gebracht hat? Bilden Sie sich ja nicht ein, dass Sie durch die ärztliche Schweigepflicht vor mir sicher sind. Wenn's sein muss, schreibe ich eigens für Sie die Gesetze um, Doktor.«

Chief Croft war hereingekommen und ging auf Agent Pyle zu. Der winkte ungeduldig ab und fuhr Dr. Cray an: »Oz Almo hat uns den Kerl ans Messer geliefert. Almo hat William Penny erpresst. Ich weiß, was der mit kleinen Mädchen anstellt.«

Einer der Ortspolizisten trat vor. »Damit hat Oz aber Dr. Penny nicht erpresst.«

Arnie Pyle verzog gepeinigt das Gesicht. »Herrgott, Junge, kannst du nicht noch fünf Sekunden warten?«

Chief Croft zog den jungen Mann zur Seite, aber dessen nächste Worte waren klar und deutlich bis in alle Ecken zu hören. »Rita Anderson hat gestanden. Sie hat Oz dabei geholfen, den Doktor zu erpressen. Rita hasst den Kerl.«

Chief Croft legte Billy Poor einen Arm um die Schulter und schob ihn zur Tür. »Fahr zurück ins Revier, Junge, und schreib dort deinen Bericht, da ist es ruhiger.«

Billy Poor aber überhörte auch diesen Wink. »Als wir uns Dr. Penny in dem Motel geschnappt hatten«, sagte er, »hat Rita gedacht, dass wir hinter ihr her sind. Noch auf dem Parkplatz hat sie angefangen zu reden. So laut, dass es jeder, der nicht gerade taub war, mitgekriegt hat. Dr. Penny hat die

Frauen seiner Patienten gevögelt. Sie hätten sehen sollen, was der Typ für ein Gesicht gemacht hat, als die Handschellen zugeschnappt sind. Rita hat geredet wie –«

Der FBI-Mann blickte stumm leidend in die Ferne. »Alles klar, Arnie.« Rouge Kendall stand in der Tür. »Wir haben den falschen Penny verhaftet. Unser Mann ist Myles. Dr. Cray hat es am Telefon bestätigt, und Donaldson hat auf dem Nebenanschluss mitgehört. Zwei Zeugen.«

Rouge hatte seinen alten Doktor in den Abgrund gestoßen.

Er wandte sich an seine Kollegen. »Harrison, Sie rufen Marge an, sie soll die Autonummer von Myles Penny feststellen lassen. Donaldson? Chief Croft sagt, dass sich bei den Penny-Brüdern niemand meldet. Fahren Sie zur Klinik.«

Mortimer sah durch die Glaswand in den Garten hinaus und grübelte über Berufsehre und Verrat nach. Weitere Polizisten drängten jetzt ins Gewächshaus. In der spiegelnden Scheibe sah er, wie Rouge die Hand hob.

»Einsatzbefehl an alle Einheiten! Gesucht wird der Kombi von Myles Penny. Marge Jonas hat das Kennzeichen, sie vergibt die Suchkoordinaten. Abzudecken sind alle Straßen rund um den Ort. Da, wo sein Wagen steht, sind auch die Kinder.«

Im Handumdrehen leerte sich der Raum. Rouge und Charlie wechselten noch ein paar Worte miteinander, der FBI-Agent stand in einigem Abstand von ihnen und sprach in sein Handy. Und wo war Ali? Warum war sie nicht da, um ihren Triumph auszukosten? Der alte Arzt ging mit schweren Schritten auf die Polizeibeamten zu. Rouge drehte sich um.

»Ich muss wissen, was Ali –«, fing Mortimer an, dann unterbrach er sich und senkte den Kopf. Nein, er wollte im Grunde gar nicht wissen, ob sie gezielt auf seine Vernichtung hingearbeitet hatte. Stattdessen fragte er nur: »Wo ist meine Nichte?«

»Sie sieht sich in einem unbewohnten Haus am See um.« Charlie Croft warf einen Blick auf die Uhr. »Ich habe ihr versprochen, dass ich –«

»In einem unbewohnten Haus? Was will sie denn da?« Arnie war neben Chief Croft aufgetaucht.

»Sie sucht nach Trüffeln, hat sie zu mir gesagt.«

Ali erkannte jetzt Einzelheiten in dem kleinen Kellerraum: Die Staubschicht auf den Geräten, die zusammengeknüllten Handtücher in einem Korb unter der Wäscherutsche, die Skalen des Heizkessels. Einen Sicherungskasten entdeckte sie nicht. Vielleicht war er unten im anderen Keller.

Sie horchte auf, als sie ein Geräusch wahrnahm. Draußen fuhr ein Auto vor. Demnach war Charlie Croft wieder da. Sollte sie auf ihn warten? Aber warum eigentlich? Entschlossen stieg sie die Treppe zum zweiten Kellergeschoss hinunter.

Die Tür ließ sich mühelos öffnen, als sie den Knauf drehte. Anders als der an der oberen Tür hatte er keinen Sperrknopf. Zwischen dicken Baumstämmen sah sie Licht schimmern. *Bäume im Haus?* Unglaublich! Mit der Taschenlampe leuchtete sie an den Stämmen hoch bis zur Decke, unter der sich ein Gewirr von Rohrleitungen hinzog und die mit Abertausenden jetzt dunkler Glühbirnen bestückt war.

Sie ließ die Tür los und ging um einen der Stämme herum. Das matte Licht kam von einer zweiten Taschenlampe, deren Strahl auf eine kleine Gestalt in roter Jacke und mit langem blonden Haar gerichtet war. Während Ali näher trat, schlug die Tür zu. Sie fuhr herum. Finger krallten sich in ihr Haar. Es dauerte einen Augenblick, bis sie begriffen hatte, dass es nur tiefhängende Zweige waren.

An der Tür war niemand.

Ali ging auf die Kindergestalt zu. Mit den hohen Absätzen blieb sie immer wieder in der weichen Erde stecken, und plötzlich stolperte sie über etwas Dunkles, das sie in dem tiefen Dämmerlicht zunächst nicht erkannt hatte. Der Lichtkegel ihrer Taschenlampe erfasste einen Hundekadaver. Rasch rappelte sie sich auf und lief auf das Kind mit der roten Jacke zu. Gwen Hubble.

Sie kniete sich hin und leuchtete das Gesicht des Mädchens an. Die Augen waren geschlossen wie bei einer Schlafenden, die Haut leuchtete weiß auf der dunklen Erde. Das blonde Haar umgab das farblose Gesicht wie ein grotesker Heiligenschein. Ali berührte den Körper des Mädchens.

Kalt und steif – wie der Hund.

Grünes Pulver rieselte aus Gwens fest geschlossener Hand und hing in Spuren an der roten Jacke. Ali stippte den Zeigefinger hinein und berührte es mit der Zunge, die sofort anfing zu brennen. Sie spuckte aus. Ihre Gedanken überschlugen sich. Eine Zehnjährige und Selbstmord? Undenkbar!

Plötzlich wurde es sehr hell im Keller. Das Licht blendete so stark, dass es eine Weile dauerte, bis Ali den Umriss eines Mannes erkannte, der in dem schmalen Treppenabgang stand und mit einer Hand die Tür aufhielt.

»Charlie?«

Sie sah jetzt klarer, aber das Gesicht des Mannes war von ihr abgewandt, während er den Sicherungskasten wieder schloss, der hoch oben in einer kleinen Nische der Treppenhauswand angebracht war.

»Es werde Licht«, sagte eine vertraute Stimme. Der Mann schob einen Betonklotz vor die Tür, um sie am Zuschlagen zu hindern. Vor Alis Augen tanzten verschwommene Bilder, waberte leuchtender Nebel. Im Näherkommen sagte er: »Sie haben also Gwen gefunden.«

»Myles?«

Er versetzte dem reglosen Kinderkörper einen leichten Tritt. »Kleines Miststück. Mausetot. Schade um all die Mühe. Sie staunen, Ali? Ich darf mir wohl gratulieren, dass ich nichts getan habe, um Sie auf diese Spur zu setzen.«

William war also nur ein schäbiger Opportunist. Der eigentliche Sadist in der Familie war Myles, und sie hatte die Signale, die er ausgesandt hatte, allesamt übersehen. »Nein, Myles, ich staune nicht.« Nicht mehr. »Es war das Licht. Es hat mich geblendet.«

Im Rückblick vermochte sie jetzt auch Details zu deuten, die ihr bisher entgangen waren. Sie dachte an den Besuch der Brüder im Gewächshaus ihres Onkels zurück und an all das, was Myles bis zum Orgasmus erregt haben musste: Das Gespräch über die Obduktion, die Preisgabe intimer Einzelheiten, die Susan Kendalls Körper betrafen. Kein Wunder, dass Onkel Mortimers Hände gezittert hatten, so dass er seinen Wein verschüttet hatte und fast außer sich geraten war.

»Sie wussten nicht, dass ich es war«, sagte er herausfordernd. Dass Ali nichts geahnt hatte, war ihm wichtig.

Sie hatte ihn tatsächlich nie in Verdacht gehabt. »Erinnern Sie sich an die erste Abendgesellschaft, an der ich teilnehmen durfte, Myles? Es war das Jahr, als ich aufs College kam. Ich war achtzehn.« Wie lange würde sie noch auf Charlie Croft warten müssen?

»O ja, ich erinnere mich sehr gut«, gab Myles genüßlich zurück.

Er hatte sich an jenem Abend vermutlich unzählige Male an der Erinnerung geweidet, denn er war derjenige gewesen, der ihr gesagt hatte, dass Susan Kendall tot war. So anschaulich hatte er das Verbrechen geschildert, dass Ali das Bild der sterbenden, der toten Susan im kalten Schnee viele Jahre lang nicht hatte abschütteln können.

»An jenem Abend haben Sie die Geschichte zum ersten Mal gehört, nicht?« Myles versetzte Gwen Hubbles reglosem Körper noch einen halbherzigen Tritt. Das goldene Haar bewegte sich und schimmerte wie lebendig. »Die da hat's als Einzige bis ins landesweite Fernsehen geschafft. Wenn ich mich recht erinnere, hatten Ihre Eltern nichts Eiligers zu tun, als in dem Jahr, als Susan starb, mit Ihnen nach Nebraska zu ziehen.«

Ali nickte. Der Onkel hatte ihrem Vater zugeredet, eine Stellung im Mittelwesten anzunehmen, hatte sich sogar erboten, das Haus der Familie zu verkaufen und auch sonst alles zu tun, damit der Umzug schnell vonstatten gehen konnte. Ali hatte viele Wochen im Krankenhaus verbracht, niemand hatte ihr erzählt, dass Susan Kendall verschwunden und später tot aufgefunden worden war.

»Haben Sie mal überlegt, warum der Alte Sie loswerden wollte?«

»Weil er dachte, Sie würden mich umbringen.«

»Gut geraten, Ali. Für ihn war das wohl die schwerste Belastungsprobe für sein Berufsethos, die schlimmste Folter, die ich mir für ihn ausdenken konnte: Die Vorstellung, ich könnte das Kind seines Bruders töten. Der Trottel sieht sich als modernen Hiob. Inzwischen ist er so konfus, dass er nicht mehr weiß, ob ich Gott oder Satan bin. Als Sie wieder in Makers Village aufkreuzten, muss er tausend Tode gestorben sein. Aber zurück zu der Abendgesellschaft: Die war wirklich Spitze.« Man merkte ihm an, wie sehr er die Situation genoss. »Ich habe Ihnen Sachen erzählt, die nie in der Zeitung standen, die nicht mal William wusste, obgleich er die Obduktion durchgeführt hat.«

Erwartete er ein Kompliment, weil er ein so hohes Risiko eingegangen war? Ali schwieg. Sie wollte ihn nicht unnötig reizen. Sittlichkeitsverbrecher sprachen gern über ihre Taten. Wo war Charlie Croft?

»Ich habe mich oft gefragt, ob Sie an jenem Abend erraten hatten, welche Rolle Ihr Onkel in der Sache spielte.«

»Dass er einen Kindermörder behandelte, meinen Sie?« Onkel Mortimer hatte so kleinlaut und schuldbewusst dreingeblickt, wie sie ihn noch nie erlebt hatte. Und da war der erste Schimmer eines Verdachts in ihr aufgekeimt. Sie war den Eindruck nicht mehr losgeworden, dass der Onkel jene blutrünstigen Einzelheiten schon kannte, vielleicht bereits vor der Entdeckung der Leiche erfahren hatte. »Ja, das habe ich mir nach und nach zusammengereimt.«

»Aber dass ich es sein könnte, darauf sind Sie nicht gekommen.«

Wie hätte ich auf so etwas kommen sollen, Myles? Ich war

erst achtzehn. Und Ihnen nicht gewachsen. Noch nicht. »Später schon.«

»Das ist gelogen.«

»Damals habe ich es wirklich nicht gewusst, Myles. Es muss ein ungeheurer Kitzel für Sie gewesen sein, so offen über den Mord zu sprechen – mit einem der Opfer. Dass die Belastung meinen Onkel nicht schon längst umgebracht hat, ist das reinste Wunder. Sein Herz …«

»Und jetzt wundern Sie sich wahrscheinlich, dass ich nach wie vor von Ihrem Onkel zum Essen eingeladen wurde.«

»Überhaupt nicht.«

Die Antwort mochte Myles nicht schmecken, war aber nicht gelogen und völlig plausibel. Seit jeher kamen die Penny-Brüder einmal in der Woche zu Dr. Mortimer Cray zum Abendessen. Hätte er nach Susan Kendalls Tod an diesem Ritual etwas geändert oder die beiden einfach nicht mehr eingeladen, hätte er damit die Aufmerksamkeit auf Myles gelenkt, und William hätte sich Gedanken gemacht. Dr. Cray hätte Fragen beantworten, sich Lügen ausdenken müssen. Es war einfacher, einen Kindermörder an seinem Tisch zu dulden, als sich Erklärungen für sein Fernbleiben ausdenken zu müssen.

Dass sie ihrer knappen Antwort ein hartnäckiges Schweigen folgen ließ, schien Myles zu enttäuschen. Hatte er sich mehr erhofft?

Während der Vernehmung ihres Onkels am Krankenbett hatte Myles sich an der Angst gelabt, die Mortimer schüttelte, als Costello ihm vorwarf, einen Kindermörder zu decken. Myles hatte zum Greifen nah dabeigesessen und jedes Wort mitbekommen, ja, er hatte Dr. Cray sogar so weit gebracht, dass er einen Patientenkontakt zugegeben hatte. Und wieder hatte sich das Monster an Angst und Pein seines Opfers weiden können.

Das Monster? Für den Mann, der jetzt vor ihr stand, schien der Ausdruck zu hoch gegriffen. Er hatte weder Fänge noch Krallen, war ein recht kläglicher, farbloser Mensch ohne gesellschaftlichen Schliff, der seine Einladungen nur dem Ansehen verdankte, das sein Bruder genoss. Sie betrachtete den reglosen Kinderkörper. Wie musste Gwen sich vor ihm geekelt haben. Es war ganz klar, dass Myles sich Kinder hatte stehlen müssen, denn zum Verführer war er entschieden nicht geschaffen.

»Ihr Onkel hätte mich nicht verraten, auch wenn ich Sie umgebracht hätte. Aber Sie waren ein furchtbar fades Kind, Ali, Sie interessierten mich nicht.«

Sie lächelte, was ihn sichtlich ärgerte. »Also nicht einmal dem Anspruch eines Kinderschänders konnte ich gerecht werden.« Sie streifte die hochhackigen Schuhe ab, die sie bei einem Sprint zur Tür behindert hätten. »Eine schlimmere Abfuhr kann man sich wirklich nicht vorstellen.«

»Ich spreche von damals, Ali. Inzwischen hat sich so manches geändert.«

»Onkel Mortimer hat Sie verraten, Myles.« Wie würde sie in einem Kampf gegen ihn abschneiden? »Letztlich konnte er es nicht mehr aushalten und hat Ihre Andenken der Polizei übergeben.« Myles war größer, aber sie war jünger und wendiger. »Die Polizei weiß alles.«

»Mortimer wusste ja noch nicht mal, dass –«

»Er hat sie gefunden.« Sollte sie gleich die Flucht wagen? »Ich war im Gewächshaus, er hat sie mir gezeigt. Die Cops waren fast vollständig versammelt, als er Sie verraten hat.« Oder sollte sie lieber auf Charlie Croft warten?

»Er würde nie einen Patienten preisgeben.«

»Es war schlau von Ihnen, Ihre Schätze in Mortimers Gewächshaus zu verstecken.« War das an dem Tag geschehen, als sie die Penny-Brüder auf einen Drink eingeladen hatte? Sie trat unauffällig ein Stück zur Seite. Jetzt verstellte er ihr nicht mehr den Weg zur Tür, so dass sie zwei Möglichkeiten hatte: Kämpfen oder fliehen. »Ein geschickter Schachzug, Myles. Sie wollten in aller Ruhe abwarten, bis die Wogen sich geglättet hatten, und sich dann Ihre Souvenirs zurückholen. Hätte die Polizei Ihre Beute gefunden, wäre sie nie auf den Gedanken gekommen, dass ausgerechnet Sie etwas mit den Schmuckstücken zu tun hatten. Dass Sie die Kinder in einem fremden Haus versteckt haben, war auch sehr geschickt.«

»Es wird sehr bald mein Haus sein. Ich habe den Testamentsvollstreckern ein sehr anständiges Angebot gemacht.« Er griff in sein Jackett. Was suchte er – ein Skalpell, ein Messer? Die Tür schien plötzlich sehr weit weg zu sein. Sie fror an den nackten Füßen. Welkes Laub raschelte unter ihren Sohlen, als sie das Gewicht verlagerte.

Einen Augenblick glaubte sie ihren Augen nicht zu trauen. Myles mit einer Pistole? Eine ungewöhnliche Waffe für einen Sadisten. Gehörte sie vielleicht Sorrel, dem getöteten Polizisten? Und konnte Myles damit umgehen? Aber man brauchte ja nur den Fernseher einzuschalten, um tagtäglich kostenlose Unterweisung im Umgang mit Handfeuerwaffen zu bekommen. Du drückst ab, und schon spritzt das Blut. Ganz simpel. *Wo bist du, Charlie Croft?*

»Haben Sie eine letzte Botschaft für Ihren Onkel, Ali? Ich richte sie ihm gern bei unserer nächsten Sitzung aus. Er wird mich nicht verraten.«

»Er hat es schon getan, Myles.«

»Das nehme ich Ihnen nicht ab. Mortimer ist doppelt so monströs wie ich: Er besitzt zwar ein Gewissen, aber er verschließt die Ohren vor seiner Stimme.« Myles Penny richtete die Waffe auf Ali. »Und das hält er noch für Edelmut. Ein wirklich guter Mensch hätte seinen Ruf und seine ethischen Grundsätze geopfert, um dieses Kind zu retten.« Er deutete mit der Pistole auf die reglose Gwen. »Es ist seine Schuld, dass sie tot ist.«

»Ich habe nicht gelogen, Myles. Woher sollte ich sonst wissen, wo Sie Ihre Souvenirs versteckt hatten?«

Er lächelte. »Sie haben zu lange in Boston gelebt, Ali, und darüber vergessen, wie es in einer Kleinstadt zugeht. Inzwischen hat sich längst herumgesprochen, wie das mit der Razzia in dem Gewächshaus gelaufen ist. Und deshalb steht für mich auch fest, dass Mortimer den Schmuck nicht freiwillig herausgegeben, sondern dass die Polizei ihn gefunden hat.«

Er hatte mit ihr gespielt. Das Spiel des Sadisten, der sich keine Chance entgehen lässt. Sonderbarerweise empfand Ali das sogar noch in dieser Situation als sehr demütigend.

»Ach ja, und noch etwas Amüsantes, Ali. Gerade jetzt nehmen sie das Gewächshaus nochmals auseinander. Diesmal werden sie ein Medaillon finden.« Er sah auf die kleine Leiche herunter. »Damit die Mutter sie identifizieren kann. Aber Mortimer dürfte kaum noch so lange leben, dass man ihm den Prozess machen kann.«

»Die Polizei weiß über dieses Haus Bescheid.«

Myles sah sich in dem großen Raum um und schien sich das Lachen zu verbeißen. »Und wo sind die Cops mit ihren Spaten? Warum wühlen sie in Mortimers Garten herum, statt in diesem Keller die vielen kleinen Gräber freizulegen? Warum ist die Leiche noch hier?«

»Ich habe die Polizei verständigt, als –«

»Was Sie da zusammenschwindeln, Ali, ist geradezu kläglich.«

Sie musste ihm Recht geben, aber er glaubte ihr ja nicht einmal dann, wenn sie die Wahrheit sagte. »Ich hatte den Eindruck, dass Sie es darauf anlegen, gefasst zu werden, Myles. Haben Sie nicht deshalb die lila Jacke an den Straßenrand gelegt? Die erste Abweichung vom Schema. Sie wollten, dass die Polizei die Jacke findet – und damit auch Sie.«

»Wozu basteln Sie sich so eine verwickelte Erklärung zusammen, wenn die Sache doch sonnenklar ist? Ich wollte die Cops ablenken und dazu bringen, in die falsche Richtung zu laufen. Das Leben ist manchmal sehr viel einfacher, als man denkt.«

Sie stutzte, als sie sein herablassendes Lächeln sah. Offenbar konnte sie Lüge und Wahrheit nicht besser unterscheiden als Myles. Sie versuchte es noch ein letztes Mal. »Was ist mit der Trüffel, die die Polizei im Jackenfutter gefunden hat? Sie führt geradewegs zu diesem Haus. Und das würde bedeuten, dass Sie die Polizei nicht ablenken, sondern hierher locken wollten. Trüffel wachsen unter der Erde, Sie müssen also –«

»Da sind Sie aber gründlich auf dem Holzweg. Der verdammte Köter war so ausgehungert, dass er nach den Dingern gebuddelt und sie gefressen hat. Hier gab es mal jede Menge Trüffel, nur hat er die inzwischen alle verputzt. Mit Ihrer Logik scheint es zu hapern.«

»Die Polizei weiß, wo ich bin. Ein Cop hat mich hergefahren. Vielleicht steht er schon draußen. Wenn er den Schuss hört –«

»Muss ich denn alles zweimal sagen? Die Cops sind in Mortimers Gewächshaus. Ich halte es für sehr unwahrscheinlich, dass jemand genau sagen könnte, wo Sie sich jetzt aufhalten. Selbst die Putzfrau, die hier jahrelang gearbeitet hat, weiß nichts von diesem Raum. Wenn Evy Vickers auf Urlaub fuhr, hat sie Rita immer Geld gegeben, damit sie den Hund in die Hundepension bringt, aber weil Rita sich von dem Geld nicht trennen konnte, hat William, der mit ihr schläft, mich überredet, den Hund zu füttern. Ja, und dann …«

»Die Arztrechnungen, die Rita Anderson für ihren Mann bezahlen muss, sind unheimlich hoch. Sie weiß sehr wohl von dem Raum, Myles, sie hat –«

»Erst ziehen Sie über Mortimer her und jetzt über Rita.« Grinsend schüttelte er den Kopf. »Eine Perle von Putzfrau ist die gute Rita nicht, sie wäre nie auf die Idee gekommen, hinter dem Heizkessel sauberzumachen. Hätte sie die Tür gefunden und diese Bäume gesehen, würden das in Makers Village schon längst die Spatzen von den Dächern pfeifen. So langsam wird mir klar, warum Sie die Aufnahmeprüfung für St. Ursula nicht geschafft haben, Ali.«

»Und woher hätte ich wissen sollen, dass Ritas Arztrechnungen –«

»Dass sie einen herzkranken Mann hat und die Arztkosten nicht bezahlen kann, ist hier hinlänglich bekannt. Arme Ali, eine Intelligenzbestie ist nicht aus Ihnen geworden. Hässlich und schwer von Begriff zugleich – das ist hart!«

Ihr Gesicht brannte. Ob er sah, wie rot sie geworden war? »Dann wissen Sie also, dass ich Rita kenne. Sie hat mir von der Tür –«

»Sie haben den Raum zufällig entdeckt, genau wie ich. Allerdings wohl unter anderen Vorzeichen. *Ich* habe dem Hund einen Tritt gegeben, so dass er in die Ecke hinter dem Heizkessel flog, und dabei bin ich dann auf die Tür gestoßen. *Sie* wollten nachsehen, ob die Cops ihre Schulaufgaben gemacht haben und nicht doch hier irgendwo zwei Leichen versteckt sind. Das war Ihre einzige wirklich gute Idee. Für die Waschküche haben die sich nämlich gerade mal zwei Sekunden Zeit genommen. Ich weiß, wovon ich rede, ich habe ihnen nämlich beim Suchen geholfen.«

Die Pistole war auf ihr Gesicht gerichtet. Jetzt wartete er wohl darauf, dass sie ihre Angst artikulierte und ihm damit Befriedigung verschaffte. »Chief Croft ist –«

»Hören Sie bloß auf damit«, sagte er gereizt. »Sie hätten den Cops doch nie verraten, dass Sie einen Kontrollgang machen wollten. Es wird Zeit, Ali. Schade, ich hätte gern noch ein bisschen länger meinen Spaß an Ihnen gehabt.«

Doch es fiel ihm wohl wirklich schwer, dem Spaß ein Ende zu machen. Er richtete die Pistole auf ihr linkes Auge. Quälend lange Sekunden verstrichen, in denen er sie in die schwarze Öffnung blicken ließ, ihr Zeit gab sich auszumalen, was sie erwartete. Zeit genug, um zu begreifen, dass sie hier sterben würde. Schließlich ließ er die Waffe wieder sinken und zielte auf ihre Brust.

Ali hörte den Knall. Ungläubig sah sie auf das schwarze Loch mit dem breiten roten Rand in ihrer Bluse. Sie fiel auf die Knie und hatte noch kurz Zeit zum Staunen, denn so hatte sie sich nach den vielen Fernsehfilmen das Sterben nicht vorgestellt. Es gab keine Druckwelle, die sie nach hinten schleuderte, sondern sie kippte langsam vornüber und landete mit dem Gesicht auf der Erde.

Der Mann kniete vor dem reglosen Kinderkörper. Sein schaler Atem streifte das blasse Gesicht. Als er nur noch Zentimeter von ihr entfernt war, schlug Gwen unvermittelt die Augen auf und zeigte ihm nach Hundeart knurrend die Zähne. Er war verblüfft, nein, besser noch, er war so konsterniert, dass er nach Luft schnappte, zurückwich und nicht merkte, dass Gwen den Arm gehoben hatte. Sie holte aus und warf ihm den grünen Kunstdünger in die weit aufgerissenen Augen. Die Pistole fiel ihm aus der Hand, er rieb sich die brennenden Augäpfel und stieß einen lauten Schmerzensschrei aus. Er war in die Knie gegangen und rutschte nun über den Boden wie Blizzard, der Mann ohne Beine.

Lon Chaney, 1920.

Für Gwen stand fest, dass er nichts mehr sehen konnte. Immer noch schrie er laut vor Schmerz. Aber Gwens Ruf übertönte sein Gejammer. »Geronimo!«

Dürres Laub flog auf, als Sadie aus der Grube hochschnellte. Die lockere Erde, unter der sie sich versteckt hatte, rieselte über das blutbeschmierte Gesicht. Der geblendete Mann konnte zwar die roten Blitze auf Sadies Wangen nicht sehen, aber Gwen gaben sie ein wenig Mut. Sadie hielt die blinkende Klinge hoch und jagte sie dem auf den Knien hin und her schwankenden Mann in den Schenkel. Sein Gesicht verzerrte sich, er brüllte laut auf und fuchtelte blindlings mit der Faust herum. Dabei traf er Sadie an der Schläfe. Der Schwung schleuderte sie an die Feldsteinmauer.

Sadie! Nein!

Sadie glitt an der rauen Wand herunter, der Mann drehte sich um und – sah Gwen an!

Aus dem einen Auge quollen Blut und grüner Schleim, das andere war blutunterlaufen und glitzerte wuterfüllt. Er kam auf sie zu und streckte die Hand nach ihr aus.

Die Pistole lag einen knappen Meter von ihr entfernt. Da Gwen mit dem verletzten Bein nicht weglaufen konnte, flüchtete sie sich in ihr Inneres und drehte sich dort voller Panik im Kreis. Anzusehen war ihr die wachsende Verzweiflung nicht.

Sie lag mit festgeschlossenen Augen und Lippen regungslos da. Nur eine Hand hatte Mut gefasst und bewegte sich sacht.

Sie schlug die Augen auf. Sadie kam gerade mühsam wieder auf die Beine.

Gwen spürte, wie ihre Schultermuskeln sich lockerten, während ihr Arm der Bewegung ihrer Finger folgte, die sich auf die Waffe zubewegten. Würde sie das schwere Ding überhaupt heben können? Aus dem Augenwinkel sah sie, wie der Mann Sadie hochstemmte. Gwens Hand schloss sich um den kalten Stahl. Sadie strampelte hilflos mit den Beinen.

Eine Hand legte sich auf die von Gwen. Noch ein Monster? Sie erschrak vor dem Anblick der Narbe, die im Zickzack verlief wie das mit Hundeblut gezeichnete Muster auf Sadies Wangen. Der rote Mund war verzerrt, die Zähne waren gefletscht, aus einem Loch in der Brust der Frau floß Blut, und auf ihrem Gesicht lag ein Ausdruck, der Gwen den Atem nahm. Noch nie hatte sie Hass so hautnah gespürt. Sie zuckte zusammen, als die Waffe ihrer Hand entglitt.

Die Frau hatte sich auf die Ellbogen gestützt, sie hob die Waffe und zielte. Und noch einmal erbebte der Keller unter einem ohrenbetäubenden Knall.

Der Mann stürzte.

Sadie? Wo war Sadie?

Gwens Körper versteifte sich, als der Mann in ihre Richtung kroch. Sie war wie gelähmt. Der Revolver in der Hand der Frau knallte noch einmal, diesmal aber nicht so laut. Wie war so etwas möglich?

Halbtaub, aber seltsam unbeteiligt sah Gwen, wie der

Schuss dem Mann den Hinterkopf und Fetzen von Haut und Haaren wegsprengte. Sie merkte kaum, dass das Blut bis zu ihr spritzte. Es war alles so unwirklich.

»Sadie?«

Wie still es plötzlich war. Gwen nahm ihre ganze Kraft zusammen. Sie versuchte aufzustehen, fiel aber gleich wieder hin. Ihr Gesicht war halb in der Erde vergraben, so dass ein Auge ins Dunkel sah und das andere ins Licht.

Zwei Männer kamen im Laufschritt durch die Türöffnung. Einer hatte große, traurige Augen. Die Schöße seines langen Mantels flatterten wie schwarze Schwingen. Der andere, der mit der braunen Jacke und dem rotbraunen Haar, war zuerst bei ihr.

Jetzt konnte sie wieder hören. Viele Füße trampelten die Treppe hinunter, sie sah die Hosenbeine von immer mehr Männern, die in den Keller stürmten. Stimmen und Schritte vermischten sich mit dem Krächzen von Funkgeräten, aber alle Geräusche kamen wie aus weiter Ferne. Obgleich sie ganz still lag, hatte Gwen das Gefühl, dass ein schwarzer Fluss sie von all diesen Menschen und vom Licht forttrug. Sie kannte diesen Fluss. Wie hieß er noch gleich?

Und dann war sie wieder zurück in der Welt. Einer kalten, sehr kalten Welt. Starke Arme drehten sie herum, so dass ihr Gesicht dem gleißenden Deckenlicht zugewandt war. Der Mann mit dem roten Haar hob sie hoch, wickelte sie in seine Lammfelljacke, wärmte sie mit dem flauschigen Futter und mit seinem Körper.

Sie hörte die Stimme des anderen Mannes: »Ali! Herrgott, Ali!«

Dann waren da nur noch die Dunkelheit des Fiebers und der schwarze Fluss, auf dem sie dahintrieb. Und während die Strömung sie sanft in einem warmen, lammfellgefütterten Boot wiegte, wandte sie das Gesicht dem rasch entschwindenden Ufer zu, wo klein und ernst das andere Kind allein zurückblieb.

12

Ali Cray hatte die Papierpantoffeln verloren, und der Gürtel ihres Krankenhauskittels löste sich, als sie barfuß über den Gang der Kinderstation zu dem Zimmer rannte, aus dem der Schrei eines Kindes kam.

Die Ärzte hatten sie zwar schon einen Tag nach der Operation aus dem Bett gescheucht, aber auch jetzt noch, zwei Wochen später, war sie nach dem kurzen Trab völlig erschöpft. An den Türrahmen gelehnt kam sie nur mühsam wieder zu Atem, während sie zusah, wie zwei Erwachsene ein kleines Mädchen terrorisierten, das noch nicht mal wieder laufen konnte. Dabei galt Alis Sympathie zur Hälfte den Terroristen, denn die Eltern meinten es gut.

Marsha Hubble war zögernd am Bett ihrer Tochter stehengeblieben. »Das haben wir doch alles schon durchgesprochen, Gwen. Ich weiß, dass du –«

»Sag's nicht«, fuhr Gwen sie an und hielt sich die Ohren zu. »Sag's nicht schon wieder.«

»Bitte, Schätzchen«, flehte der Vater. Und dann wuselten sie beide nervös um die Kleine herum, versuchten sie mit zärtlichen Worten und hilflosen Gesten zu besänftigen und streckten die Hände nach ihr aus. Gwen wehrte sie mit einer heftigen Bewegung ab, dann hielt sie sich erneut die Ohren zu und schrie, um ihre Worte zu überhören. Der Zehnjährigen mussten die Eltern in diesem Augenblick wie Ungeheuer vorkommen, und die Worte, mit denen sie der Tochter ihre Liebe beweisen wollten, wie irre Fieberreden. Mit ihrer Version der Vorgänge in jenem Keller trafen sie Gwen mitten ins Herz.

Jetzt hatten sie Ali gesehen. Wäre da nicht das verzweifelte Kind gewesen, hätte man über die Szene fast lachen können. Die Eltern erstarrten wie ertappt mitten in der Bewegung, dann ließen sie die Hände sinken und zogen sich vom

Krankenbett zurück. Ali stellte befriedigt fest, dass beide verlegen wirkten. Die Heilung ist stets ein langwieriger Prozess. Körperlich erholen Kinder sich schnell. Die Seele lässt sich damit meist mehr Zeit.

»Das war nicht ausgemacht.« Ali deutete vielsagend zur Tür. »Wir sprechen uns später.« *Wenn ich den Schaden repariert habe.*

Marsha Hubble erhob keinen Widerspruch mehr. Ali hatte im Kampf mit der Politikerin den Sieg davongetragen. Wortlos folgte sie ihrem Mann auf den Gang. Ali machte die Tür zu, um Gwen vor weiteren Überfällen zu schützen, die zweifellos gut gemeint waren, aber nur immer neue Wunden zu schlagen drohten.

»Hallo, Kleines.« Sie zog sich einen Stuhl heran und lächelte dem verstörten Kind zu. »Ich wollte mich verabschieden. Heute darf ich nach Hause. Am Nachmittag kommt eine Kollegin von mir vorbei. Ich denke, du wirst sie mögen.«

Von der Kinderpsychologin, die Ali ausgesucht hatte, war bekannt, dass sie eher für die Kinder als für die Eltern Partei ergriff.

Gwen erfasste ihre Hand. »Aber bevor Sie weggehen –«

»– rede ich mit ihnen, das verspreche ich dir.« Dass ein Kind ein selbstständiger kleiner Mensch war, ließ sich immer nur schwer vermitteln. Früher oder später aber würden die Eltern begreifen, dass ihre Tochter ein Recht auf ihren Glauben an Sadie Green hatte. »Sie machen manchmal Fehler, Gwen, aber sie lieben dich. Mehr als alles in der Welt.«

»Ich weiß. Nur – sie wollen, dass ich mich ändere, dass ich es so sehe wie sie. Aber meine Version ist besser.«

»Das glaube ich auch«, bestätigte Ali. Es war ihre ehrliche Überzeugung, obgleich sie damit an die Grundfesten ihres Berufs rührte. Sie lehnte sich zurück und musterte das kleine Mädchen, das wieder einmal die These bestätigte, alle Kinder von St. Ursula seien irgendwie Sonderlinge. In Gwen steckte entschieden mehr, als die Eltern ihr zutrauten. Nach deren Aussage war ihre Tochter ein ausgesprochen ängstliches Kind. Ali war anderer Ansicht. In der Seele zu lesen war eine Kunst, und als Künstlerin bewunderte sie Gwen inzwischen sehr. Sie hatte eine stärkere Persönlichkeit als viele Erwachsene – und den Mut, zu ihrer Überzeugung zu stehen.

»Jetzt gehe ich raus und wasche deinen Eltern mal tüchtig den Kopf. Wir werden sie schon wieder auf Vordermann bringen!«

Gwen nickte, ließ aber Alis Hand nicht los. »Sie waren dabei. Sie wissen, was passiert ist. Sie haben es gesehen.«

»Nein, Kleines, leider nicht.« Sie hatte sich ganz auf das Ungeheuer konzentriert. Auf die Fliege, wie Sadie es ausgedrückt hatte. In den langen Tagen der Genesung hatte Ali viel von der toten Sadie Green gelernt und teilte die Meinung dieses tapferen Kindes, dass der arme misshandelte Hund unter den Eichen mehr Menschlichkeit besessen hatte als Myles Penny.

Ali hatte das Wunder im Keller nicht mit angesehen, aber sie wurde die Bilder nicht los, die Gwen ihr in den Kopf gesetzt hatte. Bilder, die so anschaulich waren, dass Ali im Lauf der Jahre immer weniger wusste, was sich in jener Weihnachtsnacht wirklich zugetragen hatte.

Zu packen hatte er nicht viel in diesem kargen, kahlen Raum ohne Fotos oder andere persönliche Habseligkeiten, die so eine Umgebung menschlicher machen. Der Wachmann wartete, um ihn zum Direktor zu bringen, wo weitere Schriftstücke zu unterzeichnen waren, ehe sich die Gefängnistore endlich öffnen würden. Ein weißhaariger Kalfaktor in Gefängniskluft tunkte schon einen Mop in einen Eimer mit Seifenwasser. Er hatte es offenbar eilig, mit dem Putzen von Paul Maries Zelle zu beginnen.

In diesem älteren Teil der Haftanstalt gab es keine automatischen Schließvorrichtungen, sondern nur konventionelle Schlösser. Der Wachmann ließ die Tür an ihren Scharnieren hin und her schwingen. »Sie hätten den Dreckskerl verklagen sollen.«

Der Kalfaktor nickte zustimmend, während er mit seinem Mop über den Zellenboden fuhr.

Paul Marie schüttelte den Kopf. Es war ihm lieber, heute in die Freiheit entlassen zu werden, als ein Jahr auf einen neuen Prozeß zu warten. Das war der Handel, auf den er sich eingelassen hatte, auch wenn es ein schlechtes Geschäft für ihn war: Bedingungslose Begnadigung durch den Gouverneur gegen die Zusage, die Stadt wegen der fünfzehnjährigen unberechtigten Inhaftierung nicht zu verklagen. Dabei hatte man ihn mit der Androhung eines Verfahrens wegen tätlicher Angriffe auf Mithäftlinge unter Druck gesetzt, obgleich es sich dabei in allen Fällen um Notwehr gehandelt hatte.

Jetzt machte der Wachmann die Tür weit auf und winkte dem Priester, ihm zu folgen. Die Gittertür schlug mit einem sehr endgültigen Scheppern zu, nur um sofort wieder aufzuspringen. »Komisch, das ist mir noch nie passiert«, wunderte sich der Wachmann. Er machte die Tür noch einmal auf und prüfte Schloss und Scharniere. Dann bildeten die Gitterstäbe wieder eine undurchdringliche Mauer.

Der Alte war in der Zelle mit Putzen fertig, hatte das Bett abgezogen und war dabei, die Matratze umzudrehen. Unwillkürlich warf Paul Marie noch einen Blick zurück durch die Gitterstäbe. Jetzt konnte er durch das Eisengestell des Bettes bis auf den Boden sehen.

Sein alter Gefährte, der Schatten, war verschwunden. Unter dem Bett sah man im hellen Tageslicht nur noch letzte Spuren von seifigem Wasser.

Als er eine Stunde später das Hauptgebäude der Haftanstalt verließ, trug er einen Priesterrock und dieselben Schuhe wie vor fünfzehn Jahren. Erst als das hohe Tor hinter ihm lag, blickte er hoch. Seit langem freute er sich darauf, statt Mauern und Gittern wieder ein Stück Himmel zu sehen. Doch statt der blauen Unendlichkeit, die er sich ausgemalt hatte, erblickte er tief hängende Wolken in perlgrauem Licht. So hatte er sich die Freiheit eigentlich nicht vorgestellt.

Pater Domina begrüßte ihn mit einem freundlichen Lächeln, als sei der Jüngere nur ein paar Stunden fort gewesen. Paul Marie fühlte seinen Körper schmaler und leichter werden. Während er auf den alten Priester zuging, der sein altes Leben, sein alltägliches Schicksal getreulich für ihn aufbewahrt hatte, meinte er bei jedem Schritt in den alten Schuhen zu spüren, wie seine Muskelpakete schrumpften.

Während sie in einem Mietwagen nach Makers Village fuhren, spulte Pater Domina ab, was an Pflichten und Besuchen in der Gemeinde zu erledigen war – Aufgaben, die das Leben eines normalen Geistlichen ausmachten. Das Gefängnis war nur noch ein kleiner grauer Fleck in der weiten Ebene. Der Himmel hatte Pater Marie enttäuscht, die Erde aber entschädigte ihn dafür mit ihrer Weite und ihrem endlosen Horizont.

Irgendetwas aber fehlte, war verloren gegangen. Pater Domina tätschelte ihm gütig die Hand. Er deutete das Schweigen des Jüngeren als Freude, die ihm die Sprache verschlagen hatte, und übersah die Zeichen eines gebrochenen Gemütes – das leere Grinsen, den starren Blick, die Tränen, die ihm übers Gesicht liefen.

Paul Marie schüttelte den Kopf. Nein, der Schatten unter seinem Bett war nicht im Tageslicht vergangen, wie er gedacht hatte, er war wohl hinausgeschlüpft, als die Zellentür offenstand.

Arnie Pyle betrat das Krankenzimmer, noch ehe sie fertig angezogen war. Er lächelte und kam sich ein bisschen vor wie ein Kunde, der eine Peepshow besucht. Ihre Bluse stand offen, so dass man das verdickte Fleisch der langen dunklen Nahtstelle sah. Es mochte schönere Stickereien auf menschlicher Haut geben, aber wenn man das große Kaliber der Waffe und die geringe Entfernung, aus der der Schuss abgefeuert worden war, bedachte, hätte es schlimmer ausgehen können. Es schien sie nicht zu stören, dass er ihre Brüste ansah, und sie machte keine Anstalten, die neue Narbe vor ihm zu verbergen.

Er pfiff anerkennend. »Enorm eindrucksvoll, Ali! Du solltest von jetzt an immer tief ausgeschnitten gehen.«

»Sei nicht so abartig!« Sie senkte den Kopf und begann die Bluse zuzuknöpfen. »Scheußlich, was?«

»Die Schusswunde? Gegen dein Gesicht ist das ein Klacks.« Unberechenbar, wie sie war, fing sie an zu lachen. Er hatte gewusst, dass sie lachen würde.

»Ich liebe dein Gesicht.« Er strich ihr über die schiefe Wange. »Ein bisschen asymmetrisch, aber man kann schließlich nicht alles haben.«

»Bist du noch neugierig?«

»Immer.« Er berührte mit den Fingerspitzen den krummen Mund. »Wenn du schlau bist, erzählst du mir nie, wie es passiert ist. Dann bleibe ich dein lebenslanger Sklave und werde langsam, aber sicher darüber verrückt.«

Sie wich nicht zurück und streifte auch seine Hand nicht ab. Allmählich lernte sie wieder, ihm zu vertrauen. Eines Tages würde er die richtigen Worte finden. Vielleicht sogar heute. Sie gehörte zu den wenigen Menschen aus seinem Bekanntenkreis, die nicht wussten, wie sehr er an ihr hing. Landauf und landab gab es genug Lampenpfähle und Barkeeper, die das Ausmaß seiner Liebe zu Ali bezeugen konnten.

Sie war bei den letzten Blusenknöpfen angelangt, und in einem Anflug sonderbarer Verlegenheit oder einer unerklärlichen ritterlichen Anwandlung wandte er sich zum Fenster und verschonte sie mit seinem Blick. »Und was macht die kleine Hubble? Ist das Bein noch dran?«

»Ja. In einer Woche wird sie entlassen. Keine Komplikationen nach der Operation.«

»Aber?« Er kannte Ali gut genug, um das Unausgesprochene ergänzen zu können. Als er sich umdrehte, saß sie auf dem Bett und ließ dreißig Zentimeter über dem Boden die hochhackigen Schuhe baumeln. »Die Kleine ist also immer noch total von der Rolle?«

»Sie braucht einfach mehr Zeit, um wirklich wieder gesund zu werden.« Ali lächelte gequält. »Hast du Rouge Kendall schon gesprochen?«

»Ja, er hat mich vom Flughafen abgeholt und wartet mit einem Arm voll langstieliger Rosen in der Krankenhaus-Cafeteria. Es sind mindestens zwei Dutzend.«

»Das ist mir eigentlich gar nicht recht.«

»Mir auch nicht. Besonders weil ich mit leeren Händen dastehe.« Von dem wiedergefundenen Lösegeld hätte Rouge gut und gern einen ganzen Rosengarten ausräubern können.

»Soll ich ihn holen?«

»Noch nicht. Ich möchte dir erzählen, wie ich zu der Narbe gekommen bin.«

»Das brauchst du nicht, Ali.« Nach all den Jahren wollte er es plötzlich gar nicht mehr wissen. Warum eigentlich nicht?

Sie lächelte leicht melancholisch. »Du glaubst, dass du es inzwischen erraten hast.«

»Wie könnte ich –«

»Du bist ein miserabler Lügner.« Sie klopfte einladend auf die Bettkante. »Nicht einmal meine Eltern kennen die Geschichte.«

Jetzt also würde er das Geheimnis erfahren, hatte aber das unbehagliche Gefühl, dass er darüber womöglich die Frau verlieren würde. Das erkannte er an dem Hauch von Beklommenheit in ihrer Stimme. Er setzte sich auf den Rand des hohen Krankenhausbettes und ging mit den Füßen in der Luft spazieren.

»Ich war das unsichtbare Kind«, begann sie. »Das musst du wissen, um zu begreifen, wie es geschehen konnte. Meine Eltern setzten mich auf dem Weg zum Flugplatz an der Kirche ab. Sie wollten für ein paar Tage in den Mittelwesten, Dad musste nach Nebraska zu einem Vorstellungsgespräch.

Nach der Chorprobe sollte ich zu Onkel Mortimer gehen. Aber die Dodds – sein Diener und die Haushälterin – wussten nicht, dass ich dort erwartet wurde, mein Onkel hatte vergessen, es ihnen zu sagen oder gemeint, es sei nicht nötig. An jenem Tag kam mein Onkel spät nach Hause. Die Dodds waren schon schlafen gegangen. Am nächsten Morgen fuhr er früh wieder weg, er hatte einen Termin in New York. Er dachte wohl, dass die Dodds sich um mich kümmern würden. Vielleicht hat er sich aber auch gar keine Gedanken um mich gemacht. Er übernachtete in seinem Club in Manhattan, und dort rief ihn nachmittags Dodd an. Meine Eltern seien da und wollten mich abholen. Mein Onkel hatte natürlich keine Ahnung, wo ich stecken könnte. Wo sucht man nach einem Kind, das unsichtbar ist?«

»Willst du allen Ernstes behaupten, dass sie dich zwei Tage lang sozusagen verlegt hatten?«

»Ich bin gar nicht bis zur Kirche gekommen. Jemand zog mir einen Sack über den Kopf, ich roch etwas Süßliches – Äther wahrscheinlich – und verlor das Bewusstsein. Als ich aufwachte, lag ich auf dem Boden eines schnellen Wagens. Am Steuer saß ein Ungeheuer. Das Gesicht war ganz hinter einer schwarzen Skimaske verborgen, und trotzdem habe ich das Monster immer mit langen spitzen Zähnen in Erinnerung. Merkwürdig, nicht?«

Arnie dachte an die Maske, die sie im Keller gefunden hatten, an ihre mit weißen Fäden aufgestickten spitzen Fänge.

Hin und wieder hatte Myles Penny gehöhnt: »Wenn du nichts sagst, bringt der Stress dich eines Tages um.« Nie aber hatte Dr. Mortimer Cray diesen Satz als den unausgesprochenen Wunsch seines Patienten gedeutet, jemand möge seinem Treiben ein Ende bereiten. Er hätte, da er sich so strikt an seine eigenen Gebote hielt, mit so einer Situation auch nicht umgehen können.

Mortimer sah durch das Glasdach zum Himmel hoch. Der

saumselige Winter hatte jetzt doch noch zu ihm gefunden, er rüttelte mit kalten Winden an den Scheiben und begrub alle Bäume und Pflanzen, die nicht im Schutz des Gewächshauses standen, unter einer dicken Schneeschicht.

Er überlegte, ob er Dodd verständigen sollte, als er die ersten Stiche in der Brust spürte, zog aber die Hand, mit der er zum Haustelefon gegriffen hatte, wieder zurück, als er sich das karge weiße Krankenhausbett vorstellte, die Schläuche und die surrenden, klickenden Geräte, die sein Hinscheiden zu einer Frage der Technik und der Maschinen machen würden.

Er schleppte sich zu einem Stuhl, setzte sich und ließ seinen Blick über die zarten Orchideen, die seltenen Veilchenarten wandern. Die beschnittene Eibe war hochgewachsen wie eine Göttin, frische grüne Triebe durchbrachen die sorgfältig gerundeten Formen. Auf den Tischen schoben sich junge Schösslinge durch die Erde der flachen Beete. Im Schutz des Treibhauses hatte er sich über die Ordnung der Jahreszeiten hinweggesetzt und in einer pantheistischen Ketzerei neues Leben geschaffen, obwohl Persephone, die Frühlingsgöttin, ihm die liebste von allen war.

Es war nicht der Himmel, der sich plötzlich verdunkelte, das war ihm klar. Die Umrisse der Eibe verschwammen vor seinen Augen. Die Welt unter Glas war nur noch eine Versammlung schwarzer Schatten, von denen einer jetzt auf ihn zukam. Höflich erhob er sich, um den erwarteten Gast, seine Göttin, die Todesbraut, willkommen zu heißen.

Sein Herz schlug stolpernd. Der Schmerz strahlte aus und wurde rasch heftiger. Und dann fiel er. Er fiel nicht sanft, wie man in weiche Arme sinkt, sondern stürzte hart auf den Steinboden, als hätte eine gewaltige Macht ihn mit einem zornigen Schlag gefällt.

Arnie Pyle hatte trotz des lauten, bunten Gewimmels in der Cafeteria keine Mühe, Rouge Kendall zu entdecken. Er saß am Fenster, und auf dem Tisch vor ihm lag in der Zellophanhülle eines Blumengeschäfts ein wahres Blütenmeer.

An der Kasse stand eine junge Kellnerin und starrte, ohne sich um die anderen Gäste zu kümmern, den gut aussehenden Cop in Jeans an. Rouge hatte sich in den Sportteil seiner Zeitung vertieft und merkte gar nicht, dass sich gerade ein Teenager in ihn verguckt hatte. Als Arnie zu ihm trat, sah er lächelnd auf. »Wie geht's Ali?«

»Nicht besonders.« Arnie zog sich einen Stuhl heran und setzte sich an den Tisch. »Ich finde, sie sieht noch ein bisschen wackelig aus. Aber sie wird trotzdem heute entlassen.«

Durch das breite Fenster sah er am Fuß eines sanften Hügels die Häuser von Makers Village liegen, über deren Dächer der Schnee wehte. Aus fast allen Schornsteinen stieg Rauch auf. Kinder, klein wie Ameisen, zogen ihre Schlitten den Hang hoch, und manche sausten schon kreischend bergab.

Ein Mädchen in einem rosa Schneeanzug nahm mit ihrem Schlitten einen wehrlosen kleinen Jungen aufs Korn, der zu Fuß durch den Schnee stapfte. Arnie wünschte sich immer noch Kinder.

Die kleine Stadt, das merkte er erst jetzt so richtig, hatte ihm in den letzten zehn Tagen, die er in Washington verbracht hatte, gefehlt. Er sah zu, wie ein Autofahrer brav vor der einzigen Verkehrsampel des Ortes anhielt.

Rouge hob fragend seine Tasse, aber Arnie winkte ab. »Nein danke, für mich nichts. Als reicher Mann wirst du ja jetzt hier wegziehen, was?«

»Das glaube ich kaum, Arnie. Ich habe gerade ein Baseballfeld gekauft.«

»Was?«

»Reg dich ab! Im Augenblick ist es nur ein unbebautes Grundstück neben dem Polizeirevier. Wenn du im Frühjahr zufällig hier in der Gegend bist, spanne ich dich zum Unkrautjäten auf dem Werferhügel ein.«

»Versprochen!« Er sah zu der Kellnerin mit dem dicken blonden Zopf hinüber. In ein paar Jahren könnte auch Gwen Hubble so aussehen wie diese hübsche Kleine, die sich im spiegelnden Chrom der Kasse die Lippen nachzog – gesund und blühend und nur noch nach Jungen verrückt. An Sadie Green dachte er selten. Er hatte sie in einen hinteren Winkel seines Kopfes verbannt, wo sie sich zu all den anderen Kindern gesellt hatte, die nicht mehr nach Hause gekommen waren.

»Alles klar, Arnie?«

»Ja. Ali hat noch ein paar offene Fragen geklärt.«

»Viele waren es ja nicht mehr. Wir haben inzwischen alle Leichen aus dem Keller identifiziert. Penny muss das Haus von Miss Vickers seit Jahren für seine Zwecke missbraucht haben.« Rouge trank seinen Kaffee aus und winkte der Bedienung. »Jetzt untersuchen wir alle Sommerhäuser, die einen Keller mit Erdboden haben. Vielleicht finden wir da die restlichen Kinder von Alis Liste.«

Die junge Kellnerin streckte den kleinen Busen so weit vor, wie es ihr Sport-BH erlaubte, und kam mit einer Selbstsicherheit, die deutlich nur gespielt war, zu ihnen hinüber. Es war fast peinlich, wie erwartungsvoll sie sich Rouge anbot. Er legte beiläufig ein paar Scheine auf die Rechnung, die sie ihm hinstreckte, und faltete dann sorgfältig seine Zeitung zusammen.

Die Kellnerin blieb einen Augenblick wie angewurzelt stehen. Ihre Wangen brannten, als wäre sie plötzlich splitterfasernackt. Und das war sie ja auch. Nackt und bloßgestellt, und kein Loch weit und breit, in das sie sich verkriechen konnte.

Arnie zog eine der langstieligen Rosen aus Rouge Kendalls Strauß und überreichte sie der hübschen Bedienung. Sie lächelte, auch wenn sie ein bisschen enttäucht war, weil die Huldigung aus der Hand des falschen Mannes kam. Eine Eroberung, mochte sie denken, war es allemal.

Eine Rose ist eine Rose ist eine Rose, dachte Arnie Pyle unwillkürlich und verbesserte sich sofort: Nicht immer! Erfahrene Frauen lasen aus Blumen, die ihnen zum Geschenk gemacht wurden, die peinlichsten Dinge über Männer und ihre wahren Absichten heraus. Doch das Mädel hier war zu jung, um zu durchschauen, dass es nur eine gutmütige Geste gewesen war, und das war sein Glück.

»Ali hat dir was zu sagen.« Er lehnte sich zurück und blickte der Kellnerin nach, um Rouge nicht ansehen zu müssen. »Ich weiß, dass es ihr schwerfällt, darum ...«

»Nicht nötig.« Rouge griff nach seinem Strauß. »Ich weiß Bescheid.«

»Meinst du? Kann ja sein, dass du das mit der Narbe erraten hast, aber dahinter steckt noch mehr.«

Rouge legte die Rosen wieder hin. »Ich weiß nur nicht, ob er Ali in den Straßengraben geworfen hat, *nachdem* der Wagen der Morrisons verunglückt war, oder ob er das *vorher* schon besorgt hatte.«

Himmel, er wusste wirklich Bescheid. »Vor dem Unfall und nachdem er ihr das Gesicht zerschnitten hatte«, sagte Arnie. »Ohne den Unfall wäre Ali nicht mehr rechtzeitig gefunden worden. Sie hatte zu viel Blut verloren. Wäre es nach Penny gegangen, hätte sie einen langen, einsamen Tod gehabt.«

»Ali war erst zehn«, sagte Rouge. »Sie braucht sich für nichts zu entschuldigen.«

Wie hatte er sich das nun wieder zusammengereimt?

Rouge Kendall beugte sich vor. Er sprach mit großem Nachdruck, um jedes Missverständnis auszuschließen. »Meine Mutter fängt in Washington ein neues Leben an. Ich möchte nicht, dass diese Sache ihr ewig nachhängt. Es ist vorbei.«

Arnie hob die Hand. »Abgemacht. Nichts Schriftliches also. Sag mir nur, wie du drauf gekommen bist. Die Sachen, die eigentlich beim besten Willen nicht zu übersehen waren –

die Tatsache zum Beispiel, dass Ali sich der Jagd auf Pädophile verschrieben hat –, kannst du getrost weglassen.«

Rouge hob die Schultern. Ganz einfach, sollte das heißen. »Sie hat meine Schwester in ihr Schema aufgenommen.«

Offenbar setzte er voraus, dass Arnie intelligent genug war, um zu erfassen, dass die Strategie des Täters immer zwei kleine Mädchen vorsah. Aber Susan Kendall war allein gestorben.

»Und noch etwas Auffälliges«, fuhr Rouge fort. »Für die meisten Leute sind Pädophile auch körperlich kleine, mickrige Typen.«

Arnie nickte. Das bestätigten auch seine Erfahrungen.

»Ali aber, eine ausgewiesene Expertin auf diesem Gebiet«, fuhr Rouge fort, »nannte den Täter, den wir suchten, immer das Monster oder das Ungeheuer. Das ist weder ein Fachausdruck noch eine sehr präzise Bezeichnung. Darüber bin ich gestolpert. Vielleicht hatte er, als sie ihn zum letzten Mal sah, für sie die Größe eines Ungeheuers.«

»Er war ein erwachsener Mann«, bestätigte Arnie, »und sie war erst zehn.«

»Eben. Und mit den Schuldgefühlen von Kindern ist das so eine eigene Sache. Warum hat sie niemandem von diesem Mann erzählt?«

»Weil sie sich geschämt hat.« Arnie sah auf seine Hände herunter. Laut Alis Aufzeichnungen war das Judaskind nie sexuell misshandelt worden, daher wusste Rouge, dass sie sich nicht deswegen geschämt hatte. Sie schämte sich für das, was sie Susan Kendall angetan hatte. Ach, Ali! Jedesmal, wenn er sie wegen der Narbe geplagt hatte …

»Für dich ist das also alles ein Kinderspiel, ja?« Arnie hatte seine Emotionen wieder im Griff und begegnete Rouge Kendalls ruhigem Blick. Würde Rouge genauso viel Verständnis zeigen, wenn er wüsste, wie Ali seine Schwester dem Täter zugeführt hatte? Oder wusste er das auch schon? Was er brauchte, um es sich zusammenzureimen, hatte er. Das Judaskind war immer die beste Freundin des eigentlichen Opfers, der kleinen Prinzessin. Die Kendall–Zwillinge aber hatten keine Freunde gehabt, sie waren sich selbst genug gewesen. Susan hätte sich von Ali Cray, dem unsichtbaren Kind, das stets übersehen wurde, nie aus dem Haus locken lassen.

Vielleicht fehlten Rouge nur ein paar Einzelheiten aus der Lügengeschichte, die Ali seiner Schwester aufgetischt hatte: dass ihr Bruder aus seiner strengen Schule ausgerissen war, dass er an der Kirche auf Susan wartete. Was tat ein kleines Mädchen nicht alles, damit ein erwachsener Mann aufhörte, ihr Gesicht mit einem Messer zu bearbeiten, damit kein Blut mehr floss, damit der Schmerz und die entsetzliche Angst aufhörten.

»Ali will dich sprechen. Sie –«

»Nein, das will sie nicht. Hier, nimm meinen Wagen.« Rouge schob Arnie die Volvo-Schlüssel über den Tisch. »Mich holt in ein paar Minuten ein Streifenwagen ab.«

»Du musst zu ihr. Sie braucht dieses Gespräch.«

»Mag sein, dass sie es sich wünscht, aber es wird nicht stattfinden. Gib du ihr, was sie braucht, Arnie.« Rouge legte ihm den Strauß in den Arm. »Bring ihr die Blumen. Sag ihr, sie sind von mir.«

Arnie sah stirnrunzelnd auf die Blumen herunter. Sie vermittelten eine längst vergessene Botschaft, die er nicht benennen konnte, obgleich seine Lieblingsgedichte alle um Rosen kreisten. Der Duft war berauschend. Seine Lieblingsadjektive kreisten alle um Alkohol.

»Ich habe ihr einen Kaktus geschenkt.«

»Interessant. Aber Ali wusste bestimmt, dass du gelogen hast.« Rouge lächelte. Offenbar hatte auch er begriffen, wie gefährlich es ist, wenn Pflanzen zu Frauen sprechen.

Arnie benutzte, um wieder in Alis Zimmer zu kommen, die Treppe. Mit dem Aufzug wäre es zu schnell gegangen. Während er bedächtig eine Stufe nach der anderen nahm, versuchte er sich an die Bedeutung der Rose in der Blumensprache zu erinnern. In jedem Blumengeschäft gab es Spickzettel für die dummen Männer, eine Übersicht darüber, wie man mit der richtigen Blume und Farbe dem schönen Geschlecht sagt: »Lass mich wieder ins Haus!«, »Hallo!«, oder auch »Leb wohl!« Weil Ali Psychologin war, hatte er ihr, um sie zu verwirren, immer bunte Sträuße geschenkt.

Auf dem ersten Treppenabsatz blieb er stehen. Eine einzelne Rose aus Rouge Kendalls Strauß konnte bedeuten: »Ich bin eifersüchtig«, aber das passte nicht. »Ich wünsche dir viel Freude« war eine andere Möglichkeit, aber für Klischees war Rouge sicher nicht zu haben. Arnie öffnete die Treppenhaustür, nach wie vor fest entschlossen, die Bedeutung der Blumen zu enträtseln, ehe er sie Ali überreichte. Falls sich herausstellte, dass in dem Strauß etwas Bedrohliches steckte, würde er ihn einfach irgendwo liegenlassen.

Im Schneckentempo legte er den Weg über den sterilen Gang bis zu Alis Zimmer zurück. »Lass uns Freunde sein« war der letzte Eintrag in seinem Blumenlexikon, an den er sich erinnerte. Und dann fiel ihm ein, dass nur Männer diese Anweisungen für die Blumensprache lasen. Frauen hatten diese Hilfestellung nicht nötig.

Die Tür stand offen, und sie saß noch immer auf der Kante des hohen Bettes und baumelte mit den Beinen wie ein kleines Mädchen auf einem Stuhl der Großen. Jetzt rutschte das Kind in Stöckelschuhen herunter und sah über Arnies Schulter auf den Gang hinaus. Es dauerte einen Moment, bis sie begriffen hatte, dass Rouge nicht mitgekommen war.

Er hatte seinen Auftrag vermasselt. Es war die erste Bitte, die sie je an ihn gerichtet hatte – und die hatte er ihr nicht erfüllt. Was konnte er sagen, um ihr über diese Enttäuschung wegzuhelfen? Er streckte ihr den Strauß hin, die altbewährte Krücke für Männer, die ihre Probleme mit Frauen haben. »Die sind von Rouge.«

Ali ging mit den Rosen zum Fenster, wo das Licht besser war. Arnie blieb ihr dicht auf den Fersen für den Fall, dass sie versuchte, sich vom Balkon zu stürzen oder anfing zu schreien. »Rouge lässt dir auch noch schön für die Blumen danken, die du auf Susans Grab gelegt hast. Eine Hyazinthe und eine Pfingstrose?«

Ali zuckte zusammen. War er schon wieder ins Fettnäpfchen getreten? Hatte er erneut etwas übersehen?

Sie legte den Strauß in ihre Armbeuge und entfernte die Hülle, um die einzelnen Blüten besser sehen zu können. Als wären es Worte einer sehr wichtigen Botschaft.

Frauen und ihre geheimnisvolle Kunst, in Blumen zu lesen.

Und jetzt sah er sie wieder vor sich, die letzte Zeile des Spickzettels, die die Bedeutung gelber Rosen verriet:

»Lass uns vergessen.« Arnie legte den Kopf an die kühle Fensterscheibe und schalt sich einen ausgemachten Trottel.

Natürlich brauchte sie seine ungeschickten Trostversuche nicht. Sie hatte sich gewünscht zu leiden, Höllenqualen zu leiden, wenn es sein musste, weil Sühne nur durch Leiden möglich war. Und dieses Leiden, diese Qual hatte von Rouge kommen sollen, dem Überlebenden eines Zwillingspaares, das der Tod auseinandergerissen hatte. Doch statt sie leiden zu lassen, hatte Rouge ihr ein Geschenk gemacht. In ihrem Arm leuchteten wie die Morgensonne, die aus dem Dunkel aufsteigt, die gelben Rosen des Verzeihens.

Sie lächelte, war endlich wieder heil und ganz. Gewiss, die Narbe und der schiefe Mund waren ihr geblieben, daran hatte auch Rouge nichts ändern können, aber dieser kluge junge Cop hatte genau gewusst, was Ali brauchte und wann sie bereit war, es entgegenzunehmen.

Wie sagten doch die Leute aus Makers Village? Die Kinder von St. Ursula sind alle irgendwie Sonderlinge.

EPILOG

Der Winter war auch in diesem Jahr spät dran. Vielleicht war die Ordnung in Makers Village eben doch noch nicht ganz wieder hergestellt, hatten sich die Wogen noch nicht ganz geglättet. Den ganzen Dezember über hatte er auf etwas gewartet, das er nicht hätte benennen können.

Wieder war Weihnachten und Susan Kendalls Todestag. Ihr ältester Freund legte einen weißen Strauß auf ihr Grab. Danach blieb Paul Marie vor Pater Dominas schlichtem Stein stehen. Der alte Priester hatte noch so lange gelebt, bis er dem Jüngeren seine Gemeinde übergeben konnte. Er hatte keinen Augenblick daran gezweifelt, dass Paul Marie einwilligen würde, diese Aufgabe zu übernehmen.

An seinem ersten Sonntag auf der Kanzel hatte die Kirche einen Besucherrekord zu verzeichnen gehabt. Ein Jahr später waren die Gottesdienste zu Paul Maries Überraschung noch immer gut besucht. Inzwischen sollten die Leute doch gemerkt haben, dass er ein Betrüger war, einer, der nur so tat als ob, der keine Gefühle, keinen Glauben mehr hatte. Er betrachtete die Tätowierung an seinen Händen. Vielleicht war es nur das Neue, das seine Schäfchen reizte. Er spielte ernsthaft mit dem Gedanken, seinen Priesterrock mit einem flammenden H für »Häftling« zu verzieren.

An Pater Dominas Grab sprach er eins der herkömmlichen Gebete, ein Wortgeklingel, das ihm recht wenig bedeutete, so dass seine Gedanken dabei eigene Wege gingen. Wie wäre wohl dem Alten zumute, wenn er wüsste, dass sein Gehilfe sich zielstrebig zu einem Heuchler, einem Agnostiker und Ketzer entwickelt hatte? Zum Abschluss des Gebets sprach

Paul Marie den Herrgott, den es ja vielleicht doch gab, als Dreckskerl oder Großen Babykiller an.

Als er dann weiterging, hatte er noch einen bilderbuchbunten Strauß in der Hand. Er streckte ihn über den Kiesweg Sadies Mutter hin.

»Die sind aber schön«, sagte Becca Green. Sie saß auf einer Steinbank und hatte auch einen Strauß in der Hand, ein bizarres Gebilde aus welken Blüten, deren schwere Köpfe mit Draht gestützt waren. Sie umklammerte den Strauß so fest, als könne sie sich nicht von ihm trennen.

»Eine ungewöhnliche Farbe für Sonnenblumen.« Lächelnd hockte sich Pater Marie neben die Steckvase vor Sadies Stein.

»Gwen hat sie mir zum Muttertag geschenkt. Stellvertretend für Sadie gewissermaßen. Lila Blüten hatten sie im Blumengeschäft nicht, da hat sie die genommen. Sadie hätte mir Sonnenblumen geschenkt, hat sie gesagt, weil die so fröhlich sind. Und dann hat Gwen sie angestrichen.« Sie sah auf die lila bekleckstén welken Blütenköpfe herunter. »Eine tolle Idee, ich habe so gelacht. Und Harry hat geweint.« Ein Stängel fiel unbemerkt zu Boden. »Gwen weiß sich eben immer zu helfen. Bei Sadie wäre der Witz besser angekommen.«

Um den Friedhof machte Gwen Hubble stets einen großen Bogen, aber sonntags sah Pater Marie sie regelmäßig in der Kirche. Neuerdings ging sie ohne Stock und wirkte nicht mehr ganz so niedergeschlagen. Er wertete das als Zeichen beginnender Heilung.

Der Priester blieb zu Beccas Füßen vor dem Grabmal hocken, einem schräg gestellten lila schimmernden Marmorblock mit eingravierter Inschrift in vornehm schlichten Lettern.

Als er den Strauß zu seiner Zufriedenheit in der Vase arrangiert hatte, sah er auf. »David Shore kommt nicht mehr?«

Becca schüttelte den Kopf. »Er hat eine neue Freundin. Sadie war in diesen Dingen immer großzügig, es hätte ihr wohl nichts ausgemacht.«

Im Lauf des letzten Jahres hatte sich zwischen Pater Marie und Becca Green an dem Kindergrab eine seltsame Freundschaft entwickelt. Er kannte alle Sadie-Anekdoten, aber heute sprach ihre Mutter zum ersten Mal von ihr in der Vergangenheit. Bisher hatte sie Sadies Abenteuer immer so erzählt, als handele es sich um ein lebendiges Kind. Und bisher hatte Becca auch nie Blumen mitgebracht. Das war ein Dienst, den man den Toten leistete, und hätte nicht zu ihrer entschlossenen Verdrängungshaltung gepasst.

In den Monaten nach Sadies Tod waren auf dieses Grab so viele Blumen gehäuft worden, dass der Stein darunter ganz verschwunden war. Eine Familie war hundert Meilen weit gefahren, um einen Kranz auf dem Grab niederzulegen. Hin und wieder begegnete der Priester auf dem Friedhof auch jetzt noch Polizisten, die in den großen Pranken ungeschickt zarte Veilchensträuße hielten.

Heute lag der Stein frei, Becca konnte, wenn sie wollte, die Jahreszahlen für Leben und Tod darauf lesen. Aber sie sah auf ihre rundlichen weißen Hände herunter, die die angemalten Blumen hielten. »Gestern war Gwen bei mir.«

»Ist die Therapie beendet?«

»Nein, sie hat immer noch allerlei wunderliche Vorstellungen.«

»Ist es schwer für Sie, wenn sie zu Ihnen kommt?«

»Im Gegenteil, ich freue mich darüber. Ach, ehe ich es vergess ...« Sie kramte in der Manteltasche herum und holte einen Umschlag heraus. »Harrys neueste Serie von Babybildern. Gwen meint, dass die Kleine genau wie Sadie aussieht.«

Der Priester setzte sich auf die kalte Steinbank neben Becca und betrachtete die Fotos genau. Die Ähnlichkeit war unverkennbar: Die gleichen großen braunen Augen, der gleiche schön geschwungene Mund. Auf den vielen Fotos von Sadie, die Becca in der Brieftasche hatte, war übrigens auch die Ähnlichkeit zwischen Mutter und Tochter zu erkennen.

Becca drückte die lila Sonnenblumen ans Herz. »Wenn ich

nur wüsste, was sich in dem Keller abgespielt hat«, sagte sie hilflos.

Demnach hatte Gwen wieder einmal versucht, die Mutter ihrer besten Freundin zu heilen, ihr den Verstand zu rauben, um sie gesund zu machen.

»Gestern«, fuhr Becca nachdenklich fort, »hat Gwen ein gutes Argument gebracht. Sie hat gesagt –«, und jetzt fielen auch die übrigen lila Blumen zu Boden, »– sie hat gesagt, dass nur Sadie wissen konnte, auf welche Befehle der Hund hört. Ich muss immer an die Puppe denken, dieses ausgestopfte Ding, das Gwen eingesetzt hat, um den Hund abzurichten. Es war alles so, wie sie es erzählt hat. Die ausgehobene Grube, der tote Hund – alles. Und der Hund hat ja diesen Dreckskerl wirklich angegriffen. Und die Messerwunde lässt sich auch nicht leugnen. Gwen könnte nie –«

»Lassen Sie's gut sein, Becca.« Sie quälte sich, und er hatte wenig Möglichkeiten, ihr zu helfen. In der von der Kirche anerkannten Rolle des *advocatus diaboli* hätte er darauf hinweisen können, dass die Befehle, auf die der Hund hörte, mit größerer Wahrscheinlichkeit in den Tagebüchern der Pilzfrau gestanden hatten. Die Presse hatte darüber nichts gebracht.

»Aber das ist noch nicht alles.« Becca griff nach seiner Hand und drückte sie fest. »Nur Sadie hatte ihr sagen können, dass ich schwanger war. Ich habe es ja selbst erst an dem Nachmittag, als Sadie aus dem Haus ging, definitiv erfahren. Da hat mein Arzt angerufen und mir gesagt, dass der Test positiv ausgefallen ist. Harry hab ich es erst nach der Beerdigung gesagt, aber Gwen hat noch vor meinem Mann von dem Baby gewusst. Mrs. Hubble kann das bestätigen.«

Vielleicht hatte Becca sich aber schon vorher verraten, indem sie bei einem Einkaufsbummel mit Sadie vor einem Schaufenster mit Babysachen und Kinderbettchen stehen geblieben war. Und noch eine mögliche Erklärung gab es, dass Gwen kurz vor Sadies Tod mit der Freundin gesprochen hatte.

Becca schüttelte den Kopf. »In dem Bootshaus, so hat Gwen es erzählt, war Sadie nicht bei Bewusstsein. Dr. Chainy behauptet, dass sie da schon tot war. Er hat mir den Bericht gezeigt. Der Schlag, durch den sie bewusstlos wurde, hat sie auch getötet. Sadie ist an dem Tag gestorben, als der Verbrecher sie mir gestohlen hatte, über eine Woche, ehe Gwen gefunden wurde.«

»Falls Dr. Chainy Recht hat.« Pater Marie glaubte nicht an übernatürliche Kräfte, aber ebenso wenig an die so genannten gesicherten wissenschaftlichen Erkenntnisse.

Becca drückte wieder seine Hand. »Was hat sich in dem Keller abgespielt?« Ein Windstoß packte die bemalten Blumen und trieb sie auf den Grabstein zu. »Woran soll ich glauben? An die verrückte Geschichte eines kleinen Mädchens? Oder an den Bericht des Pathologen?«

»Vielleicht an beides«, log er mit erhobener Stimme, um sich über dem Brausen des Windes verständlich zu machen. »Gwen meinte, aus eigener Kraft nicht überleben zu können, und da ist die beste Freundin ihr zu Hilfe gekommen. Spielt es eine Rolle, woher Sadie kam – aus Gwens Vorstellungskraft oder aus dem flachen Grab?« Er drehte Beccas Gesicht so, dass er ihr in die Augen sehen konnte. Die wahnwitzige Hoffnung, die in ihrem Blick stand, ließ ihn zusammenzucken.

Aber war nicht auch das eine Art von Glauben?

Becca brauchte die Gewissheit, dass Sadie zu einer unvergänglichen kleinen Naturkraft geworden war, um ihr Kind loslassen zu können. Gwen hatte das begriffen. Warum nicht auch er?

»Es spielt keine Rolle, Becca. Sie standen sich so nahe, dass die eine die andere nicht zurücklassen konnte.«

Er versuchte an seiner Täuschung herumzubasteln, überzeugendere Formulierungen zu finden. Er hatte seiner Gemeinde so oft etwas vorgeflunkert, dass es ihm eigentlich hätte leicht fallen müssen, aber er tat sich schwer damit.

Und seine Worte brachten Becca Green keinen Trost. Gescheit, wie sie war, hatte sie ein feines Ohr für Lügen. Ihr Blick verschwamm. Er meinte die dunkle Grube darin zu sehen und das krabbelnde, krauchende Gewürm, das ihre Seele plagte. Er hatte versagt, indem er Zweifel an der kindlichen Gespenstergeschichte in ihr geweckt hatte.

Ihr Gesicht war qualvoll verzerrt, würgend und stechend rang sie nach Luft. Er legte die Arme um sie und hielt sie ganz fest. Es hatte angefangen zu schneien, ein scharfer Wind peitschte ihm die Flocken ins Gesicht, während er Becca sacht hin und her wiegte und ihr übers Haar strich, bis unter dem wirbelnden Weiß zu seinen Füßen das Erdreich nicht mehr zu sehen war und er die Worte »Geliebtes Kind« auf Sadies Grabstein zum hundertsten Mal gelesen hatte. Schnee setzte sich in den Vertiefungen der Inschrift fest, und er schloss die Augen.

»Sadie kann nicht tot sein«, sagte Becca mit erstickter Stimme. Sie erschauerte. Er zog sie enger an sich. Vielleicht war ihr nur kalt. Es schneite nicht mehr, aber der Wind war noch stärker geworden. Die zitternde Frau in seinen Armen schlug jetzt um sich und schrie aus Leibeskräften. Es war ein ausgewachsener Anfall, und er bekam es mit der Angst zu tun.

Das war seine Schuld, er hatte diese Qual ausgelöst, die er nicht lindern konnte. Der Schmerz erfasste ihren Körper mit solcher Gewalt, als wollte er ihn auseinander reißen.

Unvermittelt legte sich der Wind, und ebenso unvermittelt wurde Becca Green ruhiger. Erschöpft lag sie in seinen Armen. Es war, als hielte die Welt einen Augenblick den Atem an, als sie mit nassem Gesicht zu ihm aufsah.

»Ich kann es nicht glauben. Ich kann einfach nicht.« Sie rückte ein Stück von ihm ab und fuhr sich mit den gekrümmten Fingern einer Hand duchs Haar. »Jeden Tag, den Gott werden lässt, wache ich morgens auf und hoffe, dass alles Traum und Lüge war. Und bete, dass es nicht geschehen ist, dass es diesen verdammten Marmorklotz nicht gibt.«

Sie drohte dem Grabstein zornig mit der Faust, dann verstummte sie jäh, sah sich um und richtete dann den Blick wieder auf Sadies Grab.

Im Windschatten der beiden Menschen auf der Bank hatte sich auf dem Grabstein eine dünne Schneeschicht gehalten, während überall sonst der Sturm den Schnee weggefegt hatte. Es sah aus, als sei der Schnee gezielt nur auf Sadies Grab gefallen. Der Priester wusste, dass es eine Täuschung war, eine durch die launische Witterung hervorgerufene Illusion. Die logische Erklärung lag auf der Hand, aber Beccas Augen strahlten beglückt.

Pater Marie senkte den Kopf, aber nicht zum Gebet. Die Frau an seiner Seite lächelte jetzt, und er war derjenige, der sich quälte. So saßen sie nebeneinander, zwei Menschen mit gänzlich unterschiedlichem Glauben, denn der ihre war groß, während er zu den Kleingläubigen gehörte.

Er wusste, dass Becca Green im Wetter geheimnisvolle Kräfte am Werk sah, als sei diese dünne weiße Decke ein Zeichen, als sollte das Grab, der konkrete Beweis für Sadies Tod, ihren Blicken entzogen werden, so dass die Mutter ihr Kind noch einen Tag länger am Leben halten konnte. Ein Geschenk für Becca.

Paul Marie sah in ihr glückliches Gesicht, und darin fand nun auch er seinen Frieden. Er würde sich hüten zu behaupten, dass sie sich etwas vormachte. Vielleicht gab es ja doch einen Gott. Und vielleicht hatte der Allmächtige sich ein wenig in Demut geübt, denn der Priester betrachtete jetzt den Schwindel mit dem Schnee als eine Lüge, die fast menschliche Schwäche verriet.

Danksagung

Dieses Buch ist dem Andenken an Michael Abney gewidmet, einem begabten Fotografen aus Arizona und guten Freund aus Studientagen. Beim Bier habe ich ihm wertvolle Einblicke in das Wesen der Frau gegeben. Die Informationen über Männer, mit denen Mike sich revanchierte, entpuppten sich allerdings als geschlechtsspezifische Prahlerei. Der echte Prinz ist nämlich durchaus keine alltägliche Erscheinung in unserer Welt, sondern eine Ausnahme – und er fehlt mir.

PATRICIA CORNWELL

Kay Scarpetta steht vor einem Rätsel:
Ein verschwundenes Manuskript ist der einzige Anhaltspunkt für die Suche nach dem Täter...

»Patricia Cornwell versetzt uns mit ihrer Kultfigur Kay Scarpetta in Entsetzen und hypnotische Spannung.«
Cosmopolitan

44230

GOLDMANN